SOMBRAS do SOL

N. K. JEMISIN

SOMBRAS do SOL

SÉRIE DREAMBLOOD
VOLUME 2

TRADUÇÃO
Aline Storto Pereira

MORROBRANCO
EDITORA

Copyright © 2012 por N. K. Jemisin

Publicado em comum acordo com a autora e The Knight Agency, através de Yañez, parte da International Editors' Co. S.L. Literary Agency.

Título original: THE SHADOWED SUN

Direção editorial: VICTOR GOMES
Coordenação editorial: ALINE GRAÇA
Acompanhamento editorial: LUI NAVARRO E THIAGO BIO
Tradução: ALINE STORTO PEREIRA
Preparação: BÁRBARA WAIDA E LETÍCIA NAKAMURA
Revisão: NESTOR TURANO JR.
Design de capa: RENATA VIDAL
Imagens de capa e miolo: © BENJAMIN HARTE/ARCANGEL E © IGORZH/SHUTTERSTOCK
Projeto gráfico: VANESSA S. MARINE
Diagramação: VALQUÍRIA CHAGAS

ESTA É UMA OBRA DE FICÇÃO. NOMES, PERSONAGENS, LUGARES, ORGANIZAÇÕES E SITUAÇÕES SÃO PRODUTOS DA IMAGINAÇÃO DO AUTOR OU USADOS COMO FICÇÃO. QUALQUER SEMELHANÇA COM FATOS REAIS É MERA COINCIDÊNCIA.

TODOS OS DIREITOS RESERVADOS. PROIBIDA A REPRODUÇÃO, NO TODO OU EM PARTES, ATRAVÉS DE QUAISQUER MEIOS. OS DIREITOS MORAIS DO AUTOR FORAM CONTEMPLADOS.

DADOS INTERNACIONAIS DE CATALOGAÇÃO NA PUBLICAÇÃO (CIP)

J49s Jemisin, N. K.
Sombras do sol / N. K. Jemisin ; Tradução: Aline Storto Pereira – São Paulo : Morro Branco, 2023.
512 p. ; 14 x 21 cm.

ISBN: 978-65-86015-77-5

1. Literatura americana — Romance. 2. Ficção americana. I. Storto Pereira, Aline. II. Título.
CDD 813

TODOS OS DIREITOS DESTA EDIÇÃO RESERVADOS À:
EDITORA MORRO BRANCO
Alameda Santos, 1357, 8º andar
01419-908 – São Paulo, SP – Brasil
Telefone (11) 3373-8168
www.editoramorrobranco.com.br

Impresso no Brasil
2025

"No deserto vi uma criatura nua, bestial,
que, agachada no chão,
segurava o coração nas mãos,
e o comia.
Eu perguntei: 'É gostoso, amigo?'.
'É amargo, amargo…', respondeu ele.
'Mas eu gosto
Porque é amargo
E porque é meu coração.'"

— Stephen Crane,
The Black Riders and Other Lines

1

O TESTE DO COMPARTILHADOR

Havia duzentos e cinquenta e seis lugares onde um homem poderia se esconder dentro da própria carne. O soldado morrendo sob as mãos de Hanani fugira para algum lugar profundo. Ela lhe vasculhara o coração, o cérebro e as entranhas, embora a alma visitasse esses órgãos com menos frequência do que os leigos pensavam. Examinara a boca e os olhos, estes últimos com atenção especial. Por fim, encontrou atrás de um lóbulo do fígado a trilha de sua alma e seguiu-a até um sonho de ruínas ensombrecidas.

Pilhas de escombros surgiam das brumas crepusculares: ruínas de estruturas tão gigantescas que cada tijolo faria um homem parecer diminuto, de arquitetura tão estranha que ela não conseguia entender seu propósito. Um palácio? Um templo? Era camuflagem, de qualquer maneira. Sob seus pés, a poeira reluzia, algo mais do que fragmentos: cada passo deslocava um milhão de estrelas. Ela tomou o cuidado de colocá-las todas de volta após a sua passagem.

Para encontrar o soldado, Hanani primeiro teria de lidar com o cenário. Era bastante simples pôr as ruínas em ordem com a força de vontade, o que ela fez agachando-se e tocando o chão. Fios de icor onírico brilhante e de um amarelo intenso saíram dos seus dedos e gravaram um padrão rendilhado no chão por um instante, antes de desvanecer. No intervalo de uma respiração, a poeira deslizou para cima, vedando a pedra rachada, o precursor da mudança. Então a terra se partiu e o chão tremeu quando os grandes tijolos se endireitaram e voaram pelo ar, encaixando-se ruidosamente para formar colunas e paredes. À sua volta, se Hanani tivesse escolhido observar, os contornos de uma cidade monstruosa tomaram forma contra o céu inclinado. Mas, quando a cidade estava completa, ela se levantou e seguiu em frente sem olhar. Havia um trabalho muito mais importante a ser feito.

["Está demorando mais do que deveria."

"A ferida está sarando."

"Isso não será nada bom se ele morrer."

"Ele não vai. Ela o achou. Observe."]

Depois de passar sob um arco de pedra, Hanani parou e virou-se para trás a fim de examiná-lo. O arco tinha a altura de um homem, a única coisa de proporções normais na paisagem onírica. Além do arco, as mesmas sombras que cobriam tudo… não. As sombras eram mais espessas aqui.

Aproximando-se com cautela, Hanani tentou atravessar o arco outra vez.

As sombras recuaram.

Ela imaginou iluminação.

As sombras se intensificaram.

Após refletir por um momento, evocou dor, medo e raiva e envolveu-se neles. A resistência das sombras se dissipou, a alma do soldado reconheceu afinidade. Passando pelo arco, Hanani se viu no jardim do átrio, do tipo que teria ajudado a refrescar o centro de qualquer casa, mas este estava morto. Ela olhou ao redor, abaixando-se para passar debaixo de palmeiras fragmentadas e videiras murchas de lágrima da lua e franzindo a testa ao se deparar com a confusão supurante de um canteiro. Então avistou algo depois dele: ali, no coração do jardim, encolhido em um ninho criado a partir da própria tristeza, estava o soldado.

Parando aqui, Hanani direcionou uma parte da atenção para o reino da vigília.

["Dayu? Vou precisar de mais bílis onírica em breve."

"Sim, Hanani... Hum, quero dizer, Compartilhador-Aprendiz."]

Tendo feito isso, voltou para o sonho do jardim oculto. O soldado estava com as pernas encolhidas e abraçado a si mesmo, como que para se consolar. Na curva do corpo, uma ferida profunda entornava o seu intestino em um buraco no centro do ninho. Hanani não podia ver nada além do buraco, apenas aquele cordão perverso conectando-se a ele.

Morte, anunciou o ar ao redor do soldado.

— Aqui não, requerente — retorquiu ela. — Esta é a terra das sombras. Existem lugares melhores para morrer.

Ele não se mexeu, ansiando outra vez pela morte. Outra vez ela se opôs. *Lembrança*, ofereceu ela em busca de convencê-lo.

A agonia irrompeu em frias nuvens de um roxo esbranquiçado, envolvendo a área em torno do ninho à medida que uma nova forma se aglutinava. Outro homem: mais velho, com uma barba ao estilo daqueles que têm sangue nortenho, também vestido como soldado, mas claramente de hierarquia mais alta do que o soldado de Hanani. Um parente? Mentor? Amante? Amado, quem quer que fosse.

— Ele se foi — sussurrou o soldado de Hanani. — Ele se foi sem mim.

— Que ele viva na paz Dela para sempre — falou ela. Estendendo as mãos para os lados, passou os dedos pelo círculo de névoa. Nos pontos que tocou, delicados fios vermelhos e profundos se fundiam e pulsavam, tornando-se brancos.

["Ela está usando *mais* sangue onírico? Nesse ritmo, vai ficar esgotada.

"Então vamos dar mais a ela. A escória do deserto quase o partiu em dois, cara, o que você esperava?]

O soldado de Hanani gemeu e encolheu-se ainda mais quando fios vermelhos se projetaram das paredes, mergulhando em sua pele. As brumas bruxulearam de modo brusco, a imagem do soldado de barba tornando-se insubstancial como as sombras. Novas cenas se formaram, aparecendo, sobrepondo-se e desvanecendo a cada respiração. Um poleiro solitário no alto de uma parede. Treino com espadas. Uma cama de quartel. Uma barca de rio.

Hanani convenceu as lembranças a continuarem, introduzindo sugestões agradáveis para guiá-las em uma nova direção. *Entes queridos. Vida.* As cenas mudaram a fim de incorporar o soldado de barba e outros: sem dúvida os companheiros do requerente ou pessoas da mesma casta. Eles riam, conversavam e trabalhavam em seus afazeres diários. Enquanto as imagens fluíam, Hanani estendeu cuidadosamente as mãos ao redor do homem e colocou-as no buraco que o devorava. O primeiro contato disseminou dor pelo seu braço como um choque, mas frio, tão intensamente frio! Ela arquejou e lutou contra o impulso de gritar à medida que seus dedos enrijeciam, congelavam e se partiam...

Não. Ela formou na mente as sílabas do seu nome de alma e a clareza tomou conta dela, um lembrete de que era um sonho e ela estava no controle. *Essa dor não é minha.* Quando recolheu a mão, ela estava inteira.

Mas o homem não estava; a dor o devorava. Ela se concentrou nas imagens de novo, notando nelas uma taverna. O requerente não estava lá, embora seu ente querido morto e os outros companheiros estivessem, rindo e cantando uma música luxuriosa. Havia perigo nisso, ela se deu conta abruptamente. O requerente havia sido ferido em um ataque e a pessoa a quem amava, morta. Ela não fazia ideia se os demais companheiros haviam sido abatidos também. Se fosse o caso, o que ela pretendia tentar poderia só aumentar o desejo do soldado de morrer.

Não havia escolha, a não ser tentar.

["... Como eu pensava, você *quer* que ela fracasse, Yehamwy."

"Claro que não. O Conselho simplesmente quer ter certeza da competência dela."

"E se *o Conselho* soubesse alguma coisa sobre cura, isso seria..."

"Que barulho é esse?"

"Não sei ao certo. Veio das alcovas de doação de dízimo. Dayu? Está tudo bem, rapaz?"]

Distrações poderiam ser perigosas, até fatais, na narcomancia. Concentrando a mente na tarefa em questão, Hanani reformulou a cena da taverna em torno do seu soldado. Os companheiros dele pararam de cantar e se viraram para ele, cumprimentando-o, falando de recordações e oferecendo canecas que entornavam. A cerveja refletia um tom cálido e intenso de vermelho sob a luz do sonho. Atrás deles, Hanani discretamente apagou o soldado de barba.

— Escute — ela disse ao requerente. — Os seus companheiros estão esperando. Não vai se juntar a eles?

O homem gemeu, desembaraçando-se do ninho e esforçando-se para se mover na direção dos companheiros. Um vento forte soprou pela paisagem onírica, levando embora a cidade e as sombras. Hanani exerceu sua vontade em conjunto com a do homem e o jardim foi varrido para longe, suas sombras de repente substituídas por lampiões reluzentes e paredes de taverna. O ninho, porém, permaneceu, pois o homem estava preso à dor. Então, em vez de fazê-lo desaparecer, Hanani tocou a borda do ninho e o fez comprimir, encolhendo rapidamente até transformar-se em um diminuto mármore escuro, pequeno o suficiente para caber na palma da mão dele. O soldado fitou Hanani com tristeza e apertou o mármore contra o peito, mas não protestou quando ela soltou a corda de intestino, interrompendo a ligação. Hanani pressionou a ponta pendurada contra a barriga dele e ela desvaneceu, assim como a própria ferida. Por fim, ela evocou roupas, que formaram um borrão momentâneo antes que a mente dele moldasse o colarinho cinza-ágata e o sobrepano de um guarda gujaareen da cidade.

O soldado lhe fez um aceno de cabeça uma vez, depois se virou à procura de se juntar aos companheiros. Eles rodearam-no, abraçaram-no e, de súbito, ele começou a chorar. Mas ele estava a salvo do perigo agora… e *ela* o deixara a salvo, deixara-o curado, tanto o corpo quanto a mente. *Sou um Compartilhador agora!*

Mas não, essa era uma suposição. Se havia passado no teste para se tornar membro pleno do caminho dos Compartilhadores era uma questão para os seus irmãos de caminho decidirem e para o Conselho confirmar, não importando o quão bem havia se saído. E era uma completa loucura deixar as emoções saírem de controle enquanto permanecesse no sonho; ela não prejudicaria a si mesma ao cometer um erro infantil. Então, com um suspiro profundo para concentrar os pensamentos, Hanani soltou o sonho do soldado e seguiu o tênue cordão vermelho que conduziria sua alma de volta ao seu invólucro de carne…

… mas alguma coisa sacudiu sua percepção.

Ela parou, franzindo a testa. A terra dos sonhos de Ina-Karekh ficara para trás, tanto quanto era possível dizer que tais coisas tinham alguma direção. Hona-Karekh, o reino da vigília, estava à frente. Ela abriu os olhos da sua forma onírica e se viu na versão de sombras cinza do mundo da vigília, onde a tensão e o movimento agitado que enchiam o Salão de Bênçãos momentos antes haviam se aquietado de repente. Ela estava na plataforma aos pés da grande e imponente estátua de Hananja, feita em pedra da noite, e seu requerente desaparecera. Mni-inh e o professor Yehamwy, que viera para supervisionar o seu teste, haviam ido embora. O Salão estava vazio e silencioso, exceto por ela.

O reino entre a vigília e os sonhos. Hanani franziu o cenho. Não tivera a intenção de parar ali. Concentrando-se, ela procurou seu *umblikeh* de novo para completar a viagem de volta para a vigília... e então, ao ouvir algo, parou. Lá. Perto das alcovas de doação de dízimo, onde os Compartilhadores-Aprendizes e acólitos colhiam sonhos das mentes dos fiéis adormecidos. Um som baixo e profundo, diferente de tudo o que ela já ouvira antes. Uma pedra raspando?

Ou a respiração de uma fera enorme e pesada.

["Hanani."]

Nada entre os reinos era real. O espaço entre sonhos era o vazio, onde a alma poderia ficar à deriva, sem nada a que se agarrar: nenhuma imagem, nenhuma sensação, nenhuma conceitualização. Um lugar fácil para se enlouquecer. Com seu nome de alma e treinamento, Hanani estava mais segura, pois aprendera há muito tempo a criar um construto protetor à sua volta (o Salão das Sombras, nesse caso) sempre que viajava para lá. Entretanto, evitava o espaço entre reinos se pudesse, uma vez que apenas os Coletores conseguiam transitar por ele com facilidade. Era no mínimo perturbador que ela tivesse se manifestado ali involuntariamente.

Estreitando os olhos na direção das alcovas, ela se perguntou: será que esquecera alguma etapa na cura do soldado, fizera algo errado na rota de volta de Ina-Karekh? A vida de um homem estava em jogo, era seu dever ser meticulosa.

["Hanani. A cura está completa. Saia."]

Alguma coisa se mexeu na tranquilidade perto da abertura de uma alcova. Emergiu de trás de uma das colunas cobertas de flores do

Salão, que impediam uma visão nítida. Ela percebeu intenção e poder, uma lenta acumulação de malícia que primeiro a enervou, depois ativamente a assustou...

["*Hanani.*"]

O Salão das Sombras estremeceu, depois ficou claro e cheio de pessoas, brisas e murmúrios. Hanani respirou fundo, piscando enquanto sua alma se acomodava de volta na própria carne. O reino da vigília. Seu mentor estava ao seu lado com um semblante de preocupação.

— Mni-inh-irmão. Tinha alguma coisa... — Ela chacoalhou a cabeça, confusa. — Eu não tinha terminado.

— Você fez o suficiente, Aprendiz — declarou uma voz fria. Yehamwy, um Professor corpulento e calvo no início da velhice, estava ao lado da área de cura, lançando olhares fulminantes. À frente dela, em um dos sofás de madeira preparados para o público dos Compartilhadores, o soldado de Hanani dormia o sono profundo dos recém-curados. Automaticamente, Hanani tirou o curativo para verificar a barriga dele. A carne estava intacta e sem cicatrizes, embora ainda manchada com o sangue líquido e coagulado que fora derramado antes da cura.

— Meu requerente está bem — concluiu ela, olhando confusa para Yehamwy.

— Não ele, Hanani. — Mni-inh agachou-se ao lado do sofá e colocou dois dedos nas pálpebras do soldado para verificar o trabalho de Hanani. Fechou os olhos por um momento. Eles se movimentaram com rapidez sob as pálpebras. Então ele expirou e voltou. — Está bem mesmo. Vou pedir que alguém chame os membros da casta dele para levarem-no para casa.

Menos desorientada agora, Hanani passou os olhos pelo Salão de Bênçãos e franziu a testa. Quando começara a trabalhar no soldado, o Salão estava cheio, zunindo com as vozes daqueles que vêm oferecer seus dízimos mensais, apresentar demandas pela ajuda do Hetawa ou simplesmente para se sentar em esteiras entre as flores de lágrima-da-lua e rezar. O sol ainda entrava em um ângulo inclinado pelas janelas de prismas, mas agora o Salão estava vazio, a não ser por aqueles na plataforma com Hanani e um grupo de Compartilhadores e Sentinelas próximo a uma das alcovas de doação de dízimo.

O mesmo lugar onde vira algo no reino entre reinos. Era estranho. E era cedo demais para o horário de abertura do Salão ao público ter terminado.

— Hanani não teve nada a ver com isso — declarou Mni-inh. Surpresa, Hanani alçou o olhar ao ouvir o tom incisivo da voz do mentor. Ele estava olhando feio para o Professor Yehamwy.

— O garoto estava pegando dízimos para ela — disse Yehamwy. — É claro que ela está envolvida.

— Como? — Ela estava entranhada demais no sonho até para notar.

— O garoto só tinha treze anos. Ela o fez transportar humores como se ele fosse aprendiz pleno.

— E daí? Você sabe tão bem quanto eu que nós permitimos aos acólitos que transportem humores sempre que mostram aptidão!

O conselheiro chacoalhou a cabeça.

— E às vezes eles não estão. Esse incidente é o resultado direto do uso excessivo que a sua aprendiz fez dos humores...

Mni-inh retesou-se.

— Não me lembro de *você* ter passado no teste do Compartilhador em nenhum momento, Yehamwy.

— E o desejo do garoto de agradá-la? Não é preciso ser Compartilhador para entender isso. Ele a seguia por toda parte como um cão de caça manso disposto a fazer qualquer coisa para servir à sua paixão. Disposto até a tentar realizar um procedimento narcomântico além de sua habilidade.

Os joelhos de Hanani haviam enrijecido durante a cura, apesar da almofada debaixo deles.

— Por favor... — Os dois homens se calaram, fitando-a; a expressão de Mni-inh ficou marcada por súbita piedade. Isso a assustou, pois só havia um garoto do qual poderiam estar falando. — Por favor, Mni-inh-irmão, me conte o que aconteceu com Dayu.

Mni-inh suspirou e passou a mão pelo cabelo.

— Aconteceu um incidente nas alcovas de doação, Hanani... Não sei. Não há...

Com um gesto impaciente, Yehamwy o interrompeu.

— Ela deve saber sobre o mal que causou. Se acredita verdadeiramente que ela é digna de se tornar um Compartilhador, não a mime.

— E a expressão dele quando se virou para ela era de amargura e satisfação. — Um portador do dízimo está morto, Compartilhador-Aprendiz. E o acólito Dayuhotem, que auxiliava você, também.

Hanani suspendeu a respiração e olhou para Mni-inh, que aquiesceu em uma confirmação discreta.

— Mas... — Ela buscava as palavras. Seus ouvidos zuniam como se as palavras houvessem soado alto demais, embora ninguém fosse gritar no salão da própria Hananja, aos pés da estátua Dela. Hananja apreciava a paz. — C-como? Era um procedimento simples. Dayu fizera isso antes, muitas vezes, sabia o que estava fazendo apesar de ser só uma criança. — Uma criança brincalhona, alegre e indomável como a lua, tão exasperante quanto encantador. Ela não conseguia imaginá-lo morto. Seria como imaginar o Sol deixando de brilhar.

— Não sabemos como aconteceu — respondeu Mni-inh. Ele lançou um olhar repressor ao conselheiro, que começara a falar. — *Não* sabemos. Nós o ouvimos gritar e, quando entramos na alcova, encontramos Dayu e o portador do dízimo. Alguma coisa deve ter saído errado durante a doação.

— Mas Dayu... — Hanani sentiu um nó na garganta depois de pronunciar o nome. Sua visão turvou; ela pôs a mão sobre a boca, como se isso fosse afastar o horror de sua mente. *Morto.*

— Os corpos serão examinados — informou Mni-inh em tom pesaroso. — Existem narcomancias que podem ser realizadas mesmo depois que o *umblikeh* é cortado, o que pode nos dar algumas respostas. Enquanto isso...

— Enquanto isso — interrompeu Yehamwy —, sob a minha autoridade como membro do Conselho dos Caminhos, o Compartilhador-Aprendiz Hanani está proibida de continuar praticando qualquer arte de cura ou narcomancia até chegarem os resultados do exame. — Ele se virou para um dos Sentinelas vestidos de preto que estava de guarda na porta que levava ao Hetawa interior; o Sentinela se virou para fitá-los. — Por favor, notifique isso para a sua irmandade, Sentinela Mekhi. — O Sentinela, com o rosto inexpressivo de quem está a trabalho, acenou com a cabeça uma vez em resposta.

Dayu estava morto. Incapaz de pensar, Hanani fitava Yehamwy. Dayu estava morto e o mundo se retorcera em um novo e irreconhecível formato. Hanani devia ter se curvado sobre as mãos para mostrar humildade e aceitação do decreto do Conselheiro, e sabia que o fato de não o fazer repercutia mal para Mni-inh. Porém, continuava fitando-o, paralisada, mesmo enquanto ele ficava mais carrancudo.

— É dever dos Compartilhadores disciplinar os nossos — pontuou Mni-inh. Ele falou em um tom muito suave, mas Hanani pôde ouvir a fúria suprimida na voz do mentor.

— Então cumpra o seu dever — retrucou Yehamwy. Lançando um último olhar frio para Hanani, ele se virou e se afastou.

Hanani fitou o mentor, que ficou olhando feio para o conselheiro, como que contemplando algo nada agradável. Então sua raiva desvaneceu e Mni-inh olhou para ela. A jovem leu compaixão em seus olhos, mas também resignação.

— Sinto muito — falou ele. — Seu trabalho com o requerente foi impecável. Não acho que os nossos irmãos de caminho vão descartar o seu teste por causa disso, mas... — O semblante dele ficou sombrio. Ele conhecia a política do Hetawa melhor do que Hanani.

Não era esse o futuro que eu imaginava, refletiu alguma parte dela enquanto o restante de sua alma flutuava em círculos da tristeza para a descrença e de volta para a tristeza. *Isso não está acontecendo*. Ela se obrigou a se curvar sobre uma das mãos; a mão tremia muito.

— Sim, Irmão.

Mni-inh tocou a mão dela outra vez.

— O garoto era importante para você. Deixe-me chamar um Coletor.

A promessa do consolo de um Coletor era tentadora, mas então a amargura eclipsou esse desejo. Ela perdera seu amigo mais querido no Hetawa e parecia provável que suas esperanças para o futuro fossem seguir o mesmo caminho que ele. Ela não queria consolo. *Quero tudo de volta como era antes*.

— Não — respondeu ela. — Obrigada, Irmão, mas... prefiro ficar sozinha agora. P... — Ela se forçou a pronunciar as palavras. — Posso ver Dayu?

Mni-inh hesitou só por um instante antes de responder. Foi quando Hanani se deu conta: havia algo de errado com o corpo de Dayuhotem.

— É uma casca, Hanani — ele falou com delicadeza, usando seu tom mais persuasivo. — Ele não está mais lá. Não se atormente.

Se Mni-inh não queria que ela visse o corpo, então Dayu não morrera em paz. Uma alma que morria com dor, medo ou raiva era atraída para a terra das sombras, os recessos escuros de Ina-Karekh, para sofrer pelo restante da sua existência em meio a pesadelos infinitos. Era o destino temido por todos os que honravam a Deusa Hananja.

Trêmula, Hanani caminhou até um banco próximo, segurando-se nas coisas, e sentou-se pesadamente. Ela precisava se encolher no Jardim das Águas para chorar um dia e uma noite inteiros.

Mni-inh leu o rosto dela.

— Hanani — começou ele, mas caiu em um silêncio desolador. Os Compartilhadores eram treinados para oferecer consolo após uma tragédia, mas não eram Coletores; seu consolo eram apenas palavras, ineficientes como tal. Hanani jamais sentira a inadequação desse treinamento com tanta intensidade quanto agora.

E se o Professor Yehamwy estivesse certo?, sussurrou uma vozinha no fundo da mente de Hanani. E se a morte e a danação de Dayu fossem, de algum modo, culpa de Hanani?

A estátua de Hananja, de doze metros de altura, reluzente em pedra da noite branca sarapintada, pairava lá no alto. *Será que rezar ajudaria?*, perguntou-se ela de modo vago. Dayu e o portador do dízimo morto iam precisar de preces no lugar para onde haviam ido. Mas nenhuma palavra lhe veio à mente e, depois de um longo instante vazio, ela se levantou.

— Vou estar nos meus aposentos — anunciou ela a Mni-inh.

E, embora visse Mni-inh erguer uma das mãos enquanto ela se virava, sua boca se abrindo como que para impedi-la, no fim ele não disse nada. Hanani foi embora sozinha.

2

O TESTE DO CAÇADOR

A fumaça chegava longe nas brisas áridas. O tênue odor veio até Wanahomen através do véu enquanto ele mirava uma cidade distante do outro lado do vale verdejante. *Sua* cidade. A nuvem de fumaça se erguia de dentro dos seus muros.

— Foi Wujjeg — disse Ezack ao seu lado. Ele falou em chakti, a língua de Banbarra.

— Eu sei — respondeu Wanahomen na mesma língua. Debaixo dele, a camela se remexeu, agitada, e soltou um resmungo de reclamação. Distraído, Wanahomen afagou o pescoço dela sem tirar os olhos da nuvem de fumaça.

— Não acho que Wujjeg pretendia matar, não a princípio. Contudo, quando o primeiro gujaareen foi derrotado, o segundo enlouqueceu e o atacou, completamente exposto.

— Ele não devia ter eviscerado o primeiro.

— O que vai fazer?

Wanahomen não respondeu, dando meia-volta com a camela e descendo a trilha do ponto de observação de volta para o acampamento, passando por um caminho saliente que era mais seguro de atravessar com quatro patas do que com dois pés. A maior parte dos cavalos e camelos havia sido solta para procurar comida pelas trilhas íngremes abaixo da plataforma, embora houvessem empilhado forragem por perto para os animais se alimentarem também. Os homens mais jovens do acampamento já haviam acendido a fogueira da noite. O aroma do chá em preparo afastou o cheiro de cidade em chamas das narinas de Wanahomen, mas não de sua mente.

Ao chegar à plataforma, Wanahomen desmontou sem tirar o arreio nem a sela do animal, assobiando a nota que significava *fique*. A camela grunhiu em um gesto rabugento de aceitação e Wanahomen entrou no acampamento a passos largos, ignorando os olhos que o seguiam e tentavam interpretá-lo, não respondendo às poucas vozes que murmuraram cumprimentos. Seus olhos estavam fixos em um jovem agachado próximo a uma das fogueiras, rindo com um grupo de companheiros. Alguém cutucou o jovem — Wujjeg — quando Wanahomen se aproximou e, depois de um instante de hesitação, Wujjeg levantou-se e se virou para encará-lo. Ele deixara o véu escorregar para um lado. Sem mulheres ou estranhos por perto, o fato em si não era um insulto, mas o acampamento inteiro notou o olhar insolente que ele lançou para Wanahomen.

— I-Dari — disse ele, oferecendo o termo respeitoso com um tom que era qualquer coisa, menos isso. — Pelo menos o ataque foi lucrativo, você tem de admitir.

— Realmente — concordou Wanahomen. — A tribo deve se certificar de agradecer a você quando orar pelos ancestrais. — Ele pôs a mão no cabo de marfim da faca e esperou.

O sorriso de Wujjeg desvaneceu apenas por um momento, assim como parte de sua presunção. Automaticamente ele levou a mão ao cabo da própria arma, mas não a desembainhou.

— I-Dari — começou ele, porém, antes que pudesse dizer mais, a lâmina de Wanahomen saiu rasgando da bainha e desenhou uma segunda boca na garganta de Wujjeg.

Houve um arquejo de alguém entre os amigos de Wujjeg. Ninguém mais falou nem se mexeu. Wujjeg também não produziu som algum, colocando as mãos por um momento no fluxo que lhe jorrava da garganta antes de tombar ao chão.

Wanahomen sacudiu a faca e voltou-se para o membro mais jovem da tropa.

— Embale Wujjeg para a viagem e coloque-o junto à bagagem. Precisamos devolvê-lo para o clã dele.

O jovem engoliu em seco e balançou a cabeça, em silenciosa concordância. Wanahomen embainhou a faca e passou por cima da poça cada vez maior de sangue a fim de caminhar até a fogueira seguinte. Pouco antes do círculo de pedras, ele se ajoelhou, curvando a cabeça.

— Unte, posso entrar?

O homem sentado ao lado do fogo inclinou a cabeça. Um homem idoso com as feições redondas de um ocidental — alguém escravizado — apressou-se em afastar uma pedra e Wanahomen entrou no círculo.

— Seja bem-vindo — saudou Unte, depois fez um sinal para a pessoa escravizada. Enquanto o servo pegava uma pinça para tirar das chamas a caixa de cozimento metálica, o homem lançou a Wanahomen um longo olhar reflexivo. — Estou tentando decidir se declarei como líder de caça um tolo ou um gênio.

O indivíduo escravizado entregou uma tigela para Wanahomen. Tubérculos de cercrus assados com filetes de carne condimentada que podia ser de kinpan, uma ave de chão, ou outra entre meia dúzia de espécies de ratazana do deserto. Erguendo o véu com uma das mãos, Wanahomen comeu de maneira rápida e asseada, sem fitar Unte.

— O senhor veio nessa cavalgada para ver como faço as coisas — disse ele.

— Realmente. E agora vejo.

— Não fiz nada que viola os costumes desta tribo.

— Verdade. Você é sempre apropriado e cuidadoso, Wana.

Wanahomen pôs o prato no chão e esfregou os olhos. Estava cansado demais para jogos verbais.

— Vai me expulsar?

— Ainda não decidi.

Não! Estou tão perto! Mas, em vez de expressar o protesto, Wanahomen falou:

— Posso fazer um pedido, então, enquanto ainda sou o seu líder de caça?

— Faça.

— Espere.

— Esperar? Para o clã de Wujjeg incitar os parentes do Dzikeh-Banbarra para a briga?

— Cada homem desta tropa jurou me obedecer, Unte. Wujjeg desobedeceu a minha ordem. Só pode haver uma punição para isso enquanto estamos caçando.

— Ele matou um inimigo. — A voz de Unte era branda, mas seus olhos eram frios e penetrantes por trás do véu.

Wanahomen tentou não suspirar.

— Já expliquei isso para o senhor e para todo o restante da tribo. Só os kisuati são nossos inimigos, não todos os habitantes da cidade.

— E já expliquei para você que a maioria dos banbarranos não concordaria com essa afirmação nem se importaria com a diferença — retorquiu Unte. As rugas em torno dos olhos dele relaxaram sob a luz da fogueira, por trás do véu ele estava achando graça. — Mas admito que talvez estejam mais inclinados a prestar atenção agora.

Wanahomen também relaxou, aliviado.

— E então, gênio ou tolo?

— Gênio não, de jeito nenhum.

— Mas não completamente tolo?

— Que os deuses ajudem a todos nós, não, um tolo não. Minha vida seria mais fácil se você fosse, porque então eu poderia me ver livre de você.

Wanahomen pôs no chão a tigela vazia, fazendo, por um hábito desatento, um aceno de agradecimento ao indivíduo escravizado e então se levantou para apertar o ombro do ancião.

— Prometi fazer do senhor um rei entre os reis, Unte. Isso não faz valer a pena me suportar?

Mas Unte chacoalhou a cabeça e respondeu:

— Só se você sobreviver para conseguir, Wana. Durma um sono leve esta noite.

Dispensado dessa forma, Wanahomen se pôs de pé e foi embora. Manteve-se olhando para a frente enquanto atravessava o acampamento de novo, desta vez por cansaço, não por raiva. A maior parte do grupo de caça consistia de apoiadores seus, dos quais poucos se ressentiam dele pela morte de Wujjeg. No entanto, iam querer conversar com ele, descobrir seus planos, elogiar sua franqueza ou reafirmar a própria lealdade. Um ou dois sem dúvida o convidariam a compartilhar o catre durante a noite, embora ele normalmente recusasse tais ofertas em busca de evitar acusações de favoritismo. Ele não queria nada mais do que o seu próprio catre e a paz dos sonhos, mas primeiro tinha de cuidar da sua montaria: nenhum banbarrano respeitável dormiria antes de fazê-lo. Como ele não era banbarrano, era importante que permanecesse dentro dos limites da respeitabilidade.

Entretanto, quando chegou à trilha aos pés da plataforma, encontrou Laye-ka já sem a sela, sua pelagem cor de creme escovada e limpa. A camela mastigava placidamente algum pedaço de vegetação e grunhiu para ele à guisa de cumprimento, chacoalhando o colar de amuletos que ele lhe trançara. Ao ouvir o barulho, Ezack assomou por detrás da anca do animal e sorriu para ele.

— Sabia que você ia voltar. A mocinha aqui não quis esperar. Começou a pisotear de um lado para o outro e a grunhir quando você saiu.

Wanahomen deu uma risadinha e se aproximou da cabeça da camela, estendendo a mão para esfregar sua testa dura. Ela encostou a cabeça na mão dele, implorando afago.

— Não é igualzinha a uma mulher? — perguntou ele, agradando à camela.

— Verdade! Então… — Ezack deu uma olhada ao redor à procura de curiosos. — O velho ficou bravo?

— Não. Ele entendeu.

Ezack deu um suspiro de alívio, seu hálito inflou por um momento o tecido do próprio véu.

— Achei que ele fosse entender, mas, mesmo assim.

— Ele me avisou para ter cuidado. Como se eu precisasse desse aviso. — Enquanto Wanahomen esfregava as orelhas de Laye-ka, seus olhos se dirigiram de volta ao acampamento. A maioria dos grupos de homens já havia se dispersado, como se a morte de Wujjeg e a aprovação de Unte houvessem encerrado todas as discussões. Um grupo remanescente, aqueles que eram amigos de Wujjeg, estava sentado ao redor de uma das fogueiras, aos cochichos. Wanahomen não ficou particularmente perturbado com isso, pois Wujjeg era o mais esperto e o mais audacioso daquele bando; sem ele, os demais representavam pouco perigo. Não obstante, ele obedeceria a Unte e tomaria cuidado.

— Ah, sua faminta, agora vá para lá. — Ele deu um tapinha no ombro de Laye-ka e, com um último olhar pesaroso, ela se virou e se afastou para se juntar aos outros cavalos e camelos. — Descanse, Ezack.

— Em paz, Wana.

Wana parou, olhando surpreso para trás ao ouvir a expressão de despedida familiar, mas tipicamente gujaareen. Ezack deu de ombros para o olhar dele.

— Nós, banbarranos, encontramos uso para tudo o que aparece no nosso caminho. Ficamos com *você*, não ficamos?

Com tais palavras, Ezack começou a empilhar alforjes contra a parede da plataforma, ignorando Wana educadamente quando ele murmurou "obrigado" em gujaareen. Um momento delicado demais para o gosto dos banbarranos, o tipo de ação que Wanahomen jamais teria se permitido fazer com nenhuma outra pessoa para que não o achassem mole como a maioria dos habitantes da cidade. Mas Ezack aprendera a tolerar o comportamento peculiar de seu comandante anos antes, algo pelo qual Wanahomen era grato. Ele se afastou rápido, antes que o impulso de ficar sentimental piorasse.

Seu lugar no acampamento estava pronto, o fogo ardia vivamente e o catre fora disposto pelo seu próprio indivíduo escravizado. Não havia nenhum círculo de barreira aqui: um bom líder de caça não precisava se separar de seus homens. Quando entrou na área da luz do fogo e se sentou, mexendo-se para se deitar de lado, Wanahomen fez um aceno para o servo.

— Vamos para casa amanhã.

Charris, que um dia fora general do exército de Gujaareh, embora em um passado distante, devolveu o aceno de onde estava no próprio catre.

— Você se saiu bem — Charris falou em gujaareen, em parte porque seu chakti era pobre, em parte pela privacidade. Apenas Unte e Ezack falavam alguma coisa da língua: Unte com pouca fluência, Ezack com bem menos do que isso.

As bochechas de Wanahomen esquentaram com o elogio.

— Meu pai me ensinou a lidar logo com as provocações.

— Se serve de consolo, o gujaareen que foi ferido provavelmente vai sobreviver. Se os companheiros o mantiveram aquecido e o levaram direto para o Hetawa, o ferimento pode ter sido curado.

Wanahomen aquiesceu lentamente, contemplando o fogo.

— Eu tinha esquecido isso. Cura. Incrível, não é? Que eu possa ter esquecido uma coisa dessas. — Ele se calou enquanto os muros da capital, dourados durante o pôr do sol, cintilavam em sua memória. Por um momento, quase pôde sentir o cheiro das flores de lágrima-da-lua no vento, e então a lembrança se desvaneceu. Lamentou que houvesse passado: suas lembranças eram tênues e raras nos últimos tempos. — Nenhum gujaareen de verdade esqueceria uma coisa dessas, Charris. Esqueceria?

— Faz tempo que estamos longe, meu Príncipe, mas sempre seremos gujaareen — respondeu Charris em um tom amável.

Sim. E Gujaareh voltaria a ser dele. Wanahomen repetiu aquele pensamento para si mesmo uma vez, e mais três vezes em voz baixa: quatro repetições formavam uma oração. *Dele*, pela graça de Hananja.

— O encontro com os shunha — comentou ele. — Está marcado?

Charris confirmou com a cabeça.

— Daqui a três dias, ao pôr do sol. Na mensagem, falei para ele que seria eu. — Ele lançou um olhar inquieto a Wanahomen.

— Tenho de ver esse homem eu mesmo, Charris. Os shunha podem oferecer a primeira lealdade à Gujaareh, mas ainda são próximos demais das raízes kisuati para o meu gosto. Preciso ter certeza de que podemos confiar nesse. — Wanahomen passou a mão debaixo do lenço para esfregar a nuca repleta de areia, sentindo falta, com uma afeição pesarosa, dos banhos perfumados do seu povo. — Vou tomar cuidado, não tema.

— E a minha outra sugestão?

Wanahomen fez uma careta.

— Nunca.

— O Hetawa tem tanto poder em Gujaareh quanto a nobreza, meu Príncipe. Mais até.

— E eu nunca vou pedir a ajuda deles nem para curar um dedão machucado.

Charris suspirou.

— Em paz então, meu Príncipe. — Ele se virou para se deitar no saco de dormir.

— Em paz, velho amigo. — Wanahomen se mexeu a fim de tirar as botas, depois se deitou, prendendo o véu facial para descansar. Vendo as sombras dançarem no beiral da plataforma, ele fechou os olhos...

... e os abriu para ver um céu agitado, sufocado pela tempestade. Onde deveria estar a pedra de uma saliência protetora, onde a Lua dos Sonhos e os milhões de Sóis Menores deviam ter preenchido o céu noturno mais adiante, agitavam-se e encrespavam-se espessas nuvens pretas. O raio que cintilou entre essas nuvens foi atenuado, ralo e enfermiço, e demorou-se, mais semelhante a uma rede de veias na carne do que a luz e fogo. Ele jamais vislumbrara um céu daqueles, nem na pior das estações de inundação.

Ele se sentou. Sob esse céu, o mundo ficou estranho e cinza: desprovido de cor, as sombras haviam se tornado nítidas e densas demais para se enxergar através delas. Quando o manto externo de Wanahomen desapareceu, ele percebeu que toda a sua vestimenta banbarrana empoeirada havia sumido, substituída por uma plissaia de linho fino sob medida, um manto de penas e um colarinho de lágrimas de lápis-lazúli. Roupas dignas de um príncipe.

— Como deveria ser — sussurrou a voz de seu pai.

Wanahomen virou-se. O acampamento banbarrano desvanecera, Charris desvanecera. O catre e a fogueira de Wanahomen repousavam sobre os tijolos imundos de uma rua gujaareen em um beco sombreado e de muros altos. Perto do fundo desse beco, onde as sombras eram mais densas, espreitava uma forma ao mesmo tempo familiar e hedionda. Com a cabeça inclinada para um lado, ele viu o brilho de dentes. E no entanto...

— Wanahomen — sussurrou o espectro.

Ele se pôs de pé, tomado pela certeza do sonho.

— Pai.

— Meu filho, meu herdeiro. — A voz era suave, leve, porém Wanahomen reconheceria o timbre em qualquer lugar. Ele mordeu o lábio e deu um passo à frente, querendo encurtar a distância. Sabendo, apesar de estar ausente de Gujaareh há dez anos, que esse desejo era tolice. A terra dos sonhos era incompreensivelmente vasta, levaria eras para as almas dos mortos a preencherem. A maioria das pessoas vista nos sonhos eram meros reflexos dos próprios pensamentos e medos do sonhador.

Mas...

— Minha alma renascida. — A sombra do pai chacoalhou a cabeça, tranças sujas e frouxas sacudiram para a frente e para trás. — Onde está a Auréola, Wanahomen? Onde está o seu reino?

— Em mãos inimigas, pai. — Ele pôde ouvir o ódio na própria voz, ecoando das paredes do beco. — Eles tiraram tudo de mim.

— Não tudo. Não a esperança. Não o favor Dela.

Wanahomen chacoalhou a cabeça com um sorriso desolado.

— Será que Ela ao menos me conhece, pai? Não fiz nenhuma oferenda nem recebi nenhuma bênção durante anos.

— As bênçãos virão. — Algo naquela voz, ao mesmo tempo dissimulada e entretida, transformou as palavras mais em um aviso do que em uma promessa. O vulto ergueu um dedo torto e paralisado em direção ao céu. — Elas já vieram, está vendo? Bênçãos tão poderosas. Elas abalarão Gujaareh inteira, desperta e adormecida, e afogará os fracos em seus próprios sonhos escuros. Seu sofrimento não conhece limites.

Wanahomen contemplou o céu estrondoso e tremeu, embora não houvesse vento.

— O senhor está falando da Deusa? Não entendo, pai...

— Não entende? — As sombras se mexeram quando o vulto abaixou o braço a fim de apontá-lo para Wanahomen, avançando o suficiente para que a luz da fogueira iluminasse enfim a sua carne. O estômago de Wanahomen revirou quando ele viu feridas preto-arroxeadas mosqueando uma pele que um dia tivera o tom dourado-claro da areia do deserto. A putrefação da morte? Não. Esses ferimentos pareciam mais algum tipo de doença.

A coisa que fora seu pai soltou uma risada grossa e viscosa. Seguindo o dedo dele, Wanahomen olhou para si mesmo e arquejou ao notar que o próprio torso estava coberto das mesmas feridas. Revoltado, passou as mãos em si mesmo em busca de tirá-las do corpo. Porém, sua pele estava intacta; a doença estava por baixo. *Dentro de si*.

— Depressa — sussurrou seu pai. — Você viu que já começou.

Wanahomen abriu os olhos de novo. A caverna e os banbarranos haviam voltado. O sonho se fora.

Não. À diferença da maioria de seus compatriotas, Wanahomen nunca fora treinado quanto às técnicas do sonho adequado... seu pai não permitira. Contudo, parecia que certas habilidades eram inatas, com ou sem treinamento. Isso ele podia sentir: alguns sonhos eram mais do que sonhos.

Wanahomen fechou os olhos, mas não voltou a dormir naquela noite.

3

O TESTE DA DAMA

Tiaanet, filha de Insurret, dama da casta shunha, era uma lenda em Gujaareh. Poetas e cantoras haviam composto hinos em sua homenagem, escultores e pintores usavam a imagem da jovem em suas melhores obras. Aqueles que conversavam com Tiaanet notavam que sua inteligência e graciosidade se equiparavam à beleza física e ninguém podia negar que a casa vinha sendo muito bem administrada desde que sua mãe lhe atribuíra parte da gestão. Da mesma forma, os investimentos da família eram lucrativos e bem escolhidos. Alguns (tolos apaixonados, mas também alguns outros) segredavam que em sua perfeição haviam renascido os ancestrais divinos dos shunha.

Foi assim que, quando começou a terceira estação de colheita, no décimo ano da ocupação kisuati, espalhou-se entre as castas mais altas a notícia de um acontecimento importante: lady Tiaanet enfim procurava um marido. Ninguém esperara tal restrição de sua poderosa e influente família, pois, embora as mulheres dentre os shunha raramente se casassem tão cedo quanto as mulheres baixa-casta ou as camponesas, o rio inundara quatro vezes desde a maioridade de Tiaanet, aos dezesseis anos. Entre seus dons naturais e a riqueza futura (pois, assim como os kisuati, os shunha passavam a herança pela linhagem materna), era quase garantido que todo homem de valor nas duas terras viria na próxima ocasião social, que acabou sendo o funeral do lorde Khanwer, um primo do pai de Tiaanet.

Por tradição, os ritos funerais do lorde Khanwer foram realizados na casa do parente vivo mais próximo, culminando em uma celebração do Nascer ao Pôr da Lua. Em flagrante desrespeito à tradição shunha, porém, não foi a mãe de Tiaanet, e sim a própria Tiaanet, que foi a anfitriã do evento: uma grande responsabilidade para uma dama tão jovem e um escândalo terrível. Os shunha não desrespeitavam a tradição. Os anciãos da casta sem dúvida lhe mandariam uma carta de censura e ela sem dúvida os visitaria para pedir desculpas antes de continuar fazendo exatamente o que queria.

Tiaanet tomou o cuidado de manter o passo tranquilo e gracioso enquanto andava entre os convidados reunidos, mantendo as taças cheias e a conversa fluindo. Mais importante, ela notou os olhares dos homens, que desviaram em direção a ela ao longo da noite. A pedido do pai, colocara seu vestido mais sedutor, de um linho tão primorosamente tecido que acabava sendo muito fino, e meticulosamente pregueado que se ajustava a cada curva do seu corpo. Os homens ficavam de boca aberta quando seus seios soltos balançavam sob o tecido translúcido, lançavam olhares prolongados à curva suave do seu ventre, tentando identificar o triângulo escuro por baixo. Ela vira vários deles se aproximarem do pai no decorrer da noite, falando em vozes baixas e urgentes e fitando-a. Mas seu pai apenas dava acenos educados durante tais conversas, seu sorriso se alargando a cada nova proposta como se fosse a ele, e não a Tiaanet, que estivessem cortejando.

— Como deve ser entediante para você — comentou um homem de cabelos brancos enquanto Tiaanet enchia de novo sua taça. A jovem alçou o olhar e se deparou com ele sorrindo-lhe, o que a surpreendeu... não pelo sorriso, que era gentil, mas pelo fato de não haver luxúria nele.

— Nem tanto, milorde — respondeu ela. Um servo se aproximou, oferecendo-lhe uma garrafa fresca de vinho; ela agradeceu com um aceno e trocou-a pela sua, que estava quase vazia. — Agrada-me honrar a morte de um homem tão estimado.

— Hum, sim. O último dos verdadeiros tradicionalistas era Khanwer. Gujaareh perdeu um campeão. — O homem bebeu o vinho e parou para saborear o gosto por um momento, erguendo as sobrancelhas em apreciação. — É uma bebida do sul? É excelente.

Tiaanet inclinou a cabeça.

— Vinho de palmeira-daro, produzido em Sitiswaya. Raro e difícil de conseguir, mas meu pai tem muitos amigos entre os mercadores kisuati.

— Que conveniente. Tantos dos nossos nobres têm caído em desgraça com os nossos soberanos hoje em dia. — O homem fez uma pausa para tomar outro gole, fechando os olhos de prazer. — Entretanto, me contaram que o seu pai estava em conflito com Khanwer antes de sua morte. Decerto *ele* não estava em desgraça?

Com um olhar de soslaio, Tiaanet voltou a examinar o homem, perguntando-se qual era a intenção dele. Sondando informações, sem dúvida, mas, sem saber seu status, ela não podia imaginar o motivo. Com a pele marrom cor de nogueira, nem escura nem clara, ele parecia mais ser de alguma casta intermediária do que da nobreza, e nenhum baixa-casta teria composto a lista de convidados. Um artista, talvez. E algo em sua vestimenta, uma túnica simples de hekeh branco, chamou-lhe a atenção por estar fora de lugar em meio à elegância de todos os demais convidados. Contudo, ele não estaria presente se não tivesse alguma importância na sociedade gujaareen. Tiaanet conhecia muito bem seu pai.

— Khanwer era parente, milorde — respondeu ela cautelosamente.

— É claro. Você não falaria mal dele na frente de um estranho. Perdoe-me a intromissão. — O homem fez uma pausa e lhe deu outro daqueles sorrisos peculiares e gentis. — A propósito, não precisa me chamar de *lorde*.

A mente da jovem preencheu a lacuna de modo abrupto.

— O senhor é do Hetawa.

Ele ergueu as duas sobrancelhas e soltou uma risadinha.

— Puxa, isso é humilhante! Me acostumei a ser reconhecido nesses últimos anos.

Não era um simples membro do templo, então. Tiaanet curvou-se sobre as duas mãos espalmadas em um pedido de desculpas.

— O erro é meu. Sempre acreditei que viver aqui no campo, por mais suntuosa que seja a nossa propriedade, deixa a nossa família isolada dos acontecimentos e das personalidades importantes da cidade...

O Superior do Hetawa, líder da fé hananjana em todos os reinos que honravam a Deusa, chacoalhou a cabeça uma vez.

— Você foi uma anfitriã graciosa de todas as maneiras, lady Tiaanet, especialmente nessas circunstâncias. Como está a sua mãe?

— Descansando, Superior.

— Disseram-me que faz algum tempo que ela está doente. — Ele olhou ao redor e inclinou-se para se aproximar dela com tanta falta de jeito que todos os convidados por perto deviam ter notado. — Será que o seu pai aceitaria a visita de um Compartilhador? — perguntou em voz baixa. — As enfermidades crônicas costumam ser fáceis de curar. Isso pode ser feito de maneira discreta.

Tiaanet agraciou-o com um olhar frio, alertando-o para que não insistisse no assunto.

— Nós somos shunha, Superior.

Ele suspirou e endireitou-se.

— Bem, em todo caso, por favor informe-lhe da oferta. Ele não seria o primeiro shunha a discretamente quebrar a tradição.

— Vou transmitir a oferta. — E seu pai havia começado a observar os dois do outro lado da sala. Ela inclinou a cabeça para o homem outra vez e virou-se para deixá-lo. — Desfrute do restante da noite, Superior...

— Espere. — O homem deu outra daquelas olhadas demasiado óbvias ao redor; desta vez, Tiaanet ficou tensa no seu íntimo, sentindo o escrutínio do pai como uma ferroada quase palpável ao longo da espinha. — Diga-me, filha de Insurret. Sabe alguma coisa sobre *como* lorde Khanwer morreu?

Ah. As mulheres podem não ser muito do gosto de um Servo de Hananja, mas segredos? Nem mesmo sangue onírico podia apagar isso.

— Ele morreu durante o sono, Superior — respondeu ela. A jovem sorriu, o que o fez recuar, franzindo a testa de um modo inquieto. Ela não sorria com frequência por esse motivo. — Como todo seguidor bom e fiel de Hananja desejaria.

31

Ela afastou-se, então, antes que o Superior pudesse lhe fazer mais alguma pergunta estranha e antes que pudesse lhe causar mais problemas, apesar de vislumbrar a expressão fria do pai enquanto servia vinho ao próximo convidado e desconfiar de que já era tarde demais para isso.

Certo tempo depois, a última fatia colorida da Lua dos Sonhos escondeu-se sob o horizonte, deixando apenas a diminuta e branca Lua da Vigília e os piscantes Sóis Menores no céu. Com a tradição cumprida, os convidados foram partindo um a um. Tiaanet cuidou daqueles que não queriam fazer a viagem de volta para a cidade ou para as próprias casas, direcionando-os aos quartos de hóspedes enquanto o pai se despedia do restante. Portanto, foi Tiaanet a quem um dos servos abordou, sussurrando que sua mãe precisava de ajuda.

Ela olhou em direção ao pai, que estava entretido em uma conversa com outros dois lordes shunha. Acenando para o servo, a jovem se dirigiu à câmara norte.

Não se ouvia nenhum ruído no interior quando ela parou diante da pesada cortina de entrada e acenou aos servos de guarda dos dois lados.

— Mãe? Posso entrar?

Não houve resposta, embora ela não houvesse esperado uma. Ao passar pela cortina, encontrou o quarto adiante em completa desordem: almofadas e roupas espalhadas por toda parte, um baú de madeira virado e seu conteúdo derrubado, um tapete arremessado na parede oposta. O banco em forma de ferradura perto da janela, onde a mãe costumava se sentar, estava de lado no chão. Em meio ao caos, a mãe estava retesada, segurando uma pequena estátua de Hananja com força em uma das mãos, os olhos fixos em algum ponto distante além da janela. Ela não se virou quando Tiaanet entrou.

Tiaanet inclinou-se para pegar uma almofada.

— Deixe aí — falou Insurret. Tiaanet deixou a almofada onde estava.

— Quer que eu traga alguma coisa? — perguntou Tiaanet, mantendo a voz baixa.

De perfil, o sorriso da mãe era afiado como um caco da Lua no inverno.

— O seu pai, quando você terminar com ele.

— Ele está com os nossos convidados, mãe.

Insurret olhou para Tiaanet por cima do ombro.

— E você veio para atender as minhas necessidades? Que filha boa você é. Talvez algum dia tenha uma filha assim tão boa.

Tiaanet não respondeu e ficou esperando. Em geral, tentava não sair antes que Insurret a dispensasse. Uma boa filha ficava para fazer a vontade da mãe.

— Seu pai pretende deixar a sua irmã de fora da festa? — O sorriso de Insurret era venenoso. — Com tanta luz e barulho, não poderia haver perigo.

— Tantufi está na casa de campo, mãe. — Assim como Insurret bem sabia.

— É, é. Outra boa filha para mim. — Os olhos de Insurret ficaram abruptamente vagos, o sorriso desvaneceu. — Filhas tão boas.

Não havia sentido em uma conversa dessas. Tiaanet suspirou e virou-se para sair.

— Os servos vão arrumar tudo de manhã, se a senhora permitir. Boa noite, mãe. Em paz...

A estátua de Hananja atingiu a parede bem ao lado da cabeça de Tiaanet e se partiu em duas. Ela parou.

— Nunca me deseje paz — rosnou Insurret. — Serpente. Vadia bajuladora. Nunca deixe a palavra *paz* passar pelos seus lábios na minha presença. Entendeu?

Tiaanet agachou-se para recolher os pedaços da estátua, colocou-os em uma prateleira próxima, depois cruzou os antebraços e curvou a cabeça em uma manuflexão como pedido de desculpa para a Deusa.

— Entendi, mãe. Boa noite.

A mãe não respondeu enquanto ela saía.

O pai esperava do lado de fora do quarto. Tiaanet parou, procurando quaisquer sinais de raiva em seu rosto, mas ele observava a cortina do quarto de Insurret com uma expressão de cansaço.

— Você se saiu bem — elogiou ele.

Tiaanet aquiesceu. Era impossível se sair bem com Insurret, mas havia graus de sucesso.

— Todos os convidados foram acomodados?

— Sim. — Ele fez um aceno para os guardas e ofereceu o braço à filha, que claramente não foi recusado. O pai começou a acompanhá-la ao quarto dela. — O que o Superior queria?

— Saber como Khanwer morreu, pai.

— E o que você falou para ele?

— Que o nosso nobre primo morreu durante o sono, pai.

Ele riu, dando palmadinhas na mão dela.

— Boa garota. Ouvi muitos elogios sobre você hoje à noite.

Vendo o bom humor dele, a jovem arriscou uma pergunta.

— E quantos desses elogios vieram com propostas de casamento?

Ele sorriu para a filha.

— Quatro só esta noite. Auspicioso, hein? E mais virão quando os homens forem para casa e calcularem suas riquezas para ver se são dignos de você. Vou dar esperança para alguns deles por um tempo, mas não tenha medo. — Ele deu palmadinhas na mão dela outra vez. — Você não será desperdiçada com algum oficial ou mercador insignificante. Tenho um pretendente melhor para você em mente.

Algum nobre kisuati?, ponderou Tiaanet, embora soubesse que era melhor não perguntar. Isso a faria parecer interessada, ávida para partir, o que é claro que ela não poderia estar.

Ambos entraram no corredor que levava ao quarto dela.

— O Superior também se ofereceu para mandar um Compartilhador para a mãe — falou ela. Talvez a informação o distraísse o suficiente. — Eu o lembrei de que esse não é o nosso costume.

O pai bufou.

— Esse homem é um tolo. Agora, o antecessor dele... aquele fazia as coisas acontecerem e foi provavelmente por esse motivo que foi morto pelos Coletores. Ah, hoje em dia o Hetawa está ansioso demais para parecer inofensivo, conciliador demais com os kisuati e com todo o restante... — Quando chegaram à porta de Tiaanet, o pai se virou e pôs as mãos nas bochechas dela. — Chega de política. Está cansada?

Tiaanet se obrigou a sorrir, desejando que seus sorrisos o deixassem tão perturbado quanto deixavam tantos outros.

— Muito, pai, depois de uma noite tão longa.

— Entendo. — Ele sorriu, abrindo a cortina para que ela entrasse. — Vamos ser rápidos... e silenciosos também, para os nossos convidados não acordarem. Certo?

Por um instante fugaz, o impulso de gritar veio à mente de Tiaanet. A casa estava cheia de convidados, um grito alertaria a todos. Será que o Superior ficara para passar a noite? Se ela acusasse o pai de corrupção na frente dele, na frente dos convidados, o Hetawa certamente investigaria. Os Coletores viriam. Ela poderia mostrar-lhes a pequena Tantufi, pobre menina prejudicada, como prova; talvez até Insurret estivesse lúcida o bastante para confirmar as acusações. Talvez os Coletores matassem a família inteira para livrar Gujaareh de uma pestilência daquelas. Então Tiaanet e Tantufi poderiam enfim ser livres, de um jeito ou de outro.

Mas aquele impulso, como tantos outros iguais, desapareceu tão rapidamente como surgira. Ela não sentia uma esperança verdadeira há anos. Na maior parte dos dias, nos dias bons, não sentia absolutamente nada.

Então Tiaanet entrou no quarto e subiu na cama, mantendo os olhos na parede oposta. Após a passagem dela, ele fechou a cortina e foi se juntar a ela.

— Eu te amo, Tiaanet — disse ele. — Você sabe disso, não sabe?

— Sei, pai — respondeu ela.

— Minha boa menina — respondeu ele, e inclinou-se para dar um beijo de boa-noite.

4

INSÔNIA

Sunandi Jeh Kalawe, Voz do Protetorado Kisuati e governadora de Gujaareh em nome dos Protetores, não tinha sono pesado. Qualquer movimento a acordava durante a noite. Até mesmo uma brisa que agitasse as cortinas da cama com muita frequência podia mantê-la de olhos bem abertos até o amanhecer. Nos anos que se seguiram ao casamento, adaptara-se a essa tendência, mantendo uma jarra de cerveja de mel com água na mesa de cabeceira, enxotando o marido para os sofás da sala de estar sempre que ele roncava ou fugindo ela mesma para esses sofás a fim de não o perturbar. Ela dormia... só que brevemente, descansando em pequenas e insuficientes porções. Às vezes, acordava mais cansada do que estava quando fora dormir.

Invariavelmente, havia noites em que bebidas relaxantes e contar de quatro em quatro não ajudavam. Nesses momentos, ela ia ao escritório trabalhar para que pelo menos o tempo não fosse desperdiçado. Ou ia à sacada do apartamento no Yanya-iyan em busca de contemplar a Lua dos Sonhos, bebendo sob aquela luz prateada e colorida sem pensar em nada.

Nessa ocasião, todavia, ela parou em estado de choque, encontrando a sacada já povoada.

— Não grite — anunciou o Coletor Nijiri. Ele estava apoiado em um pé sobre o parapeito, o outro pendurado no vácuo de uma queda de oito andares, observando-a com um olhar divertido. — Seu marido soldado viria correndo para cá, armas seriam desembainhadas e a paz do palácio inteiro seria perturbada.

Soltando o ar que ela puxara de fato para gritar, Sunandi saiu na sacada.

— Seria pouco provável que eu gritasse se você não estivesse empoleirado aqui fora como um rapinante à procura de ratos.

— Sou um Coletor, Jeh Kalawe. Achou que eu fosse entrar pelo portão da frente com escolta completa? Que talvez trouxesse uma cantora para anunciar a mim e a minha linhagem inteira? De qualquer forma, você deveria estar me esperando.

Ela revirou os olhos, vindo se juntar a ele no parapeito.

— Eu esperava você *ao anoitecer*. Enviei meu chamado logo depois que aquele maldito banbarrano acabara de aterrorizar a cidade hoje de manhã. — A irritação dela desvaneceu, eclipsada por uma ansiedade mais pessoal. — Faz tempo que está aqui? — Ela fizera amor com Anzi pouco antes da meia-noite.

Ele sorriu, a luz da Lua fazendo-o parecer momentaneamente mais jovem... mais semelhante ao garoto que conhecera dez anos antes. Ele ficara mais alto com o passar dos anos e sua beleza jovial tornara-se elegante e de contornos firmes, mas ainda era bem novo, mesmo para os padrões de Kisua, onde a vida das pessoas não era tão longa. Era a profissão dele que o fazia parecer mais velho do que a própria idade.

— Se eu tivesse chegado mais cedo — respondeu ele —, então você teria tido devaneios melancólicos de vir para esta sacada.

Ela demorou um instante para entender o que ele queria dizer e, quando entendeu, quis matá-lo.

— *Keb-na!* Você sabe que não gosto que manipule os meus sonhos.

Ele não se pronunciou, ficou apenas observando-a e, depois de um momento, ela suspirou. Claro que ele manipularia seus sonhos se achasse melhor. Ele era um Coletor.

— É necessário que você saiba — declarou ela, mudando de assunto — que esses ataques banbarranos precisam parar.

Ele continuou observando-a em silêncio, possivelmente porque sabia quanto essa maldita calma gujaareen a irritava ou porque simplesmente não tinha nada a dizer em resposta.

— Eles ameaçam a paz — continuou ela, irracionalmente compelida a preencher o silêncio. — Se perdemos o controle de Gujaareh, poderia haver todo tipo de caos. Rebeliões. Sabotagem.

— Por que está me contando isso?

— O Hetawa tem o ouvido do povo. Alguém em alguma parte deve ter um primo ou tia de Banbarra. Vocês se misturam com tudo.

Nijiri apenas suspirou ao ouvir o insulto; já ouvira coisa pior vindo dela. Eles toleravam um do outro coisas que não tolerariam de mais ninguém.

— O Hetawa apoia qualquer um que possa dar à cidade uma paz duradoura. No momento, é Kisua. Isso nos custou caro quanto à confiança do povo.

— Um gujaareen foi morto desta vez! Um guarda da cidade. Outro foi gravemente ferido, apesar de terem me informado que os seus curadores conseguiram salvá-lo. Mataram vinte dos homens do meu marido. Isso lhe parece paz?

Ele franziu a testa.

— Parece extraordinário. Oito ataques, vinte kisuati mortos e só um gujaareen? O que eles levaram?

Sunandi foi enumerando com os dedos.

— O conteúdo de três depósitos usados pelas nossas tropas, inclusive uma reserva supostamente escondida de armas. Cavalos. Feixes de cevada embalados para serem enviados a Kisua, o que imagino que serão usados como forragem para os cavalos; só Merik pode saber o que mais poderiam fazer com isso no deserto. Vinho de lágrima-da-lua. Couro e tecido hekeh. Lápis-lazúli e sal marinho.

Nijiri não falou nada por um instante, pensando no assunto.

— Produtos comerciais — comentou ele. — Você diria que essas mercadorias são especialmente apreciadas em Kisua?

Sunandi franziu o cenho.

— É, a maioria alcançaria preços altos em qualquer mercado de Kisua. Essa comercialização diminui a perda financeira que tivemos com a conquista de Gujaareh. — Ela suspirou. — Na verdade, perder esses produtos já causou males: parte dos mercadores de Kisua estão pedindo medidas mais duras no nosso controle da capital gujaareen neste exato momento...

— Nenhuma pessoa foi levada? Eles gostam de pessoas escravizadas, aqueles bárbaros do deserto.

Sunandi ignorou a zombaria. Os kisuati mantinham pessoas escravizadas também.

— Nenhuma. Eles não têm nenhum receio de fazer correr o sangue daqueles que entram em seu caminho, mas não levam prisioneiros. É sorte, imagino.

— Duvido.

Ela franziu a testa. Algo no comportamento de Nijiri mudara. Ela hesitava em chamar aquilo de entusiasmo, pois havia algo de errado com qualquer Coletor que tivesse esse sentimento. Contudo, não havia dúvida quanto à nova tensão em seu corpo.

— Explique.

O Coletor fez um aceno lento e fitou a cidade, passando os olhos de um lado para o outro, de um lado para o outro, pelos telhados e pelas ruas. Por um breve instante, Sunandi conjecturou se ele dormia bem.

— Para as tribos do deserto — explicou ele —, nós, moradores da cidade, tanto gujaareen como kisuati, somos moles, decadentes, covardes e indignos da riqueza que temos. Mesmo os shadoun, os seus próprios aliados, só fazem negócios com vocês porque odeiam mais os gujaareen. Então, para os banbarranos não pegarem indivíduos escravizados e evitarem matar os gujaareen enquanto acabam com quadras de kisuati...

Sunandi agarrou o parapeito da sacada, resmungando de leve. Que tolice a dela não ter visto!

— Estão cortejando Gujaareh para uma aliança!

Nijiri não respondeu, mas não havia necessidade; Sunandi soube de pronto que estava certa. As tribos do Mil Vazios estavam em conflito há tanto tempo que ninguém conseguia se lembrar. As guerras entre os banbarranos e os shadoun, as duas tribos mais fortes, eram lendárias, mas houvera uma paz relativa nos últimos séculos, à medida que Gujaareh ampliara seu poder. Nenhuma tribo ousava se enfraquecer lutando contra velhos rivais com uma nova ameaça espreitando tão perto.

Os ataques eram prova de que o longo impasse acabara. Os shadoun eram parceiros comerciais e às vezes aliados de Kisua, e agora Kisua controlava Gujaareh. Isso encurralava os banbarranos, cujo território se estendia da fronteira sudoeste de Gujaareh às fortalezas das montanhas ao sul dos shadoun, entre duas ameaças aliadas. Não era de admirar que houvessem decidido fazer algo a respeito.

— Acha que os banbarranos estão visando mercadorias de propósito — argumentou Sunandi, franzindo o cenho enquanto meditava sobre as palavras de Nijiri. — Por quê? Para tornar a nossa conquista de Gujaareh pouco lucrativa? Para provocar alguma espécie de mudança política em Kisua?

— Eu não disse isso. Mas a tática deles mostra certa premeditação, não acha?

Muita. Sunandi fez cara feia.

— Essa gente ignorante, nômade e amante de camelos não pensa nisso.

Uma centelha de irritação perpassou o rosto dele enfim, branda e fugaz.

— Eles não são burros, Jeh Kalawe. Fazer esse tipo de afirmação rebaixa você.

— Até o seu povo os chama de bárbaros!

— Mas lembre-se: negociar com os bárbaros nos deixou ricos. Diferentemente de Kisua, nunca permitimos que os nossos preconceitos nos cegassem para o potencial *ou* para a ameaça da raça bárbara.

Sunandi rechaçou a bronca com um gesto, cruzando os braços sobre os seios e começando a andar de um lado a outro.

— Os banbarranos foram orgulhosos demais para pedir ajuda no embate contra os shadoun antes, por que procurar agora? E de Gujaareh, quando ela é apenas uma humilde cativa de Kisua? O povo do deserto respeita a força; Gujaareh não tem nenhuma.

— Se você acredita nisso, então *você* é que é burra — retrucou ele.

Ela cerrou os punhos e se virou para ele.

— O exército gujaareen...

— Era só parte do poder de Gujaareh mesmo antes da vinda dos kisuati. Você se esqueceu dos nossos laços com as terras do norte e do leste? Como você diz, metade dos zhinha é parente de sangue de um rei bárbaro ou outro. E nesta terra existe a casta militar, a maioria *nascida* para guerrear, que ficou ociosa... e irritada... desde que o exército foi desmantelado. Foi um erro da sua parte fazer isso, você não tem ideia de quanto o Hetawa trabalhou para mantê-los quietos. E a guarda da cidade, e as forças particulares que os nobres empregam para proteger suas terras... e o próprio Hetawa. Você tem ideia do que os meus colegas Servos poderiam fazer se fossem provocados? Só os Sentinelas...

Ele chacoalhou a cabeça, passou as duas pernas para o lado interno da sacada e inclinou-se para a frente. Sunandi conteve o impulso de se afastar um passo daquela súbita atenção. Coletores não deviam sentir fortes emoções, mas Nijiri sempre fora temperamental.

— Sei o que Kisua pensa de nós. Vocês nos chamam de ovelhas adormecidas, satisfeitas por nos livrarmos de todos os nossos problemas através dos sonhos. Mas quando a ira de Gujaareh desperta, ela queima como a de qualquer outra terra... mais ainda, porque nós a reprimimos com tanta frequência. Mas, se essa ira se libertar, Kisua *vai* perder o controle.

Ela o encarou de volta e tentou ignorar sua inquietação.

— Você disse que o Hetawa nos apoiava.

— O Hetawa apoia vocês *por enquanto*. Mas, se surgir uma opção melhor, Jeh Kalawe, se o caminho mais rápido e mais garantido para a estabilidade vier a partir do massacre de cada kisuati dentro das nossas fronteiras, então esteja certa de que o Hetawa garantirá que seja feito. — Então, para surpresa de Sunandi, a raiva nos olhos dele mudou, tornando-se algo mais pesaroso. — Todos esses anos e ainda somos estranhos para você.

— Estranhos, não — respondeu ela, sentindo-se estranhamente ofendida. — Sei o quanto a paz é importante para vocês.

— É mais do que importante, Jeh Kalawe. É o nosso deus. — Nijiri se pôs de pé e suspirou. — Uma coisa eu te digo: seu palpite estava correto. Nós fomos contatados pelo representante do líder banbarrano.

Sunandi conteve a respiração.

— Eu não sabia que eles *tinham* um líder.

— Os banbarranos são muitas tribos, é verdade, com muitos líderes. Mas, em tempos de guerra, eles se tornam um corpo com uma cabeça. É provável que o homem com quem estamos lidando se torne essa cabeça.

— Quando eles contataram vocês?

— Após os primeiros ataques à cidade. O que você me falou apenas confirma algo de que nós mesmos tínhamos começado a desconfiar. E não me pergunte se e quando a reunião vai acontecer. Os assuntos do Hetawa não são da conta dos Protetores.

E é claro que ela não podia prometer que manteria a informação em segredo, dado o seu papel como Voz dos Protetores, assim como ele não podia prometer uma cooperação duradoura com ela. Cada um deles tinha seus mestres a servir.

Então fez uma pergunta aberta para permitir que o Coletor tivesse espaço para manobrar entre as lealdades dela e as dele:

— Há algo que você *possa* me contar?

Ele aquiesceu com o mais leve ar de aprovação.

— O porta-voz do líder banbarrano, quando vieram nos procurar, era um gujaareen da casta militar. Do alto escalão. Ele alegava ter sido general antes da conquista. Zhinha de nascimento. — Ele a observava enquanto dizia isso.

— Que a Deusa nos proteja — sussurrou Sunandi, a pele se arrepiando não só devido ao frio da noite. Shunha e zhinha, as duas castas nobres de Gujaareh, orgulhosas demais para receber ordens de qualquer um de casta inferior, não costumavam entrar para o exército. Mas havia uma linhagem à qual um general nascido zhinha serviria com prazer, até mesmo no exílio.

Nijiri não fez nenhum comentário sobre a blasfêmia dela... talvez porque percebesse, pelo menos de momento, que ela estava sendo totalmente sincera.

— Pense o que quiser — falou ele. — Agora volte para o seu marido antes que ele sinta a sua falta. — Ele se levantou para partir e, com o movimento, uma das duas tranças na nuca passou por cima do seu ombro. O gesto e o penteado eram tão familiares que uma leve pontada agitou o coração de Sunandi.

— Como você está, Nijiri? — perguntou ela, colocando uma ligeira ênfase na palavra *você*.

Ele parou, mas não se virou para encará-la.

— Estou bem, Jeh Kalawe.

— Eu... — ela hesitou, mas enfim disparou: — Realmente *sinto falta* dele. Dá para acreditar? Nós não éramos amigos. E, no entanto...

Nijiri se segurou no parapeito.

— Nós dois vamos encontrá-lo de novo um dia. Você pode até encontrá-lo antes de mim; você é mulher, vocês têm mais poder do que eu para encontrar o caminho dentro de Ina-Karekh. E você ainda pode sonhar.

Ela se esquecera daquilo. Ele era um verdadeiro Coletor agora, pagando o preço de um Coletor pelo poder.

— Eu lamento — disse ela. Sunandi não conseguiu distinguir se o tom na voz dele era tristeza ou apenas resignação; fosse como fosse, havia uma dor subjacente. Hesitante, Sunandi estendeu a mão até o ombro dele, se é que o gesto serviria de alguma coisa. Seus dedos mal roçaram a pele do jovem antes que ele virasse e segurasse sua mão.

— Não lamente — respondeu ele. Nijiri levou as costas da mão da mulher até a sua bochecha e manteve o rosto encostado nela por um instante, fechando os olhos e talvez imaginando a mão de outra pessoa em seu lugar. Nesse momento, ela pensou em como ele devia ser solitário, pois ninguém tocava um Coletor, não intencionalmente. Eles consolavam os outros, mas carregavam a própria dor sozinhos.

Mas, para a surpresa de Sunandi, Nijiri abriu os olhos e franziu a testa.

— Você nunca vai se encontrar com ele desse jeito. Por que não veio me procurar? Você sabe que eu a teria ajudado.

E, antes que ela pudesse perguntar do que ele estava falando, Nijiri estendeu a mão até o rosto dela. Sunandi piscou em uma reação instintiva e sentiu a ponta dos dedos dele roçar suas pálpebras por um instante e então ele se afastou. Quando ela abriu os olhos, ele havia saltado e se agachado sobre o parapeito, ágil como um pássaro.

— Não volte a me chamar — ele falou por cima do ombro. — As coisas estão mudando rápido demais. Errei, Jeh Kalawe, quando afirmei que você não nos entendia. Você entende tanto quanto é possível para qualquer estrangeiro e melhor do que qualquer outro kisuati. É por isso que vou perdoar você, não importa o que os Protetores a obriguem a fazer.

Enquanto Sunandi o fitava de volta, tentando entender aquilo, ele se pôs de pé sobre o parapeito, equilibrando-se com facilidade, sem se importar com a altura. Segurando uma saliência acima, ele ergueu o corpo em um único movimento suave. Depois sumiu.

Só quando voltou ao quarto é que Sunandi entendeu o que ele fizera. Mais exatamente, ela entendeu de manhã, quando acordou nos braços de Anzi, confortável e mais descansada do que se sentira em anos. Anzi a puxara para perto de si durante a noite, com certeza dando-lhe um puxão no processo. Todavia, ela não acordara nenhuma vez.

5

O PORTADOR DO DÍZIMO

— Não — disse Mni-inh.

Hanani manteve a cabeça curvada, os braços cruzados à frente com as palmas para baixo. Mni-inh, sentado em um banco acolchoado massageando um dos joelhos, fez cara feia quando ficou nítido que ela não tinha intenção de sair do lugar.

— Falei que não, Hanani. — Ele se endireitou, colocando o sobrepano vermelho de volta no lugar com um peteleco. — O Hetawa já pediu desculpas à família do portador do dízimo. Ele vai ter um funeral formal completo na cripta do próprio Hetawa, uma honra concedida apenas a Servos de Hananja. Deixe que isso seja suficiente.

— A morte do portador do dízimo não é culpa *do Hetawa* — retorquiu Hanani, mantendo os olhos no peito dele. Sob a baixa luminosidade da manhã, o colarinho rubro do cargo dele parecia gotículas de sangue espalhadas por toda a sua pele clara.

Mni-inh hesitou e sentou-se. Mas o Salão dos Compartilhadores ficava quase vazio entre o amanhecer e o meio-dia, enquanto aqueles que trabalhavam à noite dormiam e o restante se mantinha ocupado com as tarefas diurnas habituais de um Compartilhador no Salão de Bênçãos ou na câmara de ervas e plantas medicinais. Os poucos que perambulavam pelos bancos e pelos cantos do salão estavam estudando, absortos, ou conversando com outras pessoas. Ninguém olhava para Hanani e Mni-inh, mas ele olhou para toda parte para se certificar e se aproximou antes de voltar a falar.

— Nem é culpa *sua*, tolinha! Não faça o trabalho de Yehamwy para ele, Hanani. Como espera que o Conselho acredite que é competente se você mesma não acredita?

Ela ergueu a cabeça e o viu recuar, surpreso.

— Não acredito que sou incompetente, Mni-inh-irmão. Como eu poderia, depois do seu treinamento?

— Então por que visitar a família do portador do dízimo?

Era uma pergunta que Hanani fizera a si mesma a noite toda durante as horas que passara chorando e rezando e por fim caiu no sono. Ela não sonhara, não houvera resposta para as suas orações em busca de paz e compreensão. E então acordara aquela manhã com os pensamentos tomados por um único impulso: descobrir *por que* Dayu morrera.

— Porque meu coração está privado de paz neste exato momento — respondeu ela. Mni-inh recuou ao ouvir isso, franzindo a testa. — A dúvida veio preencher este vazio. Será que forcei mesmo o Dayu a ir longe demais, rápido demais? Será que aquele portador do dízimo morreu porque eu esperava que uma criança fizesse o trabalho de um adulto? Você sabe o que a dúvida pode fazer na narcomancia, irmão. Mesmo que o conselheiro não tivesse me interditado, eu me recusaria a realizar curas agora.

Mni-inh suspirou com um tom de frustração.

— Isso eu entendo. Mas como o fato de pedir desculpas a uma viúva enlutada que pode culpar você pela morte do marido, seja culpa sua ou não, vai aliviar a sua dúvida? — Ele ficou sério de repente. — Espere. Sei o que está acontecendo. É a primeira vez que você lida com a morte.

— Não é isso — contestou ela, embora desviasse o olhar para não ver a compaixão nos olhos dele. Nos primeiros meses do seu treinamento naquele caminho, Hanani na verdade suspeitara que Mni-inh guardava um sadismo secreto na alma, disfarçando-o dos Coletores de algum modo, mas o infligindo com alegria no aprendiz relutante sob o pretexto da mentoria. Ele fora duas vezes mais duro com ela do que com os outros Compartilhadores com seus aprendizes do sexo masculino, mencionando quando ela reclamava que teria de ser duas vezes melhor para superar os temores dos requerentes quanto ao seu sexo. E o ódio *dele*, ela sentira-se segura disso.

Contudo, à medida que os meses se tornaram anos e Hanani amadurecia, ela entendera enfim que a dureza de Mni-inh era fingimento. Por trás daquela dureza, sua verdadeira personalidade era muito mais branda. *Demasiado* branda, Hanani achava agora, extremamente desprovido da calma e do estoicismo que os fiéis esperavam dos Servos de Hananja. Ele tomava o desrespeito para com ela como insulto pessoal, irritava-se constantemente com o ritmo lento de mudança do Hetawa, esquecia o tato e dizia coisas que prejudicavam sua posição entre os irmãos de caminho. Era verdade que sua falta de ortodoxia provavelmente fizera dele o melhor professor para ela, mas havia momentos em que Hanani teria achado mais fácil lidar com o capataz da sua juventude do que com o irmão mais velho imprudente e superprotetor que ele se tornara desde então.

— Vê-la vai fazer eu me sentir melhor — afirmou ela enfim, com firmeza. — E eu simplesmente preciso saber mais, Mni-inh-irmão. Preciso conhecer o homem que morreu com Dayu. Preciso entender o que aconteceu ou pelo menos começar a tentar.

Mni-inh a encarou. Suspirou outra vez, afinal, passando uma das mãos pela cabeleira peculiar, ondulada, de aparência oleosa.

— Tudo bem. Vá.

Ela se levantou de um salto e já dera três passos antes de ele perguntar atabalhoadamente:

— Você vai *agora*? Ah, deixe para lá, é melhor você ir ou posso mudar de ideia. Apenas tome cuidado.

— Obrigada, Mni-inh-irmão.

Ele murmurou algo baixinho que ela desconfiou não ser uma prece.

Então Hanani saiu do Salão dos Compartilhadores, atravessando o enorme pátio aberto do Hetawa interior a caminho do Salão de Bênçãos. Dois Professores-Aprendizes, os braços carregados de pergaminhos, fitaram-na ao cruzar com ela e começaram a cochichar quase tão depressa quanto ela saiu do alcance do ouvido. Um Sentinela idoso sentado em um degrau observou-a, estreitando os olhos, como que tomando suas medidas. Ela acenou para ele, que acenou em resposta.

Não foi difícil para Hanani adivinhar o que estava por trás de tantos olhares que lhe foram lançados no decorrer da manhã. Ela participara de uma oração dançante em grupo naquela manhã e sentira muitos olhos sobre si. Nos banheiros, alguns dos outros aprendizes haviam sido mais mordazes do que de costume em desviar a vista da nudez dela. Nem todos os seus colegas Servos a achavam responsável pelas duas mortes, ela sabia. Mas ficara evidente, pelos olhares e cochichos, que muitos achavam.

Se ela já não estivesse se sentindo tão deprimida, os olhares teriam cobrado seu preço. Tal como estava a situação, nada podia machucar mais do que a perda de Dayu.

O Salão de Bênçãos proporcionou algum alívio, pois os Compartilhadores em serviço estavam ocupados demais para sequer olhar para ela. A fila de requerentes estava mais comprida do que o habitual, cinquenta por cento maior do que a fila de portadores de dízimo. Quase todos na fila dos requerentes mostravam alguma lesão visível: um braço pendurado, um pé ou a cabeça enfaixados. Mais ferimentos do ataque banbarrano, percebeu ela, junto aos acidentes costumeiros da época da colheita e da vida cotidiana na cidade. Os mais machucados, como o soldado que Hanani curara no dia anterior, haviam sido tratados primeiro. Agora havia tempo e magia suficiente para o restante.

Iria mais rápido se eu estivesse lá, pensou ela enquanto passava pela plataforma. Mas não havia paz nem sentido em tais pensamentos, então ela seguiu em frente.

As grandes portas duplas ficavam abertas nas horas de atendimento ao público e, ao passar do Salão frio e pouco iluminado para o barulho e a claridade do lado de fora, parou nos degraus para deixar os olhos se ajustarem. O calor estava tão intenso que fez sua pele comichar... agradavelmente em um primeiro instante, no entanto ela logo começaria a suar. Ela ergueu uma das mãos para cobrir os olhos e observou a vastidão agitada e movimentada da praça do Hetawa. Viu ali por perto um punhado de devotos sentados nos degraus com o intuito de orar e, mais adiante, mercadores andavam de um lado para o outro, vendendo água e frutas cortadas aos transeuntes. Ao longo da via principal do outro lado da praça, dezenas de pessoas perambulavam e seguiam seu caminho para o mercado ou para a margem do rio ou só os sonhos sabiam para onde mais. Muitas pessoas, muito caos e muitos que encarariam seus seios enfaixados e achatados ou então o sobrepano vermelho e masculino atado em torno do quadril largo de uma mulher. Ela jamais gostara de se aventurar pela cidade. E, no entanto...

Nenhuma daquelas pessoas agitadas e de passo rápido sequer a fitou enquanto ela as contemplava dos degraus do Hetawa. Mesmo os que olhariam quando ela houvesse se juntado àquele fluxo movimentado pensariam apenas que era uma mulher com roupa de homem. Não sabiam o que ela fizera e, além do mais, não se importavam. Era estranho e, de certo modo, um alívio considerar isso.

— Você deveria ter uma escolta, Compartilhador-Aprendiz.

Hanani alçou o olhar para as pequenas sacadas que davam para os degraus do Hetawa. Os dois homens agachados ali vestiam sobrepanos pretos e colarinhos de ônix, calma e mortalmente estáticos. Hanani reconheceu o que falara com ela como sendo Anarim, um Sentinela sênior. O outro era um Sentinela que ela não conhecia. Enquanto Anarim focava sua atenção nela, aquele outro mantinha o olhar nos degraus e nas ruas mais além, alerta para quaisquer ameaças ao templo e aos devotos da Deusa.

Independentemente disso, ela fez uma mesura aos dois.

— Já fui à cidade servir requerentes muitas vezes, Sentinela. Consigo encontrar o caminho.

— Não tenho dúvidas disso, Aprendiz. Mas não foi por isso que sugeri uma escolta. — Anarim, como a maioria dos membros de seu caminho, era esguio como o cordão de um chicote; era algum efeito do treinamento que eles faziam. O Sentinela levara essa semelhança mais longe sendo um tipo de homem alto e estreito com dedos compridos e um rosto anguloso e lábios tão finos quanto os de um nortenho. Aqueles lábios finos se contorceram agora em tênue reprovação, apesar de, fora isso, ele manter o semblante inexpressivo. Ela soube de imediato que a reprovação não era para ela. — Os kisuati parecem incapazes de evitar ataques e outras perturbações dentro dos muros da cidade nos últimos tempos. As coisas não estão tão pacíficas como deveriam. Eu ou outro membro do meu caminho podemos acompanhá-la.

Hanani refletiu, mas depois chacoalhou a cabeça.

— Vou para me humilhar diante de um estranho, Sentinela Anarim. Levar um guarda poderia ser malvisto. Além do mais... — Ela apontou para as próprias roupas. — Esta roupa me proporciona uma proteção que não é pequena. Isso não mudou, kisuati ou não.

— Muito bem, Aprendiz. Vá, e volte, na paz Dela. — Então, para grande surpresa de Hanani, Anarim inclinou a cabeça para ela. A jovem ficou olhando, pois era só uma aprendiz e ele era um dos mais respeitados Servos do Hetawa, um membro do Conselho dos Caminhos. Mas, quando Anarim se endireitou, retomou sua posição de guarda, os olhos vasculhando a praça em busca de ameaças em potencial, e teria sido desrespeitoso distraí-lo falando de questões tão pequenas.

Mas a mensagem era clara: pelo menos ele acreditava que ela não tinha culpa das mortes. A moça se afastou, sem saber ao certo como se sentir... mas, não obstante, sentindo-se melhor.

O nome do portador do dízimo era Bahenamin e ele fora um rico membro da casta mercante. Sua família vivia na extremidade do distrito dos nobres, perto do Jardim Yafai, a metade oeste da cidade, do outro lado do rio. Embora pudesse ter mostrado ao motorista de um transporte de tração humana o seu símbolo de lágrima-da-lua do Hetawa e ter sido levada aonde quisesse, ela hesitou em fazê-lo. O símbolo deveria ser usado apenas para tratar de questões do Hetawa. Será que se enquadrava nesse caso a situação de pedir desculpas por uma morte que ela poderia ter causado? Ela não fazia ideia, mas não tinha nenhuma vontade de tentar justificar aquilo para o Conselho. Foi andando.

Como sempre, as multidões e o tráfego eram um contraste dissonante em relação à ordem silenciosa do complexo do Hetawa. Hanani juntou-se ao fluxo da via principal, o que de imediato a forçou a se locomover em um ritmo que teria sido inaceitável no Hetawa, a não ser em emergências. Quando passou por um mercado, o tráfego desacelerou, transformando-se em um grupo compacto que dava empurrões, um emaranhado que se formara por nenhum motivo que ela pudesse discernir além da pura natureza inquieta desse rio humano: rios inevitavelmente tinham corredeiras. Ali ela levou cotoveladas, foi empurrada, teve os pés com sandálias pisados e cerveja derrubada em seu braço. Quando as pessoas viam sua vestimenta vermelha, abriam caminho, mas, na maioria dos casos, simplesmente não a viam. Não pela primeira vez Hanani desejou que uma de suas antepassadas houvesse chamado a atenção de algum homem *alto* e belo de alguma alta-casta por uma ou duas noites.

O tráfego diminuiu próximo à margem do rio, graças à Sonhadora, embora isso se desse em grande parte devido ao cheiro. Os peixeiros estavam trabalhando duro perto da ponte mais ao norte da cidade, vendendo algas marinhas secas e a pesca da manhã. A pesca dos dias anteriores também estava aqui, apodrecendo em urnas especiais vedadas debaixo da ponte. Quando pronta, a pasta fluida enriquecia o solo para os cultivos nos arredores do vale do rio Sangue, que ficavam fora do alcance da inundação que renovava a fertilidade de Gujaareh todos os anos. Mas, embora as urnas de pasta fluida houvessem sido vedadas com piche e cera e pasta de semente de hekeh, parte suficiente da fedentina tóxica escapava, de maneira que o próprio ar fazia os olhos de Hanani lacrimejarem. Ela prendeu a respiração e atravessou a ponte correndo, parando apenas quando um grupo de caracais desgarrados precipitaram-se em seu caminho, perseguindo um do bando, que carregava uma cabeça de peixe.

Por fim, chegou ao distrito do Jardim Yafai. A casa de Bahenamin era uma construção alta em estilo kisuati com vergas de madeira azul em um canto do outro lado do jardim. Os pictorais da sua linhagem foram entalhados em um bastão fixado próximo à entrada da casa. Borboletas com pintas de leopardo pairavam sobre os tijolos da passarela da casa, dançando naquela onda de calor; Hanani tomou o cuidado de não pisotear nenhuma daquelas criaturas adoráveis. Mas, para sua surpresa, a porta abriu antes que ela pudesse alcançá-la e uma jovem serva saiu com um tecido índigo mais intenso — a cor do luto — nas mãos. A garota trajava um vestido curto e justo de estampas azuis entrelaçadas em vez de estar com o peito descoberto como a maioria dos servos nos dias quentes: uma família de luto aderia a roupas formais em caso de visitantes.

Hanani esperou enquanto a serva terminava de enrolar o tecido em volta do bastão da linhagem... então avistou Hanani e parou também, piscando, surpresa.

— Saudações, estranha. Você tem algo a tratar aqui?

Hanani fez uma mesura, virando as palmas das mãos para cima a fim de cumprimentá-la.

— Venho do Hetawa. Gostaria de conversar com a família do mercador Bahenamin.

— Esta é a casa dele, que ele viva na paz Dela para sempre. — A serva então fitou Hanani por um intervalo de tempo um pouco maior, analisando-a de alto a baixo com uma expressão confusa familiar. — Do Hetawa, você disse?

— Sim — respondeu Hanani, esperando. O sobrepano era declaração suficiente, ou deveria ser, de sua identidade. Como garantia adicional aos que pudessem duvidar, Hanani sempre tomava o cuidado de usar também o colarinho de pequenas cornalinas polidas que lhe fora dado quando se juntara ao caminho dos Compartilhadores. Entre isso e o sobrepano, e quaisquer boatos que corressem pela cidade, a maioria das pessoas a conhecia à primeira vista: a única mulher que recebera permissão para seguir um dos quatro caminhos sagrados do serviço à Deusa.

Demorou um momento no caso da serva, mas depois Hanani enfim viu o reconhecimento perpassar o rosto dela. Só então acrescentou:

— Sou Hanani, aprendiz do caminho dos Compartilhadores.

A serva por fim se lembrou de ter modos e inclinou a cabeça.

— Por favor, entre, Compartilhador-Aprendiz.

A casa, quando entraram no hall, era bem mais fria e confortável do que o calor sufocante de fim de tarde do lado externo. O hall dava diretamente no modesto átrio da família, onde pequenos arbustos e plantas cercavam uma bela tamareira de bom tamanho. Sua copa projetava sobre o átrio faixas de sombra. Debaixo dessa árvore, fora construído um ninho de cobertas e almofadas. Ali estava reclinada uma mulher corpulenta e grisalha que usava uma vestidura kisuati em um tom intenso de índigo. Seu rosto, Hanani viu quando a serva foi falar com ela, era enrugado e estava inchado, o branco dos olhos vermelho de chorar. Mas se fixaram profundamente em Hanani enquanto a serva falava e, após um instante, a mulher acenou para que Hanani se aproximasse.

Hanani entrou no jardim e se curvou sobre as duas mãos.

— Obrigada pela honra da sua hospitalidade.

A serva se apressou em colocar outra almofada no chão. A mulher acenou e disse:

— Por favor, sente-se, Compartilhador-Aprendiz, e seja bem-vinda. Meu nome é Danneh. Na vigília, fui a primeira mulher de Bahenamin.

Hanani sentou-se e a serva se retirou em resposta a algum sinal despercebido de Danneh.

— Vim pedir desculpas — falou Hanani quando se passara um espaço pacífico de tempo. Em seu íntimo, Hanani sentia-se rígida, embora já houvesse decidido que aceitaria quaisquer palavras que a mulher lhe atirasse, que suportaria qualquer fúria. — Sinto que tenho alguma responsabilidade pela morte do seu marido. Foi meu assistente que pegou a doação dele naquele dia.

Danneh franziu a testa.

— A criança que morreu com ele?

— Sim. Ele era um acólito contemplando o caminho dos Compartilhadores. Ele tinha sido treinado e o procedimento era comum, mas... — Ela chacoalhou a cabeça, à procura de alguma explicação que fizesse sentido. Nada fazia. — Algo saiu errado. A culpa é minha.

Mas Danneh franziu ainda mais a testa.

— Disseram para mim que foi um acidente.

— Meu assistente só tinha treze anos, novo demais para assumir uma tarefa tão importante...

— Não. — Danneh chacoalhou a cabeça. — A idade da escolha é doze. Treze é idade suficiente para uma criança assumir responsabilidade pelos próprios atos. Você confiava nele para a tarefa? Esperava que ele fosse falhar?

— Eu... — De todas as reações que Hanani se preparara para suportar, essa não era uma delas. — Eu confiava nele, senhora.

— Foi a primeira vez que ele fez o procedimento?

— Não, senhora. Ele já tinha feito antes, muitas vezes. Todos os acólitos aprendem a extrair e a repassar humores oníricos, independentemente do caminho que escolhem no final.

Danneh suspirou.

— Então foi um acidente. Ou... — Ela lançou a Hanani um súbito olhar perspicaz. — Alguém mandou você aqui para pedir desculpas?

— N-não. — Aquela maldita gagueira aparecia sempre que ela ficava nervosa. — Ninguém me mandou, mas...

— Mas eles culpam você. É claro que culpariam. — Danneh chacoalhou a cabeça e deu um ligeiro sorriso. — A única mulher do Hetawa. Achei que você fosse mais alta.

Hanani se remexeu um pouco na almofada, sem saber ao certo como deveria reagir a essa declaração.

— Eu esperava saber mais sobre o seu marido — comentou ela.

Foi uma mudança muito brusca, uma transição desajeitada na conversa. O sorriso de Danneh desvaneceu de imediato e Hanani repreendeu-se em silêncio por cometer um erro tão deselegante. Mas então Danneh respirou fundo e aquiesceu.

— Saber mais sobre ele — repetiu ela. — É. Isso me deixaria feliz. Isso...

Para o choque de Hanani, os olhos da mulher de repente se encheram de lágrimas. Danneh desviou o olhar e pôs a mão sobre a boca pelo intervalo de várias respirações, reprimindo um soluço. Hanani estendeu o braço em busca de tocar a outra mão dela e ficou ainda mais alarmada quando a mulher agarrou sua mão com força. Mas o contato pareceu ajudar Danneh a recobrar o controle.

— Me perdoe — pediu ela após o tempo de algumas respirações. — Sei que deveria ir ao Hetawa pedir paz. Mas parece... *melhor*, de certo modo, deixar a tristeza fluir livremente.

— É — concordou Hanani pensando nas próprias longas noites desde a morte de Dayu. Parte desse sentimento deve ter se manifestado em sua voz porque então Danneh reuniu forças para dar um sorriso úmido.

— Diga-me o que quer saber sobre o meu Hena?

Hanani ficou pensando.

— Bahenamin era um homem devoto?

Danneh não soltara a mão de Hanani, embora a segurasse com menos força. De um modo quase distraído, ela deu batidinhas na mão de Hanani, talvez buscando consolo no plano físico porque o intangível lhe causava tanta dor.

— Não muito. Ele fazia suas doações todo mês, fazia oferendas na Noite Hamyan, não mais do que isso. Mas dessa vez ele tinha ido ao Hetawa para rezar.

— Por que dessa vez em particular?

— Sonhos. — Danneh suspirou e secou os olhos com um tecido. — Ele vinha tendo sonhos ruins.

A pele de Hanani se arrepiou, como se uma repentina brisa gelada houvesse soprado pelo átrio, embora as folhas da tamareira estivessem imóveis.

— Não entendo — comentou ela. — Toda criança gujaareen aprende a lidar com sonhos perturbadores.

— Hena tentou, mas os truques de costume não funcionaram. Ele alegava que alguma coisa estava esperando por ele. Seguindo-o, como uma leoa segue a presa. Foi por isso que ele foi para o Hetawa: estava com receio de que os deuses pudessem estar bravos com ele por alguma razão.

Alguma coisa estava esperando por ele. Movimento no escuro. Uma malevolência à espreita.

— Ele era um sonhador vigoroso? — perguntou Hanani. Sua mão devia ter estremecido na de Danneh, mas a senhora não pareceu notar.

Danneh chacoalhou a cabeça, sorrindo um pouco para si mesma com o carinho recordado.

— O Hetawa o deixou de lado quando tinha quatro inundações. Não lhe ofereceram nem o treinamento para leigos, ele não tinha talento nenhum para os sonhos.

— E ele teve esse sonho só uma vez?

— Duas vezes em duas noites. Na terceira, ele não dormiu, o medo o manteve acordado. No dia seguinte o pressionei a ir ao Hetawa e ele enfim foi. — Danneh suspirou. — Não dei muita importância, para ser sincera. Achei que os Compartilhadores tirariam os pesadelos dele e lhe dariam uma boa noite de sono, e esse seria o fim. Ele tinha ido a um funeral dias antes... Khanwer, um lorde shunha com quem fazia negócios com frequência. Ver um amigo morrer pode empurrar qualquer homem para perto da terra das sombras por algum tempo... — Ela ficou em silêncio outra vez, mas Hanani identificou o discernimento nos olhos dela. *Ele morreu daquele sonho.*

Era uma verdade que Hanani também sentia agora, com uma certeza instintiva, embora não manifestasse nada em voz alta. Que mulher iria querer saber que as coisinhas aparentemente sem importância que ela notara, notara sem qualquer preocupação, deixaram-na viúva? Que mulher não se culparia em um caso desses?

E o que era mais preocupante, o que significava o fato de que Hanani sentira algo esperando por ela no espaço entre sonhos naquele dia, assim como Bahenamin parecia ter sentido antes da morte?

— Obrigada — disse Hanani. — Talvez isso ajude a mim e aos meus irmãos a descobrir como aconteceu. — Então, em uma grande ousadia, ela apertou a mão de Danneh em resposta. — Que Hananja lhe conceda paz na vigília até que possa vê-lo outra vez em Ina-Karekh.

Danneh sorriu antes de enfim soltar a mão da jovem.

— Você é uma boa menina — comentou ela. — Os Servos de Hananja sabem escolher.

Sentindo que a conversa chegara a um fim gracioso, Hanani acenou timidamente e se levantou.

— Gostaria de voltar — arriscou ela. — Para ouvir mais sobre Bahenamin. E, se prefere não ir ao Hetawa a fim de aliviar a sua tristeza, então talvez eu possa voltar da próxima vez que receber o dízimo de um Coletor.

— Eu também gostaria disso — respondeu Danneh —, mas não pelo sangue onírico.

O sorriso da mulher fez Hanani sorrir também ao curvar-se para uma última despedida.

— Então com certeza vou voltar — falou. — Em paz, mercadora Danneh.

— Em paz, criança.

Do lado de fora, Hanani desceu os degraus devagar, os pensamentos agitados como o céu em uma estação de inundação. Por conta disso, não viu a serva às suas costas oferecer-lhe uma mesura completa de respeito antes de fechar a porta da casa.

6

OCUPAÇÃO

Wanahomen estava tão perdido em lembranças enquanto andava pelo coração da Cidade de Hananja (de novo, até que, enfim, desta vez sem estar oculto pelas roupas banbarranas, e sim como seu verdadeiro eu) que não percebeu os soldados kisuati até ser quase tarde demais. Fora pego pelo perfume do Jardim Yafai, que estava carregado de lágrimas-da-lua e jasmins e lhe lembrava de noites do passado no Yanya-iyan jogando dados com o pai e Charris. Quando alçou o olhar e viu dois soldados batendo em um homem gujaareen quase até a morte, já estava praticamente em cima deles.

A vítima era um vendedor de frutas que estendera uma manta próximo ao portão do jardim e organizara pilhas de figos e melões-edaki e dyar-a-whe espessos e verdes para atrair os transeuntes. A lei da cidade determinava que os mercadores podiam vender seus produtos apenas nas áreas de mercado designadas: isso mantinha as coisas em ordem. Entretanto, em dias como esse, em que os pavimentos da rua estavam quentes o suficiente para assar pão e uma mordida em uma fruta fresca e agradável seria bem-vinda para qualquer pessoa, a maioria dos guardas da cidade teria feito vista grossa.

Os soldados kisuati não fizeram. O mercador implorava diante deles, sua voz uma súplica alta. "O trabalho de uma semana!" foi tudo o que Wanahomen o ouviu dizer enquanto um dos homens o empurrava com o pé. "Minha família vai ficar sem dinheiro..." E então seu protesto se transformou em um arquejo quando um dos soldados pisoteou a pilha de figos.

— O trabalho de uma semana? Isto? — O soldado falou com um forte sotaque da planície. — Sou fazendeiro. Meu trabalho de uma semana encheria este jardim! Ah, só em Gujaareh pessoas preguiçosas poderiam ficar tão ricas. — Ele olhou para o colega e sorriu. — Devemos ensinar a esse *tingam* o valor do trabalho duro? — Ele pisoteou outra fruta, que respingou, madura; o colega deu risada.

Um homem gujaareen de verdade teria adotado uma postura estoica a essa altura e suportado em silêncio qualquer abuso que os soldados lhe impusessem. Era a única atitude sensata e pacífica a se tomar: os soldados estavam entediados e era muito evidente que a resistência só provocaria um comportamento pior. Mas parecia que o mercador estava mesmo preocupado com as finanças da família, ou talvez apenas não estivesse se sentindo pacífico. Antes que o soldado pudesse pisar o edaki, o mercador se mexeu para cobrir aquela pilha com o corpo.

O que se seguiu era totalmente previsível, porém chocante de ver, mesmo para Wanahomen, que testemunhara situações muito piores nos anos que decorreram após sua saída de Gujaareh. Os soldados começaram a chutar o homem para valer, primeiro pisoteando as costas e os ombros em vez da fruta e depois chutando as costelas e a lateral do corpo quando ele não saiu do lugar.

Wanahomen parou na esquina do outro lado daquela cena feia. Havia algumas outras pessoas na rua; Wanahomen podia vê-las apontando e cochichando umas com as outras. Uma delas talvez acabasse reunindo a coragem para interferir... ou talvez elas apenas ficassem de lado e observassem enquanto o pobre tolo era chutado até a morte. De qualquer modo, Wanahomen não ousava se envolver. Entrara na cidade usando um disfarce: um sobrepano limpo, porém simples, e um lenço na cabeça, sandálias gastas e um colarinho barato em tom de bronze. A vestimenta de um trabalhador comum. Contudo, debaixo do sobrepano estava uma de suas facas banbarranas, presa à parte de cima da sua coxa, e havia joias banbarranas em sua bolsa. Se confrontasse os soldados, eles poderiam prendê-lo e era quase certo que encontrariam a faca e as joias. Isso levaria a perguntas perigosas.

Embora dar as costas afligisse Wanahomen, por mais pragmática que fosse a escolha...

— O que vocês estão *fazendo*? — perguntou uma voz e a cabeça de Wanahomen se virou em um puro reflexo incrédulo.

Uma mulher estava parada diante dos soldados, que haviam cessado dos chutes no mercador para fitá-la. O próprio Wanahomen não pôde deixar de olhar. A mulher... uma jovem, na verdade, que passara só alguns anos da idade do amadurecimento... usava roupas masculinas, desde sobrepanos notadamente embainhados a um colarinho que devia ter sido feito para ombros mais largos do que os dela. Sob o colarinho, seus seios haviam sido fortemente cobertos com ataduras brancas, como aquelas usadas em corpos que esperavam a cremação. Isso não servia de nada para esconder seu volume, mas o traje todo parecia estranho demais para ser erótico. Seu cabelo marrom-dourado fora puxado para trás em um severo coque nortenho que não ajudava em nada a adornar seu rosto e ela não usava maquiagem, nem sequer kohl para amenizar o brilho do sol.

Mas era o tom cornalina do seu colarinho e o intenso vermelho-sangue dos sobrepanos que mais intrigaram Wanahomen. Ela parecia um Compartilhador de Hananja, mas mulheres não se tornavam Compartilhadores nem nenhum outro tipo de Servos.

— Por que estão machucando esse homem? — indagou ela, e agora Wanahomen podia ouvir o choque em sua voz. A jovem estava na vereda de entrada do jardim; talvez tivesse vindo de lá, sem conseguir ver o espancamento por entre as folhas e flores até surgir bem em cima da agressão. — Que tipo de... Como puderam... — Ela parou de falar, aparentemente horrorizada demais para terminar qualquer pensamento.

Os soldados se entreolharam.

Vá embora, pensou Wanahomen sobre a mulher. Mesmo sem querer, ele diminuiu o passo, cerrando os punhos nas laterais do corpo. *Apenas dê as costas e reze para eles não seguirem você.*

— Compartilhador... — A fala vinha do mercador, que tossiu ao levantar o olhar; ele respirava com dificuldade e havia sangue em seu rosto. — Compartilhador, você não deve... Não se incomode com esses cavalheiros. Certo? — Ele olhou para os soldados, dando um sorriso bajulador. — Estão só me corrigindo; descumpri a lei. Você deveria voltar para o Hetawa, está tudo bem.

— *Isso* não está na lei — falou a mulher, e Wanahomen se perguntou se ela estava confusa devido ao sol ou se era tola. Os kisuati alegavam respeitar a Lei de Hananja, mas Wanahomen fizera outras viagens clandestinas à cidade ao longo dos anos, conversara com comerciantes e mercenários que lhe contaram como as coisas eram de fato. Outros espancamentos. Extorsão. Desaparecimentos. Nada muito escancarado — eles não eram *abertamente* hipócritas —, porém o bastante para as pessoas sensatas saberem que era melhor não contrariar os invasores da cidade.

Talvez fosse por isso que, embora tivesse a intenção de andar, Wanahomen se viu parando.

— Você deveria ouvir esse camarada — aconselhou o mais falante dos soldados kisuati, colocando o pé nas costas do mercador outra vez. O mercador se encolheu, mas o soldado naquele momento não fez nada pior. — Nós mantemos a ordem, certo? Mantemos a paz. Você gosta de paz? Vá embora e dê graças a Hananja que homens tão bons estão mantendo a sua cidade segura. — Ele sorriu.

— Eu... — Alguma percepção do perigo pareceu enfim ter atravessado o choque da mulher. Ela engoliu em seco e deu uma espiada ao redor. Se buscava ajuda, notou Wanahomen, não havia nenhuma disponível: nenhum dos espectadores olhou para ela de volta. Não... quando Wanahomen fitou os olhos observadores, uma mulher se abaixou em direção ao filho pequeno e sussurrou alguma coisa em seu ouvido. O menino desceu uma rua lateral em disparada, talvez para ir buscar algum tipo de ajuda. Ela não poderia chegar a tempo.

— Eu n-não posso ir — respondeu a mulher. Ela engoliu em seco e ergueu o queixo, embora a gagueira e o tremor negassem qualquer coragem que ela pretendesse demonstrar. — Sou um Serv... Deixem, deixem esse mercador vir comigo. Fiquem com os produtos dele, o dinheiro dele, se quiserem, mas deixem-no ir embora.

Uma expressão irritada passou pelo rosto do soldado falante. Fazendo uma carranca, ele ergueu o punho e deu um passo em direção à mulher...

... A mulher ficou tensa, preparando-se para levar o golpe...

... Wanahomen se virou na direção deles e estava no meio do caminho antes mesmo de perceber que começara a andar...

... As pessoas do outro lado da rua gritaram; o mercador berrou "não!" e...

... O soldado mais quieto observou em volta. Vendo que a multidão que os observava chegara a uns vinte espectadores, ele estendeu a mão e segurou o braço do outro. Wanahomen estava perto o bastante para ouvir o soldado murmurar em suua:

— *Espere. Muitas pessoas ao redor. O general pode ficar sabendo.*

As palavras fizeram o outro soldado parar. Ele olhou feio para a garota, mas após hesitar pelo intervalo de mais uma respiração, abaixou o punho. Inclinou-se para a frente e sussurrou alguma coisa no ouvido dela.

Ela retesou-se, encarando-o com um horror renovado. O soldado sorriu e recuou um passo, então, lançando um último olhar mordaz ao mercador, virou-se... e avistou Wanahomen, que estava no meio da rua, a apenas um passo ou dois de distância. Ele parara quando o soldado abortou o golpe, mas estava perto demais para fingir que estava só passando. Ele ficou paralisado, sem saber ao certo se lutava ou fugia.

— *Nkua ke-a-te ananki, ebaa tingam?* — perguntou o outro soldado, que aparentemente falava apenas suua. *O que você teria feito, cordeiro adormecido? Balido para a gente?*

Apesar de Wanahomen saber o suua comum bem o suficiente para entender as palavras, o desdém no tom do soldado estava nítido para fazer o rapaz perder os estribos. Ele se manteve rígido, ou tentou fazê-lo. Muitos anos entre os banbarranos. O impulso de pegar a faca e retribuir o insulto do soldado com sangue era tão forte que suas mãos tremiam.

O soldado falante bufou.

— Olhe: ele está tremendo! — Ele chacoalhou a cabeça e deu uma palmada no ombro do companheiro. — Venha. Nosso turno está quase terminando. Pelo menos fizemos o tempo passar mais rápido.

Ele passou ao lado de Wanahomen, esbarrando em seu ombro de propósito. O soldado usava dragonas de bronze e o ombro de Wanahomen estava descoberto: a batida doeu como um pesadelo. O incômodo causado por aquilo não foi nem metade do causado pelo soldado que falava suua, o qual sentou a mão no peito do jovem para empurrá-lo ao passar. Wanahomen tropeçou para trás, mas conseguiu com esforço manter o equilíbrio.

Os soldados continuaram andando e rindo entre si. Diante de Wanahomen, a garota de traje vermelho soltou o ar, aliviada, depois se agachou ao lado do mercador. Outros também se aproximaram, tão solícitos, tão prestativos agora que passara o perigo. Por um instante, Wanahomen curvou os lábios com o mesmo desdém que os soldados deviam ter sentido... mas o dele se compunha da vergonha de que seu povo pudesse ser tão fraco.

Contudo, ele lembrou a si mesmo que não tinha o direito de se zangar. Eles não tinham armas, não tinham treinamento para batalha. Haviam passado suas vidas a serviço da paz e a maioria jamais testemunhara a violência antes da chegada dos kisuati. Fora o dever do exército, da Guarda e do Hetawa protegê-los... e o dever do Príncipe de Gujaareh também. Não era culpa deles que estavam indefesos agora.

E isso só contribuiu para o amargor de Wanahomen quando ele se afastou.

— Espere.

Franzindo o cenho, ele se virou. A garota de traje vermelho. Ela contornou o mercador para ir até ele. De perto, Wanahomen percebeu que, apesar da vestimenta masculina, ela era bonita, com um tipo de beleza da baixa-casta: pequena, mas robusta, a face larga e as maçãs do rosto salientes, a pele do tom ocre das peras maduras.

— Você tentou me ajudar — disse ela. — Não era a coisa pacífica a se fazer, suponho, mas... eu lhe agradeço mesmo assim. — Ela se curvou sobre uma das mãos; a outra já estava manchada com o sangue do mercador. — Se esperar um momento, posso curar o seu braço. Este homem precisa da minha ajuda primeiro, mas não vai demorar.

Wanahomen a encarou; demorou o intervalo de uma ou duas respirações para conciliar suas palavras com a sua condição feminina.

— Você é mesmo um Compartilhador?

Ela piscou e depois baixou os olhos.

— Compartilhador-Aprendiz. Sim. Meu nome é Hanani.

Isso era demais. Os kisuati já haviam infligido seus costumes violentos à terra dele e agora estavam contagiando as mulheres de Gujaareh com suas noções malucas sobre o lugar apropriado de uma mulher. Os tempos haviam de fato se tornado catastróficos se até mesmo o Hetawa fora forçado a comprometer suas antigas tradições.

Mas, se as coisas estão tão catastróficas em Gujaareh, de quem é a culpa?, sussurrou o coração de Wanahomen outra vez.

Ele fez cara feia e, se falou de maneira mais ríspida do que deveria, era porque a culpa e a raiva eram aliadas difíceis.

— Você é uma tola — afirmou ele. A mulher estremeceu ao ouvir a frieza na voz dele, parecendo magoada; Wanahomen não se importou. — Se é mesmo do Hetawa, volte para lá correndo e nunca mais ponha os pés para fora. Os Servos de Hananja deveriam ser mais fortes do que você.

Ele se afastou, ignorando o murmúrio de sua consciência e a sensação de que ela fixara os olhos em suas costas, e foi embora.

* * *

Quando Wanahomen entrou no distrito dos nobres, seus ânimos já haviam se acalmado um pouco. Ele chegou ao destino no exato momento que o sol começava a se pôr, pintando as paredes da cidade com pinceladas abundantes de vermelho-dourado e âmbar. À sua frente havia uma casa enorme de dois andares que ocupava o quarteirão inteiro. Tinha um estilo em grande parte gujaareen, com paredes de argila branca cozida e veredas pavimentadas com pedras de rio redondas, mas havia toques estrangeiros aqui e ali: uma área lateral coberta onde a família recebia os convidados, vergas de madeira escura do sul. Toques kisuati, pois era uma casa shunha, e os shunha nunca esqueciam sua origem.

Um homem de talvez cinquenta inundações se abanava sentado a uma mesa sob o teto da área de convidados, uma garrafa e dois copos à espera diante de si. Após um momento observando em silêncio de um canto (certificando-se de que não havia soldados nem pessoas indesejáveis à espreita), Wanahomen se aproximou da casa e parou na borda da área de estar. Curvou-se sobre uma das mãos, que era mais do que a posição do homem merecia em relação à sua, menos do que o trabalhador comum que ele aparentava ser deveria oferecer.

— Minhas saudações, senhor — disse ele em suua formal.

— Bem-vindo, estranho — respondeu o homem com igual formalidade, fitando-o de alto a baixo... e então seus olhos se estreitaram. — Ou talvez não um estranho. Bem, bem. Eu estava esperando o seu porta-voz.

Wanahomen inclinou a cabeça.

— Meu porta-voz informou que o senhor é de confiança, lorde Sanfi. Considerando isso, decidi vir eu mesmo.

— Um grande risco.

— Acordos entre homens devem ser feitos cara a cara. Foi o que o meu pai me ensinou na vigília.

Lorde Sanfi aquiesceu, depois apontou para o outro assento à mesa.

— Então sente-se, não estranho — convidou ele —, e compartilhe as boas-vindas comigo. Sua garganta deve estar seca depois da longa viagem.

Wanahomen sentou-se enquanto Sanfi servia alguma coisa nos dois copos.

— Perdoe-me — pediu Sanfi, voltando a falar em gujaareen agora que eles já haviam passado das apresentações. — Não trouxe nenhum servo da minha propriedade no campo, então deve se contentar com os meus pobres esforços.

— Faz muito tempo que estou entre os bárbaros — respondeu Wanahomen. — Apenas a sua cortesia é o suficiente para mim. E se soubessem como tenho vivido, os seus servos sem dúvida torceriam o nariz e me declarariam corrupto demais para merecer o cuidado deles.

— Atos corruptos, com moderação, são uma necessidade do poder — replicou Sanfi, empurrando um copo na direção dele. — Até mesmo o Hetawa reconhece isso, ou reconhecia antes que a mácula invadisse as suas próprias fileiras.

Era desagradável travar uma conversa dessas enquanto estavam sentados em um espaço aberto. A rua na frente da casa de Sanfi não era movimentada, mas tampouco era deserta: transeuntes e vizinhos apareciam de vez em quando, alguns acenavam para Sanfi enquanto iam cuidar de suas vidas. Mas nenhum shunha respeitável convidaria um estranho à sua casa sem primeiro compartilhar um refresco com ele do lado de fora. Quebrar a tradição levantaria suspeita.

— Fico feliz de ouvir isso — disse Wanahomen. Depois, como era tradição, ergueu o copo e tomou um gole. Cerveja, acre, amarga e grossa como mel, escorreu sobre sua língua. Ele fechou os olhos e suspirou de prazer.

Sanfi deu uma risadinha.

— Faz *tempo* que não toma uma dessas, para suspirar desse jeito.

— Tempo demais. Meus atuais companheiros desprezam as pequenas delicadezas que nós de Gujaareh apreciamos tanto. Somos moles aos olhos desse povo e, para ganhar o respeito deles, devo desprezar a moleza também.

— A marca de um bom líder.

— Uma necessidade da sobrevivência, nada mais. — Wanahomen tomou outro gole de cerveja, saboreando sua calidez frutosa. — Minha mãe mandou cumprimentos.

— Ah... então ela está bem?

— Bem o bastante. — Wanahomen ficou encarando o copo. Admitir uma doença não fazia parte dos modos shunha. Sanfi ouviria a solenidade na voz de Wanahomen e entenderia. — Ela sente a falta do meu pai.

Sanfi aquiesceu.

— Assim como todos nós. Mas vejo a força e a perspicácia dele em você, meu jovem amigo. — Ele não mencionou o nome de Wanahomen, ciente dos ouvidos que passavam. — E isso deve dar grande consolo à sua mãe.

— Espero que sim. Sua família está bem, e a sua propriedade no campo?

— Bem o bastante. — Wanahomen franziu a testa e olhou para o homem, mas Sanfi contemplava uma figueira próxima. — Minha propriedade prospera: as tamareiras estão dando frutos e a nossa terceira colheita já terminou. Minha filha está aqui. Você vai poder conhecê-la em breve.

Então havia algo de errado com a mulher de Sanfi. Mas era estranho que houvesse trazido a filha consigo; Wanahomen teria esperado que uma boa filha shunha ficasse em casa e cuidasse da mãe. A menos que houvesse mais de uma filha? Mas não, ele ouvira dizer que Sanfi tinha apenas uma.

Era melhor não se intrometer.

— O comércio vai bem, assim espero.

— Tolerável, dadas as circunstâncias. Os kisuati favorecem os shunha em seus negócios. A situação não vai tão bem para os nossos colegas, os nobres zhinha, mas é inevitável. Os kisuati os menosprezam quase tanto quanto menosprezam os nortenhos.

— De fato. — Wanahomen pousou o copo na mesa, passando um dos dedos por sua delicada borda. O copo era enganosamente simples, sem qualquer tipo de desenho ou matiz além do vermelho natural, mas a argila cozida era fina e o formato do copo tinha um toque elegante. O ceramista fora um artesão esplêndido e Sanfi devia ter pagado uma boa quantia por um conjunto que o faria parecer ao mesmo tempo humilde e de bom gosto. — Dado esse privilégio, seria de se pensar por que um lorde shunha ia querer se encontrar comigo.

Sanfi lançou-lhe um olhar divertido, embora baixasse a voz e se aproximasse para falar.

— Kisua pretende se tornar a intersecção do comércio mundial em vez de Gujaareh. Agora temos acesso irrestrito aos mercados e mercadores do sul, ah, sim, uma dádiva enorme. Mas os Protetores impõem taxas mais altas aos produtos do norte e do leste, em especial se vêm dos nossos portos e não dos de Kisua. Restringem a quantidade e fazem mais exigências quanto à qualidade, o que aumenta o custo a níveis proibitivos. Determinados produtos eles proíbem de imediato, com a falsa justificativa de que a nossa terra já está corrompida demais pelas influências bárbaras… mas, na realidade, quase todo o comércio de Gujaareh foi restringido. Portanto, sob o domínio kisuati, tenho mais dor de cabeça e menos dinheiro, e estou cansado disso. — Ele encolheu os ombros e serviu mais cerveja a Wanahomen. — Perdoe-me se pareço egoísta.

Wanahomen chacoalhou a cabeça, adotando o mesmo tom baixo.

— O interesse próprio também tem o seu lugar em uma sociedade pacífica. Mas quantos dos shunha sentem o mesmo que você?

Sanfi bufou.

— Qualquer um com cérebro e olhos. Pense: os zhinha já estão empobrecidos. Os shunha, na verdade, não estão muito atrás. Os mercadores recorrem ao contrabando e a outras formas de negócio ilícito, metade da casta militar se transformou em mercenários, negociando a própria carne por dinheiro no leste. Quanto tempo vai demorar para todas essas famílias começarem a demitir os serviçais e expulsar os servos? Quanto tempo vai demorar até o Hetawa ficar pobre demais para alimentar os necessitados? Então vamos ver crianças passando fome nas nossas ruas, assassinatos nos nossos becos, desespero em cada esquina... igual à própria Kisua. — Sanfi tomou um grande gole do próprio copo, pondo-o na mesa com um suspiro. — Não, o domínio kisuati não é bom para nenhum de nós.

Wanahomen pensou nos soldados kisuati e na mulher com vestes de Compartilhador.

— Não — ele concordou em um tom suave. — Não é.

Nesse momento, Sanfi deu um meio-sorriso para Wanahomen e pôs uma rolha na garrafa.

— Venha para dentro, onde podemos conversar longe deste maldito calor.

Wanahomen levantou-se, pegando os copos para que Sanfi pudesse levar a garrafa. A casa parecia pouco iluminada depois da luz do sol que desvanecia do lado de fora, sobretudo quando Sanfi fechou a pesada porta de madeira ao entrarem. Os olhos de Wanahomen se adaptaram enquanto Sanfi indicava o caminho até a elegante recepção da casa, onde haviam sido abertas fendas no teto para permitir a entrada de ar fresco e mais luz.

E ali Wanahomen parou quando a luz iluminou a mulher mais bela que já vira.

— Minha filha, Tiaanet — apresentou Sanfi. E, embora Wanahomen pudesse sentir os olhos de Sanfi absorvendo sua reação, ele não conseguia deixar de olhar. Ela o fitava com ousadia, como era apropriado para uma mulher de sua casta, mas havia algo intrigantemente reservado em seu comportamento. Quando a jovem atravessou a sala e foi até ambos, ele não conseguiu desviar os olhos, arrebatado pelo movimento do seu corpo sob o grosso vestido kisuati de brocado.

— Eu o saúdo, Príncipe do Ocaso, Avatar da nossa Deusa — anunciou Tiaanet. Sua voz era grave e magnífica como vinho doce e escuro, deixando-o todo tenso, desde a garganta até a barriga e mais abaixo também. Mas então ela se ajoelhou diante dele, despertando-o do feitiço. As mulheres gujaareen não se ajoelhavam. Elas eram deusas, isso estava errado. Wanahomen abriu a boca para protestar, mas parou quando Tiaanet ergueu os braços, cruzando-os diante do rosto com os punhos fechados e voltados para fora. Uma manuflexão, a maior demonstração de respeito que uma pessoa podia oferecer aos mortais favorecidos pelos deuses. A última vez que Wanahomen vira uma manuflexão ser realizada fora no Yanya-iyan uma vida atrás, quando observava suplicantes se aproximarem do seu pai.

Mas eu sou o Príncipe agora, não o meu pai. E quando era apropriado para uma deusa se ajoelhar? Só quando um deus maior estava diante de si.

Sanfi pôs uma das mãos no ombro de Wanahomen e ele estremeceu, deixando de fitar a mulher.

— Dez famílias dos shunha e dezoito dos zhinha concordaram em apoiar a nossa causa — falou ele. — Pelo filho do Príncipe… por *você*, meu Príncipe, eles vão empenhar suas tropas e seus recursos. Entre eles e os seus aliados banbarranos, o total será pequeno comparado ao exército kisuati… mas uma força pequena pode ser eficaz nas circunstâncias certas. O Trono do Ocaso poderia voltar a ser seu.

Então poderia ter uma mulher como esta. As palavras não foram pronunciadas, mas pairaram no ar entre eles, uma promessa implícita. E quando Wanahomen olhou para a cabeça curvada de Tiaanet, ouviu outra vez sua voz de vinho escuro chamando-o de Príncipe, e se viu sentado no trono em formato de ferradura com a Auréola do Sol Poente. Tiaanet se sentaria ao seu lado como primeira esposa e seus filhos cobririam os degraus abaixo, ornamentos vivos de sua glória e da perfeição dela. Era a visão mais doce que já vivenciara fora de Ina-Karekh.

— Existe uma tradição antiga, antiga, meu Príncipe — disse Sanfi, sua voz suave no ombro de Wanahomen. — Faz muito tempo que caiu em desuso até mesmo em Kisua, contudo parece adequado revivê-la agora. Antes, há muito tempo, um pacto entre homens era selado por mais do que mãos.

Tiaanet ergueu os olhos, olhando para o que Wanahomen temia ser sua alma. Ela estendeu a mão até a dele e pegou-a (a maciez da pele dela foi quase um choque doloroso) e levantou-se.

— Podemos discutir os detalhes mais tarde — falou Sanfi. Ele soltou o ombro de Wanahomen quando Tiaanet deu um passo atrás, puxando Wanahomen consigo. — De manhã. Descanse bem, meu Príncipe.

O quê...? Wanahomen encontrou perspicácia suficiente para lançar um olhar de volta para Sanfi, seguro de que havia entendido mal. Mas Sanfi sorria e agora a mão de Tiaanet estava em sua bochecha, desviando seu rosto de volta para ela. Quando a jovem viu que ganhara a atenção dele de novo, ela acenou com a cabeça e recomeçou a se afastar, levando-o junto.

Eles chegaram ao quarto dela e fecharam a cortina e, em seus braços, Wanahomen voltou a ser Príncipe, mesmo que por uma única noite.

7

A SOMBRA

Hanani ainda tremia quando chegou ao Hetawa. O sol já havia se posto àquela altura, pois passara por dois mercados em vez de pegar o caminho mais rápido, atravessando o distrito dos artesãos. A maioria dos artesãos trabalhava durante a noite, quando estava mais fresco, o que tornava o distrito relativamente sossegado — eles estariam apenas andando —, mas os soldados kisuati patrulhariam por ali mesmo assim: estavam por toda a cidade. Ela estava mais segura nas ruas do mercado, onde havia mais gente em volta à medida que as bancas começassem a fechar.

Ficou feliz por Anarim não estar mais em serviço quando subiu correndo os degraus do Hetawa. O substituto dele mal a fitou. Será que Anarim sabia que os soldados kisuati estavam atacando as pessoas abertamente na cidade? Não, se soubesse teria ordenado, não sugerido, a escolta. Ela ouvira boatos — todos eles ouviram —, mas pensara que os kisuati estavam pelo menos tentando manter uma aparência discreta de respeito pela Lei e Sabedoria que regia a sociedade gujaareen. Se os Sentinelas não sabiam que as coisas haviam mudado, então talvez os Coletores tampouco soubessem.

Era seu dever contar a eles.

Ela parou à sombra de uma das colunas do Salão, colocando a mão sobre o peito como se isso pudesse acalmar seu coração acelerado. Não queria contar aos Coletores. Sua relutância era irracional, irresponsável... entretanto, só de pensar naqueles momentos já trazia de volta o baque dos golpes atingindo a carne do mercador, os olhos cruéis dos soldados, o gosto amargo do próprio medo. Era seu dever intervir. Contudo agora entendia que, se houvesse menos pessoas na rua, os soldados teriam batido nela também, ou teriam feito pior. O que ela poderia ter feito, o que poderia ter dito, para detê-los? Mesmo agora não conseguia pensar em nada e, de certo modo, essa era a pior parte. Jurara defender a Lei, porém não conseguia pensar em qualquer resolução pacífica para tal impasse. Um Compartilhador deveria conhecer um jeito.

Talvez o Professor Yehamwy esteja certo sobre mim. Talvez aquele homem estivesse certo... Não sou forte o suficiente para servir a Ela.

Mas esse pensamento encheu-a de angústia e vergonha, e esses sentimentos eram inapropriados à vista da Deusa. Então, com um suspiro profundo, Hanani se endireitou, pretendendo voltar à sua cela, onde poderia rezar e recuperar a paz...

— Irmã? — Um acólito contornou a coluna e apertou os olhos para fitá-la na penumbra, depois recuperou o fôlego quando deu uma boa olhada. — Ah, me perdoe, Compartilhador-Aprendiz. Pensei... bom. — Ele passou o peso de um pé ao outro, constrangido. — Eles estavam te procurando mais cedo.

Hanani piscou, surpresa.

— Eles?

— O Superior e seus convidados. Ele mandou a gente sair para procurá-la, mas ninguém sabia aonde você tinha ido.

Hanani sentiu um aperto na barriga em um novo tipo de desconforto.

— Quanto tempo atrás?

— Pouco depois do pôr do sol, não faz muito tempo. — O garoto apertou ainda mais os olhos, observando seu rosto. — Você está bem?

Hanani percebeu que havia cingido o corpo com os braços, como se estivesse com frio. Ela soltou-os e endireitou-se.

— Sim. Estou. Vou vê-lo agora.

Ela se afastou às pressas da curiosidade do garoto tanto quanto de qualquer outra coisa.

O escritório do Superior ficava no quarto andar da ala administrativa, que fazia limite com o Salão de Bênçãos. Chegou à sala ofegante devido às escadas e teve apenas um momento para se recompor antes de uma das vozes murmurando lá dentro chegar mais perto e a pesada cortina se abrir.

— Ah, aqui está ela.

O Superior parou diante dela, sorrindo. Deu um passo para o lado e fez um gesto para Hanani entrar no escritório, o que ela fez trepidando um pouco ao ver quem mais estava presente: dois vultos de mantos e véus tingidos de um amarelo suave e um homem de túnica sem manga e com capuz. As duas primeiras eram Irmãs de Hananja, apesar de que, por causa do véu, Hanani pôde distinguir pouca coisa delas, a não ser que uma era muito alta. Quanto ao homem encapuzado, Hanani o reconheceu não tanto pelo rosto, mas pela tatuagem de lótus azul no ombro mais próximo: Nijiri, o terceiro dos Coletores. Porque estavam no escritório particular do Superior, Nijiri baixou o capuz quando Hanani entrou, revelando um cabelo raspado e um rosto que exibia a palidez da baixa-casta e que era belo de um modo sobrenatural e intocável. Estava recostado na parede com os braços cruzados, a expressão fechada.

— Por favor, sente-se, Compartilhador-Aprendiz — pediu o Superior, apontando para a mesa de convidados. Hanani engoliu em seco e sentou-se na almofada aberta, na qual se esforçou muito para se concentrar nas incrustações de feixes de cevada na borda da mesa. Por que o Superior a chamara? Por que havia um Coletor e duas Irmãs presentes? Ela não ousava especular sobre o assunto.

O Superior sentou-se sobre outra almofada com um gemido.

— Bem, Hanani, estas são as Irmãs Ni-imeh e Ahmanat. Acredito que conheça o Coletor Nijiri.

Hanani engoliu em seco e inclinou a cabeça para as Irmãs, oferecendo ao Coletor uma mesura mais cuidadosa, curvando-se sobre as duas mãos. Nijiri retribuiu solenemente o cumprimento, assim como Ni-imeh, mas Ahmanat estendeu a mão e pegou o queixo de Hanani, o que a assustou tanto que ela ficou paralisada quando a Irmã virou seu rosto delicadamente de um lado para o outro.

— Bonita — comentou a Irmã com uma voz surpreendentemente grave. Essa era então uma das raras Irmãs do sexo masculino; Hanani nunca vira uma em pessoa. Ela não conseguia distinguir nada do rosto dele atrás do véu, mas achou que ele lhe sorria. — Apesar de a vestimenta dos Compartilhadores não combinar nem um pouco com você. Você era da casta camponesa? Eu também, mas você jamais imaginaria agora.

Antes que Hanani pudesse responder alguma coisa, o Superior fez um som de reprovação.

— No Hetawa, não falamos do passado, Irmã Ahmanat.

— Nós, da Irmandade, falamos, Superior — respondeu Ni-imeh. Sua voz era feminina, com um tremor de idade mais avançada, tão fria quanto a da companheira era amigável. Ela se virou para examinar Hanani também. — Mas vamos exaltar os méritos da nossa perspectiva em outra ocasião. Devo admitir, estou surpresa de ver como ela se saiu bem. Esperava que fosse mandada para nós muito tempo atrás.

Hanani resistiu ao impulso de estremecer ao ouvir isso. Voltou a olhar para a borda da mesa, uma vez que era evidente que a Irmã não estava falando com ela.

— Sim, ela está se saindo bem, exceto pelo infeliz incidente que ocorreu há pouco — falou o Superior —, e mesmo isso é uma marca indireta em um currículo impecável. O consenso entre a confraria dos Compartilhadores é a de que ela é uma boa curadora... e isso é algo realmente difícil de admitir para alguns deles. — Ele soltou uma risadinha.

— Ela está envolvida, então. — Ni-imeh não pareceu surpresa com esse fato. — Até que ponto?

— Isso a investigação vai determinar — respondeu o Superior, que estendeu a mão para pegar a jarra de água e começou a servir copos para todos, servindo a Irmã idosa primeiro. — Dos corpos, os Compartilhadores determinaram que tanto o portador do dízimo quanto o acólito morreram em um estado de grave desequilíbrio humórico, especificamente uma superabundância de bílis onírica. Isso é um sintoma, claro; não sabemos o que no sonho poderia ter causado esse desequilíbrio. Mas o resultado físico é que o funcionamento saudável do coração e do cérebro cessou por completo. — Ele suspirou. — E existem outras anomalias que ainda precisam ser levadas em consideração.

— Anomalias consistentes com os relatos que trouxemos para você? — Havia um tom áspero na voz de Ahmanat, para grande surpresa de Hanani. Ela não fazia ideia de qual era a posição hierárquica dele dentro da Irmandade, mas, com certeza, se havia assumido o papel de uma mulher, era inapropriado se dirigir ao Superior em um tom desses. As mulheres deveriam criar paz, não a perturbar.

— Quem pode afirmar? — O Superior ofereceu um copo ao Coletor, que discretamente chacoalhou a cabeça, assim como Ahmanat. Como alternativa, pôs o copo diante de Hanani sem perguntar primeiro. — Vocês nos trouxeram bem pouco para tirar conclusões. O povo de Gujaareh tem estado sob muita pressão nos últimos anos e, agora, com os ataques desses bandidos do deserto... — Ele encolheu os ombros. — Eu ficaria surpreso se os pesadelos não tivessem aumentado na cidade hoje em dia.

— Não são só alguns pesadelos — contrapôs Ahmanat com severidade. — Houve *mortes*, Superior.

— Mortes que até mesmo você admite não terem uma conexão nítida com os sonhos.

Hanani conteve a respiração quando entendeu. Houvera outros como Bahenamin? Mas isso significava...

— Compartilhador-Aprendiz Hanani. — Hanani olhou em um reflexo e tremeu por dentro ao cruzar com o olhar de Nijiri. Os olhos dele eram de uma cor estranha: um pouco de verde, mas em grande parte um castanho-claro que parecia avermelhado sob a luz das lamparinas do escritório. A cor a fazia lembrar de tijolos, com arestas duras e inflexíveis.

— Parece que tem algo a dizer — comentou o Coletor.

Os outros haviam se calado quando ele falou; agora todos estavam prestando atenção em Hanani. Hanani engoliu em seco.

— O-o portador do dízimo — começou ela. A maldita gagueira! Ela respirou fundo e começou de novo, rezando em silêncio para ter calma. — Bahenamin, da casta mercante. Visitei a viúva dele hoje. Ela contou... — A boca da jovem estava seca; ela engoliu em seco outra vez. — Ela contou que o marido s-sofria de pesadelos também. Ele veio naquele dia para dá-los à Deusa como dízimo.

E Dayu, o doce Dayu, tentara coletar aquele dízimo. Os olhos dela doeram outra vez, mas a Deusa devia ter ouvido as suas preces. Hanani cerrou os punhos sob a mesa e a sensação passou.

As Irmãs se entreolharam.

— Assim como os outros — afirmou o Superior. Pela primeira vez desde o início da conversa, ele pareceu desconcertado.

O Coletor Nijiri deu um passo abrupto para a frente, contornando a mesa e agachando-se ao lado de Hanani. Ela resistiu ao impulso de se afastar daquele olhar de jade e tijolos.

Ele ergueu uma das mãos diante do rosto da jovem, o indicador e o dedo do meio graciosamente curvados e afastados. Levou a outra mão à túnica e, de algum lugar ali dentro, todos eles ouviram o zunido suave da pedra jungissa.

— Me permite, Aprendiz?

Hanani anuiu, intimidada demais para questionar um Coletor, mesmo não fazendo ideia do que ele queria. Quase antes que houvesse terminado de aquiescer, Nijiri estendeu rapidamente a mão e ela teve apenas um instante para conjecturar se ele assustava tanto assim os portadores de dízimo antes de ser tomada por uma grande onda de sonolência.

Não havia delicadeza na magia dele. Encontrou a alma dela de imediato, em uma fração do tempo que Hanani costumava demorar para fazer o mesmo, tirou-a do corpo e a levou a Ina-Karekh. Então a conduziu por Ina-Karekh com tanta força e velocidade que tudo à sua volta se turvou... antes de se transformar em uma rua da cidade banhada pela dourada luz do sol de uma tarde. Borboletas bailavam no ar carregado de perfume de um jardim.

Um sonho de lembrança. Mesmo contra a vontade, Hanani observou, fascinada, quando outra Hanani, ela mesma mas não o seu eu, apareceu na rua. Ela tremeluziu e reapareceu diante de uma casa alta de estilo nortenho. A serva surgiu, as duas sumiram pela porta e depois a paisagem onírica anuviou-se e se transformou no átrio em que a viúva Danneh esperava sob a palmeira.

Mas havia algo errado. Apesar do controle do Coletor, elementos do sonho haviam começado a destoar da verdade. O corpo grande de Danneh curiosamente dobrara de tamanho, seu possível eu se sobrepondo e confundindo com outra forma, como uma sombra, embora essa sombra parecesse de certo modo parte dela, e não uma coisa separada.

A forma onírica do Coletor apareceu abruptamente ao lado de Danneh. Aqui em Ina-Karekh, onde ele estava livre para revelar seu verdadeiro eu, Nijiri vestia um sobrepano estampado simples e não usava sandálias nem colarinho. Dois cachos finos, que ele deixava crescer há anos, pendiam de sua nuca sobre um dos ombros; ele os empurrou para trás enquanto se agachava a fim de examinar a sombra.

Momentaneamente liberta do controle do Coletor, Hanani manifestou-se com cuidado no átrio também.

— O que foi, Coletor?

— Não faço ideia — respondeu ele. — Mas passa uma sensação da qual não gosto. — Ele se levantou e olhou para a lembrança, prestando atenção enquanto Danneh contava a Hanani sobre os sonhos do marido. Quando ele voltou a falar, seu tom era sério. — A mácula do que quer que tenha matado Bahenamin está nessa mulher. Percebe que essa coisa matou o seu assistente também?

Hanani aquiesceu, forçando-se a não sentir a tristeza; era perigoso demais em Ina-Karekh, onde a dor tinha forma e poder.

— Será que é... — Ela hesitou por respeito, pois ouvira as histórias do teste de aprendiz dele, mas a pergunta tinha de ser feita. — Será que é um Ceifador?

Para grande alívio de Hanani, o Coletor chacoalhou a cabeça de pronto.

— Graças à Deusa, não. Esta mácula é sutil e aqueles monstros são qualquer coisa, menos sutis. — Ele se calou por um instante, pensando enquanto o sonho se turvava ao redor deles. Naquele momento, a não Hanani saía da casa de Danneh e então o coração da eu-Hanani ficou apertado quando ela percebeu o que estava por vir. A não Hanani já virava em direção ao Jardim Yafai com a intenção de atravessá-lo por ser o caminho mais curto para o Hetawa. E do outro lado do jardim...

Desvie, ela desejou a si mesma em silêncio, na esperança de que o Coletor estivesse distraído o bastante para não notar sua manipulação. A não Hanani contornaria o jardim e não veria o espancamento do mercador. Então os soldados não a veriam e o jovem zangado com roupas de trabalhador passaria por ela sem olhar uma segunda vez...

O sonho começou a mudar em resposta à sua sugestão. E então congelou, um redemoinho de luz da tarde e construções indistintas. O Coletor se virou para fitá-la.

— O que está fazendo? — A voz dele era muito suave.

Pega, Hanani mergulhou em um silêncio impotente. Não ousou mentir, ele era um Coletor. E, no entanto, a verdade...

Nijiri estreitou os olhos por um momento e depois voltou a se concentrar no sonho. Desta vez, Hanani não pôde fazer nada. A vontade dele era tão inflexível quanto seus olhos e, quando o Coletor ordenou que a mente da moça se lembrasse daquela tarde, ela ficou indefesa.

Quase tão indefesa quanto quando o soldado levantou a mão para agredi-la.

Ela estremeceu e cruzou os braços sobre os seios conforme a lembrança prosseguia. O Coletor não falou nada quando a não Hanani confrontou os soldados, embora Hanani o sentisse ficar muito quieto ao seu lado. Parte da quietude passou assim que os soldados se viraram a fim de ir embora, porém, quando Hanani arriscou olhar para Nijiri, quase arquejou. Ela nunca vira tanta fúria estampada de maneira tão nítida no rosto de um Coletor.

Todavia, quando ele se virou para ela, a fúria desvaneceu.

— Me perdoe — disse ele. Sua voz estava tão suave quanto antes, porém mais reconfortante agora. — Foi difícil para você, entendo, e não ajudei ao forçá-la a se lembrar. Mas você não devia ter escondido isso.

— Sinto muito. É só que... — Ela teve de engolir em seco. — E-eles não me fizeram nenhum mal duradouro.

— É mentira, Aprendiz. Mas, com sorte, um dia a Deusa vai transformar isso em verdade para você. — Ele se virou de novo para a paisagem onírica, que congelara outra vez, e caminhou até os soldados. Após uma longa olhada em cada homem (memorizando os rostos, percebeu Hanani com um calafrio), o Coletor fez um aceno de cabeça para si mesmo. — O que ele disse para você?

— Perdão, Coletor?

— O soldado. Ele sussurrou alguma coisa no seu ouvido antes de ir embora.

Hanani estremeceu. Ela tivera a esperança de que ele não fosse perguntar.

— E-ele falou que eu não era tão bonita como as outras mulheres do Hetawa. Se eu fosse, ele teria me levado para o posto de guarda e...

— Ele falara misturando gujaareen e suua, do qual Hanani aprendera apenas o suficiente para travar conversas simples. Ela não fora capaz de traduzir as últimas palavras do soldado, mas nem precisara.

Nijiri franziu a testa.

— Outras mulheres do Hetawa? — De repente, ele fez cara feia. — Entendo. As Irmãs. Elas deviam ter nos contado... Ah, mas elas são orgulhosas. — Ele suspirou pesadamente. — Se ajudar, Aprendiz, saiba que aqueles soldados nunca mais vão fazer mal a você ou a qualquer outro gujaareen.

Hanani descobriu que a ideia não lhe trouxe nenhum consolo.

O Coletor se virou... e então parou, à espreita do rosto do jovem trabalhador que se aproximara para ajudá-la. Nijiri arregalou os olhos.

— Ora, ora. Então é *ele*.

Hanani franziu a testa.

— Você o conhece, Coletor?

— Conheço, apesar de fazer dez anos que não o vejo. Achei que ele tivesse fugido para um exílio paparicado em algum lugar ao norte. — Ele se calou, examinando o rosto do trabalhador; sua boca se contorceu de um jeito esquisito e amargo. — Mas eu devia ter imaginado. Ele é filho do pai dele... e sobrinho do tio.

A própria Hanani se aproximou para espiar o rosto do homem, curiosa. Agora que teve a chance de examiná-lo com atenção, foi fácil ver que ele não era um trabalhador. Era alto e esguio, com os clássicos olhos estreitos e feições angulosas de alguém da alta-casta, e a cor da pele era apenas um tom mais claro do que o preto-shunha. Belo, se não fosse pela carranca no rosto e pelo maxilar cerrado.

— Quem é ele?

— Ninguém importante. Mas ele se arriscou tentando ajudar você... — Nijiri cruzou os braços, pensativo. — Talvez valha a pena salvar a linhagem dele, afinal.

— Coletor, não estou entendendo.

— Sei disso. — Para o choque de Hanani, ele lhe lançou um olhar de desculpas irônico. A expressão, tão surpreendente depois de toda a sua solenidade enigmática, forçou-a a mudar a percepção que tinha dele: de repente, percebeu que Nijiri vira só algumas inundações a mais do que ela.

— Você descumpriu a interdição — comentou ele, sério. — Aquele mercador, você o curou.

Hanani conteve a respiração ao se dar conta. A interdição fora a última coisa que lhe passara pela cabeça depois que os soldados se foram, com o mercador gemendo no chão à sua frente. No entanto, Nijiri estava no Conselho dos Caminhos (nenhum dos Coletores seniores tinha paciência para isso, segundo os rumores) e, portanto, estaria no direito de julgá-la corrupta por violar a interdição de Yehamwy.

— D-descumpri. Mas, depois de um espancamento daquele, ele podia estar com hemorragia nos órgãos vitais, com ossos quebrados... — Só com atraso ocorreu-lhe que estava arranjando desculpas; ela suspirou e desviou os olhos. — Sim. Descumpri a interdição.

— Você poderia ter vindo ao Hetawa para buscar um dos seus irmãos de caminho e o levado de volta para realizar a cura. Isso não passou pela sua cabeça?

Devia ter passado.

— ... Não.

— Claro que não. — Ele não pareceu insatisfeito, para grande alívio de Hanani. Na realidade, havia uma expressão cordial e aprovadora em seus olhos. — O mercador estava apavorado e sentia dor. Se morresse naquele estado enquanto você fosse buscar ajuda, a alma dele teria sido condenada à terra das sombras por toda a eternidade. Você fez o que era certo, sem pensar na adequação ou no castigo, como um Servo de Hananja deveria. — Ele cruzou os braços e refletiu em silêncio por um longo instante. Por fim, chegando a alguma conclusão, fez um aceno de cabeça para si mesmo e perguntou: — Você gostaria de se redimir, Aprendiz?

Hanani franziu a testa.

— Perdão, Coletor?

Nijiri fez um gesto e a cidade pareceu se dissipar. Uma paisagem de dunas ondulantes apareceu em seu lugar, estendendo-se infinitamente sob um céu cor de cobalto sem nuvens. Hanani achou que ele fizera aquilo com a intenção de acalmá-la, mas nunca estivera no deserto antes. Achou angustiante a paisagem onírica e, de certo modo, solitária.

— Você precisa de um novo teste de aprendiz — disse ele. — Embora esteja nítido que você não teve nada a ver com as mortes do Acólito Dayuhotem ou do mercador Bahenamin, existem pessoas no Hetawa que jamais vão aceitar a sua inocência. Eles a culpam porque têm medo de você.

— Têm medo... — Hanani o encarou. — De *mim*?

— E das mudanças que você representa no futuro, sim. — Esse comentário não fez mais sentido do que o anterior para ela, mas ele era um Coletor. Eles falavam na linguagem dos sonhos. — A única maneira de silenciar essas vozes é passar por outro teste, um teste tão absolutamente desafiador que nenhum dos seus detratores jamais o encarariam de bom grado. Mas, se você conseguir, ninguém mais vai voltar a questionar o seu direito de usar a magia no nome da Deusa.

Ele se calou, observando-a, e espontaneamente passaram pela mente de Hanani todos os rumores que ouvira sobre ele. Diziam que Nijiri derrotara um Ceifador, que ajudara a entregar à justiça o último e louco Príncipe de Gujaareh, que mediara uma conquista pacífica de Gujaareh de modo que um número mínimo de vidas fosse perdido. E havia outros boatos, menos elogiosos, porém mais comoventes, de que ele fora aprendiz, e mais do que isso, do lendário Coletor Ehiru, de que ele próprio coletara Ehiru quando havia chegado a hora.

Qual é a sensação de matar o seu amante?, perguntou-se ela, fitando-o através do deserto que a alma dele evocara.

Os olhos dele se abrandaram de modo abrupto.

— Ninguém me perguntou — falou ele como se tivesse ouvido os pensamentos dela. Podia ter ouvido, essas coisas eram possíveis no sonho. — Encarei meu próprio teste sem ter escolha a não ser vencer ou fracassar, com a alma do meu irmão na berlinda. Mas você tem escolha, Compartilhador-Aprendiz. Aceita o teste que tenho em mente?

Ela engoliu em seco.

— Qual é o teste?

— Libertar Gujaareh.

Ela o encarou. Ele sorriu.

— Existe um plano. Meus irmãos e eu tínhamos pensado em usar o seu mentor. Ele tem a flexibilidade de que precisamos, contudo, para ser sincero, eu estava preocupado com aquele temperamento dele. Agora, porém... acho que você se sairia melhor no papel que temos em mente.

— Q-q... — Ela não conseguia pensar. — Que papel?

— Isso não posso lhe contar... ainda não, ou você poderia desempenhá-lo mal. Basta dizer que envolve sair da cidade e correr algum perigo. Por outro lado, se falharmos, todo o nosso estilo de vida estará condenado. Precisamos agir agora ou perdemos tudo. — Ele suspirou, contemplando as dunas ondulantes. — Você provou ser uma curadora, Hanani, isso não está em questão. Mas você serve mesmo à Lei Dela com toda a sua carne e com toda a sua alma? Vai se arriscar pela paz tanto no reino da vigília quanto no dos sonhos? Esse é o teste.

Um longo vento sussurrante soprou sobre as dunas, fazendo redemoinhos de poeira girarem em resposta à turbulência na mente de Hanani. Se fosse um sonho de cura, teria se obrigado a se acalmar, todavia, com o sonho seguro sob o controle do Coletor, ela estava livre para sentir todo o pavor que quisesse. Não era uma bênção.

Contudo, não podia negar a verdade das palavras dele. Ela poderia encontrar apoiadores suficientes no Hetawa para o seu teste ser declarado bem-sucedido, mas os boatos sempre a seguiriam. A curadora que matara. A mulher em cuja magia não se podia confiar. Por um instante, seu medo desapareceu sob o ressentimento: não era justo que tivesse de enfrentar isso. Nenhum homem teria precisado enfrentar isso.

No entanto, se o mundo fosse justo, ela ainda seria uma camponesa semianalfabeta sem nenhum futuro além de fazer colheitas e cuidar da casa.

Então Hanani o contemplou e engoliu em seco.

— Vou encarar esse novo teste, Coletor.

Ele sorriu e, por um momento fugaz, Hanani viu por que o Coletor Ehiru o amara.

— Então venha — chamou ele, e levou os dois de volta para o reino da vigília.

★ ★ ★

Mas dois dias se passaram sem intercorrências, durante os quais Hanani ficou pensando se o seu segundo teste começaria algum dia. Então, tarde da noite após mais um dia de rotina sem sentido, um Sentinela apareceu à porta de seus aposentos para entregar-lhe um pequeno pergaminho fechado com um complexo selo índigo de boa qualidade. Hanani não reconheceu o selo (cada família de alta-casta tinha sua própria estampa, nada que ela já houvesse aprendido), mas a borda externa do pergaminho tinha os pictorais do nome de Hanani. Pedindo uma faca ao Sentinela, Hanani cortou o selo, desenrolou o pergaminho e leu:

Compartilhador,
O pesadelo chegou a mim agora.
Danneh, mercadora, esposa de Bahenamin-em-sonhos

8

VENENO

Tiaanet ainda estava acordada quando Wanahomen gemeu e começou a se mexer de tempos em tempos enquanto dormia. Ela não dormira; nunca dormia quando havia outra pessoa em sua cama. Quando se sentou e acendeu a lamparina, Wanahomen gritou e abriu os olhos. Ela passou a mão diante do rosto dele, mas o rapaz não reagiu. Quando pousou uma das mãos no peito do jovem, o coração dele bateu com força e velocidade sob sua palma antes de ele se afastar, contorcendo-se.

Os homens não gostavam de ser acordados de sonhos ruins, isso Tiaanet entendia instintivamente. Entre os gujaareen, a perda de controle durante o sonho era considerada fraqueza, mais ainda para guerreiros e homens de linhagem divina. Todavia, quando Wanahomen gritou uma segunda vez, arqueando o corpo como se sentisse dor, Tiaanet começou a ficar preocupada que o pai ouvisse. Então chacoalhou-o uma vez, depois com mais firmeza. Mesmo assim, ele não acordou.

Então fez a única coisa que podia e tocou a mente onírica dele com a sua própria.

Funcionou tão bem como às vezes funcionava com Tantufi. Wanahomen conteve a respiração e acordou, sobressaltado.

— O quê...?

— Foi um sonho. — Tiaanet limpou as gotas de suor do peito dele. — Só um sonho.

Ele franziu a testa, sentando-se e pondo uma das mãos no monte de tranças caído.

— Meu pai. Vi meu pai. Ele estava nos degraus do Hetawa. Tudo estava cinza e o céu... — Ele engoliu em seco, a mão livre trêmula. — Há alguma coisa errada nesta cidade.

Ela tomou a mão dele e a levou aos lábios. Demorou um pouco, mas então os olhos dele se voltaram para Tiaanet. A moça ficou surpresa com o ar desconfiado neles, mas aquilo desvaneceu assim que ela mordiscou a ponta de um dos dedos dele. Uma expressão ávida, quase dolorosa, substituiu a desconfiança e, um instante depois, ele lhe estendeu os braços.

— Devo fazer de você uma das minhas mulheres quando eu governar? — Enquanto falava, ele a puxou, fazendo-a deitar-se na cama.

Tiaanet afagou o cabelo dele enquanto ele a beijava, resistindo ao impulso de suspirar quando Wanahomen ergueu a cabeça.

— Você é o Príncipe do Ocaso — respondeu ela. — Tudo o que desejar será seu.

Os olhos dele lhe examinaram o rosto, perturbadores em sua agudeza.

— Você tem outro amante?

— Ninguém que eu queira. — Tiaanet ergueu a mão para acariciar o rosto dele. — Mas você mal me conhece, meu Príncipe.

Algo ainda mais surpreendente apareceu no rosto dele nesse momento: solidão. Ela deixara de sentir isso ou qualquer outra coisa anos antes, mas a vislumbrava nos olhos de Tantufi vezes o suficiente para ainda reconhecê-la. Só por esse motivo, sentiu uma centelha de simpatia por Wanahomen.

— Meu pai mal conhecia a minha mãe quando se casou com ela — contou ele. — Ele levou quinze anos para conquistar o coração e a cama dela; minha mãe já tinha quase passado da idade fértil quando nasci. — Wanahomen deu a ela um sorriso meio jocoso. — Não sou tão paciente como ele mas, por você, eu poderia tentar ser.

— É cedo demais para discutir certas coisas, Príncipe. — Ela estendeu a mão para baixo, no espaço entre eles, o que ele não esperara; os olhos dele se arregalaram e ficaram embaciados de desejo enquanto ela o acariciava. — Mas existem outras coisas que poderíamos fazer por enquanto.

Ele aquiesceu, emudecido pela força da própria necessidade, e felizmente não falou mais nada sobre amor.

* * *

Já era tarde da manhã quando Tiaanet se levantou e vestiu uma túnica. Wanahomen, que dormira mais tranquilamente dessa vez, abriu os olhos no momento que ela se mexeu.

— Maldição — falou ele, sentando-se. — Eu não pretendia ficar tanto tempo na cidade.

Ela inclinou a cabeça.

— Posso pelo menos preparar um banho e uma refeição antes de você ir embora?

Ele sorriu, perplexo, e anuiu.

— As mulheres de Banbarra não se parecem nem um pouco com você — comentou ele. — Elas agem como rainhas, esperando que os homens as agradem... ou então são como pastoras de olho em reprodutores. Eu tinha esquecido como as mulheres gujaareen podiam ser.

— Não sou como a maioria das mulheres gujaareen, meu Príncipe.

Ele pareceu envergonhado, baixando os olhos.

— Claro, você é uma dama shunha. Perdoe-me, não quis ofender.

Aquilo não fora de modo algum o que ela pretendera dizer, mas aquiesceu mesmo assim.

Quando o banho estava preparado, Tiaanet trouxe-lhe óleos e outros artigos de toalete e mais uma vez pediu desculpas pela falta de servos. Wanahomen garantiu-lhe que só o banho era um luxo maior do que aquilo de que normalmente desfrutava e entrou no banheiro sozinho. A jovem gostou de ele não ter feito nenhuma suposição ou sugestão grosseira de que ela própria o ajudasse. Porém, não conseguia gostar *dele*, pois, no final das contas, ele a usara, igual ao pai dela, e o fato de ser mais atencioso tinha pouco significado.

De qualquer maneira, não podia haver nada entre eles, pois algum dia ele saberia que ela era sua inimiga.

Quando Tiaanet foi à cozinha para preparar a refeição de Wanahomen, seu pai sentou-se à mesa, comendo peixe e tâmaras crocantes. Ele ergueu uma sobrancelha quando ela entrou.

— Espero que a noite tenha corrido bem. — Ele falou em um tom despreocupado, mas Tiaanet não se deixou enganar. Havia uma sombra de ciúmes nos olhos dele. Muito embora o plano para Tiaanet seduzir Wanahomen houvesse sido do pai, ele jamais gostara de compartilhar.

— Tanto quanto se pode esperar — comentou ela. Passando por ele a fim de verificar o forno, ela pôs mais lenha e começou a aquecer pedaços de carne curada para a refeição de Wanahomen. — Ele dormiu mal. Pesadelos.

Quando se virou, o pai ficara tenso.

— Pesadelos.

— Tantufi não está aqui — ela o lembrou. No fundo, ela podia ouvir o barulho da água na sala de banho, o que significava que Wanahomen não ouviria.

Para sua surpresa, a garantia não tranquilizou o pai.

— Disseram-me que quatro dos convidados que compareceram ao funeral de Khanwer estão mortos agora — disse ele baixinho. — A zhinha Zanem e seu marido soldado, o primo da sua mãe, lorde Tun, e um mercador, Bahenamin.

Tiaanet não falou nada em resposta, franzindo a testa enquanto se lembrava das pessoas que ele mencionara. Tun era velho e casado, mas não a ponto de não lançar um olhar de lascívia para Tiaanet. Zanem e o marido haviam sido frios em sua polidez, mas era de se esperar dos zhinha. Bahenamin, porém...

— Esse último, o mercador, morreu no próprio Hetawa — contou Sanfi —, tentando se livrar de um pesadelo. O menino do Hetawa que tentou tirá-lo de Bahenamin também morreu. — Ele cruzou as mãos, observando-a com olhos frios. — Faz alguma ideia de como isso pode ter acontecido, filha?

Tiaanet pensou o mais rápido que pôde.

— Bahenamin — falou ela. — Era aquele que usava uma peruca sobre a careca, não era? Chegou mais cedo do que todos os demais. — Sim, agora ela se lembrava dele. Tantas das pessoas que haviam comparecido ao funeral de Khanwer haviam feito isso apenas para esfregar os ombros nos dos colegas da elite. Bahenamin chorara, lamentando genuinamente a perda de um amigo. — Mandei levarem Tantufi para a casa de campo ao meio-dia, mas levei Bahenamin aos aposentos dele antes desse horário. Ele estava aflito, deve ter se deitado para descansar, apesar da hora.

— E os outros três?

— Bahenamin passou a noite com a gente depois do funeral. Se o sonho de Tantufi já estava nele, então qualquer pessoa dormindo nos quartos vizinhos ao dele estaria vulnerável. — Sem ousar permitir que um tom de acusação permeasse sua voz ou seus olhos, Tiaanet acrescentou: — Eu estava ocupada naquela noite e não pude andar pelos corredores para impedir sonho algum. E a mamãe estava no quarto sob guarda, claro. — Insurret também podia espantar pesadelos, se estivesse inclinada a fazê-lo.

Sanfi retorceu os lábios. Um momento depois, levantou-se e começou a andar de um lado a outro nos apertados limites da cozinha.

— A sua mãe. Eu nunca devia ter me casado com ela, bonita ou não. Notei os primeiros sinais de sua loucura enquanto a cortejava, mas precisava da riqueza dela... — Ele parou e suspirou, cerrando os punhos. — E Tantufi. Todo dia me pergunto por que não estrangulei aquela criatura quando nasceu.

Tiaanet o observava, lendo os sinais e não gostando do que via. Ele ficaria refletindo, ela sabia. Era o que o pai fazia sempre que seus planos eram frustrados. Refletiria e ferveria de cólera o caminho inteiro até a propriedade no campo e, quando chegasse lá, descontaria a raiva em Tantufi. Ela precisava distraí-lo. Mas como?

— Pai? — Ela fingiu se concentrar em grelhar uma castanha de shia enquanto falava. — O Hetawa sabe sobre essas mortes? Será que perceberam que todos os quatro visitaram a nossa casa?

— Ainda não. — Ele pareceu ainda mais insatisfeito agora. A filha fez um esforço para pensar em outro assunto que pudesse despertar o interesse dele. — Mas, se os sonhos se espalharem para além desses quatro...

Ele parou de repente e se calou. Tiaanet encheu uma taça de vinho doce, colocou a taça e o prato em uma bandeja, depois ergueu a bandeja.

— Preciso ver o nosso hóspede, pai.

— Vá — concordou ele, distraído. Seus olhos estavam fixos na mesa, os pensamentos acelerados por trás deles. A jovem se virou para sair, mas parou quando ele proferiu seu nome.

— Pois não, pai?

— Tantufi — disse ele. — Se a trouxessem para a cidade, com que velocidade o sonho dela se espalharia?

Então era essa a direção dos pensamentos dele. Tiaanet não ficou surpresa com a crueldade, apenas com o método que ele escolhera. Ele detestava Tantufi.

— Não sei, pai — respondeu ela com sinceridade. — Mas, no meio de tantas pessoas, morando tão perto umas das outras, provavelmente se espalharia rápido.

Ele anuiu, os olhos iluminando-se à medida que os pensamentos avançavam.

— O Hetawa é uma ameaça aos nossos planos — declarou Sanfi. — Eles apoiam os kisuati hoje em dia. Mas o sonho de Tantufi deve distraí-los, não deve? — Ele sorriu para a filha. — Com o tempo, vão curar o sonho, mas até lá...

Em sua mente, Tiaanet viu o rosto de Tantufi. A criança choraria por ser a causa desse sofrimento. Mas o executaria e espalharia sua mágica como um veneno pelas veias da cidade porque não conseguia evitar. E o pai ficaria feliz de ver a maldição de Tantufi sendo enfim bem aproveitada.

— Vão, pai — concordou Tiaanet. — Vou mandar buscá-la, se quiser.

— Você é uma filha tão boa — falou ele. — Faça isso assim que o nosso hóspede for embora.

9

CORTE

A viagem de Gujaareh ao deserto foi longa e entediante. Para frustrar possíveis perseguidores, Wanahomen decidiu não ir de imediato para o oeste, dirigindo-se em vez disso para o sul, para uma das cidades rio acima, onde se presenteou com um último banho quente e uma última refeição gujaareen antes de trocar seu cavalo e seu disfarce de trabalhador por seu camelo e suas roupas de deserto. O véu não, claro, nem qualquer outra marca tribal dos banbarranos. Ele até retirara os arreios e os ornamentos reveladores de Laye-ka antes de partir para a viagem e deixá-la em um estábulo na cidade. Enquanto estivesse nos Territórios Gujaareen, era um simples homem do deserto de uma das dezenas de tribos que ganhavam a vida à sombra de Gujaareh. Apenas quando Wanahomen chegou ao sopé das colinas que marcavam a fronteira entre o vale do rio Sangue e o deserto foi que ele adotou as camadas finais de sua identidade banbarrana: o véu, o lenço que dava voltas, as vestimentas índigo e castanho-claras.

Ele passou a viagem ao longo das colinas em uma espécie de meditação, os pensamentos internalizados pelo ritmo da marcha segura de Laye-ka e o monótono cenário de pedra queimada pelo sol. Ele concebera uma centena de planos durante a viagem de ida, mas nesta viagem seus pensamentos estavam ocupados com algo completamente diferente.

Gostou disso, meu Príncipe? Deixe-me mostrar mais.

Tiaanet. Deuses, que mulher. Ele se casaria com ela, é claro. Essa fora a intenção de Sanfi, tão clara como a luz do dia, e Wanahomen pretendia obsequiá-lo. Apesar do calor do dia, ele estremeceu ao se lembrar dos lábios dela, das mãos dela fazendo mágica em sua carne, da paciência dela em prolongar sua ejaculação até ele pensar que morreria de prazer. Como ela aprendera tal habilidade? Não importava. Precisava possuí-la outra vez e, se isso significava tornar Sanfi avô do próximo herdeiro, então que fosse.

Por volta do meio-dia, ele se perdera em fantasias, mal se dando ao trabalho de conduzir Laye-ka enquanto ela andava devagar pela trilha entre dois afloramentos irregulares. Quando Kite-iyan voltasse a ser seu, instalaria Tiaanet em sua própria suíte, assim como seu pai honrara a sua mãe. E a sua mãe não ficaria feliz pela sua escolha de uma dama shunha como primeira esposa? A linhagem de Sanfi era boa e antiga, eminentemente respeitável…

Pedriscos chocalharam em uma saliência acima.

Desperto do devaneio com um sobressalto, Wanahomen buscou desesperadamente pela faca e pelas rédeas de Laye-ka ao mesmo tempo, perscrutando as alturas à procura de movimento ou de uma sombra fora de lugar.

Nada.

Laye-ka soltou um grunhido alto, como que em repreensão a Wanahomen. Ele a ignorou, continuando a perscrutar as saliências enquanto a camela continuava a caminhar. Não houve mais movimento algum, mas Wanahomen permanecia tenso. Os declives de pedra nessa parte da trilha eram próximos demais e estavam repletos demais de pequenas cavernas e rochas. Ele jamais devia ter permitido que sua atenção se desviasse em um lugar tão perfeito para uma emboscada.

Levado pelo instinto, ele desmontou de Laye-ka e conduziu-a para fora da trilha principal, passando a uma escarpa estreita esculpida pelas chuvas da primavera que seguia próxima à mesma saliência onde ouvira os pedriscos, mas havia mais abrigo ali do que do outro lado da trilha. Ele até avistou uma pequena caverna quando passou por trás de uma série de rochas que tinham o dobro da altura de Laye-ka...

... e então avistou um homem agachado na caverna.

Wanahomen ergueu a faca.

— Quem... — Ele interrompeu a frase, surpreso ao ver o estranho levar um dedo aos lábios, depois apontar para a trilha atrás de Wanahomen. Quase no intervalo da mesma respiração, Wanahomen ouviu vozes ecoando sobre as colinas, vindas da mesma direção apontada pelo homem.

O quê... Mas ele deu uma palmadinha no ombro de Laye-ka em um rápido sinal banbarrano para ficar parada e quieta. A camela sacudiu a cabeça uma vez, mas obedeceu, e Wanahomen espiou por entre as rochas a fim de tentar ver quem vinha.

Ali, duas colinas atrás: o brilho do bronze e tecido tingido de verde como as florestas tropicais. Uma quadra de soldados kisuati.

Wanahomen olhou de volta para o homem na caverna, que acenou a cabeça em silêncio. De sua perspectiva, o homem provavelmente os vira a uma distância ainda maior. Se Wanahomen não tivesse ouvido e reagido ao barulho de pedriscos, algo que ele agora desconfiava que o homem fizera para alertá-lo, os soldados o teriam visto quando tivessem chegado ao topo da última colina.

O homem devolveu o olhar de Wanahomen com uma calma estranha e, de certo modo, familiar. Alguma coisa nessa calma deixava Wanahomen nervoso, embora não tanto como a proximidade dos soldados o deixava, então, de momento, concentrou-se no perigo maior.

Que os soldados não o estavam procurando, ficou evidente quase de imediato. Mantinham os cavalos em um ritmo tranquilo, os cascos com revestimento de metal fazendo muito mais barulho na trilha rochosa do que as patas de um camelo. Falavam alto em algum dialeto interiorano de suua que Wanahomen mal conseguia compreender, mas concluiu que conversavam sobre uma aposta. Um deles fez uma afirmação que soava presunçosa e a risada estridente dos outros pareceu confirmar sua suposição. Ainda gargalhando, perderam-se de vista.

Wanahomen não se mexeu pelo que pareceram horas, prestando atenção até que os últimos ecos dos cascos dos cavalos tivessem desvanecido. Então enfim se virou e foi até a boca da caverna para que ele e o homem pudessem conversar em voz baixa.

— Quem, em nome dos deuses, é você?

— Anarim — respondeu o homem, que se levantou de sua posição agachada de maneira tão suave quanto um dançarino. Seus sobrepanos eram pretos e não tinham adornos, e eram mais curtos do que o que estava em voga na atualidade. Não usava colarinho, embora sua pele estivesse mais pálida ao redor do pescoço e dos ombros; ele costumava usar, isso estava claro. A sensação de familiaridade de Wanahomen aumentou, e tornou-se desagradável, quando viu os braceletes de couro tingidos de preto em torno dos antebraços do homem, as caneleiras e o cabo de uma pequena espada aparecendo sobre um ombro. Como que sentindo a repentina fúria de Wanahomen, o homem fez um aceno de cabeça e acrescentou: — Um Sentinela de Hananja.

Wanahomen rosnou através do véu e apertou com mais força o cabo da faca, preparado para lutar até a morte. Mas a lógica penetrou a ira rubra em sua mente. O Sentinela poderia ter deixado os kisuati encontrarem Wanahomen. Poderia fazê-lo mesmo agora, apenas erguendo a voz: os soldados viriam atrás dele antes que pudesse montar em Laye-ka e fazê-la correr.

Devagar, Wanahomen baixou a faca.

O Sentinela mexeu-se milimetricamente, talvez relaxando quaisquer defesas que houvesse preparado.

— Eu só o esperava dentro de mais um dia. Você é Charris, que um dia foi general de Gujaareh?

— Cha... — De repente, Wanahomen entendeu; a fúria voltou. — Então Charris me traiu.

O semblante do Sentinela mostrou surpresa por um momento e depois voltou a ficar impassível.

— Ah. Você é Wanahomen, a quem Charris serve.

— Eu sou Wanahomen, que vai matar Charris da próxima vez que o encontrar — retrucou ele. Charris, conspirando contra ele com o Hetawa! A única coisa maior do que a raiva de Wanahomen naquele momento era a mágoa que pulsava por trás dela. *Charris, seu velho tolo e maldito, confiei a minha vida a você!*

O Sentinela o observou por um longo instante.

— Então foi por isso que ele pediu para me encontrar em segredo. Você não tem nenhum amor pelo Hetawa.

Wanahomen encarou o homem e só se lembrou de manter a voz baixa quando a sua ira encontrou palavras.

— O Hetawa *matou o meu pai*. Eles abriram os portões da capital e deixaram estrangeiros entrarem para nos conquistar! No que diz respeito a mim, Gujaareh inteira deveria se revoltar e jogar a sua espécie no mar.

— Que me lembre, foi o seu pai que colocou Kisua contra Gujaareh. — O tom do Sentinela, assim como sua expressão, era quase inumanamente neutro. Não havia qualquer sinal de censura no comportamento dele; todavia, Wanahomen sentiu suas palavras como um tapa na cara.

— Ele nunca pretendeu que Gujaareh fosse conquistada — retrucou o rapaz, virando-se e andando de um lado a outro nos exíguos limites da caverna. — Quaisquer erros que o meu pai tenha cometido, ele agiu em defesa dos interesses de Gujaareh. E não tenho que defendê-lo perante você! — Embora estivesse fazendo exatamente isso. Furioso consigo mesmo agora, Wanahomen rodeou o Sentinela e apontou a faca para aquele rosto revoltantemente calmo. — Diga-me por que ia se encontrar aqui com o meu homem.

O Sentinela contemplou a faca por um momento antes de responder.

— Trago uma mensagem dos meus superiores. — Mexendo-se devagar, Anarim apontou para uma parede da caverna, onde havia uma pequena bolsa de ombro sobre uma capa de viagem dobrada. — Para você.

Franzindo o cenho para encobrir a surpresa, Wanahomen foi até a bolsa, sem perder o homem de vista. Quando abriu rapidamente a bolsa, caiu de lá de dentro um pergaminho fechado com um selo de padrão genérico usado pelos oficiais da cidade. Estampados na borda do pergaminho estavam os pictorais da linhagem recente de Wanahomen, terminando com os que compunham o seu primeiro nome.

— O general Charris solicitou uma audiência com o Superior em seu nome — falou o Sentinela quando Wanahomen lançou-lhe um olhar de desconfiança. — A resposta está contida aí.

Wanahomen mirou o pergaminho, depois caiu na risada.

— Uma audiência com o Superior? Pelos deuses, se eu não o conhecesse, acusaria Charris de senilidade. Por que eu me encontraria com *qualquer pessoa* do Hetawa?

— Você quer o trono de volta. Para isso, precisará da nossa ajuda.

Wanahomen quase deixou a faca cair.

— Uma aliança — disse ele após uma respiração longa e atônita. — Charris acredita mesmo que pode formar uma aliança entre o Hetawa e os banbarranos? — Ele mal conseguia acreditar nas próprias palavras.

— A aliança seria com *você* — respondeu o Sentinela —, mas poderia incluir, claro, outros que você considerar adequados. — Ele fez uma pausa, então acrescentou: — Não é uma ideia tão improvável. O Hetawa criou a monarquia, afinal, e deu apoio a ela durante séculos.

— É. — A mão de Wanahomen cerrou-se em torno do pergaminho. — Até a sua espécie escravizar a minha com sangue onírico. Uma aliança requer confiança, Servo de Hananja, e nunca vou confiar em você ou na sua confraria assassina. Charris deveria saber.

Ele jogou o pergaminho no chão e ficou irracionalmente irritado com o fato de o Sentinela não mostrar nenhum sinal de afronta. Em vez disso, Anarim indagou:

— Então você recusa a aliança?

— Não posso recusar o impossível — retrucou Wanahomen. Ele virou as costas e espiou de novo por entre as rochas a fim de enxergar a trilha, que estava desimpedida agora. Teria de encontrar outro caminho entre as colinas, uma vez que o trajeto mais fácil era o caminho que os soldados kisuati haviam seguido. Eles deviam ter começado a patrulhar as colinas após o último ataque banbarrano, talvez na esperança de alertar a cidade ou assolar os invasores da próxima vez.

— Vou transmitir isso ao nosso conselho — falou o Sentinela às suas costas. — Mas com certeza vão enviar pelo menos um representante para o local designado, caso mude de ideia. — Seguiu-se uma pausa. — Você deveria saber, se espera confiança dos seus aliados, que também não deve confiar no lorde shunha Sanfi.

Wanahomen fez uma carranca para o Sentinela por cima do ombro.

— Estiveram me vigiando?

— Estivemos vigiando Sanfi. Ele vem juntando uma coalizão de nobres há algum tempo... muito antes de os seus banbarranos começarem a atacar. Você é útil para os planos dele, mas só por enquanto.

Dois podiam jogar o jogo do rosto impassível.

— Explique — exigiu Wanahomen, cruzando os braços.

O Sentinela ergueu minimamente uma das sobrancelhas.

— Você não vai acreditar nessa informação.

— Vou decidir se acredito mais tarde. Por enquanto, quero ouvir.

— Sabe que, no passado, antes da dinastia do Ocaso, éramos como Kisua e as tribos do sul, governados pelo mais respeitado dos nossos anciãos. — O Sentinela encolheu os ombros. — Ter o Protetorado Kisuati no controle pelos últimos dez anos lembrou Gujaareh dessa história. Sanfi lidera o movimento para recriar um Protetorado Gujaareen.

Wanahomen estreitou os olhos.

— As pessoas comuns querem um campeão escolhido pela Deusa para governá-los, não um círculo de velhos ricos e debilitados. Elas podem ver se o Protetorado Kisuati faz muito ou pouco bem para a própria terra: crianças órfãs se prostituem nas esquinas e os indivíduos escravizados deles morrem de fome em meio a plantações de grãos.

O Sentinela baixou os olhos.

— Pela preservação duradoura da paz, mantivemos em segredo os verdadeiros objetivos do seu pai. Ninguém em Gujaareh sabe que o Rei Eninket pretendia exterminar milhares de soldados para obter a imortalidade. No entanto, os segredos *vazaram*: o assassinato do embaixador kisuati, a tortura de três Coletores, a conspiração com os nortenhos, o Ceifador... — Ele chacoalhou a cabeça. — Os excessos de um Protetorado estão distantes e meio esquecidos. Os excessos de um Príncipe são uma ferida recente. Você não pode culpar as pessoas por pensarem assim.

Podia, meditou Wanahomen de modo sombrio, mas não lhe serviria de nada.

— Entendo.

— E até um Protetorado precisa ter um líder. Sanfi ainda é novo para isso, mas ele pensa a longo prazo.

— Fiz contato com Sanfi um ano atrás. Era razoável que ele fizesse planos antes — comentou Wanahomen. As palavras soaram fracas mesmo aos seus ouvidos. Ele cerrou os punhos, fazendo cara feia. Esses planos, esses planos! Não eram facilmente desarticulados. E algum homem que tivesse sede de governar desistiria da ideia apenas porque o verdadeiro rei tinha aparecido?

Não. Um homem desses não desistiria.

Se eu me casar com Tiaanet, Sanfi vai conseguir influência através de mim. Então ele poderia me assassinar e alegar que pretendia *pôr um Príncipe no trono, mas lamentavelmente...*

O Sentinela o observava em silêncio, interpretando sem dúvida o tumulto na linguagem corporal de Wanahomen; o jovem ouvira dizer que eles podiam fazer essas coisas. Para disfarçar, virou-se com o intuito de encarar o homem.

— Os planos insignificantes da nobreza não significam nada para mim. Você esquece que o meu pai me criou para lidar com esse tipo de questão.

O Sentinela inclinou a cabeça.

— Como quiser. — Ele pegou a capa e a bolsa, amarrando esta última ao peito. — Por favor, informe Charris de que não existe mais nenhuma necessidade de nos encontrarmos. Em paz, Wanahomen, filho do Rei.

Ele deixou o pergaminho no chão da caverna, onde Wanahomen o havia jogado. Wanahomen lhe fez cara feia, mas o Sentinela saiu e começou a subir por uma trilha que levava a um terreno mais elevado. Talvez tivesse uma montaria escondida em algum lugar.

E boa saída. "Filho do Rei"! Ele fala de aliança e, no entanto, não me dá o título adequado! Ignorando a vozinha em sua cabeça, que assinalou que o título não tinha sentido no momento e que os Servos de Hananja sempre diziam a verdade, Wanahomen esperou até os passos do Sentinela desvanecerem. Depois foi pegar o pergaminho. Não ousava deixá-lo na caverna, onde poderia ser encontrado.

De qualquer forma, que sejam levados pelas sombras. Não preciso deles. Vou usar Sanfi como ele pretendia me usar, depois eu mesmo o mato.

Mas Tiaanet não seria uma noiva particularmente solícita se ele matasse o pai dela.

Forçando o murmúrio de agitação em sua mente a se calar, Wanahomen enfiou o pergaminho em um bolso. Então foi até Laye-ka, fazendo um sinal para ela se ajoelhar para ele poder montar. Depois de pensar por um momento para determinar uma nova rota, ele recomeçou a viagem pelo deserto, os pensamentos agora confusos e sombrios.

10

SONTÃ-1

Trouxeram a mercadora Danneh para o Hetawa na manhã do Festival da Nova Cerveja. Hanani ouviu a folia na praça do lado de fora quando as portas do Salão se abriram para a entrada de quatro Sentinelas-Aprendizes, que carregavam a liteira de Danneh. Os aprendizes colocaram a liteira na plataforma e tiraram a cobertura para revelar Danneh.

A mercadora estava adormecida, mas de um modo espasmódico, o rosto coberto de gotas de suor enquanto se mexia e soltava pequenos gemidos febris. Sob as pálpebras, seus olhos se moviam a uma velocidade frenética, como se as visões que a atormentavam no sonho fossem muitas e muito rápidas para ela acompanhar. A serva de Danneh, que viera com eles, levou as mãos à boca, contendo as lágrimas.

— Ela não acorda? — Nhen-ne-verra, o Compartilhador em serviço, ajoelhou-se ao lado de Danneh quando os Sentinelas se afastaram.

O treinamento de Danneh se revelou quando a garota se recompôs.

— Não, Compartilhador — respondeu ela. — Quando voltei, depois de entregar a mensagem dela ao Hetawa ontem à noite, ela tinha dormido outra vez. Achei que talvez ela enfim tivesse encontrado paz suficiente para descansar, mas quando chegou a manhã e ela não se levantou, fui aos aposentos dela e a encontrei assim. Tentei acordá-la várias vezes.

Nhen-ne-verra fez um aceno de cabeça, apertando os lábios enquanto erguia as pálpebras de Danneh — Hanani teve um vislumbre dos olhos da mulher se revirando descontroladamente na órbita ocular —, depois abriu a boca de Danneh a fim de cheirar seu hálito.

— Nada de comida ou bebida recente. Ela tem algum inimigo?

A serva pareceu horrorizada.

— Nenhum que fosse envenená-la!

— Estou apenas eliminando possibilidades, criança. — Ele inclinou a cabeça de Danneh para cima e massageou sua garganta, verificando o pulso e as glândulas no pescoço que indicavam doença, tudo parte do ritual tradicional de avaliação, Hanani sabia... e tudo errado para essa situação.

Ela subiu o primeiro degrau da plataforma.

— Nhen-ne-verra-irmão.

Nhen-ne-verra não tirou os olhos do trabalho.

— Você está sob interdição, Aprendiz.

Hanani reprimiu a ferroada do lembrete, embora ele houvesse falado com gentileza.

— Esta mulher... — Ela engoliu em seco. — Encontrei-a uma quadra de dias atrás. Ela mandou *me* avisar sobre isso. Irmão... — A aprendiz se calou, cerrando os punhos. Hanani não imploraria. Não imploraria.

Nhen-ne-verra enfim olhou para ela por cima do ombro. Ele era em parte lestenense, de pele clara com um cabelo comprido e lânguido que ficara extremamente branco na velhice, mas seus olhos eram tão pretos e inflexíveis quanto os de qualquer shunha.

— Muito bem. Mas você não pode entrar no sono de cura. Entendido?

— Entendido, Irmão. — Sem demora, antes que ele pudesse mudar de ideia, Hanani agachou-se do outro lado da liteira de Danneh. Lançando um olhar à serva, ela baixou a voz. — Irmão, há um sonho...

— Sim, o superior informou aos anciãos do caminho dos Compartilhadores, dos quais faço parte. — Nhen-ne-verra deu um meio-sorriso ao ver a expressão envergonhada dela. — Você tem de admitir que é intrigante, Aprendiz. Não consigo deixar de sentir certa empolgação com a perspectiva de poder enfim examinar esse sonho misterioso.

Lembrando-se da sensação oleosa da sombra no sonho que compartilhara com o Coletor Nijiri, Hanani estremeceu.

— Irmão... — Mas não pôde dizer o que tinha em mente. "Tome cuidado" seria um insulto, insinuando que o achava velho demais ou incompetente para realizar a tarefa. "Dayuhotem morreu desse sonho" era ainda pior, pois Nhen-ne-verra era um Compartilhador com mais de quarenta inundações de experiência; não havia comparação possível entre a habilidade dele e a de uma criança. Então ela mordeu o lábio outra vez e não falou mais nada.

Ele pareceu entender.

— Vou ficar bem, Hanani. Mas talvez você devesse ir buscar o seu mentor para mim, se ele não estiver dormindo neste exato momento. Seria prudente ter outro Compartilhador aqui, só por precaução.

Era trabalho de um acólito levar recados e buscar pessoas, e a humilhação fazia a barriga de Hanani revirar. Mas era um modo de ajudar e, nesse instante, era melhor do que nada. Ao aquiescer com um aceno rápido para Nhen-ne-verra, ela saiu correndo à procura de Mni-inh.

Seu mentor estava terminando uma sessão de treinamento sobre como enfaixar ataduras no Salão dos Sentinelas. Ele a avistou quando saiu da sala de descanso seguido por meninos com olhos sonolentos, que iam para a próxima aula de sonhos implantados.

— Ah, Hanani. Se você... — Ele leu o rosto dela. — O que foi? Quando ela explicou, o mentor ficou sério de repente.

— Vou agora. Encontre um acólito e peça para ele chamar o Superior.

Isso a abalou.

— O Superior, Irmão?

— E Yehamwy, se não estiver dando aula neste exato momento. — Ele leu o rosto aflito da jovem e suspirou. — Testemunhas, Hanani. Se a cura for difícil, quero que eles vejam e percebam que Dayu não foi incompetente, ele apenas se viu diante de algo que poderia sobrecarregar até mesmo a habilidade de um Compartilhador experiente. Sei que você preferiria não usar o seu amigo para provar que tem razão...

Hanani chacoalhou a cabeça, deixando de lado aquela sensação irracional de culpa. O Coletor Nijiri dissera que essas táticas seriam ineficazes para limpar a reputação de Hanani, mas ela entendeu o desejo de Mni-inh de tentar. Ela esperava que funcionasse.

— É o que Dayu ia querer, Irmão.

Mni-inh aquiesceu, depois deixou-a ir e correu para o Salão de Bênçãos. Hanani pegou um dos acólitos que saía da aula de Mni-inh e o mandou procurar o Superior. A aula de Yehamwy era perto do Salão dos Coletores, então ela atravessou correndo o pátio até o menor dos prédios do complexo do Hetawa para dar o recado pessoalmente.

As paredes do Salão dos Coletores eram de um mármore cinza, diferente do arenito marrom-amarelado usado em todos os outros prédios. Os corredores ali eram mais frios, mais escuros e mais silenciosos, com uma sensação que era, de certo modo, mais meditativa do que a dos outros salões do Hetawa. Hanani diminuiu o passo, apesar da ansiedade, uma vez que a batida apressada de suas sandálias na pedra era alta e perturbava a paz. Ela não tinha nenhum receio de incomodar os Coletores, cujas celas ficavam no quarto andar, longe do barulho e da atividade no térreo. Simplesmente parecia desrespeitoso, estando na casa dos Coletores, não andar com sossego, como eles faziam, e falar baixinho, como eles faziam, e se comportar de todos os modos que mais agradavam Hananja.

Mas não conseguia recordar o caminho para a sala de aula certa. Ouvindo vozes à frente, ela as seguiu.

— ... mais perigoso do que o pai — declarou uma das vozes. Isso a lembrou do mármore ao longo das paredes, escuro, frio e cinza. — A vida dele foi mais difícil e ele tem mais motivo para odiar.

— Deveríamos avaliá-lo com antecedência, é verdade — falou outra voz... mais leve, com um toque de risada. — Mas não sei ao certo se gosto desse plano. O povo do deserto não é dado a um comportamento pacífico.

— Se ele permitir algum mal a qualquer um dos dois, saberemos qual tipo de homem ele é. — Esse comentário veio de uma voz mais jovem, menos segura. Seguindo-a, Hanani virou em um corredor e viu luz à frente: feixes ondulantes de luz da manhã banhando o átrio do prédio. O Jardim de Pedra, onde os Coletores dançavam em suas preces particulares. — Apesar de que, nesse caso, o mal já estará feito — continuou a voz mais jovem.

— É inevitável — afirmou uma quarta voz e Hanani parou, horrorizada, porque era a voz do Coletor Nijiri e isso significava que ela não deveria estar entreouvindo a conversa de jeito nenhum. — Ele nunca confiaria em um de nós. Mas alguém jovem, que não poderia ter participado do julgamento contra o pai dele, alguém que esteja inclinado a proteger, não temer...

— Silêncio — interveio a voz fria e cinzenta de repente e a entrada do átrio foi tomada por uma sombra quando um vulto alto e macilento entrou no círculo de luz. — Compartilhador-Aprendiz.

O vulto usava uma capa clara com capuz. Ela engoliu em seco e fez uma profunda mesura, curvando-se sobre as duas mãos em um pedido de desculpas.

— Sinto muito, Coletor. Eu-eu estava procurando o Professor Yehamwy. E-ele tem uma aula neste prédio.

— Naquela direção. — O Coletor apontou com a cabeça para o lugar de onde ela viera. — Por que o está procurando?

Hanani engoliu em seco.

— A mulher do portador do dízimo que morreu foi trazida ao Salão de Bênçãos, Coletor, sofrendo do mesmo sonho que matou o marido dela. — *E Dayu.* — O Compartilhador Nhen-ne-verra está tentando curá-la. Meu mentor achou que talvez... testemunhas...

O Coletor olhou para o lado. De repente, os outros três vultos apareceram ao redor dele, todos perfilados contra a luz do jardim. Um deles ela reconheceu como Nijiri antes que ele, como os demais, tirasse o capuz.

— Nós vamos estar presentes — afirmou o Coletor magro então. — Acredito que seremos testemunhas mais adequadas do que o Professor Yehamwy, já que podemos observar tanto no sonho como na vigília. Mostre o caminho, Aprendiz.

Não havia nada além de comando na voz dele. Hanani não conseguiu pensar em nenhuma maneira apropriada de protestar. Mas o Coletor estava certo ao dizer que eles dariam testemunhas eminentemente adequadas: ninguém contestaria as observações deles. Então, esperando que seu nervosismo não transparecesse, Hanani os conduziu ao Salão de Bênçãos.

Quando chegaram à plataforma, porém, ela parou, surpresa. Nhen-ne-verra estava longe da liteira de Danneh, os ombros arcados, o corpo trêmulo como se tomado por alguma paralisia. Mni-inh o segurava pelos ombros, quase sustentando-o, o semblante cerrado de preocupação.

O Coletor esguio passou por Hanani com a leveza de uma serpente, todo elegância e intenção concentrada. A tatuagem no ombro mais próximo à moça era a beladona, feita toda em índigo: Sonta-i, o mais velho daquele caminho.

— O que aconteceu? — perguntou ele.

Nhen-ne-verra chacoalhou a cabeça, emudecido.

— Nhen-ne-verra tentou localizar a alma da requerente, a primeira etapa da cura. Algo o perturbou — respondeu Mni-inh.

Nhen-ne-verra estremeceu e chacoalhou a cabeça outra vez.

— Não estava lá. Ela... eu não a encontrei. Mas outra coisa estava. Pela Deusa! — Ele se afastou de Mni-inh e olhou para a grande estátua de Hananja que pairava lá em cima, Suas mãos estendidas em um gesto de boas-vindas. Ele estendeu os braços como que para pegar aquelas mãos, as suas próprias tremendo.

— Nada de Vós — sussurrou ele. Havia um tom fervoroso e hesitante e sua voz que Hanani nunca ouvira antes. Quando ela olhou para Mni-inh, identificou preocupação no rosto dele também. — Nada que venha de Vós passa essa sensação!

O Coletor Sonta-i aproximou-se depressa da plataforma e tocou o ombro do velho Compartilhador. Nhen-ne-verra gemeu baixinho e pareceu esmorecer; Mni-inh rapidamente pôs um braço debaixo do ombro dele e o fez sentar-se em um dos bancos laterais.

Sonta-i virou-se para fitar a serva, que se afastara da cena, com os olhos arregalados. Depois concentrou-se em Danneh.

Outro Coletor deu um passo à frente. Ele era mais alto do que todos os demais, apesar de que, pela açafroa amarela em seu ombro, Hanani percebeu que era Inmu, o mais jovem do caminho.

— Sonta-i-irmão, tem certeza...

Mas o Coletor Rabbaneh colocou uma das mãos em seu ombro. Inmu olhou para ele, em seguida para Sonta-i, e acalmou-se. Sonta-i ajoelhou-se ao lado de Danneh, pousando a ponta dos dedos em suas pálpebras fechadas.

Foi nesse momento que uma ansiedade irracional tomou conta de Hanani... irracional, pois por qual motivo um Coletor deveria temer qualquer sonho? Mesmo assim, ela se aproximou.

— Coletor.

Quatro rostos encapuzados se viraram para ela, embora sua intenção fosse a de falar com Sonta-i.

— Era no reino intermediário. Não em Ina-Karekh, não aqui em Hona-Karekh. *Entre* os dois.

Ele estreitou os olhos. O Coletor Nijiri dirigiu-lhe um longo olhar pensativo. Ao se ver observada por eles, Hanani encolheu-se em seu íntimo, perguntando-se o que, em nome dos deuses, a havia compelido a dizer uma coisa daquelas. Mas, antes que pudesse gaguejar uma desculpa, Nijiri virou-se para Sonta-i. Nenhum dos dois falou, mas algo se passou entre eles mesmo assim: qualquer pessoa com um sopro de dom do sonho que fosse poderia ter sentido. Sonta-i fez um diminuto aceno para Nijiri e virou-se para reconcentrar-se em Danneh. Ele fechou os olhos e um instante se passou.

Isso vai dar errado, sussurrava tudo dentro de Hanani.

Mas, antes que pudesse pensar em algo para dizer, Sonta-i produziu um ruído baixo e tenso. Hanani conteve a respiração e correu até a plataforma, mas Nijiri se antecipou com uma das mãos segurando seu ombro como um torninho. Quando ela se virou para fitá-lo, seu rosto já estava sombrio devido ao pesar, os olhos fixos em Sonta-i. Ela olhou para Rabbaneh, que tinha a mesma expressão. O que havia de errado com eles? Eles sentiam o mesmo perigo que ela, por que não acabavam com aquilo? Apenas Inmu pareceu preocupado quando Hanani se deparou com seus olhos, e ele desviou o olhar com a mandíbula cerrada e rígida.

Sonta-i arquejou de repente, os olhos e a boca bem abertos. Uma dúzia de expressões perpassaram seu rosto, mais do que Hanani já vira nele, todas efêmeras demais para identificar.

— Tanta raiva — sussurrou ele. — Tanta mágoa. Nunca soube o que eram sentimentos até agora. Que ironia. — Ele estremeceu, a mão deslizando do rosto de Danneh para se escorar no chão. Era o primeiro movimento desajeitado que ela já vira um Coletor fazer. Ele se concentrou naquela mão, aparentemente com grande esforço. — O espaço intermediário. A força não é suficiente. Uma criança, Nijiri. A Sonhadora Desvairada é uma criança.

Ele se inclinou para a frente sem aviso, caindo em cima de Danneh. Alarmado, Mni-inh acercou-se e puxou Sonta-i para cima; o Coletor Rabbaneh agachou-se depressa a fim de ajudar. Mas o corpo de Sonta-i estava inerte entre eles e o golpe também não tinha machucado Danneh. Ambos estavam mortos.

11

TRAIÇÃO

Os cantos de pássaro das sentinelas ecoaram das paredes do cânion chamado Merik-ren-aferu, precisos o suficiente em sua imitação a ponto de rapinantes que faziam ninhos nas faces íngremes dos penhascos responderem ao canto em um desafio territorial. As sentinelas vinham observando Wanahomen há quilômetros com longavisões, ele sabia, provavelmente desde o momento em que ele e Laye-ka apareceram como um pontinho no deserto ondulante. Se ele fosse um pontinho inesperado, ou pior, múltiplos pontinhos, a tribo teria saído do cânion há muito tempo quando ele chegasse na entrada do lugar... menos as sentinelas, que teriam ficado para trás para recebê-lo com uma flecha no olho. A hospitalidade banbarrana era infame.

Porque Wanahomen era conhecido e esperado, porém, ele vislumbrou sinais de habitação assim que entrou no cânion. Por entre as frestas da vegetação alta, ele avistou pomares e canteiros cultivados escondidos... cuidados por pessoas escravizadas de tribos mais agrícolas, claro, pois nenhum banbarrano jamais se dignaria a trabalhar na terra. E as sentinelas apareceram, enfim, espreitando ao longo de espinhaços com roupas da cor das rochas e olhando-o a partir de buracos cuidadosamente disfarçados. Aqueles que o rapaz conseguia enxergar davam-lhe um aceno sério quando ele passava; Wanahomen sabia haver outros que não tinha visto. Então Laye-ka deu um assovio alegre quando surgiu o curral, no qual os camelos e cavalos da tribo descansavam quando não estavam em uso ou soltos para procurar comida.

Wanahomen desmontou naquele ponto e cuidou de Laye-ka antes de soltá-la no curral.

— Obrigado por me trazer de volta em segurança — sussurrou ele ao tirar o cabresto dela, que grunhiu como se entendesse as palavras rituais. Então a camela trotou para o curral e prontamente empurrou três outros camelos para chegar ao cocho. Eles abriram caminho com um ar de longo sofrimento que fez Wanahomen rir.

A risada fez aparecer outra cabeça, que despontou de trás de uma pedra com o lenço torto e um dos lados do rosto marcado por linhas que se formam quando se dorme.

— Wana! — O garoto se animou de imediato, levantando-se de um salto e andando a passos rápidos até ele. — Não ouvi você chegar.

— É, e se eu fosse um ladrão, as nossas montarias já teriam sido levadas há muito tempo — disse Wanahomen. Ele jogou o alforje sobre um dos ombros, então pôs as mãos no quadril e dirigiu ao garoto um olhar austero. — Que tipo de guarda você é se dorme durante o trabalho, Tassa?

O garoto baixou os olhos, envergonhado.

— Foi só um pouquinho. Fiquei acordado esperando você ontem à noite.

— Eu me atrasei — respondeu Wanahomen com uma careta. Ele tomara um longo desvio por uma trilha menos usada pelos sopés das colinas em busca de evitar os soldados kisuati. — Mas me responda uma coisa: o Charris pediu um cavalo hoje?

— O seu escravizado? — O tom de Tassa tinha o puro desdém banbarrano por um ser inferior. — Não, ainda não. Você deixa que ele cavalgue sozinho?

Eu teria deixado antes de ele me trair.

— Apenas certifique-se de que ele não peça um hoje... não antes de me ver. E não caia no sono desta vez. — Ao bagunçar o cabelo de Tassa, ele respondeu ao sorriso encabulado do garoto com outro sorriso e saiu do curral, encontrando uma das escadas de corda penduradas para subir até a saliência mais alta.

O acampamento banbarrano era uma floresta de tendas elaboradamente decoradas e círculos de fogueiras espalhadas por várias das saliências mais altas e mais amplas do cânion. Todas as tendas podiam ser empacotadas para viagem em questão de minutos, e o seriam em caso de perigo. De momento, contudo, a tribo estava em descanso, preparando-se para a próxima batalha de sua guerra não declarada a Kisua. Wanahomen acenou ao passar por homens que fofocavam enquanto empenavam flechas ou afiavam espadas; grupos de mulheres se sentavam juntos para costurar peitorais e botas de couro. Embora Wanahomen acenasse para as mulheres também, um hábito gujaareen do qual nunca conseguira se desfazer, elas não responderam ao gesto e algumas nem se dignaram a olhar em sua direção. O rapaz sentiu os olhares às suas costas depois de ter passado.

Por fim chegou a uma tenda grande e bonita de couro de camelo marrom-escuro. As hastes ao redor da entrada haviam sido entalhadas com pictorais gujaareen e havia um emblema sobre a aba de acesso: o sol e os raios da Auréola do Sol Poente, símbolo da linhagem de Wanahomen. A verdadeira Auréola, guardada em algum lugar da Gujaareh ocupada pelos kisuati, era um semicírculo de ouro batido cercado por placas de âmbar vermelho e amarelo. Este era de mármore esculpido com raios de madeira clara e escura polida. De bom gosto e ainda de valor segundo a avaliação que os banbarranos faziam das coisas, mas, mesmo depois de dez anos, Wanahomen não conseguia deixar de ver o emblema como a imitação insignificante que era.

— Você vai entrar? — chamou a voz da mãe de dentro da tenda.

Wanahomen estremeceu ao ouvir o som da voz dela, não apenas devido à surpresa. Preparando-se, ele ergueu a aba e entrou.

— Me desculpe, mãe. Só estava pensando.

Hendet, esposa do Rei-em-sonhos de Gujaareh, jazia em uma enxerga grossa de peles e de capim cheiroso trançado com dois travesseiros guarnecidos com borlas atrás das costas. Enquanto ele atravessava o chão coberto por camadas de tapete, ela deixou de lado um pergaminho grosso e abriu os braços.

— Tão parecido com o seu pai — comentou ela quando ele ajoelhou para receber seu abraço. — Sempre pensando, pensando, pensando. O que foi desta vez?

Ele já havia ouvido a fraqueza na voz dela. Normalmente, ela tinha uma voz grave para uma mulher, rouca e forte, mas agora falava como se a boca estivesse cheia de lã seca. Era impossível não notar sua magreza quando ela o abraçou ou a secura de papel de pergaminho de sua pele quando ela se recostou.

— Muitas coisas — respondeu ele, forçando-se a sorrir. — A senhora está tão bonita como sempre.

— Ensinei você a mentir melhor do que isso — retorquiu Hendet, fingindo severidade. Isso o surpreendeu, fazendo-o rir, e aplacou um pouco do seu medo, pois, se ela estava se sentindo bem o bastante para fazer uma brincadeira, ainda havia esperança. — Unte falou que tudo correu bem no ataque.

O filho concordou com a cabeça, depois ficou sério, estendendo a mão para tirar o véu do rosto e o lenço para ela.

— Diga-me onde o Charris está, mãe.

Ela abriu a boca para falar, depois lançou-lhe um segundo olhar mais perspicaz ao ler o rosto dele.

— Está prestes a partir em uma missão para mim — respondeu ela, enfim.

— Para... — Ele se conteve antes de perder as estribeiras, pois ela era gujaareen e jamais toleraria uma coisa dessas. Em vez disso, cerrou os punhos sobre os joelhos. — Mãe, você o mandou para negociar uma aliança com o Hetawa.

Hendet dirigiu-lhe um olhar frio que, não obstante, tinha o poder de ferroar.

— Eu o mandei para *finalizar* uma aliança com o Hetawa, sim. Unte concordou com os termos do Hetawa, embora um deles fosse que se encontrassem com você antes que o acordo fosse selado.

— Unte! E você... — Levantando-se, Wanahomen andou de um lado a outro no pequeno espaço da tenda, respirando fundo em um esforço para diminuir o latejamento em suas têmporas. Quando por fim conseguiu falar de um modo civilizado, ele parou e a encarou.

— Eles *mataram o homem que você amava*, mãe... — disse. — Eles o usaram e o atormentaram e corromperam a magia da Deusa em nome do poder... — Mas parou de falar porque Hendet o fitava com uma mescla de exasperação e tristeza, como se ele a houvesse decepcionado de algum modo.

— Você se parece tanto com o seu pai — ela afirmou baixinho, assustando-o a ponto de fazê-lo se calar. — Você se saiu bem, apesar de tudo o que aconteceu, muito bem mesmo. Estou orgulhosa de você e acredito em você. Mas em um aspecto — a voz dela ficou fria como a água do oceano — você consegue ser tão tolo, Wanahomen.

O rapaz estremeceu.

— O quê?

— Gujaareh se baseia em uma quadra de forças. — Os olhos de Hendet haviam endurecido como colunas de pedra. Em uma parte distante da mente de Wanahomen, ele se regozijou com o fato de a ferocidade dela não ter diminuído, apesar da doença; ela ainda conservava a alma de uma rainha, por mais que sua carne fraquejasse. Mas suas palavras... — O rio, as castas, o exército *e o Hetawa*. Aqueles sacerdotes que você odeia tanto educam os nossos jovens, mantêm o nosso povo saudável e contente, administram a justiça... e eles têm magia, Wanahomen. Um poder sem comparação no reino da vigília. Sem a cooperação deles, mesmo que você retome o trono, Gujaareh *não* será sua.

— A casta militar prometeu me ajudar na batalha final — argumentou Wanahomen com teimosia —, e agora os nobres estão me apoiando. Selei o pacto com o lorde shunha Sanfi. As pessoas comuns vão ficar felizes com o meu retorno...

— Não! Não vão! Não sem o apoio do Hetawa! Wanahomen, você é inteligente demais para isso. — Ela suspirou e lhe estendeu uma das mãos. Após uma longa e raivosa respiração, o jovem se ajoelhou e a pegou. Ela acariciou a mão do filho e continuou: — Seu pai o criou para ser sábio; ignorar o Hetawa não é sábio. Você não confia neles, nem deveria. Também me lembro dos crimes que cometeram. — E então, seu olhar duro ficou mais distante, sua raiva direcionada para outro lugar. — Mas mesmo eu vejo que isso é necessário.

Ele desviou os olhos em uma negação muda. Ela suspirou.

— Quando você tiver retomado o trono, vai fazer acordos com Kisua, não vai? Por mais que os odeie. E, para recompensar os esforços dos banbarranos, você vai lhes dar privilégios comerciais que nenhuma outra nação teve, o que vai irritar a casta mercante, mas vai fazer isso mesmo assim porque Gujaareh está fraca demais para outra guerra. Não é verdade?

Wanahomen cerrou os dentes.

— É diferente.

— Como? O Coletor que matou seu pai colaborou com Kisua. E quanto aos nobres cuja aliança você está tão contente de ter conquistado, onde estava o apoio deles com o seu pai morto e nós três precisando desesperadamente? Eles nos deixaram para morrer! — Ela suspirou, então, estendendo uma das mãos para afagar o cabelo dele. — O fato é que você não pode confiar em *nenhum* dos seus aliados, meu filho. Um rei não pode se dar ao luxo de confiar. Mas você também não pode permitir que o ódio prevaleça sobre a razão.

Ele resistia à verdade das palavras dela. Só a ideia de cooperar com o Hetawa deixava o gosto amargo da culpa, da traição, em sua boca. O que seu pai pensaria se soubesse que Wanahomen se aliara aos seus assassinos?

Que estou fazendo o que é preciso, veio a resposta relutante e, por fim, ele curvou a cabeça diante de Hendet, em concordância.

Ela afagou as tranças do filho em aprovação.

— Agora, conte-me como sabia.

— Encontrei um homem do templo, um Sentinela, nas colinas. Ele me entregou isto. — Wanahomen tirou o pergaminho de uma dobra da túnica.

— E você nem sequer o abriu? Bem, pelo menos não jogou fora. O que diz a mensagem?

Ele pegou a faca, cortou selo que fechava o pergaminho e o abriu para ler os pictorais formais em voz alta.

Para Wanahomen, escolhido herdeiro de Eninket Rei (que ele possa viver na paz Dela para sempre), saudações.

Seu pedido para um encontro foi aceito. Um representante deve estar disponível no local da entrega deste pergaminho no quarto dia do oitavo mês da colheita, ao pôr do sol.

Solicita-se que você e os seus aliados não façam mais nenhum ataque contra o nosso inimigo mútuo até que esse encontro aconteça.

Não havia pictorais de assinatura. Wanahomen fez cara feia e jogou o pergaminho no chão, levantando-se para andar de um lado para o outro.

Hendet estendeu a mão a fim de pegar o pergaminho. Parte da raiva de Wanahomen se dissipou quando ele viu quanto a mão da mãe tremia antes de ela disfarçar, colocando o pergaminho no colo para o ler com atenção.

— Você deve contar a Unte agora mesmo — determinou ela.

— Eu não tinha mais nenhum ataque planejado por causa da reunião do solstício que está por vir — falou Wanahomen, franzindo a testa para si mesmo. — É coincidência, mas, quando eles ficarem sabendo desse "pedido", os outros líderes tribais vão achar que sou subserviente ao Hetawa. — Ele parou, refletindo. — Eu poderia ignorar o pedido...

— Você não vai fazer isso — retorquiu Hendet, indignando-se. — Você sabe tão bem quanto eu que não se trata de um *pedido*, mas de uma condição para a aliança. Unte vai entender.

— Unte não é o problema — respondeu ele e em seguida contou à mãe sobre o soldado gujaareen assassinado e sua subsequente decisão de matar Wujjeg. — Foi desacato — terminou ele. — Ordenei que não matassem nenhum gujaareen e ele matou um de propósito.

— Então você estava certo de matá-lo — concordou Hendet. — Embora seja uma pena, o clã de Wujjeg... — Ela parou de falar de modo súbito, visivelmente cansada ao recostar-se nos travesseiros para recuperar o fôlego. — Eles têm grande influência sobre os Dzikeh-Banbarra. Vão tentar... tentar colocar a tribo contra você.

— Eu sei — respondeu ele em tom sombrio. De repente, aquilo tudo era demais para suportar: os banbarranos, a doença da mãe, o três vezes maldito Hetawa. Os sacerdotes estavam no centro de todas aquelas questões, concluiu ele, soturno. Não fosse pelos Coletores, seu pai estaria vivo e Kisua seria o mais novo território de Gujaareh, e Wanahomen não teria nada mais importante com que se preocupar do que as maneiras de cortejar Tiaanet.

Mas será que ela ia me querer se meu pai ainda fosse Príncipe?, veio o repentino pensamento desagradável.

Era inútil se atormentar com essas ideias agora.

— A senhora precisa descansar — ele disse a Hendet.

— Estou bem — falou ela, mas não resistiu quando ele a ajudou a se deitar. Sua própria aceitação era prova de como se sentia mal: ela só obedecia ao filho quando estava com dor. O rapaz sentiu um aperto no estômago ao pensar no que aconteceria se ela não melhorasse logo. Os banbarranos eram nômades durante parte de cada ano e não ficariam em Merik-ren-aferu por muito mais tempo. Depois do solstício, os seis líderes tribais se reuniriam e decidiriam se dariam apoio à guerra de Wanahomen. Mas, lutando ou não a guerra, estando ela ganha ou perdida, a tribo começaria a longa viagem através do Mil Vazios até a costa oeste do continente para fazer negócios e enriquecer com as mercadorias que haviam produzido ou roubado ao longo do ano. Wanahomen atravessara o deserto durante a primavera muitas vezes no decorrer dos anos com os banbarranos e testemunhara a dura realidade da travessia: os velhos e enfermos com frequência não sobreviviam à viagem.

Então preciso conquistar Gujaareh antes da primavera.

Ajeitando os cobertores perto do queixo da mãe, Wanahomen inclinou-se e beijou-lhe a testa.

— Tenha bons sonhos, mãe — sussurrou ele. — Na paz Dela.

— Você também, meu filho — disse ela, e fechou os olhos.

Ele não lhe contara das imagens que vinham assombrando seus sonhos nas últimas semanas: seu pai consumido pela podridão, a podridão ameaçando sua própria carne e a terrível torrente de maldade que ameaçava inundar Gujaareh. Sua mãe veria significado nesses sonhos e talvez estivesse certa em ver.

Mas de que serviria depois que tudo estivesse dito e feito? Por que ele deveria se preocupar com fantasmas em sonhos quando tinha temores suficientes para mil pesadelos no reino da vigília?

Então ele se acomodou nas peles ao lado da enxerga da mãe e ficou observando-a até que adormecesse. Depois que Hendet entrou em Ina-Karekh para passar a noite, ele se levantou e saiu a fim de planejar a próxima etapa da guerra.

12

O SEGUNDO TESTE

Pela Lei e pela Sabedoria, os corpos eram mantidos em estado durante algum tempo após a morte. Ninguém sabia quanto tempo demorava a última viagem para Ina-Karekh sem a ajuda de um Coletor. Os Professores mais brilhantes de Gujaareh haviam discutido a questão durante séculos sem chegar a uma conclusão. Segundo o consenso, havia alguma possibilidade, por mais remota que fosse, de que destruir a carne rápido demais poderia prejudicar a alma e lançá-la com violência em direção à terra das sombras. As mulheres estavam a salvo disso, naturalmente, sendo deusas que podiam navegar sozinhas por Ina-Karekh: eram mantidas por um dia como cortesia, embora as meninas antes da menarca fossem mantidas por dois, uma vez que seu poder feminino era menos desenvolvido. Os homens, todavia, eram comuns, portanto a Lei ditava que corpos masculinos fossem mantidos por no mínimo quatro dias após a morte e mais tempo quando o embalsamento e os sarcófagos permitiam. As únicas exceções a essa Lei eram os corpos masculinos que tivessem a marca de um Coletor e quaisquer outros de que se soubesse que as almas estavam em segurança além do reino da vigília.

Queimaram o corpo do Coletor Sonta-i dois dias após a sua morte. Ele não dera o Dízimo Final, ninguém sabia da disposição de sua alma ou mesmo se ela ainda existia. Contudo, foi cremado como se sua morte tivesse sido apropriada e salutar porque não o fazer suscitaria perguntas que o Hetawa não podia, não ousava responder. *Como ele morreu* seria a menor delas. As seguintes seriam muito, muito piores: *O que é esse sonho terrível que o matou? O que o Hetawa pode fazer para acabar com isso?* E a resposta para esta última — *Nada, não podemos fazer nada* — perturbaria a paz da cidade inteira.

Pois havia agora cinco novas vítimas.

Hanani estava na entrada do Salão de Cuidados Temporários, um dos prédios atribuídos ao caminho dos Compartilhadores. Era nesse prédio que as magias de cura mais difíceis e perturbadoras eram realizadas. Enquanto se acreditava que a maioria das demonstrações de magia fortalecessem a crença dos fiéis, algumas curas requeriam que membros fossem cortados ou quebrados, que bebês fossem extraídos das mães, ou pior. Isso não se aplicava nesse caso, mas ver os cinco sonhadores indefesos era perturbador mesmo assim porque tão pouco podia ser feito por eles.

Vários Compartilhadores seniores andavam por entre as camas do Salão, examinando os sonhadores e cuidando deles o melhor que podiam. Mais adiante, Mni-inh conversava baixinho com um grupo de leigos que estava por perto... as famílias das vítimas, presumiu Hanani. Ela se perguntou o que ele poderia ter encontrado para lhes dizer.

Virando-se para o pátio central, ela viu que a pira funerária de Sonta-i finalmente caíra sobre si mesma. A Lua dos Sonhos estava bem alta; eles haviam acendido a pira ao pôr do sol. Um punhado de pranteadores permanecera durante a queima, mas agora se afastavam de um em um ou dois em dois, como se o colapso da pira tivesse sido um sinal. Nenhum deles falou enquanto se retirava, notou Hanani. Ninguém chorava. Talvez, com o estado da alma do Coletor tão em dúvida, ninguém soubesse muito bem como chorar a morte.

— Compartilhador-Aprendiz.

A voz do Professor Yehamwy. Era um sinal do abatimento da própria Hanani que ela não sentisse nada do terror de costume quando se virou a fim de encará-lo. Mas talvez ele sentisse o mesmo: não havia nada da reprovação costumeira em seus olhos.

— Professor. — Ela inclinou a cabeça para ele, depois olhou para a cortina aberta do Salão de Cuidados Temporários. — Eu não entrei, Professor.

Ele fitou a entrada como se fosse a última coisa em sua mente e suspirou.

— Bem, dadas as circunstâncias, parece evidente que a morte do garoto era imprevisível. Pela manhã vou informar ao conselho que retirei a minha interdição. Tenho certeza de que vão concordar.

Simples assim. Hanani o encarou, anestesiada demais para falar. Mas então a brisa mudou, levando o cheiro da pira funerária (incenso e resina de madeira perfumada e o odor inconfundível de carne carbonizada) e qualquer júbilo que ela pudesse ter sentido desvaneceu antes mesmo de nascer. Em breve ela poderia voltar a curar. Mas de que serviria quando até os sonhos haviam se transformado em veneno? Ela não conseguiu forçar-se a agradecer Yehamwy.

De qualquer maneira, Yehamwy parecia ignorá-la, contemplando o pátio e a pira. Ele usava a vestimenta marrom formal de um Professor, o que significava que provavelmente comparecera ao funeral de Sonta-i.

— Houve um tempo em que achei que você fosse a maior ameaça ao nosso estilo de vida — confessou Yehamwy sem tirar os olhos da pira.

Hanani sobressaltou-se.

— *Eu*, Professor?

— Você. A nossa capitulação que anda e respira aos kisuati e ao estilo "superior" deles. — Ele suspirou. — As mulheres deles não são deusas, apenas criaturas mortais e fracas que fazem o mesmo trabalho que os homens e podem sofrer os mesmos tormentos. Os servos deles são comprados e vendidos como carne, os velhos são considerados um fardo… eu não ia querer isso para Gujaareh. — Ele chacoalhou a cabeça devagar, seus olhos refletindo a luz bruxuleante da pira. — Mas, no final, você é só uma criança tola que nunca vai conhecer a verdadeira condição feminina. Se quer curar, por que eu deveria impedi-la? Se comparada aos perigos reais do mundo, você não é nada. — Ele se afastou da pira e também de Hanani. — Suponho que a Deusa tenha achado por bem nos lembrar disso.

Então ele foi embora. Hanani ficou olhando para ele até sua vestimenta marrom se mesclar com a escuridão.

nunca vai conhecer a verdadeira condição feminina

O que aquilo significava?

— Hanani?

Você não é nada.

Ela se sentia ferida por dentro. As sílabas do seu nome pareceram ecoar em sua mente, mas ela se virou para encarar Mni-inh, que viera até a porta do salão. Ele parecia muito cansado.

— Você deveria ir — falou ele. — Não há nada que você possa fazer aqui.

Por um momento, com parte da mente esperando mais dor, Hanani pensou que o mentor tivesse ouvido as últimas palavras de Yehamwy e concordado com elas. Mas então ele soltou um suspiro profundo.

— Não há nada que ninguém possa fazer.

Ela arrastou os pensamentos dispersos de volta ao presente.

— Sonta-i. Foi por esse motivo que ele fez aquilo, não foi?

Mni-inh aquiesceu.

— Alguém tinha de tentar. Os Coletores são os narcomancistas mais fortes do Hetawa. Se essa coisa pudesse ser derrotada pela magia... — Ele suspirou. — Bem, agora sabemos que não pode.

Talvez ela estivesse sonhando, pensou Hanani.

Os últimos dias haviam tido uma natureza onírica, um toque sempre presente de irrealidade que sua mente à luz do dia parecia não conseguir compreender. No mundo da vigília, pesadelos não passavam de alma a alma como uma pestilência e Coletores não morriam desses sonhos. Acólitos não morriam de jeito nenhum, especialmente quando eram alegres, bonitos e bem-amados.

Na vigília, as mulheres eram deusas em si e de si próprias, não servas da Deusa.

Ela se obrigou a se concentrar. A alma de Mni-inh parecia tão fatigada quanto a sua; a preocupação com ele afastou parte de sua infelicidade.

— Você deveria descansar, Irmão.

— Eu sei. Só que... Nunca fui tão inútil antes. É uma coisa com a qual não estou acostumado. — Ele esfregou os olhos e suspirou. —

Ah... Maldição, quase esqueci. O Coletor Nijiri me informou mais cedo que vamos partir amanhã.

— Partir?

— É. Para algum lugar no deserto, então use a sua capa formal por cima da sua vestimenta habitual: vai protegê-la do sol. Montarias e suprimentos estão sendo preparados para nós. Saímos ao meio-dia do portão da Casa das Crianças.

Na vigília, Compartilhadores não saíam de Gujaareh. Hanani franziu o cenho.

— Por qual motivo, Irmão?

— Nijiri disse que você sabia. — Parte do cansaço de Mni-inh desvaneceu, substituído pela curiosidade.

O teste de Nijiri. Agora? Com Sonta-i morto e uma magia corrupta ameaçando a cidade?

— Ele falou apenas de uma tarefa que queria que eu realizasse — respondeu ela —, mas não me deu detalhes. Originalmente, a tarefa era para você, mas ele disse que mudou de ideia.

Mni-inh franziu a testa para si mesmo.

— O que, em nome das infinitas paisagens oníricas, ele poderia estar tramando? — Ele suspirou. — Aquele garoto é mais intrometido do que qualquer Coletor que já conheci. Imagino que Ehiru não tenha tido tempo de tirar isso dele.

Mni-inh fechou a porta do Salão de Cuidados Temporários e veio postar-se ao lado de Hanani. À distância, a pira caíra ainda mais sobre si mesma. Os dois viram quando uma grande chuva de faíscas se ergueu para rodopiar e dançar no ar noturno. Então Mni-inh tocou o ombro de Hanani e, em silêncio, ambos retornaram ao Salão dos Compartilhadores.

★ ★ ★

Havia mais pessoas presentes do que Hanani esperara quando chegou ao pátio da Casa das Crianças, na manhã seguinte. O Superior estava nos degraus próximos, vendo o grupo se preparar. O Sentinela Anarim confabulava com seu aprendiz, que ainda era jovem, igualmente solene e três outros Sentinelas que Hanani não conhecia.

Mni-inh olhava, apreensivo, enquanto um dos membros seculares do Hetawa tentava lhe explicar como montar em um cavalo. O Coletor Nijiri já estava em cima de um cavalo, seu rosto encapuzado contemplando a distância; ele não olhou ao redor quando Hanani chegou. Em um impulso, a jovem foi até ele e tocou sua mão. Ele piscou e se concentrou nela.

— Você chora a morte de Sonta-i? — Uma quadra de dias antes, ela jamais teria ousado fazer uma pergunta tão pessoal para um Coletor. Mas isso foi antes de ela ter conhecido o seu verdadeiro eu na paisagem onírica e o visto mandar um irmão para a morte. Naquele dia, ela vira no rosto dele o preço que pagara por aquilo.

Ele lhe dirigiu um sorriso pesaroso.

— Acho que você devia ter se tornado uma Coletora.

Ela baixou os olhos, excessivamente feliz, apesar de, considerando o modo como Yehamwy e o seu grupo haviam reagido a ela como Compartilhador, a moça não conseguia sequer imaginar o alvoroço, por mais pacífico que fosse, se ela tivesse escolhido o caminho dos Coletores.

— Não tenho a sua força, Coletor.

— Eu não sou forte. — Antes que ela pudesse fazer mais do que franzir a testa ao ouvir isso, Nijiri suspirou, estendendo a mão para afagar o pescoço do cavalo. — Outra viagem pelo deserto. Da última vez... — Ele se calou por um instante, depois deu de ombros. — Bem. As lembranças podem ser doces e dolorosas ao mesmo tempo.

Ela não conseguia imaginar por que um Coletor jamais precisaria ir ao deserto. Todavia, antes que pudesse pensar em um jeito diplomático de lhe perguntar sobre o assunto, Mni-inh avistou-a e chamou-a.

— Deixe esse sujeito ensinar você a subir em um destes animais — pediu ele, apontando com a cabeça para o membro secular enquanto tentava, outra vez sem sucesso, montar em seu cavalo. O cavalo grunhiu e esquivou-se, e Mni-inh pousou de novo no chão. Irritado, ele bateu na sela do cavalo. — Também não quero montar em você.

O membro secular, esforçando-se para não sorrir, falou:

— Apenas continue tentando, lorde Compartilhador. — Virando-se para Hanani, ele a fitou por um momento. Hanani esperou outra vez, paciente; depois de um tempo, o membro secular se lembrou e fez uma rápida mesura de desculpas, curvando-se sobre uma das mãos. — Por aqui, lady Compartilhador.

— Lorde — corrigiu ela, e sorriu. — Embora na verdade nenhum dos dois seja apropriado. Sou só uma aprendiz.

— Entendo — disse ele, parecendo mais perplexo do que antes, mas sorriu mesmo assim. — Já cavalgou antes?

— Já — respondeu ela, ganhando um olhar surpreso de Mni-inh. — Mas faz muitos anos.

— Algumas coisas nunca mudam, la... Aprendiz. Você se lembra?

A moça aquiesceu, sorrindo enquanto ele a levava até a égua que fora selada para ela. Era uma bela criatura de um tom castanho-amarelado, menor do que a média, mas de olhos inteligentes.

— Qual é o nome desta aqui?

— Dakha — falou o membro secular, nitidamente satisfeito. — Ela é parte banbarrana, o que você vai desculpar quando perceber como ela lida com os sopés das colinas.

Hanani anuiu, dando palmadinhas na égua enquanto passava para o outro lado. Os estribos haviam sido colocados mais baixo para ajudar os cavaleiros inexperientes a montar, algo pelo qual ela estava grata, considerando sua altura e a falta de prática. Contudo, algumas coisas de fato não mudavam, pois ela subiu no cavalo sem dificuldades, como se não houvessem se passado catorze anos desde a última vez que cavalgara. O membro secular assoviou, impressionado, quando Hanani se sentou na sela.

— No deserto, um bom animal pode significar a diferença entre a vida e a morte — comentou ele, sorrindo-lhe. — Os banbarranos tratam as montarias como parte da família, sabe. Dão nomes de crianças mortas a elas, colocam joias nelas, e tudo o mais. Então trate bem essa dama.

Hanani sorriu, encantada, quando esfregou a crina de Dakha e o pescoço da égua arqueou-se ao toque de sua mão.

— Vou me certificar de fazer isso, senhor.

Com o canto dos olhos, ela viu o Superior se aproximar da montaria de Nijiri.

— Tem certeza? — ele perguntou ao Coletor. Ele falava baixo, Hanani só ouviu porque estava perto.

— Não, não tenho. — A tristeza que Hanani ouvira antes em sua voz sumira, substituída pela calma de um Coletor. — Mas estou seguro de que, se não fizermos nada, estamos perdidos.

O Superior apenas suspirou em resposta. Hanani não ousou fitá-los. Em vez disso, alçou os olhos quando o Sentinela Anarim ergueu a mão, pedindo atenção.

— Vamos sair da cidade pelo portão leste — anunciou ele. — É pouco usado, o que serve aos nossos propósitos de evitar chamar a atenção dos kisuati, embora vá nos forçar a contornar a cidade antes de seguir em direção ao sul. Deve levar dois dias para chegarmos às colinas, e mais um dia para atravessá-las. — Ele olhou para Nijiri. — Vamos chegar lá a tempo.

Nijiri inclinou a cabeça e Hanani se perguntou outra vez o que ele e os outros Coletores haviam planejado.

— Vamos cavalgar de dois em dois — continuou Anarim. — Devemos estar vigilantes mesmo em terras gujaareen e, quanto mais longe estivermos da cidade, mais perigo vai haver. Eu e Dwi vamos à frente. — Ele acenou para o seu aprendiz, que acenou de volta com uma rapidez que contradizia a sua aparente calma. — O Sentinela Kherkhan e o Coletor Nijiri vão por último, os Sentinelas Emije e Lemuneb ficam com as laterais. Compartilhadores, fiquem no meio de nós se houver algum problema.

Hanani dirigiu um breve olhar preocupado a Mni-inh e viu que seu mentor parecia igualmente ansioso. Ela nascera nas terras cultiváveis, mas não passara dos portões da cidade desde que se juntara ao Hetawa. Ela sabia que Mni-inh nascera na cidade; até onde sabia, ele não havia saído da cidade nunca na vida.

Mni-inh soltou um suspiro exasperado.

— Maldição, Nijiri. Tentei ser paciente, mas para mim já chega. Quando vai nos contar do que se trata?

Nijiri sorriu como se esperasse a pergunta.

— Vamos encontrar amigos, Mni-inh. Pelo menos espero que sejam amigos.

— Você *espera*...

— Vamos saber se não nos matarem. Isso se eles aparecerem, para começar.

Mni-inh o encarou. Ainda sorrindo, Nijiri acenou com a cabeça para Anarim, que fez sua montaria dar meia-volta e começou a seguir rumo ao portão, o qual fora aberto por quatro acólitos.

— Depois de você — Nijiri falou para Mni-inh. Praguejando entredentes, Mni-inh instou cuidadosamente o cavalo a avançar, dando um grito assustado quando o animal de fato se locomoveu.

Então foi a vez de Hanani, e Dakha começou a trotar, como que ávida por testemunhar enquanto todos se deparavam com o destino que os esperava, qualquer que fosse ele.

13

INTERVALO

No jardim do Kite-iyan havia um leopardo. Ele não podia vê-lo, mas sabia que estava lá. Como herdeiro do Príncipe, era seu dever caçá-lo e matá-lo antes que ele machucasse suas mães ou irmãos.

— Wana.

Aproximando-se pelo jardim o mais silenciosamente possível (suas pernas eram menores, ele sempre fora uma criança quieta), ele levantou a lança e

— Wana! Acorde, homem! Agora não é hora de sonhar acordado.

Wanahomen alçou o olhar e viu que o leopardo tinha um rosto humano. Unte. Devo matá-lo, *pensou ele.*

Então Unte voltou a ser Unte e Wanahomen seguiu a direção apontada pelo braço de Unte para ver qual era o problema.

Um grupo de oito viajantes a cavalo aproximava-se pela trilha rochosa que conduzia àquela parte do sopé das colinas. Da saliência bem acima de onde ele e o resto dos banbarranos esperavam a cavalo, Wanahomen conseguia distinguir apenas as volumosas capas com capuz que cada cavaleiro usava: cinco pretas, duas de um vermelho-sangue e uma cor de osso descorado pelo sol. A última o fez franzir a testa.

— O Hetawa? — perguntou Unte.

Wanahomen aquiesceu.

— Os de preto são Sentinelas... os sacerdotes-guerreiros, letais sem armas, pesadelos com elas. O de roupa clara é Coletor. — Ele contorceu o lábio, não pôde evitar. Não esperara que o Hetawa fosse mandar um Coletor. Para julgá-lo, talvez? E executá-lo no local, se o considerassem inadequado? Ele apertou as rédeas com mais firmeza; o cavalo grunhiu. — Eles conseguem lutar quase tão bem quanto os Sentinelas, mas a magia deles é a maior ameaça. Nunca o deixe tocar você. E eles estão acima dos outros, então aquele vai ser o líder. Os de vermelho... — Ele franziu o cenho. — Aqueles são Compartilhadores. Curadores. Mas não faço ideia de por que estão aqui.

— Humm. — Unte colocou a mão debaixo do véu para coçar a barba. — E como deveríamos receber essas visitas, líder de caça?

Wanahomen ouviu o tom de gracejo na voz dele e sorriu para si mesmo. Sua mãe desaprovaria, mas...

— Se for para serem aliados — respondeu ele —, parece sensato mostrarmos a nossa força, não parece?

Unte riu e aquiesceu, e Wanahomen ergueu uma das mãos em um sinal. Por toda a sua volta ele ouviu seus cavaleiros se mexerem, alertas. Ele fez um círculo e depois cerrou o punho e jogou a cabeça para trás para soltar o grito de guerra crescente de *"Bi-yu-eh!"*.

Venham e caiam em cima.

Os guerreiros avançaram, descendo por três trilhas diferentes em direção ao fundo do cânion. Do outro lado do cânion, desceram mais duas fileiras de cavaleiros, seus gritos ecoando das paredes rochosas. Quando o grupo do Hetawa parou e imediatamente se virou para ficar de costas uns para os outros, com os dois curadores no centro da formação, dois círculos de cavaleiros banbarranos os cercaram, cada um girando em uma direção diferente para ficar difícil de contar quantos eles eram.

Wanahomen desceu o declive com eles, gritando e brandindo a espada e rindo por trás do véu. O pessoal do templo ficaria enervado, ele sabia, não só pelo número de banbarranos armados que viera recebê-los, mas também pelo simples caos barulhento que geravam. A paz era o costume gujaareen, mas não havia paz nos banbarranos... de qualquer forma, não nesses jovens e fortes guerreiros de Wana.

É, olhem para nós, pensou ele enquanto olhava feio para os membros do templo. *Vejam a quem estão se aliando. Se a sua sensibilidade for fraca demais para nos suportar, então não precisamos da sua ajuda!*

Mas, depois do movimento inicial de defesa, os cavaleiros do Hetawa não se mexeram e, por fim, Wanahomen começou a se cansar do jogo. Então ele fez um sinal para os seus cavaleiros pararem e eles detiveram suas montarias e ficaram de frente para o grupo. Abriram caminho quando Wanahomen passou pelas fileiras a fim de posicionar-se diante do Coletor de capa clara.

— Mostre seu rosto — disse ele. — Eu conheceria o meu inimigo.

A maioria dos homens banbarranos não falava gujaareen, mas os poucos que falava se inclinaram para cochichar com o resto. Todos saberiam que Wanahomen exigira que o líder do grupo do Hetawa mostrasse seu rosto para eles, um ato de submissão aos olhos dos banbarranos.

O Coletor levou as mãos até o capuz e parou pelo intervalo de uma respiração, talvez notando os cochichos entre o grupo de Banbarra. Mas completou o movimento e, assim que Wanahomen viu o rosto do homem, estremeceu, chocado.

— Você! — Dez anos se dissolveram em um instante e ele estava outra vez no terraço do Kite-iyan, observando enquanto seu pai enfrentava dois Coletores de Hananja que tinham vindo para matá-lo. Um dos Coletores era irmão de seu pai, a marca do Ocaso estava estampada em seu rosto. Mas o mais jovem... — *Você.*

O Coletor anuiu, irritantemente calmo. Ele estava mais alto e mais encorpado agora, não mais um jovem de rosto doce, mas não havia dúvidas de que era o mesmo homem.

— Eu. Eu também me lembro de você, filho de Eninket. Saudações.

Eu deveria matá-lo bem aqui e agora. A ideia era lindamente tentadora, embora ele soubesse que era tolice. Mas mesmo enquanto guardava a espada, instou sua égua Iho até ela ficar ao lado da montaria do Coletor, de modo que ele ficou ao alcance das mãos mortais do homem.

— Está sedento, Coletor? — Ele manteve a voz baixa e viu os olhos do homem se estreitarem. — Conheço a sua espécie, lembre-se. Vi meu pai alquebrar um de vocês. Se pretende me punir por isso, então faça-o agora. Você não terá outra chance.

Por um momento, algo brilhou nos olhos do Coletor... não a sede irracional que Wanahomen meio que esperara, mas uma raiva fria que era de certo modo mais perturbadora por sua humanidade.

— Foi cruel da parte do seu pai fazê-lo observar enquanto ele destruía Una-une — falou o Coletor com uma maldade branda que Wanahomen jamais vira em alguém da espécie dele. — Essa experiência deve ter deixado uma marca terrível em você. Sinto muito por não o termos matado antes, pelo seu bem.

Wanahomen rosnou, mostrando os dentes, e conteve-se de pegar a faca apenas por uma força de vontade monumental.

— Nunca vou confiar em você, demônio sugador de vidas!

Fazendo Iho dar meia-volta, ele se afastou alguns passos para se acalmar antes de se virar para ficar de frente para o grupo do Hetawa de novo.

— Então, vocês propõem uma aliança. Entendo como se livrar dos kisuati vai ajudar *vocês*, mas o que vocês têm a oferecer para *nós*, Sacerdote? Pelo que sei, o Hetawa não tem exército.

O Coletor aquiesceu.

— Lutar nunca foi o nosso costume de fato, exceto para nos defendermos e para defender os outros. — Ele dirigiu um sorriso de desculpas para o sacerdote de preto mais próximo, que inclinou a cabeça coberta pelo capuz em resposta. — Porém, você sabe que o nosso apoio sempre foi essencial para os Príncipes do passado.

— Ah, sim, eu sei — respondeu Wanahomen. — Mas vocês sempre cobraram um preço por esse apoio, e eu me recuso a pagar. Não vou ser seu escravo como os meus antepassados foram.

— E nós não vamos mais exigir uma coisa dessas de você. — A voz do Coletor ficou momentaneamente mais suave, e será que era vergonha que havia nela? — Essa corrupção foi expurgada do Hetawa. Eu e os meus confrades nos certificamos disso com as nossas próprias mãos. Vamos tratá-lo de forma honesta. Quanto a isso tem a minha palavra, em nome Dela.

A franqueza do Coletor surpreendeu Wanahomen. Ele ouvira falar dos expurgos e, em seu íntimo, admirara-se... mas ouvir as palavras em voz alta, abertamente, era outra coisa. Uma coisa mais satisfatória.

Lançando um olhar para Unte, que descera ao cânion, mas ficara para trás, observando em silêncio, ele disse para o Coletor:

— Então vocês oferecem a sua influência sobre o nosso povo e apoio à minha reivindicação ao trono. Tudo isso é muito bom quando eu tiver tomado a cidade e quando os meus homens e eu tivermos derramado o nosso sangue nesse empreendimento. Mas aliados compartilham riscos, sacerdote, assim como a recompensa. O que vocês podem fazer por nós *agora*?

— Você acha que não compartilhamos nenhum risco? Se vocês fracassarem, os kisuati vão nos destruir.

— E, no entanto, vocês podem se retirar da aliança a qualquer momento antes do ataque final e alegar que não tiveram participação nenhuma. — Wanahomen fez um gesto para o leste, em direção a Gujaareh. — Vocês sempre agiram dessa maneira, nas sombras, esgueirando-se pelas janelas à noite, mas isto é guerra. Comprometam-se com a luta ou fiquem no seu templo e rezem. E esperem que *eu* vá destruí-los quando vencer!

O Coletor inclinou a cabeça, como se Wanahomen o tivesse convidado a compartilhar vinho.

— Podemos oferecer suprimentos e dinheiro...

Wanahomen riu.

— Já roubamos mais do que precisamos dos kisuati. Ofereça algo *útil*, homem do templo. Talvez vocês pudessem coletar Sunandi Jeh Kalawe e seu marido general?

O rosto do Coletor endureceu.

— Eles não foram julgados corruptos.

Wanahomen não esperara realmente que ele fosse concordar.

— Então o quê?

O Coletor ficou calado por um longo instante antes de enfim suspirar.

— Que seja. — Ele afastou o cavalo alguns passos e depois parou, virando-se para olhar para os dois sacerdotes vestidos de vermelho que haviam estado atrás dele. — Esses dois ficam com você até recuperar o trono.

Os sacerdotes de vermelho ficaram tensos, assim como Wanahomen. Ele fez uma carranca, seus homens cochichando ao fundo.

— Isso é algum tipo de truque?

— O maior trunfo do Hetawa, e de Gujaareh, é a nossa magia — respondeu o Coletor. — Um Coletor não seria de grande utilidade para você, mas Compartilhadores poderiam salvar a vida de homens que, caso contrário, talvez morressem nas batalhas que estão por vir.

Dois Compartilhadores. Wanahomen fitou os sacerdotes de vermelho, dividido entre o entusiasmo e o desespero. O Coletor estava certo: dois Compartilhadores poderiam reduzir em muito as perdas. E (sua mente saltou a outra possibilidade com uma rapidez vergonhosa) *um Compartilhador poderia salvar mamãe*.

E entretanto...

Dois Compartilhadores, jogados aos seus pés como prêmios. Dois espiões do Hetawa bem no coração do seu acampamento.

Ele se virou para Unte, tentando se disciplinar para demonstrar indiferença para que a decepção doesse menos.

Unte fez seu cavalo avançar, fitando pensativamente os sacerdotes. Wanahomen lhe ensinara bastante gujaareen ao longo dos anos; ele provavelmente fora capaz de entender a conversa toda. Mesmo assim, falou em chakti com Wanahomen.

— Eu ouvi direito? O seu povo de repente viu vantagens na comercialização de escravos?

Wanahomen, que estivera observando o Coletor, chacoalhou a cabeça. O sacerdote estreitou os olhos; ele aparentemente sabia chakti o suficiente para reconhecer a palavra *escravo* quando a ouviu.

— Não escravos, mas reféns para selar a nossa aliança. Para serem libertados quando atingirmos o nosso objetivo.

Unte se remexeu na sela e suspirou.

— Nunca fui muito inclinado a pegar reféns. Trabalho demais para pouco ganho. Mas, se eles podem fazer magia como ele diz, seriam de valia.

— Eles também poderiam passar os nossos segredos para o Hetawa. Teríamos que levá-los para o nosso acampamento; mais tarde eles poderiam revelar a localização — forçou-se a pontuar Wanahomen.

Unte sorriu.

— Ainda não conheci um morador da cidade que conseguisse achar os próprios pés na areia sem a ajuda de um homem do deserto. E que motivos eles teriam para nos espionar? Temos o mesmo inimigo.

Era verdade. Mas não escapara à atenção de Wanahomen o fato de que esta era a única razão possível para terem trazido dois Compartilhadores com eles. Apesar de toda a dissimulação, o Coletor tivera a intenção de oferecê-los como prêmios desde o começo.

— Eu simplesmente não confio neles, Unte.

— Você não confia em ninguém, meu filho de alma. Diga a esse sujeito de rosto bonito que vamos ficar com eles.

Wanahomen sobressaltou-se.

— O senhor tem... — Ele interrompeu a própria pergunta e curvou a cabeça em submissão quando Unte lhe lançou um olhar brando. — Sim, Unte.

Ele fez um gesto para dois dos seus homens avançarem e flanquearem os Compartilhadores. Mas um dos sacerdotes de preto saltou do cavalo e se moveu para bloquear o banbarrano, irradiando ameaça, e um dos sacerdotes de vermelho tirou o capuz e gritou bruscamente:

— Nijiri!

O Coletor (Nijiri, memorizou Wanahomen) suspirou.

— Sinto muito, Mni-inh. Mas eu não ia deixar a sua aprendiz ir com eles sozinha, por mais que ela tenha concordado.

— Ela *concordou*... — O Compartilhador olhou para a companheira, incrédulo. — Hanani, é verdade?

O outro Compartilhador pareceu aflito demais para falar... assim como Wanahomen, cujos pensamentos logo se inflamaram devido à desconfiança. *Ela?*

Mas foi inconfundivelmente a voz de uma mulher, tremendo de medo, que enfim respondeu.

— Eu... É, Irmão. Mas não me dei conta... — Os nós dos dedos de suas mãos já pálidas, apoiadas sobre a sela, haviam ficado ainda mais brancos. — Achei que...

— Eu disse que haveria risco, Aprendiz. — O rosto do Coletor não demonstrava nenhuma emoção sequer. — O Príncipe acha que você é uma espiã. Talvez ele fique menos inclinado a pensar assim quando perceber que você não foi preparada para isso. — E o Coletor fitou Wanahomen.

Maldição. Wanahomen cerrou o maxilar, odiando ainda mais o Coletor. Aquele homem sabia muito bem o que significava mandar uma mulher gujaareen para um acampamento banbarrano. Mesmo mandar o Compartilhador do sexo masculino junto seria de pouca ajuda para ela: Compartilhadores não lutavam. Recairia sobre Wanahomen a responsabilidade de protegê-la. *Estamos no meio de uma guerra, que as sombras o levem! Não tenho tempo para ser o guarda-costas de uma mulher inútil da cidade!*

Mas não havia outra escolha: Unte ordenara e a cooperação do Hetawa sem dúvida dependeria de quão bem os reféns seriam tratados.

Suspirando irritado, Wanahomen avançou com a égua, parando ao se ver diante do Sentinela (ou Sentinela-Aprendiz: o jovem mal parecia ter idade para ter se juntado àquele caminho). Ele mal podia ver os olhos do rapaz dentro do capuz, mas o fitou mesmo assim e, após um longo instante, o jovem suspirou e se afastou.

Aproximando Iho do cavalo da mulher, ele estendeu a mão e puxou seu capuz. Era ela... a moça Compartilhador que ele encontrara na cidade. Ela olhou para ele, temerosa; com o véu cobrindo o rosto, ele provavelmente parecia qualquer outro banbarrano para a jovem.

— Vá com eles — ordenou-lhe Wanahomen em gujaareen, indicando seus homens com a cabeça. Ela sobressaltou-se, um medo instintivo nos olhos; por um momento, ele achou que ela poderia fugir. Mas então ela respirou fundo e assumiu uma máscara de calma que teria sido perfeita, não fosse pelo brilho em seus olhos. Aquiescendo, ela cavalgou para se juntar aos homens dele. O acompanhante dela, um homem no fim da meia-idade que tinha um cabelo brilhante, quase liso como o dos nortenhos, fez cara feia para Wanahomen, mas também cavalgou, permanecendo protetivamente perto da garota.

— A aliança está selada, então? — O Coletor falou com Unte, mas seus olhos se desviaram para Wanahomen.

— Entre o Hetawa gujaareen e os banbarranos da tribo Yusir, está — respondeu Unte em um gujaareen com sotaque carregado. Wanahomen também concordou com a cabeça, lembrando-se das palavras do Sentinela aquele dia na colina: *a aliança seria com você.*

O Coletor inclinou a cabeça.

— Esperamos o seu ataque, então. Quando chegar a hora, os nossos lutadores e a nossa magia vão apoiá-los durante a batalha que se seguirá. Acontecerá em breve?

— Sim — respondeu Wanahomen.

— Logo após o solstício — acrescentou Unte, para decepção de Wanahomen.

— Andem na paz Dela até lá — falou o Coletor, e acenou para os Sentinelas. Eles o cercaram obedientemente e os seis viraram os cavalos para a direção de onde haviam vindo. Unte fez um rápido sinal e os cavaleiros banbarranos se afastaram, deixando o grupo do Hetawa partir.

Quando haviam desaparecido sobre a colina mais distante, Unte virou-se para Wanahomen e suspirou.

— Bem, está feito.

— Ainda há a votação, Unte.

Unte olhou para Wanahomen, surpreso, um quê de divertimento em sua expressão.

— Então você não pressupõe tranquilamente que vamos obter êxito na votação? Nunca teria imaginado você tão inseguro.

— Estou tão confiante como sempre, Unte, mas eu nunca ousaria prever as ações dos líderes das seis tribos. Se a votação não sair como espero... — Ele olhou para os vultos cada vez menores do grupo do Hetawa, inquieto.

Unte sorriu.

— Bem, nós simplesmente vamos ter que esperar que saia. Essa aliança vai ajudar. Vamos para casa?

Com um aceno de obediência, Wanahomen deu o sinal para eles seguirem para Merik-ren-aferu com os Compartilhadores como reféns no centro da formação.

14

MERIK-REN-AFERU

Ela estava entre bárbaros.

O Coletor Nijiri a *deixara* entre bárbaros.

Ela estava entre bárbaros e eles a torturariam, a matariam, mandariam sua alma debater-se nos horrores da terra das sombras...

Esse era o ciclo de pensamentos de Hanani durante os quatro dias que durou a viagem ao acampamento da tribo de Banbarra. Os banbarranos impunham um ritmo pesado, cavalgando a passo rápido desde antes do amanhecer até pouco antes do meio-dia, parando durante várias horas quando o sol estava mais forte, e depois cavalgando do período da tarde até depois do pôr do sol. Os músculos de Hanani, já doloridos por conta da viagem que os trouxera da cidade, parou de protestar no segundo dia e, no terceiro, estava simplesmente entorpecida. Ela curou as próprias feridas, mas elas sempre voltavam.

Seus anfitriões eram qualquer coisa, menos amigáveis. Cada guerreiro banbarrano usava túnicas esvoaçantes e capas similares, de várias cores, lenços elaboradamente envoltos na cabeça e véus feitos de tecido cobrindo a metade de baixo do rosto, mesmo durante o sono. Eles raras vezes diziam seus nomes, então Hanani tinha dificuldade de distinguir um do outro. Aquele que Nijiri chamara de "o Príncipe" mal falava com eles a não ser para rosnar ordens; ele parecia mais irritado com a presença deles do que com qualquer outra coisa. Os outros banbarranos seguiram o exemplo dele em suas interações com Hanani e Mni-inh, embora Hanani pegasse alguns deles dirigindo--lhe olhares especulativos de tempos em tempos. Ela não fazia ideia, nem queria saber, do que os interessava tanto.

Era o líder da tribo, Unte, quem conversava com eles com mais frequência, aproximando-se para bombardeá-los de perguntas em gujaareen fluente, porém difícil de entender. Tanto ele quanto o Príncipe usavam capas exteriores e véus em um tom vivo de índigo, e Unte era mais baixo, de modo que eles podiam ao menos vê-lo acercando--se e preparar-se antes que ele começasse. Estavam gostando do deserto? Mni-inh, que ainda estava fervilhando com a decisão de Nijiri, respondeu a essa pergunta com menos diplomacia do que deveria: "Não". Mas sua hostilidade só pareceu divertir o homem. Há quanto tempo eles serviam o Hetawa? Era verdade que eles conseguiam sonhar enquanto estavam bem acordados ou fazer qualquer um dormir no meio do dia? Como eles curavam?

Mni-inh esforçou-se para responder as perguntas o melhor que podia, mas Hanani não conseguira forçar-se a reagir à cordialidade do homem. Sua mente e seu coração estavam paralisados, como haviam estado desde que o Coletor a lembrara de que ela concordara em enfrentar um teste. Ela esperara... Bem, ela não fazia ideia do que esperar. Mas não isso.

Unte parecia confortável com o seu silêncio, no entanto, de vez em quando oferecia-lhe o que parecia ser uma mesura de respeito. Mni-inh não recebia a mesma mesura, notou Hanani.

Na noite do quarto dia, no momento em que o sol começara a fazer a cabeça de Hanani latejar com força, ela viu que a terra coberta de matagal elevava-se gradualmente em direção a uma grande rachadura irregular na terra. Eles continuaram em frente, claramente posicionando-se para atravessar esse cânion em vez de contorná-lo. Mas assim que desceram a trilha que os conduzia entre as grandes paredes recortadas do cânion, Hanani sentiu cheiro de água. Era um aroma tênue, nada como o cheiro forte de terra e de rio de Gujaareh, mas, depois de tantos dias de areia e sol, seu nariz pareceu acordar à primeira lufada de umidade. Dakha, que Hanani percebeu que devia ter captado o odor algum tempo antes, ficava tentando instigar os cavalos à frente a andarem mais rápido. Os cavalos, acostumados à viagem, mantinham o mesmo ritmo forte e constante empregado o caminho todo.

Os arredores começaram a mudar drasticamente. Em lugar da vegetação descorada do deserto, ela começou a ver grama verde, até mesmo árvores à medida que adentravam mais o cânion. As paredes do cânion eram altas e íngremes, como que escavadas por uma grande faca, e tinham vivas e intensas tonalidades de vermelho, uma mudança bem-vinda ao castanho-claro inexorável da charneca. O verde da vegetação, embora mais pálido que o da vegetação que crescia no solo de Gujaareh, rico e fertilizado pela inundação, era claro o suficiente a ponto de quase ferir os olhos de Hanani.

Animando-se, ela olhou para os companheiros e viu que o humor dos banbarranos também parecia ter melhorado, alguns até rindo quando conversavam uns com os outros. Um deles apontou para cima e Hanani arquejou ao seguir seu dedo. Havia alguém em uma das saliências mais altas do cânion!

Antes que ela pudesse gritar um alerta, porém, Mni-inh cutucou-a com o cotovelo e apontou. Através das árvores, ela pôde vislumbrar um rio sinuoso. Era tão pequeno que o Sangue da Deusa poderia tê-lo engolido sem aumentar um centímetro... mas era indiscutivelmente água fresca, de correnteza rápida. De onde viera no meio do deserto?

Unte, rindo da confusão dela, tocou seu braço e apontou. Mais além das paredes recortadas do cânion ela pôde ver, indistintas contra o céu noturno, um conjunto de vastas montanhas cobertas de branco.

— No inverno, neva lá — disse ele. — Você sabe o que é neve?

— Já li sobre isso — respondeu ela. — Chuva e orvalho que endureceram por causa do frio?

— Humm. Neva lá, no inverno. Derrete, do solstício até o fim da primavera... vocês chamam de estação da inundação. Inunda aqui, também. Pouco. — Ele sorriu e fez um gesto minimizando para indicar que não era nada comparado ao encharcamento anual de Gujaareh. Ele apontou para o rio, depois de volta para o ponto de onde haviam vindo, em direção ao deserto. — Entra no subsolo ali, debaixo do deserto, mas aqui fica tudo verde. Seca no outono e no inverno, até chegar o solstício outra vez. Está começando agora.

Hanani aquiesceu, o espanto superando a inquietação de conversar com um estrangeiro. Com muita ousadia, apontou para a saliência onde vira o que parecia uma criança correndo.

— E ali?

Ela não podia ver o rosto dele através do véu, mas os olhos do homem formaram linhas bem gastas de risada.

— Você vai ver — respondeu ele.

Eles seguiram o rio para dentro do cânion, chapinhando em alguns de seus riachos secundários, contornando por fim uma curva para parar diante de uma vasta planície gramada. Havia um curral cheio de cavalos e camelos próximo à parede norte; os animais que já estavam lá andavam de um lado a outro, saudando os recém-chegados com grunhidos e balançando as caudas, empolgados. Ali esperavam várias crianças banbarranas sem véus, acenando para o grupo que retornava. Os homens ao redor de Hanani começaram a gritar para elas, tagarelando em chakti, e as respostas pareciam vir de toda parte, inclusive de cima, percebeu Hanani, que alçou o olhar e teria parado, em choque, se Dakha não estivesse determinada a seguir os outros cavalos.

Lá no alto, nas saliências, havia um vilarejo inteiro, a maior parte do qual ela viu que era composta provavelmente de tendas: coisas em formato de cúpulas redondas enfeitadas com peles e outras decorações em vários tons de terra. Mas algumas das estruturas eram feitas de tijolo arenoso: as casas e os depósitos permanentes e a Deusa-sabe-mais-o-que-lá, construídas bem em cima das saliências! Tudo isso centenas de metros acima do fundo do cânion.

O grupo parou no curral. Desviando os olhos das saliências, Hanani seguiu o exemplo dos anfitriões, desmontando e tentando desamarrar os alforjes. Para sua grande surpresa, Unte fez um barulho para chamar a atenção e aproximou-se para desamarrá-los para ela. Quando os soltou, jogou-os sobre o ombro e fez uma mesura para ela antes de sair andando com eles. Mas não foi muito longe... só até o Príncipe, a quem entregou os alforjes. Longe de ficar bravo, como Hanani esperara, o Príncipe franziu a testa, surpreso com Unte. Unte inclinou a cabeça em direção a Hanani, indicando de quem eram os alforjes.

O Príncipe, mais espantosamente ainda, pareceu aborrecido. Ele pegou os alforjes murmurando desculpas a Unte e depois foi até Hanani e Mni-inh.

— As crianças vão cuidar das nossas montarias agora que estamos aqui em... — Ele falou alguma coisa rápido em chakti, mas Hanani captou a palavra *Merik*. Era o nome de um dos deuses, o artesão que triturava montanhas e enchia os vales. — Este é o lar da tribo Yusir. Venham comigo.

Era o máximo que ele havia dito a qualquer um dos dois durante a viagem inteira. Eles se apressaram em segui-lo, ambos trêmulos e rígidos após dias no lombo de um cavalo, quando ele se dirigiu à colina em longas e rápidas passadas. Quando ficou claro que ele seguia para uma das várias escadas de corda e madeira apoiadas contra a face do penhasco, os passos de Hanani vacilaram.

O Príncipe parou na escada. Mni-inh olhou para cima e suspirou.

— Imagino que não exista outro jeito.

— Não — respondeu o Príncipe e, pela primeira vez, Hanani ouviu um toque de divertimento em sua voz. — Mas você pode passar a noite aqui embaixo se a subida realmente o incomodar. Não existem animais mais perigosos do que escorpiões e algumas variedades de cobra...

— Vamos subir — assegurou Mni-inh sem demora.

O Príncipe fez um sinal para Hanani, indicando que ela deveria ir primeiro. Ela engoliu em seco, desconfortavelmente, foi até o pé da escada e olhou para cima. Parecia tão alto.

— Apenas suba — disse o Príncipe. — E não olhe para baixo. Na primeira vez, é melhor acabar com isso logo.

O que a fez lembrar, de maneira apenas um pouco tranquilizadora, que isso fora novo para ele um dia. Ela olhou para Mni-inh e viu que ele parecia igualmente nervoso. Porém, ele deu um jeito de sorrir.

— Vá — falou ele, colocando os alforjes no ombro como os banbarranos haviam feito. — Vou estar logo atrás de você. Veja bem, só um de nós pode cair, porque o outro vai ter que realizar as curas.

Hanani sorriu, mesmo sem ter vontade.

— Sim, Irmão. — Sentindo-se ligeiramente menos nervosa, ela segurou os degraus e começou a subir o mais rápido que ousou. Depois de começar, ficou menos assustador: a escada era bem feita e fora fixada com cavilhas e ganchos. Antes que se desse conta, havia chegado à saliência e estava em chão firme outra vez. Ela se virou...

... E ficou paralisada, a respiração presa na garganta.

À sua frente, estendia-se o cânion em luz ardente e sombra pontiaguda, sob um céu tão infinito e azul quanto o Mar da Glória. Os animais no curral lá embaixo eram tão pequenos como brinquedos de criança; a lavoura ali perto, uma série de fileiras mais verdes em meio a ondas de relva sopradas pelo vento; o rio do cânion não passava de um filete brilhando em meio às árvores com a luz refletida do pôr do sol. Ela já estivera no alto antes, os andares mais altos do Hetawa, mas nunca desse jeito.

Emudecida pela beleza do cânion, ela ainda estava lá quando Mni-inh chegou à saliência. Ele seguiu o olhar de Hanani, depois olhou para a face do penhasco que haviam acabado de subir. Estremeceu e deu três passos rápidos para trás.

— *Indethe a etun'a Hananja...*

— *Enube an'nethe* — falou o Príncipe, assustando os dois. Ele brotara atrás deles, ainda carregando os alforjes de Hanani. Quando olharam para o rapaz, ele também estava contemplando a vista. — Ela volta Seu olhar sobre aqueles que fazem por merecer, sacerdote. Agora venham.

Ele os conduziu pelo acampamento banbarrano. Apesar da localização bizarra, era muito parecido com um vilarejo gujaareen rio acima, só que com tendas em vez de casas permanentes. As tendas pareciam agrupadas em círculos de três ou quatro voltados para fora, cada grupo separado dos outros ao redor por um espaço e às vezes por uma área de trabalho. O punhado de construções permanentes com paredes feitas de tijolos parecia ter propósitos mais práticos: ela vislumbrou uma fornalha reluzente através de uma porta e vindo de outra construção ela sentiu o odor pungente de metal derretido: uma forja. E um reservatório de água e um depósito de grãos. Não muito diferente de um vilarejo gujaareen.

As pessoas eram diferentes, claro. Ela não fazia ideia de qual era a origem dos banbarranos — eles estavam no deserto há séculos quando Gujaareh foi fundada —, mas estava claro que haviam se misturado menos do que o povo de Hanani. Embora ela vislumbrasse ocasionalmente olhos castanhos e pele mais clara ou mais escura, eles eram, em sua maioria, da cor do mármore marrom, com feições marcantes que lembraram Hanani das pessoas nascidas na casta militar gujaareen. Os homens usavam o mesmo tipo de vestimenta que a tropa usara no deserto, embora aqui ela visse variações mais elaboradas do estilo: tecido mais macio, enfeites de contas, renda e cores mais claras... e véus mais compridos.

Todos fitavam-na com desconfiança, notou ela, e erguiam ainda mais o véu quando ela e Mni-inh passavam.

As mulheres eram outra história. Ela viu as primeiras reunidas em torno de uma fogueira para cozinhar, observando-a com sincera curiosidade. Diferente dos homens, elas não usavam véus nem lenços na cabeça, embora suas joias e penteados fossem elaborados o bastante para impressionar até o mais hedonista dos alta-castas gujaareen. Hanani não pôde deixar de olhar para as mulheres com colares de ouro pendurados da narina à orelha, com conchas pendendo dos cabelos trançados, com pálpebras pintadas de verde e de azul e de um branco chocante. Suas roupas eram mais justas e mais coloridas do que as dos homens, cingidas ao redor da cintura ou do quadril, as mangas volumosas fechadas em volta do punho e enfeitadas com mais ornamentos.

Quando ela parou de olhar para as roupas e os adornos delas, notou seus rostos: menos desconfiados que os dos homens, mas não mais amigáveis.

Quando o anfitrião deles parou em uma tenda grande, Hanani fitou por um instante o emblema de sol e raios sobre a entrada. O Coletor Nijiri chamara esse homem de *Príncipe*, mas o que isso significava? Nenhum Príncipe governara Gujaareh desde que o Rei Eninket assumira o Trono dos Sonhos, embora, claro, ele tivesse muitas quadras de filhos...

Ela olhou para o homem chamado de Príncipe e descobriu que ele a estava observando com um mau humor desconfiado nos olhos.

— Esta é da minha mãe... — Ele disse algo em banbarrano: soou como *an-sherrat*. — O lar dela, o território dela. Não a desrespeitem.

Hanani piscou, pois essa fora a última coisa que lhe passara pela cabeça. Ela fitou o emblema outra vez, não querendo acreditar na própria suspeita.

— A sua mãe é da Linhagem do Ocaso?

— Ela é a primeira esposa do rei que governa agora em Ina-Karekh.

Mni-inh conteve a respiração e encarou o homem como se houvessem acabado de conhecê-lo.

— Você é Wanahomen! Aquele que todos acreditavam que se tornaria Príncipe depois dele.

Parte do mau humor desvaneceu dos olhos do Príncipe, embora Hanani não conseguisse interpretar a emoção que tomara seu lugar. Algo amargo, fosse o que fosse.

— Acreditavam, é? Nesse caso, está claro que nenhuma dessas pessoas conhecia o meu pai.

Mni-inh pareceu confuso.

— Então você era o herdeiro que ele escolheu? — atreveu-se Hanani.

— Os Príncipes do Ocaso designam herdeiros apenas nominalmente. Aquele que acaba governando é aquele que tem força para conquistar e manter o trono. Pretendo ser este.

— É... — Ela hesitava em fazer-lhe mais perguntas; descobrira ao longo da viagem que ele tinha pouca paciência. Mas fora-lhe incutido repetidas vezes no Hetawa: as castas e as hierarquias organizadas de pessoas dentro da sociedade contribuíam para a paz de Hananja. — Nesse caso, é apropriado chamá-lo de *Príncipe*?

Ele soltou o ar como que achando graça, agitando brevemente o tecido do véu.

— Você realmente é um deles, não é, mulher? Como se a adequação importasse, dadas as circunstâncias... — Ele suspirou. — Me chame como quiser.

Ele tamborilou os dedos sobre a superfície esticada da tenda. Uma voz rouca de lá de dentro falou "entre" em gujaareen. Hanani viu o anfitrião deles ficar ligeiramente tenso antes de abrir a aba de entrada e adentrar. Ele a segurou aberta para eles entrarem e Hanani foi atrás do mentor.

O cheiro de doença chegou-lhe quase de imediato. Ela parou logo após entrar, surpresa com o odor. A tenda era maior e mais luxuosa por dentro do que ela esperara, o chão revestido de tapetes, belas lamparinas de latão penduradas nas hastes e nas costuras. Uma mulher estava deitada em uma enxerga grossa de peles no centro da tenda, espiando-os com curiosidade quando entraram. O Príncipe amarrou a aba após a passagem deles e depois se endireitou, fitando-os atentamente enquanto apontava para a mulher com um gesto.

— Minha mãe Hendet, da linhagem Hinba e da casta shunha, primeira esposa de Eninket Rei.

Mni-inh rapidamente curvou-se sobre as duas mãos, bem como Hanani, mas Hendet não disse nada enquanto olhava para eles, em particular para Hanani. Ao seu lado estava um menininho de seis ou sete inundações segurando um copo de água nas mãos. O garoto pareceu apreensivo ao ver estranhos, mas se animou assim que viu o Príncipe.

— Wana?

— Tassa. — Dizendo algo em chakti, o Príncipe estendeu uma das mãos e a criança foi até ele. Como as outras crianças banbarranas que Hanani vira, esta não usava véu nem lenço. O Príncipe pôs as mãos no rosto do menino em um breve gesto de carinho e ela viu de pronto a semelhança nos olhos... embora os sinais também estivessem no cabelo mais enrolado do garoto e no tom de pele escuro para um banbarrano. O menino era filho dele.

O Príncipe falou com a criança em chakti, dando algum tipo de instrução.

— *Duas* tendas — disse Hendet de repente em gujaareen, e o garoto parou e olhou para ela, surpreso, assim como o Príncipe.

— Mãe?

— Não se pode esperar que uma mulher respeitável compartilhe sua tenda — falou Hendet. Com um movimento que claramente exigiu muito esforço, ela se soergueu, apoiando-se em um cotovelo; Wanahomen de imediato foi para o seu lado para ajudá-la. Ela arfou um pouco e deu-lhe um fraco sorriso de agradecimento. — Peça duas tendas, Wana. E diga a Nefri que *eu* vou comprá-las.

O Príncipe ficou tenso.

— Mãe, ela é do Hetawa, não importa...

— Ela deve ser protegida. — Apesar da doença, estava claro que Hendet fora a esposa de um rei: o tom de ordem estava em sua voz. — Entre os banbarranos, uma pessoa sem riqueza ou parentes é um indivíduo escravizado. O Hetawa é nosso aliado e esses... — Ela parou de falar, visivelmente enfraquecida. — Os dois devem ser protegidos...

Ela se calou e o Príncipe conteve a respiração, alarmado.

— Mãe!

O impulso de ir até a mulher foi forte, mas Hanani se absteve, cedendo perante Mni-inh como Compartilhador sênior. Mni-inh aproximou-se deles e agachou-se ao lado da mulher, tocando em sua testa antes que o Príncipe pudesse afastá-lo com uma carranca.

— Ela só desmaiou. A doença consome toda a força dela. Deite-a e eu vou examiná-la.

Quando o Príncipe não se mexeu, Mni-inh simplesmente esperou, fitando-o com o olhar brando que Hanani sempre achara pior do que uma reprimenda durante o seu treinamento. Por fim, praguejando de leve, o Príncipe deitou-a e levantou-se, recuando alguns passos e virando-se de costas para eles. Seus punhos estavam cerrados nas laterais do corpo, mas ele não falou nada. O menino, que não saíra, foi até ele e tocou um dos punhos, ansioso.

— Hanani. — Mni-inh levantou-se para tirar a capa formal, para as mangas amplas não o atrapalharem. — Vi algo parecido antes e acho que vamos precisar de uma boa quantidade de bílis onírica. Como estão as suas reservas?

Seu tom brusco, o mesmo que usara em uma centena de aulas e curas com ela, era imensamente tranquilizador.

— Desde a interdição, Irmão? Não tenho nada em grande quantidade *a não ser* bílis onírica. — Isso ela tinha em abundância graças aos seus próprios sonhos, que vinham sendo feios ultimamente.

— Ótimo. — Ele a fuzilou com um olhar quando ela não se mexeu imediatamente para ajudá-lo. — A interdição ia ser retirada, Hanani, você sabe disso. O seu juramento tem prioridade sobre as suas dúvidas. Esta mulher precisa de você.

As palavras perpassaram Hanani como uma depuração tão poderosa que ela soltou profundamente o ar e correu para se juntar a ele. Tirando a própria capa formal, ajoelhou-se ao lado da mulher e pôs a mão no esterno dela em uma posição secundária de cura. Mni-inh ajoelhou-se à cabeça da mulher e pôs a ponta dos dedos nos olhos dela.

— É uma variação da doença-dos-tumores — falou ele, fechando os olhos enquanto começava a busca pela alma dela. — A doença está no sangue ou, mais especificamente, no osso, que fabrica o sangue. A sensação é muito parecida com as outras variedades dessa doença, então me siga e vamos procurá-la.

— Sim, Irmão. — Ela fechou os olhos também e mergulhou no transe de cura com ele, seu eu onírico procurando seu parceiro na carne da mulher. Mni-inh encontrou a alma da mulher antes de Hanani: estava escondida entre duas costelas do meio, perto do coração. Ele fundiu-se com ela, Hanani fez o mesmo, e juntos saltaram para Ina-Karekh.

Depois de tanto tempo, realizar uma cura irrestrita e sem culpa era uma alegria indescritível para Hanani, embora o sonho de que Hendet sofria fosse qualquer coisa, menos alegre. As paisagens oníricas da mulher estavam cheias de coisas que mastigavam e esfolavam: escaravelhos e ácaros com muitas patas e cinza incandescente que queimava tudo o que tocava. Mni-inh encarregou Hanani de limpar essas imagens e a doença que elas representavam enquanto ele cavava sob a paisagem onírica e usava a semente onírica para incentivar o corpo dela a substituir o osso doente por um saudável. Era um trabalho lento, mas, com dois curadores trabalhando em conjunto, transcorreu com facilidade.

— Ah... — Mni-inh espichou-se, sorrindo quando eles enfim terminaram o sonho e voltaram para Hona-Karekh. — *Senti falta* disso, Hanani. É Compartilhamento de verdade quando trabalhamos juntos.

Hanani deu um sorriso tímido... e então parou para espiar o Príncipe, que estava sentado no outro extremo da tenda, observando-os. Várias horas deviam ter se passado desde que a cura começara, pois estava mais escuro na tenda agora. Na penumbra, ela conseguia apenas distinguir o véu facial e o brilho dos olhos dele logo acima.

— Ela vai ficar bem agora — disse Hanani, ansiosa por tranquilizá-lo. — Eu limpei a mácula. Meu mentor fez crescer um osso novo e substituiu a parte doente dela para fabricar sangue saudável de agora em diante.

Mni-inh acenou a cabeça, concordando, quando terminou o exame, apoiando-se nos calcanhares.

— Água, repouso e comida, em especial carne vermelha, vão ajudá-la a recobrar as forças mais rápido.

O aceno do Príncipe foi um movimento vagaroso, que mal se via na escuridão.

— Parabéns — falou ele. — Provaram que vale a pena preservar a vida de vocês.

A absoluta frieza em sua voz foi como um tapa. Hanani recuou, olhando instintivamente para Mni-inh, mas ele também parecia confuso com a reação do Príncipe. Ela não esperara que o homem compartilhasse do bom humor deles: a felicidade parecia estar fora do seu alcance. Gratidão, porém... sim, ela esperara por isso.

Mas antes que um dos dois conseguisse responder, o Príncipe se pôs de pé.

— Meu servo está lá fora — declarou ele. Não olhava para nenhum dos dois, os olhos fixos na mãe. — Ele vai acompanhá-los até as suas tendas.

Hanani olhou de novo para Mni-inh, mas ele só chacoalhou a cabeça, levantando-se. Hanani fez o mesmo e caminhou para passar pela aba da tenda atrás de Mni-inh.

— Estamos quites, mulher do templo — afirmou o Príncipe, sua voz a prevenindo. — Mas não mais do que isso.

— Quites?

Ele se virou para ela, ergueu a mão e abaixou o véu. Ela conteve a respiração, reconhecendo enfim o homem que tentara salvá-la dos soldados kisuati. A expressão dele não tinha nem um pouco do desdém que lhe mostrara aquele dia, mas tampouco havia amabilidade. Ele poderia ter obsequiado um inimigo ou um inseto com o mesmo olhar frio.

— Agora saia — disse ele, e deu as costas para ela.

Chocada a ponto de emudecer, Hanani obedeceu.

15

UM CHAMADO À LUTA

A oitava de dias que levava ao solstício de inverno foi um momento de grande paz e contemplação em Gujaareh. Em um mês, talvez mais, o grande rio chamado Sangue da Deusa transbordaria e encheria o vale inteiro. Quando as águas baixassem, deixariam para trás um espesso lodo preto cuja riqueza fazia o jardim que era Gujaareh florescer no coração do deserto. Quando as nuvens de tempestade desvanecessem e a fertilidade da terra fosse renovada, as crianças nascidas no ano anterior poderiam enfim receber um nome.

Mas, até que as inundações começassem, Gujaareh passava sua existência em um limbo árido, esperando. Os fazendeiros ficavam ociosos, a quarta e última colheita realizada; artífices e artesãos terminavam os projetos e fechavam as contas do ano; aqueles que tinham recursos saíam de viagem a propriedades fora do vale do rio para evitar o incômodo das inundações. Era nesses momentos que as famílias em Gujaareh se reuniam para celebrar o amor, a boa sorte, a morte e todas as pequenas alegrias mundanas entre uma coisa e outra.

Os dias de solstício eram o período em que as Irmãs de Hananja ficavam mais ocupadas. Rara era a rua, dos ricos bairros dos alta-castas às choupanas do mercado de peixes, que não conhecia o som de sinos ritmados e de um suave tambor majestoso anunciando a procissão de uma Irmã e suas assistentes. E a vista da tenda amarela de uma Irmã, dentro da qual essas representantes da Deusa deitavam seus portadores do dízimo e evocavam-lhes sonhos do mais puro êxtase, era comum durante os dias curtos e as noites longas de inverno.

Provavelmente foi porque havia mais Irmãs por perto e mais pessoas para estar atentas a elas que dois soldados foram vistos forçando uma Irmã a entrar em um antigo armazém. Formou-se uma multidão com uma rapidez assombrosa, resgatando a Irmã e sua aprendiz, que fora feita refém para garantir a cooperação dela. Os cidadãos zangados então cercaram os soldados com um propósito ameaçador. Mas, enquanto os soldados gritavam avisos e sacavam as armas para se defenderem, a multidão abriu caminho para um homem sereno e atarracado com a tatuagem de uma papoula vermelha em um ombro.

— Andávamos observando vocês — disse ele aos soldados, sorrindo. — Não achamos que seriam tolos o suficiente de tentar outro ataque em público desse jeito, mas... Bom, aqui estamos nós.

Um dos soldados, intuindo algo do objetivo do homem, gritou e atacou-o com a espada. A multidão de observadores arquejou. Rápido como uma cobra dando o bote, o homem desviou do golpe e agarrou o punho com o qual o soldado segurava a espada, desequilibrando-o. O soldado cambaleou para a frente, quase soltando o cabo, mas, antes que pudesse se recuperar, o homem tatuado colocara dois dedos em suas pálpebras. Ele caiu, adormecido, e o homem pôs em sua cabeça um objeto pequeno que zunia.

O outro soldado por fim entendeu. Entrando em pânico, ele procurou atrapalhadamente a espada, mas, antes que pudesse desembainhá-la, o homem segurou seu braço.

— Paz — falou o homem... e aquele soldado também caiu ao chão.

O homem tatuado então voltou ao primeiro soldado, pousando os dedos sobre suas pálpebras pelo intervalo de várias demoradas e silenciosas respirações. Quando o soldado soltou um longo suspiro e não respirou mais, a multidão murmurou sua aprovação. O homem da tatuagem executou o mesmo ritual no segundo soldado e, quando este também estava morto, a multidão deu um grande suspiro coletivo. Ela se calou, em apropriada reverência, enquanto o homem dispôs os corpos dos soldados em uma posição digna, e depois estampou um símbolo na testa de cada um. A papoula vermelha, a mesma da tatuagem no ombro do homem.

Assim que acabou, mais soldados kisuati chegaram apressados, tendo ouvido falar da multidão. O novo comandante dos soldados passou aos empurrões pela turba com a espada em punho e depois parou, incrédulo, olhando para os cadáveres enquanto o homem tatuado se virava para encará-lo.

— Esses homens cometeram violência contra cidadãos de Gujaareh — declarou o homem. — Mais odiosamente contra aqueles que servem à nossa Deusa. Foram julgados corruptos e foi-lhes concedida a paz de acordo com a Lei de Hananja.

— *Nós* não obedecemos à sua maldita Lei, seu imundo... — começou o comandante, apontando a espada para o homem. Ele se calou quando um de seus homens tocou-lhe o ombro; a multidão cochichava outra vez, seu tom desta vez inconfundivelmente irritado. O comandante hesitou, depois baixou a espada.

— A Cidade de Hananja obedece à Lei de Hananja — afirmou o homem.

— *A Cidade de Hananja obedece à Lei de Hananja* — ecoou a multidão, branda e implacável. Os soldados sobressaltaram-se, olhando ao redor, alarmados.

— Seu povo foi tolerável até agora — disse o homem — e nós lhes demos as boas-vindas por essa razão. Vocês são nossos semelhantes, afinal. Mas, se não puderem mais aceitar a nossa hospitalidade sem abusar dela, então talvez esteja na hora de partirem.

O comandante conteve a respiração diante da fúria e da afronta, mas não lhe escapou à atenção que a turba, que estava ficando maior a cada instante, manifestava estar de acordo com alguns gritos e punhos erguidos de incentivo. Os gritos cessaram, porém, quando o homem tatuado dirigiu um olhar brando à multidão. Isso, muito mais do que a agitação da turba, transformou a fúria do comandante em um medo agudo e frio como o ferro. Ele percebeu: se o homem da tatuagem ordenasse, a multidão cairia sobre ele e seus homens e os massacraria.

— Eu sugeriria que vocês pelo menos saiam desta rua — aconselhou o homem tatuado. Sua voz era mansa; seus olhos, genuinamente gentis; mais tarde, o comandante se lembraria disso sentindo-se muito confuso. Ele jamais fora ameaçado com tamanha cortesia em sua vida. — Paz é um credo difícil de seguir nos melhores momentos e certas provocações passam dos limites até do autocontrole de uma pessoa devota. Vou chamar alguns dos meus confrades Compartilhadores para ajudar a distribuir a paz desses soldados para a multidão, o que deve acalmá-los. Vocês devem ir e informar os seus superiores sobre o que aconteceu aqui.

Os homens do comandante olharam para ele, ansiosos, esperando que ele concordasse. O comandante encarou o homem da tatuagem de volta, desconfiado.

— Você *quer* que a gente conte o que aconteceu aqui?

O homem pareceu achar graça.

— Claro. O Hetawa não tem nada a esconder.

E com esse comentário o comandante entendeu: eles haviam planejado aquilo.

— Precisamos levar os nossos companheiros mortos — falou o comandante. Era um esforço para manter as aparências. Ele estava nervoso demais para ter verdadeira coragem. Para sua surpresa, contudo, o homem da tatuagem anuiu. Então, surpreendentemente, o homem cruzou os braços diante do rosto e ajoelhou-se, curvando a cabeça. As pessoas na multidão, até a Irmã que fora atacada, fizeram o mesmo. Silêncio e quietude, a não ser pelos agitados kisuati, encheram a rua.

Eles mostram respeito a dois estupradores?, perguntou-se o comandante em princípio. Então passou-lhe pela cabeça. *Eles mostram respeito a dois estupradores* mortos. *Justamente* porque *estão mortos.*

E, em Gujaareh, a morte era uma coisa a ser celebrada, contanto que trouxesse paz.

Rapidamente, o comandante ordenou a seus homens que pegassem os dois corpos e os levassem de volta para o quartel local. Nem uma única cabeça gujaareen se ergueu enquanto os soldados saíam com a sua carga. Quando o homem tatuado levantou-se, os outros da turba também se levantaram.

— Tem certeza de que isso foi prudente, Coletor? — perguntou a Irmã. Ela ainda parecia abalada. O homem da tatuagem fitou-a por um momento e então tocou sua bochecha. Ela estremeceu quando a paz do soldado foi transferida entre eles, devolvendo a calma que lhe fora roubada.

— Prudente ou não, está feito — respondeu o Coletor. — Uma crise se abate sobre nós. Gujaareh deve ser unificada agora se quisermos sobreviver.

— Se os kisuati punirem o Hetawa por matar aqueles malditos — falou bruscamente um homem que estava por perto — *eles* serão punidos. — Mais de um murmúrio de concordância reverberou pela multidão.

O Coletor o fitou por um instante, depois suspirou.

— Se Hananja o desejar, então que seja.

O homem soltou um viva e a turba o acompanhou, algumas pessoas abraçando-se ou dando risada, sentindo-se excessivamente bem. Eles haviam desafiado os kisuati... um pequeno desafio, é verdade, mas uma vitória mesmo assim. O Hetawa enfim saíra de seu silêncio complacente e cúmplice para apoiar o povo de Hananja diante dos conquistadores. Nos dias seguintes, a história do Coletor se espalharia e cresceria ao ser recontada, atiçando a esperança e o desejo de agir onde antes existira só frustração cozinhando a fogo lento. No devido tempo, que não demoraria muito de modo algum, a cidade estaria pronta, ávida por uma mudança. E mais do que disposta a lutar por ela.

Na celebração improvisada que se seguiu, o Coletor Rabbaneh foi embora sorrateiramente.

16

O PREÇO DE UM COMPARTILHADOR

Hanani acordou na alvorada do dia seguinte com fome, coceira e uma terrível necessidade de um banheiro. Durante a viagem de Gujaareh até lá, acostumara-se a funcionar em condições rústicas, mas havia muitas vantagens nas elegantes câmaras e jarros do Hetawa, que tornavam as necessidades diárias confortáveis. Não fazia ideia de quais eram os costumes banbarranos a esse respeito, mas agora se tornara necessário perguntar.

Sentando-se, ela olhou ao redor da grande tenda vazia que lhe fora dada na noite anterior. Charris, um homem gujaareen mais ou menos da idade de Mni-inh que disse servir ao Príncipe, dera-lhe uma única enxerga fina onde descansar e ordenara-lhe que não andasse pelo acampamento banbarrano sozinha. Ela não tencionava fazer isso, mas o que devia fazer se ele não estivesse por perto? Com o corpo duro por ter deitado na enxerga, ela se levantou, foi até a entrada da tenda e espiou o lado de fora.

Apenas alguns banbarranos estavam de pé e perambulando de um lado a outro tão cedo. Ela avistou, no grupo de tendas em frente à sua, um homem magro de feições lestenenses ocupado preparando uma refeição. O cheiro de comida cozinhando por perto chamou sua atenção e ela saiu da tenda para dar uma olhada em volta. Ao lado de uma fogueira no círculo criado por sua tenda, a de Hendet, a de Mni-inh e uma quarta que ela presumiu ser a do Príncipe, Charris estava sentado, cuidando de um espetinho de carne.

Estremecendo com o frio matinal, Hanani entrou no círculo e fez uma mesura para ele.

— Bom dia, senhor. Sonhou bem na noite passada?

Ele se sobressaltou ao ouvir a voz dela, depois pareceu achar um pouco de graça.

— Nunca me lembro dos meus sonhos, pequeno Compartilhador — respondeu ele. O homem não sorriu, mas havia algo em seu comportamento que a lembrava muito de Mni-inh; ela se viu relaxando automaticamente. — O Hetawa me dispensou como um caso perdido antes mesmo que eu chegasse à minha terceira inundação.

Hanani sorriu e agachou-se perto do fogo, embora isso colocasse uma pressão desconfortável sobre sua bexiga.

— Posso ajudá-lo com isso se quiser — ofereceu ela. — Mas, nesse meio-tempo, gostaria que o senhor me ajudasse a adquirir alguns itens necessários.

Ele aquiesceu como se esperasse aquilo.

— Roupas, certo. Você não pode andar por aí vestida assim.

Confusa, Hanani olhou para si mesma. Estava usando seu uniforme diário: o colarinho com contas de cornalina, os sobrepanos vermelhos, a faixa nos seios.

— O que há de errado com a minha roupa?

— As mulheres se cobrem mais aqui do que em Gujaareh. E não se vestem como homens.

— Meu status como Servo de Hananja...

— *Eu* entendo — falou Charris com um leve sorriso —, mas os banbarranos não vão entender. Uma mulher que se veste como homem será tratada como homem e aqui homens fortes podem abusar ou até matar homens mais fracos sem grandes consequências. Essas pessoas não acreditam na paz como nós. Respeite isso.

Ela suspirou.

— Muito bem. Vou pôr a minha capa formal. Mas primeiro existe algum lugar onde eu possa me aliviar? E tomar banho? Faz... vários dias. — Ela arqueou-se, envergonhada.

Ele pareceu surpreso, depois riu, embora a risada tivesse um quê de melancólica.

— Ah, os dias em que alguns banhos não tomados me perturbavam tanto! Bem, por enquanto, vou levá-la ao nível do solo. Você acha que o seu acompanhante vai acordar logo?

— Vou — respondeu Mni-inh, saindo da tenda. Ele parecia tão sonolento e enrijecido quanto Hanani, embora acenasse cortesmente aos dois. — Dormi melhor na areia e no cascalho enquanto estávamos viajando, pelo menos era mais macio do que pedra sólida. A hospitalidade desse povo deixa muito a desejar.

— Eles ainda não mataram você — retorquiu Charris, encolhendo os ombros. Mni-inh sorriu, mas Hanani percebeu que o homem estava falando totalmente sério. Ele afastou o espeto da fogueira, tirou várias panelas de barro que estavam aquecendo e levantou-se. — Venham comigo.

Ele os levou de volta para a escada que haviam subido no dia anterior. Ali Hanani esqueceu-se da bexiga, pois era muito, muito mais assustador descer a escada do que subir. Ela conseguiu realizar esse prodígio fechando os olhos e agarrando-se à escada o melhor que pôde, tentando não sentir a brisa gelada da manhã que deslizava pelas suas costas enquanto seus pés procuravam o degrau de baixo. Ajudou um pouco o fato de Mni-inh lançar um fluxo contínuo de pragas a descida inteira, distraindo-a do próprio medo.

Por fim, eles chegaram ao nível do solo, ilesos a não ser pelos nervos, e Charris os levou a um conjunto de árvores a uma boa distância do rio, onde fora cavada uma boa latrina. Isso era o que os escravizados da tribo usavam, explicou Charris; ele não contou o que os cidadãos mais afortunados usavam. Depois ele os levou por entre as árvores até uma margem de rio gramada, logo depois que o cânion fazia uma curva em relação às colinas dos acampamentos. O rio formara uma pequena piscina rasa ali.

— Tem uma outra piscina logo adiante — informou ele, apontando para uma colina — para você.

— Vou ficar com o meu mentor — disse Hanani. Mni-inh já se despira e entrara na água; Hanani começou a fazer o mesmo. Charris pareceu perplexo, virando-se rapidamente de costas enquanto Hanani se despia. Ela ficou intrigada com a reação dele enquanto se banhava, levando a roupa consigo para dentro d'água para lavá-la também. Charris era gujaareen, afinal; em Gujaareh, não era incomum ver homens e mulheres nus em público, em particular nos dias quentes. E isso era para tomar banho, o que não era nem remotamente excitante. Mas, quando saiu e se sentou em uma pedra para pentear os cabelos com os dedos enquanto sua roupa secava, Charris soltou um grunhido de irritação e meteu-se no meio das árvores.

Mni-inh sentou-se ao lado dela, olhando de relance para a direção por onde fora Charris. Molhado e livre de sua trança habitual, o cabelo dele se transformara em um emaranhado de cachos de aparência oleosa, generosamente salpicados de branco. Tendo terminado o próprio cabelo, Hanani posicionou-se atrás dele para ajudá-lo a desembaraçar.

— Eu acho — comentou ele enquanto ela trabalhava — que você vai ter que ser mulher de novo, Hanani.

Ela parou, as mãos mergulhadas até os punhos no cabelo dele, e perguntou-se se ele estava de brincadeira.

— Meu período fértil do mês já passou, Irmão, mas tenho certeza de que ainda sou uma mulher.

— Não de verdade — falou ele. — Desencorajamos isso em você obrigando-a a se vestir como nós e viver como vivemos no Hetawa. Para você se tornar uma de nós, e para alguns dos nossos membros te aceitarem, foi necessário. Mas aqui acho que você vai ter que fazer o contrário.

Hanani recomeçou a pentear o cabelo dele com os dedos, apreensiva. Ela sempre *se sentira* feminina, o que quer que aquilo significasse. Sua vida como Serva de Hananja parecia natural e correta... isso não significava que lhe convinha, que convinha às mulheres? No entanto, ela jamais se importara de se vestir como um homem ou de ser chamada de *senhor* em situações formais porque essas coisas a tornavam um Servo de Hananja aos olhos dos seus confrades e do povo. Sem aqueles ornamentos masculinos...

nunca conheceria a verdadeira condição feminina

... Será que ela ainda poderia ser um Servo?

Suas mãos vacilaram no cabelo de Mni-inh.

Mni-inh suspirou, interpretando mal a imobilidade dela.

— Se ao menos aquele maldito Nijiri tivesse me avisado sobre o que estava planejando. Não acredito que ele colocou a gente nesse tipo de perigo. — Ele esticou o braço para trás e pegou uma das mãos de Hanani. — Vou fazer o melhor que puder para te proteger, Hanani. Mas quero que você entenda: o que quer que aconteça, nós dois vamos ter que fazer o que for preciso para sobreviver e voltar para Gujaareh.

Essa conversa a respeito de sobrevivência a deixou nervosa.

— O Coletor Nijiri não teria nos deixado entre essas pessoas se acreditasse que iam nos machucar, Irmão.

A voz de Mni-inh endureceu.

— O Coletor Nijiri faria exatamente isso se servisse aos seus propósitos. A morte é apenas outro tipo de paz para um Coletor, lembre-se; eles não pensam como os Compartilhadores. Mas me escute. — Ele apertou a mão dela. — Você não está indefesa, Hanani, nem mesmo agora. Você já adivinhou, não foi? A maioria dos aprendizes descobre quando está mais ou menos no seu nível. Os que curam podem *machucar* com a mesma facilidade. A técnica é a mesma, exceto pela intenção. E pelo resultado.

Ela se afastou dele, mais nervosa do que nunca ao se dar conta do que ele queria dizer. Ele era seu mentor, seu irmão mais velho, seu pai de todas as formas, menos de sangue. Sempre lhe ensinara a distinguir o certo do errado. Isso ia contra tudo o que já aprendera. Parecia tão errado que ela não tinha palavras para descrever.

— Mas o no-nosso juramento — disse ela. — Nós n-nunca machucamos.

— Se alguém tentar machucar você, é *melhor* você machucá-lo, Hanani. — Ele se virou para encará-la; quando ela tentou desviar os olhos, ele apertou sua mão outra vez. — Não pode haver paz sem segurança. É por isso que Gujaareh tem um exército, afinal... e é por isso que estou falando para você, *mandando* você se proteger se as coisas chegarem a esse ponto. Seu dever é curar aqueles que precisam e você não vai conseguir cumprir esse dever se um selvagem ou um corrupto dentro do nosso próprio povo tiver te matado. — Ele fez cara feia alçando o olhar para a face do penhasco e só depois Hanani percebeu que estava se referindo ao Príncipe. — Me prometa que vai fazer o que for necessário para sobreviver.

153

Ela foi salva de ter que responder quando um farfalhar nas árvores anunciou a volta de Charris. Os dois se levantaram, Mni-inh rapidamente prendendo o cabelo e Hanani estendendo a mão para pegar a roupa. Eles ainda estavam molhados, mas logo secariam agora que o sol saíra.

Charris continuou desviando os olhos enquanto eles se vestiam.

— Lady Hendet está acordada e pediu para ver você.

Hanani parou enquanto passava a faixa dos seios sobre um dos ombros. Mni-inh estendeu a mão para pegar a roupa e perguntou:

— Algum problema?

— Não. Ela só quer ver você. *Você* — acrescentou ele, arriscando um olhar e cruzando com o de Hanani. — Não vocês dois.

Hanani piscou, surpresa, mas, quando olhou par Mni-inh, ele apenas anuiu. Eles terminaram de se vestir em silêncio e depois seguiram Charris de volta ao acampamento.

Na tenda de Hendet, Charris tamborilou os dedos na pele esticada, então colocou a cabeça lá dentro quando uma voz murmurou lá no interior. Depois de trocarem algumas palavras, ele recuou da entrada da tenda e fez um gesto para Hanani entrar.

Dentro da tenda, o cheiro de doença já estava desvanecendo. Hendet estava sentada, apoiada em travesseiros, o colo e o tapete ao seu lado cobertos de pergaminhos. Ela não alçou o olhar quando Hanani entrou, seus olhos ocupados esquadrinhando uma coluna de numeráticos. Inexplicavelmente nervosa, Hanani parou no tapete ao centro da tenda e esperou, sem saber ao certo se seria mais respeitoso permanecer de pé ou sentar-se.

— Sente-se — falou Hendet, para alívio de Hanani. Ela se sentou sobre os joelhos, como fizera durante tantas aulas no Salão dos Compartilhadores.

Fechando o pergaminho que estivera lendo, Hendet enfim dirigiu um olhar intenso e pensativo a Hanani. Estava claro agora que ela fora bela em seus dias de juventude, pois ainda era bonita, de pescoço comprido e feições graciosas, embora muito magra após a doença. E estava igualmente claro que o Príncipe herdara seu temperamento, pois havia a mesma frieza em seu rosto quando olhou para Hanani.

— Então o Hetawa recrutou uma mulher — comentou ela. — Para tranquilizar os kisuati, imagino.

Hanani baixou os olhos.

— Sim, senhora.

— Vê-los tão enfraquecidos... deveria me satisfazer. Uma vingança adequada pelo que fizeram com o meu marido. — Hendet suspirou, depois espiou Hanani, que não fora rápida o suficiente para impedir que a raiva se manifestasse em seu rosto. Mas, para sua surpresa, Hendet ficou pensativa. — Me perdoe, eles são família para você. De agora em diante, não vou falar mal deles na sua frente.

Hanani hesitou, franziu ainda mais a testa, depois disse enfim o pensamento que lhe passara pela cabeça:

— Prefiro ouvir as palavras em voz alta do que não ouvir nada e saber que existem pensamentos maus por trás dos seus olhos.

Hendet fitou-a em silêncio por um longo instante antes de finalmente dizer:

— Muito bem. Vamos ser sinceras uma com a outra. — Ela pôs de lado um pergaminho e fez um sinal para Hanani se aproximar. Hesitando apenas pelo intervalo de uma respiração, Hanani foi ajoelhar-se ao lado da enxerga da mulher.

Hendet estendeu a mão e tocou o colarinho de Hanani, examinando as pedras.

— Você é uma aprendiz. Uma pena; se fosse um Compartilhador plena, seriam rubis, não cornalinas.

— Que importância tem isso, senhora?

— Porque você precisa de riqueza. Entre os banbarranos, uma mulher é tão valiosa quanto a herança que a mãe lhe dá e *isso* depende de que riqueza ela consegue construir ao longo de uma vida de negociações inteligentes. Um homem pode enriquecer com sorte, por meio dos despojos dos ataques ou das batalhas ou persuadindo uma mulher rica a se casar com ele e levá-lo para o clã dela... mas, para as mulheres, não é nada mais do que perspicácia. — Ela soltou o colarinho de Hanani e pegou seu queixo, virando seu rosto de um lado para o outro.

Hanani tolerou esse exame com certa consternação, lembrando--se de que a Irmã Ahmanat fizera o mesmo. O que é que essas pessoas procuravam em seu rosto? Seria bom se uma delas se desse ao trabalho de lhe contar.

— Não sou uma mulher banbarrana — disse Hanani, esforçando-se para manter seu tom de voz adequadamente neutro. — Sou uma serva da Deusa; não tenho nada além do talento que Ela me concedeu e as habilidades que meus irmãos treinaram.

— É, existe isso. Certifique-se de exigir o pagamento apropriado quando curar, garota. O altruísmo não vai conquistar nenhum respeito para você nesta tribo.

Hanani afastou-se dos dedos de Hendet, incapaz de continuar contendo a afronta.

— Eu não peço *pagamento* pelas minhas habilidades.

Hendet pareceu achar graça.

— Quem compra esses belos tecidos vermelhos que você está vestindo?

Hanani sobressaltou-se, olhando para si mesma em um reflexo. Os tecidos em questão avolumavam-se em formato de sino ao redor dos seus joelhos, amontoando-se um pouco no colo. Eles sempre foram muito compridos para ela.

— A tintura é cara — continuou Hendet —, especialmente nessa tonalidade forte e escura, que é importada do leste. Eu sei porque o meu marido, Eninket, comprava tais itens elegantes para mim quando estava vivo, e poucos nobres de Gujaareh teriam condições de adquiri-los. No entanto, o Hetawa adorna suas dezenas de curadores com um tecido que custa uma pequena fortuna. Como, eu me pergunto.

Hanani tocou o tecido macio de seu sobrepano frontal, perturbada como jamais estivera antes.

— D-doações — falou ela. — Vi pessoas nos salões de dízimos. Eles perguntam se o Hetawa precisa que alguma obra seja feita ou oferecem dinheiro, alimentos ou mercadorias...

— O suficiente para pagar pela tintura desses tecidos e pelas pedras do seu colarinho? E pela comida que alimentou vocês todos esses anos, e pelos catres onde dormiram, e pelos artesãos que construíram as cisternas e os dutos para os seus banhos diários? — Hendet chacoalhou a cabeça. — Os nobres pagam...

— Isso acabou! — Hanani apertou o tecido do sobrepano entre as mãos. — Os Coletores expurgaram o Hetawa de todos os que vendiam sangue onírico para lucrar.

Hendet suspirou, um suspiro longo e cansado, e colocou dois dedos sobre a ponte do nariz. Ela acabara de se recuperar de uma doença grave, Hanani sabia que deveria instar Hendet a parar de conversar e descansar. Mas não conseguiu abrir a boca e Hendet por fim voltou a se concentrar nela.

— Os banbarranos não veneram nenhum deus — disse ela depois de um tempo. — Você sabia disso? Ou melhor, eles apelam para todos os deuses com igual fervor, mas nenhum em especial. Ouvi falar que rezam para Hananja, juram por Shirloa, o Senhor da Morte, dançam para atrair os espíritos noturnos do Vatswane. Eu os vi queimar sacrifícios aos seus ancestrais e ser possuídos por deuses animais, e de vez em quando se pintam de listras, como a Sonhadora. Você acha que eles não têm fé em todos esses deuses?

Hanani a encarou, tremendo por dentro. Hendet olhou para ela e deu uma risada branda. Não pareceu maliciosa. Apenas compassiva, o que era pior.

— Os banbarranos veneram aquilo que criou o mundo em toda e qualquer forma que assuma — continuou Hendet. — Mas não veneram as pessoas. Ou melhor, eles acreditam que pessoas são pessoas, mesmo aquelas que afirmam ser sagradas. Às vezes não consigo deixar de me perguntar se eles têm esse direito, esses "bárbaros". Pelo menos eles nunca enganam *a si mesmos*.

— Eu não fui enganada — retorquiu Hanani com firmeza.

— Você não precisou ser enganada. Você *acredita*, incondicionalmente, isso é o bastante. — Sua pena se tornara exasperação; ela chacoalhou a cabeça, vendo o posicionamento rígido de Hanani. — Pense, Compartilhador-Aprendiz. O que aconteceu com todos os nobres que já tinham se tornado dependentes do sangue onírico? Eles não podem parar, caso contrário vão enlouquecer e morrer. E o que acontece com aqueles que vêm pedir espontaneamente, sabendo dos riscos? O sangue onírico dá um prazer mais doce do que a pasta de timbalin, é mais potente do que qualquer vinho ou fumo. Se aqueles que podem pagar querem, por que o seu Hetawa deveria mandá-los embora?

Hanani encarou-a, incapaz de falar, incapaz de pensar além do lampejo de horror que despontava em sua mente. Contudo, sob o horror havia vergonha da própria ingenuidade. Era tão óbvio. Ela deveria saber.

— O Hetawa faz um grande bem em Gujaareh — comentou Hendet em um tom mais gentil. — Sem ele, os órfãos e os doentes teriam que se virar sozinhos e a maioria do nosso povo seria tão ignorante quanto o povo de outras terras: analfabetos, supersticiosos e coisas piores. As nossas próprias vidas se tornaram mais longas e mais saudáveis por meio da magia dos seus sacerdotes. É por isso que Gujaareh não leva a mal os pequenos esquemas e a afetação do Hetawa, desde que os seus Superiores não ultrapassem os limites do decoro. E é por isso, garota tola, que você deveria pedir pagamento dos banbarranos. Você sempre recebeu pelo seu trabalho, quer se dê conta, quer não. — Ela encolheu os ombros. — Mas faça como quiser, eu te dei o meu conselho.

— Obrigada — disse Hanani mais por hábito educado do que qualquer outra coisa. Era muito difícil não odiar Hendet naquele momento.

Hendet inclinou a cabeça, embora seu sorriso fosse tênue, como se adivinhasse o ódio de Hanani.

— E se quiser ouvir mais conselhos, venda esse colarinho seu.

Hanani sobressaltou-se, levando a mão ao colarinho.

— *Vender?*

— Você precisa de pertences. Roupa apropriada. Um penico, uma cama decente. Você está com fome, não está? Ninguém come de graça aqui. Dê o seu colarinho para Charris e peça para ele levar para um membro da tribo chamado Nefri. Ele vai manter uma conta para você e pagar o valor justo. Fale para o seu mentor fazer o mesmo. Eu dei uma tenda para cada um de vocês com o meu próprio dinheiro; aos olhos da tribo, significa que reivindiquei vocês como família. Isso vai forçá-los a tratar vocês com certo respeito, contanto que não façam nada para ofendê-los.

Faça o que for necessário para sobreviver. Hanani passou os dedos pelas pedras do colarinho e curvou a cabeça, odiando-se agora por chegar a pensar em seguir o conselho de Hendet. Mas Hendet conhecia aquelas pessoas, e Hanani não.

— Por quê? — perguntou ela. — Por que nos ajudar se odeia tanto o Hetawa?

Hendet sorriu.

— Porque vocês são aliados do meu filho. E porque eu também fiz escolhas difíceis para sobreviver e garantir o futuro do meu filho. — Ela olhou Hanani de alto a baixo, depois acrescentou: — E porque, apesar de tudo, me agrada ver uma mulher no Hetawa. Agora vá, tenho muito o que fazer.

Obedientemente, Hanani se pôs de pé. Depois de outro momento de hesitação, ela se curvou para Hendet; Hendet inclinou a cabeça em régia aceitação da mesura. Com a mente cheia de perguntas, Hanani saiu.

17

A NEGOCIAÇÃO DE AÇO

Wanahomen encontrou três de seus homens agachados no ponto de observação nordeste, passando o longavisão entre eles e dando risadinhas como meninos virgens.

— I-Dari — chamou um deles, avistando-o. — Venha ver.

— Que bobagem estão aprontando? — perguntou, aproximando-se para se juntar a eles. Ezack sorriu e entregou-lhe o longavisão, apontando em direção a uma das piscinas do nível do solo. Wana pôs o visor no olho, focalizou o ponto e sobressaltou-se. Os homens leram sua expressão e riram.

— Ela poderia parir um exército com aquele quadril — falou Ezack.

— E alimentá-lo com aqueles seios! — riu outro homem.

Era verdade, considerou Wanahomen, permitindo-se um sorrisinho quando o Compartilhador, sem roupas após o banho, levantou-se para se vestir e lhe permitiu uma vista particularmente boa de suas virtudes. Não havia nada de especial em suas feições, em sua cor ou em seu porte, mas realmente havia vantagens em certas qualidades da procriação baixa-casta em Gujaareh.

— Ouvi falar que as mulheres gujaareen não tinham vergonha — comentou Ezack, pegando o longavisão para dar outra olhada —, mas não fazia ideia de que fosse assim. Olhe para ela, tomando banho com aquele homem dela sem nenhum pudor. Eles são amantes?

Wanahomen chacoalhou a cabeça.

— Os homens do Hetawa usam magia para reprimir os impulsos naturais, quase nem são homens. Imagino que com as garotas seja igual.

— Ela parece mulher suficiente para mim!

— Mal posso esperar para pôr as minhas mãos nela — disse um dos homens, e o divertimento de Wanahomen desvaneceu.

— Unte deixou claro que não devemos fazer mal a eles — retorquiu ele, mantendo o tom indiferente.

— Eu não quero *fazer mal* a ela — respondeu o homem, e até Ezack se juntou aos outros para rir, contudo, ao notar a expressão de Wanahomen, a risada de Ezack desapareceu rapidamente.

— Minha mãe a reivindicou como membro do nosso clã — revelou Wanahomen, e depois sorriu quando os três homens o encararam, surpresos. — Ela sempre falou que queria uma filha. Imagino que eu fui uma tentativa.

Ele se virou para sair antes que pudessem interrogá-lo porque, de qualquer forma, não tinha respostas. Não fazia ideia de por que Hendet optara por dar tendas aos dois Compartilhadores. Mais exatamente, entendia a razão — aquilo lhes daria maior status e, portanto, segurança na tribo —, mas o fato de que o houvesse feito ainda o deixava zangado. Ele jamais perdoaria o Hetawa. Que seus sacerdotes se virassem, como ele e a mãe haviam sido forçados a fazer.

— Isso foi muito bem feito — falou uma voz quando ele desceu da saliência do ponto de observação. Ele ficou tenso, então se virou para fitar a mulher banbarrana que se dirigira a ele.

— Yanassa — disse ele com cautelosa formalidade. — A manhã empalidece diante do seu brilho.

Ela sorriu, fazendo um gesto para indicar que ele deveria caminhar ao lado dela. Suspirando intimamente, ele o fez.

— Tassa me informou — começou ela — que os dois estranhos fizeram algum tipo de magia na sua mãe ontem à noite. É verdade?

A pergunta atenuou um pouco seu mau humor. Hendet acordara se sentindo melhor, como não se sentia há anos. Wanahomen a ajudara a se lavar e se vestir, regozijando-se com a volta de suas forças, o seu apetite feroz, o brilho em seus olhos.

— A magia do Hetawa é um presente da nossa Deusa — respondeu ele. — Mesmo que nada mais seja confiável a respeito deles, pelo menos isso é.

— Fico feliz em ouvir isso — falou Yanassa. — Ouvi todo tipo de boatos estranhos sobre os forasteiros, em especial sobre as mulheres. Dizem que elas andam por aí vestindo quase nada e fazendo tudo o que o homem que as acompanha, ou qualquer homem, manda. — Ela chacoalhou a cabeça, suspirando. — Imagino que uma de nós, mulheres, vai ter que se encarregar dela antes que os homens fiquem com a impressão errada.

Wanahomen parou de andar, franzindo o cenho para ela, desconfiado. De fato, aliviaria boa parte de seu fardo se Yanassa cuidasse da garota do Hetawa. Mas isso o deixaria em dívida pelo favor e ele aprendera anos antes que Yanassa não fazia nada que não beneficiasse Yanassa.

— O que você quer? — perguntou ele, abandonado a cortesia.

Ela fez um biquinho de desaprovação.

— Você nunca vai aprender a ter boas maneiras? Dez anos entre nós e você ainda se comporta como um homem da cidade.

— Não vou me deitar com você de novo, Yanassa. Eu te disse isso dois anos atrás: foi a última vez.

— E eu não quero você na minha cama outra vez. Tenho outro amante agora, caso não tenha notado. — Por um momento, ela ficou séria e ele viu uma sombra de tristeza em seus olhos. — Tassa às vezes pergunta por que você nunca vai lá.

— Ele vai entender quando for mais velho e descobrir os métodos do seu sexo. Me diga o que quer em troca por cuidar da mulher.

Ela suspirou e chacoalhou a cabeça.

— Nada, Wana. A garota me interessa, só isso. Ter uma feiticeira no meu círculo de amizades poderia ser de grande valor. — Ela dirigiu a ele um sorriso oblíquo.

— Seria melhor você fazer amizade com um chacal. Não se pode confiar em ninguém criado pelo Hetawa.

Yanassa ergueu as sobrancelhas graciosamente arqueadas ao ouvir isso.

— Então existe algo que você odeia mais do que a mim?

Ele não a odiava, e ela sabia. Ele parou e suspirou.

— Encarregue-se da mulher — disse ele. — Do homem também. Não tenho tempo para pajeá-los. Os grupos de caça das outras tribos vão chegar logo e quero que os meus homens pratiquem tiro...

Ela lançou-lhe um olhar exasperado.

— É o solstício, Wanahomen. Hoje à noite é o começo do festival, ou você se esqueceu?

Maldição. Ele tinha se esquecido.

— Não vejo motivo para não nos prepararmos e celebrarmos também. Nós *estamos* cogitando uma guerra.

— Até os guerreiros precisam revigorar o espírito. — Ela dirigiu-lhe um olhar significativo e parou, estendendo a mão para roçar os dedos pela bochecha dele sobre o véu. — Até você, oh grande rei.

Talvez as tensões dos últimos dias o houvessem desgastado, ou talvez Tiaanet o houvesse feito desejar mais a suavidade de uma mulher para variar. Ele suspirou e permitiu o toque de Yanassa, mesmo quando seus dedos baixaram o véu o bastante para revelar os lábios dele, o qual ela acariciou com a ponta de um dedo. Ele sorriu só um pouquinho e a viu respondendo com um sorriso no rosto. Ele sempre admirara a audácia dela.

Então aquele momento passou e Wanahomen tomou a mão dela e a beijou antes de afastá-la com delicadeza. Sem dizer uma palavra, pois havia tão pouco que podiam falar um ao outro sem riscos nos dias atuais e essas pequenas conversas pacíficas eram frágeis demais para arriscar, ele ergueu o véu, inclinou a cabeça para ela e foi embora.

Primeiro desceu ao nível do solo onde, como as pessoas do templo, deleitou-se com a chance de tomar banho após a longa viagem. Quando a tribo estava em Merik-ren-aferu, ele não conseguia deixar de voltar ao velho hábito gujaareen de tomar banho ao acordar e antes de dormir. Ele até gastara parte da sua preciosa moeda comercializável para comprar sabonetes bons e óleos perfumados em Gujaareh, o que ele preferia em relação ao produto simples de cinza e gordura que os banbarranos usavam. Os banbarranos chacoalhavam a cabeça para os seus tolos hábitos da cidade, pois se banhavam de forma mais econômica e, tendo aversão ao desperdício de água, eram conhecidos por "lavar-se" esfregando a pele velha e o suor com areia seca. Ele fazia o que eles faziam no deserto ou nos sopés das colinas, mas, quando havia água disponível em abundância, ele não via razão para não tirar vantagem disso.

Talvez seja por isso que, imerso no prazer do ritual diário, ele não ouviu a aproximação do agressor.

Ele acabara de sair da piscina, olhando com cautela para as colinas para se assegurar de que não estava vendo nenhum brilho que revelasse um longavisão, quando um movimento ligeiro à beira das árvores próximas o alertou. Ele se virou bem a tempo e agarrou o pulso de um homem mais velho que tinha olhos cheios de ódio sobre o véu. A faca que ele empunhava estava a centímetros da barriga de Wanahomen, tremendo enquanto ele se esforçava para empurrá-la.

Wanahomen tentava pensar em meio ao choque dos próprios pensamentos. Os olhos do homem eram familiares, mas... O homem rosnou e jogou o peso sobre o braço com a faca, aproximando-a o suficiente para fazer um talho superficial no abdômen de Wanahomen. Wanahomen grunhiu e então girou, impelindo para o lado o braço do homem que segurava a faca e transferindo o peso, puxando quando antes estava empurrando. O homem cambaleou e caiu. Wanahomen continuou segurando o pulso do homem, rapidamente envolvendo o braço do outro com sua perna e jogando-se no chão em um movimento de luta que certa vez aprendera com os guardas do palácio de Kite-iyan. Agora o homem estava preso, com uma das pernas de Wanahomen em volta do peito, a outra segurando o braço, que Wanahomen agora torceu de forma brusca. O homem gritou, soltando a faca, mas Wanahomen não o soltou.

— Quem é você? — perguntou ele. O homem praguejava e tentava levantar, mas não conseguia obter nenhuma vantagem. Wanahomen forçou o braço dele para baixo com força como advertência e o homem gritou ao perceber que Wanahomen estava pronto para quebrar seu cotovelo. — Quem é você, covarde?

— Wutir — arquejou o homem, enfim. — Tio de Wujjeg!

Então era isso. Com repulsa, Wanahomen suspirou e afastou o braço do homem, pegando a faca ao levantar-se. Estava imundo agora por ter lutado na terra e sua barriga sangrava, mas isso não lhe causava nem metade da inquietação ocasionada pelo fato de que estava nu. Os banbarranos não se mostravam aos outros facilmente, e estar nu diante de um inimigo era a maior humilhação. Sem dúvida Wutir contara que isso deixasse Wanahomen mais desastrado para se defender.

Mas ele era gujaareen, não banbarrano. E, quando Wutir rolou e se pôs de pé, Wanahomen se aproximou e encostou a faca confiscada em sua garganta. Wutir ficou paralisado, arregalando os olhos sobre o véu.

— Mãos ao alto — ordenou Wanahomen, e Wutir relutantemente ergueu as mãos.

Wanahomen revistou-lhe a cintura em busca de mais armas, depois se agachou à procura de facas nas pernas e nos tornozelos, sem encontrar nenhuma. Satisfeito, ele se endireitou e passou o braço pela cintura de Wutir em um gesto que poderia ter parecido íntimo, não fosse a faca encostada na garganta do homem, não fosse sua ferida no abdômen manchando de sangue a roupa de Wutir.

— Bem — falou ele —, acho que o senhor não entendeu que Wujjeg estava errado. Ele desobedeceu às minhas ordens e eu sou líder de caça. Sua morte foi culpa dele mesmo.

— Você... — O rosto de Wutir foi obscurecido por fúria e repulsa enquanto tentava se afastar. — Você é um demônio estrangeiro que devia ter sido castrado e vendido em um leilão...

Wanahomen soltou uma risada venenosa e soltou a cintura de Wutir para baixar a mão. Foi fácil abrir a túnica de Wutir e encontrar o cordão da calça, mais fácil ainda quebrar esse cordão e abrir a parte frontal da calça. Wutir arquejou e esforçou-se mais para recuar, mas Wanahomen pressionou a faca contra o pescoço dele o suficiente para sair sangue. Wutir parou de se mexer, rangendo os dentes. Para tirar a vida do homem, Wanahomen só precisava de um golpe.

— Mas vocês não me castraram — retorquiu ele com um sorriso feroz. Para seu grande divertimento, Wutir não estava flácido. A excitação da luta talvez, ou... — Em vez disso, parece que me cobiçavam! Eu, um demônio nascido na cidade. Você partiu para cima de mim quando eu estava nu depois do banho e me atacou, querendo cortar a minha carne para vingar o seu sobrinho. Mas, lamentavelmente, não gosto de homens feios e então...

Ele agarrou o pênis de Wutir e torceu-o para um lado com toda a sua força.

O grito de Wutir foi muito gratificante. Wanahomen rapidamente o derrubou no chão, mantendo a faca em sua garganta, embora graciosamente permitisse ao homem encolher-se, uivando e chorando. Como insulto extra, ele arrancou o véu do rosto de Wutir e jogou-o no rio.

— Eu devo uma diversão a Yanassa. — Wanahomen sorriu para Wutir, esperando o homem ficar rouco de tanto gritar. — Talvez eu possa contar para ela o que você tentou fazer e o que eu fiz como resposta. E hoje à noite, no festival, quando uma mulher atrás da outra convidar você para ir à tenda dela e você tiver que recusar todas, a tribo inteira vai gostar de rir da sua humilhação.

Wutir conseguiu olhar feio para ele, embora seu rosto estivesse brilhoso de suor e sua expressão fosse débil para um olhar raivoso. Wanahomen riu, afastando-se dele enfim. Recuando, ele se agachou perto do rio e se limpou, tomando o cuidado de esfregar com areia a mão que machucara Wutir. Depois, pousando a faca em uma pedra ali perto, ele pegou as roupas que estavam secando e vestiu-se depressa, mantendo um olho em Wutir o tempo todo.

— N-não — falou Wutir finalmente. Ele continuava encolhido, as mãos comprimidas entre as coxas. — N-não conte... para as mulheres.

Wanahomen pôs as sandálias e pegou a faca de novo, sentando-se na pedra para examiná-la. Surpreendentemente, era uma lâmina de boa qualidade: nada menos do que aço de Huhoja, de uma tribo do sul famosa por conta dessa mercadoria. Um palmo de comprimento apenas, mas bem balanceada. Ele não conseguiu ver nenhuma mancha no brilho da lâmina que pudesse indicar veneno, motivo pelo qual agradeceu a todos os filhos da Sonhadora. Um homem mais inteligente ou cauteloso teria assegurado a sua aposta usando tal substância. Wutir evidentemente não tinha esses dons.

— Que outra garantia eu tenho de que não haverá mais de vocês atrás de mim? — indagou ele. — Cada membro fracote e covarde do seu clã me caçando para vingar o seu sobrinho imbecil? A sua mãe te mandou?

Wutir chacoalhou a cabeça com fervor.

— Ela n-não sabia.

— Ah, ótimo. Ela sempre me pareceu uma mulher sensata, Shatyrria, apesar do preconceito dela contra a minha mãe e contra mim. Você acha que ela vai gostar quando a sua tolice transformá-la em motivo de chacota de todos os seus amigos poderosos? — Ele levou a mão à bolsa e pegou um punhado de tâmaras, parte de uma pequena provisão que trouxera de Gujaareh. Mastigando uma, ele embrulhou a faca em um pedaço de couro da bolsa, depois olhou para Wutir, pensativo. — Eu me pergunto se ela te deserdaria.

Wutir apenas gemeu em resposta. Wanahomen riu e levantou-se, guardando a faca e o resto das tâmaras. Atravessando o espaço entre eles, agachou-se ao lado da cabeça de Wutir. Wutir fitou-o... e encolheu-se, pois Wanahomen não estava mais sorrindo. Ele queria tanto matar Wutir que suas mãos coçavam de vontade de pegar a faca e ficar cobertas de sangue. Aquele tolo chegara mais perto de matar Wanahomen do que qualquer inimigo em anos. Justo agora que os planos de Wanahomen estavam tão perto de se concretizar!

E no entanto...

Nunca tenha pressa de matar, Wanahomen. A voz do pai chegou-lhe em meio à sede de sangue. *Isso ofende Hananja e, em todo caso, existem outras formas melhores de destruir um inimigo.*

— Entenda o seguinte — disse Wanahomen. Ele manteve a voz baixa para que Wutir parasse de choramingar e prestasse atenção. — Todo mundo vai ver você voltar cambaleando para o acampamento mais tarde, mal conseguindo andar. Pense em qualquer desculpa que quiser enquanto estiver aqui deitado. Ninguém vai acreditar, claro. Vão ver o sangue na sua túnica e o sangue na minha e vão saber *quem* fez isso com você, se não souberem o que ou por quê. Mas posso escolher não falar nada... por enquanto.

Ele chegou mais perto, correndo um grande risco. Se Wutir tivesse outra arma com ele em algum lugar escondido... Mas algumas mensagens eram mais bem transmitidas assim, olho no olho.

— A sua mãe espera convencer as outras tribos banbarranas a não apoiar a minha causa — continuou ele. — E, com o tio dela liderando a tribo Dzikeh, talvez ela consiga. Preciso de todos os guerreiros da tribo sob o meu comando se quisermos ter uma chance contra os kisuati em Gujaareh. Então você vai me contar todos os planos de Shatyrria.

Wutir arregalou os olhos.

— T-trair o meu clã? Você ficou louco?

— Eu disse o que vai acontecer se você não contar. Você continuaria no clã depois disso?

Wutir gemeu e começou a chorar. Entre os banbarranos, um homem não era nada sem a sua capacidade de gerar filhos. Fertilidade era riqueza para eles, os corpos eram sacrossantos; coisas que não significavam nada em Gujaareh eram uma questão de vida ou morte aqui. Nenhuma mulher o admitiria como amante. Nenhum líder de caça o aceitaria em sua tropa. Ele seria inútil, um animal de estimação na melhor das hipóteses e um escravizado na pior, condenado à obscuridade e a uma vida de sordidez.

— Me mostre que você entendeu — falou Wanahomen.

Wutir fez que sim com a cabeça, desviando o olhar enquanto as lágrimas rolavam-lhe pelo rosto. Wanahomen levantou-se e voltou para a pedra, sentindo uma centelha de pena por trás do desdém.

— Satisfaça a minha vontade — propôs ele — e talvez dentro de alguns dias eu deixe os curadores gujaareen verem você. O homem, não a mulher, em nome da sua dignidade. Eles conseguem desentortar até mesmo o seu pau deplorável, por maior que seja o estrago.

Wutir fez que sim com a cabeça outra vez, o corpo curvando-se, derrotado.

— Então fale — disse Wanahomen, e Wutir falou. Quando Wanahomen finalmente sabia de tudo, dirigiu-se às saliências do acampamento, erguendo o véu para ocultar seus pensamentos conturbados. Shatyrria fora mais rápida do que ele previra, ele entendia agora, e isso significava que os Dzikeh-Banbarra seriam um sério problema quando chegassem. Ele teria que encontrar algum meio de lidar com eles depressa.

Não pensou mais em Wutir, que fora deixado tremendo no chão lá atrás.

18

A NEGOCIAÇÃO DO SILÊNCIO

Em meio a todas as configurações bizarras da sociedade gujaareen — castas de nascimento e castas escolhidas, linhagens e filhos bastardos, servos que não eram escravizados e concessoras de prazer que não eram prostitutas — os shunha eram o único grupo que fazia sentido para Sunandi Jeh Kalawe. Gujaareh estava apinhada de influências estrangeiras, desde a arquitetura nortenha até a música do oeste e os tecidos do leste. Sua língua era um caldo tão contaminado pelos sabores de outros idiomas que agora tinha apenas uma semelhança muito tênue com o suua que seu povo um dia falara. Na metade do tempo, Sunandi não sabia distinguir um gujaareen de um membro de qualquer outra raça: eles haviam se misturado tanto com os povos estrangeiros que só eles conseguiam entender aquela bagunça estética.

Os shunha eram as rochas em torno das quais o agitado rio social corria. Enquanto seus colegas nobres, os zhinha, lideravam o impulso para estender o comércio e o poder gujaareen para ainda mais longe, eram os shunha que impediam que esse impulso trilhasse longe demais ou rápido demais e que exigisse demais dos recursos da terra. E se eram por vezes ridicularizados como obsoletos ou estagnados, isso não mudava o fato de que Gujaareh jamais poderia ter se tornado tão grandiosa como era sem seu comedimento resoluto e sensato.

Mas Sunandi nunca se permitiu esquecer que, apesar de toda a sua adesão às tradições kisuati, os shunha ainda eram incontestavelmente, *loucamente* gujaareen.

Lorde Sanfi e sua filha Tiaanet tinham vindo ao palácio Yanya-iyan a convite de Sunandi, uma vez que ela continuara com o hábito de seus anos como embaixadora de jantar com todas as pessoas importantes da cidade. O banquete correra bem e seus dois convidados haviam se comportado com perfeito decoro, contudo, houvera algo estranho quanto à dupla desde o começo. Era algo sutil, mas persistente, e, ao final da refeição, Sunandi tinha certeza de apenas uma coisa: de que não gostava de Sanfi. Nem um pouco.

— Seria mais fácil para você — disse Sanfi — se tivesse mantido vivo um dos filhos do antigo Príncipe.

Sunandi, bebendo vinho de palmeira que acabara de ser produzido e relaxando em almofadas após a refeição, não respondeu nada. Descobrira, no decorrer da conversa daquela noite, que Sanfi reagia melhor a Anzi do que a ela em discussões sobre tópicos controversos. Ele ficava mais na defensiva quando Sunandi questionava seus pontos de vista e demonstrava mais raiva quando ela salientava falhas no raciocínio dele. Era bastante provável que tivesse certo preconceito contra as mulheres; era uma falha comum nos homens gujaareen. Talvez, refletiu ela, fosse por isso que a filha de Sanfi, Tiaanet, estivera em silêncio a maior parte do tempo até aquele ponto.

Seu Anzi, que não tinha esse problema, tomara a frente da conversa: ele se acostumara a jogar com as deixas mais sutis de Sunandi ao longo dos anos.

— Ainda existem alguns filhos do Ocaso aqui na capital — comentou Anzi. Ele deu uma forte tragada em seu cachimbo, o qual Sunandi só permitia que ele fumasse nos aposentos do casal depois de refeições como essa. Caíra a noite, úmida, porém refrescante, e no pátio do palácio abaixo uma cantora contratada oferecia um hino melodioso ao crepúsculo. — Se desistiram de qualquer reivindicação ao trono gujaareen e prometeram lealdade a nós, deixamos que vivessem.

— Não esses — replicou Sanfi, o tom carregado de desprezo. — Os que estão na cidade são filhas em sua maioria, e filhos novos ou tolos demais para ter qualquer influência. Ninguém os seguiria.

— Já houve Príncipes mulheres no passado de Gujaareh — falou Sunandi, girando a taça entre os dedos.

— Verdade. Mas todas elas tiveram que se esforçar mais para conquistar respeito e poder do que qualquer homem. — Sanfi inclinou-se para a frente para servir mais vinho a Sunandi, o retrato da solicitude. — Um filho da linhagem poderia ser transformado em testa de ferro com mais facilidade. Vista-o com roupas finas, coloque a Auréola atrás dele e as pessoas vão ficar tão felizes de ter o seu Avatar de volta que boa parte da inquietação que você tem visto ultimamente se acalmaria. Mesmo que, na realidade, Kisua permanecesse no comando.

Será que aquele homem os achava tão tolos, perguntou-se Sunandi enquanto fazia um aceno de agradecimento e bebia mais vinho, a ponto de não terem pensado naquela possibilidade muito tempo atrás? A própria Sunandi sugerira ao Conselho dos Protetores kisuati usar um dos filhos do Príncipe. Infelizmente, após os expurgos do Hetawa e a necessária consolidação de poder, os filhos mais velhos do Príncipe que tinham bom senso fugiram para o exílio no norte ou no oeste ou se protegeram por meio de casamentos e alianças com a elite de Kisua. Os poucos que restaram eram quase inúteis: crianças, vagabundos ou coisa pior.

E aquele que poderia ter servido melhor — que tinha uma linhagem respeitável — o favor do pai e, de acordo com todos, a inteligência e a conduta de um verdadeiro Príncipe... ninguém vira nem ouvira falar desse filho desde o dia da morte do antigo Príncipe, embora, depois da conversa com Nijiri, Sunandi agora tivesse alguma ideia do que o rapaz estivera fazendo.

Ainda bem. Se tivesse ficado na cidade, muito provavelmente eu teria precisado matá-lo.

— E você tem um candidato em mente como testa de ferro? — perguntou Anzi, achando graça.

— Não, não, de modo algum. — Sanfi deu risada, apesar de haver um toque dissimulado nela. Ao lado de Sanfi, a filha não sorriu. — E, sinceramente, hoje em dia é tarde demais para apresentar um testa de ferro que não fosse motivo de riso. Receio que o seu povo tenha perdido muita credibilidade em Gujaareh nesses últimos anos. Aquele imposto sobre as exportações para o norte, por exemplo...

— Uma necessidade — respondeu Sunandi, sorrindo embora preferisse não sorrir. Em primeiro lugar, porque era impertinente da parte dele mencionar o assunto, mas também porque o Protetorado insistira no imposto apesar dos protestos de Sunandi de que ele afastaria ainda mais as famílias mais ricas daquela terra. A ocupação de Gujaareh se tornara cada vez mais impopular em Kisua, e o Protetorado agora procurava aumentar o lucro obtido com essa ocupação a fim de acalmar os seus cidadãos zangados. Mas, com o imposto, Gujaareh não gerara as riquezas que os Protetores haviam esperado. Privados de mercadorias luxuosas importadas do norte, os gujaareen não aceitaram os produtos do sul que Kisua oferecia para substituí-las: eles ficaram sem. Forçados a comprar madeira kisuati para construção, eles pararam de construir. Pressionados a prender a casta servil a contratos mais parecidos com a escravidão kisuati, um empreendimento altamente lucrativo em Kisua, os malditos gujaareen haviam começado a mandar seus servos para familiares em terras estrangeiras. Agora os custos da mão de obra na cidade e nos vilarejos maiores haviam triplicado e era apenas uma questão de tempo até haver escassez de alimentos, tecidos e todo o resto.

A própria Sunandi se surpreendera com tudo aquilo porque acontecera sem aviso. Seus espiões teriam ficado sabendo se houvesse algum tipo de conluio, um esforço conjunto por parte dos mercadores ou fazendeiros, talvez, ou uma revolta entre os servos. Mas, até onde ela sabia, o reino inteiro de repente, espontaneamente, decidira contrariar de todas as formas possíveis. Eles não reagiam. Não protestavam. Mas também não *obedeciam*.

Quanto mais Sunandi permanecia em Gujaareh, mais começava a perceber que algo crucial, algum equilíbrio delicado que mantinha Gujaareh estável, e *segura*, fora rompido. Mas Sunandi não tinha intenção de explicar isso a Sanfi. Em vez disso, falou:

— Já vimos o que acontece quando se permite aos povos do norte adquirir armamento e mercadorias de qualidade superior. Bem, o Anzi me contou que, depois da guerra, quando as tropas do norte foram reunidas, eles tinham mais arcos gujaareen do que arcos de fabricação própria! Eles levaram aqueles arcos para as nossas praias para derramar sangue kisuati.

— Os arcos gujaareen são famosos em todo o mundo — disse Sanfi, encolhendo os ombros. — Os nossos mercadores ficam tão felizes de vendê-los para Kisua quanto para o norte. Ora, vamos, Oradora, todos nós sabemos que não é esse o motivo para o imposto.

— Pode não ser — retorquiu Sunandi, sorrindo ainda, porém permitindo que certa veemência se insinuasse em sua voz. Ela estava cansada desse homem, que parecia acreditar que seu charme era suficiente para desculpar sua insolência. — Mas é a única razão que deveria importar para *você*.

O sorriso de Sanfi desvaneceu. Por um instante, surgiu uma centelha de raiva nos olhos dele, bem como um brilho intenso que teria deixado Sunandi profundamente nervosa se estivessem sozinhos. Ela já vira essa expressão nos olhos de outros homens ao longo da vida e sabia o que era: ódio.

Mas, antes que Sanfi pudesse dar voz a esse ódio, ou agir com base nele, Tiaanet surpreendentemente quebrou o silêncio.

— Deveria importar a todos nós, Oradora — opinou ela. Sua voz era grave para uma mulher, rouca; Sunandi imaginou que ela partia corações apenas com as palavras. — Ouvi dizer que os Protetores estão menos do que satisfeitos com as perdas de receita em Gujaareh, especialmente desde que começaram os ataques banbarranos. Não é um mau presságio para o governo de Gujaareh... e para a governante?

Silêncio recaiu sobre a sala. Anzi fitou Tiaanet, chocado com a sua audácia, enquanto Sanfi virou-se para olhar feio para ela. Sunandi, após um momento de espanto, percebeu que a noite de repente ficara muito mais interessante.

Leopardinha esperta! Seu pai é um tolo de mantê-la na coleira.

Em um reconhecimento silencioso da defesa verbal, Sunandi inclinou a cabeça para Tiaanet. Tiaanet acenou de volta, solene como sempre.

— Sua filha está bem informada, lorde Sanfi — comentou Sunandi. Ela não pôde deixar de sorrir. Sanfi dirigiu-lhe um olhar consternado, mas, quando se deu conta de que ela estava longe de se sentir ofendida, relaxou.

— Como a herdeira da estimada linhagem da mãe dela deveria ser — respondeu ele, embora lançasse um olhar inexpressivo a Tiaanet. E, mais uma vez uma grande estranheza, Tiaanet baixou os olhos, como que envergonhada. *Ela pode ter acabado de salvar o pai do suicídio político. Ele deveria ter orgulho dela; ela deveria estar cheia de si. Esse é o costume kisuati, e o shunha. O que em nome dos deuses há de errado com esses dois?* Pousando a taça, Sunandi recusou educadamente a oferta de Anzi para enchê-la de novo.

— E, em essência, ela está certa. Mas fique tranquilo, lorde Sanfi; se os Protetores ficarem muito insatisfeitos, a segurança da minha posição será a menor das preocupações de Gujaareh.

— O que provavelmente aconteceria? — Sanfi bebeu um gole de vinho da taça, talvez para parecer casual. Mas estava tenso demais; Sunandi podia ver que ele estava ouvindo com muita atenção.

— Estou aqui como cortesia, lorde Sanfi — explicou ela. — Sou conhecida em Gujaareh e mais ou menos respeitada. Por minha vez, respeito o seu povo. Por conta disso, a ocupação aconteceu de um jeito mais brando do que teria acontecido. — Ela girou o líquido na taça, observando-o, com o canto dos olhos, observá-la. — Mas, se os Protetores me afastarem, significará que perderam o interesse na brandura. Eles vão tomar o controle direto da capital e dos vilarejos maiores. Depois instituiriam medidas mais drásticas para manter o controle. Até impostos mais altos. Execuções sumárias e escravidão compulsória. Recrutamentos ao exército kisuati. Racionamento.

Sanfi franziu o cenho.

— E quanto ao Hetawa?

Sunandi ergueu uma sobrancelha, perguntando-se o que o havia feito pensar nisso.

— Eu deixei claro para os Protetores que o Hetawa colaborou conosco até agora. Em sinal dessa cooperação e do favor que o Coletor Ehiru nos fez cuidando de Eninket, acredito que os Protetores permitiriam que o Hetawa continuasse funcionando como de costume... de momento, pelo menos.

Sanfi fungou.

— Você faria bem em observá-los mais de perto, Oradora. Afinal, eles um dia governaram Gujaareh e dobraram todos os outros poderes desta terra à sua vontade. O seu povo não está familiarizado com a magia. Ela pode ser uma arma formidável em certas mãos.

— Uma arma. — Anzi pareceu cético, embora Sunandi soubesse que era uma fachada. Os dois haviam estado no platô em Soijaro dez anos antes e visto o horror do Ceifador de Eninket. — Feitiços para dormir e curas? O que eles vão fazer, atacar os meus homens e deixá-los saudáveis e bem descansados?

Sanfi sorriu, mas deu de ombros.

— A magia vem em muitas formas, nem todas benignas. Quem pode dizer o que o Hetawa poderia fazer, se quisesse?

Anzi olhou para Sunandi, estava tão perplexo quanto ela. Por que esse homem mencionara esse assunto? Sunandi franziu a testa e virou-se para Sanfi.

— Vou me lembrar disso — respondeu ela com absoluta sinceridade.

O resto da noite passou rápido. Não falaram mais sobre política: depois de dar seu aviso sobre o Hetawa, Sanfi pareceu inclinado a passar para assuntos menos delicados, como fofoca sobre seus colegas nobres. Sunandi estava feliz em deixá-lo fazer isso. Após a última garrafa de vinho ser servida, Sanfi ofereceu os elogios e agradecimentos de costume aos anfitriões, fez uma oferenda final de bebida aos ancestrais deles e finalmente se retirou com a filha. Na esteira da ausência dos convidados, Sunandi se viu olhando para as almofadas onde eles haviam se sentado, revirando a conversa da noite em sua mente.

Anzi, relaxando agora que podia deixar de lado sua dissimulação de general — ele odiava ser formal por mais tempo do que o estritamente necessário — aproximou-se para descansar a cabeça na coxa da mulher.

— Já deixou de ser a Voz do Protetorado?

Ela sorriu e afagou a testa do marido, achando graça. Ele nunca se interessara muito por política; muitas vezes ela se assombrava que houvesse chegado a um posto tão alto. Talvez fosse apenas o fato de que ele fazia bem o jogo quando precisava. Era unicamente por ela, contudo, que ele tolerava noites como essa.

— Eu sempre sou a Voz deles, meu amor. Mas, por você, posso ser um pouco menos Voz por algum tempo.

Ele franziu o cenho, sua ampla testa enrugando sob a ponta dos dedos dela.

— Uma dupla estranha, aqueles dois. Nunca vi uma filha shunha tão... Não sei. *Acuada.*

Sunandi acenou em sincera concordância. E por que parecia que o propósito de Sanfi aquela noite fora levantar suspeitas quanto ao Hetawa?

Mas Anzi escolheu esse momento para se sentar e beijá-la. Ele ia querer atenção agora: para um guerreiro de semblante pétreo, ele podia ser tão exigente quanto um bichinho de estimação quando queria. E então, como Sunandi prometera, deixou de lado as responsabilidades e preocupações para se tornar, pelo resto da noite, apenas a esposa dele.

19

BÁRBARA

Na superfície espelhada de uma chapa de metal havia uma mulher: não alta, com cabelo cor de mel e pele cor de amêndoa, e lábios tão exuberantes quanto os campos do vale do rio Sangue. Seus olhos estavam marcados por kohl e sua boca, por uma tintura marrom. A metade de cima do cabelo havia sido penteada no coque habitual, embora presa com fios de conchas brancas do longínquo Oceano Oeste. A metade de baixo fora separada em uma dúzia de cachos ou mais, cada um sustentando na ponta um ornamento de ouro pesado, em formato de lágrima. Eles produziam um barulho sutil, chamando a atenção sempre que ela virava a cabeça.

— Isso vai servir — disse a mulher banbarrana ao lado de Hanani em um gujaareen com sotaque. Ela passou um dedo sobre um dos cintos entrecruzados que prendiam as novas saias de muitas camadas de Hanani em volta do quadril. Hanani sobressaltou-se com o toque, desviando os olhos do espelho... mas depois de apenas um instante seus olhos voltaram ao reflexo. Ela não conseguia deixar de fitar aquela estranha ali.

Yanassa fez um som de satisfação.

— Você poderia ficar vaidosa nesse ritmo!

Hanani virou-se para a mulher, mexendo-se cautelosamente com aquelas saias estranhas. Como ela evitava pisoteá-las? Teria de aprender.

— Yanassa, eu... eu nunca... — Ela olhou para si mesma. — Não consigo nem pensar em como reagir a isto. Essa mulher não sou eu. — Ela ergueu os braços cobertos de braceletes e tecidos com franjas. Como é que poderiam ser seus? *Seus* braços deveriam estar desnudos e suas mãos, desimpedidas, para serem rápidas e hábeis e salvarem vidas. No entanto, eram os mesmos braços, as mesmas mãos.

Yanassa sorriu. A mulher banbarrana viera até Hanani aquela manhã, depois que Charris levou embora seu colarinho e o de Mni-inh para o "mestre contador" da tribo, o que quer que fosse aquilo. Junto com Yanassa viera uma pequena horda de mulheres banbarranas tagarelas que invadiram a tenda de Hanani em massa e a atacaram com roupas, maquiagem e joias. Quando Hanani debilmente questionou a repentina atenção, Yanassa fora sucinta:

— Você ofereceu valor para a tribo — respondeu ela, fazendo um gesto em torno da garganta da moça para indicar o colarinho de Hanani. — Seu sacerdote-homem informou que a riqueza dele e a sua deveriam ser compartilhadas igualmente. E Hendet adotou você como sendo dela. Você agora é uma mulher rica de um bom clã e, entre o meu povo, isso muda tudo.

Estava claro que mudava. Durante o processo, homens e crianças banbarranos continuaram chegando à tenda de Hanani, trazendo objetos extras: enxergas, almofadas, lamparinas, tapetes, recipientes de alimentos... um penico. Todas as necessidades e confortos que a tenda antes não tinha. Sob ordens de Yanassa, as mulheres haviam saído e voltado com mais roupas do tipo que Hanani usava agora, inclusive peças de roupa íntima e sandálias e uma profusão de joias maior do que jamais vira na vida.

— Valor por valor — falou Yanassa em seu sotaque rápido e agitado. Ela inspecionara cada pacote que chegara, mandando alguns de volta com reclamações ruidosas, enquanto Hanani ficava abismada. — Não gostamos muito de convidados, mas nunca vão poder dizer que os banbarranos trapaceiam nas negociações.

Foi por meio dessas declarações mordazes, feitas como pronunciamentos do Hetawa, que Hanani enfim começou a entender alguns dos traços peculiares do comportamento banbarrano. A prática masculina de usar o véu, por exemplo, não era simples hostilidade. Yanassa explicou que um homem podia trazer os resultados da caça e das pilhagens, mas era dever das mulheres da família (as quais menos provavelmente seriam reconhecidas, presas ou mortas) transformar essas matérias-primas em riqueza útil negociando nas cidades. Portanto, os homens cultivaram o hábito de encobrir-se entre estranhos, enquanto as mulheres aprenderam as habilidades que as ajudariam a barganhar pelas necessidades da tribo.

— Minha mãe me ensinou gujaareen e quatro outras línguas, além de escrita, algarismos e investimento — contara Yanassa a Hanani com orgulho. — Ela não se deu ao trabalho de ensinar aos meus irmãos. Mas a mim ela idolatrava, pois sabia que no futuro eu traria grande riqueza para o nosso clã.

Parecia-lhe, apesar de todos os banbarranos que vira até agora, até as outras mulheres, que havia se submetido a Yanassa pelas regras de alguma hierarquia incompreensível.

— Agora, ratinha — disse Yanassa. (Hanani não gostava desse termo, mas pelo menos parecia carinhoso.) — No festival de hoje à noite, você deve tomar o cuidado de não se exibir. Isso é o que as mulheres da cidade fazem e nossos homens não têm respeito por essa atitude. O seu valor anuncia a si próprio, não há necessidade de se esforçar mais.

Hanani franziu a testa, confusa.

— Eu nunca "me exibiria" — retorquiu ela, falando devagar caso algo tivesse ficado embolado na tradução. — Nem sei o que você quer dizer.

— Então deve ser fácil para você. Os homens não vão se aproximar de você... não agora, que todos podem ver que você é uma mulher de verdade. Se eles te *pressionarem*, me avise. — Ela fez uma careta. — Alguns deles são tolos. Os sensatos vão revelar o interesse deles de formas sutis. Você vai saber: um toque, um olhar, uma gentileza inesperada. Se você o desejar também, tudo o que tem a fazer é derrubar algum enfeite ou faixa perto dele.

— *Desejá-lo?*

Yanassa estava pendurando as bolsas de cores vivas que continham o novo guarda-roupa de Hanani ao longo da armação da tenda. Ela não viu o olhar de choque de Hanani.

— Esse é o costume. Se houver muitos homens por perto, olhe nos olhos daquele que você quer antes de deixar cair seu objeto. Depois, simplesmente volte para a sua tenda e espere. Se ele desejar você também, ele deve vir até a sua tenda para trazer o que você "perdeu". Muitas vezes vai trazer algum outro presente. — Ela deu um sorriso a Hanani por cima do ombro. — Aí você o deixa entrar. Mas, veja bem, ele precisa ir embora de manhã. — Ela parou, franzindo a testa para si mesma. — E é melhor não se dar ao trabalho com Wana, se ele é do seu gosto. Já o vi jogar os sinais das mulheres de volta aos pés delas quando estava de mau humor: ele é exigente e não tem modos. Mas isso significa que a maioria das mulheres o deixa em paz, o que eu acho que é o que ele quer.

— Eu... — Hanani procurava as palavras, por um instante atordoada demais para falar. Em Gujaareh, as pessoas simplesmente *sabiam* que os Servos de Hananja faziam voto de celibato. Ela jamais tivera que explicar antes. — Yanassa, eu não posso.

— Hein? — Yanassa parou de fazer as amarrações, franzindo a testa para Hanani.

— Não posso ficar com um homem. Não desse jeito. É proibido.

Yanassa encarou-a pelo intervalo de uma longa respiração, boquiaberta.

— *Nunca?*

— Não — respondeu Hanani. — Os que seguem o meu caminho... os curadores, quero dizer... absorvemos a magia Dela dentro de nós e a compartilhamos com os outros. Geralmente temos que compartilhar algo das nossas próprias almas no processo. Isso é tudo o que a grande Hananja permite, o resto de nós pertence a Ela.

— Quantos anos você tem?

— Já vi vinte inundações do rio.

— Pelos deuses das nuvens e do vento frio. — Yanassa parecia horrorizada. — Você nunca sente desejo por um homem? Você tem permissão pelo menos para dar prazer a si mesma?

Hanani sentiu as bochechas pegarem fogo. Ninguém em Gujaareh fazia perguntas tão incisivas.

— Eu... já... senti desejo, sim. Mas é uma medida da nossa força e disciplina o fato de conseguirmos superá-lo — explicou ela, citando Mni-inh. — E, e... se o desejo se torna grande demais para ser suportado, posso pedir para um dos meus irmãos ou para um Coletor compartilhar sangue onírico comigo. Isso acalma todas as paixões. Mas nunca precisei... pelo menos não por enquanto. — Ela ponderou. — Talvez seja porque sou mulher e as paixões não sejam tão ardentes em mim.

Yanassa falou algo em chakti. Hanani não entendeu, mas soou muito rude.

— É essa a bobagem que ensinam para vocês em Gujaareh? — Yanassa chacoalhou a cabeça. — Não é de admirar que as mulheres da cidade não tenham orgulho! E você... nenhum homem? Mulheres, pelo menos; eles devem permitir que você tenha prazer com mulheres.

— N-não existe nenhuma outra mulher no Hetawa.

— Então você não tem nem amigas com quem compartilhar os seus problemas? Que crueldade!

Hanani passava o peso de uma perna para a outra, desejando de todo o coração que aquela conversa terminasse.

— Tenho meu mentor e... eu nunca, ah, me arrependi da minha escolha...

— *Unu-vi.* Como poderia se não sabe o que está perdendo? — Yanassa suspirou e veio mexer no cabelo de Hanani. — Que pena. Mas se esses são os seus costumes, então que seja. — Ela parou e franziu a testa, pensativa. — Devo contar a todo mundo sobre esse seu voto? Caso contrário, os homens vão ficar curiosos sobre você. E também as pessoas que desejarem o seu sacerdote-homem podem ficar ofendidas com a recusa dele.

— Deve, por favor — respondeu Hanani, aliviada. — Não quero ofender ninguém... isto é, bom, todos estão se sentindo ofendidos. — Era muito melhor Yanassa agir como intermediária do que Hanani suportar essa conversa outra vez.

Yanassa sorriu e bateu em seu ombro.

— Tudo bem. Coitadinha, isso deve ser difícil para você. Somos um povo apaixonado, nós, banbarranos, e a paixão é o que o seu povo parece recear mais. É uma pena que mais de vocês não sejam como Wanahomen, mas ele me avisou muito tempo atrás que não era um típico morador da cidade.

Uma chance de mudar de assunto. Hanani a agarrou de maneira tão tranquila quanto possível. Ela já aprendera que fazer uma pausa para falar significava apenas ser interrompida.

— Você o conhece bem, o Príncipe?

— Tão bem quanto qualquer banbarrano pode conhecer aquele lá. — Havia uma combinação de pesar e carinho na voz da mulher quando ela se virou para o espelho de Hanani para verificar o próprio cabelo, com seu penteado elaboradamente trançado preso no alto da cabeça. — Nós fomos próximos um dia, mas aí eu o julguei mal no que me parecia uma questão sem importância e ele nunca me perdoou por isso. Esse homem decididamente gosta de um ressentimento.

De repente, Hanani intuiu uma coisa.

— A criança que estava cuidando da mãe dele ontem à noite. — Como o Príncipe a chamara? — Tassa.

— É meu — confirmou Yanassa em tom afetuoso. — Ele estava cuidando de Hendet? Criança de coração mole... tão diferente do pai. Ainda não sei se deveria ser grata por isso.

Se o filho não havia herdado o humor colérico e afiado do pai, Hanani não conseguia ver aquilo como nada além da bênção da Deusa.

— A aliança da qual o Coletor Nijiri falou. — Ela quase se esquecera em meio ao choque dos últimos dias. — O Hetawa o apoia, então... o Príncipe. Mas os kisuati jamais iriam embora pacificamente.

Yanassa dirigiu-lhe um olhar estranho.

— Claro que não. O seu "Príncipe" pediu para todas as tribos dos Banbarra se unirem a ele em uma grande batalha para mandar os kisuati de volta para a terra deles. Vão votar sobre a guerra no final do solstício.

Hanani conteve a respiração; sua pele ficou arrepiada. *Guerra...* isso era anátema para Hananja. A guerra transformava o reino da vigília no mais sombrio dos pesadelos e condenava suas vítimas às sombras na vida após a morte também. Poderia o Hetawa realmente apoiar uma coisa dessas?

— Não acredito nisso — sussurrou ela.

— O quê? — perguntou Yanassa. Mas, antes que Hanani pudesse responder, Yanassa piscou e franziu a testa, desviando os olhos ao ouvir gritos e agitação do lado de fora. — O que é agora?

Ela saiu, e Hanani foi atrás, para ver que a tribo começara a se reunir na borda norte da plataforma principal. Por sobre as cabeças dos membros da tribo que iam e vinham, na saliência de observação, ela viu um homem em postura rígida, segurando um objeto cônico e comprido. Em princípio, Hanani pensou que fosse um chifre, mas o homem levou o apetrecho ao olho.

— Hanani. — Ela se virou e, chocada, encarou Mni-inh. O mentor sorriu de volta para ela, encabulado, envolto dos pés à cabeça em vestimentas banbarranas e com um lenço na cabeça. Tinham até lhe dado um véu, embora estivesse solto em volta do queixo. Então ela viu que ele a estava fitando, um sorriso lento invadindo seu semblante.

— Eu sabia que tinha que ser você — continuou ele. — Ninguém mais aqui tem esse cabelo. Mas isso… Ora, ora. — Ele pôs as mãos no quadril, sorrindo, e ela baixou os olhos para ele não ver seu rosto pegando fogo. Yanassa, ao seu lado, fez um barulhinho de quem achava graça.

Então os murmúrios dos membros da tribo abrandaram quando o Príncipe apareceu, saído da multidão junto com Unte. Hanani mal notou o líder da tribo, pois a raiva abrasadora no comportamento do Príncipe deixou seu coração apertado de apreensão. Havia sangue nas roupas dele e morte nos olhos.

O Príncipe parou nesse momento e Hanani percebeu que ele a vira. Ele olhou para baixo e depois para cima de novo. Jamais na vida ela quisera ser menos notada.

Mas ele não falou nada, inclinando à cabeça primeiro para Yanassa, então, depois de uma pausa momentânea, para Hanani. Em seguida virou-se e caminhou a passos largos para o ponto de observação. Unte demorou-se um pouco mais, os olhos enrugando-se no que era inconfundivelmente um sorriso por trás do véu. Na sequência, dirigiu-se para o ponto de observação também.

— Estou começando a questionar seriamente o julgamento dos Coletores — murmurou Mni-inh, fitando o Príncipe. — Se foi *ele* o escolhido…

Hanani lembrou-se do seu pensamento anterior — *o Hetawa apoia a guerra* — e manteve silêncio, perturbada demais para fazer outra coisa.

Yanassa gritou para alguns companheiros da tribo em chakti. O homem respondeu logo e as pessoas ao seu redor murmuraram, surpresas e alarmadas, em resposta. A própria Yanassa pareceu surpresa.

— Apareceu uma caravana — ela informou a eles em gujaareen. — Eles mandaram os sinais corretos de saudação. Mas nenhuma das delegações das outras tribos deveria estar aqui por pelo menos uma quadra de dias.

Unte fez um sinal com a mão do alto do ponto de observação e os membros da tribo que o viram se alegraram.

— O quê? — indagou Mni-inh. — Delegações?

— Existem seis tribos do povo banbarrano — respondeu Yanassa. — Normalmente, a tribo só se reúne no Conclave da Primavera no oeste, mas Unte pediu para os líderes de tropas de todas as seis virem até aqui e decidirem se devem se juntar à guerra de Wana. O primeiro desses grupos parece ter chegado cedo.

Mni-inh sobressaltou-se, como Hanani fizera antes, ao ouvir a palavra *guerra*. Ele franziu o cenho, estreitando os olhos ao contemplar a paisagem. Só então ela notou a tensão no ar à sua volta, a tribo esperando por algo. O quê?

O homem com a estranha engenhoca disse alguma coisa para Unte, que sorriu e virou para encarar a multidão.

— Dzikeh! — gritou ele, e ouviu-se outra onda de vivas. Mas Yanassa não estava mais sorrindo, percebeu Hanani.

— Os Dzikeh-Banbarra são contrários à união — comentou ela baixinho. — Para chegarem cedo... Eles pretendem combatê-la.

— O que isso vai significar para o Príncipe? — perguntou Mni-inh.

Yanassa chacoalhou a cabeça.

— Impossível dizer com certeza. Mas ele não pode conquistar sua cidade de volta sem mais guerreiros e ajuda do que tem agora.

Enquanto Unte dispersava os membros da tribo para começarem a se preparar para a chegada dos novos convidados, Hanani viu o Príncipe se voltar para a sua direção. Era impossível ter certeza de longe e com o véu no lugar, mas, onde os olhos não alcançavam, a intuição compensava: ele estava sorrindo para si mesmo. Ela não sabia como sabia aquilo, mas tinha certeza.

E, quando os olhos dele a encontraram no meio da multidão, sentiu-se igualmente convencida de que ele abrira um sorriso maior ainda e de que não havia nada de bom nisso.

20

ISCA

Teria que ser a mulher do templo, decidiu Wanahomen.

Não havia opção melhor. Não agora, com os Dzikeh no horizonte com mais de uma quadra de dias de antecedência graças à tramoia de Shatyrria. Nem mesmo com o suborno que ele havia amealhado durante o último ano: sua parte dos despojos dos ataques a Gujaareh e a outros postos avançados kisuati. Unte lhe garantira pelo menos dois votos: o dele e o do líder dos Issayir-Banbarra, que era irmão de Unte. As outras tribos variavam em sua provável boa vontade de se unir, especialmente sob o comando de um forasteiro nascido na cidade. Wanahomen os lembrara de seu poder graças aos ataques bem-sucedidos a Gujaareh e eles estavam ávidos por mais da riqueza a ser conquistada com a campanha, mas uma objeção forte poderia levá-los a recusar por orgulho e solidariedade. O líder da tribo dos Dzikeh, Tajedd, representava essa objeção.

Mas, com Hanani, talvez Wanahomen pudesse ganhá-lo também.

— Vista uma roupa limpa — falou Unte, virando-se para descer do ponto de observação. Ele fez uma careta, uma vez que o movimento causava-lhe dor no joelho. — Tajedd vai procurar qualquer sinal de fraqueza em você. Ele não precisa ver o seu sangue com tanta facilidade.

— Sim, Unte. — Da forma mais discreta possível, segurou o cotovelo de Unte. — O mesmo vale para o senhor. Devo chamar um dos Compartilhadores para eliminar as suas dores?

— Eles podem fazer isso? Incrível! — Unte deu uma risadinha.

— É tentador, Wana, mas eles não deveriam desperdiçar magia. Nada pode curar a velhice.

O sangue onírico poderia. Mas esse pensamento avivou muitas lembranças sombrias e Wanahomen tirou-o da cabeça ao sair.

Sua mãe o esperava quando voltou à *an-sherrat* deles e, por um momento, o rapaz encheu os olhos ao vê-la de pé — de pé! — na entrada da tenda, observando os acontecimentos. Ele foi até ela, tomou suas mãos e deu-lhe um beijo na testa. Ela riu, embora ele notasse que ela não se afastou.

— Você vai fazer as outras mulheres acharem que eu te mimo demais — comentou ela, depois franziu a testa, recuando quando percebeu a mancha de sangue na barriga dele. — O que aconteceu?

— Coisa demais para contar neste exato momento. — Ele apertou a mão dela. — Mas não se preocupe. A senhora deveria descansar; os sacerdotes disseram que precisa de tempo para se recuperar...

— Tudo bem, tudo bem. — Ela suspirou, apenas ligeiramente irritada com a preocupação dele. — Vou querer um relatório completo mais tarde, claro.

— Claro. — Ele fez uma mesura para ela, depois se dirigiu depressa para a própria tenda. Certificou-se de vestir a melhor de suas túnicas índigo, a cor da nobreza entre os banbarranos, que Unte lhe dera permissão para usar alguns anos antes. Também amarrou a bela espada de bronze tradicionalmente dada ao herdeiro do Trono do Ocaso, chamada Mwet-zu-anyan, o Sol da Manhã. Ele não a carregava com frequência porque era muito evidente que não era uma arma banbarrana (eles preferiam as lâminas curvas) e porque tinha medo de perdê-las. Mas agora era importante mostrar aos banbarranos que podiam obter força de aliados estrangeiros. Mesmo suas mãos nascidas na cidade podiam derramar sangue.

Quando Wanahomen encontrou Unte outra vez, o grupo dos Dzikeh havia entrado no cânion. Era difícil dizer de tão longe, mas Wanahomen pensou ter visto o vulto franzino de Tassa entre os tratadores do curral saudando os visitantes. O menino adorava estar no meio da ação. Só por um momento ficou preocupado que os Dzikeh fossem menosprezar Tassa quando o vissem; a maioria dos Yusir não lhe dava trabalho quanto a isso, mas os banbarranos, via de regra, não gostavam muito de mestiços. Yanassa o advertira a não tentar proteger o menino anos antes. *Ele precisa encontrar o próprio caminho e você ficando em cima não vai ajudá-lo*, dissera ela, e estava certa. Então ele cerrava os punhos, mas não fazia nada quando Tassa voltava para casa com o nariz ensanguentado e hematomas nos nós dos dedos, embora houvesse ensinado ao menino como lutar usando todos os truques que seu próprio pai lhe mostrara muito tempo antes. E não faria nada agora, contanto que Tassa pudesse suportar. Mas se passassem desse limite...

Bem. Melhor não invocar os Coletores cedo demais, como diziam em Gujaareh. Ele já tinha problemas suficientes para resolver.

Houve uma agitação nas escadas e, um instante depois, o grupo dos Dzikeh começou a subir. Primeiro veio o líder da tribo, Tajedd, supôs Wanahomen, pois esse homem já tinha certa idade, mas não tanta quanto Unte. Isso daria a Unte a vantagem da ancianidade, o que era bom. Tajedd era alto e magro e tinha um semblante pesaroso, com os ombros começando a se curvar. Ele parou diante de Unte, que estava esperando, e os dois líderes se cumprimentaram.

O homem que subiu em seguida deixou Wanahomen de cabelo em pé, embora Wutir o houvesse prevenido: *Tajedd está trazendo uma arma especial para você*. Esse novo homem não era tão alto como Tajedd, mas o que lhe faltava em estatura, ele compensava em massa, com ombros e braços grossos como uma canga, descobertos até o cotovelo — uma raridade entre os homens banbarranos obcecados com encobrimento — que pareciam musculosos o suficiente para arremessar rochas. Havia não uma, mas duas espadas penduradas nas laterais do corpo, as bainhas enfeitadas com berloques e amuletos e, pela forma como ele se portava, Wanahomen teve pouca dúvida de que o homem sabia como usá-las.

Este era o líder de caça dos Dzikeh, com certeza. E, pelo aguçamento dos olhos sobre o véu, Wanahomen soube que o homem Dzikeh o marcara pelo mesmo posto.

Ele vai encontrar um motivo para desafiar você e depois vai te matar.
E, embora Wanahomen houvesse zombado daquelas palavras quando Wutir as dissera, agora via que era verdade. O próprio Wanahomen era um guerreiro hábil, treinado por Charris e pelos formidáveis guardas do Kite-iyan, mas esse Dzikeh era completamente outra coisa. Uma arma de fato.

Mas as armas sempre podiam ser voltadas contra os seus mestres.

— Então esta é a causa da nossa reunião — comentou Tajedd, lançando um olhar demorado a Wanahomen. — Ouvi falar muito de você, Wanahomen de Gujaareh.

Com o clã de Shatyrria certamente mandando-lhe cartas a cada virada da Lua da Vigília, Wanahomen não estava surpreso.

— E eu do senhor, Primo — respondeu ele. O rapaz viu as sobrancelhas de Tajedd se erguerem ao ouvir a palavra *Primo*. O líder de caça Dzikeh fez cara feia.

— A mãe de Wanahomen concordou em se tornar a minha quarta esposa pouco depois que eles se juntaram à nossa tribo — disse Unte, sua voz enganosamente branda como sempre. — Wanahomen é filho do meu clã agora.

— Entendo. — Tajedd olhou para Unte como se quisesse falar alguma coisa a esse respeito, mas no final optou pela diplomacia. — Espero que o nosso grupo de caça possa ser bem recebido pela tribo Yusir pelos próximos dias, Unte. Nós cavalgamos rápido na esperança de chegar a tempo para o seu festival do solstício.

Unte pôs uma das mãos sobre o coração, fingindo espanto.

— Então foi por isso que chegaram cedo? Para cortejar as nossas mulheres e comer a nossa comida? Eu devia saber. — Os membros da tribo que observavam caíram na risada e, após um momento, Tajedd começou a rir também. Boa parte da tensão causada pela reunião se dissipou. Wanahomen sempre admirara a habilidade de Unte de fazer isso.

— Então venha — chamou Unte, fazendo um gesto largo para os dois Dzikeh o seguirem. O resto do grupo Dzikeh (Wanahomen calculou que deviam ser uns oitenta guerreiros) havia terminado a subida e estava sendo recebida pela tribo, que oferecia bebida e comida e panos para lavarem o rosto e as mãos. Wanahomen conferiu se seus próprios homens estavam em seus lugares: alguns estavam entre os membros da tribo, acolhendo os visitantes, mas a maioria estava discretamente em torno dos perímetros do acampamento, alertas para problemas. Ezack permaneceu nas alturas dos pontos de observação; quando os olhares de Wana e dele se entrecruzaram, ele fez um aceno de cabeça. Estava tudo bem. Satisfeito, Wanahomen virou-se para seguir Unte.

A tenda de Unte era maior do que a maioria, uma vez que ele realizava reuniões com frequência. Do lado de dentro, três indivíduos escravizados deviam ter trabalhado como diabos para se prepararem tão rápido para a chegada de convidados. A bagunça habitual de Unte — pergaminhos de poesia escritos pela metade e cachimbos fumados pela metade — havia sumido, deixando a tenda organizada e acolhedora. Uma mesa baixa havia sido disposta, profusamente carregada de petiscos e chás. Um incensário ricamente entalhado estava a um canto, queimando uma mescla relaxante de ervas.

Tajedd acomodou-se nas almofadas a um lado da mesa com um gemido satisfeito, pegando de pronto uma garrafa de vinho de fruto de cacto, uma bebida tradicional para viajantes que haviam estado no alto deserto. O líder de caça se acomodou ao lado dele, esperando o seu líder de tribo se revigorar primeiro, como era apropriado.

Wanahomen sentou-se de frente para o líder de caça Dzikeh.

— Você tem a vantagem de saber o meu nome — disse ele educadamente.

— Tenho — respondeu o líder de caça, e não falou nada mais. Wanahomen ficou com a impressão de que ele sorriu por trás do véu.

Isso fez Unte erguer uma sobrancelha.

— Nós estamos em guerra, então, a ponto de os nomes não serem ditos de forma espontânea? Estamos desconfiados uns dos outros para mantermos nossos rostos cobertos pelo véu dentro da tenda? — Ele baixou o próprio véu e dirigiu um olhar audacioso aos dois Dzikeh. — Se é esse o caso, eu não sabia.

Tajedd logo baixou o próprio véu, revelando um rosto tão fino e pesaroso quanto o resto do corpo, embora lhe desse um sorriso largo. Ele tinha vários dentes faltando.

— Não em guerra, Primo, claro que não. E nenhum de nós veio com medo. Certo, Azima?

O líder de caça Dzikeh fez cara feia quando seu nome foi pronunciado, mas depois estendeu a mão para tirar o véu. Wanahomen fez o mesmo de modo que pudessem revelar o rosto um para o outro no mesmo instante. No caso de Azima, isso significava um rosto de planos rígidos e ângulos impiedosos, embora ele tivesse os olhos grandes dos habitantes do oeste. Isso o elevou, e a Tajedd por aproximação, um pouco na estima de Wanahomen: o homem também era mestiço.

— Não vejo nada para temer aqui — falou Azima para Wanahomen, e sorriu.

Wanahomen devolveu o sorriso, pensando em seu íntimo: *eu gostaria tanto de matar você*. Mas ele não podia fazer isso. Azima seria infinitamente mais útil para ele vivo.

Enquanto Tajedd saboreava o vinho e, educado que era, recitava um poema em louvor à bebida e ao anfitrião, Wanahomen fez um sinal para um dos escravizados de Unte, que estava agachado ali perto. Quando o homem se aproximou, Wanahomen murmurou em seu ouvido:

— Vá buscar a mulher curadora. Diga a ela que alguém na tenda de Unte precisa que um ferimento pequeno seja curado. — O escravizado aquiesceu e saiu.

Quando Tajedd terminou, Wanahomen inclinou a cabeça para mostrar sua aprovação.

— É uma viagem longa da *an-sherrat* da sua tribo até aqui? — perguntou ele. Unte serviu vinho para si mesmo. Wanahomen inclinou graciosamente a cabeça para Azima, indicando que Azima, como convidado, deveria beber em seguida. Azima contorceu os lábios e não pegou a garrafa de vinho. Ele não ia beber e isso significava que Wanahomen também não podia. Wanahomen ficou sinceramente surpreso: será que aquele homem acreditava que uma mesquinhez tão simples o enfureceria?

Por outro lado, os banbarranos não eram dados aos tipos de intrigas que Wanahomen continuava esperando, mesmo depois de dez anos entre eles. Ele crescera vendo os nobres gujaareen oferecerem camadas de insultos com uma mudança de tom e uma mesura fora de lugar. Os banbarranos eram tão diretos que ele os achava revigorantes, mesmo quando queriam ser rudes.

— Um mês inteiro, uma oitava de dias a mais ou a menos — respondeu Tajedd. Ele parecia alheio ao comportamento de Azima, mas Wanahomen sabia que isso não era verdade. — Isso com guerreiros treinados viajando em ritmo de caça.

— Uma viagem difícil — concordou Unte.

Wanahomen deu uma risadinha.

— Bem, as nossas esposas com certeza vão ajudar os seus maridos a esquecer as dificuldades da viagem. — Ele se serviu de uma taça de chá, interrompendo o jogo tolo de Azima com o vinho. — Elas gostam de rostos novos. Mas vocês podem ter concorrência; existem muitas novidades pelo acampamento hoje em dia.

Unte observava Wanahomen, pensativo, sem dúvida percebendo que ele estava tramando alguma coisa. O velho passara a confiar em Wanahomen no decorrer do tempo, concedendo-lhe uma vasta liberdade de ação na política da tribo, mas Wanahomen sabia que ele não toleraria nenhum insulto manifesto aos Dzikeh. Os banbarranos podiam ser hostis com os estranhos, mas, entre os seus, levavam o costume de acolhida aos convidados muito a sério. Wanahomen estava contando com isso.

— Está se referindo a si mesmo? — indagou Tajedd, e então, talvez para atenuar a implicação do insulto, acrescentou: — Mas, se você é do clã de Unte...

— Não, não a mim mesmo — respondeu Wanahomen. Ele deu um sorriso autodepreciativo. — Deixei de ser novidade faz muito tempo. Não, eu quis dizer que temos dois sacerdotes gujaareen entre nós, dados como presente pelo Hetawa para selar a nossa aliança. O senhor vai vê-los por aí: pessoas pálidas e moles, típicos moradores da cidade. Tivemos que fazê-los vestir roupas banbarranas, já que a deles era indecente.

Tajedd arregalou os olhos. As tribos banbarranas mantinham contato umas com as outras por meio de mensageiros e de aves mensageiras, mas os Dzikeh provavelmente haviam deixado o acampamento da tribo antes que a notícia sobre a aliança pudesse alcançá-los.

Azima pareceu menos impressionado.

— Um presente? Sacerdotes? — Ele riu. — Nós precisamos de mais orações para nos apoiar nas batalhas, então?

— Ah, eles têm muitos talentos — falou Wanahomen. Ele sorriu para Azima, que parecia irritado. Ele bebeu chá e então ouviu, em um sincronismo quase perfeito, o homem escravizado voltar com a mulher Compartilhador a tiracolo. A aba da tenda se abriu quando o homem a conduziu para dentro.

Perplexo, Unte franziu o cenho para o escravizado.

— O que é isso?

A mulher do templo falou rápido. A escravidão ia contra a Lei de Hananja; ela com certeza temia que o escravizado fosse castigado.

— Peço desculpas por interromper — disse ela em sua própria língua. — Me, me disseram que alguém aqui tinha um ferimento que precisava ser curado.

Wanahomen não poderia ter planejado melhor. Tanto Tajedd quanto Azima fitavam-na, surpresos com sua voz suave e seu comportamento respeitoso. A moça estava adequadamente vestida, pois Yanassa fizera um trabalho incrível com ela; o próprio Wanahomen ficara impressionado. Contudo, nenhuma mulher que soubesse seu valor para a tribo ficaria ali parada, gaguejando como uma criança.

— Aqui — chamou Wanahomen, fazendo um aceno brusco. Ela veio de imediato, outra coisa que uma mulher banbarrana não teria feito, dada a grosseria do gesto, e ajoelhou-se em uma almofada ao lado dele.

— Onde está o ferimento? — perguntou ela. A jovem já estava totalmente concentrada em sua tarefa, alheia aos olhares dos dois homens Dzikeh. Por cima do ombro dela, Wanahomen podia ver Unte franzindo a testa para ele, embora estivesse claro que o líder da tribo havia decidido deixá-lo jogar aquele jogo.

Wanahomen recostou-se nas almofadas, posicionando-se de um modo confortável, e depois ergueu a túnica para revelar o corte que Wutir fizera em sua barriga. Isso também chamou a atenção dos Dzikeh, pois os homens banbarranos revelavam as partes vulneráveis do corpo apenas para familiares, para outros homens e para mulheres com quem haviam tido ou pretendiam ter intimidade.

— Aqui — falou ele. O rapaz tirou a faixa de pano que amarrara em torno do ferimento para impedir que sangrasse em sua túnica.

A mulher do Hetawa inclinou-se para a frente a fim de examinar o ferimento com os dedos, tocando as bordas com cautela.

— Superficial — comentou ela rapidamente, quase estragando o efeito que ele queria criar. Com uma tarefa diante de si, ela estava confiante, calma. Ele teria de fazer algo quanto a isso. — Mas por causa da localização vai ficar abrindo de novo. É provável que infeccione.

— É, foi isso que pensei — retorquiu Wanahomen. Então, fazendo o gesto parecer casual, ele ergueu uma das mãos e colocou o cabelo enfeitado da moça atrás do ombro. Ela se sobressaltou só um pouco, dirigindo-lhe um olhar confuso, mas, como ele esperara, não protestou nem recuou. Na verdade... Ah, ela estava corando! Sua pele pálida de baixa-casta acendeu como uma lamparina.

Em outras circunstâncias, ele teria dado risada. Mas era crucial agora que ele parecesse falar manso com ela, íntimo, carinhoso. Os Dzikeh provavelmente tinham apenas a mais vaga ideia do que eles estavam dizendo um ao outro, se soubessem um pouco de gujaareen, mas estariam prestando atenção a posturas e tons de voz. Ele queria que vissem um homem libidinoso e uma mulher relutante... relutante, porém incapaz ou sem vontade de recusar suas atenções.

— Sim, claro — respondeu ela, falando muito rápido. — A cura não vai demorar. Você se lembra de como isso é feito?

Ele vira um de seus irmãos sendo curado uma vez depois que uma aventura infantil no Kite-iyan deu errado. Em resposta, ele recostou a cabeça, fechando os olhos. Após um momento, ela pousou a ponta dos dedos nas pálpebras dele, leves como plumas. Em seguida...

Ele abriu os olhos, sobressaltado, o sonho desvanecendo antes mesmo que pudesse se lembrar. Sua barriga coçava. Erguendo a cabeça, viu que o ferimento sarara, o sangue já derramado começando a secar. Ele o limpou com o pano que cobria a ferida e só então notou que a mulher do templo estava pálida e imóvel ao seu lado, algo em sua expressão que poderia ter sido susto. Mas, uma vez que ela estava de costas para os Dzikeh, Wanahomen ignorou o fato.

O rapaz se sentou para que Tajedd e Azima pudessem ver sua barriga curada.

— Estão vendo? — Tajedd conteve a respiração; Azima fez cara feia.

— Magia — disse Tajedd, admirado. — Ouvi falar que os sacerdotes de Gujaareh tinham esse poder.

— Eles matam também — retorquiu Azima em tom rude. — Como demônios, entrando sorrateiramente durante as brisas noturnas e soprando veneno no seu sono.

— Esse é um tipo diferente de sacerdote — explicou Wanahomen em um tom desdenhoso que dizia *e eu não tenho medo deles*. Ele fechou a túnica e acenou em direção a Hanani. — *Esse* tipo não consegue fazer nada além de curar. Eles vão curar os nossos homens depois da batalha, deixando a gente forte e pronto para lutar enquanto os nossos inimigos ainda estiverem tratando dos feridos. Agora o senhor vê o valor da amizade do Hetawa?

Tajedd pareceu pensativo. Azima inclinou-se depressa para cochichar no ouvido dele. Unte não estava mais franzindo a testa; seu rosto ficara tão inexpressivo quanto o de uma estátua, embora também estivesse observando os Dzikeh. O Compartilhador conseguira se recompor, apesar de ela ainda parecer perturbada por algo quando sacudiu a cabeça em uma despedida absorta e mexeu-se como se fosse se levantar. Ele estendeu a mão e pegou o queixo dela, sobressaltando-a a ponto de fazê-la ficar estática como um animal selvagem.

— Obrigado — falou ele, e inclinou-se para beijá-la.

Se ela estivesse de pé, ele achava que seus joelhos poderiam ter cedido. Ele lhe deu um beijinho, uma provocação de amante, embora ela não relutasse e ele pudesse facilmente ter feito um alarde devorando-a na frente de todos eles. Do jeito como havia sido, ela precisou tentar duas vezes até conseguir se levantar quando ele a soltou, e mesmo então estava cambaleante, visivelmente abalada. Ele não pôde deixar de sorrir quando ela foi até a porta e fez outro aceno de despedida — para o *escravizado* entre todas as pessoas, santos deuses, nem em Gujaareh as pessoas faziam isso — e por fim saiu.

Houve pouco mais do que bate-papo depois disso. Pelo costume banbarrano, não se discutia um assunto importante imediatamente após a viagem: era considerado injusto com o grupo mais cansado. Além disso, o sol estava se pondo e Wanahomen já podia ouvir os músicos da tribo aquecendo seus alaúdes e tambores de mão. A oitava de dias de solstício sempre começava e terminava com uma festa grandiosa e, com visitantes para compartilhar a folia, a daquela noite com certeza seria lendária mesmo para os padrões banbarranos.

Unte ordenou a um dos escravizados que levasse Tajedd e Azima para uma tenda de visitantes. Quando saíram, ele soltou um longo suspiro antes de se virar para Wanahomen.

— Se você não conseguir conquistar Gujaareh, deve ir embora desta tribo.

Wanahomen ficou tenso com o choque e uma inesperada mágoa.

— Unte?

— Não porque não seja capaz, Wana. — Havia uma ternura no rosto de Unte que acalmou parte do choque de Wanahomen. — Na verdade, sei que, se você se tornasse líder depois de mim, a tribo prosperaria.

— Então por que devo ir embora?

— Porque eu amo você como se fosse filho do meu sangue, mais até, mas você me assusta, Wana. Sei que você vai usar qualquer um, destruir qualquer coisa, para aplacar a raiva que queima como o fogo do Sol no seu coração. Inclusive esta tribo inteira. Você ama alguns de nós, mas não o suficiente. Não o suficiente para nos manter a salvo se algum dia começasse a nos odiar.

— Eu... — Incapaz de pensar, ele fitou Unte. Procurou alguma resposta dentro de si mesmo. Qualquer uma serviria.

— Você nega?

Com o coração apertado, Wanahomen desviou o olhar e não disse nada.

Unte aquiesceu, como se não esperasse nada diferente, e suspirou.

— Peça ao seu escravizado que fique bem atento à garota gujaareen de agora em diante. Você plantou uma semente perigosa hoje.

Ele estava sendo dispensado. Wanahomen se pôs de pé, tão trêmulo quanto a mulher do templo, e caminhou até a porta. Quando tocou a aba de entrada, algo mudou nele e ele viu...

O pai, estendendo um braço morto para ele, a pele salpicada de imundície...

... Aquela mesma mácula consumindo sua própria carne...

... E então a visão, o devaneio ou o que quer que fosse desvaneceu.

— Wana? — A voz de Unte atrás dele. Havia preocupação naquela voz, e tristeza, e amor. O amor cravou a dor das palavras de Unte mais fundo em seu coração porque significava que Unte acreditava verdadeiramente nelas.

Que homem de sorte ele era por ter dois pais, ambos reis, que se importavam tanto com ele e que jamais permitiriam de bom grado que governasse seus reinos.

— Boa noite, Unte — murmurou Wanahomen. Puxando o véu, ele voltou para a própria tenda.

21

ARMADILHA PREPARADA

Hanani achou Mni-inh na tenda dele, sentado sobre uma pilha de enxergas novas que os banbarranos haviam trazido, os olhos fechados e a cabeça caída. Ele poderia estar realmente dormindo, mas era mais provável que estivesse rezando. Era um lembrete para Hanani de que ela própria não rezava há dias. Mas quando se agachou no tapete para fitar o rosto do mentor, descobriu que não tinha vontade de tentar naquele momento. Para encontrar paz em Ina-Karekh, era necessário ter paz dentro de si mesmo. Ela não conseguia se lembrar da última vez que estivera em paz.

No entanto, era um consolo estar perto do corpo de Mni-inh, mesmo que sua alma estivesse em outro lugar. Ela se encolheu sobre as enxergas ao lado dele, repousando a cabeça em sua coxa como não fazia desde que era uma acólita. Ele começara delicadamente a evitar os abraços dela e outros gestos infantis de carinho mais ou menos na época em que seus ciclos férteis haviam começado. Não porque não os aceitasse, ele lhe garantira, mas porque, como a única mulher que passara da infância no Hetawa, ela precisava manter não apenas a substância, mas a aparência de decoro o tempo todo. "Você é uma filha para mim", ele lhe dissera, "mas, nos vilarejos rio acima, não é incomum um homem da minha idade tomar uma esposa da sua idade. Outros vão se lembrar disso, mesmo que eu e você não pensemos assim".

Ela jamais pensara nele daquela forma antes ou desde então. Jamais tivera tais pensamentos sobre nenhum dos seus confrades do Hetawa, nenhuma vez durante todos os anos em que vivera entre eles.

Mas agora o gosto do Príncipe estava em seus lábios.

Hanani estremeceu, odiando a lembrança do beijo, porém vendo-o em sua mente, sentindo-o repetidas vezes. O Príncipe a estava usando. Isso estava claro até mesmo para os seus olhos ignorantes. Ele odiava a ela e a tudo o que ela estimava. E, no entanto, ela ainda sentia os dedos dele colocando seu cabelo atrás de uma orelha.

Ela fechou os olhos e desejou de todo o seu coração ter dito não ao teste de Nijiri. Gostaria de voltar para a sua pequena cela no Hetawa, onde estivera a salvo do caos do mundo.

Uma mão pousou sobre o seu cabelo e afagou-o de leve, fazendo os ornamentos dourados estrepitarem.

— Vamos conseguir voltar para casa logo — falou Mni-inh. Ele sempre fora bom em intuir seu estado de espírito. Ela fechou os olhos e se esforçou para não chorar porque essa era uma coisa que os Servos de Hananja não faziam.

Ele suspirou, ainda afagando o cabelo dela.

— Ajudaria se você soubesse que eu venho conversando com Nijiri?

— O quê?

— Em sonhos — disse ele. — É uma técnica simples. Nós escolhemos de comum acordo um local de encontro em Ina-Karekh, alguma imagem singularmente forte, importante para ambos por motivos parecidos, e depois especificamos um horário em que os dois vão viajar para lá. Nesse caso, o Salão de Bênçãos, na véspera de uma nova Lua da Vigília.

Hanani franziu a testa.

— O Coletor Nijiri falou com antecedência para você encontrá-lo?

— Falou. — O sorriso de Mni-inh tornou-se amargo. — Ele não me contou *por que* precisávamos marcar um encontro, só que seria necessário. Falei poucas e boas para ele quando chegou lá, isso eu posso te dizer.

Hanani sentou-se, embora não tão rápido a ponto de desalojar a mão dele.

— Por que ele fez isso com a gente, Mni-inh-irmão? Essas pessoas podem nos matar. Elas não têm nem um pouco de paz dentro de si...

— Eu sei — concordou ele. — Mas estamos fazendo tudo certo até agora, não estamos? Sinceramente, pelo que Nijiri me contou, talvez a gente esteja até mais seguro aqui do que em Gujaareh.

Hanani franziu o cenho.

— O pesadelo afetou mais pessoas?

— Afetou, há trinta pessoas doentes com ele agora, o Salão de Cuidados Temporários está cheio delas, mas não era disso que eu estava falando. Ontem, os próprios Coletores fizeram a demanda e a coleta dos dízimos dos dois soldados kisuati que ameaçaram você.

Hanani conteve a respiração, sua mente enchendo-se de imagens do Hetawa em chamas.

— O-os kisuati — sussurrou ela. — Eles avisaram durante a conquista que qualquer mal feito aos seus soldados seria revidado em quádruplo. Se atacarem o Hetawa...

— Não, Hanani. Eles não são tolos o bastante para colocar a ocupação de Gujaareh em risco por conta de homens tão corruptos. Os soldados abordaram uma Irmã antes de o Coletor Nijiri julgá-los: como resultado, as tensões estão elevadas na cidade. Nijiri acha que os kisuati vão esperar até o povo ter se acalmado antes de agir. — Ele suspirou, esfregando os olhos com uma das mãos. — E, quando agirem, quem pode dizer o que acontecerá? Então peço aos deuses que o nosso jovem amigo principesco esteja pronto para retomar a cidade logo e que ele consiga quando finalmente começar.

A menção ao Príncipe lembrou Hanani da cura da tarde e do que se seguiu. Ela baixou os olhos e afastou a lembrança, concentrando-se na questão mais importante.

— Irmão, tem uma coisa que você deve saber. Eu curei o Príncipe hoje à tarde. Ele tinha um ferimento superficial na barriga, acho que foi com faca. Mas não foi isso o que me deixou preocupada. — Ela chacoalhou a cabeça. — Mni-inh-irmão, ele tem o dom do sonho.

— Ele o q... — Mni-inh franziu a testa de repente, pensativo.

— O dom corre nessa linhagem. O Coletor Ehiru era tio dele. Que intensidade você diria que ele tem?

Hanani engoliu em seco, recordando o sonho de cura. Ela tentara impor um simples construto na paisagem onírica dele: uma tenda banbarrana com um rasgo em uma parede de pele de camelo. Mas, antes que ela pudesse persuadir a mente dele a reparar a tenda, ele tomou violentamente dela o controle do sonho, atirando-a em uma Gujaareh das sombras sobre a qual uma nuvem monstruosa, como uma boca devoradora, agitava-se no céu.

— Eu não consegui direcionar o sonho dele — respondeu ela. — Ele me levou para onde quis dentro de Ina-Karekh. Ele não tem controle, acredito que não teve intenção. Mas, se tivesse sido treinado, se tivesse *tentado*, acho que poderia ter me segurado lá pelo tempo que quisesse.

Mas ela sentiu aquilo no momento que a Gujaareh sombria se manifestou: o Príncipe também não tinha desejado estar lá. Algo naquela paisagem onírica o assustava... a *ele*, um homem tão cheio de raiva que ela se admirava de haver algum espaço sequer para o medo em seu íntimo. Todavia, por causa daquele medo, ele permitira a ela levá-lo de volta ao sonho mais suave e mais simples dela sobre o deserto e um céu tranquilo de manhã e a tenda rasgada. Ele a reparou quase como uma reação posterior.

— Nunca senti tanta força a não ser com o Coletor Nijiri — acrescentou ela por fim. E, na verdade, ela não sabia ao certo se o Coletor Nijiri era igualmente forte.

— Um dom desses. Pela Deusa sagrada. Mas sempre tivemos cuidado com a linhagem do Ocaso. Tal como são as coisas, existem muitos loucos entre eles. Não acredito que deixamos esse passar. — Ele ficou sério de repente. — Por outro lado, o Príncipe... hum, Rei, quero dizer, o pai de Wanahomen... tramou contra o Hetawa durante décadas. Se Wanahomen *foi* testado, o Príncipe sem dúvida encontrou uma maneira de subornar ou corromper os examinadores.

Hanani apenas chacoalhou a cabeça, esvaziada demais pelos acontecimentos do dia para continuar pensando. Anoitecera: a tenda de Mni-inh estava quase escura, iluminada pela única lamparina que ele devia ter acendido antes de rezar. Em algum lugar lá fora, um músico tocava uma melodia animada em algum tipo de alaúde. Ela podia ouvir pessoas batendo palmas e cantando no tempo da música. O festival do solstício banbarrano começara.

— Ele não é louco — disse ela.

— Não, imagino que esses bárbaros não o abrigariam se fosse. Mas, se o dom dele é tão poderoso, pode ser só uma questão de tempo.

Hanani chacoalhou a cabeça e se pôs de pé, tendo um pouco de dificuldade com a estranha constrição das saias.

— Preciso descansar, Irmão. — A estranheza dos banbarranos, o caos incontrolado dos costumes e modos de pensar deles haviam-na deixado exausta. Ela não contaria a Mni-inh sobre o beijo; ela mesma não o entendia. Em todo caso, o Príncipe provavelmente fizera aquilo só para atormentá-la.

Mni-inh observou-a levantar-se, uma ligeira linha de preocupação visível em sua testa.

— Tudo bem. Apenas se lembre de que isso vai acabar logo. Não vai demorar muito para você estar entretendo a Casa das Crianças com histórias sobre as suas façanhas e convencendo-as a se juntarem aos Compartilhadores aos montes.

Hanani concordou com a cabeça e conseguiu dar um sorriso em resposta à tentativa dele de animá-la.

— Bom descanso, Irmão.

— Vá na paz Dela, Hanani.

Ela se preparou antes de sair da tenda dele; contudo, não estava preparada para a profusão de sensações que a recebeu. Ali por perto, havia um grupo de pessoas ao redor de uma fogueira ardente, aplaudindo enquanto dançarinos pisavam e saltavam próximo às chamas. Um aglomerado de crianças passou correndo, três delas levando algum tipo de brinquedo enfeitado com fitas compridas; ela teve de parar ou seria atropelada. O ar estava carregado de aromas agradáveis: fumaça de madeira, carne tostada, incenso, chá. Mais distante, um grupo menor se reunira em torno de outra fogueira, onde dois músicos cantavam algo ululante e discordante. Pela atenção extasiada de sua plateia banbarrana, Hanani podia ver que eles adoravam a música, mas, para os seus ouvidos gujaareen, aquilo era só barulho.

Ela se virou em direção à própria tenda e parou quando alguém saiu da turba e apareceu à sua frente. Charris.

— Onde você esteve? — perguntou ele com um toque de comando na voz. Ela ouvira dizer que ele era o indivíduo escravizado do Príncipe, embora a ideia de um gujaareen mantendo um escravizado fosse abominável em e por si, mas essa não era a primeira vez que via pistas de que Charris tivera um status mais alto em sua vida pré-banbarrana. Talvez até fosse zhinha, o que significava que ela deveria tratá-lo com mais respeito... mas estava cansada demais para se importar.

Sem dizer uma palavra, Hanani apontou para a tenda do seu mentor. Ele arregalou os olhos, pegou-a pelo braço e virou-a bruscamente.

— Nesta tribo, homens e mulheres sem parentesco *não* se misturam — falou ele ao ouvido dela — a não ser para um propósito. Se quer que a tribo trate você como uma prostituta que está disposta a receber qualquer homem que te quiser, então continue passando tempo com o seu amigo sacerdote em particular!

Aquilo era demais. Ela soltou o braço da mão dele com um puxão.

— Estas pessoas não pensam em outra coisa? As mulheres não podem ter nenhum outro propósito? Será que o mundo inteiro para além de Gujaareh não passa de violência e prazer e dinheiro e... — Ela chacoalhou a cabeça. — Não é de admirar que o Rei Eninket quisesse conquistar tudo. Eu quase gostaria que ele tivesse conseguido!

Ela se afastou dele e, para seu grande alívio, ele não veio atrás.

Sua tenda, felizmente, estava do lado oposto à de Mni-inh, de costas para a música e as danças mais altas. Do lado de dentro estava escuro. Ela tropeçou nos tapetes, com os quais não estava acostumada, deixando-se enfim cair sobre a pilha de enxergas e cobertores que de algum modo eram seus. Comprados e pagos com o colarinho de aprendiz que ela passara a vida conquistando. Ela riu amargamente da ideia e abraçou um travesseiro em busca de qualquer conforto insignificante que pudesse oferecer.

Quando a aba da tenda se abriu, derramando a luz da fogueira no rosto dela, a moça ergueu o travesseiro para bloquear a claridade.

— Por favor, me deixe em paz.

— *Elin aanta?* — A voz era grave e não era a de Charris. Ela levantou a cabeça, franzindo o cenho, quando o homem disse outra coisa, uma longa sequência em chakti. Em meio à confusão de palavras, ela pensou ter captado o nome *Wanahomen*.

— Eu não entendo você — falou ela. — Você tem alguma mensagem do Príncipe? — Parecia errado usar o primeiro nome de Wanahomen. Enquanto o Príncipe de Gujaareh habitava o reino da vigília, ele não tinha nome, só depois da morte se tornava mais do que o seu ofício. No entanto, erā esse o nome que aqueles bárbaros conheciam. — Do Wanahomen?

Ela podia ver o vulto grande de um homem contra a luz. Ele a observou por um momento e depois acenou para si mesmo, mas, se não falava gujaareen, não poderia tê-la compreendido. Mas por quê...

O homem entrou na tenda dela, deixando a aba se fechar após sua passagem.

Hanani sentou-se, alarmada.

— O que você está fazendo? — A moça conseguia ouvi-lo aproximando-se no escuro, embora as sombras da tenda fossem densas demais para ela ver. — Charris disse que os homens aqui não...

Então ele retrucou alguma coisa, tão próximo que ela arquejou: ele estava bem em frente a ela. Com o coração acelerado, ela tentou afastar-se, mas uma mão calosa agarrou seu tornozelo. A mão a puxou em direção a ele, jogando-a de costas. Ela gritou e outra mão tapou sua boca, os dedos tateando por um momento antes de apertar com firmeza. Depois o corpo do homem recaiu sobre ela, tão pesado que ela mal conseguia respirar.

Ela estava de volta a Gujaareh, diante dos soldados kisuati. Um deles inclinou-se para perto, irradiando ameaça. "Se você fosse mais bonita, sabe o que eu faria?"

O homem estava puxando suas roupas. Ela ouviu o tecido se rasgando e, de repente, uma de suas pernas estava livre. Ela chutou com aquela perna cegamente, em pânico, mas era como chutar uma pedra. Ele apenas resmungou e mudou de posição de alguma forma e, de súbito, estava entre as pernas dela...

Você não está indefesa, Hanani, nem mesmo agora, a voz de Mni-inh sussurrou em sua mente.

Ela segurou braços tão compactos quanto as colunas do Salão de Bênçãos, arranhando-os. Ele grunhiu e sentou-se e, repentinamente, tudo ficou branco quando um golpe a atingiu... por quanto tempo, ela não sabia dizer. Mas, quando recobrou os sentidos, pôde sentir que o tecido que cobria sua pelve sumira e que o homem estava ocupado tirando as próprias calças e roupas íntimas. Pareceu requerer grande esforço, mas ela tentou se libertar dele. O sujeito simplesmente puxou-a de volta para o lugar.

Ela chorou ao perceber que não tinha força para impedi-lo...

Os que curam podem machucar com a mesma facilidade.

Em sua mente, tendas se rasgavam. Insetos mastigavam. Colunas se estilhaçavam.

Virando-se, Hanani cravou uma das mãos no peito do homem. Todo o medo e horror e raiva e dor que ela sentira... sim, *raiva*, cada coisa terrível que já sentira em toda a sua vida, tudo reunido em um nó dentro de si e então

estilhaçou

E o homem foi jogado para trás como se a mão da própria Deusa o tivesse golpeado.

Um interminável período depois, a aba da tenda de Hanani foi aberta outra vez e outro homem entrou, esse com uma lamparina. Ele falou, mas as palavras eram sem sentido, uma confusão que sua mente não interpretava. Seus olhos estavam fixos no vulto imóvel na escuridão, que se converteu em um homem banbarrano desconhecido quando a luz se aproximou. Seu lenço e seu véu haviam caído; sua túnica estava desajeitadamente puxada para cima e a calça, abaixada; os olhos e a língua saltavam do rosto.

O homem que havia entrado... Charris, o nome dele era Charris...? olhou para ela, depois olhou para o cadáver por um longo instante. Sem dizer uma palavra, ele pôs a mão na túnica, tirou uma faca de uma prega oculta e ajoelhou-se para cravá-la no peito do homem morto.

Hanani gritou.

22

REPERCUSSÃO

Wanahomen estava rindo, vendo Tassa tentar gracejar com as outras crianças plantando bananeira, quando Charris veio e tocou seu ombro.

— Azima desapareceu — murmurou Charris em seu ouvido. — Eu o vi pela última vez à espreita perto da *an-sherrat* da sua mãe.

Então a armadilha já havia atraído presas. Wanahomen continuou sorrindo, embora se levantasse e piscasse para Tassa à guisa de despedida. Tassa caiu no chão, endireitou-se e acenou tontamente para Wanahomen antes que outro menino o derrubasse em uma luta bem-humorada.

— Achei que ele fosse mandar um representante — comentou Wanahomen enquanto eles se afastavam. Outra criança, esta mais velha, aproximou-se com uma bandeja de espetos de carne e legumes. Wanahomen aceitou um com um agradecimento educado e a criança continuou andando. Ele ergueu o véu para comer. — Manter as próprias mãos limpas.

— Então seria um dos homens dele que ganharia o seu desafio e possivelmente o privilégio de matá-lo. — Charris olhou na direção da *an-sherrat* da mãe de Wanahomen, onde estavam armadas as tendas dos Compartilhadores. — Eu deveria ver se ela está bem...

— Sim, sim. Vá.

Charris saiu de fininho e Wanahomen continuou seu passeio pelo acampamento, acenando quando amigos ou guerreiros o cumprimentavam ao passar. Como esperara, os Yusir-Banbarra de Unte estavam alegres, tomando a chegada antecipada dos Dzikeh como bom presságio do ano vindouro. Ele avistou Unte em meio a um grupo de guerreiros Dzikeh, fazendo um gesto amplo enquanto os entretinha com alguma história de suas façanhas de juventude. Não era uma grande surpresa para Wanahomen que uma quadra de mulheres Yusir se deixasse ficar perto daquele grupo, uma delas fingindo afinar um instrumento, mas as demais olhando descaradamente para os recém-chegados com olhos ávidos e especulativos. Ele sufocou uma bufada de divertimento diante da previsibilidade das mulheres, depois parou quando uma vista ainda melhor saudou seus olhos.

Hendet estava sentada com um pequeno grupo perto de uma das fogueiras, ouvindo enquanto outra mulher cantava uma música. Ela alçou o olhar e sorriu quando Wanahomen foi tocar seu ombro.

— Não me dê bronca — disse ela em chakti. As mulheres ao redor dela sorriram.

— Eu nunca sonharia em fazer uma coisa dessas — respondeu ele. Ela tinha até um cheiro mais saudável. Ele teve de conter o impulso de abraçá-la na frente dos outros. — Desde que a senhora esteja se sentindo bem.

Ela abriu a boca para tranquilizá-lo e sobressaltou-se quando os dois ouviram o grito da mulher do templo.

Embora ele estivesse pronto para aquilo, o grito pegou Wanahomen desprevenido, pois não parava, foi mais longo do que qualquer mulher deveria ter fôlego para gritar. E não havia medo em sua voz, nem indignação, como ele esperara. Não havia nem um pouco de sanidade em sua voz.

A cantora interrompeu a música, assim como os dançarinos próximos da fogueira maior e Unte no meio da sua história.

Maldição! Pegando a faca, Wanahomen correu em direção ao som, notando com o canto dos olhos vários guerreiros reagindo da mesma forma. Três deles chegaram à tenda assim que o grito enfim terminou e Charris abriu a aba pelo lado de dentro. Todos eles pararam, até mesmo Wanahomen, contendo a respiração em estado de choque.

A mulher estava em meio às almofadas espalhadas de sua cama, as mãos na cabeça, os olhos arregalados e agitados. Um olho, em todo caso; o outro já estava quase fechado com o inchaço, aquele lado inteiro do rosto roxo e feio. As saias estavam rasgadas, a saia interior estava retalhada, deixando as pernas dela indecentemente descobertas das coxas para baixo. Aos pés dela, esparramado e exposto e definitivamente morto estava Azima, o líder de caça Dzikeh. Um cabo de faca banbarrana se projetava do peito dele.

— O quê... — Em todos os seus planos, Wanahomen jamais esperara esse resultado. Ele parou a frase, depois tentou de novo. — O que em nome dos deuses...

Charris abaixou-se diante dele, apoiando-se em um joelho. Não era a postura habitual de um escravizado perante seu senhor entre os banbarranos, mas Charris sempre deixara claro que se considerava escravizado somente para Wanahomen.

— Meu Príncipe, entrei na tenda porque vi este homem entrar primeiro — disse ele em gujaareen — e pensei ter ouvido uma luta quando me aproximei. A mulher é do Hetawa, ela não o teria convidado.

Mais pés se aproximaram ruidosamente atrás deles, e mais vozes se ergueram em questionamento, horror, raiva. De repente, elas silenciaram quando Unte chegou, empurrando a multidão. Ele parou e fitou Azima, dirigindo um olhar duro a Wanahomen.

Wanahomen chacoalhou a cabeça milimetricamente, rezando para que Unte visse o choque em seu próprio rosto. *Nunca quis que isso acontecesse.* Ele esperara encontrar a garota abalada, porém furiosa, e Azima na defensiva, pego no ato. Tocar uma mulher contra a vontade dela, qualquer mulher, a não ser uma escravizada ou inimiga da tribo, era uma das maiores desonras que um homem poderia atrair para si. Fazer uma coisa dessas na *an-sherrat* de um aliado, violando o costume de acolhida aos visitantes... teria resolvido a disputa entre eles de maneira mais firme do que qualquer desafio.

Ele ouviu a voz de Yanassa acercando-se em meio à turba, falando rispidamente com homens até eles saírem do seu caminho. Chegando à frente, captou a cena com uma olhada, então suspirou e foi até Hanani. A mulher do templo não tirara os olhos do cadáver de Azima em nenhum momento. Mesmo quando Yanassa agachou-se ao seu lado e tocou seu ombro, Hanani teve um espasmo violento, mas não desviou o olhar.

— Shh, shh. — Yanassa tirou um cobertor da pilha emaranhada atrás da garota e colocou-o ao redor dos ombros dela, depois jogou outro sobre as pernas. Virando-se para os homens que observavam, ela olhou feio. — O que há de errado com vocês? Não ficou claro o que aconteceu aqui? Alguém tire esse cadáver da frente dela antes que ela enlouqueça.

Unte respirou fundo.

— Onde está Tajedd?

— Aqui... — Enrolado em um cobertor e acompanhado por uma das mulheres Yusir mais velhas, o líder Dzikeh atravessou a multidão e parou, arquejando. — Azima! Ah, pelos deuses, Azima... — Ele aproximou-se do cadáver, tocando o rosto flácido com uma mão trêmula. — Quem? Como?

— Eu o matei — falou a mulher do templo. Se o burburinho ao redor da tenda não houvesse cessado quando Tajedd chegou, ninguém a teria ouvido: sua voz mal passava de um sussurro velado. — Eu o matei.

— Hanani! — Era o outro sacerdote agora. Wanahomen afastou-se quando Mni-inh abriu caminho aos empurrões, sem tentar ser educado, depois soltou uma sequência de xingamentos no gujaareen mais imundo. Ele foi até a mulher do templo, mas Yanassa afastou as mãos dele com um tapa.

— O que há de errado com você? — Ela passou para gujaareen para que ele pudesse entendê-la, embora sua linguagem corporal protetora e seu tom indignado fossem claros o suficiente. — A última coisa de que ela precisa neste exato momento é o toque de um homem!

O Compartilhador Mni-inh jamais parecera tão furioso desde que Wanahomen o conhecera. Na verdade, sua voz tremia de raiva.

— Ela está em choque, sua vaca bárbara, e não estaria se não tivesse sido machucada pelo seu povo... *agora saia da minha frente!*

Wanahomen talvez houvesse dado risada, em outras e melhores circunstâncias, do modo como Yanassa se sobressaltou e se afastou em uma obediência involuntária. O sacerdote abaixou-se, apoiando-

-se em um joelho, e pegou a mão da garota, depois respirou fundo e olhou com firmeza nos olhos dela. Ele teve de entrar em sua linha de visão, bloqueando o cadáver de Azima com o corpo, para fazer isso. Ela olhou para ele, seus movimentos rápidos e bruscos.

— Eu o matei, Irmão. Eu o *matei*. — Ela começou a tremer com tanta violência que Yanassa ficou preocupada e o sacerdote mal conseguia segurar suas mãos. — Eu o matei!

— Shh — disse o sacerdote, e então fechou os olhos. De repente, os tremores da jovem cessaram. Ela caiu para trás, adormecida. Ele ergueu suas pernas para colocá-las sobre a enxerga e arrumou o cobertor.

Yanassa suspirou e se levantou.

— Que bênção! — Ela se virou para Tajedd, o rosto endurecendo. — Nesta tribo, um homem que violenta uma mulher merece a morte. Estou feliz que a nossa prima gujaareen tenha achado conveniente aplicar a sentença ela mesma.

Tajedd sobressaltou-se.

— Você está louca? Aquela escravizada matou o meu líder de caça! — Ele apontou para Hanani. — Eu quero a vida dela!

Yanassa pôs as mãos no quadril.

— Ela não é escravizada! Que escrava tem a própria tenda e tanta riqueza? — Ela fez um gesto, mostrando o ambiente ao redor. A tenda ainda era decorada de maneira escassa para os padrões banbarranos, mas mesmo aos olhos estrangeiros de Wanahomen ficou claro que a tribo atribuíra grande valor às joias do Hetawa que ela tinha.

— Não é escravizada? — Tajedd piscou, confuso.

— Não é escravizada — confirmou a voz de Hendet, e Wanahomen se virou para ver a mãe às suas costas. Ela acenou para ele ao passar. — Eu mesma dei esta tenda de presente para ela. Meu filho e eu a reivindicamos como família de acordo com o costume de acolhimento de visitantes da nossa terra natal. — Ela inclinou a cabeça para Tajedd, um pequeno gesto de respeito de uma pessoa de posição alta para outra, lembrando tacitamente a todos os presentes que tinha status igual ao dele.

— Ela é sacerdote entre o povo dela — falou Yanassa. — Admito que ela não conhece o comportamento adequado, mas tenho certeza absoluta de que não teve nenhuma intenção de convidar este homem para a tenda dela. — Ela dirigiu ao cadáver de Azima um olhar contundente. — Ela me contou que nunca teve homem nenhum e foi proibida de fazer isso pela Deusa dos Sonhos. Ela será virgem durante a vida inteira.

— Uma virgem? — Tajedd ficou tenso, compreensão e fúria iluminando seu rosto. Ele se virou e lançou um olhar do mais puro ódio para Wanahomen.

Wanahomen cerrou o maxilar. A virgindade não significava nada em Gujaareh, um inconveniente do qual a maioria se livrava assim que atingia a idade da escolha, mas era um status ao qual os banbarranos davam muito valor. Violentar uma virgem infringia metade das leis deles de uma tacada só: clãs haviam entrado em contenda e tribos em guerra por menos. Tajedd jamais acreditaria que Wanahomen não havia planejado a morte de Azima agora. Ele não tinha escolha a não ser continuar seu jogo até o fim.

— Realmente, os costumes podem ser diferentes, Primo — disse ele a Tajedd, respondendo à fúria deste com frieza. — Talvez Azima tenha interpretado mal o comportamento estranho da garota como sinal de disponibilidade ou um convite. Erros acontecem. Porém... — Ele entrou na tenda e aproximou-se para dar uma espiada na moça. O Compartilhador estava com os dedos nas pálpebras dela, inclusive sobre a roxa; enquanto Wanahomen observava, o inchaço diminuiu. — É estranho Azima ter batido nela, não é? É de admirar que ela ainda tenha conseguido apunhalá-lo depois de um golpe desses. Ela podia ter morrido. — Ele se virou para Tajedd, cuja raiva desaparecera agora, eclipsada pela desgostosa compreensão. — Uma escravizada não teria reagido, certo? Elas sabem que não devem. Na verdade, uma escravizada não estaria sozinha em uma tenda a menos que tivesse recebido ordens do dono para esperar lá. Será que Azima achou que esta era a tenda de outra pessoa?

O constrangimento fez Tajedd cerrar a mandíbula quando Unte se virou para estreitar os olhos para ele. Havia poucas coisas que os banbarranos levavam mais a sério do que a privacidade. A *an-sherrat* de cada clã era seu próprio pequeno reino dentro do todo maior da tribo, governado pela mulher de maior status. Dentro dos limites de uma *an-sherrat*, os homens podiam se sentir seguros para baixar os véus se a dona aprovasse; as mulheres podiam despir-se e satisfazer qualquer prazer com a dignidade intacta. Ninguém podia entrar na *an-sherrat* de outro clã sem ser convidado, exceto em uma emergência.

— Deve ter sido um engano — murmurou Tajedd.

— Qual? — perguntou Unte. Ele manteve a voz branda, mas só um tolo teria tomado sua calma por ausência de raiva. Wanahomen estava grato pelo apoio dele; entretanto, a tribo Yusir estava envolvida na morte de um líder de caça Dzikeh. Unte também tinha de ver aquilo resolvido. — Invadir a tenda de uma mulher decente, bater nela, tentar roubar aquilo que é dela e somente dela para conceder? Ou invadir a *an-sherrat* de Hendet Hinba'ii com a intenção de danificar a propriedade do clã dela? Qual foi o erro de Azima?

Tajedd ficou calado pelo espaço de várias malditas respirações. Por fim, baixou os olhos, aceitando a desonra. Na realidade, não houvera saída para ele: era simplesmente uma questão de qual erro causava menos dano à reputação de sua tribo.

— Meu líder de caça está morto, Unte — disse ele enfim com uma voz grave. — Ele é filho da minha irmã, querido para mim. Vamos discutir esse erro em particular para eu poder me redimir.

Unte aquiesceu.

— Sim. Esta é uma questão entre líderes de tribo. — Ele olhou para a entrada da tenda, onde os Yusir e os Dzikeh-Banbarra se aglomeravam para vislumbrar os acontecimentos. — Isso vai ser resolvido adequadamente ao amanhecer — falou Unte para eles. — A loucura de um homem não precisa lançar uma sombra sobre a noite toda. Todos vocês voltem para a festança, exceto aqueles que forem nos ajudar a transportar o corpo de Azima.

Vários dos Dzikeh atravessaram a multidão, mas o restante das pessoas reunidas começou a perambular e cochichar de imediato, apenas algumas se afastando como Unte ordenara. Uma mulher deu um passo à frente.

— Unte, vai haver uma contenda entre nós e os Dzikeh?

Algumas pessoas olharam para Tajedd, que não ergueu os olhos.

— Não — respondeu Unte em voz firme. — Um erro foi cometido e Tajedd quer que a justiça seja feita. Os laços entre os

Dzikeh e os Yusir são fortes demais para ser prejudicados por esse acontecimento.

Wanahomen notou mais de um rosto aliviado entre os espectadores quando mais deles começaram a deixar a área da tenda de Hanani. Ele não os culpava; também ouvira histórias das guerras brutais entre tribos que duravam gerações. No passado, houvera três tribos a mais do que as seis remanescentes.

Os homens Dzikeh se reuniram e recolheram o corpo do seu líder de caça, enrolando-o com um dos tapetes da mulher do templo para evitar que mais sangue se espalhasse. Havia menos sangue do que seria de se esperar considerando que a faca atingira o coração. Mesmo assim, Wanahomen não achou que a mulher fosse se importar com a perda do tapete.

Unte saiu com Tajedd, embora antes houvesse dirigido a Wanahomen um olhar impossível de interpretar que o deixou com um aperto no estômago. Mas o plano funcionara, por mais errado que houvesse dado. Os Yusir-Banbarra talvez até ganhassem status graças àquilo, embora Wanahomen não pudesse ter certeza: mesmo depois de dez anos, havia coisas quanto aos banbarranos que ele jamais entenderia. A provável reação de Unte era uma delas.

Por fim, restaram cinco pessoas na tenda: Wanahomen, Charris, Yanassa e os dois Compartilhadores. Yanassa pairava perto de Hanani, embora parecesse haver dado a disputa por vencida pelo Compartilhador, que terminara de curar a moça e agora estava sentado em silêncio ao lado dela.

— Meu Príncipe. — Wanahomen concentrou-se em Charris com uma pontada de culpa; ele deixara o homem ajoelhado aquele tempo todo.

— Levante-se, Charris. O que foi?

Charris se pôs de pé e passou a falar chakti, lançando um rápido olhar para o Compartilhador enquanto fazia isso.

— O Dzikeh já estava morto quando cheguei. Não havia nenhuma marca nele. Fui eu que pus a faca no peito dele.

Wanahomen ficou tenso. Yanassa franziu a testa, sem compreender.

— Como pode? — perguntou ela. — Um homem daquela idade e saudável não cai simplesmente morto. — De repente, seus olhos se estreitaram, pensativos. — Mas é verdade que ela não tinha nenhuma faca antes e eu não comprei uma para ela. Para ser sincera, achei que ela só fosse se machucar com uma.

Magia. Não havia outra explicação. Wanahomen se virou para fitar as costas do Compartilhador.

— Yanassa, por favor me deixe a sós com os convidados do nosso clã. Charris, vá com ela.

Charris fez uma rápida mesura, virou sobre os calcanhares e saiu da tenda. Yanassa fez cara feia e parecia querer protestar, mas, para infinito alívio dele, ela suspirou e saiu também. No silêncio que se seguiu, Wanahomen tirou o lenço da cabeça, passou uma das mãos pelas tranças e suspirou.

— Você quer saber como ele morreu — falou o Compartilhador.

Wanahomen piscou, surpreso: esse aí sabia chakti? Ou seria só suposição?

— Quero — respondeu ele. — Considerando que a Lei e a Sabedoria não dizem nada sobre moças Compartilhadores que podem derrubar bárbaros com um grito.

— Ela gritou por causa do que tinha feito — explicou o Compartilhador, levantando-se. Quando ele se virou, tinha o rosto mais frio que Wanahomen já vira. Durante toda a viagem pelo sopé das colinas, esse parecera o mais agradável dos dois, irritado com a situação deles, mas ainda determinado a tirar o melhor proveito dela. Não havia nada de agradável nele agora.

— Para curar um homem, nós tocamos a alma dele e a ensinamos a desejar a integridade. Para machucar um homem, é preciso ensinar a alma a desejar o próprio tormento. — O Compartilhador aproximou-se e estendeu o braço para pousar a mão no peito de Wanahomen. O rapaz sobressaltou-se e recuou, subitamente desconfortável, mas o Compartilhador acompanhou o movimento, mantendo contato. — E para *matar* um homem...

Uma dor comprimiu o peito de Wanahomen com tamanha brutalidade que ele não conseguiu puxar fôlego suficiente para gritar. Ele cambaleou para trás, arranhando o peito e a mão do Compartilhador, que era agora uma garra presa à túnica dele e na carne debaixo dela. Mas, enquanto seu coração gritava no peito, enquanto ele lutava para escapar do novo monstro gerado pelo Hetawa, a força pareceu esvair-se dos membros de Wanahomen. Ele caiu de joelhos, ofegante.

— Eu vi o que aconteceu nos sonhos dela — disse o Compartilhador. Wanahomen olhou para ele com os olhos semicerrados, em meio a lágrimas de dor, e de repente soube: este homem não tinha nenhum remorso quanto a matá-lo. Quaisquer que fossem os juramentos que houvesse feito, por mais arraigadas que fossem suas crenças de curador, eles haviam sido completamente dominados por sua fúria. — Eu vi você levá-la para aquela tenda para curar a sua ferida. Ela não entendeu sua intenção com aquele beijo, mas eu entendo. Você a marcou como alvo. *Você a usou como isca.*

O coração dele. A dor envolvera o coração dele como as espirais de uma serpente... ou uma dúzia de cordas, suas fibras brutas friccionando-o ao passo que apertavam com mais força. Ele gemeu, desejando que as cordas afrouxassem só por um instante para aliviar a dor. Ou, melhor ainda, que rebentassem...

Através da visão borrada, ele pensou ter ouvido o barulho de fibras se esticando e se rompendo. Um instante depois, ele pôde respirar de novo, e o Compartilhador o soltou.

— Entendo — Wanahomen ouviu o Compartilhador murmurar quase que para si mesmo. — Ela estava certa sobre a sua força. Se você fosse treinado, teria levado a melhor... mas você não é treinado, jovem Príncipe, e eu posso dilacerar o seu corpo mais rápido do que você pode vencer os meus construtos. — Passos se movendo na direção dele. Wanahomen recuou aos trambolhões, mas de maneira ineficaz: a dor o deixara fraco.

O Compartilhador agachou ao lado do rapaz. Ele não fez cara feia; sua expressão estava calma como deveria ser a de qualquer sacerdote hananjano. Toda a fúria estava em seus olhos pretos.

— Me conte por que, Príncipe.

— P-por quê...?

— Por que colocou a minha aprendiz em risco? Se você tivesse ideia... — O rosto do Compartilhador se contraiu em súbita angústia. — Eu não a tinha alertado de que ela podia matar desse jeito. Ela é tão jovem, se esforça tanto. Esta noite vai macular a alma dela para sempre e eu quero saber se você é tão monstruoso como o seu pai porque, se for... — Ele cerrou um punho, tremendo com a raiva reprimida, e, por um momento, a dor no coração de Wanahomen, que estava diminuindo, foi ofuscada pelo medo de que o sacerdote louco voltasse a atacá-lo.

Ele tentou pensar.

— Eu precisava...

— Não minta para mim.

— Não estou mentindo, droga! Eu p-precisava do voto de Tajedd. — O coração dele latejava com uma dor penetrante, mas o jovem respirou fundo mais vezes, deleitando-se com o sabor do ar, com a sensação do ar nos pulmões. — Dentro de alguns dias vai haver... uma reunião das tribos. Yusir, Dzikeh... o-outras quatro. Eles vão votar... se vão se juntar à guerra contra os kisuati. Libertar Gujaareh.

O Compartilhador estreitou os olhos. Por que, perguntou-se Wanahomen, os sacerdotes do Hetawa se pareciam tanto quando pretendiam matar? Mas, se soubesse que até os curadores eram mortais, teria falado para aquele Coletor onde ele podia jogar os dois.

— E era improvável que a votação favorecesse você?

— S-seis tribos. Porque os inimigos não veem diferença entre um banbarrano e outro... quatro das seis precisam votar a favor. Mesmo um empate perde. Os Dzikeh não teriam me apoiado. Eles podiam ter convencido outros. Eu precisava ganhá-los *agora*.

Havia algum indício de compreensão nos olhos do Compartilhador? Wanahomen não se atreveu a ter esperanças.

— E como machucar a Hanani ganhou esses... — Ele se atrapalhou com as sílabas estranhas. — Dzikeh?

Ele começou a protestar que a garota não estava tão machucada; estava claro que Azima não conseguira penetrá-la nem deixar semente dentro dela. Bem a tempo percebeu a completa estupidez de dizer aquilo.

— Eu os fiz pensar que Hanani era minha — explicou ele. — Minha escravizada, minha esposa. Azima, o homem morto, queria uma desculpa para lutar comigo. Danificar a propriedade de outro homem é um insulto que deve ser vingado. Ele a atacou para me provocar.

Com isso, Wanahomen alçou o olhar para o Compartilhador. Parte da sensação estava voltando para os seus membros. Será que poderia se defender agora? Ele não teria apostado nisso.

— Mas preciso do Hetawa também, embora eu desejasse a todos os deuses não precisar. Então pedi para o Charris vigiar a garota, pronto para intervir antes... bem, antes. Você pode não acreditar, mas eu *não* queria a morte de Azima. E não queria que a moça fosse... machucada. Alarmada, talvez. Ofendida. Não mais do que isso.

O Compartilhador não disse nada por um bom tempo, ponderando. Então, antes que Wanahomen pudesse recuar, ele levou a mão ao rosto do rapaz. Wanahomen piscou instintivamente e depois aconteceu outra daquelas curiosas disjunções de tempo. O Compartilhador tirou a mão e as pálpebras de Wanahomen formigaram. Ele se sentou, ciente de que se passara mais tempo do que a sua mente conseguia captar de imediato.

Então percebeu que a dor em seu peito, mesmo as pontadas dos hematomas onde o sacerdote o agarrara, haviam sumido.

— Os Coletores veem algum valor em você — falou o Compartilhador em tom suave, curvando o lábio. — Acham que você é melhor do que o seu pai. Não posso dizer que concordo, mas eles estão mais perto de Hananja do que eu. — Ele se levantou. — Faça o que precisa para libertar Gujaareh e devolver a paz para a nossa terra, mas nunca mais use a minha aprendiz nas suas tramoias.

O Compartilhador virou-se, então, e voltou a ajoelhar-se ao lado da garota. Estava bastante claro que ele pretendia permanecer em vigília pelo resto da noite. E estava bastante claro que Wanahomen fora dispensado.

Após várias tentativas — as forças estavam voltando aos seus membros, mas devagar — Wanahomen conseguiu se levantar. Foi ainda mais difícil sair da tenda em um ritmo que não parecesse uma fuga, de modo que alguma migalha de sua dignidade pudesse permanecer intacta. O Compartilhador jamais voltou a atenção para ele; o homem não ligava. Mas tinha importância para Wanahomen.

Mas, mais tarde, quando chegou à própria tenda e se deixou cair sobre as enxergas, ele não parou de tremer por um bom tempo.

23

A NEGOCIAÇÃO DA MAGIA

A criança se sentou e olhou ao redor. Depois de um instante, levantou-se, em seguida girou. A mãe arquejou, então envolveu a menina em um abraço apertado, ganhando dela um protesto abafado.

— Ela estava fraca havia vários meses — disse Yanassa para Hanani se sentir melhor. — Mas, com essa febre, a mãe dela começou a recear que ela fosse morrer. O clã só tem uma menina para herdar a *an-sherrat*.

Hanani se pôs de pé e arrumou as saias, acenando para a mãe de olhos lacrimejantes que balbuciava um agradecimento a ela.

— Tudo graças à Deusa — falou ela. — Curei a febre, mas o problema preexistente continua. Por favor, diga a eles que a criança deve tomar o cuidado de comer certos alimentos ou ela pode ficar fraca de novo, especialmente agora que os ciclos férteis começaram. Carne seria a melhor opção, mas... — Ela deu uma olhada na tenda. Era uma das mais pobres que já vira no acampamento banbarrano, remendada e velha e com poucos dos enfeites e decorações que as mulheres banbarranas pareciam colecionar. — Se a família não puder pagar pela carne, então existem outros alimentos que devem servir também. Se eu disser os nomes em gujaareen, você vai saber quais são?

— Se não souber, eu descubro — respondeu Yanassa. Ela também se levantou, depois acompanhou Hanani para fora da tenda. — Muitas crianças morrem sem necessidade nesta tribo. Vai ajudar se a tribo inteira comer esses alimentos?

— Ajudaria qualquer um, mas especialmente os jovens e as mulheres em idade fértil, sim.

— Então preciso dizer ao Unte e, nas comercializações da primavera, vamos nos certificar de pegar provisões desses alimentos. — Olhando de soslaio para Hanani, ela sorriu. — Mais uma vez você atribuiu valor à tribo. Se ficar muito mais tempo com a gente, vamos ter que mandá-la para casa com um cavalo ou dois!

Hanani não falou nada. Haviam se passado dois dias desde a celebração do solstício, um desde o enterro discreto e não lastimado de Azima. Nem os Dzikeh haviam comparecido no sepultamento... por ordem de Tajedd, uma vez que Azima envergonhara a tribo. Os escravizados haviam cuidado desse problema e, além deles, apenas Hanani estava ao lado do túmulo para sussurrar preces em uma língua que Azima não teria entendido, oferecidas a uma deusa que ele provavelmente desdenhava.

Desde então ela se dedicara ao dever para distrair os pensamentos daquela noite terrível. Yanassa a ajudara a encontrar os membros da tribo que sofriam de doenças ou ferimentos e, com a ajuda da mulher banbarrana, convencera a maior parte a aceitar sua magia. Com o conselho de Hendet em mente, ela aceitara os presentes e serviços que eles lhe ofereceram em troca, mas sabia a verdade. Ela não realizara as curas pelo bem deles.

— Você ainda está incomodada com aquilo, ratinha? — Hanani sentiu o olhar de Yanassa sobre seu rosto. Quando Hanani não respondeu, Yanassa suspirou. — Pode ser que eu nunca entenda os corações gentis das pessoas da cidade. Lamentar a morte de um homem que te insultou tanto... — Ela chacoalhou a cabeça. — Vocês lamentam a morte dos inimigos que matam nas guerras também?

— Lamentamos.

Yanassa a encarou.

— Eu estava brincando.

— Eu não. Assassinato e violência causam corrupção a menos que sejam cometidos com a mais pura das intenções. É por isso que o meu povo só mata por misericórdia e nunca por raiva. É por isso que consideramos a guerra um anátema... ou já consideramos um dia. — Mas o mundo mudara de tantas formas.

Mni-inh veio andando até elas do outro extremo do acampamento, acenando para Yanassa com fria cordialidade antes de se juntar a elas na caminhada. Dirigiu um olhar avaliador a Hanani, depois encostou a mão na dela.

— Suas reservas estão baixas.

— Tenho o suficiente para ferimentos e doenças leves.

— Estamos aqui para uma guerra, Hanani. Você deve estar pronta para mais do que isso. Venha; vou falar com Unte agora mesmo. Podemos muito bem ir os dois para pedir.

Yanassa olhou para eles com curiosidade.

— Pedir?

— Humores oníricos — falou Hanani. Ela meio que esperara se virar sem eles, fazendo as pequenas magias que pudesse com as reservas que lhe restavam e a sua própria energia gerada pelos sonhos. Assim não teria mais capacidade de realizar alta narcomancia. Assim não teria mais capacidade de matar.

Mni-inh confirmou com a cabeça, dirigindo a Hanani uma carranca de desaprovação.

— Minha aprendiz parece ter esquecido que a Deusa Hananja, Ela Cujos sonhos abrangem a vida após a morte, nos dá o dom da magia para servir aos outros. Porém, os nossos próprios sonhos não são suficientes; precisamos pedir doações para o seu povo.

— Doações... de sonhos? — Yanassa ponderou sobre aquilo e suspirou. — Nós gostamos tanto dos deuses de Gujaareh quanto dos de qualquer outra terra, mas a sua em particular parece estranhamente ambiciosa. Dói essa doação?

— Não — respondeu Mni-inh — e não causa nenhum mal a não ser quando se toma sangue onírico; só os Coletores têm autorização para coletá-lo. Mas acho que, se encontrarmos voluntários, poderíamos extrair uma quantia mínima de cada um. Isso seria suficientemente seguro.

Azima teria tido mais sangue onírico do que precisamos se tivesse morrido em paz, Hanani não conseguiu deixar de pensar, mas não expressou em voz alta o pensamento.

— A semente onírica vai ser um problema também — continuou Mni-inh, refletindo consigo mesmo. — Considerando os sentimentos deste povo quanto à sexualidade, não sei ao certo qual a maneira apropriada de pedir doações disso. E não sou uma das Irmãs, não faço ideia de como... bem. — Seu rosto enrubesceu. — Mas definitivamente vamos precisar desse humor também.

Yanassa chacoalhou a cabeça, sem entender.

— Bom, o que quer que vocês precisem, Unte vai providenciar. Entendo agora por que o seu povo ofereceu vocês em troca: essa sua magia é um grande tesouro. — Ela desacelerou o passo quando chegaram à tenda de Unte. Para Hanani, enfaticamente, ela disse: — Vou vir para ver como você está à noite. — Depois fez uma mesura e foi embora.

Mni-inh ficou olhando para Yanassa por um momento.

— Parece que você ganhou uma amiga.

— Parece. — Os banbarranos admiravam assassinos rápidos e eficientes.

O interior da tenda de Unte estava mais fresco do que o calor do lado de fora, mas fumarento graças ao comprido cachimbo que ardia lentamente em um pedestal perto de Unte. Unte, o véu e o lenço deixados de lado (ele era careca como um ovo, ela viu pela primeira vez), sorriu quando eles entraram e fez um sinal para se sentarem à mesa baixa que Hanani vira antes. E, como antes, Wanahomen estava lá, embora desta vez estivesse sentado ereto e solene em uma almofada perto da mesa. Também estava sem véu e não olhou para eles quando entraram. Hanani também não sentiu grande desejo de olhar para ele.

— Por onde vou, o meu povo exalta a sua magia — comentou Unte, apontando para as almofadas vazias dos dois lados da mesa. Hanani esperou Mni-inh escolher um assento, mas ele fez um sinal para ela se sentar primeiro e ela se lembrou de que esse era o costume banbarrano. Desajeitadamente, lutando contra a sensação de erro, ela se sentou ao lado de Unte. Mni-inh pegou o último lugar ao lado de Wanahomen.

— É por isso que estamos aqui, lorde Unte — explicou Mni-inh.

— Lorde? Essas pessoas da cidade têm belos modos, não têm? — Unte olhou para Wanahomen e sorriu. — Não sou chamado assim desde que *você* chegou pela primeira vez.

Wanahomen conseguiu dar um sorriso fraco, que não chegou nem perto dos olhos.

— Na minha terra, é considerado boa educação.

— Humm. O dia em que o meu povo precisar de um título sofisticado para saber quem é o líder deles vai ser o dia em que vou cavalgar para o deserto para encontrar o Pai Sol. — Unte dispôs pequenas xícaras e serviu chá para cada um deles sem se dar ao trabalho de perguntar se queriam ou não. Hanani, seguindo o exemplo de Mni-inh, pegou a xícara e bebeu com cautela. Para sua surpresa, o líquido estava gelado em vez de quente, condimentado e bem doce.

Mni-inh ergueu as sobrancelhas, apreciando o chá enquanto também o bebia, mas pousou a xícara.

— Que esse dia demore muitos anos — disse ele. — Se quiser, um de nós pode verificar a sua saúde e talvez prolongá-la um pouco mais. Mas, para essa e qualquer outra cura, precisamos da sua ajuda.

— Ah?

Mni-inh olhou para Hanani. Eles haviam discutido isso; entre os banbarranos, era inapropriado para uma mulher ficar em silêncio, mesmo que essa mulher fosse uma humilde aprendiz tentando mostrar respeito pelo mestre. Mesmo que, para começar, essa mulher não tivesse nenhuma vontade em especial de falar. Então Hanani respirou fundo e deixou o chá de lado.

— Os nossos poderes vêm dos sonhos, L... — Ela hesitou. — Unte. Na cidade, no Hetawa, pegamos os sonhos daqueles que vêm oferecê-los como dízimo para a nossa Deusa. Mas aqui não temos portadores do dízimo e logo vamos ficar sem magia.

Unte recostou-se, surpreso.

— Eu não sabia que vocês *podiam* ficar sem magia. É perigoso, hum, oferecer esses sonhos?

Hanani começou a chacoalhar a cabeça para negar, então se lembrou de Dayuhotem.

— Normalmente não. É indolor e não demora mais do que o intervalo de algumas respirações.

Unte olhou para Wanahomen.

— Você já ouviu falar disso?

Wanahomen fez que sim com a cabeça e olhou para cada um deles pela primeira vez desde que haviam entrado. Hanani não conseguiu ler os olhos dele; ele manteve a expressão cuidadosamente neutra ao encará-la.

— Na capital de Gujaareh, espera-se que todos os cidadãos doem dízimos regularmente, embora eu nunca tenha doado. — Para Unte ele acrescentou: — Charris e eu estamos mais familiarizados com isso do que qualquer pessoa da tribo. Com a sua permissão, vou encontrar voluntários antes de partirmos.

— Partir? — perguntou Mni-inh.

Wanahomen dirigiu-lhe um olhar cauteloso.

— Com tantos visitantes esperados nos próximos dias, seria fácil para os espiões dos shadoun ou de algum outro inimigo ultrapassar as nossas fronteiras e talvez até fazer um ataque-surpresa ao cânion. Eu e o meu grupo de caça vamos patrulhar as partes altas pelo restante do solstício. — Ele fez um gesto vago apontando as paredes do cânion.

— Ah. — Para surpresa de Hanani, o rosto de Mni-inh assumiu uma frieza que ela raramente vira nele. — Esse é o seu castigo pelo seu papel na morte daquele homem.

Um silêncio doloroso recaiu pelo intervalo de várias respirações. Os olhos de Wanahomen tornaram-se ainda mais frios e ele apertou bastante os lábios, mas não falou nada. Foi Unte, após tomar um demorado gole de chá, quem por fim respondeu.

— Wanahomen não fez mal aos olhos do meu povo — explicou ele. — Azima não era adequado para ser líder de caça dos Dzikeh, como provou quando atacou a sua filha de alma. Isso não foi culpa de Wana. — Ele pousou a xícara e olhou para Hanani. — No entanto, tenho consciência de que você foi prejudicada no processo, donzela de Gujaareh. É dever dos Yusir-Banbarra consolá-la após o seu trauma. Por isso decidi mandar Wanahomen para longe por um tempo para que a presença dele pare de ofender você.

— A presença dele não me ofende — retorquiu Hanani.

Todos eles olharam para ela surpresos... até Wanahomen.

— Hanani. — Mni-inh estendeu a mão para pegar a dela, preocupado. — Você não percebe o que ele fez.

Ela olhou para a mão dele, depois para o rosto, perguntando-se se ele percebia o quanto suas palavras — e a implicação de que ela era burra demais para saber das coisas — machucavam. Ele não percebia, ela viu de pronto, o que fez a dor diminuir um pouco. Mas não por completo.

— Sei exatamente o que ele fez, Mni-inh-irmão — disse ela, recebendo outro olhar de incredulidade dele. — Sei que ele manipulou aquele homem para me atacar, apesar de não saber nem me importar com o motivo. Mas conseguir e manter o poder sempre exigiu certo grau de corrupção, o que o Hetawa permite contanto que os nossos líderes tenham em mente o bem maior do nosso povo. — Ela fitou Wanahomen. — O bem de Gujaareh era o que tinha em mente, Príncipe?

Ele não respondeu por um longo instante e, quando o fez, havia uma estranha intensidade em suas palavras. Ela não conseguia distinguir se ele estava com raiva, assustado ou tomado por alguma outra forte emoção, mas sua voz estremeceu quando ele falou:

— Na mente e no coração e na alma, Compartilhador-Aprendiz. Cada parte da minha vida serve a esse propósito.

Hanani inclinou a cabeça.

— Então devo aceitar que o que fez foi a vontade de Hananja.

O que era o único motivo pelo qual ela ainda não oferecera o próprio sangue onírico para Mni-inh.

Unte pareceu verdadeiramente perplexo, mas então chacoalhou a cabeça e suspirou.

— Mesmo assim, a patrulha precisa ser feita. É obrigação de Wanahomen proteger a tribo.

Wanahomen fez uma breve reverência, curvando-se até a cintura.

— Minha obrigação e meu prazer, Unte. — Quando ele se endireitou, porém, continuou franzindo a testa para Hanani.

— Pois muito bem. — Unte pegou a xícara e acabou de tomar o chá. — Wanahomen, você pode sair para fazer as preparações de que precisa. E vocês, meus amigos gujaareen, esse era o seu único pedido para mim?

— Era — respondeu Mni-inh. Então ele hesitou e acrescentou: — Por enquanto.

Unte deu risada.

— Finalmente está aprendendo, homem da cidade. — Ele fez um gesto floreado para eles que pareceu em parte uma continência, em parte uma despedida, e pegou o cachimbo que ainda fumegava. — Voltem sempre que quiserem. Ou sintam-se à vontade para ficar e desfrutar do descanso do horário de pico do sol comigo.

Como em Gujaareh, os banbarranos lidavam com a parte mais quente da tarde dormindo.

— Obrigado, mas não — falou Mni-inh, levantando-se. — O melhor momento para nós trabalharmos é quando os outros dormem.

— Ah, sim. Então bom descanso... e trabalho.

Eles saíram da tenda em fileira, Wanahomen saindo por último para certificar-se de que a aba fosse fechada da maneira correta. Quando se ergueu depois de terminar a tarefa, encarou-os.

— Vocês podem pegar qualquer humor onírico que precisarem de mim e de Charris — declarou ele. — Também posso perguntar para a minha mãe se ela está disposta a doar um dízimo. Isso é suficiente?

— Sua mãe não pode — explicou Mni-inh. — O corpo dela ainda está se recuperando. E Charris precisa se oferecer como voluntário, pois Hananja não aceita oferendas contra a vontade própria.

— Acho que ele vai concordar, sempre foi devoto. Mas vou chamá-lo para que vocês possam perguntar.

Mni-inh aquiesceu.

— Quanto a você... Bem, você entende os riscos. Está disposto apesar deles?

Wanahomen dirigiu a eles um olhar inexpressivo.

— Riscos?

Mni-inh arregalou os olhos. Ele olhou para Hanani e ela olhou de volta, sem precisar de narcomancia para compartilhar do choque do mestre. Como podia Wanahomen não conhecer os riscos? A menos que nunca o houvessem alertado sobre o problema em primeiro lugar.

— Explique esses riscos — pediu Wanahomen. Ele captara a troca de olhares entre os dois; os olhos do rapaz se estreitaram com desconfiança. — Você não mencionou riscos com relação a Charris.

Mni-inh apenas chacoalhou a cabeça, murmurando para si mesmo, espantado. Sobrou para Hanani explicar quando Wanahomen olhou para ela.

— Você jamais deveria doar o dízimo — disse ela.

Ele franziu ainda mais a testa.

— *Explique*, mulher.

— Seria perigoso. O seu dom do sonho é poderoso. Mesmo o menor desequilíbrio dos seus humores poderia colocar o seu dom fora de controle. Sem sangue onírico para manter você ligado a si mesmo, você poderia enlouquecer.

O Príncipe estremeceu, o rosto passando do horror para a confusão e depois para a raiva enquanto ele a encarava. Após um longo instante, ele falou:

— Dom do sonho. — Era uma pergunta.

— Seu pai devia saber — sugeriu Mni-inh. Ele estava sorrindo, mas havia algo de frio e zangado no sorriso que Hanani achou bem alarmante. — Você disse que nunca fez uma doação de dízimo. Todas as outras dúzias de filhos do Príncipe davam dízimos sempre que estavam na cidade, porém, de algum modo nunca houve tempo para levar você? — Ele soltou um suspiro de desdém. — Ah, mas o Hetawa era corrupto naquela época. Teria sido preciso só um suborno para a pessoa certa para guardar o segredo do precioso herdeiro dele.

Wanahomen cerrara os punhos nas laterais do corpo, o qual estava rígido.

— O que em nome dos pesadelos você está falando?

Hanani interveio depressa, antes que Mni-inh pudesse falar mais alguma coisa.

— Em algumas pessoas, a habilidade de sonhar é forte demais para permanecer dentro de suas mentes ou para vir apenas durante o sono — explicou ela para Wanahomen. — Seus sonhos são mais vívidos, suas mentes conseguem transitar entre Ina-Karekh e Hona-Karekh como se o sonho e a vigília fossem uma coisa só. Consideramos esse nível de força uma dádiva da Deusa. Aqueles que a possuem costumam ser reivindicados pelo Hetawa.

Os olhos dele se encheram de tamanho horror que Hanani inadvertidamente recuou. Por que ele estava tão transtornado?

— É uma grande honra ter um dom tão poderoso quanto o seu — arriscou ela, nervosa. — Se tivesse sido descoberto e treinado jovem o bastante, poderia ter se tornado Compartilhador também, ou

Coletor. Talvez pudesse até ter servido junto com o Coletor Ehiru, seu tio...

Mas ela parou de falar ao perceber o que isso teria significado. Wanahomen era da mesma idade do Coletor Nijiri, ou quase. Se ele houvesse sido reivindicado pelo Hetawa como deveria, *ele* em vez de Nijiri poderia ter ajudado a matar seu pai.

Ela levou a mão à boca, entendendo enfim a terrível compreensão no rosto dele. Mas, antes que pudesse pensar em alguma forma de corrigir o erro, ele fechou a boca e foi embora.

— Príncipe... — Hanani começou a ir atrás dele, mas parou quando Mni-inh segurou seu braço.

— Deixe que ele vá.

— Irmão!

— Deixe-o, eu falei. — Mni-inh observou enquanto a figura vestida de índigo do Príncipe desaparecia entre as tendas. — Ele acabou de descobrir que seu lugar é entre as mesmas pessoas que odiou a vida inteira. Não vai ser fácil para ele.

— Você não tornou nem um pouco mais fácil!

— Não, não tornei — replicou Mni-inh. Não havia pedido de perdão nem culpa na expressão dele. — E você também não deveria tornar depois do que ele te fez. Você é gentil demais, Hanani.

Era a segunda vez que ele falava com ela como se fosse uma tola. E, embora fosse impróprio e nada pacífico para ela sentir raiva das palavras dele, ou demonstrar caso sentisse, o sentimento foi tão intenso naquele momento que ela soltou o braço do aperto da mão dele com um puxão agressivo.

— Era melhor eu ser gentil, não era, Irmão? — Ele a encarou, surpreso com a veemência dela. A jovem deu um passo em direção a ele e teve presença de espírito suficiente para baixar a voz para um sussurro acalorado. — A raiva te dá consolo? Eu garanto a você que não é fácil para mim. Alguém mais pode morrer da próxima vez que eu perder a cabeça. Melhor eu rezar para pedir *mais* gentileza, você não acha?

— Hanani — disse ele bruscamente, depois se calou. Antes que pudesse falar mais alguma coisa, Hanani fez como o Príncipe e foi embora.

24

LEGADO

— Sabia — confirmou Hendet. — Seu pai sabia e eu também.

Wanahomen fechou os olhos. *Você poderia ter se tornado um Coletor*, o Compartilhador dissera. Como Ehiru, que matara seu pai. Como Una-une, o Ceifador irracional que comia almas.

Ele acordara Hendet de uma soneca no horário de pico do sol para exigir a verdade dela.

— Por quê? — Ele sussurrou as palavras. — Por que não me contou?

— O dom corre na linhagem masculina — explicou ela. Sua voz era monótona e fria, mas ele a conhecia. Ela estava com medo. — Você ouviu a história de Mahanasset, o Primeiro Príncipe, muitas vezes, Wanahomen. Você nunca entendeu a mensagem? Mahanasset foi o primeiro a conhecer a maravilha do sangue onírico porque, sem ele, não conseguia distinguir a realidade das visões que o atormentavam...

— E é isso o que posso esperar para mim? Loucura? — Wanahomen levantou-se de um pulo. — Demônios e sombras, é isso o que a senhora está me dizendo?

— Sente-se! — Sua voz estalou como um chicote. Ele abriu a boca para protestar e ela o calou com um olhar feio. — *Sente-se*, menino tolo, e me escute.

Silenciosamente fervendo de raiva, ele obedeceu, ajoelhando-se na almofada mais distante dela. Ao ver essa atitude, Hendet suspirou e esfregou os olhos.

— Não culpo você pela raiva — disse ela, enfim. Ela olhou para ele e parte da raiva no âmago dele se desfez ao ver a dor no rosto dela. — O sacerdote que testou você nos falou que, com a força do seu dom, havia chances iguais de você crescer louco ou não sofrer nenhum efeito nocivo. Parecia valer a pena correr o risco.

— Chances iguais. — Ele cerrou os punhos pousados sobre o colo. — Eu podia me tornar um lunático violento a qualquer momento amaldiçoado pelas sombras e vocês acharam que *valia a pena correr o risco*?

— Seu pai achou que valia, sim — respondeu Hendet baixinho.

Ele olhou de volta para ela e finalmente fez em voz alta a pergunta em que pensara, e à qual resistira, por dez anos.

— E *ele* era louco?

O rapaz ficou muito abalado com o fato de que ela não negou de imediato.

— Não sei — respondeu ela após um longo silêncio. Ela desviou os olhos, esfregando as palmas das mãos no colo. Fora treinada para nunca demonstrar nervosismo. — Ele com certeza sabia distinguir o sonho da luz do dia. Comigo sempre era gentil, sempre tão inteligente. Mas as coisas que fez perto do fim... Aquelas coisas... — Ela flexionou o maxilar e se calou.

Então talvez os Coletores estivessem certos de reivindicá-lo foi o pensamento que veio à mente de Wanahomen antes que pudesse rejeitá-lo, como de costume.

Não. O Hetawa abusara de seu pai, abusara de todos os seus antepassados. Quaisquer crimes cometidos por Eninket haviam sido levados a cabo em resposta a isso.

— Você precisa entender — falou Hendet, a voz mais suave que de costume. — Se os sacerdotes tivessem tentado reivindicar qualquer outra das crianças, ele poderia ter cedido, mas *não você*. Então seu pai aproveitou a oportunidade e subornou o sacerdote para dizer que você não tinha o dom.

— Tudo isso é muito bom e acertado — replicou Wanahomen em tom firme —, mas você podia ter *me* contado.

Os dois ficaram em silêncio, o de Wanahomen tenso e o de Hendet cheio de culpa.

— Sinto muito — sussurrou ela, enfim. — Você está certo, claro. Eu só... Você tinha tantos outros problemas para resolver. E, quanto mais eu escondia a verdade de você, mais difícil ficava contar.

Depois disso, não havia mais nada em que Wanahomen pudesse pensar para falar. Ele chacoalhou a cabeça, suspirou e finalmente se pôs de pé. Hendet inclinou-se para a frente, ansiosa.

— Aonde você vai?

— Me preparar para a nossa patrulha. E encontrar os Compartilhadores.

— Wana...

Ele ergueu uma das mãos para calá-la, sem vontade de ouvir mais de suas meias verdades.

— Podemos conversar de novo quando eu voltar.

— Sinto muito — repetiu ela enquanto ele passava pela aba da tenda. Ele olhou para ela outra vez e não conseguiu se despedir enquanto a aba se fechava.

Não demorou muito para encontrar a mulher do templo.

— Ela está atrás de você — informou um dos anciãos da tribo quando ele perguntou. — Por ali. — Assim, ele a encontrou perto da *an-sherrat* de Shatyrria, mãe de Wutir e avó de Wujjeg, procurando. Pelo desconforto no rosto de Hanani, ele sabia que ela notara os olhares hostis dos parentes de Wutir. Os olhares que dirigiam a Wanahomen eram piores; ele os ignorou.

— Príncipe. — Havia um tom de alívio em sua voz quando ela o viu. Fosse outro dia, ele poderia ter visto ironia nisso. — Por favor, perdoe o meu mentor. Ele ainda está bravo...

— Eu sei — disse Wanahomen. — Venha comigo.

Ele deu três passos antes de perceber que ela não o estava seguindo. Quando olhou para trás, ela examinou-lhe o rosto e ele se deu conta de que ela tirara aquele tempo para refletir se era seguro acompanhá-lo. O fato de o incidente com Azima tê-la deixado mais cautelosa era bom; o fato de sentir necessidade de ter cautela com *ele* era preocupante.

Mas eu não fiz por merecer?, sussurrou sua consciência quando ela finalmente começou a segui-lo.

Sim. Ele fez. E esse era o motivo, no final das contas, porque perdoaria a mãe. Não podia censurá-la quando ele próprio cometera atos vergonhosos.

Hanani lançava olhares para ele enquanto caminhavam pelo acampamento, mas não falou nada para quebrar o silêncio, pelo que Wanahomen ficou agradecido. Só quando chegaram à *an-sherrat* de Yanassa ela comentou alguma coisa, entendendo.

— O seu filho.

Ele parou e se virou para encará-la. Não a odiava mais, não depois de ver seu rosto na noite em que matara Azima. Será que ela o odiava? Ele rezou para que fosse leal o bastante para com seus votos para ajudá-lo mesmo que o odiasse.

— Preciso saber — explicou ele. — *Tassa* precisa saber.

Ela aquiesceu lentamente.

— Posso administrar o teste do quarto ano. Mas o dom passa com mais frequência e mais força por parte de pai, de homem para homem. Se ele tiver o dom...

— Não garante que ele vai ficar louco.

— Não. Mas o que vai acontecer se ele tiver? Como os banbarranos cuidam dos seus loucos?

— Eles os levam para o deserto e os deixam lá para morrer.

Ela ficou tensa. Quando finalmente falou, havia um certo grau de desdém em sua voz que ele nunca ouvira.

— Um povo deve ser considerado civilizado pelo modo como os menores entre eles são socorridos.

Ele ficou surpreso de ouvir um dos provérbios de Mahanasset na boca da moça... por outro lado, o Hetawa não economizava nada na educação dos que adotava.

— Existe algo de verdade nisso — comentou ele. — Mas mesmo em Gujaareh não se espera que uma pessoa corte a garganta de seus familiares doentes nem que afogue os próprios filhos com malformação. Não existem Coletores aqui para fazer essas coisas.

— Os loucos não estão morrendo nem tem malformação! Esses bárbaros... — Ela parou, provavelmente se esforçando para continuar sendo educada. Ele quase sorriu com a pura arrogância gujaareen no tom de voz dela. Não sabia que ela tinha essa característica.

— A vida no deserto é difícil, Compartilhador-Aprendiz. Os banbarranos não são abastados como Gujaareh e têm poucos recursos para gastar com "os menores entre eles". E lembre-se: os loucos podem ser perigosos.

Ela fez um gesto depreciativo, rápido e irritado.

— Então diga a eles para levarem os loucos para Gujaareh! Nós podemos ajudá-los a terem vidas boas e longas. Ou, se forem levados quando jovens, eles podem ajudar como Compartilhadores ou Coletores. Da idade de Tassa ou mais novos.

Wanahomen ficou tenso, mas lembrou a si mesmo que a mulher não mencionara especificamente reivindicar Tassa.

— Quando eu voltar para Gujaareh, vou perder o meu filho — falou ele. O Príncipe manteve a voz suave e neutra, mas alguma ponta de angústia devia ter escapado apesar dos seus esforços. Ela ficou em silêncio, parte da justa raiva sumindo de seu rosto. — Ele é o meu primogênito, mas nunca vai se sentar no Trono do Ocaso. Tassa é apenas metade banbarrano de descendência, mas, de espírito, é completamente banbarrano. Tirá-lo da vida e do clã que ele ama, forçando-o a viver sob um teto permanente, acorrentando-o a pessoas que ele despreza... Essas coisas o destruiriam. Entende?

Ela falou em tom suave também, talvez com a intenção de ser gentil.

— A loucura o destruiria também, Príncipe. Só existe uma maneira segura de garantir que isso não aconteça, se a alma dele começar a vagar de verdade.

— Também não quero que ele seja escravizado pelo sangue onírico.

Ela permitiu que houvesse um momento de silêncio para atenuar suas palavras seguintes e para que ele pudesse se preparar para elas.

— Então, se ele enlouquecer, você vai levá-lo aos Coletores?

— Eles não vão ficar com outro da minha linhagem.

— Então...

— Se ele enlouquecer, eu mesmo o mato.

Não doeu pronunciar as palavras, só pensar nelas. E, porque ela era gujaareen, seu rosto se encheu de compaixão em vez de horror.

— Essa escolha deveria ser dele — salientou ela.

Ele anuiu concisamente.

— Deveria. E se houver necessidade, vou perguntar a ele. Mas, se ele já tiver começado a ter visões e a balbuciar, se essa maldição que você chama de dom tiver tirado a escolha dele... — O Príncipe chacoalhou a cabeça. — Não vou deixar que ele sofra.

Ela suspirou, mas não protestou contra as palavras dele.

— Vou dar uma olhada no menino agora.

Tassa estava lá dentro, brincando com a espada de brinquedo que Wanahomen lhe dera depois de uma de suas viagens a Gujaareh. O garoto abriu a aba para convidá-los a entrar com uma ansiedade que revelava um longo tédio.

— A mamãe falou para eu ficar aqui dentro hoje — disse ele. — Dasheuri achou um escorpião e me desafiou a pegar, e eu peguei. A mamãe viu e ficou brava.

— Como ela deveria — retorquiu Wanahomen, fazendo cara feia. — Essas criaturas podem matar uma criança do seu tamanho.

— Eu sabia o que estava fazendo — respondeu Tassa, não com pouca arrogância. Depois voltou seu olhar brilhante e curioso para a mulher. — É ela que a mamãe está ajudando.

— Ela é uma curadora — explicou Wanahomen. A mulher olhou para os dois, obviamente sentindo que estavam falando dela.

— Da terra onde eu nasci. Ela quer ler os seus sonhos para ver como está a sua saúde.

Tassa fez um gesto convidando-os a se sentarem nas almofadas para convidados dispostas ao redor de um pequeno tapete quadrado.

— Ela pode olhar os meus sonhos? — Sua voz denotava fascínio em vez do desconforto que um adulto poderia ter sentido. — Como?

— Deite-se e ela vai mostrar para você — falou Wanahomen. Quando Tassa se deixou cair avidamente sobre duas almofadas, Wanahomen acenou para a mulher, que se ajoelhou ao lado do menino.

— Sonho... lembrar vou? — perguntou Tassa em um gujaareen hesitante e horrível. Wanahomen piscou, surpreso, depois entendeu de repente: Yanassa. Ela devia ter decidido ensinar gujaareen para Tassa, embora tradicionalmente os meninos banbarranos não aprendessem habilidades de mulher. Por um momento, ele sentiu lágrimas ardendo em seus olhos, antes de afastá-las logo com piscadas. Ele teria de agradecer Yanassa mais tarde.

A mulher do templo também pareceu surpresa, mas sorriu.

— Posso fazer você lembrar se quiser — respondeu ela. Quando Tassa franziu a testa, sem entender, ela simplificou. — Sim. Você vai lembrar.

Tassa pareceu contente.

— Não me lembro da maioria dos meus sonhos — comentou ele, voltando a falar chakti. — Queria poder lembrar mais.

— Ela pode te ensinar como fazer isso se quiser.

O menino estreitou os olhos, desconfiado.

— Não quero aprender magia. É uma coisa estrangeira.

É metade da sua herança, ele quase disse, mas se conteve.

— Isso dependeria da sua mãe — falou ele —, mas deite-se e fique um tempo em silêncio ou *esta* magia vai demorar a tarde inteira.

Tassa se pôs à vontade.

— E agora?

— Feche os seus olhos. Ela vai colocar os dedos neles e fazer você dormir.

Uma ponta de preocupação perpassou o rosto do garoto.

— Você já fez isso?

— Fiz. E Hendet também. Você viu que ela está melhor agora?

— Vi. Tudo bem, então. — Ele fechou os olhos, ansioso agora.

A mulher pôs a ponta dos dedos sobre as pálpebras dele e entoou um zunido suave e monótono. Após um instante, o corpo de Tassa relaxou até cair no sono e Wanahomen sentou-se sobre os joelhos para esperar.

Demorou menos do que ele imaginava. Nem cinco minutos depois ela expirou e abriu os olhos.

— Sonhos tão agradáveis — sussurrou ela. — Eu não esperava isso do seu filho.

Sem saber ao certo como receber aquele comentário, Wanahomen decidiu ignorá-lo.

— Ele tem o dom ou não?

— Não. Os sonhos dele nunca vão sair de Ina-Karekh.

A onda de alívio que perpassou Wanahomen era tanto dolorosa quanto doce. Em um nível completamente irracional, ele esperara ver ainda outro sinal do seu sangue no menino. Essa tolice passou rápido, porém, e Wanahomen fechou os olhos para sussurrar uma prece de agradecimento pela boa sorte do filho. Quando abriu os olhos, a mulher estava olhando para ele.

— Não achei que você rezasse — comentou ela.

Ao ouvir isso, ele fez cara feia.

— É o Hetawa que eu odeio, não a Deusa — falou ele, aproximando-se de Tassa. Em um impulso, pegou o garoto nos braços, como Yanassa tão raras vezes o deixara fazer quando Tassa era bebê. — Se Ela julga conveniente me conceder alguma pequena bênção, sou Dela o suficiente para ser grato.

— E, no entanto, não obedece à Lei Dela.

Tassa deu um suspiro alegre durante o sono, aninhando-se no peito de Wanahomen, que não pôde deixar de sorrir. Ele caçoaria do menino quanto a isso mais tarde.

— Não, não obedeço — concordou ele. — No meu coração, obedeço, mas na realidade… Sou um homem mais endurecido agora do que era quando deixei Gujaareh e admito: esse fato às vezes me preocupa. Mas é por Gujaareh que faço essas coisas que não são nada pacíficas. Tento me certificar de que são as coisas *certas*, mas… — Ele olhou para ela. Os hematomas haviam sido curados e Azima estava morto, mas a sombra do que acontecera ainda rondava o rosto solene da moça. Ele suspirou e fez das suas palavras seguintes as mais semelhantes a um pedido de desculpas que o seu orgulho conseguia suportar. — Nem sempre consigo.

Ela franziu um pouco a testa… não em reprovação, supôs ele, mas em reflexão. E, em particular, observava-o segurar Tassa nos braços. Ele sentiu que ela estava ponderando alguma coisa, ou talvez escondendo alguma coisa.

— Ele não tem o dom — revelou ela —, mas ainda é o seu filho. Os filhos dele poderiam ter. Essas coisas às vezes saltam gerações. — Quando Wanahomen não falou nada… porque não conseguia pensar em mais nada para dizer… ela acrescentou: — Você precisa falar com ele sobre isso, Príncipe. O conhecimento é uma arma; não deixe seus descendentes desarmados. — Ela fez outra pausa. — Como você ficou.

Zangado, ele dirigiu-lhe um olhar penetrante, mas isso não fazia sentido, pois não fora *ela* quem escondera a verdade dele. Ela também não estremeceu diante da raiva dele, talvez porque soubesse que tinha o direito. Essa ideia o fez suspirar e ceder.

— Vou explicar tudo para o Tassa — afirmou ele. — Amanhã. Vou contar para Yanassa também e convencê-la... e *tentar* convencê-la a deixar Tassa visitar Gujaareh em algum momento no futuro. Ele vai precisar saber como levar os filhos ao Hetawa para serem testados, se puder.

Hanani franziu a testa.

— Ah, as mães controlam essas coisas aqui. Entendo. — Ela pensou por um momento. — Vou discutir a questão com Yanassa e com as mulheres que conheço. Não sou mãe, mas talvez ajude se vier de uma mulher.

— Obrigado — disse Wanahomen, surpreso. — É, isso ajudaria. — *Mas por que você está ajudando?*, ele não perguntou. Era uma pergunta desnecessária, na verdade; ela obviamente sentia que ajudá-lo servia à Deusa Hananja de alguma forma. E, além do mais, talvez visse aquilo como ajudar Tassa, e Wanahomen fosse apenas um meio para tal.

Mas, de repente, a mulher suspirou e Wanahomen se deu conta de que, enquanto estivera pensando sobre ela, ela chegara a uma decisão.

— Existe outra maneira de você evitar a loucura — declarou ela. — O sangue onírico é a forma mais segura, mas já que você não quer... — Ela hesitou, depois suspirou. — Você poderia aprender a restaurar o equilíbrio dos seus próprios humores quando estiverem em desalinho. É uma habilidade que aqueles de nós que manipulam humores precisam aprender. Se você conseguisse dominá-la, sua sanidade deveria estar a salvo.

Ele franziu o cenho para ela por um momento, depois se mexeu para pôr Tassa deitado de novo a fim de que o menino pudesse dormir o resto do horário de pico do sol.

— Seria difícil aprender essa habilidade?

— Foi fácil para mim, mas eu já tinha uma boa prática de narcomancia àquela altura do meu treinamento. Muita coisa dependeria do quão rápido você aprende, e de quanta paciência o meu mentor provavelmente terá...

— Não. — Deixar aquele maldito torturador odioso entrar em seus sonhos? Será que *ela* estava maluca? — Você vai me ensinar.

Ela se sobressaltou.

— Príncipe, eu sou só uma aprendiz.

— Eu não me importo. Você consegue me ensinar?

Ela hesitou. Não por duvidar, ele supôs com base no que viu no rosto dela, mas por um sentimento de decoro.

— Consigo, mas Mni-inh tem muito mais anos de experiência...

— Então vai ser você. Mas me conte o motivo.

Agora foi a vez dela de encará-lo como se ele houvesse enlouquecido.

— De você não deixar o meu mentor...?

— Não. Me conte o motivo de oferecer essa opção para começar. Eu a insultei, Compartilhador-Aprendiz Hanani. Faria tudo de novo se fosse conquistar o voto banbarrano e não posso pedir desculpas por isso. No entanto, você me perdoou. Por quê?

Ela se afastou e, de súbito, toda expressão desapareceu de seu rosto, tornando-a fria como uma estátua, o que o fez lembrar, por um instante fugaz, de Tiaanet.

— Eu nunca disse que tinha perdoado você — retrucou ela.

— Então por que me ajuda?

— Porque acredito agora que foi por essa razão que os Coletores me mandaram. Me deram ordens para libertar Gujaareh. Ajudar você vai atingir esse objetivo.

— Você recebeu ordens para... — Ele a encarou, sem saber se devia rir. Quem em sã consciência pediria a uma coisinha tímida e acanhada como ela para libertar seu povo dos conquistadores? E quem em todo o deserto teria esperado que ela de fato tentasse?

E, contudo, ela não estava tímida e acanhada agora. Ele jamais teria acreditado com base na primeira impressão que tivera dela, mas seus olhos eram de pedra agora. Será que o incidente com Azima trouxera aquilo à tona ou será que sempre estivera ali, escondido sob seu comportamento gujaareen recatado? Ele não sabia... mas sabia que devia respeitar.

— Me ensine essa magia — pediu ele finalmente, falando em tom suave porque essa era a única humildade que se permitiria mostrar a um sacerdote do Hetawa. — Vou ensinar para o Tassa para que ele possa ensinar para os próprios filhos. Quando eu reconquistar a nossa terra, vou ensinar para todos os meus herdeiros. Gujaareh nunca mais precisará temer um louco no trono outra vez.

Ela inclinou a cabeça.

— Devemos começar logo então. Amanhã. Preciso discutir o método com Mni-inh primeiro. — Ela se levantou para sair.

Wanahomen ficou olhando para as costas dela.

— Eu parto para os pontos altos de manhã!

Ela abrira a aba da tenda. Naquele momento, parou e virou-se. Uma brisa leve, perfumada com o aroma de flores silvestres de fim de estação, soprou pela abertura, inflando as faixas e saias ao redor dela em uma nuvem de tons terrosos. Ela parecia surreal e fria e tão essencialmente gujaareen, mesmo com roupas banbarranas, que Wanahomen sentiu saudades de casa.

— Você vai acampar lá em cima? — Ela apontou para além da tenda, em direção às colinas próximas.

— À noite, sim. De dia estarei cavalgando pela borda com os meus homens...

— Então eu vou ao seu encontro à noite. — Ela inclinou a cabeça para ele e saiu, a aba da tenda se fechando ruidosamente após a sua passagem com um ligeiro repique, como uma risada oca.

25

A NEGOCIAÇÃO DA DOR

Tiaanet percebeu o perigo assim que entrou na sala onde o pai e três outros nobres estavam tramando a queda kisuati.

A mulher que falava era alta, pálida, arrogante e pouco mais velha que Tiaanet, embora usasse um diadema em seu cabelo trançado que indicava que era a chefe de sua família. Iezanem, zhinha e filha de lady Zanem, que ficara recentemente órfã com a misteriosa morte de seus pais durante o sono. Seu tom de voz soou mordaz quando ela disse para Sanfi:

— De que isso nos serve agora? Com uma única tacada, o Heta-wa ganhou de volta o coração do povo como se os últimos dez anos não tivessem acontecido.

O perigo estava escondido atrás da máscara de calma do seu pai, notou Tiaanet, mas estava lá. Ele não podia se dar ao luxo de hostilizar Iezanem, que falava em nome do punhado de famílias zhinha que haviam conseguido manter algum poder real sob o domínio kisuati. No entanto, ele jamais gostara que qualquer mulher lhe falasse em um tom daqueles e, enquanto Iezanem o fazia agora, Tiaanet sentiu um aperto de apreensão na barriga.

— O coração do povo é volúvel — respondeu ele, fazendo um aceno de agradecimento para Tiaanet enquanto ela reenchia sua taça de vinho doce. — Eles vão odiar o Hetawa de novo assim que os kisuati começarem a matá-los em retaliação pela morte dos soldados.

— Você não pode garantir isso — contestou outro dos convidados de Sanfi. Esse era Deti-arah, das castas shunha e militar, que um dia estivera a ponto de se tornar o próximo general de Gujaareh. O fato de que ainda não alcançara o posto foi a única coisa que o salvou de uma execução kisuati após a conquista. — Nem que os kisuati vão retaliar, nem que as pessoas vão se voltar contra o Hetawa. Eu me encontrei com Sunandi Jeh Kalawe e o marido dela, Anzi Seh Ainunu. Anzi é soldado, é verdade, pode ser que queira sangue pela morte dos homens dele. Mas Sunandi entenderá o perigo de fazer isso. Aqueles soldados roubaram, espancaram e violentaram cidadãos gujaareen. Retaliar contra o Hetawa por matar uma indecência dessas enfureceria a cidade toda.

— Anzi controla o poder militar da cidade — falou Sanfi, tomando um gole de vinho. — Qual é a probabilidade de um homem ouvir a sua mulher, por mais sensatos que os conselhos dela possam ser, quando está bravo e tem o poder de agir com base na raiva?

— Sunandi fala em nome do Protetorado — retorquiu Ghefir, outro shunha que devia a Sanfi um empréstimo substancial. Ele mordiscou o lábio inferior enquanto falava, a testa franzida pelo desconforto, e não olhou para Tiaanet quando ela lhe serviu mais vinho. — Eles a designaram exatamente para impedir que ele cometesse esses erros. Se ele a ignorar e as coisas derem errado, vai ter que responder mais tarde aos Protetores.

— Mas o estrago estaria feito — argumentou Sanfi.

— Isso é irrelevante — opinou Iezanem bruscamente em um tom agitado que fez Tiaanet estremecer. — Estamos indo devagar demais. As nossas tropas se reuniram na borda do deserto, por que estamos esperando para atacar? Quanto mais adiamos, mais poder o Hetawa obtém. Nesse ritmo, mesmo que vencermos, as pessoas vão nos aplaudir como seus libertadores e depois vão se voltar para os sacerdotes em busca de orientação.

— Ou a quem quer que o Hetawa apoie — disse Deti-arah. Ele suspirou e encostou os dedos, as mãos em forma de campanário. — Há um boato se espalhando pela cidade de que os banbarranos estão do nosso lado agora e são liderados por um homem da Linhagem do Ocaso. Isso é obra sua, Sanfi?

Tiaanet foi até uma mesa de serviço no extremo da sala para encher a garrafa. No longo período de silêncio antes da resposta de Sanfi, o som do vinho derramando pareceu muito alto.

— Não — respondeu Sanfi enfim, e havia um trovão em sua voz agora, escuro e crescente. — Essa foi uma informação que concordamos em omitir até a hora do ataque final. Alguém entre nós abriu a boca.

Deti-arah chacoalhava a cabeça quando Tiaanet se virou para ficar de frente para a sala.

— Eu ouvi isso do Hetawa — declarou ele. — Fui com o meu filho doar alguns sonhos como dízimo dois dias atrás. O sacerdote que pegou a doação me falou que a Deusa em breve responderia as minhas preces porque o Avatar Dela voltaria para restaurar a liberdade da cidade. O sujeito parecia quase alegre com aquilo, bem diferente de um homem do templo.

Houve silêncio. Tiaanet viu a mão de Sanfi apertar a taça.

— Mas... eles só saberiam disso e estariam contentes se o retorno do Príncipe servisse aos propósitos deles — comentou Ghefir, mordendo o lábio com mais força agora. — Não é?

— É — concordou Sanfi em voz baixa. — Parece que o Hetawa e o Príncipe fizeram sua própria aliança. Isso é... lamentável.

— Lamentável? — Iezanem levantou-se; estava trêmula de raiva. — É *esse* o nome que você dá? Quem nesta cidade vai querer um Protetorado Gujaareen agora, quando o Hetawa está fazendo o retorno de Wanahomen parecer algum tipo de profecia muito anunciada? Isso é o resultado dos seus adiamentos, Sanfi. Não temos escolha a não ser agir...

— *Não.* — Sanfi olhou feio para ela, não mais se dando ao trabalho de ser educado. — Os kisuati na cidade estão em alerta, com medo de uma revolta a qualquer momento. Precisamos esperar até que estejam desprevenidos.

— Poderia levar meses!

— Não vai. Vai levar só uns dias.

Ghefir revirou os olhos, exasperado.

— Sanfi, velho amigo, do que você está falando?

Deti-arah foi mais direto quando se inclinou para a frente.

— O que você está escondendo?

Sanfi suspirou, apertando a ponte do nariz entre os dedos como se estivesse cansado. Tiaanet era mais sensata. Ele estava furioso, mas precisava soar calmo, parecer confiante.

— Uma quadra de Protetores está vindo para Gujaareh — revelou ele, enfim. As demais pessoas na sala reagiram com murmúrios de preocupação; ele esperou que se acalmassem. — Um dos meus contatos entre os mercadores de lá mandou avisar, embora estejam viajando em segredo por uma questão de segurança; ele lida com tráfego de barcaças naquela parte do rio e foi contratado para trazê-los aqui. Eles devem chegar no final da oitava de dias do solstício. E estão vindo no mínimo para avaliar Sunandi Jeh Kalawe e decidir se ela deve continuar no comando da cidade. A chegada deles pode trabalhar a nosso favor. Qualquer transição de poder é um momento de confusão.

E existe uma praga à solta na cidade. — Ele parou e inclinou a cabeça solenemente para Iezanem, que cerrou o maxilar. Ela não usava as cores do luto porque os zhinha não se importavam com a tradição, mas seu pesar ainda estava claro. — Mais uma vez um contato meu me contou um segredo: o Hetawa tem duas ou três dúzias de leigos isolados no Hetawa interior, dormindo até morrer. Os sacerdotes dizem que estão estudando a doença, procurando alguma cura para ela. Mas e se não houver cura?

Iezanem ficou muito quieta. Deti-arah franziu a testa.

— Não estou entendendo.

— Um Coletor morreu vários dias atrás. Sonta-i.

— Sim — falou Deti-arah com ar de impaciência. — O que você está insinuando? Sonta-i era velho para os padrões dos Coletores. Não há nada de fatídico no fato de ele dar o Dízimo Final agora.

— E se ele não tiver dado o Dízimo Final? — perguntou Sanfi. — E se ele também morreu dessa doença? E se se espalhasse o boato de que o Hetawa, com toda a sua magia, não consegue controlar nem deter a disseminação dessa doença? O que aconteceria nesse caso?

Deti-arah arregalou os olhos. Confusa, Iezanem chacoalhou a cabeça, fazendo seus brincos de ouro e lápis-lazúli chocalharem.

— A cidade ficaria repleta de medo e inquietação — comentou ela — e os Protetores provavelmente se voltariam contra o Hetawa, uma vez que não consegue mais realizar sua função básica de manter a cidade saudável e satisfeita. Mas nenhuma dessas coisas aconteceu, Sanfi.

Sanfi encolheu os ombros, embora Tiaanet pudesse ver a tensão em seus ombros.

— E se pudessem acontecer?

— Você — disse Deti-arah, a voz trêmula e horrorizada. — *Você* causou essa doença?

Iezanem virou-se para Sanfi, o corpo enrijecendo.

— Não — respondeu Sanfi com firmeza, olhando para Iezanem enquanto falava. — A doença é magia. Quem controla a magia em Gujaareh? O Hetawa. Talvez eles mesmos tenham causado a doença de alguma maneira. Só estou sugerindo que a gente encontre uma forma de lembrar as pessoas, os Protetores, disso.

Iezanem conteve a respiração; sob seu semblante carregado, seus olhos brilhavam, cheios de lágrimas não derramadas. Ghefir parou de mordiscar o lábio. Só Deti-arah continuou olhando para Sanfi com algo próximo a desconfiança, mas ele não expressou suas preocupações em voz alta, fossem quais fossem.

Havia pouco mais a ser dito depois daquilo. Iezanem e Ghefir concordaram em espalhar o boato por meio de suas conexões. Sanfi, como um dos nobres mais proeminentes da cidade, ofereceu-se para marcar uma reunião com os Protetores visitantes, assim que chegassem, a fim de expressar suas preocupações quanto ao Hetawa. Então Tiaanet ofereceu aos convidados uma bandeja com pequenos petiscos para revigorá-los e eles se despediram, deixando Tiaanet a sós com o pai.

Sanfi permaneceu na sala de recepção onde estivera ao longo da reunião, olhando para as mãos cruzadas enquanto Tiaanet fazia a limpeza. Ele ficou em silêncio por tanto tempo que ela se assustou quando ele disse:

— A Tantufi foi acomodada?

Tiaanet quase derrubara um vaso com suas repentinas palavras. Ela o arrumou depressa, concentrando-se no objeto para não franzir a testa. Ele estava acostumado demais a ver uma serenidade vazia no rosto dela; a mudança chamaria excessiva atenção.

— Sim, pai. Eu a coloquei no porão de depósito.

— Me leve até ela. — A voz dele estava muito suave.

Tiaanet virou-se para encará-lo com o vaso nas mãos, tensa. Ele olhou para ela; um músculo de seu maxilar se contraiu.

— Não me desafie, Tiaanet — aconselhou ele. — Não hoje à noite.

Pousando o vaso, Tiaanet ficou onde estava um instante a mais para mexer no arranjo de flores que havia dentro do objeto. Enquanto isso, sua mente estava acelerada, tentando encontrar algum modo de acalmar a ira que ela conseguia sentir irradiando dele como o calor de uma fogueira. Mas, quanto mais demorasse, mais quente a ira ficaria. Por fim, ela virou-se para ele, curvou-se e caminhou em direção ao porão.

Ela podia ouvi-lo andando atrás, o passo dele tão compassado e tranquilo quanto o seu, embora a respiração dele fosse irregular e áspera. O corredor que levava ao porão era mal iluminado; na pequena escada que ia para baixo da casa a iluminação era ainda pior. No escuro, ele não podia ver as suas mãos tremerem, mas ela sabia que ele sentiria seu medo mesmo assim. Essa era a única coisa que ainda *podia* deixá-la com medo e ambos sabiam disso.

Dentro do pequeno porão, uma lamparina solitária queimava continuamente em uma prateleira repleta de potes fechados. O óleo da lamparina tinha cheiro de hissopo, mas não era suficiente para mascarar o odor de mofo que vinha do chão e das paredes de barro. O porão nunca se secava de todo de uma estação de inundação para a outra; eles usavam o espaço apenas para armazenar itens que eram à prova daquele cheiro. E os itens que não eram considerados importantes, como a menininha acorrentada à parede mais distante.

Sanfi entrou no porão atrás de Tiaanet e parou, estreitando os olhos. A garota estava encostada à parede, a cabeça balançando, mas, no silêncio, dava para ouvir seus murmúrios baixos, assim como o som das correntes em seu tornozelo, chocalhando enquanto ela esfregava metodicamente a perna contra a parede de pedra.

— Por que ela não está dormindo? — indagou ele.

Tiaanet engoliu em seco. Mas, antes que pudesse formular uma resposta, Tantufi ergueu a cabeça. Ela se concentrou nas vozes deles com esforço, piscando com grandes olhos remelentos.

— Sem sono — murmurou a menina. — Sem sono sono sono tanta gente perto, tanta.

Sanfi flexionou o maxilar, cerrando os punhos. Ele deu um passo em direção à garota, sua postura inteira advertindo sobre sua intenção. Tiaanet rapidamente entrou na frente dele.

— É o hábito, pai — explicou ela. — Ela só está acostumada que os guardas a mantenham acordada. Ela não entende que o senhor *quer* que ela durma agora.

— Saia da minha frente — ordenou ele.

— Ela não vai conseguir evitar, pai, vai ter que acabar dormindo...

Ele ergueu a mão para afagar a bochecha de Tiaanet e ela se calou, paralisada.

— Quero que ela durma agora — disse ele baixinho. — A magia dela funciona igualmente bem se estiver inconsciente.

Não. Tiaanet fechou os olhos, ouvindo seu coração latejar em seus ouvidos. Tão poucas coisas podiam machucá-la agora, mas contra essa ela não tinha defesa. *Deusa, por favor, não. Não posso suportar ver de novo enquanto ele bate nela, a menina quase morreu da última vez, não. Hananja, por favor me ajude.*

Então, como que em resposta à sua prece, ela encontrou a solução.

— O senhor prometeu, pai — falou ela. Na quietude fechada do porão, sua voz soou anormalmente alta, perigosamente áspera... muito semelhante à da zhinha Iezanem. Ela o viu franzir o cenho em resposta a isso, viu a raiva dele começar a se concentrar em um novo alvo.

Isso. Eu, não ela.

— O senhor prometeu que não ia machucá-la de novo depois da última vez. — Ela ajeitou os ombros e ergueu o queixo. Era um dedo mais alta do que ele e normalmente mantinha a cabeça baixa para evitar fitá-lo de cima para baixo. Agora o fez de propósito, de um modo agressivo. — E eu não te agradei naquela noite, pai? Eu não paguei bem o suficiente pela segurança dela?

Ele arregalou os olhos, o corpo todo tenso com a fúria.

— Como ousa? — sussurrou ele.

— Se quer que ela durma, posso dar uma bebida de ervas — propôs a moça. Deliberadamente, Tiaanet se aproximou dele, comprimindo-o, olhando nos olhos dele. — Aí você pode ter a sua praga.

Mas você não quer que ela *durma*, não é? Você quer que ela morra. Você está tão bravo para pensar neste exato momento, pai, porque Wanahomen roubou de você a marcha sobre a cidade, mas por que isso te irrita tanto? Ele vai ser um bom genro. Ele usa os outros e mente como você. Como você *vai* fazer se machucar a Tantufi quando prometeu não fazer isso, ou nenhuma das suas promessas na cama tem valor? Não me surpreenderia, nada mais do que você faz na cama tem qualquer...

Foi quase um alívio quando a tempestade desabou. Ela estava ficando sem opções para insultá-lo. Ele grunhiu, furioso, e bateu nela com tanta força que ela girou e caiu em meio a vários sacos empilhados de areia branca decorativa que deveria ser usada no jardim do átrio. Os sacos eram macios o suficiente para evitar que ela quebrasse alguma coisa ao cair sobre eles, mas perdeu a respiração, e entre isso e o golpe que ele deu, a visão dela ficou turva por algum tempo.

Em meio à turvação, Tiaanet ouviu Sanfi gritando alguma coisa sobre como ela era um veneno assim como a mãe, uma maldição sobre a linhagem dele, uma maldição que ele não merecia. Ele agarrou o quadril dela e ela esperou que a arrastasse para fora dos sacos, até o chão onde poderia terminar de descarregar a raiva. Mas ele a deixou onde estava. Em vez disso, ela sentiu a parte de trás do vestido sendo rasgada e as pernas sendo abertas. Seguiram-se mais movimentos atrapalhados e tecido rasgado e então sentiu uma nova dor atordoante, quatro vezes pior do que o golpe que ele lhe dera, quarenta vezes pior do que a primeira noite em que ele entrara em seu quarto, tantos anos antes que ela quase não se lembrava de nada, a não ser da vergonha que sentira um dia. Havia potencial para sentir vergonha ali também, e talvez um pouco de repulsa enquanto ele grunhia e gemia e se esfregava nas costas dela, mas ela não sentiu nenhuma das duas coisas, apesar da dor. A época em que sentira vergonha dele e de si mesma por ser filha dele passara anos antes. Agora a única coisa que importava era que fosse *ela* a suportar a dor, não Tantufi. Não Tantufi.

Felizmente, ele estava bravo demais para tentar agradá-la, como fazia com tanta frequência para tentar aliviar a culpa. Isso fez com que fosse rápido.

Quando terminou, ela esperou, ouvindo-o respirar e se recompor, sabendo que os pedidos de desculpa não viriam agora. Durante algum tempo, ele ainda a culparia por tê-lo provocado. Por fazê-lo machucá-la. No máximo poderia se preocupar que ela fosse deixá-lo e então ela teria de tolerar ser seguida pelos guardas dele aonde quer que fosse. Ele a advertira desde a infância que mandaria assassinos para persegui-la se algum dia tentasse fugir. Mas eles não usariam armas; ele autorizaria os métodos mais lentos e brutais como presente de despedida para sua única e amada filha.

(Ela não temia aquele destino para si mesma. O que significava mais dor? Mas ele faria aquilo com Tantufi também e isso ela não podia suportar.)

Só mais tarde é que a culpa substituiria a raiva do pai e então ele pediria desculpas que não queriam dizer nada, daria presentes que ela não queria e faria mais promessas que nunca seriam cumpridas.

Depois de algum tempo, ele se levantou e saiu do porão. Tiaanet ficou onde estava, sentindo a umidade resfriar em seu corpo, esperando os últimos resquícios da dor desaparecerem da sua cabeça e das suas costelas e das outras partes. Por um tempo, seu pensamento vagou, achando ter imaginado o toque de dedos delicados em seus lábios e o suave tamborilar de lágrimas em sua bochecha. Mas as lágrimas não podiam ser suas, já que não chorava mais.

— Dorme — sussurrou uma voz em seu ouvido. — Dorme agora, dorme. Vou ficar acordada por você. Segura segura segura. Dorme.

Tiaanet dormiu.

26

PROFESSORA

— Estou me perguntando — disse Mni-inh, falando devagar para deixar evidente a sua raiva — se você perdeu o juízo.

Hanani, sentada ao lado da piscina de banho com as mãos cruzadas sobre o colo, suspirou. Passara-se um dia desde a última discussão deles; parecia que o tempo fizera pouco para acalmar as coisas entre eles.

— É o único jeito, Irmão.

Mni-inh estava sentado em uma pedra de frente para ela, onde estivera trançando o cabelo até Hanani lhe contar o seu plano. Agora ele estava seminu, o cabelo bagunçado, olhando para ela furiosamente.

— Isso, minha aprendiz, não é nem um pouco verdade. Você não tem que ajudar o Príncipe de maneira alguma, menos ainda seguir com esse plano ridículo de ensinar narcomancia para ele.

— Ele poderia enlouquecer...

— *Deixe* que enlouqueça.

Hanani fitou Mni-inh, chocada. Depois de um momento, Mni-inh suspirou, esfregou o rosto e levantou-se para começar a andar de um lado a outro.

— Hanani... — Ele chacoalhou a cabeça, frustrado. — Você diz que a raiva não te dá consolo; tudo bem. Você é melhor Serva de

Hananja do que eu porque eu quero que ele sinta tanta dor quanto você sentiu.

Hanani franziu o cenho.

— O desejo de vingança é natural, Irmão, mas não há paz nele.

— Eu sei disso! Mas não consigo tolerar o que as maquinações daquele chacal arrogante fizeram com você. Você não sorri mais. Você nem conversa comigo sobre… sobre o que aconteceu. Existe um espaço entre nós agora quando antes éramos mais próximos do que parentes de sangue.

Hanani suspirou e fechou os olhos, buscando calma. Ela não queria falar sobre Azima, nem sequer queria pensar sobre ele. No entanto, Mni-inh continuava trazendo o assunto à tona repetidas vezes, preocupando-se com aquilo como uma criança com uma ferida meio cicatrizada. Não importava que *ela* houvesse sofrido aquela ferida.

— Tudo isso é irrelevante, Irmão — afirmou ela quando se sentiu capaz de falar em um tom neutro. — O que quer que o Príncipe tenha se tornado, o Hetawa contribuiu para criar…

Mni-inh bufou, irritado.

— *Wanahomen* é irrelevante, Hanani. Nijiri é maluco de confiar nele e eu não poderia me importar menos com o que acontece com ele!

A raiva estava voltando. Hanani cerrou os punhos sobre as coxas e rezou para a Deusa fortalecê-la contra aquele sentimento.

— *Ele é o motivo de estarmos aqui*, Irmão. Ou você prefere que tudo isso seja para nada? A dor que eu passei… — Agora a raiva foi ofuscada pela repulsa e pela lembrança desagradável das mãos de Azima e pela lembrança ainda mais desagradável de suas próprias mãos estraçalhando a alma dele. Ela se concentrou em suas palavras. Palavras não podiam machucá-la. — A vida que eu tirei. A raiva não me consola, Irmão. Mas saber que o que eu suporto, o que eu faço, pode ajudar Gujaareh… sim, isso me consola. Ajudar o Príncipe ajuda Gujaareh.

Mni-inh parara de andar de um lado para o outro para encará-la e, enquanto ela observava, o rosto dele passou da tristeza para a raiva e para a compreensão, depois voltou para a tristeza.

— Eu deveria ter protegido você — falou ele baixinho.

E assim Hanani entendeu por que ele estava tão irritado.

— O que aconteceu comigo não foi culpa sua — disse ela com o tom mais suave que pôde.

— Eu estava a duas tendas de distância! Devia ter ouvido. Devia *saber...* — Ele se calou, os punhos cerrados nas laterais do corpo. Hanani se pôs de pé, foi até ele e pegou as mãos do mestre, olhando nos olhos dele a fim de que visse que ela não o culpava.

— Faz alguns anos que saí da infância, Irmão. Você não pode me proteger do mundo inteiro.

Ele a fitou com olhos cheios de arrependimento, levando uma das mãos à bochecha dela de um jeito que não fazia há anos. Ele parara de fazer aquilo na mesma época em que parara de abraçá-la e ela sentira uma falta terrível das duas coisas desde então. Por isso se recostou na mão dele, deixando que soubesse, sem palavras, quão grata ela estava pelo gesto, e ele soltou um longo suspiro doloroso.

— Você é a filha que eu nunca soube que precisava — declarou ele baixinho. — Ninguém pode amar tanto outra pessoa e ainda manter uma paz perfeita no coração. Eu não deveria amar você como amo. Mas eu não ligo, Hanani. Não ligo.

Nem eu, Irmão, pensou ela consigo mesma. *Eu jamais poderia me arrepender de amá-lo tanto quanto amo.*

No entanto, Mni-inh falara a verdade. Como Compartilhadores, eles haviam jurado devoção apenas aos requerentes e portadores do dízimo e demais Servos no serviço à Deusa. O amor individual — a substância egoísta e poderosa das famílias e dos amantes — interferia nessa devoção.

Então Hanani não falou nada, mas ergueu a mão para cobrir a dele. Mni-inh sorriu, seu rosto amargo e sombrio.

— E aqui estou eu, aumentando o seu fardo — comentou ele. — Enquanto você luta consigo mesma, precisa reservar um tempo para me consolar. — Ele suspirou. — Me perdoe.

Ela chacoalhou a cabeça, sem vontade de falar. Mas algo dentro dela relaxou só um pouquinho quando ele expressou com palavras a frustração que ela vinha nutrindo há dias. Então se sentiu melhor quando Mni-inh soltou uma longa e lenta respiração e a soltou.

— Treine o seu Príncipe — disse ele. — Se conseguir. Ele está velho para isso e provavelmente muito inclinado à barbárie. Mas, se estiver determinada a treiná-lo, vou ajudar você.

Ela conseguiu sorrir para ele.

— Obrigada, Irmão.

Ele aquiesceu, suspirando.

— Bom. Se você vai tentar enfiar magia na cabeça daquele tolo, vai precisar de toda a sua força. Vamos ver se esses selvagens conseguem fazer uma refeição decente.

* * *

Então mais tarde naquela noite, após uma refeição absolutamente deliciosa na fogueira comunitária para aqueles que não tinham escravizador, Hanani seguiu o jovem Tassa por uma longa trilha que era pouco mais do que uma série de saliências vagamente conectadas ao longo da parede oriental do Merik-ren-aferu. Tassa, nascido e criado para uma vida no cânion, subia as pilhas de pedras e as encostas íngremes como um lagarto, rindo de Hanani sempre que ela empacava ou tinha de parar e descansar. Mas ele não a deixava, pelo que ela estava agradecida.

Durante um descanso, enquanto ela estava sentada em uma laje plana de pedra e rezava para que as cobras e as aranhas ali embaixo ficassem onde estavam, ele veio se sentar ao seu lado, os olhos brilhantes e curiosos.

— Por quê? — perguntou ele. — Ir, Wana. Você. — Ele apontou para o alto da colina, que Hanani não conseguia ver; a lamparina que ela levava difundia um círculo luminoso, mas para além dele havia escuridão. Ela só podia ter esperança de que estivessem perto.

— Para ensinar para ele — respondeu ela, usando palavras simples. — Sonhos. — Ela fez um gesto indicando o sono, pousando o rosto sobre as mãos encostadas.

Ele franziu a testa ao ver isso, pensando.

— Porque... — Ele ficou procurando as palavras por um instante. — Ir, Wana. Para, para Gujaareh. Você ensina sonhos, por quê?

Era difícil explicar. Mesmo se Tassa falasse gujaareen fluentemente, ele era só uma criança. Mas ela vira o quanto era doloroso para o Príncipe esconder sua herança gujaareen do menino. Então ela ergueu os dedos diante dos olhos de Tassa, embora não os estendesse ao rosto dele.

— Posso?

Ele franziu a testa, muito parecido com o seu progenitor nesse momento, mas finalmente a curiosidade venceu: ele fez que sim com a cabeça e fechou os olhos. Hanani pousou os dedos nas pálpebras dele e teceu-lhe um rápido e delicado sonho de ensinamento. Ela estivera no palácio Yanya-iyan algumas vezes na vida, em geral como parte da procissão anual do Hetawa na Hamyan. Ela mostrou isso para Tassa, passando no sonho pelos reluzentes portões do palácio, entrando no vasto pátio e parando diante da plataforma de onde tradicionalmente o Príncipe de Gujaareh observava a celebração anual. Não havia nenhum príncipe na plataforma há dez anos, mas Hanani vislumbrara o velho Príncipe, o pai de Wanahomen, uma vez quando era criança. Então se baseou naquela lembrança para criá-lo, esguio e orgulhoso e imóvel como uma estátua sobre o assento branco em forma de ferradura que era seu trono, com a Auréola do Sol Poente dourada e âmbar atrás e acima dele.

Depois aos poucos substituiu aquele Príncipe por outro: Wanahomen. Ele estava sentado no mesmo trono, o rosto cheio de presunção e poder, vestindo uma camisa de seda vermelha e um colarinho de placas de ouro, um lenço vermelho na cabeça fazendo um retrato do rosto dele sob a coroa de marfim semelhante a uma cúpula.

Quando ela encerrou o sonho, Tassa fitou-a, admirado.

— *Wana?*

Hanani sorriu e confirmou com a cabeça.

— Gujaareh é a cidade dos sonhos. Wana, ele precisa ter bons sonhos, sonhos saudáveis, para nos governar. Para ser o nosso Príncipe. Você entende?

Tassa franziu o cenho, mas não por não ter entendido, pensou Hanani. Ele dobrou os joelhos e Hanani viu melancolia nos olhos dele.

— Príncipe aqui — falou ele em tom taciturno. — Líder de caça antes, no governo de Unte, é líder da tribo *depois* de Unte. Mas...

Ele jamais poderia se satisfazer com isso, Hanani sabia. Ela viu essa nova percepção nos olhos de Tassa e então se arrependeu de mostrar a verdade ao menino. O Príncipe fora criado em meio a uma magnificência que nem a mais rica tribo banbarrana poderia igualar. Tassa poderia ter aquela glória também, como filho do Ocaso... mas só a um custo terrível. Yanassa explicara: as crianças banbarranas pertenciam ao clã da mãe, com tias e avós para ajudar a criá-las e tios para ensinar aos meninos os costumes dos homens. Os homens banbarranos não tinham direitos sobre os filhos que geravam, apenas sobre aqueles nascidos das mulheres da sua própria família. Para dar a Tassa seu direito de nascença gujaareen, o Príncipe teria de roubar dele seu direito de nascença banbarrano e toda a família que ele conhecia e amava.

Quando eu voltar para Gujaareh, vou perder o meu filho. Recordando as palavras do Príncipe, Hanani entendeu duas coisas ao mesmo tempo: que Yanassa era generosa e valente de permitir que Tassa tivesse tanto contato com o pai e que o Príncipe era menos egoísta e arrogante do que parecia.

Hanani suspirou e tocou a mão de Tassa.

— Meus pais me venderam quando eu era mais nova do que você — contou ela. — Você tem muita sorte de ter pais que te amam tanto como os seus.

O menino não entendeu, ela viu isso em sua expressão confusa. Mas então ele arregalou os olhos e levantou-se de um salto e pegou um pedaço de pedra lascada (uma faca caseira, percebeu Hanani enquanto se levantava também) de uma das dobras de sua túnica. Ele se virou para ficar de frente para uma parte escura da trilha fora do alcance da luz da lamparina, tenso e trêmulo.

Mas era só o Príncipe que saía silenciosamente da escuridão. Tassa conteve a respiração e relaxou com um alívio visível.

O Príncipe se aproximou deles com um olhar de divertimento enquanto fitava a faca insignificante de Tassa. Ele falou alguma coisa em chakti e Tassa se contorceu de vergonha e tentou guardar a faca. Mas, antes que pudesse fazê-lo, o Príncipe tomou sua mão e agachou-se, tirando a faca dele para examinar. O rapaz chacoalhou a cabeça, mas então seus olhos se abrandaram ao contemplar Tassa. Ele levou uma das mãos à bochecha do menino e, contra a sua vontade, Hanani não pôde deixar de se lembrar do afeto da mão de Mni-inh.

Depois o Príncipe se pôs de pé e desamarrou uma das facas ao redor da cintura. O cabo era de osso polido; a bainha, de couro lindamente trabalhado. Ele desembainhou a lâmina por um momento e o brilho do aço refletiu a luz. Em seguida, guardou-a de novo, enrolou as cordas com franjas em volta do cabo e entregou-a a Tassa.

Tassa respirou bruscamente, pegando a faca com as duas mãos. Fez uma pergunta em tom respeitoso; o Príncipe aquiesceu. Tassa, com os olhos brilhando, tagarelou, balbuciou um agradecimento entusiasmado e quase incoerente e depois saiu correndo para a escuridão, apertando a faca ao peito e sorrindo como um pateta.

O Príncipe observou o menino ir embora, suspirando com força suficiente para levantar o véu.

— A insensatez de Wujjeg vem a calhar. Mas Yanassa vai querer conversar comigo.

— Uma faca é um presente perigoso para uma criança.

— É. Mas, entre os banbarranos, os meninos que querem ser guerreiros normalmente ganham uma mais ou menos na idade dele. — Ele examinou a faquinha de pedra, pouco mais do que uma pedra afiada, e depois a jogou na escuridão. — E, se ele está tão determinado a ter uma faca, deveria ter uma que não vá falhar quando ele precisar.

Ele parecia estranhamente sombrio; Hanani não conseguiu detectar nem um pouco da cisma e do desdém de costume em seu comportamento. Ela arriscou:

— Se é tradicional, então Yanassa...

— Yanassa quer que ele seja contador-mestre ou guardião de histórias ou ferreiro. Qualquer coisa, menos guerreiro. Mas ele é meu filho, por mais que ela possa se arrepender disso agora.

Ele entreouvira a conversa dela com Tassa, ela se deu conta. As pedras ecoavam o som; em uma noite silenciosa daquelas, cada palavra devia ter ficado clara.

— Bem, as crianças raramente crescem como seus pais gostariam — continuou ele, movendo-se para se sentar de frente para ela, acomodando-se o melhor que pôde contra a superfície inclinada de uma rocha. — Os seus devem estar espantados com você.

Hanani cruzou as mãos sobre o colo.

— Os meus provavelmente não pensam muito em mim, se é que pensam.

Ele hesitou.

— Você disse que eles te venderam.

253

— É. Eles eram da casta lavradora; certo ano, as nossas safras foram perdidas. É dever de uma menina garantir o bem-estar da família em tempos difíceis. Então eu pedi para eles me venderem.

Ele franziu a testa.

— Ouvi falar que essas coisas aconteciam entre os baixa-castas, mas... Quantos anos você tinha?

— Eu tinha visto seis inundações do rio.

— Seis! — Ele chacoalhou a cabeça. — Você não tinha como saber o que estava pedindo.

Ela encolheu os ombros. Não tinha, mas não importava mais.

— Por que o Hetawa? — perguntou ele. — Eles quase não precisam de meninas... ou, pelo menos, esse era o caso antes de você. Com certeza seus pais poderiam ter conseguido mais vendendo você para outra família da casta lavradora que não tivesse filhas, ou para uma casa de timbalin, ou para outro lugar.

Hanani observou a chama da lamparina dançar ao sabor da brisa gelada. O movimento era quase tão hipnotizante quanto um feitiço para dormir.

— Foi escolha minha — falou ela. — O Hetawa sempre pareceu tão magnífico para mim. Todos aqueles sacerdotes esplêndidos e sábios, e a magia, e a chance de aprender tanto quanto eu quisesse... mesmo que só por alguns anos, eu queria.

— E os seus pais fizeram o que te deixaria mais feliz, mesmo que isso tornasse você menos valiosa para as necessidades deles. — Os olhos dele sobre o véu a observavam constantemente.

Aquela ideia nunca tinha passado pela cabeça de Hanani. Para as crianças adotadas pelo Hetawa, a Deusa Hananja se tornava mãe; os Servos, pais; os outros adotados, um exército de irmãos. Acreditar naquilo, e esquecer a família em que nascera, ajudara durante aquelas primeiras noites solitárias e nostálgicas. Com o passar do tempo, tornara-se verdade. Mas talvez ela também tivesse tido a sorte de ter pais que a amavam tanto que a sua felicidade era mais importante do que os desejos deles.

Ela inclinou a cabeça para o Príncipe, grata pelo discernimento dele. O rapaz pareceu nervoso por um breve instante, depois se empertigou.

— Vamos começar essa aula?

— Ah. Vamos. — Era uma transição brusca e chocante na conversa. Ela jamais conhecera um gujaareen tão deselegante. Até os kisuati tinham mais delicadeza. — Bem, posso examinar você?

Ele aquiesceu, e ela se levantou e foi até ele. Foi difícil para ela se posicionar apropriadamente com as saias estorvando, mas conseguiu fazê-lo pousando uma das mãos em seu ombro. Isso o fez fitar a mão dela com uma expressão estranhamente pensativa nos olhos.

— Não ficou um hematoma — disse ele.

— O quê?

— O lugar onde o soldado kisuati me acertou. Você se ofereceu para me curar aquele dia, se bem me lembro.

Hanani se esquecera. Aquilo a chocou, especialmente considerando que ele tentara salvá-la naquele momento do mesmo tipo de tratamento que Azima infligira depois.

Ela não podia, não iria, torturar-se com aquele pensamento.

— Feche os olhos — pediu ela. As palavras e o tom foram tão desastrados quanto fora a tentativa dele de mudar de assunto, e sua voz soara fria até mesmo aos seus próprios ouvidos. Os olhos dele se tornaram igualmente frios em resposta. Mas, sem dizer mais uma palavra, ele recostou a cabeça na rocha e fechou os olhos.

Há muita raiva em meu coração para isso, percebeu Hanani. Mas agora as palavras estavam ditas e a aula, começada; ela não tinha escolha a não ser prosseguir.

Então ela colocou os dedos nas pálpebras do rapaz e procurou a sua alma. Havia camadas e camadas dele para vasculhar, não só carne, mas constrições de vontade e emoção. Teria sido mais fácil se ela pudesse fazê-lo dormir, mas era importante que ela o reconhecesse na vigília tanto como no sonho... mais importante até, Mni-inh a advertira, porque era para o eu da vigília que ela ensinaria, não importando o reino onde entrassem. Então ela mergulhou na impetuosidade e na solidão e no orgulho e no protecionismo dele e, quando adentrou no fluxo da grande artéria acima do coração, encontrou a alma dele e em seguida...

O quê?

Alguma coisa se mexeu.

Em vez da escuridão atrás das pálpebras dele, ela se viu à deriva em uma escuridão ainda mais profunda. Por um momento ficou desorientada, e depois percebeu: não estava mais dentro do Príncipe. A conexão continuava, ela viu: um fio brilhante em tom vermelho-sangue atravessava o espaço. O fio dele, o *umblikeh*, que ligava a alma ao corpo. O de Hanani também estava visível naquele lugar sem forma.

Ela não gostava da ausência de forma. Mas, no momento que lhe ocorreu esse pensamento, o espaço ao seu redor se iluminou, transformando-se no Salão de Bênçãos outra vez. Todo cinzento.

O reino intermediário. Alarmada, Hanani virou-se para as alcovas do Salão, onde antes avistara — ela agora sabia — a força que matara Dayuhotem. Mas não havia nada lá. Aliviada, voltou para a estátua de Hananja e para a plataforma e viu a *si mesma*, outra dela, vestida com roupas volumosas que inflavam com um vento que não se sentia.

Ajoelhada aos pés da Deusa e usando uma faca, a faca que o Príncipe acabara de dar ao filho, para furar repetidamente uma figura minúscula diante dela, que já estava em um estado irreconhecível de profanação vermelha.

Hanani gritou. A outra Hanani parou, fitou-a e sorriu entre lágrimas e salpicos de sangue.

Não! Eu nunca! Desvairada, Hanani agarrou o próprio fio e…

… Voltou para dentro de si mesma de forma tão rápida e tão intensa que se afastou bruscamente de Wanahomen com um arquejo.

Ele abriu os olhos, surpreso e confuso.

— O que foi?

— Eu… eu não… — Ela estava desorientada, letárgica; não conseguia organizar os pensamentos. Será que ele não tivera aquela visão de horror? Será que não tinha nenhuma lembrança dos próprios sonhos? — Não sei. Eu estava…

— Pelos deuses, você está cambaleando como um bêbado. — O Príncipe estendeu as mãos para firmá-la, pondo uma das mãos na cintura e outra na coxa.

Na coxa, como as mãos de Azima…

O pânico tomou conta dela antes que ela pudesse pensar.

— *Não me toque!* — Sua voz era quase ininteligível, um grito com palavras, e ela se agitou e chutou para se afastar dele. Tropeçando nas saias, ela caiu no meio das pedras e da poeira, ofegando e arquejando e tremendo tanto que mal conseguia respirar. Ela continuou a se arrastar, apoiada nas mãos e nos joelhos, parando apenas quando chegou a uma grande laje que bloqueava a trilha.

Seguiu-se um longo silêncio atrás dela e, naquele silêncio, o pavor de Hanani começou a passar.

— Não vou tocar em você — assegurou o Príncipe. Ele falava em um tom suave, a voz baixa. — O que devo fazer para ajudá-la? Eu poderia ir buscar o seu mentor, mas isso significa deixá-la aqui sozinha.

Ela começara a recobrar o controle de si mesma. Os tremores foram se acalmando enquanto ela se levantava devagar, procurando por dignidade enquanto se virava para encará-lo.

— N-não — disse ela. — Sinto muito. Eu, eu não sei por que... — Ah, mas ela sabia o porquê. Os dois sabiam. — Me desculpe.

— Entre todas as pessoas, *você* não deveria pedir desculpas para *mim* — falou ele. Só mais tarde é que ela pensaria nas palavras dele ou reconheceria arrependimento nelas. — É seguro aqui, Compartilhador-Aprendiz. Não vou permitir que mais ninguém a machuque, nunca mais.

Incrivelmente, impossivelmente, aquelas palavras de fato a reconfortaram. Não deveriam. Ela não tinha nenhum motivo para confiar nele. No entanto, o fato de ele ser o único homem ali e não ter feito nenhum movimento para voltar a tocar nela tinha o seu próprio poder, embora sem palavras, e ela ficou mais calma. Ele se calou então, o que ajudou mais ainda: ela podia fingir que ele não estava ali e procurar paz dentro de si mesma. Dessa forma, por fim ela respirou fundo e mudou de posição para se sentar sobre os joelhos.

— Acho que deveríamos terminar a aula por aqui esta noite — declarou ela, enunciando com cautela.

O Príncipe viera agachar-se perto da lamparina esvaecente. Ele aquiesceu. Para alívio dela, ele não perguntou outra vez sobre a estranheza que ela encontrara nos sonhos dele, nem se estava bem.

— Deixe-me acompanhá-la de volta.

Ela anuiu, levantando-se. O Príncipe pegou a lamparina e chegou perto o bastante para que ela pudesse ver através da luz, mas não perto o suficiente para tocá-la. Ela não olhou para ele. Em silêncio, ele a conduziu de volta ao acampamento.

27

SONHANDO ACORDADO

Havia uma sensação estranha no ar noturno. O Coletor Inmu notou enquanto saltava de um telhado para outro no caminho de volta ao Hetawa. Se o telhado fosse uma daquelas monstruosidades inclinadas preferidas pelos zhinha e por outros com gostos estrangeiros exóticos, Inmu teria acabado contando os ossos em uma viela lá embaixo. Felizmente, o telhado era plano. Inmu pousou de mau jeito, rolando uma vez para dissipar a força do impacto, mas ileso, só o orgulho ferido.

Seu orgulho tomou outro golpe quando olhou para cima e viu o vulto estático do Coletor Nijiri à sombra da cisterna do telhado.

Constrangido, ele se pôs de pé. Mas, para seu alívio, Nijiri não o repreendeu por sua falta de jeito. Na verdade, embora houvessem combinado de se encontrar ali no final de suas rondas, Nijiri não parecera notar Inmu. Quando Inmu se aproximou, viu que Nijiri estava totalmente imóvel, uma das mãos apoiada na cisterna, o olhar voltado para dentro e uma expressão em parte de raiva, em parte de medo fixa no rosto.

Talvez Nijiri nunca conheça a verdadeira paz, o mentor de Inmu, Rabbaneh, dissera-lhe certa vez. *Ele tem paz suficiente para seus requerentes, mas acho que talvez jamais encontre o que precisa para ser feliz. Em todo caso, não aqui no Hetawa.*

Às vezes perturbava Inmu pensar que um de seus Irmãos sofria tanto. Todos eles sabiam por quê: Ehiru. Todavia, Nijiri era um Coletor perfeito em todos os outros sentidos: rápido e silencioso na caçada, mortal no combate, delicado ao coletar o dízimo. Será que era o seu pesar prolongado que o tornava tão competente? Inmu não fazia ideia, mas decidira estudar o irmão até encontrar um modo de ajudá-lo.

Então se aproximou ainda mais, entrando na sombra com ele.

— Nijiri-irmão?

Nijiri ergueu a cabeça de forma brusca e, por um instante, Inmu temeu que seu irmão fosse atacá-lo. Então a expressão desvairada e defensiva desvaneceu de seus olhos.

— Inmu, está sentindo isto?

A estranha sensação de pressão preenchendo a noite ao redor deles; era o que Inmu notara durante o salto. Pareceu ofuscar até a luz colorida da Lua dos Sonhos.

— Estou — respondeu Inmu, franzindo a testa. — Mas não sei o que é.

— Pensei... — Nijiri hesitou, engoliu em seco. Quando os olhos de Inmu se ajustaram à escuridão, viu que o rosto de Nijiri estava transpirando de suor. — Por um momento... Sonta-i *está* morto, não está? Nós o queimamos... — Ele fechou os olhos e estremeceu.

Alarmado, Inmu tocou delicadamente o ombro de Nijiri.

— Irmão, você está bem? — Ele tentou se lembrar da última vez que Nijiri passara por um pranje, o ritual de purificação e reafirmação exigido anualmente de todos os Coletores. Espere, sim: Nijiri colocara-se em isolamento em pleno verão, apenas alguns meses antes. Cedo demais para precisar de outro. Mas o que mais poderia estar causando essa agitação?

De repente, Nijiri olhou para cima.

— Não, não sou um tolo cegado pelas lembranças. Isso é algo diferente. — Ele se afastou da mão de Inmu e foi até a beira do telhado, estreitando os olhos. — Inmu. Venha ver.

Mais confuso ainda, Inmu aproximou-se para ficar ao lado de Nijiri, seguindo o rumo para o qual o irmão apontava com a mão. Pela janela, eles podiam ver um casal na cama, dormindo. A mulher chorava enquanto dormia, a voz fraca, porém audível na quietude da noite. O marido se revirava e se debatia como se estivesse lutando contra um inimigo invisível. Enquanto os Coletores observavam, ele gemeu e fez um movimento abrupto com um braço, atingindo a mulher adormecida. Ela não acordou, apenas continuou produzindo aqueles sons patéticos e entrecortados.

Inmu franziu o cenho. Nijiri fez uma carranca, a angústia anterior já desvanecida; agora o frio e mortal Nijiri voltara.

— Há algo de errado nisso — comentou ele.

Talvez eles apenas tenham sono pesado, Inmu pensou em dizer. Mas não disse porque o tom agourento das palavras de Nijiri o havia assustado... e porque temia que Nijiri pudesse estar certo. Ele não podia dizer como, mas tinha a mesma sensação imprecisa de algo errado quanto ao casal adormecido.

Então se lembrou da mulher cujos sonhos haviam matado Sonta-i. Anos de treinamento o impediram de arquejar em voz alta, mas, quando olhou para Nijiri, ele aquiesceu.

— Precisamos ajudá-los — sussurrou Inmu. Enquanto falava aquilo, sentiu um aperto de desespero na barriga. Sonta-i já provara que não havia nada que eles pudessem fazer. E Nijiri chacoalhou a cabeça, embora Inmu visse a mesma frustração nos olhos do irmão.

— Há algo a mais nisto — comentou Nijiri. — Essa sensação estranha, a luz, o sabor do ar. Quase me esqueci desde que me tornei Coletor, mas reconheço agora... sinto como se *eu* estivesse sonhando.

E Inmu percebeu que Nijiri estava certo. Fazia oito anos que Inmu era um Coletor pleno, percorrendo as extremidades de Ina-Karekh somente com a ajuda dos portadores do dízimo, mas ainda não se esquecera de como era sonhar por conta própria. Havia momentos em que a terra dos sonhos se parecia tanto com a vigília que o único modo de saber a diferença era o instinto. Era isso o que ele sentia agora: o sutil sussurro de sentidos além dos físicos advertindo-o da irrealidade.

— Nós *estamos* sonhando? — perguntou Inmu.

— Espero que não — respondeu Nijiri, apontando para o casal com a cabeça. — Ou é só uma questão de tempo até que seja lá o que tenha matado Sonta-i nos leve.

O irmão Rabbaneh ficaria muito irritado se o deixássemos como o único Coletor, pensou Inmu, depois teve de conter o vão impulso de rir. Outro som no limiar de sua audição apagou a leveza momentânea.

Ele se levantou e atravessou o telhado até a beirada oposta. A luz da Lua estava mais forte aqui, então ele conseguiu ver a fonte do problema com clareza: um jovem não muito mais velho do que ele próprio, encolhido em um degrau, dormindo. Pela vestimenta e pelo cobertor surrado que o cobria, Inmu desconfiou que o homem fosse um servo passando a noite do lado de fora como punição por algum erro. Embora os degraus da casa não pudessem ser confortáveis, ele caíra no sono e também se mexia, inquieto, gemendo nas profundezas de um pesadelo.

— *Não* estou gostando disso — falou Nijiri. Inmu sobressaltou-se; Nijiri aproximara-se de forma tão silenciosa que Inmu não notara.

— O sonho passa por proximidade — disse Inmu, preocupado.

— Nós já vimos isso. O mercador Bahenamin teve, depois a mulher, depois a serva. E outras vítimas moravam na mesma casa ou em casas adjacentes. Qualquer um que durma enquanto um portador dorme por perto.

Nijiri aquiesceu.

— Parece que estamos testemunhando outro surto. — Ele soou sombrio ao dizer aquilo. Os Compartilhadores haviam coletado todas as vítimas da praga que haviam encontrado, isolando-os no Salão de Cuidados Temporários. Eles não podiam fazer nada para ajudar as vítimas, mas haviam se consolado com o conhecimento de que, quando aquelas pobres almas morressem, não haveria outras. Agora parecia que os Compartilhadores seriam privados até desse pequeno conforto.

Mas alguma outra coisa no que haviam visto perturbava Inmu.

— Irmão — falou ele —, nós *achamos* todas as vítimas antes. Os Sentinelas trouxeram todos os que sofriam do sonho, e todos os que tinham tido contato com eles, e todos os que *poderiam* ter tido. Trouxeram algumas pessoas mesmo contra a vontade delas. — Inmu e alguns dos Compartilhadores haviam acompanhado os Sentinelas nessas viagens. Parecia errado usar feitiços de sono como armas, especialmente considerando a possibilidade de que alguns dos que eles estavam fazendo dormir jamais acordariam, mas manter a paz muitas vezes exigia atitudes dolorosas. — Nossos confrades Sentinelas foram tão minuciosos que não consigo ver como eles deixaram alguém de fora.

— Devem ter deixado. E existe um problema maior: onde está a fonte desse sonho ruim, Inmu? Ninguém nunca descobriu.

Enquanto Inmu refletia sobre o assunto, outro som estranho chamou a sua atenção e a de Nijiri. Uma voz de mulher? E mais alguma coisa, esta mais alta do que o resto, e familiar: rodas de carruagem batendo na pedra.

— É tarde para viajar — comentou Nijiri.

— Alguém voltando para casa depois de visitar o amante ou um bar. — Inmu deu de ombros.

Nijiri girou sobre os calcanhares onde estava agachado, seguindo o som.

— Você ouviu de que direção veio?

— De lá — apontou Inmu, e ficou surpreso de perceber que estava apontando para o próprio Hetawa. Para a rua que passava ao lado do Hetawa, especificamente, perto do muro leste do complexo.

Mas por que isso fizera Nijiri franzir o cenho de maneira mais acentuada?

— Veio *de* lá — murmurou Nijiri, quase que para si mesmo. — Não das ruas em volta, onde estão as casas. Havia silêncio, e então nós ouvimos a carruagem andar...

De repente, ele ficou tenso, arregalando os olhos de horror.

— *Indethe...* — E antes que Inmu pudesse perguntar qual era o problema, Nijiri saiu em disparada. Ele passou por cima da parede baixa do telhado e já estava quase no chão antes que Inmu pudesse organizar seus confusos pensamentos. Quando Inmu chegou ao chão também, Nijiri havia desaparecido após virar a esquina.

Perguntando-se outra vez se o irmão mais velho estava completamente são, Inmu correu atrás dele. Mas Nijiri já sumira em meio às ruas estreitas; até o som de seus passos desvanecera.

Mas o barulho da carruagem não estava muito longe. Inmu hesitou, depois virou na direção do ruído e avançou em uma trajetória que cruzaria com ela. Enquanto corria, aproximando-se do tinido das rodas sobre o pavimento, ouviu a voz da mulher outra vez. Cantando.

Logo à frente agora. Ele chegara a um cruzamento de ruas; a carruagem passaria pela avenida à sua frente a qualquer momento.

— *Deusa, minha doce Deusa, não...* — A voz de Nijiri, alçada a um volume bastante perturbado, ecoou pelas ruas vazias. Assustado, Inmu derrapou até parar. — *O que...?*

A carruagem — simples, de duas rodas, puxada por um homem forte da casta servil que portava armas suficientes para deixar claro que era um guarda também — passou na rua à frente de Inmu. Era aberta, embora um mosquiteiro atrapalhasse qualquer visão clara dos seus ocupantes. Em uma cintilação fortuita da luz da Lua e uma brisa que moveu o fino tecido para o lado, ele teve um vislumbre de movimento e então avistou o rosto de uma mulher, virando-se quando percebeu sua presença. Eram os olhos mais lindos que ele já vira: pretos como o lado escuro da Sonhadora, cativantes como uma pedra jungissa.

E tristes. Tão terrivelmente, dolorosamente tristes que Inmu quis ir até ela oferecer algum consolo se ela desejasse a fim de tirar aquela expressão de seu rosto. Ele a Coletaria, se ela quisesse, ou apenas a abraçaria, porque jamais vira alguém carregar tanta amargura e desespero sozinho. Não carregar e continuar vivendo, pelo menos.

Então algo se mexeu nos braços da mulher. Uma criança, ele se deu conta, embora tivesse apenas o mais efêmero vislumbre. Cinco ou seis inundações de idade, mole de sono. A expressão nos olhos da mulher mudou. Agora Inmu viu afeto nela e uma ternura tão profunda que os olhos dele se encheram de lágrimas. Ela recuou para as sombras por trás da cortina, aninhando a criança no seu peito. Quando a carruagem passou, virando em uma esquina para se dirigir a uma das pontes, ele ouviu a voz dela se erguer de novo, cantando aquela mesma cantiga suave que entreouvira antes. Uma canção de ninar.

Desejando algo de que nunca sentira falta antes, Inmu ficou olhando na direção por onde seguira a carruagem pelo intervalo de cinco respirações inteiras antes de se lembrar de Nijiri.

Virando-se de volta para o Hetawa, Inmu correu até alcançar a rua ao lado do muro leste do complexo. Encontrou seu colega Coletor encostado ao muro, a cabeça curvada e os ombros agitados e os punhos cerrados contra a pedra antiga como se de algum modo pudessem empurrá-la para um lado apenas com a força de vontade.

— Irmão! — Ele correu para o lado de Nijiri. — Nijiri-irmão, o que em nome das sombras...

— Aqui! — Nijiri virou-se para Inmu e segurou-o pelos ombros; seus olhos estavam desatinados. — Era aqui. Tem que ser a fonte, as pessoas estão pegando agora, a fonte! Estava *estacionada* aqui, *esperando* aqui, sabe o que isso significa? — Ele apontou um dedo para a parede. — *Olhe!*

Inmu olhou sem entender e viu o muro.

— É só o muro leste, Irmão. Eu não...

E então, de repente, terrivelmente, ele compreendeu.

Cada grupo dentro do Hetawa tinha seu setor do complexo. O norte pertencia aos Sentinelas e abrigava o Salão das Crianças. O oeste era o Salão dos Coletores, onde eram dadas as aulas de narcomancia. O sul era o Salão das Bênçãos e o complexo de escritórios, bibliotecas e salas de aula usados pelos servos leigos do Hetawa, pelos Professores e pelo Superior.

O leste continha o aglomerado de edifícios que abrigavam os que seguiam o caminho dos Compartilhadores.

A fonte, dissera Nijiri. A fonte da praga do pesadelo. *Estivera estacionada perto do Salão dos Compartilhadores a noite inteira enquanto eles dormiam.*

— Não — sussurrou ele. O Coletor não conseguia pensar. Mal conseguia respirar. — Não.

Então Inmu se lembrou da carruagem e da mulher. Cantando sua canção de ninar.

Ele se soltou de Nijiri e desceu a rua às pressas, correndo o mais rápido que podia, sem se preocupar com o barulho que fazia ou com a perturbação de seus movimentos. De que importava que as sandálias batessem no pavimento, que ele estivesse chorando enquanto corria? Ninguém nas casas à sua volta jamais acordaria.

Ele chegou à rua onde vira a carruagem pela última vez e parou, tentando desesperadamente acalmar sua respiração ofegante para poder ouvir e localizar as rodas da carruagem.

Mas, ao seu redor, só havia silêncio.

28

MISERICÓRDIA

Logo após o amanhecer, Hanani foi à tenda de Mni-inh e sentou-se. Ele, que acabara de acordar e ainda tinha a vista embaçada, deu uma olhada no rosto dela e acordou por completo.

— O que aconteceu?

Hanani contou a ele sobre a primeira aula do Príncipe, embora tenha omitido o momento de pânico que se seguiu. Quando falou sobre ter sido jogada no reino intermediário e sobre a visão de si mesma cometendo uma violência, Mni-inh arregalou os olhos.

— Era uma criança — disse ela, as mãos contorcidas no colo. — Um bebê ou uma criança mais velha bem pequena. Eu jamais machucaria uma criança, Irmão. Sei que as coisas em Ina-Karekh são reflexos de nós mesmos, mas o que vi *não era em Ina-Karekh*. Estávamos no reino entre o sonho e a vigília. Você já ouviu falar sobre isso antes?

— Não exatamente. — Ele coçou o queixo, onde um punhado disperso de pelos firmes crescera da noite para o dia, fazendo um barulho alto. — O que você vivenciou parece uma visão verdadeira, uma visão de algo que vai de fato acontecer — Hanani sentiu um aperto ainda mais forte no estômago, mas Mni-inh logo chacoalhou a cabeça —, mas nunca ouvi falar disso acontecendo no reino intermediário. Só a Deusa pode criar mundos, seja na vigília ou no sonho. O reino intermediário é misterioso, mas deveria estar *vazio*. — Ele suspirou. — Mas condiz com uma coisa da qual eu suspeitei.

— Que é?

— Bom... — Ele se recostou nas almofadas, uma expressão meio pesarosa no rosto. — Ouvi dizer, de uma forma indireta, que existe um motivo pelo qual o Hetawa apoiou a Linhagem do Ocaso por tantos anos. O Rei Eninket não foi o primeiro a desgraçar a família, afinal: eles são homens, com as mesmas fraquezas e falhas que qualquer outro. Mas tem algo a ver com *eles*, com essa linhagem em particular.

— Por quê?

— Não sei. — Ele deu um sorriso amarelo. — Há segredos a que só o Conselho e os Coletores têm acesso e... Bem, você sabe o que os outros seniores acham de mim. — Ele suspirou. — Mas me contaram, anos atrás, que ninguém ficou surpreso ao descobrir que Ehiru, que foi dado ao Hetawa pela mãe para salvá-lo de Eninket, revelou-se um dos narcomancistas mais poderosos na memória recente. E eu acho interessante que Nijiri, que foi uma das principais vozes aconselhando a conciliação com os kisuati durante todos esses anos, mudou de opinião quando Wanahomen começou sua campanha.

E o Coletor Nijiri ficara particularmente interessado ao ver que Wanahomen tentara salvá-la, lembrou-se Hanani. *Talvez valesse a pena salvar a sua linhagem, afinal.*

— Também acho interessante — continuou Mni-inh — que todos os Príncipes que já tivemos... *todos*, até onde posso dizer... tinham o dom do sonho em alguma medida.

Hanani piscou.

— Até o Rei Eninket?

— Ah, sim. O dom dele era fraco, mas estava lá. E um punhado deles, inclusive o Primeiro Rei Mahanasset, eram bastante poderosos e doidos de pedra antes de o Hetawa ajudá-los. Pegamos alguns desses, como Ehiru, para nós... mas não todos. Você fique de olho nesse Wanahomen. — Ele sacudiu um dedo para ela. — Ele disfarça bem e pode até nem ter consciência de estar disfarçando. Mas, com um dom desses, a alma dele deve andar entre a vigília e o sonho o tempo todo. Ele não consegue evitar.

Hanani alisou rugas invisíveis em suas saias, pesando. Sentia-se mais calma, pelo menos.

— Não acho que o que eu vi foi uma visão verdadeira — pontuou ela. — Só os Coletores têm essas visões.

— Ele é um Coletor, Hanani, em essência. Por mais que ele odeie. — Enquanto Hanani piscava, Mni-inh sentou-se e espreguiçou-se, massageando as torções causadas pelo descanso noturno. — E, ao tocar os sonhos do Príncipe, você pode ser arrastada pelo poder dele, então tenha cuidado. Sinceramente, é por esse motivo que cada caminho treina os seus próprios membros. — *E foi por esse motivo que tentei te alertar para não o treinar*, ele não falou, mas essa discussão estava encerrada. Para manter a paz, ele não a traria à tona outra vez, algo pelo que Hanani ficou agradecida. — Mantenha o seu nome de alma e a sua astúcia por perto e esteja preparada para qualquer coisa.

Enquanto Hanani refletia sobre isso, Mni-inh se levantou.

— Como sinto falta dos banhos do Hetawa! Os deuses colocaram água quente e óleos perfumados neste mundo por uma razão, estou te dizendo.

Hanani não pôde deixar de sorrir ao ouvir o comentário... o que a surpreendeu, porque não sentia vontade de sorrir há dias. A culpa onipresente permanecia e talvez sempre permanecesse, pois ela tirara uma vida sem conceder paz e não havia pecado maior em toda a fé hananjana. No entanto, o medo irracional parecia ter enfim desvanecido.

Tenho que agradecer ao Príncipe por isso, imagino. Os deuses não deixam de ter um senso de ironia...

— Já tomei banho, Irmão, me perdoe por não o acompanhar — disse ela, levantando-se também. — Preciso descansar, já que parece que dar aula ao Príncipe vai ser mais desafiador do que eu pensei a princípio. Mas posso vir depois e compartilhar a dança do fim de tarde com você?

Mni-inh parou e encarou-a, então um vagaroso sorriso se abriu em seu rosto.

— Eu ficaria encantado — respondeu ele. — Não rezamos juntos há muito tempo. Até o pôr do sol, então.

Hanani tocou a mão do mestre ao passar por ele para sair. Ele segurou a mão dela e apertou-a, encorajando-a, antes de soltar. Foi bom sorrir de novo, então ela sorriu o caminho todo de volta para a sua tenda.

★ ★ ★

Uma mudança no som ambiente do acampamento acordou Hanani. Tirada de um sonho agradável com um banho quente com cheiro de sândalo do Hetawa, ela voltou ao reino da vigília e ouviu, através das paredes de sua tenda...

Gritos raivosos. Chamados: por Unte, por Tajedd, por outras pessoas importantes da tribo. Zombarias e risadas com uma ponta de ódio. E corrupção.

Alguém tamborilou a aba de sua tenda. Levantando-se para abri--la (ela sempre mantinha as cordas bem amarradas agora), ela piscou quando Yanassa enfiou a cabeça para dentro.

— Você ainda está aí? Ótimo. Fique aí até amanhã. — A expressão da mulher banbarrana estava atipicamente dura e fria. — Wana pegou um espião.

Hanani sobressaltou-se.

— Achei... achei que a patrulha dele fosse uma punição, que fosse só de fachada.

— Talvez essa fosse a intenção. Mas ninguém esperava que um shadoun fosse tão audacioso a ponto de entrar no nosso território. — Ela chacoalhou a cabeça, depois fechou a aba da tenda de Hanani com tanta força que fez um barulho alto, para grande surpresa de Hanani. — Eles vão pagar por esse desrespeito!

Cautelosamente, Hanani abriu a aba e deu uma espiada do lado de fora. Mais adiante de Yanassa, ela pôde ver uma grande aglomeração de pessoas perto do centro do acampamento, uma massa que gritava e gesticulava. Crianças passavam correndo e rindo, entusiasmadas. Duas delas levavam varetas.

Hanani sentiu um súbito e terrível calafrio.

— Yanassa, o que vai acontecer com esse shadoun?

— Nada de bom. — De repente, Yanassa ficou séria, olhando firme para ela. — Mas isso não diz respeito a você. Apenas fique na tenda até de manhã e não preste atenção no que ouvir. — Ela estendeu a mão para fechar a tenda outra vez.

Hanani segurou a mão dela.

— O que você está dizendo? Vai haver violência? — Essa era uma pergunta boba; a violência pairava como uma onda de calor no próprio ar. — Yanassa...

No plano de fundo, a multidão se afastou por um momento e Hanani teve um vislumbre do espião shadoun.

Da *espiã* shadoun.

Foi difícil de distinguir a princípio. Hanani estava acostumada a ver mulheres enfeitadas com joias e o rosto pintado; esta não tinha nenhuma dessas coisas. Como os homens banbarranos, ela usava túnicas de deserto largas e um lenço na cabeça, que ocultavam muitos dos detalhes do seu rosto e do seu corpo. O lenço fora parcialmente arrancado, revelando um cabelo preto liso cortado curto e um rosto que não era muito diferente de um banbarrano típico. Suas feições eram mais arredondadas; seus olhos, de uma cor mais clara, um verde pálido, nesse caso; e sua pele, de um tom mais escuro de marrom, mais semelhante ao dos habitantes do oeste. Mas tinha a mesma arrogância ferrenha.

E sorria, mesmo enquanto era arrastada por dois guerreiros do grupo de caça de Wanahomen.

Mas isso não causava nem metade da perturbação provocada pela sombria antevisão no comportamento de Yanassa.

— Me diga o que vocês pretendem fazer com ela! — exigiu Hanani.

Yanassa fez cara feia e finalmente entrou na tenda, fechando a aba depois de passar.

— Não depende de mim... ou, pelo menos, não só de mim. O grupo de caça vai entregá-la para Unte. Unte provavelmente vai dá-la para a tribo. Especificamente, para as mulheres da tribo. Cabe a nós decidir o destino de outra mulher. — Ela cruzou os braços. — Algumas de nós estão com raiva suficiente para despedaçá-la com as próprias mãos ou jogá-la das colinas, mas o mais provável é que a gente a dê de presente para os homens da tribo. Eles vão garantir que ela sofra tempo suficiente para satisfazer todos.

Hanani a encarou, revoltada demais para falar.

Yanassa suspirou e desviou o olhar por um momento, uma ponta de vergonha nos olhos... mas estava brava também, e foi a raiva que a fez voltar a encarar Hanani de modo desafiador.

— É o que eles fazem com as nossas mulheres quando podem!

— E por isso é certo?

Yanassa chacoalhou a cabeça, não em resposta à pergunta de Hanani, mas por alguma grande turbulência interna.

— A última mulher sobreviveu, se é que dá para chamar de sobrevivência. Os shadoun a mandaram de volta. Destroçada, balbuciando... — Ela cerrou os punhos. — Na verdade, nós a levamos para o seu povo em busca de ajuda, embora fazer isso quase nos sufocasse. E eles tentaram por pura gentileza. Mas ela estava quebrantada além do que a habilidade da magia podia consertar... Eles podiam curar o corpo dela, mas não a mente. Então eles a mataram para nós, como um ato de misericórdia. E nós ficamos felizes por isso. — Os olhos de Yanassa se encheram de lágrimas; a tristeza e o ódio competiam em seu rosto com um resultado misto e feio. — Isso foi vinte anos atrás, minha tia-avó. Eu me lembro da expressão nos olhos dela, ratinha, e se você a tivesse visto também... — Ela respirou fundo. — Então não, não está certo. Mas *eu não me importo*.

Hanani estremeceu, apesar de não estar frio dentro da tenda. Ela já vira pessoas tão machucadas por uma tragédia ou outro infortúnio um punhado de vezes durante sua vida no Hetawa. Quando a loucura não era congênita nem era resultado de algum desequilíbrio humórico, quando o problema eram as lembranças e não a carne que as abrigava... Não, nem mesmo a magia podia fazer muita coisa. Era por isso que existiam os Coletores.

Contudo, ao olhar para os lábios trêmulos de Yanassa, para o seu maxilar cerrado, ocorreu a Hanani que às vezes o verdadeiro dano não era às almas libertas, mas aos que ficavam para chorar a sua morte. Afinal, a corrupção era a mais virulenta das doenças e precisava apenas da menor ferida para infeccionar.

— Então fique aqui — disse Yanassa. Seu rosto suavizara um pouco. — Unte e Tajedd pretendem interrogá-la primeiro. Eles ainda podem matá-la de cara, mesmo que seja porque qualquer coisa pior estragaria as celebrações do solstício.

Ela saiu da tenda e Hanani ficou olhando para as abas que balançavam por um longo instante depois de sua saída.

Depois ela própria passou pelas abas e foi direto para a tenda de Unte.

29

OS PROTETORES

O pássaro mensageiro fora e voltara, um arauto da mudança. Agora essa mudança estava nos portões do palácio e Sunandi estava com medo.

Anzi pôs uma das mãos em seu ombro enquanto esperavam no pátio. O pátio estava quieto, embora Sunandi e Anzi houvessem visto, ao atravessar o palácio, cortesãos e guardas passando apressados pelos salões de mármore para se prepararem para os hóspedes inesperados. Apenas os servos, que eram gujaareen em sua maioria e não haviam ficado impressionados com a chegada de ainda mais kisuati, estavam calmos enquanto cuidavam de seus deveres. Alguns dos kisuati haviam parado para fazer uma mesura para Sunandi e Anzi ao passar, mas a maioria não prestara atenção ao casal. Sem dúvida consideravam Sunandi inútil para quaisquer que fossem as suas ambições políticas agora que chegava um quarteto de Protetores para tomar o controle de Gujaareh.

— Você não sabe o que eles vão fazer — murmurou Anzi. Ela olhou para ele, mais agradecida do que poderia ser expresso em palavras por haverem resolvido suas diferenças após o incidente seis dias antes. Mas ele ouvira quando ela o aconselhou a não ir prender de imediato o Coletor envolvido. Em vez disso, ele esperara, acalmando a si mesmo e a seus oficiais impacientes, e esperando também enquanto as tensões na cidade se abrandavam um pouco. E quando chegara a mensagem de Kisua dizendo que Sunandi deveria se preparar para receber os quatro membros do Protetorado que já estavam a caminho de Gujaareh pelo rio abaixo, ele devolveu o favor acalmando-a e lembrando-a de que fizera um bom trabalho ao governar o reino com recursos limitados e ordens difíceis recebidas da terra natal. Qualquer que fosse a mudança pela qual os ventos políticos houvessem passado em Kisua, ninguém poderia negar isso.

Mas Sunandi, que sabia exatamente quão instáveis esses ventos podiam ser, não tinha tanta certeza.

Ela escolhera encontrar-se com os Protetores no grande pátio do Yanya-iyan, diante do pavilhão com teto de vidro que um dia servira como plataforma exterior do trono do Príncipe de Gujaareh. Agora a plataforma era um mero ponto de referência natural quando os visitantes entravam pelos portões do palácio e atravessavam a areia varrida. Os soldados entraram primeiro, espalhando-se para ladear os muros do pátio. Depois vieram os empregados domésticos e os carregadores de bagagem e, por último, quatro quadras de homens jovens e fortes, cada quarteto carregando as hastes de uma liteira de tamanho mediano sobre os ombros. As liteiras eram cobertas por drapeados verdes, adornadas com franjas e conchas polidas. Ela conseguia ver apenas vultos tênues lá dentro. Os grupos pararam e colocaram as liteiras no chão diante da plataforma do trono e Sunandi e Anzi ajoelharam-se para mostrar respeito quando os Protetores saíram.

E, no momento que alçou o olhar para cumprimentar os visitantes, Sunandi soube que os ventos em Kisua deviam de fato estar ruins.

Dois dos Protetores Sunandi conhecia pessoalmente: Sasannante, um grande acadêmico e poeta que Sunandi estudara durante o seu treinamento, e Yao, chamada de Mama Yao porque tivera treze filhos e os usara para se tornar a matriarca de uma das mais poderosas famílias do ramo naval de Kisua. Os outros dois ela conhecia só de vista e pela reputação. Um deles era Moib, um ex-general que perdera um olho contra tropas apoiadas por Gujaareh na Batalha de Soijaro dez anos antes. O outro, um homem tão alto que provavelmente se sentira péssimo durante toda a viagem naquela liteira, tinha de ser

Aksata, outro mercador cuja família fizera fortuna vendendo espadas e armaduras para o exército permanente de Kisua. Moib, o Senhor da Guerra, eles o chamavam, e Aksata, o Oportunista.

Então as coisas ficaram ruins a esse ponto. Só pode haver um motivo para os Protetores terem mandado esses dois para cá.

Como que ouvindo seu pensamento, Aksata sorriu, inclinando a cabeça para Sunandi e Anzi.

— Saudações, Oradora Jeh Kalawe, General Seh Ainunu. O Conselho manda lembranças.

Sunandi levantou-se, embora mantivesse o olhar respeitosamente abaixado. Ao seu lado, Anzi fez o mesmo.

— E saudações a vocês, Estimados e Sábios de Kisua. Dou-lhes as boas-vindas a Gujaareh. A viagem foi difícil? Posso oferecer petiscos ou descanso?

— Sim, daqui a pouco — respondeu Aksata. Ele olhou para os demais Protetores. Mama Yao, que estava talvez em sua sétima década, apoiava-se pesadamente em um dos servos que carregara a liteira, mas fez um aceno cansado demonstrando que concordava com Aksata. Sasannante estava tão ereto e inescrutável quanto a bengala elaboradamente entalhada em suas mãos, enquanto Moib fazia algum alongamento de soldado para se desfazer da rigidez da viagem. Aksata parecia saudável, mas afinal estava apenas no final dos cinquenta anos, pela estimativa de Sunandi. Em Gujaareh, onde a magia prolongava a vida dos cidadãos, ele seria jovem demais para se qualificar para a idade da velhice.

Ao passo que Mama Yao está tão idosa que a viagem em si poderia tê-la matado. Ela não tem nenhum amor por Gujaareh, mas também não é insensata... Então, será que os outros Protetores esperam que ela morra antes de poder fazer muita coisa?

Infelizmente, era bastante possível.

— A viagem realmente foi difícil — comentou Aksata —, em grande parte porque nos apressamos para chegar aqui. Recebemos notícias ao longo do caminho de mais problemas além da praga dos bandidos do deserto que você tem enfrentado. Alguma coisa a ver com o Hetawa?

— Sim — respondeu Sunandi, mantendo o tom cuidadosamente neutro. Pássaros mensageiros de novo, ou talvez cavaleiros portadores de mensagens, viajando rio acima para encontrar os Protetores no caminho. De qualquer forma, ela não fazia ideia do quanto de verdade, ou de falsidade, fora fornecido pelos espiões na equipe de Sunandi.

— No começo do solstício — começou ela —, dois dos nossos soldados foram Coletados. Ao que parece, eles estavam molestando mulheres na cidade.

— Me disseram que eram prostitutas — interveio Moib. Sua voz era áspera como cascalho de estrada. Havia outra cicatriz franzida, há muito curada, de um lado a outro da garganta.

— Gujaareh tem poucas prostitutas como as denominamos — informou Sunandi. — Servas e mulheres de casas de timbalin, se assim escolherem — e mesmo essas nunca deviam ser violentadas pela Lei de Gujaareh, mas agora não era o momento de explicar isso aos Protetores —, mas as mulheres agredidas pelos soldados eram de outro calibre. Uma espécie de sacerdotisas.

— Putas sagradas, então — escarneceu Mama Yao. — E sem dúvida fáceis de confundir com qualquer outro tipo. Então os gujaareen mataram os seus homens por causa de um mal-entendido? — Ela olhou para Anzi.

Anzi flexionou o maxilar por um momento e Sunandi rezou para que o marido mantivesse a calma.

— *Eles* não consideram um mal-entendido, Estimada.

— Claro que não — retorquiu Aksata. Ele suspirou. — Bem, nós esperávamos que algo assim fosse acabar acontecendo. Vocês executaram o Coletor que fez isso?

Sunandi franziu a testa.

— Não, Estimado.

— Não? — Alguma coisa no comportamento de Aksata, interpretação ruim, talvez, disse a ela que ele não estava nem perto de se sentir tão surpreso quanto parecia. — Prenderam, então? Um julgamento parece excessivamente formal, mas...

Então era isso. Sunandi quase sorriu. Em algum lugar do além-túmulo dos sonhos, seu velho mentor Kinja estava rindo. Mas ela sabia agora o papel que eles queriam que ela desempenhasse.

— As tensões na cidade têm estado altas — explicou ela, olhando para trás de Aksata, para os outros Protetores. Aksata era irrelevante; ele viera com a sua própria agenda. Moib também, muito provavelmente. Era possível que *todos* eles tivessem vindo com o mesmo propósito, mas ela precisava tentar. Concentrou-se em Mama Yao e Sasannante na esperança de que ainda não houvessem julgado previamente a situação a ponto de ignorar a razão. — Tem havido inquietação nos últimos tempos por conta dos ataques banbarranos e há boatos de algum tipo de doença à solta pela cidade. Também desconfio que alguns dos nobres...

— Basta, Oradora — falou Mama Yao. Ela se endireitou e fixou em Sunandi um olhar severo. — Não viemos para ouvir desculpas.

— Aceito qualquer solução que sugerirem, Estimada — disse Sunandi depois de fechar a boca por um instante.

Sasannante olhou para os outros Protetores e sorriu.

— Eu falei para vocês que a protegida de Kinja não seria tola.

— Conciliadora demais, talvez — retorquiu Mama Yao. Ela parecia irritada, como se houvesse esperado mais resistência da parte de Sunandi.

— Talvez. — Sasannante fitou Sunandi, pensativo. — Esse vai ser um momento difícil para você, Oradora. Não é fácil abrir mão do tipo de controle que você teve até agora. Mas, para suportar bem este momento, lembre-se de que você serve ao povo de Kisua, não o de Gujaareh.

Todos eles então. Sunandi baixou os olhos, tremendo por dentro com uma raiva que jamais demonstraria. *Malditos!* Dez anos de noites sem sono e cautelosa diplomacia e agora eles estavam prestes a estragar tudo.

Mas Sasannante estava certo; ela servia a Kisua acima de tudo. Gujaareh tinha seus próprios protetores, mais perigosos do que o Conselho em sua terra natal se dava conta. E se, fazendo mesuras e sorrindo para esses tolos, Sunandi pudesse encontrar uma forma de proteger o seu lar do pior da ira gujaareen em fermentação, que fosse.

Então ela inclinou a cabeça para Sasannante, estendendo as mãos para as laterais em um gracioso ato adicional de submissão, e disse:

— Nunca esqueci que sirvo a Kisua, Estimado... e aos seus Protetores, claro.

Moib soltou uma risada rouca; Aksata chacoalhou a cabeça e sorriu.

— Temo o dia em que você se tornar uma anciã, Jeh Kalawe — falou ele. — Eu me pergunto se nos atreveremos a deixá-la participar do conselho quando isso acontecer!

Sunandi manteve seu desdém oculto atrás da máscara agradável em seu rosto. *Me deixe participar e a primeira coisa que vou fazer é garantir que tolos egoístas e míopes como você sejam assassinados durante o sono.*

— Então. — Aksata alongou-se, as juntas estralando ruidosamente; ele fez uma careta. — Redimam-se hoje, Oradora e General. Vão ao Hetawa e busquem o homem que ousou tirar uma vida kisuati. Tragam-no para cá para fazermos dele um exemplo.

E Anzi, o doce Anzi, que passara os últimos dias aprendendo com Sunandi porque essa era exatamente a coisa errada a se fazer, franziu o cenho e deu um passo adiante.

— Estimado, se ao menos ouvisse o conselho da minha mulher...

Sunandi pôs uma das mãos no ombro dele e ele se virou para fitá-la. Ela chacoalhou minimamente a cabeça. Eles estavam juntos há quase dez anos; ele chegara a conhecê-la melhor do que qualquer outra pessoa a não ser Kinja e um certo sacerdote gujaareen, os quais já haviam morrido há muito tempo. A Oradora ainda se admirava com o fato de que, em momentos como aquele, ele conseguisse olhar para ela e decidir, com base apenas no amor, confiar nela sem questionar. Ela não conseguia lembrar o que fizera na vida para merecer tal devoção. Mas ele a demonstrou agora e deu um passo atrás.

— Será feito imediatamente, Estimado — declarou ela, e fez uma mesura. Anzi também fez, embora a sua fosse menos graciosa; ele não era tão bom em fingir como ela.

Aksata acenou com a cabeça.

— Pois bem. Se não se importam, ficaremos felizes em aceitar aquela oferta de descanso e petiscos e esperar a sua volta.

★ ★ ★

Agora eles estavam nos degraus do Hetawa, Sunandi e os dezesseis soldados da melhor tropa de Anzi, esperando enquanto um Sentinela foi anunciar a chegada deles. Sunandi pedira que os soldados estivessem desarmados, mas duvidava que essa particularidade fosse importar muito para a multidão gujaareen que já estava se formando na praça e que havia vindo para ver o que os soldados kisuati queriam dos Servos de Hananja. Ela conseguia distinguir os murmúrios em meio à aglomeração, sentir a subcorrente de raiva que espreitava logo abaixo da superfície, mas não estava com medo. De qualquer forma, não ainda. Nenhum gujaareen cometeria violência na entrada do Hetawa.

As grandes folhas da porta de bronze estalaram e então abriram com um rangido. Só depois ocorreu a Sunandi perguntar-se por que a porta estava fechada... e aferrolhada, se ela não se equivocara com o barulho... para começar. Era o meio da tarde, o Hetawa costumava ficar aberto durante as horas do dia.

Em seguida, saiu o Superior, parecendo cansado, mas nem um pouco surpreso de vê-los, e Sunandi concentrou-se rapidamente no aqui e agora.

— Bem-vinda, Voz dos Protetores — disse o Superior, inclinando a cabeça para ela. Ele olhou para os soldados e ergueu uma sobrancelha branca e curva. — Bem-vindos também, soldados dos Protetores. Estou surpreso de vê-los sem armas.

Dirakha, o capitão da tropa, fez uma mesura cautelosa para o Superior, depois olhou para Sunandi sem dizer uma palavra. O Superior deu um leve sorriso para eles.

— Entendo — falou ele. — Obrigado, Oradora. Agradecemos o respeito.

Sunandi inclinou a cabeça em resposta, embora apenas o suficiente para reconhecer um igual. Entre os gujaareen, para quem o Superior oficialmente ficava atrás somente do Príncipe no poder, isso trazia o risco de insulto, mas o Superior devia saber por que eles haviam vindo. Ele só suspirou um pouco, o sorriso desvanecendo.

— Os Coletores convidam você a entrar, Sunandi Jeh Kalawe — declarou ele. — E, já que esses homens estão desarmados, eles podem entrar também. Há algo dentro do Salão de Bênçãos que você deveria ver.

Isso Sunandi não esperara. Todavia, disfarçou sua surpresa e aquiesceu, subindo os degraus para seguir o Superior para dentro. Atrás de si, ouviu Dirakha hesitar por um momento, talvez esperando algum sinal de Sunandi, mas ela não olhou para ele. A escolha de entrar no Hetawa teria de ser dele. Ela soube qual foi a decisão quando ouviu uma praga murmurada em suua e as súbitas pegadas de dezesseis pares de sandálias logo atrás.

Ela passou pela porta e adentrou os limites mais frescos e mais escuros do Hetawa, piscando enquanto seus olhos se adaptavam. Então, quando se adaptaram, ela parou em estado de choque.

Em filas duplas ao longo do corredor central, havia enxergas. Devia haver quarenta ou mais, caprichosamente espaçadas e enfileiradas até a metade do caminho para a porta de bronze. Em cada enxerga havia uma pessoa dormindo.

Sunandi franziu o cenho, percorrendo o corredor enquanto tentava compreender o que via. Seria isso algum ritual novo? Mas algumas das pessoas acamadas pareciam estar tendo um sono agitado, gemendo e remexendo-se, como que incapazes de acordar de um pesadelo.

Perscrutando o rosto de um dos adormecidos, Sunandi ficou tensa ao reconhecer o homem. Era um dos Compartilhadores, que ela conhecera muito tempo antes em alguma solenidade de estado ou outra. Ela olhou para os outros e estremeceu quando um calafrio percorreu seu corpo. Quase todos usavam vestimentas do Hetawa.

— Compartilhadores em sua maioria, mas também Professores e Sentinelas — disse o Superior, observando-a. Ela se virou para ele, que lhe deu outro sorriso tênue e doloroso. — Nenhum Coletor e nenhuma criança, graças à Deusa. Uma pequena bênção.

— O que é isso? — perguntou Sunandi.

— Os seus espiões devem ter contado para você sobre a praga. — Ele passou por ela, parando para fitar outro de seus colegas. — Faz um mês que estamos lutando contra ela. Admito que guardamos segredo sobre a notícia na sincera esperança de que logo encontraríamos uma cura. — Ele suspirou. — Agora não temos escolha. Estão se espalhando pela cidade boatos de que *nós* somos a fonte desse horror. Precisamos revelar tudo para que as pessoas possam encontrar paz na verdade.

Dirakha segurou o braço de Sunandi de repente.

— Oradora, se existe uma praga…

— A praga é transmitida de sonho a sonho — explicou uma voz familiar, e Sunandi virou as costas para o capitão para ver uma figura vestida com mantos claros avançando na direção deles. Ele parou e curvou-se sobre as mãos ao estilo gujaareen, seu rabo de cavalo de cachos castanho-avermelhados balançando para a frente durante o movimento. O Coletor Rabbaneh. Quando ele se endireitou, Sunandi percebeu que não estava sorrindo talvez pela primeira vez desde que o conhecera.

— Não há risco de contágio — assegurou ele, olhando para Dirakha, que, de repente, pareceu constrangido e soltou Sunandi. — Não agora. Mas se você se deitasse agora e dormisse entre essas pessoas, nunca acordaria.

— Por que não me informaram sobre isso? — Apesar de Sunandi estar horrorizada, sua mente já estava pensando nas implicações. Os Protetores aproveitariam a oportunidade para culpar o Hetawa por todos os males de Gujaareh. Na melhor das hipóteses, poderiam banir a magia; na pior, poderiam fechar o Hetawa, exigir a prisão ou a execução de todos os sacerdotes e fazer o máximo para erradicar esse ramo da fé hananjana.

— Nós ocultamos porque o problema estava contido — respondeu Rabbaneh. Desolação, percebeu Sunandi. Era essa a expressão nos olhos do Coletor enquanto ele olhava ao redor do salão para os confrades moribundos. Ele não tinha esperança de que fossem melhorar. — Ou pelo menos foi o que pensamos. Duas quadras de dias atrás, coletamos todos os que sofriam do sonho e qualquer outra pessoa que pudesse ter sido exposta. Ao todo, mais ou menos cinquenta. Nós os deixamos isolados, estudando-os, mas cientes de que havia uma esperança se não conseguíssemos encontrar uma cura: eles seriam os últimos. — Ele fitou um garoto, um jovem magro quase da idade do amadurecimento ou pouco mais que isso, e fechou os olhos, como que sofrendo. — Mas, duas noites atrás, fomos atacados pelos portadores do sonho.

Com todos os pensamentos sobre os Protetores dissipados agora, Sunandi o encarou.

— *Atacados?*

— É o que achamos — falou uma nova voz às suas costas... a voz que ela temia. Preparando-se, ela se virou para ficar de frente para Nijiri. Mas viu de pronto pela expressão do rapaz que ele sabia por que ela viera e não a odiava por isso. Foi quando ela recordou as últimas palavras dele: *Vou perdoar você não importa o que os Protetores a obriguem a fazer.*

Sunandi ficou surpresa com o quanto aquelas palavras a deixavam aliviada.

— A fonte do sonho é uma criança — informou Nijiri. — Sonta-i descobriu isso para nós. Não sei como qualquer criança poderia ter tanto poder, mas o fato é que alguém está usando a criança como arma. Eu e meu irmão Inmu somos testemunhas. — Ele fez um gesto, apontando para as figuras adormecidas. — Fizeram isso conosco.

— Pior — disse Rabbaneh —, descobrimos que algumas pessoas "carregam" o sonho durante vários dias sem cair em um sono sem fim. Elas estão tão condenadas quanto aquelas que dormem imediatamente, mas, nesse meio-tempo, transmitem o sonho para outros.

Sunandi estremeceu, cruzando os braços sobre os seios.

— Uma praga de pesadelos. Realmente sombrio. — Então ela parou, algo em suas próprias palavras despertando uma lembrança. — Isso já aconteceu antes? Sonhos com tanto poder?

O Superior lançou-lhe um olhar estranho.

— Não. Existem muitas variações incomuns na magia que usamos, mas nenhuma é inerentemente prejudicial, apesar do que o seu povo diz.

— A Sonhadora Desvairada — falou Rabbaneh. Ele se agachou ao lado do jovem magro, olhando para o menino com uma ternura inconfundível. — Foi assim que Sonta-i a chamou no final. Mas vasculhamos os arquivos e não encontramos nenhuma menção a uma coisa dessas.

Sonta-i. Anúncios da morte dele haviam sido afixados por toda a cidade; vários artesãos e artífices especializados em luto haviam criado tribunos em sua homenagem. A morte de um Coletor em si não era causa de tristeza na cidade, pois a maioria dos Coletores escolhia o momento de partir e partia feliz. Agora, porém, vendo a angústia em Rabbaneh e Nijiri, Sunandi entendeu o que mais fora escondido do público.

Mas as últimas palavras de Sonta-i mexeram ainda mais com as lembranças de Sunandi. *Sonhadora Desvairada.*

— Vocês não consultaram os arquivos no Yanya-iyan — murmurou ela, tentando pensar. Tentando desvendar aquele pedaço irritante de lembrança. — Todo o material que Eninket reuniu enquanto tentava descobrir os segredos dos Ceifadores. Levou anos para nós organizarmos, mas me lembro de ver alguma coisa referente a essa praga de pesadelos. E à Sonhadora Desvairada.

O Superior ficou tenso. Rabbaneh e Nijiri se entreolharam, depois fitaram-na. Rabbaneh se pôs de pé.

— Você precisa me prender — disse Rabbaneh. — Certo?

Sunandi baixou os olhos.

— Certo.

Ele se levantou e veio se posicionar diante dela, estendendo os braços.

— Tome o cuidado de envolver as minhas mãos; você sabe o que podemos fazer com um toque.

Ela o encarou. De certa forma, esperara por isso. Mesmo assim... Ela fez um sinal para Dirakha avançar e afastou-se enquanto os homens dele amarravam os braços do Coletor.

Nijiri também avançou. Atrás dele, o terceiro Coletor, um jovem alto e magrelo, caminhava pelo corredor em direção a eles.

— E eu — disse Nijiri. — E Inmu.

— E eu — falou o Superior, dando um passo à frente. Ele deu um leve sorriso amargo para Sunandi. — Sou apenas um Professor, mas infelizmente, como um Coletor se foi, eu seria o melhor substituto.

Sunandi franziu a testa.

— Me mandaram aqui para buscar Rabbaneh.

— Segundo a sua regra, qualquer mal feito a um kisuati seria revidado em quádruplo, certo? — retorquiu Nijiri. Ele fitou os irmãos e o Superior. — Somos só quatro, não oito, mas talvez os Protetores perdoem o fato de sermos em pequeno número, considerando quem somos.

— Não posso levar todos vocês — disse Sunandi, pensando. Ela olhou para Nijiri em especial; ele saberia o quanto suas próximas palavras lhe haviam custado. — A cidade precisa dos seus Coletores.

Nijiri ergueu uma sobrancelha, um lento sorriso abrindo-se em seu rosto.

— É verdade, Jeh Kalawe — comentou ele. — Mas não podemos fazer mais nada por Gujaareh agora. Você sentiu o clima na cidade nos últimos dias. A última coisa que o nosso povo quer é paz.

E com você e os seus confrades sob a nossa custódia, a raiva da cidade vai ficar muito mais atiçada. Ah, sim. Ela podia ver nos olhos de Nijiri. Ele sabia muito bem como o povo de Gujaareh provavelmente reagiria quando se espalhasse a notícia de que Kisua prendera os Coletores. Todo o falatório sobre o Hetawa infligir pesadelos à população acabaria, a inquietação do povo se intensificaria, transformando-se em um foco afiado e escaldante. Kisua, não o Hetawa, seria o alvo de toda essa raiva.

O caminho mais rápido e mais seguro para a estabilidade. Foi o que Nijiri a advertira que o Hetawa escolheria.

— Vou vasculhar os arquivos do palácio e compartilhar qualquer material relevante — assegurou ela, olhando nos olhos de Nijiri.

— Qualquer coisa vai ajudar a essa altura — falou ele. Depois deu a ela um leve sorriso afetuoso. — Somos má influência para você, Jeh Kalawe. O seu comportamento parece suspeitosamente gujaareen hoje em dia.

Ela devolveu o sorriso, menos insultada do que deveria.

— Você sabe que eu uso qualquer tática que funcione melhor. Com sorte, os meus atos vão trazer paz para *ambos* os povos com um mínimo de sofrimento.

— Então devemos rezar. — Depois estendeu os braços quando dois dos homens de Dirakha vieram amarrá-lo. Dirakha mandou-os passar a corda por cima dos punhos cerrados de Nijiri e em volta deles para prender os dedos, e então amarraram os quatro homens uns aos outros com uma corrente interligada.

Isso feito, os soldados os conduziram em uma fila única e os fizeram andar para fora do templo, em meio à multidão furiosa, até o Yanya-iyan.

3Ø

NOME DE ALMA

Wanahomen saiu da tenda de Unte e imediatamente avistou a mulher do templo a dez passos de distância e chegando como uma intempérie. Seus punhos estavam cerrados, os olhos pretos como cabochões, as faixas e saias agitando-se à sua volta.

Em outras circunstâncias, Wanahomen teria admirado a vista. Hanani não tinha a beleza de Tiaanet nem o charme ousado de Yanassa, mas havia algo atraente nela mesmo assim, especialmente quando perdia a timidez e permitia que esse seu lado aparecesse. Em outro momento e lugar, Wanahomen poderia tê-la cortejado de bom grado; era esperado que um Príncipe contasse com algumas mulheres comuns entre suas duzentas e cinquenta e seis esposas. Agora, porém, ele tinha de detê-la antes que fizesse alguma coisa estúpida.

Ele a interceptou a cinco passos e pegou seu braço.

— Venha comigo.

Ela olhou para ele, surpresa e brava... brava demais, desconfiou ele, para reagir ao seu aperto com pavor como fizera antes. Ele não sabia ao certo se isso era uma bênção.

— O quê? Me solte!

— *Venha comigo*, droga, a menos que queira desencadear uma tempestade de violência como você nunca viu.

Isso venceu a raiva. Cambaleando em sua confusão, ela finalmente o deixou afastá-la da tenda. Ele continuou segurando o braço dela durante todo o caminho de volta para a *an-sherrat* da mãe dele, onde a levou para o círculo de fogo entre as tendas e a fez sentar-se.

— Não posso ficar parada enquanto eles abusam daquela mulher — disse Hanani de pronto.

— Não pode mesmo — respondeu Wanahomen, sentando-se de frente para ela. — Para variar, concordo com o modo de pensar do Hetawa sobre isso.

Ela piscou, deixando claro que esperara uma discussão.

— Então por que...

— Se você tivesse entrado lá neste exato momento e dito a dois líderes banbarranos como devem tratar seus prisioneiros, eles teriam te expulsado e dado à prisioneira a morte mais lenta e dolorosa que conseguissem sonhar entre ambos. Se você os tivesse ofendido o suficiente, teriam te obrigado a assistir.

Ela estremeceu, seu rosto tornando-se de fato mais pálido, o que Wanahomen pensou que não fosse possível.

— Isso é uma barbárie!

— Eles são bárbaros. — Wanahomen estendeu a mão para tirar o véu e o lenço; passou uma das mãos pelas tranças, de repente exausto. Estivera montado a cavalo o dia inteiro e isso depois de dormir mal na noite anterior. A visita da mulher do templo deixara sua consciência dolorida e seus pensamentos, inquietos. — E são homens, e são anciãos, e são líderes de um povo que considerava Gujaareh o inimigo até pouco tempo atrás. Você é uma convidada na casa deles, em nome da paz. Como *acha* que eles reagiriam se você os desrespeitasse? Imagine se você deixasse um estrangeiro entrar no Salão de Bênçãos e ele primeiro tentasse dizer a você como rezar e depois mijasse na estátua de Hananja. Você estaria inclinada a ouvir alguma coisa do que ele dissesse depois disso?

Ela pareceu insultada só de imaginar esse ofensor fictício, mas então fechou o rosto outra vez.

— Mas não é de mera grosseria que estamos falando, Príncipe, é de assassinato e tortura. Algumas coisas são erradas aos olhos de todos os povos...

— Isso não é verdade. — Ele se inclinou para a frente, apoiando os cotovelos nos joelhos. — Em Gujaareh, os Coletores matam por coisas que aqui seriam consideradas apenas maus modos. Um escravizado banbarrano pode comprar ou conquistar sua liberdade; em Gujaareh, os nossos servos não têm esperança de escapar da sua condição. E pense nisto: para Unte e os outros, o que foi feito com você é crueldade, é um tormento para a vida inteira.

— Isso é... — começou ela, mas ele a cortou com um gesto brusco.

— Eu sei. Mas é assim que eles veem. Uma mulher tirada de sua família quando criança, forçada a se vestir e agir como homem, obrigada a ser humilde quando deveria ser orgulhosa, sem nunca ter permissão para ter amantes ou filhos ou propriedade ou qualquer uma das coisas que constituem *uma boa vida* aos olhos deles? Qualquer pessoa que fizesse uma proposta dessas para uma menina aqui seria chamado de monstro e expulso da tribo.

Ela pareceu estupefata ao ouvir essa caracterização de sua vida. Vendo que estava enfim conseguindo fazê-la entender, Wanahomen aproveitou a vantagem.

— Entre as nossas duas raças, os banbarranos são os anciãos, Compartilhador-Aprendiz, e, como todos os anciãos, são orgulhosos e estabelecem a sua maneira de fazer as coisas. Não podemos *exigir* coisas deles, só podemos *pedir*... e, se recusarem, aceitar. Se você pressionar, só vai piorar as coisas.

Ela franziu a testa de repente, os olhos examinando o rosto dele com demasiada atenção agora que ele retirara o véu.

— Você fala por experiência.

Wanahomen refletiu, depois optou pela honestidade brutal.

— Às vezes um escravizado novo não aceita a sua condição e precisa ser subjugado. Começam com surras durante dias. Depois passam para queimaduras, amputações de qualquer coisa que não seja considerada importante... — A moça ficara imóvel. Ele baixou os olhos, olhando para as próprias mãos cruzadas. Era fácil, assustadoramente fácil, lembrar-se de um tempo em que houvera algemas ao redor de seus próprios punhos. — Quando eu era novo aqui, também protestei contra tamanha crueldade. Mas, como eu disse, é possível tornar as coisas piores.

Ela fez um barulhinho, levantando-se e começando a andar de um lado a outro para extravasar sua frustração. De maneira surpreendente, era uma coisa nada pacífica a se fazer para um Servo de Hananja: a expressão física da aflição simplesmente não era demonstrada entre os gujaareen educados. Ele a observou com cautela, perguntando-se se havia lhe causado mais mal. Quando ela parou, suas mãos continuaram se mexendo, inquietas, esfregando uma à outra como que para eliminar algum contaminante. Mas sua voz estava calma quando ela falou.

— Vou pedir a eles que reconsiderem a crueldade — disse ela. — Mas o que posso fazer se recusarem? Eu não poderia suportar. Não sei o caminho de volta para Gujaareh, mesmo que fosse possível resgatá-la...

Wanahomen resmungou.

— Você é tola a esse ponto? Deixando de lado o fato de que o próprio Unte perseguiria você por abusar da hospitalidade dele, aquela mulher é shadoun. Ela te mataria no momento que você baixasse a guarda, mesmo que estivesse tentando ajudá-la. — Ele soltou uma risada áspera. — *Especialmente* se estivesse tentando ajudá-la. Ela é do deserto e sabe como viajar e sobreviver. Você a atrasaria.

Hanani ficara paralisada durante a bronca, as costas rígidas e os punhos cerrados. Ele se preparou para continuar discutindo. Em vez disso, ela curvou a cabeça de repente, calando-se. Com certa preocupação, ele percebeu que ela estava a ponto de chorar.

— Não sei o que fazer — falou ela. Mal dava para ouvir sua voz. — Sou uma Serva de Hananja; eu deveria saber o que fazer. Deveria ser capaz de encontrar um meio pacífico de resolver os problemas. — Ela deu uma breve risada amarga. — Mas essa não seria a primeira vez que fracassei nisso.

Surpreendido com a súbita mudança de ânimo da jovem, Wanahomen se pôs de pé e foi para o lado dela. Embora não fizesse ideia do que poderia dizer para consolá-la, ele estendeu a mão para tocar seu ombro... e então se conteve, lembrando-se a tempo. Ela provavelmente estava pensando em Azima naquele exato momento, percebeu ele com atraso, vendo os punhos dela tremerem e seus ombros se retesarem. Seu maior fracasso. O Hetawa ensinava que a verdadeira força estava em suportar os tormentos dos outros, mesmo que isso significasse dor ou autodegradação. Era permitido resistir, mas apenas após a calma e a contemplação, de modo que, ao revidar, a pessoa não se tornasse tão corrupta quanto o atormentador.

Mas essa noção não fazia sentido. Que força Hanani poderia ter obtido deixando-se ser torturada quando tinha os meios de impedir aquilo? Havia fortaleza e havia loucura. Ela devia entender a diferença.

Suspirando, Wanahomen decidiu que tanto as mulheres como as pessoas do templo não chegavam nem perto de serem sensatas. Ele quase sentiu pena por aquela ali, condenada pelo sexo e pela vocação.

— Hananja não Se ocupa do reino da vigília — declarou ele. — Não é isso que diz a Sabedoria de Hananja? Ela deixa por nossa conta traçarmos o nosso destino.

— Sim, é verdade...

— Então não procure respostas na doutrina do Hetawa. Ela foi feita pelos mortais, não pelos deuses. — E, embora tentasse desviar os pensamentos para qualquer outra coisa, não pôde evitar. Por um momento, olhando para ela, ele via apenas Nijiri, o Coletor que a mandara para o deserto... e Ehiru, o Coletor que o treinara. E também via o pai, que morrera pelas mãos de Ehiru. — E mortais podem ser corruptos.

Ela se virou e o encarou, franzindo a testa diante da mudança de ânimo dele, e, ao se mexer, as contas do seu penteado banbarrano bateram umas nas outras, retinindo. Ele piscou e ela voltou a ser ela mesma, não um Coletor, não o Hetawa. Só uma garota gujaareen com roupas banbarranas, tão fora do seu elemento que não tinha ideia do que fazer em seguida.

Mas seus punhos ainda estavam cerrados na lateral do corpo e havia uma postura em seus ombros que dizia a ele que ela pretendia fazer *alguma coisa*, se pudesse. Ele não pôde deixar de pensar também: gostava desse aspecto dela. Era tão louca quanto o resto dos sacerdotes do Hetawa, mas pelo menos ele podia admirar sua coragem.

E ele dera voltas demais.

— Fiz o que pude — disse ele. — As circunstâncias da captura da shadoun foram suspeitas. Ela estava perto da borda do cânion, em campo aberto, acendendo uma fogueira para fazer chá. Era como se *quisesse* ser capturada. — Ele chacoalhou a cabeça. — Sugeri para Unte e Tajedd que ela fosse interrogada para definir quais segredos ela poderia estar escondendo. Isso dá algum valor a ela por enquanto.

— E o que eu posso fazer para ajudar? Se você diz que devo pedir e não exigir...

Ele chacoalhou a cabeça.

— Ainda não. — Ela abriu a boca outra vez, previsível como as luas, e ele falou mais rápido. — Às vezes, a escolha mais útil é *não* agir, Compartilhador-Aprendiz. Se chegar a esse ponto, eu preferiria guardar o seu... pedido... como último recurso. Apele para a misericórdia de Unte e Tajedd, diga a eles que o ataque de Azima ainda te deixa perturbada. — Ela estremeceu e ele acenou soturnamente com a cabeça. Pelo menos havia algum uso duradouro naquilo que ele lhe fizera. — Já que você *é* uma hóspede, eles vão hesitar em fazer qualquer coisa que pudesse te prejudicar ainda mais.

Ela aquiesceu lentamente.

— Entendo. Eu, eu vou seguir o seu conselho, então. — Ela hesitou e acrescentou: — Obrigada, Príncipe. Por ajudar aquela mulher. Sei que ela não serve à sua causa de nenhuma maneira.

Ele fez uma careta, não apreciando a baixa avaliação dela quanto à sua moral.

— Esquecer de mim mesmo também não "serve à minha causa". Eu *sou* gujaareen afinal. — Aborrecido, ele cruzou os braços. Ela se virou e fitou-o por tanto tempo e de forma tão consistente que ele começou a se sentir desconfortável.

— Você deveria se sentar — aconselhou ela abruptamente. — Preciso fazer você dormir para a próxima aula.

Ele sobressaltou-se.

— Uma aula? *Agora?*

— Você falou que não há mais nada a fazer pela mulher, pelo menos por enquanto. Você tem outros afazeres?

Unte e Tajedd o chamariam se decidissem logo qual seria o destino da shadoun. Até lá, recebera ordens de manter a tropa no cânion em vez de retomar a patrulha, caso os shadoun estivessem planejando algum ataque. Ezack estava encarregado de um grupo nas alturas, vigiando se havia perigo; as coisas estavam tão pacíficas quanto estariam por algum tempo.

— Pois bem — concordou ele, indo sentar-se em um tronco ao lado da fogueira. — Pelo menos vou ganhar uma soneca com isso.

A mulher veio se posicionar à sua frente, colocando uma das mãos atrás de sua nuca. O rapaz ficou surpreso com essa atitude até sentir os dedos dela tatearem a base do seu crânio, verificando quão tenso ele estava. Ela não tinha uma pedra jungissa, a qual somente os Coletores usavam; ele ouvira dizer que podia ser difícil impor feitiços de sono durante o dia sem uma dessas. Ciente disso, ele respirou fundo para clarear os pensamentos e ela deu um aceno de aprovação. Quando ficou convencida de que ele estava relaxado o suficiente, ela se inclinou para a frente para perscrutar o seu rosto.

— Tente ficar dentro de si mesmo desta vez — disse ela em tom sério, como se aquilo devesse significar alguma coisa para ele. — Não consigo te ensinar se você ficar me arrastando por todas as partes dos reinos.

Wanahomen suspirou outra vez.

— Você é a mulher mais estranha que já conheci.

Ela piscou e seus lábios se espraiaram no primeiro sorriso que ele vira em seu rosto em dias. Então ela levantou a mão e cantarolou uma nota baixa; ele fechou os olhos e, um instante depois, adormeceu.

Quando abriu os olhos, a *an-sherrat* sumira. A mulher também, e a fogueira, e o chão, e o próprio céu sobre sua cabeça. Não conseguia se ver: sua única consciência era a crença de que existia. Ele flutuava em um nada escuro, alarmado e sozinho.

Não. Sozinho não...

— Aqui.

A voz da mulher do templo ecoou em meio à escuridão, embora ele não pudesse vê-la. Ele estendeu uma das mãos para tocá-la e não encontrou nada, embora ela houvesse estado bem à sua frente no reino da vigília.

— O que é este lugar? — perguntou ele.

— O reino entre Ina-Karekh e Hona-Karekh, despojado de artifícios ou camadas. Ele não tem nome.

Aquela informação não ajudou.

— Onde você está?

A presença de repente estava por toda a sua volta, tão próxima e envolvente que ele não podia se virar sem sentir a presença dela. Não a carne: ele ainda não conseguia vê-la nem tocá-la. O que ele percebia em vez disso era calma, controle e uma *feminilidade* tão quintessencial do caráter dela que quase tinha textura. Suave, terna, vibrante. E sob o cheiro e do gosto e da sensação dela havia mais alguma coisa. Algo mais rígido, como osso ou o caroço no centro da fruta. Não, aquele não era o centro dela, apenas a casca exterior, e seu nome era...

Ela se afastou de imediato e ele se obrigou a não demonstrar medo diante da perspectiva de ser deixado sozinho naquela escuridão vazia.

— Tão forte — disse ela, ralhando de leve. — Tão insistente. Você nunca espera para ser convidado a entrar em um lugar, Príncipe?

Ela não parecia zangada. Quando muito, ele pensou ter ouvido gracejo no tom de voz dela.

— Normalmente, eu consigo *ver* se é um lugar onde não posso entrar — respondeu ele, irritado.

— Neste reino, se uma coisa ainda não estiver lá para você perceber, você deve procurá-la com muita cautela. Se tiver que bisbilhotar, faça isso com as suas próprias proteções em posição. Onde está o seu nome de alma?

— Eu não tenho.

A calma dela se transformou em pena, o que ele achou ainda mais irritante do que o gracejo. Ela, talvez sentindo sua irritação, voltou quase de pronto à calma.

— Me perdoe. — pediu ela — Achei que tivesse recebido pelo menos o treinamento dado às crianças em Gujaareh.

— Meu pai não permitiu.

— Entendo. Isso não é um problema; vou ter que te dar esse treinamento agora. Me diga: você sabe o que um nome de alma é de verdade?

Ele ficou com vergonha de admitir sua ignorância, então falou o que sabia.

— Sei que devem ser guardados com cuidado — respondeu ele. — Possuir o nome de alma de outra pessoa é ter poder sobre ela nos sonhos.

— Sim. No sonho, a pessoa pode se perder. Um nome de alma proporciona uma âncora a tudo o que você é; com ele, você sempre conseguirá encontrar o caminho. As sílabas em si não têm poder, mas o *significado* que você dá a elas, a incorporação do próprio conceito, é crucial para a preservação da sua identidade. — Ela suspirou; ele sentiu preocupação nela antes que ela disfarçasse. — Se você ainda fosse criança, seria fácil. Você seria... flexível. Como homem feito, com um senso tão forte de si mesmo... — Um tom de advertência se fez notar na voz dela. — Isso não vai ser agradável.

— Pouca coisa na minha vida foi agradável, mulher — declarou ele, levantando-se, se é que o gesto tinha algum significado naquele lugar sem forma. — Faça o que tiver que fazer.

— Muito bem.

A sensação da presença dela mudou completamente. Ela ainda estava por toda a sua volta, mas ele não conseguia mais reconhecê-la. A suavidade que interpretara como feminina, como *ela*, transformou-se em uma sensação de lasca de pedra e metal, fria e afiada. Então ela exerceu uma pressão contra a existência que ele passara a entender que era ele mesmo. Aquilo deixou gosto de metal em sua boca; ele recuou, desaprovando a sensação.

— O que você está fazendo? — indagou ele. Mas ela não falou nada, apenas continuou pressionando mais e, para sua preocupação, ele percebeu que ela não lhe deixara nenhuma saída para escapar. Para onde quer que virasse, ela estava lá.

E quando ela pressionou de novo, as bordas rígidas de sua presença o arranharam como uma pedra de moinho. *Doeu* de um modo que era menos e ao mesmo tempo mais do que dor; surpreendido com aquilo, ele inadvertidamente gritou no espaço vazio. Aquela mulher era louca? Cascalho raspava a pele dele, ácido queimava a carne viva por debaixo... Ela voltou a pressionar e ele começou a resistir agora, entendendo enfim o que ela estava fazendo. As bordas frias e desagradáveis dela o estavam dilacerando, escavando a própria essência do ser dele. Se ela continuasse fazendo aquilo, ele não tinha ideia do que aconteceria... será que ele se tornaria ela, devorado como que por um Ceifador? Será que sua alma deixaria de existir, deixando apenas a carne para morrer? Ele não fazia ideia, mas, se não conseguisse descobrir como lutar com ela, tinha receio de que descobriria logo.

— Pare com isso, seu monstro assassino do Hetawa! — Ele deu tudo de si para tentar se libertar. Era como lutar contra a areia: cada vez que cavava um espaço para *ele mesmo* existir, o espaço se enchia com mais *dela*. E agora, para seu horror, ele percebeu que estava perdendo a disputa. Ela... quem era ela? Ele não conseguia se lembrar, mas, mais importante, *ele não conseguia se lembrar do próprio nome*. Ela dilacerou mais pedaços dele. — Afaste-se de mim! — gritou ele, mas a escuridão e o silêncio abafaram o grito.

Ela terminou de dilacerar as camadas externas dele e depois recuou, preparando-se para o ataque final. Ele arquejava sob o domínio dela, em carne viva e vulnerável e exausto, ciente agora de que ela tinha acesso ao núcleo mais profundo do seu ser. Se ela o tocasse uma vez que fosse, seria destruído, ele sentia isso com uma certeza instintiva. Jamais ficara tão apavorado em toda a sua vida.

Então ela avançou em direção a ele, à parte dele que pulsava como um coração e que era igualmente vital, e ele chorou e se contorceu e por fim gritou a única coisa que poderia salvá-lo. Duas sílabas.

Ouviu-se um barulho. Por um momento, ele não conseguiu identificá-lo, e aí se lembrou: sua infância no palácio Kite-iyan. Em um arroubo de raiva, uma das esposas de seu pai jogara uma xícara de cerâmica fina na parede, estilhaçando-a. Mas esse barulho era mais tênue, mais claro, como metal ou talvez cristal...

Assim que lhe ocorreu esse pensamento, ele passou a existir. Formou-se um cristal ao seu redor, duro e claro como o diamante, suas facetas pontiagudas iluminando a escuridão com seu brilho. A lasca de pedra e o metal fustigaram-no e recuaram, inofensivos agora. E de repente ele entendeu.

Ele era Wanahomen. Líder de caça dos Yusir-Banbarra, futuro Príncipe de Gujaareh, rebento do Sol e porta-voz da Deusa. Mas, mais do que isso, ele era...

O rapaz abriu os olhos, acordado e de volta à *an-sherrat* de sua mãe. A mulher continuava à sua frente.

— Niim — disse ele, alçando os olhos para ela, admirado. — Eu sou Niim.

Ela afagou o cabelo dele e sorriu.

— Nos sonhos, sim.

— O que... — Ele mal conseguia se lembrar de como falar com a boca. Quanto tempo se passara? A fogueira mal queimara, porém parecia que haviam se passado horas. Ou anos. — O que você...

— Era o único método que eu conhecia para extrair o seu nome. Felizmente, você foi imaginativo o suficiente para sobreviver.

Ele estava impressionado demais para ficar bravo.

— Esse nome... — Mas ele se calou, surpreso, quando ela pôs o dedo sobre seus lábios.

— Você entende agora por que o nome só deve ser compartilhado com algumas poucas pessoas de confiança. — Ela sorriu outra vez com um toque de autodepreciação. — Você provavelmente vai se arrepender de ter me contado. Mas, para retribuir, te dou isto: eu sou Aier nos sonhos.

Ele entendia agora o quanto o nome significava. O caroço sob a polpa macia e madura da fruta. Ele estremeceu ao contemplá-la, dividido entre a admiração e um sentimento que não conseguia definir. Desejo? Sim, havia algo de desejo e ele era homem suficiente para reconhecer. Não a torrente de luxúria que sentira por Tiaanet ou a maré de idas e vindas que tivera com Yanassa durante a relação deles, mas alguma coisa mesmo assim. Um fluxo tranquilo e constante de querer, talvez. Mas junto com esse desejo vinha um sentimento mais profundo, mais poderoso e mais tocante do que a simples luxúria. Reverência, uma sensação de conforto. Era o que ele sentia nas raras ocasiões em que rezava.

— Obrigado — falou ele, querendo dizer aquilo em muitos sentidos.

Hanani baixou os olhos, soltou-o e deu um passo atrás. Intimidade demais, percebeu Wanahomen. Ela jurara Compartilhar a si mesma apenas com a Deusa; dar seu nome de alma a ele aproximava-se perigosamente de um tipo semelhante de compartilhamento. Ele sentia falta da proximidade dela, ansiava por mais dessa proximidade. Todavia, ela já quebrara o juramento uma vez por causa dele. Seria errado causar-lhe mais mal.

Com uma ligeireza forçada, ele perguntou:

— É isso, então? A técnica que você pretendia me ensinar?

— Não. — A timidez voltara; ela falava em um tom suave e não olhava nos olhos dele. — Já que você não tinha nome de alma, tínhamos que fazer isso primeiro. Mas acredito que talvez esteja pronto para a técnica de equilíbrio de humor na próxima aula.

Ela parou de falar, franzindo o cenho. De repente, Wanahomen percebeu barulho para além da *an-sherrat*: mais gritos e chamados empolgados. A sensação boa de Wanahomen desvaneceu com um calafrio; ele viu Hanani ficar tensa. Mas a barulheira não tinha a intensidade desagradável e violenta que Wanahomen teria esperado se houvessem decidido a sentença da mulher shadoun.

Charris contornou uma das tendas, parecendo aliviado quando avistou Wanahomen.

— Mais duas tribos chegaram juntas — contou ele. — Madobah-Banbarra, disseram os sentinelas, e Issayir.

Wanahomen levantou-se de pronto, o cansaço esquecido.

— Não poderíamos ter pedido por um momento mais conveniente. A que distância eles estão?

— A uma hora, talvez.

— Ótimo. — Virando-se para a mulher, ele a encontrou franzindo a testa para os dois, confusa. — Agora não vão decidir nada quanto à prisioneira até o período da manhã — explicou ele. — É o costume de acolhida dos convidados. E, de manhã, cabeças mais frias podem tomar a decisão. — Ele colocou uma das mãos no ombro dela, de forma extremamente ousada. Ela pareceu surpresa, mas não se sobressaltou nem se afastou, então ele sorriu e permitiu-se dar um aperto breve e reconfortante. — Não prometo nada, mas vou fazer tudo em meu poder para dar uma morte pacífica à shadoun.

O rosto dela encheu-se de esperança, uma melhora bem-vinda quanto ao seu estado de ânimo anterior. Ela aquiesceu sem dizer uma palavra. Inclinando a cabeça como despedida, Wanahomen pegou o lenço e o véu e foi com Charris dar as boas-vindas aos novos hóspedes.

31

O PESADELO

Durante longos instantes após a partida do Príncipe, Hanani ficou entre duas tendas da *an-sherrat*, olhando daquele espaço de relativa segurança para o acampamento banbarrano. A aula do Príncipe a exaurira, embora essa não fosse a razão pela qual ela ansiava pelas sombras agora. Simplesmente precisava de tempo para digerir mais uma vez a estranheza do mundo. Os banbarranos nunca haviam parecido tão assustadores do que hoje e o Príncipe nunca havia parecido mais normal.

O mundo inteiro deve estar de ponta-cabeça. Talvez os deuses tenham se embebedado com vinho de cometa de novo, como nas histórias.

O ombro dela comichou com o calor persistente da mão do Príncipe. O que é que havia nele que cada toque seu, mesmo aquele beijo sórdido e malicioso dele quando procurou enganar Azima, ficava com ela por tanto tempo? Ela passara a vida toda entre homens, muitos deles bonitos o bastante para fazer o Príncipe passar vergonha. Tampouco era estranha aos desejos dos homens, pois teria sido cega se não houvesse notado que alguns olhares se demoravam sobre ela nos banhos do Hetawa e que algumas mãos ficavam pegajosas sempre que tocavam as dela. O interesse do Príncipe havia aromatizado o próprio ar entre eles depois que trocaram os nomes de alma e, no entanto, ele não era diferente de todos os outros homens libidinosos que ela aprendera a ignorar ao longo dos anos. Por que então parecia-lhe tão difícil ignorá-lo?

Talvez porque ele não tenha paz dentro de si, veio o pensamento. O desejo de seus colegas sacerdotes era irrelevante, eles eram homens disciplinados há muito acostumados a conter ou redirecionar seus impulsos inconvenientes. O Príncipe satisfazia seus impulsos livremente, sem controle, negligente com o mal que aquilo fizesse com a sua paz interior… ou com os outros, ao que parecia. Seria o medo então que a tornava tão sensível a ele? Ele a usara em um plano para matar um homem. Ele próprio era pouco melhor do que um bárbaro. Ela *deveria* tê-lo temido. Contudo, não temia, não exatamente, não mais. Estava claro que ele estava arrependido do que lhe fizera, ela notara-o esforçando-se para não fazer mais nada que a lembrasse do ataque de Azima. Até falava com ela em um tom mais amável, uma gentileza pela qual ficava grata, por menor que fosse. E ela o vira esforçando--se também para se lembrar de sua própria natureza gujaareen. Era impossível para ela, uma Serva de Hananja, observar esse esforço e rejeitá-lo como um caso sem solução.

Ela encontraria Mni-inh, decidiu. Dançaria a oração do fim de tarde com ele e veria se isso clareava suas ideias e sentimentos.

— Hanani. Você está aqui.

Ela olhou ao redor, positivamente surpresa de ouvir a voz do mentor. Mas quando Mni-inh deu um passo à frente, ocupando o espaço entre as tendas, sua expressão estava estranhamente sombria.

— Irmão? O que foi?

— Andei sonhando com Nijiri outra vez — contou ele. Seus olhos fitavam o chão; ela percebeu com certa preocupação que ele tremia. — Tive que esperar mais que de costume. Ele teve que ir para algum lugar fora do Hetawa para fazer isso e se certificar de que o sonhador dele estava em segurança. Algo terrível aconteceu.

— O que, Irmão?

— Um ataque. — Ele cerrou o maxilar. — Alguém *atacou* o Hetawa várias noites atrás. A Sonhadora Desvairada. Metade… — Ele voltou a estremecer, o rosto se comprimindo de angústia. — Mais da metade dos nossos confrades Compartilhadores... A maioria deles estava dormindo, Hanani.

Levou o intervalo de várias respirações para a sugestão das palavras dele ser compreendida. Nhen-ne-verra. Fierat, seu colega aprendiz que sempre esquecia que ela era uma garota e fazia piadas obscenas em sua presença. Todos os seus irmãos mais velhos, muitos dos quais a haviam desprezado, tratado como algo exótico e perigoso, mas não mereciam a morte por isso. Ninguém merecia uma morte como a de Dayu.

Hanani levou uma das mãos à boca.

— Ah, Deusa. Oh, não.

Mni-inh recostou-se na parede da tenda próxima, a sua própria.

— Aqueles que sobreviveram ao ataque inicial foram infectados com o sonho, tão condenados quanto os que morreram. Eles vão ficar acordados o máximo que puderem, mas quando enfim cederem... — Ele chacoalhou a cabeça. — E, nesse meio-tempo, ninguém mais no Hetawa se atreve a dormir. Nijiri falou que nós estamos melhor aqui do que se estivéssemos em casa. — Ele chacoalhou a cabeça. — Essa é uma mudança desagradável de sorte.

Hanani também se recostou em uma tenda, abalada demais para ficar de pé.

— Quem faria uma coisa dessas? Por quê? Compartilhadores não ofendem ninguém. Não faz sentido.

— Faz se alguém estiver espalhando esse pesadelo de propósito. Nossos irmãos de caminho estavam trabalhando dia e noite para encontrar uma cura. O culpado deve ter ficado com medo de que encontrassem. — Ele cerrou o maxilar com amargura. — Dando esse golpe, eles prejudicaram a nossa capacidade de cuidar das vítimas *e* de revidar. Os Compartilhadores que sobraram não têm esperanças de deter isso agora. O melhor que podem fazer é socorrer os colegas até o fim.

Aquilo era demais.

— Eu queria ir para casa — sussurrou Hanani. Seus olhos voltaram a arder, como haviam ardido quando o Príncipe lhe falou de horrores inimagináveis... mas de que serviriam as lágrimas? Ela chacoalhou a cabeça. — Apenas alguns instantes atrás, eu perguntei se os banbarranos sequer eram humanos. Mas o Príncipe estava certo: nós não somos melhores. Só um gujaareen usaria sonhos como arma. Só nós condenamos os nossos inimigos ao tormento por toda a eternidade.

— A mesma coisa me passou pela cabeça — comentou Mni-inh. Ela nunca ouvira tamanho desconsolo na voz dele. — Talvez nunca possamos eliminar a corrupção de dentro de nós mesmos, não completamente. Mas é importante continuarmos tentando.

Como que em resposta às palavras de Mni-inh, os dois ouviram uma voz de criança chamando pelos seus nomes, distorcidos por um forte sotaque chakti.

Tirada de sua melancolia, Hanani foi ver quem era. Tassa estava perto da tenda de Mni-inh, olhando em volta; ele se animou ao vê-la.

— Compartilhador — disse ele. — Nu-dari... Unte, líder da tribo... falou pra vir. Magia... sua magia... — Ele fez cara feia, tentando lembrar uma palavra. — *Precisa* sua magia. É. — Ele a chamou com um gesto e apontou para a tenda de Unte.

Mni-inh apareceu entre as tendas também, franzindo a testa.

— Tem alguém machucado?

— Machucado? Não. É... é... — Tassa contorceu o rosto, incapaz de expressar seus pensamentos. — *Shadoun* precisa magia.

Um calafrio percorreu o corpo de Hanani. Será que haviam machucado a mulher?

Mni-inh pôs uma das mãos no ombro de Hanani, sua expressão soturna e zangada; ele tinha a mesma suspeita nos olhos, viu Hanani.

— Eu vou — falou ele para Tassa. — Mesmo que seja apenas para dizer a esses tolos que *não* vamos corromper a nossa magia por eles, se a quiserem curada só para fazer mais mal a ela. Hanani...

— Eu também vou.

Mni-inh abriu a boca para protestar, recebeu um olhar dela e fechou-a. Ele chacoalhou a cabeça.

— Aprendi a essas alturas a não discutir com você. Você sempre ganha.

Hanani fez um aceno para Tassa; ele os conduziu pelo acampamento até a tenda de Unte.

A cena, quando eles entraram nos limites esfumaçados da tenda, não era tão terrível quanto Hanani temera. Unte estava perto da mulher shadoun, que fora obrigada a ajoelhar-se, ainda amarrada, no centro da tenda. Tajedd estava sentado do outro lado da mesa, de frente para ela, e ao lado dele havia dois outros homens, seus trajes índigo empoeirados da viagem: os dois líderes de tribo recém-chegados. A mulher shadoun parecia ter sofrido poucos golpes adicionais além do hematoma sobre um dos olhos, que parecia recente.

— O que é isto? — perguntou a mulher, olhando para Hanani e Mni-inh de alto a baixo. Seu gujaareen, provavelmente a única língua comum entre os shadoun e os banbarranos, tinha um toque de sotaque cadenciado que Hanani nunca ouvira. Ela contorceu o lábio em um gesto de repulsa. — Vocês cruzam com os nortenhos agora? Esses dois são pálidos como a areia.

Unte, o rosto impassível, ignorou a mulher. Para Hanani e Mni-inh ele disse:

— Wanahomen me contou muitas vezes que o seu povo pode curar a loucura.

Hanani piscou; Mni-inh compartilhou com ela uma expressão de igual surpresa.

— Até certo ponto — respondeu Hanani enfim. — Certos tipos de loucura reagem bem à nossa magia, mas não todos.

Unte aquiesceu, depois inclinou a cabeça em direção à mulher shadoun.

— Por favor, diga se esta mulher está louca.

— Gujaareen! — Os dois sobressaltaram-se, pois a mulher pronunciara a palavra com um rosnado, como uma maldição. O ódio nos olhos dela não se parecia com nada que Hanani já houvesse visto; de repente, ela entendeu por que os líderes de tribo banbarranos questionavam sua sanidade. De fato, a mulher tremia de ódio. — Gujaareen e *Hetawa*. Eu sabia que vocês, banbarranos, se associavam com cachorros, mas nunca sonhei... — Ela cuspiu de forma abrupta, girando o pescoço com o esforço; o cuspe foi cair a pouco mais de dois centímetros das sandálias de Mni-inh.

Com a mesma calma com que falara com eles, Unte deu um tapa na mulher com as costas da mão, atingindo-a com tanta força que ela caiu de lado. Então ele agarrou a parte de trás da vestimenta dela e puxou-a para que se levantasse, segurando-a até que se firmasse outra vez.

O golpe fez Hanani levar as mãos à boca; Mni-inh dera um passo adiante, os punhos cerrados.

— *Pare* com isso, droga!

Unte apenas os fitou e seu semblante vazio gelou até os ossos de Hanani. Até Mni-inh recuou ao ver aquela expressão, o rosto empalidecendo. Quando voltou a falar, seu tom foi mais conciliador.

— Perdão — disse ele. — Falei sem pensar. Mas... tenho certeza de que o P... Wanahomen contou que a nossa fé, a nossa ordem, considera a violência um grande mal.

— Sei disso — falou Unte. Hanani pensou... esperou... ter visto certo abrandamento na expressão dele em resposta ao pedido de desculpas de Mni-inh. — E é por isso que a única coisa que peço é que vocês determinem se ela está louca. Se estiver, não peço que a curem. — Ele dirigiu um olhar aos demais líderes de tribo, todos igualmente soturnos. — Outros pediriam para que ela pudesse ser dada para as mulheres se divertirem, mas *eu* não. Se ela estiver louca, vamos matá-la para sua loucura não infectar todos nós. Se estiver sã... — Ele fechou a boca.

Nesse ponto, Hanani entendeu e um aperto doloroso dentro dela se desfez. Na verdade, se pudesse, teria abraçado Unte. Se ela e Mni-inh julgassem a shadoun insana, ela receberia uma morte rápida. Significava mentir se a mulher fosse sã, mas nenhum ato que servia à paz poderia ser verdadeiramente errado, poderia? Ela olhou para Mni-inh na esperança de que ele concordasse, embora tivesse o cuidado de manter a expressão tão neutra quanto a de Unte. Era pouco provável que os outros líderes de tribo falassem gujaareen porque eram homens. Mas estava claro que era importante que Unte não mostrasse nenhum sinal de gentileza para com a shadoun.

— Vocês não vão me tocar — disse a mulher de repente, olhando feio para Mni-inh. — Agora sei o que vocês são, apesar de eles terem vestido vocês com as roupas cafonas deles. *Dash ta hinakri en em...* — Ela passou a falar na própria língua por um momento, tremendo de raiva. — Demônios! Insetos! Não vou tolerar que me toquem!

— Somos Compartilhadores de Hananja — explicou Mni-inh, inclinando a cabeça. — Curadores...

— Não me importa! Deixe esses *tteba* ficarem comigo. — Ela fez um movimento brusco com a cabeça apontando a aba da tenda de

Unte. — Eu preferiria ter cem deles em cima de mim do que estar na mesma tenda que vocês!

Mni-inh fitou a mulher, depois trocou um olhar confuso com Hanani. Era extremamente inapropriado para um Compartilhador forçar uma cura indesejada a um requerente; só os Coletores tinham o direito de impor magia contra a vontade de uma pessoa. Mas, se não fizessem nada, era impossível dizer o que os banbarranos fariam.

— Deixe comigo — falou Mni-inh finalmente. Ele suspirou e ergueu as mangas, dando um passo adiante.

A mulher ficou tensa, os olhos brilhantes como os de um animal encurralado. Hanani arquejou um alerta apenas um instante antes de ela se precipitar sobre Mni-inh. O que ela pretendia fazer Hanani não podia imaginar... mordê-lo? Mas Mni-inh também vira que o ataque estava vindo e evitou a investida, segurando um ombro dela com a mão.

A shadoun arquejou, os olhos ficando vidrados, e tombou ao chão. Sangue onírico. Chacoalhando a cabeça com pesar, Mni-inh ajoelhou-se, virou-a com a ajuda de Unte e pôs os dedos nas pálpebras dela, que já se fechavam.

Foi só nesse momento que Hanani notou os círculos fundos sob os olhos da mulher e a exaustão que a raiva dela escondera até então. Viajar sozinha pelo deserto não devia ter sido fácil para ela, especialmente em território inimigo. A pobre mulher parecia não dormir há dias...

Não dormir há dias.

Eles vão ficar acordados o máximo que puderem, dissera Mni-inh sobre os irmãos de caminho que agora carregavam a doença do pesadelo.

No silêncio que recaíra, Mni-inh arquejou de repente, abrindo os olhos. Unte, que ajudava a segurar a mulher, franziu a testa para ele abruptamente.

Mas quando enfim cederem...

— Não. — Hanani tentou se mexer, mas seus membros não obedeciam. Em sua mente, ela viu o Coletor Sonta-i, viu Dayuhotem.

— Não...

Já era tarde demais. Mni-inh começou a tremer todo, o rosto se contorcendo. Ele emitiu um único som malogrado, meio um grito, meio um soluço.

— *Não!* — Algo estalou dentro de Hanani. Ela correu até ele, empurrando Unte para um lado com o ombro. Mas Mni-inh tombou ao chão antes que ela pudesse segurá-lo.

Hanani se jogou sobre ele, puxando-o com toda a sua força para colocá-lo de costas. Ela teve de fechar as pálpebras dele com os dedos: estavam arregaladas, horrorizadas. Precisou de toda a sua disciplina para se acalmar o suficiente para entrar no sono de cura, mas entrou e se projetou na carne dele, procurando e procurando por sua alma.

Mas não restara nada dentro dele a não ser silêncio.

32

MORTE

Por um momento, entrando na tenda de Unte, Wanahomen pensou ter voltado no tempo. Mais uma vez Hanani estava imóvel; mais uma vez a sensação do ar era de morte e choque. Mas havia dois corpos no tapete desta vez: a mulher shadoun e o Compartilhador Mni-inh.

— O que aconteceu, em nome das sombras? — perguntou ele.

O fato de que Tajedd foi o primeiro dos líderes de tribo a responder foi uma medida de quão perturbador fora o acontecimento.

— A mulher estava balbuciando — explicou ele, parecendo atordoado. — Nós oferecemos comida e bebida, nós a ameaçamos, e ela só nos xingava. Então mandamos chamar esses dois — ele acenou para o corpo de Mni-inh e para as costas de Hanani — para ver se ela estava louca.

— Ela não queria que eles a tocassem. — Outro homem, que Wanahomen não conhecia. A julgar pela forte semelhança entre ele e Unte, aquele era o irmão mais novo de Unte e o líder da tribo Issayir. — Então o curador fez alguma coisa para acalmá-la. Quando ele pôs os dedos nos olhos dela... — Ele estremeceu. — Nunca vi uma expressão daquela no rosto de um homem.

— Foi o pesadelo da morte. — A voz da mulher do templo, suave nos melhores momentos, mal se ouvia agora. Ela estava sentada de costas para eles, a cabeça de seu mentor em seu colo. Wanahomen achou estranho que ela houvesse desfeito o coque habitual do mestre. Uma das mãos dela afagava o cabelo dele, lenta e continuamente.

— O sonho que mata como doença. Alguns não morrem logo, mas carregam a doença com eles, passando para todos os que dormem por perto. — Ela parou por um momento, embora sua mão jamais parasse com a carícia incessante. — Está anoitecendo.

Wanahomen ficou tenso.

— Você está dizendo... — Mas ele enfim entendeu. Havia boatos sobre o pesadelo na cidade quando fora visitar Sanfi, apesar de jamais ter suspeitado que fosse tão grave. E agora ele se lembrava de como haviam encontrado a shadoun: acendendo uma fogueira para fazer chá. Chá preto forte para se manter acordada. *Ela devia saber que carregava a morte dentro de si. Então veio para o meio dos inimigos sem se importar em como ia morrer, contanto que nos levasse consigo.*

Os líderes de tribo estavam observando-o, esperando; Hanani falara em gujaareen. Ele engoliu em seco e explicou.

Tajedd recuou.

— Uma praga! Aqueles cadáveres podem transmiti-la agora?

— A magia onírica não funciona assim. Não há perigo. — Wanahomen olhou para Hanani, perturbado com sua imobilidade. — A shadoun deve ter passado pela capital de Gujaareh recentemente, fazendo comércio. Desde a conquista kisuati, eles são a única tribo do deserto que tem permissão para entrar na cidade. Se passaram a noite na cidade, perto de alguém que tinha a doença... Pelo que ouvi falar, não precisa de mais que isso.

— Animais — rosnou o outro líder de tribo... dos Madobah, Wanahomen adivinhou por eliminação. Ele olhou feio para o cadáver da shadoun. — Covardes sorrateiros! São fracos demais para nos enfrentar em um combate, então recorrem a truques?

— É — concordou Unte. Ele também fitou a shadoun, que morrera com uma careta no rosto. — Muitos dos melhores guerreiros das seis tribos estão aqui. Se o plano dela tivesse dado certo, ela teria conseguido em uma única noite o que gerações de rixas de sangue entre as nossas raças não conseguiram. — Ele deu um suspiro pesado e olhou para o corpo do Compartilhador. — Diga à mulher, quando achar apropriado, que o amigo dela será enterrado com todas as honras devidas a um guerreiro banbarrano. Ele pode ter perdido a própria vida, mas nos salvou no processo.

Wanahomen aquiesceu. Seguiu-se um silêncio desconfortável; em meio a ele, todos ouviam o leve murmúrio de movimento enquanto Hanani afagava outra vez o cabelo do mentor.

Wanahomen foi até ela e agachou-se ao seu lado, espiando seu rosto. Ela não estava chorando. Em vez disso, estava com uma expressão estranhamente vazia da qual Wanahomen não gostou nem um pouco.

— Compartilhador-Aprendiz. — Ele hesitou por um momento, sem saber ao certo se o gesto seria rejeitado, mas então pôs uma das mãos na dela, contendo a carícia incessante.

Ela olhou para ele e a máscara vazia se desfez. Pelo espaço terrível de uma respiração, tamanha agonia distorceu o rosto dela que ele mal a reconheceu. Naquele momento, ele receou que a dor fosse grande demais para suportar; ela enlouqueceria ou morreria de pesar. Mas então o momento passou e o rosto dela voltou à expressão vazia. Ela respirou fundo e aquiesceu, depois cuidadosamente tirou a cabeça do mentor do seu colo.

— Vocês têm assuntos para discutir — disse ela. — Me perdoem.

— Hanani — falou ele, recorrendo com desconforto ao nome dela. — Você deveria…

— Você pode tomar as providências para o funeral? — Ela atropelou as palavras dele como se ele não houvesse falado. — Apesar das… circunstâncias… a cremação deve servir. A alma dele não está nem aqui em Hona-Karekh, nem sonhando em Ina-Karekh. A carne dele não tem importância

Wanahomen ficou pensando onde *estava* a alma do homem, mas não teve coragem de perguntar.

— Os banbarranos não cremam, mas vou ensiná-los como construir a pira corretamente.

— Obrigada, Príncipe. — Ela se levantou em um movimento vagaroso e desajeitado, como se manter a máscara de calma lhe custasse todo o seu esforço. Não lhe restara nenhuma força para a graciosidade. — Dadas as circunstâncias, devo pedir outra vez doações de humores oníricos da tribo, já que agora sou a única curadora aqui.

— Vou falar para o Unte. — Ele continuou rápido, antes que ela pudesse interrompê-lo outra vez. — Hanani, você não deveria ficar sozinha.

Ela fitou-o e ele viu a terra das sombras nos olhos dela.

— Quem vai me dar paz agora, Príncipe? Você?

— Existe mais de um tipo de paz — pontuou ele, fazendo cara feia. — Yanassa. Vou pedir para ela...

— Obrigada pela sua preocupação. — Ela se virou para ir embora, então parou. — Esse foi claramente um acidente imprevisto. Quando eu voltar para o Hetawa, vou assegurar que os meus confrades entendam.

Wanahomen fez uma careta, envergonhado pelo próprio egoísmo, porque no fundo da mente preocupara-se exatamente com isso. Mas ela não lhe deu chance de verbalizar uma resposta. Com um esforço quase palpável para endireitar os ombros, ela inclinou respeitosamente a cabeça para os líderes de tribo, depois saiu da tenda.

— Wana. — Unte. Ele estava franzindo a testa para Hanani. — Não sei quais são os costumes da sua terra, mas...

— Em Gujaareh, nós a mandaríamos para o Hetawa — respondeu Wanahomen em tom pesaroso. — O meu povo trata as feridas da alma assim como as da carne. Nós nunca deixamos essas coisas ulcerarem. Mas não há ninguém aqui que possa curá-la agora.

Unte suspirou e aquiesceu.

— Bem. A celebração do fim do solstício é amanhã à noite. A votação vai acontecer um ou dois dias depois, presumindo que as duas tribos que faltam cheguem a tempo. De um jeito ou de outro, vamos poder levá-la para casa logo.

Wanahomen não tinha certeza se ela sobreviveria por tanto tempo, mas guardou esse pensamento para si mesmo.

— Ela falou que vai contar aos seus confrades do Hetawa que a morte dele não foi culpa nossa. — Ele olhou para os dois cadáveres e estremeceu. — Mas isso *é* culpa minha. Eu trouxe esse horror para dentro da tribo. — Cerrando os punhos, ele foi até Unte, tirou o véu e o lenço e ajoelhou-se. Embora eles houvessem concordado que Wanahomen jamais curvaria a cabeça para Unte (reis não se submetem a outros reis), ele o fez nesse momento, pressionando as duas mãos no chão e inclinando a testa até elas, em um pleno e formal gesto gujaareen de arrependimento. Ele odiava as palavras que tinha de dizer, odiava a si mesmo por ter de dizê-las, mas era impossível negar que precisavam ser ditas.

— Eu fui negligente — declarou ele. O rapaz falou em gujaareen; ele não poderia ter se humilhado apropriadamente em chakti.

— Presumi que a mulher não poderia nos fazer mal e não notei o que deveria ter notado, embora os sinais estivessem lá. Você estava certo de duvidar de mim, Unte, eu não me importo o suficiente.

Houve silêncio por um momento, durante o qual Wanahomen contou cada batida do coração. Mas então Unte tocou seu ombro.

— Acho que talvez você se importe um pouco mais agora — falou ele com uma brandura surpreendente.

Depois ele passou a falar em chakti para que os outros líderes pudessem entender a conversa.

— Fique tranquilo, Wanahomen. Ninguém poderia ter previsto isso.

— Mas a minha negligência...

Unte chacoalhou a cabeça.

— Cuide da sua compatriota, então, se quer cumprir penitência. Mas não consigo ver como eu poderia ter feito diferente no seu lugar. — Ele olhou para os outros líderes de tribo; dois deles concordaram com a cabeça. Tajedd não concordou, mas isso era de se esperar.

Wanahomen fechou os olhos por um instante, aliviado e agradecido e angustiado, tudo ao mesmo tempo. Sentia um aperto na garganta, mas isso não serviria de nada, não em um ambiente cheio de homens que ele ainda esperava atrair para a sua causa... apesar de que, depois daquilo, suas chances provavelmente desvaneceriam como névoa antes do sol. Não havia nada a ser feito quanto a isso agora. Ele engoliu em seco, aquiesceu e levantou-se.

— A mulher pediu que ele fosse queimado — disse ele, apontando com a cabeça para o corpo do Compartilhador.

Unte coçou o queixo, pensativo.

— Há uma caverna onde isso pode ser feito — falou ele. — Em direção ao norte do cânion, bem longe dos campos, onde o rio corre no subsolo. Existem muitas aberturas para outras cavernas; isso deve dissipar a fumaça.

Wanahomen anuiu.

— Eu conheço o lugar. Vou pedir para os meus homens cuidarem disso. — Ele olhou para a shadoun. — E ela?

Unte deu um sorriso triste.

— Ela também deveria ser enterrada de forma honrosa — respondeu ele. — Assim como qualquer guerreiro que faz um ataque útil pelo seu povo.

* * *

A noite caíra quando Wanahomen foi procurar Hanani. A essa altura, ele estava suado e com calor, cheirando a óleos e ervas, e cansado demais para tomar outro banho antes do período da manhã. Por outro lado, também estava preocupado com a mulher. Ele não achava que ela era do tipo que se machucaria... ou pelo menos não ali e naquele momento. Ao menos, como uma boa hananjana, ela ia querer doar seu sangue onírico antes de morrer.

Ele avistou Yanassa em meio a um pequeno grupo com outras mulheres, ouvindo música não muito longe da tenda de Hanani. Com várias centenas de convidados no cânion e o desastre evitado, parecia que Unte havia dado permissão para as celebrações do solstício continuarem. Mesmo assim, havia um toque de moderação na festança. A instrumentista, Neapha Sete-Dedos, tocava um lamento baixo e pesaroso. Wanahomen não viu ninguém dançando, tampouco as celebrações mais alegres e barulhentas que eram comuns na penúltima noite do solstício. Na noite de amanhã talvez eles voltassem à alegria habitual, especialmente se a votação fosse a favor da guerra. Na noite de hoje, a atmosfera na tribo era melancólica.

Yanassa avistou Wanahomen e fez um gesto de desculpas para as companheiras antes de se levantar e vir ao encontro dele.

— Você vai vê-la?

Ele confirmou com a cabeça.

— Você a viu? Como ela está?

— Ela me deixou entrar por algum tempo, mas não falou sobre a sua dor. — Yanassa baixou os olhos. — Nós tivemos uma discussão antes sobre a mulher shadoun e acho que ela não confia mais em mim. Talvez você se saia melhor.

As coisas estariam de fato ruins se esse fosse o caso.

— Vou lá agora.

Houve uma movimentação imediata do lado de dentro quando Wanahomen tamborilou na aba da tenda de Hanani. Ela abriu para ver quem era.

— Príncipe, você veio para a próxima aula?

Ele se sobressaltou; essa fora a última coisa que lhe passara pela cabeça.

— Esta noite não me parece o momento...

— Yanassa me contou que os líderes de tribo votam daqui a dois dias. Não resta muito tempo para eu te ensinar. Entre. — Ela saiu da tenda e contornou-a, dirigindo-se ao círculo de fogo outra vez.

A *an-sherrat* ainda tinha quatro tendas, percebeu Wanahomen. Ele pediria aos seus homens que retirassem a de Mni-inh pela manhã.

A mulher estava se comportando melhor agora do que à tarde. Não havia nenhum sinal externo de dor em seus movimentos ou em sua conduta, nenhum sinal de emoção nenhuma. Ela também parecia melhor fisicamente, embora isso provavelmente fosse um feito de Yanassa. O penteado fora refeito com cachos, os ornamentos pesados substituídos por minúsculas moedas douradas de enfeite que tilintavam de leve quando ela andava. Os banbarranos usavam o tilintar das moedas para afastar a má sorte em tempos de luto.

Suspirando, ele se sentou em uma das pedras ao lado da fogueira. Ela se sentou de frente para ele.

— Cuidei do corpo do seu mentor da melhor forma que pude — disse ele. — Eu não me lembrava de todos os ritos, não tinha os envoltórios, mas o tratei com dignidade. Meus homens estão recolhendo lenha hoje à noite; de manhã vamos levá-lo a um lugar para acender a pira. Você quer vir junto?

Ela não falou nada por um momento, a linguagem corporal tão impossível de interpretar quanto o rosto.

— Não.

Nem uma lágrima, nem um tremor, nem um único sinal de tristeza. Se ele não houvesse passado a conhecer a combinação peculiar de força e incerteza que era normal dela, não saberia que havia algo de errado.

— Você encontrou portadores do dízimo?

— Yanassa — respondeu ela. — E Charris também, quando veio fazer uma visita. E alguns outros.

— Você tem o suficiente agora?

— O suficiente de tudo, menos de sangue onírico, mas isso é de se esperar sem a ajuda de um Coletor. Os vivos podem ceder muito pouco do próprio sangue onírico.

Wanahomen tivera a esperança de desviar a conversa da morte.

— Esta aula. Vai ser tão desconfortável quanto a outra? — Ele conseguiu dar um sorriso, mas ela não respondeu com outro.

— Isso depende de você — respondeu ela. A inexpressividade de sua voz era verdadeiramente inquietante, comparada ao seu tom compassivo de costume. — Por favor, durma agora.

Mais fácil falar do que fazer, pensou ele com azedume, mesmo assim se virou para se sentar no chão, apoiando as costas na pedra. Embora estivesse exausto, o sono demorava para chegar. Estava demasiado consciente dos olhos dela sobre ele, do crepitar do fogo, do desconforto do chão.

— Você não consegue dormir.

O som da voz dela.

— Vai acabar acontecendo — retrucou ele. — Se estou demorando demais para o seu gosto, podemos terminar a aula amanhã.

— Imagine uma coisa importante para você.

Ele franziu a testa.

— Como o quê?

— Algum objeto, ou um símbolo que tenha significado para você. Um pictoral talvez. Imagine-o. Contemple seus contornos em sua mente.

Ele pensou por um momento, depois cautelosamente, reverentemente, desenhou a imagem da Auréola do Sol Poente em sua mente. Não a imitação da mãe, mas a coisa real: o bastão entalhado de nhefti branco, uma madeira usada apenas para objetos sagrados. A moldura de metal, feita por um artesão há tanto tempo que seu nome fora esquecido. Placas de âmbar polido, cada uma entalhada a partir de pedras que deviam ser do tamanho de melões e cada uma valendo o equivalente a toda a riqueza de um reino menor para representar

311

os raios sobrepostos do sol. Oito em âmbar vermelho, oito em amarelo-claro. Ele se lembrava de ouvir quando era criança, extasiado, enquanto o pai explicava que a placa central, o semicírculo dourado com dois palmos de largura e quase tão vermelho quanto o sangue, representava o Sol, que fundara a linhagem deles com uma bela garota mortal que encheu seus olhos sempre inquietos. Fora extraída de uma montanha onde a camada de neve era grossa o bastante para alguém se afogar...

Niim.

A voz da mulher não o perturbou desta vez. Algo mudou dentro dele. De repente, sua pele arrepiou com um calafrio muito mais profundo do que aquele da noite do deserto e o ar tinha um sabor seco e amargo, como metal enferrujado. Ele abriu os olhos e encontrou a *an-sherrat* em tons de branco e cinza. Mesmo o fogo que ardia lento aos seus pés havia ficado estranhamente sem cor. Mais branquidão, cintilante e estranha, cobria as paredes da tenda e cada superfície. Ele tocou uma massa que havia ali perto e a frieza dela ferroou seus dedos. Neve? Nunca a vira, mas estava pensando nela, recordando as histórias do pai... De pronto, entendeu.

— Estou sonhando.

— Está. Mas não em Ina-Karekh. — A mulher do templo, quando ele olhou em volta, estava a alguns metros de distância. Havia algo estranho em sua forma onírica, que cintilava de vez em quando, como que tentando assumir uma forma diferente, mas no momento ela a tinha sob controle.

— Este é o reino entre a vigília e o sonho — explicou ela. — A sua alma me trouxe para cá várias vezes em vez de me levar para Ina-Karekh. Acredito que seja um sinal de que alguma parte de você está desalinhada. — Ela fez uma pausa. — Você tem visões com frequência?

Wanahomen estremeceu e mentiu.

— Não.

Ela ficou em silêncio por tanto tempo que ele soube que ela não havia se deixado enganar. Mas ele não tinha nenhuma intenção de admitir a verdade diante dela.

— Não importa — disse ela por fim. — De qualquer forma, pretendo ensinar você a se curar.

Ele franziu a testa, confuso, envolvendo o corpo com os braços. O frio atravessava as suas vestes.

— Não gosto disso.

— Então mude — falou ela. — Este é o seu reino.

— Não entendo.

— Um Coletor é aquele cuja mente cria novos mundos por meio do ato de sonhar. Fazer isso é natural para eles. Na verdade, se não fosse pelo poder equilibrador do sangue onírico, alguns deles passariam o tempo *inteiro* nos mundos criados por suas mentes. Você chamaria isso de loucura.

Ele estremeceu, ou arrepiou. *Ela* não parecia afetada pelo frio por alguma razão, embora vestisse menos roupa.

— Não sou um Coletor. — Quando ela não disse nada em resposta, ele fez cara feia e mudou de assunto. — Como saio deste lugar?

— Crie outro. Assim como criou este.

Ele se lembrara das histórias do pai e imaginara uma paisagem onírica coberta de neve. Decidiu tentar outra lembrança de infância: os jardins do Kite-iyan, o palácio de suas mães e irmãos. Em sua visão mental, ele viu as delicadas palmeiras em miniatura, sentiu a fragrância das flores das videiras e do rio próximo, sentiu a terra entre os dedos dos pés...

Os dedos dos pés. Ele estivera usando sandálias, mas agora seus pés estavam descalços. O ar estava tépido. Ele abriu os olhos para ver o Kite-iyan... incolor, sombreado, mas inconfundível.

Hanani olhou ao redor, acenando no que poderia ter sido aprovação.

— A sua vontade é forte. Mas isso nunca esteve em questão. — Então ela andou pelo jardim, incongruente com seu elegante vestuário bárbaro e sua disciplina do Hetawa, passando os dedos pelas plantas, pelos pedregulhos, por uma parede de pedra. — O que você está vendo aqui? Está tudo em ordem?

Ele franziu a testa, perguntando-se do que em nome dos deuses ela estava falando.

— Está como eu me lembro, sim, exceto por esse tom feio de cinza.

— Nada fora do lugar? Tem certeza?

— Claro que não tenho certeza, não venho aqui faz dez anos. — Ah, mas como sentira falta de lá! Brincara naqueles jardins quando criança, de esconde-esconde com os irmãos e de construir castelos de areia com as irmãs. Ouvira a mãe, naqueles tempos muito antes de a doença e a velhice enfraquecerem a sua voz, cantar as músicas da sua terra natal em suua. Ele ouvira...

Um barulho. Algo no jardim não soava certo.

Girando para se orientar pelo som, ele começou a andar entre as palmeiras e as samambaias. Água. Sim, a velha fonte; ele quase se esquecera. Fixa na parede, uma cabeça de leopardo despejava água na boca aberta de três filhotes, que então derramava em uma piscina abaixo.

— Está fraco demais — murmurou ele, meio para si mesmo. — Não há água suficiente, está gotejando devagar demais.

— Conserte. — Em silêncio, a mulher viera para o seu lado. Será que ela caminhara ou simplesmente se manifestara ali?

Wanahomen olhou ao redor da fonte, procurando algum mecanismo, embora ela houvesse sido construída séculos antes e ele jamais tivesse sabido nada sobre o seu funcionamento. Mas Hanani tocou seu braço.

— Este é o seu mundo — afirmou ela. A estranha turvação na forma onírica da moça cessara; ela estava focada por inteiro nele agora. Ele se sentiu indiretamente lisonjeado. — Conserte.

De repente, Wanahomen entendeu. Ele não precisava de mecanismos e conhecimento sobre construção quando controlava tudo o que via apenas com a força de vontade. Então se concentrou em lembrar-se de como funcionava o fluxo de água, afinando a imaginação. Quando o som da fonte correspondeu ao som de sua lembrança, desceu-lhe pela espinha um calafrio que não tinha nada a ver com os flocos de neve que ainda derretiam em seu cabelo. Por puro instinto, ele ergueu a cabeça, o olhar atraído para o céu. Aquilo também estava errado. Ele dera ao cenário o céu causticante e sem nuvens dos desertos em torno do Merik-ren-aferu. Em vez disso, desejou um azul mais intenso e algumas nuvens finas de umidade que desapareceriam ao redor do meio-dia, mas sempre voltariam à noite.

O calafrio percorreu seu corpo outra vez, mais forte agora, e com ele veio uma sensação de *conformidade* tão poderosa que ele conteve a respiração.

— O que você está sentindo é equilíbrio — explicou Hanani. — Paz. Lembre-se. Quando essa sensação mudar ou desaparecer, volte para este lugar e faça o que acabou de fazer. Ou crie um lugar diferente, não importa. Quando invoca o seu nome de alma, você se despe do artifício do seu eu da vigília. Quando cria um domínio neste lugar vazio, tudo... todas as coisas que você vê... *é você*. Mude-o e mudará a si mesmo.

Ele respirou fundo, saboreando a sensação de conformidade. Admirou-se de não ter notado sua falta antes. Será que isso significava que estava enlouquecendo aos poucos? Um pensamento assustador.

— Não entendo como isso funciona.

— Não precisa entender. Nenhuma outra pessoa entende. — Quando ele a fitou, surpreso, ela sorriu, embora fosse um sorriso com pouco humor. Ele tinha a sensação de que aquela expressão era mais um reflexo. — Aqui é o sonho, Príncipe. Estes são os reinos dos deuses. Apenas os mais fortes Coletores têm alguma esperança de entender: eles nascem para o poder da Deusa de uma maneira que o resto de nós só consegue se esforçar por imitar. É por esse motivo que eles nos conduzem... e é por esse motivo que temos tanta esperança em você, Avatar de Hananja.

Ele franziu a testa ao ouvir aquilo, mas, ao mesmo tempo que o fazia, percebeu que os sinais estiveram ali o tempo todo, tão claros quanto os círculos sob os olhos da shadoun. Ele achara que o interesse do Hetawa nele era puramente político. Eles precisavam de um novo testa de ferro e ajuda militar para se livrar dos kisuati. Mas agora sabia: acreditavam de fato que ele era *um deles*. Amaldiçoado pela magia deles, sem treinamento nem controle, mas abençoado pelo favor da Deusa também. Para o Hetawa, aquilo era tudo.

Wanahomen nunca acreditara em Hananja de verdade. Ah, ele sonhava, e tinha visto o poder da magia do Hetawa, mas a ideia de que uma deusa pudesse se importar com criaturas minúsculas que se esgueiravam nos sonhos Dela parecia absurda. Aquela questão do avatar sempre fora apenas outro título para ele, mais sem sentido do que o resto. Mas, se era a razão pela qual o Hetawa concordara em ajudá-lo, então o título tinha de fato poder real. E se existisse alguma verdade nesse título? E se o poder que esses sacerdotes ficavam dizendo que ele tinha, um poder que deveria tê-lo tornado um Coletor, tivesse algum outro propósito mais sagrado? Qual era esse propósito? E por que Ela o dera a ele?

Wanahomen chacoalhou a cabeça e levantou-se. Ele pensaria em tudo aquilo depois.

— Então é isso? Agora vou conseguir evitar a loucura?

— Você pode usar este método para manter os seus humores em equilíbrio, sim. Mas fique vigilante, pois a loucura tem muitas formas e nem todas são afetadas pelo sangue onírico. A corrupção do seu pai é prova disso.

Ele ficou tenso e um súbito vento cortante soprou pelo jardim.

— Ele não era louco.

— Então você acredita que ele simplesmente era mau? Nem nós chegamos tão longe, Príncipe.

Ele se virou para ela, fazendo cara feia.

— Também não acredito nisso.

— Você sabe o que ele tentou fazer. Torturou um Coletor duas vezes até aquele Coletor se transformar em um monstro. Soltou aqueles monstros tanto sobre os inimigos como sobre os aliados, condenando todos a destinos muito, muito piores do que a morte...

— Não foi assim! *Ele* não era assim! Ele era...

O jardim mudou, banhando-se com uma luz do sol intensa, porém ainda incolor. Agora ele estava nos andares superiores do Kite-iyan, na sacada do suntuoso apartamento com muitos quartos que um dia fora seu. Olhou para si mesmo e viu roupas de uma vida diferente: seu sobrepano de pele de leopardo favorito e uma camisa solta de seda importada, sobreposta pelo colarinho de jaspe que sua mãe lhe dera para a sua cerimônia da idade do amadurecimento. Suas mãos estavam mais macias e os braços, menos musculosos do que haviam se tornado nos dez anos de vida difícil de guerreiro...

— Wanahomen — disse uma voz às suas costas e seu coração parou. Então ele se virou.

Eninket, agora Rei do Trono dos Sonhos de Gujaareh, atravessou o quarto com suas passadas largas de costume. Havia um sorriso em seu rosto e os braços estavam estendidos para abraçar o filho favorito. Quase paralisado pelo choque e pela lembrança e pela dor ainda muito viva, Wanahomen correspondeu ao abraço, os olhos enchendo-se de lágrimas, uma vez que o sonho fornecia muitos detalhes importantes que ele quase esquecera. O cheiro do pai, suor e olíbano e óleo de cravo. O tinido de minúsculos cilindros dourados entrelaçados no cabelo dele. A força dos braços dele, que, naquela época, mesmo como um jovem adulto que já passara das ilusões da mocidade, Wanahomen acreditara que jamais pudesse esmorecer.

O dia. Sim, ele se lembrava disso também. Foi um dia antes daquele em que os exércitos de Kisua e Gujaareh deveriam se encontrar em Soijaro, no norte de Kisua. O dia anterior à morte do seu pai.

— Pai — sussurrou Wanahomen, abraçando-o com força. — Pai.

— Quando abriu os olhos, porém, viu algo que o abalou: a mulher do templo. Ela os observava, sua forma ainda cinza e branca e incolor, do outro extremo do quarto. Enquanto ele olhava, ela se turvou de novo e, desta vez, ele conseguiu vislumbrar lampejos do outro eu da moça: uma figura chorosa e plangente. Uma figura extenuada com olhos cheios de uma compaixão amarga.

Isso mesmo. Ela também sabia o que significava perder um pai.

Wanahomen afastou-se do abraço do pai, fitando o rosto do homem que fora o deus do seu mundo por tanto tempo. Será que realmente houvera tanta tristeza escondida atrás do sorriso largo do pai naquela época? Ou seria aquilo apenas um truque da memória?

— O que há de errado, Wana? — perguntou seu pai, meio que sorrindo de espanto ao ver a expressão dele.

— Nada — respondeu ele. — Só estou feliz de te ver. — Então seu pai sorriu e passou um braço amigável ao redor do seu ombro, conduzindo-o para a sacada.

Este é o seu mundo, dissera Hanani. Ele veria o que quisesse ver. Naquela época, quando ele era o filho mimado de um príncipe, houvera muita coisa que não quisera ver no que se referia ao pai. Agora...

Hesitando por mais um instante, Wanahomen fechou os olhos e desejou que a sua lembrança se tornasse *certa*.

Quando abriu os olhos, o pai havia se afastado, apoiando-se no parapeito da sacada enquanto contemplavam juntos o sol poente. Agora Wanahomen via as linhas de preocupação em volta dos olhos do pai, lia a tensão atípica no corpo dele. Agora Wanahomen notava, enfim, que o pai não olhava em seus olhos.

— Quero que você saiba — falou o pai — que, o que quer que eu faça amanhã, é por você.

A Ceifa dos exércitos. Seu pai fizera aquilo para alcançar a imortalidade por meio de um conhecimento mágico tão antigo e proibido que a maior parte do mundo havia se esquecido de sua existência; embora Wanahomen não soubesse disso na época, Charris confessara a verdade para ele nos anos que se seguiram. Se Eninket houvesse se tornado imortal, Wanahomen teria sido condenado ao destino que esperava a maioria dos seus irmãos: uma vida de precária inutilidade, riqueza e privilégio sem propósito. Como filho favorecido, ele poderia ter se casado com alguém de alguma linhagem elevada para consolidar os laços daquela família com o trono, mas jamais poderia ter alcançado poder ou aclamação próprios, nem mesmo se abraçasse uma profissão ou arte. Qualquer filho do Príncipe cuja glória se equiparasse à do pai era uma ameaça potencial ao Trono do Ocaso.

E será que seu pai teria convocado assassinos para matá-lo nesse caso, como ditava a tradição?

Seu pai dirigiu-lhe um olhar naquele momento. Como é que Wanahomen nunca notara a vergonha naqueles olhos que eram tão parecidos com os seus?

— Quero manter você em segurança — disse Eninket em tom baixo. — Quero que a sua vida seja pacífica. Os fardos de governar... — Ele suspirou. — Eu os manteria longe de você se pudesse, eu te manteria como você está agora, sem mácula.

Me manter como estou, pai? Um menino no corpo de um homem? Um animal de estimação?

Atrás de seu pai, a mulher do templo desviou o olhar.

— Wana? Você entende? — O pai olhou para ele, perturbado com o seu silêncio.

Sim, eu entendo. Que tipo de homem escolhe um destino desses para o filho? Entendo exatamente o que você pretendia fazer.

E, no entanto, Wanahomen suspirou, esfregou os olhos, então estendeu uma das mãos para apertar o ombro do pai. Essa mão, não de todo para surpresa de Wanahomen, era a mão que ele possuía agora. Não era mais macia. Estava marcada e desgastada pelo vento, escurecida pelo sol, toda cortada de cicatrizes adquiridas ao aprender a usar a faca, praticar luta com a espada, lutar mão a mão. Ele se tornara o homem que seu pai jamais quis ver.

— Eu te amo, pai — falou ele, e era verdade. — Eu nunca te disse isso o suficiente. Mas a incorreção aqui neste mundo que é a minha alma... — Ele fechou os olhos, odiando-se por essa traição, ao menos da própria imagem que tinha quando jovem do pai. — É você.

E, fechando os olhos, desejou que a incorreção, toda ela, desaparecesse. Eles flutuaram de novo no espaço entre os reinos, que se despira de sua aparência e mostrava sua verdadeira natureza como uma escuridão infinita e amorfa. Isso combinava com o seu estado de ânimo.

— Sinto muito — veio a voz dela de algum lugar.

— Como é que você consegue estar aqui? — perguntou ele. O rapaz se sentia vazio dentro da parede de cristal que protegia o seu eu mais íntimo. Toda a sua raiva se extinguira. Ele não conseguia sequer odiar o Hetawa... pois agora enfim entendera que eles estavam certos em matar seu pai. — Se este lugar é meu para controlar.

— Alguma parte de você deve me querer aqui. Mas posso ir embora agora e deixar você dormir. A aula terminou.

— Não. — Ele desejou que a parede de cristal do seu nome de alma afinasse e se tornasse permeável, um convite. — Fique. Podemos consolar um ao outro.

De repente, ele sentiu as paredes do eu dela se manifestarem, sólidas, porém quebradiças como ossos.

— Eu não preciso de consolo.

Ele nunca a ouvira mentir.

Mas antes que pudesse confrontá-la sobre isso, ela se afastou.

— Bom descanso, Príncipe. Em paz. — Rápida como a luz, ela se foi.

— E que a paz Dela esteja com você também — falou ele. Mas sabia que isso também seria uma mentira por um longo tempo.

33

CONVITE

No escuro de sua tenda, Hanani contemplava a loucura.

Podia senti-la invadindo a sua consciência a cada momento que passava. Sentira aquilo em Ina-Karekh com Wanahomen e mesmo no reino intermediário. Não sabia como fugir da loucura. Nem sabia ao certo se queria fugir.

Dayu. A mercadora Danneh. Mni-inh. *Todos com quem me importo morrem.*

Mas não haviam sido só aqueles, não é? Azima, o Coletor Sonta-i, até a mulher shadoun sem nome. Ela podia não ser a causa direta em todos os casos, mas o contato com ela havia anunciado cada tragédia. Ela era um presságio vivo.

Tive medo dos banbarranos, mas eles é que deveriam ter medo de mim, na verdade. Eu deveria deixar o reino da vigília antes que destrua esta tribo inteira.

Assim seguia a loucura.

Ela sabia que seus pensamentos eram irracionais. O Hetawa ensinava que não havia presságios a não ser aqueles enviados diretamente pela Deusa na forma de visões verdadeiras. Mni-inh em especial estaria furioso com ela por pensar em tal heresia. Mas não importava o quanto ela tentasse manter aqueles pensamentos afastados, eles sempre voltavam. E ficavam cada vez mais fortes.

A única solução era não sentir nada e não pensar nas coisas que lhe causavam dor. Era difícil com tanta gente tentando conversar com ela, tocá-la, consolá-la. Eles não entendiam. Nada poderia consolá-la após a perda de Mni-inh. Nada jamais voltaria a consolá-la.

Encolhendo-se deitada de lado entre as almofadas, Hanani adormeceu.

* * *

A tribo estava alegre quando Hanani finalmente saiu da tenda aquela manhã. Ela dormira até mais tarde que de costume, seu corpo não conseguira acordar com o alvorecer pela primeira vez desde que tinha lembrança. Não tivera nenhum sonho. Do lado de fora, olhando ao redor, avistou os banbarranos que estavam acordados aglomerando-se perto de um mirante outra vez. Pelo entusiasmo e pelos dedos apontados, ela supôs que outro grupo de caça chegara.

Ela foi ao nível do solo para tomar banho, desta vez surpreendendo algumas outras mulheres banbarranas na piscina. Elas fizeram acenos de cumprimento e abriram caminho para ela, demonstrando mais cortesia do que nunca. Embora não fizesse ideia do que elas diziam enquanto tagarelavam à sua volta, achou o simples tom das vozes das mulheres irritante o suficiente: elas estavam tão *felizes*. Quando não conseguiu mais suportar as ocasionais gargalhadas, endireitou-se, fez um aceno de despedida e saiu da piscina. Elas ficaram em silêncio nesse momento, embora a jovem sentisse que a fitavam enquanto ela se vestia. Sem dúvida fofocariam sobre ela quando houvesse ido embora, então obsequiou-as e saiu o mais rápido que pôde.

Na saliência do acampamento, os líderes das últimas duas tribos banbarranas, Vilisyo e Amaddur, haviam vindo cumprimentar Unte e os outros. Os escravizados banbarranos praticamente formavam borrões ao correr de um lado para o outro, tentando se preparar para a última noite do solstício e para uma celebração que com certeza seria mais agitada do que qualquer uma na memória recente. As mulheres da tribo estavam alvoroçadas, apressando-se para se embelezarem; os homens eram mais discretos quanto a isso, mas faziam basicamente a mesma coisa. À medida que o dia foi se passando, Hanani testemunhou lutas, competições para ver quem dançava mais rápido — que ofereciam uma joia como prêmio — e homens erguendo de maneira furtiva os véus uns para os outros para discutir o brilho dos seus dentes.

Hanani estava tendo dificuldades para não odiar a todos.

Mas ódio era uma emoção e ela não podia se permitir senti-la, assim como não podia se permitir sentir tristeza, ou tudo desmoronaria. Então, por fim, voltou para dentro da tenda e ficou ali o resto do dia.

Ao final da tarde, alguém tamborilou na aba de sua tenda. Ela não queria visitas, mas se levantou e desamarrou a aba mesmo assim.

Wanahomen entrou na tenda, deixando a aba bem aberta para que os outros pudessem ver o lado de dentro. Ele, diferente de todas as outras pessoas que ela vira naquele dia, parecia sombrio e encardido, e seu ânimo parecia qualquer coisa, menos comemorativo. Então Hanani avistou a urna de cerâmica que ele levava em um braço e entendeu o porquê.

Ele ofereceu-lhe a urna.

— Está lacrada. Você poderá levá-la de volta para o Hetawa desse jeito.

Ela olhou para a urna e sentiu a primeira fissura em suas defesas. Mni-inh, aquele dos olhos sorridentes e da voz gentil, reduzido àquilo. Ela desviou o rosto e fechou os olhos.

— Obrigada, Príncipe. Você poderia colocar em algum outro lugar para mim?

Ela o ouviu andar até a lateral da tenda, couro e tecido se mexendo.

— Está em um dos seus alforjes. Eu o enrolei em uma faixa para amortecer.

Ela aquiesceu e voltou para as almofadas para sentar-se, incapaz de falar porque estava se formando um nó em sua garganta. *Sem sentimentos, sem sentimentos*. Ela repetiu a ideia até se tornar realidade. Quando o nó diminuíra o suficiente para falar, perguntou:

— A votação vai acontecer logo?

— Amanhã. No máximo depois de amanhã. Se for favorável, as tropas vão se reunir e estar prontas para marchar em um dia. Os banbarranos são de fato bárbaros, mas, em termos de eficiência militar, humilham as terras civilizadas.

— E se a votação não for favorável?

— Isso não é mais provável. — Sim, ali estava alguém que entendia que a guerra estava chegando. Ela ouviu isso no peso da voz dele: não parecia feliz com a conquista. — A mulher shadoun superou todas as minhas maquinações; os líderes estão unidos em sua raiva agora. Não há dúvida de que, se conseguirmos, eles vão pedir a ajuda de Gujaareh para eliminar os shadoun.

— Os shadoun já sofreram, se a praga do pesadelo estiver entre eles.

— Não importa. — A voz dele estava inexpressiva. — Gujaareh vai precisar de aliados até nos fortalecermos outra vez. E eu preciso pagar as minhas dívidas.

Hanani suspirou.

— Você fala como se fosse garantido que vai conquistar a cidade de volta.

Ele fora se posicionar próximo à aba aberta, fitando o acampamento ou talvez apenas deixando que os outros vissem que não estava fazendo nada impróprio com ela. Não tirara o véu, mas ela o conhecia bem o bastante para sentir seu sorriso amargo.

— Que outra opção existe para mim? Se eu fracassar, nenhum exército ou aliado jamais vai me seguir de novo. Vou ter que fugir para o exílio no norte... isso se os kisuati não me capturarem e não fizerem da minha execução um espetáculo público. — Ele encolheu os ombros. — É mais fácil ser otimista.

Hanani não podia deixar de concordar. Mas...

— O povo vai se unir em torno de você. Você é o Avatar Dela. Talvez *seja* garantido que vai ganhar.

— Nada é garantido. O exército banbarrano... — Ele parou e suspirou. — Meu pai daria risada até de chamá-los de exército. Se as tropas de guerra de todas as tribos se juntarem, o total será de pouco mais de mil e seiscentos. Eles lutam como demônios, mas os kisuati são *quatro mil*, com outros quatro mil que podem vir de Kisua em uma oitava de dias. As tropas dos nobres talvez acrescentem dois mil para o meu lado... mas esses são soldados em que não me atrevo a confiar. Receio que nem todos os meus aliados sejam tão honrados como o Hetawa e os banbarranos.

Ele *estava* com medo. Ela podia ver isso na posição dos ombros dele e nos braços cruzados e no modo como os olhos dele viam, mas não viam, a festança se intensificando do lado de fora. Mas ela não tinha palavras de conforto para lhe oferecer. Havia provérbios do Hetawa que poderia ter dito, sabedoria dos seus Professores que poderia ter compartilhado, mas tudo aquilo parecia sem sentido agora.

Ele suspirou.

— Bem, fiquei aqui tempo demais. Não quero que as línguas comecem a falar. — Então ele olhou de volta para ela, a expressão inescrutável. — Entendo o que você está tentando fazer — falou ele, enfim. — Eu também fiz isso depois... depois que a minha mãe e eu saímos de Gujaareh. Mas não fique aqui hoje à noite, Hanani. O silêncio. Ele te despedaça.

Ele achava que entendia porque seu pai estava morto. Mas seu pai fora um monstro, ao passo que Mni-inh fora bom e sábio e gentil. Ela desviou os olhos de Wanahomen para não o odiar também e tornou a voz muito fria.

— Vou ficar bem, Príncipe.

— Não, não vai — retorquiu ele, soando irritado. — Mas você é tão teimosa e arrogante como qualquer outra mulher... Pelos deuses. Eu não devia nem ter tentado. Faça como quiser então. — Ele saiu, fechando a aba com um baque ao passar.

Ela voltou a amarrar a aba após a saída dele e depois se sentou imóvel na escuridão e no silêncio da tenda, desejando poder sentir algo de Mni-inh nas cinzas que ele deixara para trás.

* * *

Ao anoitecer, Hanani sabia que ia desmoronar.

Wanahomen estava certo quanto ao silêncio. Ela agora estivera na tenda por mais uma hora, olhando para o alforje e lutando contra o impulso de pegar a urna, desenrolá-la, encolher-se ao seu redor e abri-la para ver se tinha o cheiro do seu mentor, sabendo muito bem que fazer isso a deixaria balbuciando. Por fim, não teve escolha: poderia odiar os banbarranos por se alegrarem quando Mni-inh havia morrido, mas odiá-los era melhor do que sentir falta dele. Então ela finalmente saiu da tenda e olhou em volta.

Estava tudo como estivera na primeira noite da oitava de celebração do solstício: ambas as saliências do acampamento banbarrano, e várias outras saliências próximas do Merik-ren-aferu tornadas habitáveis só para os convidados, estavam cheias de gente. O caminho entre as tendas estava mais iluminado do que o habitual graças a dezenas de lamparinas penduradas em cordas; o cânion estava mais barulhento que de costume, o ar repleto de vozes e música e palmas e risadas. Ela podia até ver escravizados celebrando em uma fogueira no nível do solo. Lá no alto, a Lua dos Sonhos não estava tão grande como de costume, sua face de quatro faixas truncada do lado direito por sombras invasoras que diziam anunciar a época de frio mais cortante nas terras do norte. Pela primeira vez em vários meses, a luminosa estrela piscante chamada *Myani* em suua antigo, ou Menino Bonito, aparecera logo abaixo da curva escurecida da Lua. Um novo ano começara.

Vaguear pelo acampamento era como vaguear em um sonho. Ninguém parecia notar Hanani... nem os grupos de homens e mulheres, nem as crianças que passavam correndo por ela em suas brincadeiras. Ela era uma pedra de rio imóvel enquanto a vida do acampamento transcorria ao seu redor. Ela estava no meio de mil outras almas e se sentia completamente sozinha.

— Hanani! — Uma voz familiar. Ela se virou e viu Yanassa, sentada com Hendet e várias outras mulheres perto de uma das fogueiras. Yanassa se levantou e foi até ela, sorrindo e pegando suas mãos. — Você saiu... que bom! Eu não tive esse trabalho todo com o seu cabelo para você se esconder. Venha, venha.

Era mais fácil desistir do que resistir, então ela foi com Yanassa sentar-se perto da fogueira.

— Tome — falou uma das mulheres, jogando para ela alguma coisa em uma cabaça oca. Ela pegou e bebeu sem olhar e só percebeu o que era quando sua garganta pareceu pegar fogo. Engasgando-se e tossindo, ela quase deixou a cabaça cair, mas alguém a tomou dela. Uma risada bem-humorada surgiu à sua volta; alguém esfregou suas costas para ajudá-la a se recuperar. — Sipri — disse a mesma mulher que lhe dera a bebida. — Do chá, sabe?

— O-o quê? — Hanani ainda estava tentando respirar.

— É feito da mesma planta que o chá gelado de que você gosta tanto — explicou Yanassa. Era ela quem estava esfregando as costas de Hanani. — Quer mais?

Algum tipo de licor. Os Compartilhadores não deveriam beber nunca, uma vez que a narcomancia exigia uma força de vontade inalterada. Ela pegou a cabaça de volta e deu mais alguns goles, fazendo careta enquanto eles desciam queimando.

— Você não está bem, Compartilhador-Aprendiz — comentou Hendet, que estivera observando Hanani do outro lado da fogueira com olhos estreitos.

Hanani alçou os olhos para fitá-la. Yanassa inclinou-se para a frente para examinar o rosto de Hanani também, a própria alegria desvanecendo.

— Não — respondeu Hanani para a rainha de Gujaareh. — Não estou.

Yanassa deu a Hanani um sorriso e habilmente tirou a cabaça de sipri das mãos dela.

— Você vai ficar. Nós vamos cuidar de você. Não se preocupe.

Hanani não estava preocupada. Ela apenas não se importava.

— Ora, ora — falou uma das outras mulheres. Elas seguiram seu olhar. Em torno de outra fogueira, uma jovem de talvez dezesseis ou dezessete inundações andava em direção a um dos guerreiros Issayir sentado em meio a um grupo de homens. Ele aguçou o olhar, interessado, e continuou a conversa com os outros homens, mas estava claro como a luz do dia que não estava prestando real atenção a eles. A garota tinha uma joia em uma das mãos, era difícil para Hanani ver com precisão o que era. Mas, quando a garota passou pelo guerreiro, olhou nos olhos dele e deixou o objeto cair acidentalmente. Com um olhar inocente que não enganava ninguém, ela continuou andando até outra fogueira cercada por mulheres.

O guerreiro sorriu e pegou o objeto. Os homens ao redor dele o cutucavam com os cotovelos e empurravam-no de brincadeira, tentando fazê-lo derrubar a joia, mas ele a segurou com firmeza.

— Então Teniant enfim fez a sua escolha! — Yanassa pareceu contente. — Aquele ali é o líder de caça Issayir. Uma boa escolha.

— Não concordo — opinou outra mulher, fazendo cara feia. — Um homem se preparando para a guerra pode ser muito bruto para uma garota tão nova.

— Tenho certeza de que ele pode acalmar sua natureza guerreira por uma única noite — retorquiu Yanassa em tom desdenhoso. — Não consigo imaginar um homem se tornando líder de caça sob o comando do irmão de Unte se gostar de torturar mulheres decentes. Os Issayir não são os Dzikeh.

Outra mulher rapidamente fez um sinal para calar Yanassa, dando uma olhada em volta para ver se não havia nenhum Dzikeh por perto, mas Hanani ignorou-as, fitando o guerreiro Issayir. Surgiu um desejo em seu coração, nem lógico nem completamente formado. Ela o teria chamado de instinto se tivesse se dado ao trabalho de pensar sobre o assunto. Mas ela não queria pensar.

E então, enquanto Yanassa e as outras mulheres continuavam discutindo, Hanani se levantou. Yanassa lhe dera um brinco bonito e elaborado que se fixava na borda de uma de suas orelhas em três lugares. Ela ergueu a mão para tirá-lo.

— Compartilhador-Aprendiz? — veio a voz de Hendet, cheia de surpresa e um toque de desconfiança. Ignorando-a, Hanani afastou-se da fogueira.

Encontrou quem queria em uma fogueira perto da extremidade do acampamento, conversando baixinho com alguns de seus homens. Charris estava encostado em uma parede rochosa próxima, sutilmente de guarda. Ele viu antes de todos os outros a chegada de Hanani e franziu a testa, perplexo, quando ela se aproximou. Então alguém cutucou Wanahomen, que se virou para fitá-la, curioso.

O brinco estava gelado na mão de Hanani. Ela o segurou com tanta força que as partes mais pontiagudas ameaçavam arrancar-lhe sangue. Mas ela avançou mesmo assim, mantendo contato visual com Wanahomen de forma tão constante quanto pôde, e deixou o brinco cair aos pés dele.

Os homens se calaram. Ela não olhou para eles, não os queria. Wanahomen fitou o brinco, arregalando os olhos. Alçou o olhar para ela, descrente e sem palavras.

Calada, vazia, Hanani voltou para a sua tenda para esperar.

34

CANTO FÚNEBRE

Os lestenenses contavam histórias sobre almas que não conseguiam fazer a viagem para Ina-Karekh por alguma razão e eram condenadas a andar pelo reino da vigília para sempre em forma de névoa e tristeza. A mulher do templo parecia uma dessas.

Wanahomen olhou para a moça enquanto ela se afastava e depois olhou para o brinco aos seus pés.

— Ela não pode ter tido a intenção — murmurou ele. Pegou o objeto. Fora tão claramente direcionado a ele que nenhum dos outros homens estava sequer fingindo reivindicá-lo. — Ela não pode saber o que isso significa.

— Me pareceu que ela sabia exatamente o que significava — comentou Ezack. Até ele parecia desconfortável, apesar do sorriso.

— Mulher teimosa e arrogante — disse ele, pegando o brinco e fechando a mão. Estava frio, embora houvesse estado na mão dela; um dos pingentes se soltara quando ela o deixou cair. Frio e partido, como ela. — Mulher inconsequente e *burra*...

Ele se levantou e saiu furioso atrás dela, sem se permitir questionar a própria fúria. Chegando à tenda dela, entrou, arrancou o véu e jogou o brinco de volta aos pés dela.

— Você está fora de si — rosnou ele.

A tenda estava iluminada por uma única lamparina pendurada ao mastro central. Hanani estava longe da luz, meio que nas sombras, de costas para ele. De repente, a raiva de Wanahomen arrefeceu quando ele se deu conta de que ela estava olhando para o alforje onde ele colocara as cinzas de Mni-inh.

— Isso eu não contesto — falou ela quase em um sussurro. Então soltou uma risada débil e vacilante que o deixou ainda mais nervoso.

Ele suspirou, tirando o lenço e passando uma das mãos sobre as tranças por hábito.

— Não é disso que você precisa, Hanani. Você precisa... pelos deuses, eu não sei do que você precisa. Mas não é disso.

— Eu é que devo decidir, não é?

Ele a encarou, incrédulo.

— Quando envolve o *meu corpo*?

A orelha sem adornos da jovem pendeu para o lado dele.

— Você me queria ontem.

— Não quer dizer que eu te queira agora!

Para o choque do rapaz, ela começou a se tremer toda de modo tão violento que os ornamentos em seu cabelo tilintavam. O contraste entre esse tremor e a voz dela, calma demais, inexpressiva demais, era bastante assombroso.

— Entendo. Me perdoe então, eu entendi mal. Vou escolher outra pessoa.

— Você vai *o quê*? — O Príncipe se aproximou dela e segurou seus ombros, fazendo-a virar para ficar de frente para ele. Foi como segurar um animal selvagem: ela ficou tensa, os olhos arregalados e irracionais de medo. Ela não gritou, mas ele desconfiou que fora por pouco.

— Hanani... — Ele chacoalhou a cabeça, embora tenha afrouxado o aperto de imediato. — Em nome da Deusa adorada, *olhe* para você. Você não quer um homem. Por que está fazendo isso?

Parte do pânico desapareceu dos olhos dela, substituído por uma tristeza tão profunda que todo o resto de raiva que ele sentia desvaneceu. Ela desviou os olhos e fez um esforço frouxo para se libertar das mãos dele.

— Não importa. Sei o que quero.

— Não, você...

— *Eu sei o que quero!* — Ela gritou as palavras, cerrando os punhos, o rosto tão contorcido pela ira que, por um momento, ele não a reconheceu. Então ela se lançou contra ele, as mãos se transformando em garras, e de repente ele teve de segurá-la para que ela não lhe rasgasse a garganta. Ou usasse magia contra ele... mas ele não podia se permitir ter medo dela, não agora. — Saia! Você não tem utilidade para mim, não posso confiar em você mesmo, *você não pode me ajudar!*

Ele lutou contra ela por um instante, depois percebeu que teria de mudar de tática. Em vez de tentar manter as mãos dela afastadas, ele as puxou para o seu peito.

— Aqui — disse ele bruscamente, abrindo as mãos dela e colocando as palmas sobre o seu peito. — Você quer que eu vá embora? Você sabe como. Faça comigo o que fez com Azima.

Ela ficou paralisada, os olhos subitamente arregalados de medo.

— Não. Não vou matar de novo.

— Você não precisa. O seu mentor me fez sentir dor uma vez. Me fez ajoelhar com um toque. Faça isso agora e saberei que você realmente quer que eu vá embora para que algum outro tolo entre aqui e seja "útil" para você. — Ele se preparou para o caso de estar errado sobre ela, mas não achava que errara. E, de fato, em vez de machucá-lo, ela tentou fugir dele outra vez.

— Me solte!

— Você diz que sabe o que quer! Quem você ia querer em vez de mim? Devo mandar o Charris para você? Unte, talvez... Ele é velho, mas teve outro filho ano passado. Ou vai ficar com o primeiro homem que vier atrás de você com desejo em vez de inteligência? Nesse caso, você devia ter deixado o Azima te violentar!

Ela estremeceu, mas depois chacoalhou a cabeça.

— Que importância tem, Príncipe? Você me odeia de qualquer jeito. Apenas me solte.

Ele respirou fundo.

— Eu não te odeio. Odiei um dia, mas foi um erro. Na verdade... — Ele quase riu; aquela era a última conversa que esperara ter com um sacerdote do Hetawa. — Você é bonita o bastante e admirável o bastante, a ponto de eu me sentir tentado. Mas *isso é um erro também*, não consegue ver? Há algo de errado com você e *isso não vai consertar as coisas*.

Ela ergueu a cabeça aos poucos. Ele poderia ter sentido pena só pela confusão em seu semblante. Enquanto ela parecia procurar as palavras, ele apertou suas mãos e falou:

— Você disse que eu não podia te ajudar. Ajudar como, Hanani? Do que é que você precisa?

Ela não respondeu nada, mas olhou de novo para o alforje. Wanahomen se viu desejando de coração não ter lhe dado a maldita urna até chegar a hora de voltar a Gujaareh.

— Seu mentor se foi. — Ele falou com tanta gentileza quanto pôde e, no entanto, a moça ainda estremeceu como se houvesse erguido uma das mãos para ela. Ocorreu-lhe uma ideia. — Me diga o que Mni-inh faria, Hanani, se estivesse aqui. Me conte como ele ajudaria você.

Era totalmente irracional. Se Mni-inh ainda estivesse vivo, ela estaria bem. Mas aqueles que lidavam com sonhos aprendiam a pensar com uma lógica onírica, então não o surpreendeu nem um pouco o fato de ela franzir a testa e piscar e parecer se concentrar nele, como se as palavras fizessem perfeito sentido.

— E ele teria me abraçado. — Ela baixou os olhos. — Não. Ele não fazia isso com muita frequência, não mais. Mas eu, eu queria que ele fizesse. Sempre queria que ele fizesse.

— Tudo bem. — Movendo-se com cautela... pois ela ainda estava tensa, preparada para fugir ou coisa pior... ele soltou as mãos dela e voltou a segurar seus ombros. Puxou-a para mais perto e, quando ela não resistiu nem entrou em pânico outra vez, envolveu-a por completo com os braços. — Pronto. Assim?

Ela tremeu. Encostou a cabeça nele. Pressionou o rosto no peito dele. O rapaz sentiu algo no corpo dela acumular-se, estabilizar-se...

E então ela *uivou*. Era a única palavra em que ele conseguia pensar para descrever o som que ela produziu, tão distante de um soluço ou de um gemido que parecia ter saído de sua alma. Era pior ainda do que o som que ela fizera depois da morte de Azima. Isso era agonia, tormento, e ela gritou de novo e de novo e se agarrou a ele, puxando a túnica do rapaz e tremendo com o esforço até ele pensar que aquilo por si só a quebraria.

Parecia não haver outra maneira de lidar com tamanha dor a não ser deixá-la seguir o seu curso, então ele a abraçou e a deixou gritar.

A aba da tenda de Hanani se abriu e alguém espiou lá dentro. Hendet. Como dona da *an-sherrat*, apenas ela tinha o direito de invadir a privacidade de Hanani. Ela os examinou por um momento, depois inclinou a cabeça para Wanahomen antes de se retirar outra vez e fechar a aba. Sem dúvida ela tranquilizaria os que estavam do lado de fora, contando-lhes o que realmente estava acontecendo.

A voz de Hanani acabou em algum momento após o vigésimo ou trigésimo grito. Ela chorou então, impotente e angustiada... e brava também, pois de tempos em tempos cerrava uma das mãos e o esmurrava. Resignando-se a ter alguns hematomas e a ficar com a túnica molhada, ele enfim a levantou e a conduziu até as almofadas, deitando-se e arrumando-a de modo que ela pudesse passar o resto da noite chorando sobre ele se precisasse. Ele percebeu, depois da primeira vez que ela extravasou seus sentimentos, que havia mais naquilo do que apenas dor pela morte de Mni-inh. Talvez ela chorasse por outras perdas ou talvez simplesmente procurasse desafogar sentimentos suprimidos durante toda a sua vida vinculada ao Hetawa. Fosse como fosse, ele se viu afagando as costas dela e murmurando consolos vagos... "Shh, shh, você não está sozinha, não se preocupe"... que pareceram tranquilizá-la.

E talvez, dada a sua nova compreensão sobre o pai e os seus temores quanto à guerra que estava por vir, ele também se tranquilizou um pouco.

Aos poucos ela se aquietou. Wanahomen cochilou a certa altura, acordando quando o instinto o impeliu. Horas haviam se passado, embora o barulho da celebração do lado de fora não houvesse diminuído nem um pouco. Os banbarranos podiam e iriam farrear a noite toda quando devidamente motivados. A lamparina se apagara, mas entrava luz suficiente da Sonhadora pela saída de fumaça da tenda. Ele presumiu que era meia-noite mais ou menos.

Virando a cabeça, viu que Hanani estava acordada, a cabeça pousada em seu peito, os olhos abertos e secos, porém perdidos em pensamento. Uma das mãos ainda estava agarrada ao tecido de sua túnica. Isso a fazia parecer muito jovem.

— Sentindo-se um pouco melhor? — perguntou ele.

Ela respirou fundo, os olhos ainda fitando a distância.

— Cansada — sussurrou ela. Sua voz estava rouca.

— Você deveria descansar, então.

A moça franziu a testa, ergueu a cabeça e olhou para ele. O rapaz conteve uma careta quando o movimento da cabeça de Hanani expôs uma ampla área molhada em sua túnica.

— Você tem que ir embora?

— Não. — Ele deu um sorriso pesaroso. — Na verdade, depois de aceitar o seu convite, eu *deveria* ficar a noite toda, ou até você se cansar de mim. Você está cansada de mim?

Ela baixou os olhos e sorriu. Um sorriso débil, praticamente imperceptível, mas ele ficou aliviado a ponto de quase chorar ao vê-lo. Era a primeira coisa normal que ela fazia em dias.

— Não. Mas não fizemos nada que cansaria qualquer um dos dois. — Seus ombros ficaram tensos outra vez, o começo do desconforto.

Ela deveria estar exausta depois daquela tempestade de dor, mas ele decidiu não chamar sua atenção para esse fato. Abordou, porém, o desconforto.

— Os banbarranos vão pensar todo tipo de coisa, mas nós sabemos a verdade. — Ele deu de ombros. — Contanto que não fiquem sabendo sobre hoje à noite lá no Hetawa, não tem problema. Me deixe levantar um momento.

Ela pareceu surpresa ao notar que ainda estava firmemente agarrada à túnica dele, mas o soltou. Ele se sentou e tirou a túnica e a camiseta interior e colocou-as no tapete para secar. Então, avistando uma refeição não comida a um lado da tenda, levantou-se e verificou a garrafa: chá gelado. Só havia um copo, mas o trouxe e o encheu, servindo-o para ela. A moça fez um aceno cansado de agradecimento e bebeu tudo. Depois de beber um segundo copo, ela o devolveu e ele serviu o resto do chá para si mesmo. Então ele voltou a se deitar, estendendo o braço para que ela pudesse se aninhar ao lado dele de novo.

Ela hesitou, aparentemente com vergonha do peito nu do rapaz.

— A pele seca mais rápido do que o tecido — explicou ele. — Assim você pode chorar em cima de mim o quanto quiser.

Isso lhe rendeu outro sorriso cansado. O cansaço venceu: ela se deitou outra vez, seu cabelo fazendo cócegas no ombro dele, sua mão pousada de leve sobre a barriga dele. Wanahomen suspirou, cobrin-do-os do frio da noite com um cobertor que havia ali por perto e des-frutando do contato. Sempre preferira quando as mulheres sentiam prazer com ele por mais do que um único motivo.

O silêncio se estendeu, pontuado pela batida distante de um tambor e por uma dúzia de vozes cantando uma música estridente. Wanahomen começara a se deixar levar outra vez quando a voz de Hanani o trouxe de volta. O chá lhe fizera bem: ela não estava mais tão rouca agora.

— Eu não ligo — disse ela. — Se ficarem sabendo lá no Hetawa.

Ele fechou os olhos e lhe afagou as costas, desejando que ela dormisse.

— Deixaria as coisas embaraçosas para você quando voltasse. Para mim também.

— Direi para eles que eu te obriguei a vir. Eles não podem culpar você por isso. E, de qualquer forma, é a mim que deveriam culpar. Você nunca fez um juramento a Hananja. — Sua mão se retesou sobre a bar-riga dele; ele esperou que ela não o esmurrasse outra vez. — Mas não me importo mais com o que eles pensam.

Ela se importaria, claro, quando sua dor pela morte de Mni-inh desvanecesse e tivesse os meios para voltar a pensar em seu futuro. Ele pediria ajuda a Yanassa para ajudar a controlar os boatos que com frequência corriam rápido pela tribo, para diminuir a chance de que a história chegasse aos ouvidos dos superiores de Hanani.

— Durma — disse ele com firmeza. — Nada de aulas desta vez, nada de magia. Nós dois precisamos de descanso.

Ela aquiesceu e ficou em silêncio, e Wanahomen acabou dormindo.

★ ★ ★

A cidade de novo, em cores desta vez. Isso era Ina-Karekh, sonho de verdade, e não o espelho de sua alma que era o reino intermediário. Contudo, por algum motivo ele parecia atraído pela terra das sombras. O céu era um fosso mortuário de nuvens agitadas e dispersas salpicado de relâmpagos. Wanahomen estava nos degraus do Hetawa e na entrada estava uma figura sombreada e oscilante.

— Pai — falou Wanahomen. Ele inclinou a cabeça em uma saudação.

O vulto sombreado não respondeu nada nem fez nenhum movimento além de deslocar o peso de uma perna a outra. Wanahomen olhou para o próprio corpo, mas não viu nada daquela imundície insidiosa de antes. O dano fora reparado.

— Meu filho, meu herdeiro — disse a figura sombreada com sua voz entrecortada. — Minha alma renascida.

— Não — contestou Wanahomen, franzindo o cenho. — Seu filho, seu herdeiro se Hananja desejar, mas a minha alma me pertence, pai. Assim como o meu futuro.

Houve um momento de silêncio. Ele pensou ter sentido surpresa naquela coisa à entrada. Então dentes brilharam na penumbra; porém, se era um rosnado ou um sorriso, ele não sabia dizer.

— Niim. — A voz mudara. De repente, estava menos sibilante, mais humana e real. — A força devora a força nos reinos dos sonhos, Niim. O ódio e o medo ficam cada vez mais fortes. Mas a compaixão... Ela recebeu tão pouca compaixão. E confiança? Amor? Contra isso ela não tem poder.

— Quem? — Perplexo com a mudança no sonho, Wanahomen subiu um degrau, depois outro. — Quem, pai? Hanani? Yanassa? — Aqueles nomes não pareciam certos. — Tiaanet? — Mais perto, porém mais perturbador. — O senhor está me alertando contra a mulher que eu quero como a minha rainha?

Outro brilho de dentes, definitivamente um sorriso agora, e um sorriso verdadeiro. *Este era o seu pai.* Ele sentiu isso com todos os instintos que possuía: não um fantasma, nem uma lembrança distorcida, mas realmente a alma de Eninket, condenada à terra das sombras por sua crueldade e ganância. O Hetawa declarara Eninket louco e ele o fora, na vigília. Mas, de algum modo, neste reino, ele parecia haver encontrado certo grau de paz.

E foi como um homem inteiro e curado que Eninket falou:

— Fique bem, meu filho. Seja um homem melhor do que eu.

— Pai! — Wanahomen precipitou-se degraus acima, sem se importar mais com que horror o aguardava nas sombras. — Pai, não, espere...

Mas a cidade desapareceu e o silêncio entre sonhos foi sua única resposta.

35

CONSOLO

Hanani esperou em um sonho do Salão de Bênçãos do Hetawa. Depois de um bom tempo (o tempo não significava nada, era um sonho, mas ela o marcou do mesmo jeito por uma questão de hábito da vigília), as sombras cintilantes perto das alcovas de doação se agitaram e o Coletor Nijiri deu um passo à frente.

— Hanani? — Ele franziu a testa. — Onde está Mni-inh?

Ela se pôs de pé, desceu da plataforma e curvou-se sobre as duas mãos.

— Morto, Coletor.

Ela ouviu, mais do que viu, a suave puxada de ar de Nijiri. Ele não falou nada, mas o Salão reverberou, só um pouco, com seu choque. Uma vez que já esperava por isso — ela também amara Mni-inh — foi fácil para ela manter o sonho estável, equilibrando sua estrutura contra a onda de angústia dele.

— A praga do pesadelo — explicou ela. — Uma mulher dos shadoun a trouxe para o acampamento banbarrano. Nós não sabíamos. O irmão Mni-inh tentou curá-la.

Nijiri soltou um suspiro que era meio um gemido e virou de costas para pousar a mão na estátua da Deusa feita de pedra da noite.

Na vigília, isso nunca era permitido, mas nos sonhos não havia regras. Quando Hanani alçou o olhar, viu-o recostado à estátua como se precisasse do apoio para ficar de pé, a cabeça curvada, fora do campo de visão dela. A jovem sentou-se na beirada da plataforma para esperar.

— Até no deserto! — murmurou ele, depois soltou outro grande suspiro. — Mni-inh era o único amigo que eu tinha no Hetawa além dos meus irmãos de caminho. A praga é uma abominação pior do que o Ceifador. *Indethe etun'a Hananja*, que ele caminhe na Sua paz até o sonho terminar.

Hanani permaneceu em silêncio, dando a ele tempo para o luto, como era apropriado. Quando ele enfim se virou, entretanto, tinha o semblante arrasado; aproximou-se dela e agachou-se, tomando suas mãos de imediato.

— Me perdoe, Hanani. Penso na minha própria dor primeiro e me esqueço da sua. Deixe-me lhe dar paz...

Ela se levantou e se afastou do toque dele da forma mais educada que pôde.

— Vou encontrar a minha própria paz, Coletor. Obrigada. O P... Os banbarranos, eles são muito gentis. Estão me ajudando.

Ele pareceu surpreso, mas aquiesceu.

— A praga passou para os outros antes...

— Não. A morte de Mni-inh pôs fim a ela.

— Uma coisa tão terrível pela qual ser grato. — Ele se calou por um instante e o ar pareceu pesado com a sua tristeza. Então chacoalhou a cabeça. — Mas tenho pouco tempo. Compartilhe isto com o Príncipe: a cidade está tão pronta quanto conseguimos deixá-la. Se ele atacar logo, o povo lutará ao lado dele. Estão zangados o suficiente para lutar sem ele, mas esperamos que aguentem até o momento certo.

Ela anuiu.

— Vou passar a mensagem, Coletor. Acredito que os planos do Príncipe vão chegar ao ápice nos próximos dias.

— Ótimo. Os Sentinelas fizeram um acordo com algumas pessoas da casta militar... os poucos da Guarda do Ocaso que conseguiram escapar dos expurgos, oficiais do antigo exército, algumas companhias mercenárias persuadidas a voltar e lutar de graça. Eles têm uma série de sabotagens a fazer assim que a força de guerra do Príncipe começar o ataque. Isso deve prejudicar as defesas dos kisuati e impedir que eles se reagrupem com a mesma eficácia. De resto, depende dele.

— Sim, Coletor.

Então ele fez uma pausa e olhou para ela com firmeza. Ela escolhera aparecer com as roupas banbarranas que Yanassa lhe dera em vez das suas vestes vermelhas. Seus olhos de Coletor com certeza reconheciam outras mudanças mais sutis.

— Você está mesmo bem, Hanani?

Ela esperara essa pergunta também, mas isso não a tornou mais fácil de suportar.

— Estou melhor do que estava, Coletor, e acredito que vou ficar melhor com o tempo. Mas... — Ela hesitou, depois falou o que estava em seu coração, uma vez que ele já havia percebido. — Mas não sei se algum dia vou poder ficar *bem*. Mni-inh e Dayuhotem, eles... — Ela curvou a cabeça. — Sei que devemos amar todos os nossos irmãos, mas não havia ninguém no Hetawa que significasse mais para mim do que eles dois. Sem eles sou uma barca sem remos a caminho do imenso mar.

A expressão dele tornou-se mais compassiva do que ela jamais vira.

— Eu entendo — disse ele em um tom bem suave. Ela acreditava que ele de fato entendia. — Não tenho consolo para oferecer, infelizmente. O sangue onírico é só um cauterizador: ele pode aliviar a dor por um tempo, quando a ferida é recente e existe maior risco de inflamar. Fora isso, é melhor se a alma se curar... — Ele se conteve. — Mas você é a curadora aqui.

— Apenas da carne — pontuou ela. — Vocês, Coletores, sempre cuidaram da alma.

Ele lhe deu um sorriso tão brando e gentil que ela se perguntou como algum dia pensou que ele fosse frio.

— Existem mais imbricações do que você imagina, Aprendiz. O seu mentor me ensinou isso.

Antes que ela pudesse voltar a falar, ele parou e desviou o olhar de repente, franzindo o cenho.

— Preciso ir. O meu sonhador está acordando. — Como todos os Coletores, ele não podia sonhar por conta própria. Devia ter vindo até ela através dos sonhos de algum acólito ou aprendiz do Hetawa, ou talvez algum Servo de outro caminho. Era estranho, contudo, que não houvesse apenas colocado sua jungissa no sonhador para manter a pessoa dormindo.

— Fique bem, Hanani — falou ele, afastando-se. — Dayu e Mni-inh não eram os seus únicos amigos no Hetawa, não importa como você se sinta. Você não está sozinha. — Então, erguendo uma das mãos em despedida, ele desapareceu.

* * *

Hanani abriu os olhos na penumbra da tenda. Não sabia dizer que horas eram, mas o barulho da celebração do lado de fora desvanecera. Ainda havia bastante atividade no acampamento, mas a música estava mais suave e mais lenta agora. Ela não conseguia ouvir nenhuma criança correndo ou gritando, o que significava que no mínimo já passara da hora de dormirem.

Ao seu lado — sua cabeça ainda repousava sobre o ombro dele —, Wanahomen dormia, os olhos se mexendo sob as pálpebras. Ela se perguntava o que o Coletor Nijiri teria achado da sua decisão de treiná-lo. Será que Mni-inh havia contado para ele? Conhecendo Mni-inh, ela duvidava. Aliás, ela se perguntava o que Nijiri acharia de Wanahomen em sua cama, por mais inocente que fosse. Ela não seria a primeira no Hetawa a suportar boatos constrangedores. Havia o próprio Coletor Nijiri, e diziam que o Sentinela Renamhut tinha uma mulher e uma filha no distrito dos artesãos, e o Professor Ide era conhecido por gostar de aprendizes escuros como os shunha. Na realidade, a julgar pelos boatos, vários dos acólitos e dos sacerdotes do Hetawa tinham casos secretos, embora boa parte talvez fosse exagero. Hanani jamais entendera por que Mni-inh tivera tanto cuidado em manter distância dela quando metade do Hetawa desconfiava deles mesmo assim e o resto tinha seus próprios segredos a esconder.

Ela suspirou, contemplando o peso do braço de Wanahomen contra as suas costas. O Coletor Nijiri teria entendido, concluiu ela.

Wanahomen não era Coletor nem tinha sangue onírico para lhe dar, mas tinha o dom de um Coletor para perceber quando o consolo era necessário. Ela teria desmoronado se não fosse por ele. Mni-inh: ela fechou os olhos, permitindo que a dor tomasse conta por um momento. Era como se alguém houvesse invadido seu íntimo e esvaziado sua alma. As bordas do lugar vazio estavam em carne viva, moldadas para ele caber nelas. No entanto, a presença de Wanahomen aliviava a dor.

Agitada com os próprios pensamentos, ela se mexeu para ficar mais confortável. Sua mão sentiu uma linha áspera sobre a barriga dele: uma cicatriz. Intrigada (o ferimento no abdômen que ela curara não deveria ter deixado cicatriz), ela rastreou e se deu conta de que era um machucado diferente. Esta não era comprida, mas a espessura e o formato da cicatriz eram perturbadores, assim como sua localização, logo abaixo da caixa torácica. Fora profundo esse ferimento, e cicatrizara mal, reabrindo pelo menos uma vez.

— Foi uma faca serrilhada — contou Wanahomen.

Ele falara baixinho, mas Hanani sobressaltou-se mesmo assim, surpresa. Ela sentiu a mão dele afagando suas costas, tranquilizadora, o que quase a fez dar um pulo. A moça notara que os banbarranos tocavam uns nos outros com frequência, de formas que os gujaareen não se tocavam: eles se davam os braços de maneira casual, cutucavam-se, faziam um carinho afetuoso nas crianças e até nos animais. Wanahomen estivera entre eles por tempo suficiente para pegar alguns daqueles hábitos. Ela achava os toques fáceis e despreocupados dele exóticos e perturbadores.

Então ela se concentrou nas palavras dele.

— Uma faca *serrilhada*? Por que alguém usaria uma coisa dessas em um homem?

— Para causar dor, imagino. Provavelmente facilita a inflamação também. Eu quase morri só por causa da febre. — A voz dele estava pesada de sono; sob a luz da Lua, ela pôde ver que ele não abrira os olhos. — É um tipo de coisa tola para se usar em uma batalha… muito fácil de pegar em alguma coisa no momento errado. Mas o homem que a usou em mim não era um guerreiro. Só um covarde, corrupto como qualquer outro escravizador.

Hanani chacoalhou a cabeça, no fundo admirada de que ele houvesse sobrevivido sem a ajuda de um Compartilhador.

— Você foi escravizado?

Ele aquiesceu e bocejou, despertando mais.

— Por um breve período, eu e minha mãe e Charris. Fomos capturados ao fugir da cidade pelos mercadores Damlushi, que tinham acampado ao longo das trilhas para o norte como abutres para pegar qualquer gujaareen que pudessem porque sabiam que o nosso exército estava ocupado em outro lugar. Ao que parece, os gujaareen são conhecidos por darem bons escravizados: saudáveis, educados, não violentos — escarneceu Wanahomen. — E apesar de termos levado o resto da Guarda do Ocaso junto, fomos vencidos. Eles tinham esperança de pegar riquezas nossas também.

Hanani franziu a testa e olhou para os punhos dele. Ela notara marcas ali antes, embora fossem tênues. Vestígios de cicatrizes.

— Eles acorrentaram você.

Ele aquiesceu outra vez, abrindo enfim os olhos.

— Estavam nos levando para o sul, com medo de nos vender tão perto de casa. No sul, talvez tivessem nos separado e teria sido muito mais difícil escapar ou comprar a nossa liberdade. Então desafiei o líder da caravana em algum jogo. Não lembro o quê. Se eu ganhasse, ele tinha que nos vender por essas bandas. Eu ganhei, mas ele era um mau perdedor. Quando nos prepararam para a venda, ele me esfaqueou e amarrou a ferida para não aparecer. Tive que fingir que não estava sentindo nada e parecer saudável ou ninguém ia me comprar.

Hanani conteve a respiração. Um ato desses era de fato corrupto... mas, por outro lado, ali fora, longe do alcance dos Coletores, almas corruptas pareciam tão numerosas quanto formigas.

— E os banbarranos compraram vocês?

— Uhum. A primeira esposa de Unte, Widanu. Ela ficou furiosa quando descobriu sobre o meu ferimento. Minha mãe nos salvou então, porque eu já estava ficando doente e com febre por conta da ferida e Widanu teria me matado para acabar com o meu sofrimento. Minha mãe fez um acordo com Widanu pela minha vida, oferecendo todas as joias que tinha trazido de Gujaareh: nós as tínhamos escondido em uma caverna no sopé das colinas antes de os Damlushi nos pegarem. Isso a estabeleceu como uma mulher de valor aos olhos dos banbarranos e me deu valor também como filho dela, então fomos libertados. O Charris... Bom. Widanu tinha que trazer *alguma coisa* de volta. Mas assim que a minha mãe adquiriu riqueza suficiente... ela sempre foi astuta... nós o compramos de volta. Ele não nos deixa libertá-lo porque ter escravizados aumenta o prestígio do nosso clã. Velho teimoso.

Hanani assimilou aquilo, localizando a cicatriz outra vez com os dedos pela simples novidade da coisa: ela não vira muitas cicatrizes. A magia não deixava cicatrizes. Então seus olhos captaram outra marca na pele dele: um torrão do tamanho de uma moeda de vidro arrancado da carne logo abaixo da clavícula. Ela se sentou, curiosa, e depois notou duas outras marcas: uma logo acima da bacia e outra perigosamente próxima do coração. Se todas elas tivessem uma história como a primeira, ela entendia melhor por que havia tão pouca paz nele.

A pele dele era macia como camurça ao redor das cicatrizes. Uma coisa frágil demais para ter resistido a tanta violência. Ela passou os dedos pela clavícula dele até o ombro, depois por um dos braços, deslizando-os pelos contornos dos músculos. Ela estudara os corpos das pessoas Coletadas como parte do seu treinamento, sabia os nomes de cada tendão e osso, vasculhara partes que não tinham nome para encontrar a sede sempre cambiante da alma... mas aquilo era diferente, de certo modo, de contemplar o todo cálido e vivente de um ser humano. Era tão fácil reduzir toda aquela *vitalidade* sólida a cinzas. Algum dia, Wanahomen seria como Mni-inh, um potinho de nada. Tudo o que importava nele teria ido para Ina-Karekh.

Era tão importante valorizar a vida, protegê-la, entendê-la plenamente enquanto ainda persistia.

— Príncipe — disse ela. Os olhos dele ainda estavam sobre ela, ligeiramente intrigados agora. Tocar de forma casual era o costume banbarrano, não gujaareen. Ela o confundira com suas explorações. — Você é gujaareen?

Ele se retesou, zangado de repente.

— Você sabe muito bem que eu sou...

— Você age mais como os banbarranos do que percebe, eu acho — comentou ela, ainda examinando o corpo dele, rastreando sua respiração. — Eu entendo por que... aqui fora, é mais seguro ser banbarrano do que gujaareen. É mais seguro ser *qualquer coisa* do que gujaareen. — Ela parou então, a mão no ventre dele. Sob seus dedos, os músculos do abdômen dele estavam mais tensos do que deveriam. — Mas é encenação? Algo que você usou para cobrir o seu verdadeiro eu como um manto? Ou você *se tornou* o manto? Pergunto porque você foi gentil comigo, e você também foi cruel, e eu não sei qual deles é o seu verdadeiro eu.

O ventre dele soergueu-se de leve com a respiração, embora ele tenha ficado calado por um momento.

— Os dois, suponho eu — respondeu ele por fim. — Essa é uma coisa em que eu não penso muito. Vivi entre os banbarranos durante quase metade da minha vida; quando estou com eles, penso como eles. Eu até penso em chakti. Mas, quando estou perto de você, do seu mentor... — Ele suspirou. — Acho que preciso me tornar um pouco mais gujaareen. É uma sensação estranha a de ser dois homens. — Ele hesitou mais um instante, então estendeu a mão e pegou a dela. Ela o sentiu examinando seu rosto. — Mas a crueldade não é uma coisa *banbarrana*, Hanani, se é isso que você quer saber. Essa parte de mim é toda gujaareen e vem do meu pai. Você me ajudou a entender isso nesses últimos dias.

Ela anuiu.

— Isso agrada você? Ser cruel como o seu pai?

Ele não respondeu pelo intervalo de várias respirações; quando falou, a palavra soou muito suave e impregnada de vergonha.

— Não. Eu preciso dessa crueldade, não teria sobrevivido por tanto tempo sem ela. Mas não *gosto*.

Hanani aquiesceu. Depois se levantou e tirou os sapatos, começando o laborioso processo de tirar todas as pulseiras e joias tilintantes que Yanassa a fizera usar. Ela as deixou cair na sacola decorativa onde deveriam ser guardadas.

— Então você não é corrupto.

Wanahomen apoiou-se sobre um cotovelo, franzindo o cenho para ela.

— Bom saber. Mas o que você está fazendo?

— Me despindo. — Ela ficou surpresa com a própria calma.

Seguiu-se um súbito silêncio perplexo às suas costas. Ela tirou a blusa e pendurou-a em uma estaca; quando se virou de novo, ele a fitava.

— Essa não é uma boa ideia, Hanani.

Ela estava profundamente farta de pessoas que falavam com ela como se não pudesse entender as implicações de seus próprios atos.

— Eu não exijo, peço. — Ela deixou as saias caírem; ele as seguiu com os olhos até o chão, como se não conseguisse acreditar no que estava vendo. — Peço ao seu eu banbarrano, ou ao seu eu mais gentil, como preferir pensar. Eu gostaria de fazer sexo. Faz isso comigo?

Quando ela terminou de pendurar as saias e se virou, a expressão de Wanahomen mostrou algo semelhante a susto. Ele pegara a própria camisa, agarrando-a com as mãos como se pretendesse afastar a moça com ela.

— Você enlouqueceu de novo?

— Eu nunca enlouqueci. — Ele a ajudara a voltar daquele precipício e ela estava feliz por isso. Talvez fosse injusto de sua parte pedir mais dele, mas não havia mais ninguém que entenderia. Ela precisava ter esperança de que a parte dele que era um Coletor, por menos refinada que pudesse ser, fosse querer ajudar outra vez.

— Você está falando sério. Isto é... — Ele ficou paralisado quando ela desamarrou a tanga e a deixou cair em um cesto. — Você está falando sério.

Hanani tirou a combinação que vestira debaixo da outra blusa. Estava usando apenas as ataduras ao redor dos seios debaixo da combinação e, quando terminou de colocá-la a um lado, achou graça de ver que os olhos dele haviam se fixado diretamente nessa parte, como se nunca a houvesse visto com as vestimentas de Compartilhador. Talvez seus seios não lhe houvessem parecido atraentes naquele momento, emoldurados por roupas masculinas? Ela começou o laborioso processo de desenrolar as ataduras enquanto ele a fitava como um homem sedento no deserto.

— É claro que estou, Príncipe.

Ele arrastou o olhar mais para cima e havia uma evidente cautela em sua expressão.

— Você não me ama.

Ao ouvir isso ela parou, surpresa.

— Não, não amo. Preciso amar?

No rosto dele estampou-se meio que um sorriso, meio que uma careta.

— Imagino que não. Ninguém pode acusar você de falta de sinceridade, mulher do templo. Admito isso. — Ele se levantou e se virou para enfim ficar de frente para ela, ainda segurando a camisa, embora não fizesse nenhum movimento para vesti-la. — Mas precisa pelo menos *confiar* em mim para isso e... — Ele desviou os olhos. — E, como você disse, eu fui cruel com você.

Hanani suspirou e começou a se perguntar se havia cometido um erro. Ele tinha sentimentos tão profundos, tão acelerados, esse homem. Ela esperara que ele fosse simplesmente agir com base no desejo, não conversar sobre as coisas até enjoar. Contudo, ela deveria ter esperado por isso também: um homem tão dominado por suas emoções devia, claro, atendê-las antes de tomar qualquer decisão. Mni-inh ensinara-lhe isso muito tempo antes, quando ela lhe perguntara por que ele se oferecera para ser seu mentor. *Não foi uma coisa pensada*, ele lhe contara. *Eu apenas vi você precisando de um mentor e os outros Compartilhadores se recusando como se a sua feminilidade fosse uma praga que os macularia. Esse tipo de tolice... acho que me deixou zangado, eu agi com base nisso.*

A ideia de que Wanahomen tivesse algo de Mni-inh dentro de si, por mais importuna que ele achasse a comparação, fez Hanani se sentir melhor quanto à sua decisão.

— Eu deixei você entrar nos meus sonhos — disse ela. — Vi os segredos da sua alma e mostrei alguns dos meus. O corpo... — Ela encolheu os ombros. — Ele pode ser curado, modificado, destruído. É uma coisa fácil de manipular. Mas a alma tem significado e permanência... — Ele franziu ainda mais a testa e ela se calou. Era difícil explicar. Ela não era nenhuma Professora.

— Isto não é nada para você, então. — Ele pareceu amargurado e ela não sabia por quê. Ela se aproximou, tocando o braço dele para tentar entender, mas ele não a olhava nos olhos. Estaria ele ofendido por ela querer usá-lo daquela forma? Talvez. Mas talvez ela ainda pudesse persuadi-lo com a verdade.

— Não, Príncipe. — De perto, ele cheirava a suor e areia... mas também a ervas, como aquelas usadas pela maioria dos gujaareen para banhos e remédios. Erva-doce e calêndula, que ela vira crescendo em torno do cânion, e alguma coisa mais refinada que ele devia ter comprado em Gujaareh: âmbar cinzento envelhecido. Era um cheiro que a lembrava do Hetawa, onde era queimado como incenso. Outro luxo que ela não questionara, como suas vestimentas vermelhas de Compartilhador; ela vira o âmbar cinzento no mercado e era incrivelmente caro. Mas não a surpreendia nem um pouco o fato de que Wanahomen, apesar do exílio e da existência bárbara simples, ainda encontrasse alguma pequena maneira de tratar a si mesmo como um príncipe.

Ela sorriu e tocou a cicatriz debaixo da clavícula outra vez. Ele se endireitou, talvez surpreso. Pele bárbara, sangue e ossos gujaareen. Ele pensava em si mesmo como dois homens, mas ela via um só.

— Isto é vida para mim. — Ela olhou nos olhos dele, tentando dialogar com a cautela que havia neles. — Isto é carne. É... dor e fraqueza e coisas que me assustam. Mas a carne é algo que eu consigo controlar, Príncipe. Posso deixá-la mais forte. Posso curá-la quando as coisas vão mal. Preciso disso, dessa certeza, neste exato momento. Faz sentido para você?

Várias expressões cruzaram o rosto dele, todas rápidas e complexas demais para ela interpretar.

— Eu... Faz. Por mais estranho que pareça, faz. Mas e o seu juramento de Servo, Compartilhador-Aprendiz? Já tirei tanto de você. Eu não ia querer acrescentar mais coisas à lista.

— O juramento é meu para descartar, não seu para tirar. — Hanani flexionou o maxilar. — Amanhã talvez eu seja capaz de me doar por inteiro para Hananja outra vez sem receio. Hoje à noite... — Ela suspirou, sentindo-se velha e jovem, e incomparavelmente solitária. — Hananja também tirou muito de mim, Príncipe.

Mais do que Ela tinha o direito de tirar. Mas Hanani não falou isso em voz alta porque ele era gujaareen o suficiente para que as palavras o perturbassem.

Wanahomen olhou para a mão dela em seu ombro, depois para o rosto dela, procurando. Hanani não fazia ideia do que ele buscava, mas, depois de um momento, ele suspirou. De forma muito proposital, ele deixou a camisa cair de novo no chão.

— Carne não é apenas dor — disse ele baixinho. — Você não deveria pensar nela desse jeito.

Ela encolheu os ombros e voltou a desenrolar as ataduras dos seios.

— É a única coisa que eu conheço.

— Eu posso te mostrar mais. — Ele pareceu quase tímido ao dizer aquilo.

Mesmo sem querer, ela sorriu.

— Eu ficaria agradecida.

Quando ela deixou a última parte da atadura dos seios cair ao chão, ele a fitou por um longo tempo, examinando-a com os olhos assim como ela o examinara com os dedos. Quando ele deixou a calça cair, bem pronto para ela, a jovem se virou em direção às almofadas para se deitar. Ele a deteve pousando uma das mãos no ombro dela, depois, para grande surpresa da moça, ajoelhou-se aos pés dela. A respiração dele estava mais forte, mas havia tanto reverência como necessidade em seu olhar.

— As mulheres são deusas — disse ele. — O prazer é o seu dízimo por direito. Esse *é* o costume gujaareen, afinal... eu me lembro disso. E é meu dever como Príncipe garantir que o dízimo seja entregue de forma adequada. — Ele disse aquilo sem nenhum toque de ironia ou deboche. Hanani fitou-o, admirada. E, quando ele abriu os braços, erguendo o queixo e oferecendo a si mesmo, algo dentro dela que estava tenso, apesar de suas palavras, relaxou.

Ela se aproximou e os braços dele a envolveram no mais cuidadoso dos abraços.

Esta foi então a manifestação da paz: silêncio. Eles eram gujaareen. Não sentiam necessidade de gritos, gemidos, nomes murmurados como declarações de orgulho ou devoção. Ele não forçou nada que ela não quisesse, não conteve nada que ela desejasse. Enquanto ele roçava contra ela, ela estudava a constante flexão dos músculos dele, o ritmo e o tom da respiração dele, o modo como cada suspiro e toque seu redirecionava os humores dentro do milagre da carne dele. Aquilo era a verdadeira magia, não elemento de sonhos, escrita em sangue e bílis e icor e semente sólidos e conscientes. No clímax, Hanani cana-

348

lizou essa nova magia em uma prece por Mni-inh, para que a Deusa pudesse trazer a alma dele de volta para casa. E, naquela respiração sustida, enquanto Hanani pairava quase fora de si mesma, o Avatar de Hananja a segurou com firmeza e estremeceu dentro dela e soltou um sussurro quente em seu ouvido:

— *Isso.*

Ela fechou os olhos, agradecida e em paz.

36

LEGADO

Não foi difícil para Sunandi providenciar certas coisas dentro do Yanya-iyan quando os Coletores e o Superior foram detidos. Os Protetores não se importavam com o local onde os prisioneiros eram mantidos, contanto que estivessem seguros, e então Sunandi os instalou em um conjunto de quartos de hóspedes que aparentemente haviam sido construídos para atender aos gostos nortenhos: com portas robustas que tinham fechaduras e apenas as mais estreitas janelas. Os quartos teriam sido desagradavelmente quentes durante os meses de cultivo — havia um motivo pelo qual os gujaareen não colocavam portas nos quartos —, mas, nesses dias que ainda não chegavam a ser os da estação da inundação, eram confortáveis o bastante. Além do mais, ela escolhera quartos bem espaçados e colocara um guarda do lado de fora de cada porta, de maneira que ninguém fosse considerá-la negligente. Todavia, pedira a ajuda de Anzi para selecionar guardas com certas características úteis. O que ela colocou no quarto do Superior era o filho secreto de um Professor do templo hananjano em Kisua. Dois outros eram eles mesmos hananjanos; talvez um quinto de todos os kisuati eram devotos da fé. O quarto era um homem gujaareen, um dos poucos membros da casta militar que conseguira encontrar emprego no exército kisuati. Ele era um soldado raso agora; no exército de Gujaareh, fora oficial.

Esses guardas, ela diria aos Protetores se eles perguntassem — ela duvidava que fossem perguntar, mas era sempre prudente ter explicações prontas —, garantiriam que os Coletores e o Superior não fossem maltratados durante o confinamento. Já haviam acontecido incidentes nos dois dias desde que os Coletores haviam sido levados sob custódia: uma avalanche de prisões, uma vez que os artesãos se recusavam a entregar trabalhos encomendados por cidadãos kisuati e mercadores rejeitavam compradores kisuati ou deixavam de aceitar moedas kisuati. Depois que várias duplas de soldados foram atacadas e espancadas por gangues de gujaareen bravos, Anzi ordenara que os soldados patrulhassem apenas em grupos de dezesseis e havia colocado uma tropa em cada bairro da cidade. Apesar dessas ações, um toque de recolher e uma proibição de reuniões não haviam evitado um tumulto, o primeiro que ocorrera em séculos, no Distrito dos Infiéis. Só mais tarde eles descobriram que uma armaria fora saqueada durante o caos. O distrito estava sendo vasculhado, mas nenhuma das armas havia sido encontrada ainda. Sunandi desconfiava que elas já haviam passado pelo muro e se espalhado pelo resto da cidade.

A única coisa que a surpreendia era que a violência não houvesse se tornado generalizada. Parecia-lhe que a cidade estava segurando o fôlego, esperando, embora ela não soubesse dizer pelo quê.

O corredor onde os sacerdotes eram mantidos estava em silêncio quando ela chegou... bem diferente dos agitados e movimentados andares superiores, onde os Protetores estavam morando e trabalhando desde a chegada. Na realidade, o silêncio lembrou Sunandi do Jardim de Pedra, um espaço para oração dentro do Salão dos Coletores no Hetawa: o corredor tinha a mesma calma dominante. Três dos guardas acenaram solenemente para ela quando se aproximou; ela os cumprimentou de volta. O quarto guarda, que deveria estar à porta de Nijiri, sumira.

Sunandi parou e olhou para os outros guardas. Eles ainda não haviam dado o alarme, nem sequer pareciam preocupados.

Um momento depois, a porta do quarto se abriu e o guarda, o gujaareen da casta militar, saiu. Avistando Sunandi, ele inclinou a cabeça para ela de maneira respeitosa.

— O jantar, Oradora — explicou ele em um suua com sotaque.

— Ah. — Ela o fitou por mais um instante, até ele começar a parecer desconfortável. Já havia passado da meia-noite: tarde para o jantar, mesmo para um Coletor de hábitos noturnos. Mas ela enfim avançou e ele abriu a porta para deixá-la entrar.

Lá dentro, o quarto estava silencioso, iluminado por uma única lamparina e pela luz da Sonhadora que entrava pela janela. Ela viu uma refeição sobre a mesa: então o guarda pelo menos tivera a perspicácia de ser sincero sobre aquilo. Nijiri estava sentado na cama ali perto, as costas apoiadas na parede, observando-a com a expressão mais inocente que pôde. Isso para ele não era grande coisa.

Ela cruzou os braços.

— Boa noite, pequeno assassino. Ou deveria ser pequeno conspirador?

Ele sorriu quase que para si mesmo.

— Pedi ao guarda que me ajudasse a mandar uma mensagem para um amigo, nada mais — disse ele. Depois ficou sério. — Mas o amigo não… estava lá.

Ela franziu a testa, confusa.

— O guarda já entregou a mensagem para você?

— Por meio dos sonhos dele, já. É uma coisa que narcomancistas habilidosos conseguem fazer. — Ele cruzou as mãos, os olhos pousando sobre os três pergaminhos que ela carregava debaixo do braço. — Você me trouxe um presente, Jeh Kalawe?

Ela ignorou a pergunta.

— Quanto tempo vai demorar até você ficar sem sangue onírico?

Há muito acostumado com a grosseria dela, ele não pestanejou.

— Três ou quatro oitavas de dias para todos nós. Lembre-se, tivemos tempo para nos preparar.

Aquilo era um alívio.

— E quando chega a tempestade que você invocou?

Ele ergueu as sobrancelhas, todo inocência de novo.

— Tempestade?

— Sei que os nobres estão tramando alguma coisa. E está ficando cada vez mais óbvio que esta cidade está se preparando para uma luta. Você está influenciando todos eles em seus sonhos?

Essas palavras provocaram um sorriso genuíno.

— Nenhum Coletor tem tanto poder *assim*, Jeh Kalawe.

— Ehiru tinha.

Uma pausa.

— Ehiru não era um Coletor naquele momento. — A voz dele tornara-se fria, o sorriso desvanecendo. Instantaneamente, Sunandi se arrependeu de suas palavras, mas não havia como corrigir o erro. De qualquer modo, ele era gujaareen: deixaria aquilo passar em nome da paz entre eles. O perdão demoraria mais, mas então que assim fosse.

Ela soltou um suspiro e continuou.

— Mais cedo você insinuou que um dos filhos de Eninket ainda estava vivo e entre os banbarranos. As minhas fontes dizem que há boatos sobre isso se espalhando pela cidade também... de que está vindo um novo Príncipe que vai libertar Gujaareh. É verdade?

Ele baixou os olhos.

— Eu disse que ia perdoar você, Jeh Kalawe. Essa promessa continua de pé mesmo que eu não responda às suas perguntas e você me castigue pelo meu silêncio.

— Não vou castigar você, seu tolo! Estou tentando ajudar nós dois! — Ela aproximou-se, abaixando a voz. — Os Protetores trouxeram mais mil soldados com eles, Nijiri. Estão sendo empregados na cidade agora para manter a paz e receberam ordens para responder a qualquer problema com *muita* severidade: morte para qualquer um que resistir. E estão planejando mais alguma coisa, caso aconteça algum tipo de ataque ou revolta em toda a cidade. Alguma coisa para alquebrar o espírito do povo. — Ela flexionou o maxilar. — Não sei o quê. Não estou nas boas graças deles neste exato momento, nem Anzi.

Nijiri levantou-se e foi até a janela, olhando para cima como que para verificar a posição da Sonhadora. Era o mais perto da inquietude que ela já vira um Coletor chegar.

— Você não vai reconquistar as boas graças nos ajudando, Jeh Kalawe. Então por que está fazendo isso?

Sunandi revirou os olhos.

— Estou ajudando *Kisua*. Esta terra se tornou perigosa demais para nós a mantermos. Alguns dos membros mais gananciosos do nosso povo, alguns dos quais estão aqui agora, no comando, vão ficar ricos à medida que as tensões aumentarem, mas o resto de Kisua é que sofrerá quando Gujaareh devorar os nossos recursos e soldados e não nos devolver nada além de dor de cabeça. E estou apavorada com a ideia de que essa praga do pesadelo chegue ao nosso povo. Você sabe que não temos defesa contra magia.

— Nós ajudaríamos vocês se isso acontecesse, quando aprendêssemos como lutar contra ela, apesar de que poderia exigir que o seu povo tentasse usar magia outra vez.

— Não vamos precisar de magia. Só de um milagre.

Ele se virou para ela devagar, examinando o rosto dela, e então seus olhos passaram para os pergaminhos que carregava debaixo do braço.

— Você achou alguma coisa.

Ela aquiesceu, contendo o entusiasmo, depois foi até a mesa, colocando a bandeja de comida no chão.

— Em sua busca pelo segredo da imortalidade, Eninket reuniu uma coleção e tanto de crenças sobre todo tipo de curiosidades mágicas.

Nijiri fez uma careta, ajudando-a a abrir os pergaminhos.

— Como o Ceifador.

— E mais coisas interessantes. Isto, por exemplo. — Ela apontou para um pergaminho coberto de pictorais arcaicos desenhados com grossas linhas pretas. Não conseguira ler nem metade deles, mas o acadêmico que lhe dera a tradução ficara tão empolgado de ver as palavras de seus ancestrais que cobrara um quarto a menos do que a sua taxa habitual só pelo privilégio. — Este fala de uma praga que quase consumiu a cidade, uma praga que nenhum curador conseguia combater, passada por meio dos sonhos. Ele menciona centenas de vítimas, desespero por todo o território... *Isso já aconteceu antes*, Nijiri.

Ele ficou tenso.

— Nós não temos nenhum registro de uma praga dessas no Hetawa.

— Vocês também não têm nenhuma sabedoria popular sobre a imortalidade; no entanto, Eninket descobriu um jeito. Alguém, provavelmente muitos alguéns ao longo dos séculos, manteve os seus registros do Hetawa muito limpos e organizados. A sujeira e a verdade estão todas aqui. — Ela deu outra batidinha nos pergaminhos.

Ele suspirou, embora não protestasse contra a maneira como ela caracterizara a questão.

— Eles devem ter encontrado alguma forma de combater o sonho naquela época ou Gujaareh seria uma ruína abandonada agora. Existe alguma menção da cura?

— Existe. — Sunandi remexeu os pergaminhos e abriu outro, este esfarrapado e manchado, escrito em hieráticos rabiscados. Esse ela conseguia ler sozinha, e leu até tarde da noite, com um cartaz na porta advertindo Anzi e mesmo os criados para não entrarem. Seus olhos ainda doíam. — Este diz aqui: "Uma criança abrigava o sonho, atraindo e prendendo todos os outros dentro dele. Quando a criança sonhava com coisas horríveis, todos sofriam com essas coisas e muitos morriam. Outros morriam dormindo, incapazes de comer ou beber. Só quando a criança foi morta é que as vítimas foram libertadas". — Ela se endireitou, olhando para ele com firmeza. — O texto prossegue dizendo que apenas alguns poucos sabiam disso e que a solução foi descoberta pelo Superior da época. Ele *matou* a criança, Nijiri... e depois ordenou a morte de qualquer um que soubesse do ocorrido.

Nijiri franziu ainda mais a testa.

— Por quê?

— Não se sabe. Isso foi escrito por um antigo acólito do Hetawa... Ele testemunhou a morte da criança, mas ninguém notou sua presença. Se tivessem notado, ele teria sido morto também. — Ela pôs uma das mãos sobre o pergaminho, espalmando-a sobre os hieráticos para chamar a atenção dele. — Esse Superior não era corrupto, Nijiri. Ele veio a fundar o caminho dos Compartilhadores, escreveu algumas das preces mais bonitas da sua fé e promulgou leis que melhoraram a cidade. Era um homem bom. Pessoas boas só matam para guardar os segredos mais perigosos.

Ele alçou o olhar até ela devagar.

— O que está tentando dizer, Jeh Kalawe?

— Que você precisa estar aberto a soluções que, do contrário, não levaria em consideração. Que a corrupção tem a ver com o intuito, não com a ação, como me falou o seu mentor muito tempo atrás.

Houve um momento de silêncio.

— O acadêmico que te ajudou com esses documentos. O que você fez com ele?

Ela já havia decidido responder, se ele perguntasse... embora houvesse esperado que não perguntasse.

— Ele vai receber o funeral adequado junto com as outras vítimas da praga, pois esse foi o *motivo* da morte dele, mesmo que não tenha sido o modo. — Quando Nijiri apertou os lábios, Sunandi inclinou-se para a frente, apoiando as mãos na mesa e colocando propositalmente o rosto ao alcance das mãos compridas e mortais do Coletor. — E quantas pessoas você matou para guardar os segredos de Eninket ao longo dos anos?

Ele não tentou agarrá-la nem estremeceu, é preciso reconhecer. E ela se forçou a não estremecer ao encarar a morte fria nos olhos dele, o que era um bálsamo para o seu próprio orgulho.

— Coletores não matam — disse ele baixinho com um toque de ironia na voz que a fez sentir ainda mais calafrios. — Tudo o que fazemos é uma bênção dada por Hananja para o povo Dela.

No rescaldo daquelas palavras, Sunandi não podia fazer nada além de permitir um momento de apropriado silêncio gujaareen. Havia algo de bom no costume, concluíra ela anos antes, de deixar que uma breve passagem de tempo limpasse o ar depois que palavras e pensamentos perigosos o tivessem maculado.

— Não tenho nenhuma pretensão de ser santa, mas também faço o que preciso para manter a paz — falou ela por fim. Ela bateu o dedo no pergaminho esfarrapado. — O homem que escreveu isso jamais deveria ter colocado essas coisas no papel. Ele escreveu para aliviar a consciência, e a fraqueza dele pode nos salvar... Mas, quando encontrarmos quem está usando essa pestilência como arma agora, precisamos ser mais vigilantes do que os nossos ancestrais. Precisamos garantir que essa magia maligna *morra aqui*. Você concorda com isso?

Ele aquiesceu.

— Isso é corrupção do mais alto nível. O Hetawa precisa fazer o que for necessário para que seja depurada.

— Mesmo que a depuração signifique matar uma criança?

— Essa pode não ser a única forma.

Era um alívio que ele hesitasse, concluiu Sunandi, embora não pudesse permitir que ele continuasse teimando quanto a esse ponto. Ela saberia que deveria temê-lo só quando a consciência dele morresse... ou se ela algum dia fizesse alguma coisa prejudicial sem um propósito. Então ele viria buscá-la. Ela sempre soubera disso e aceitara o fato.

— É a única forma *infalível*. Você vai fazer isso se for preciso? Coletar um inocente?

Outro momento necessário se passou.

— Não sou o meu mentor — respondeu ele baixinho. Ela ficou surpresa ao ler vergonha no rosto dele. — Nunca tive a honra dele.

Ela hesitou, mas então estendeu a mão e pousou-a no ombro dele.

— Você é diferente de Ehiru, é verdade, mas isso não é uma coisa ruim. Ele só pensava em Hananja, enquanto você pensa primeiro no povo de Hananja.

Ele lhe deu um sorriso tênue cuja tristeza a surpreendeu.

— Não se deixe enganar, Jeh Kalawe. Eu só penso em mim mesmo. Preciso ser capaz de olhar nos olhos dele quando o encontrar de novo em Ina-Karekh.

Ela jamais se acostumaria com o modo como os Coletores constantemente ansiavam pela própria morte.

— Há mais coisas nos registros. — Uma transição desajeitada desta vez, mas inevitável. Ela tirou o terceiro pergaminho do fundo da pilha e abriu-o em cima dos outros dois. — Você reconhece isto?

Nijiri franziu a testa ao ver o documento, que estava coberto por alguma espécie de tabela. Pictorais de nomes se espalhavam pela página, ligados por linhas diretas e precisas.

— Eu deveria? Não sou Professor. — Ele parou então, avistando o pequeno carimbo do criador em um dos cantos inferiores da página, e ficou tenso.

— Inunru. — Sunandi o observava. — O nome era mais comum naquela época, mas existe motivo para acreditar que esse era de fato o mesmo Inunru que fundou a sua fé, a narcomancia e o caminho dos Coletores. — E o homem que havia criado os primeiros Ceifadores, ela não acrescentou... porque, de qualquer maneira, ele sabia e porque evitar assuntos dolorosos era costume tanto em Kisua como em Gujaareh.

Nijiri flexionou o maxilar mesmo assim, mas não comentou nada, os olhos percorrendo as linhas do pergaminho.

— O que é isto? Mães, pais, tios... — Ele fez uma careta, impaciente. — Eu nasci na casta servil, Jeh Kalawe; nós procriávamos como quiséssemos e nunca ficávamos obcecados com linhagens como vocês, alta-castas. O que significa?

— Pelo que sei, o seu fundador estava pesquisando certas linhagens. O dom do sonho é de família, não é?

Ele anuiu, distraído.

— Mais por parte de pai do que de mãe, é. Sempre que a linhagem paterna produz uma criança adequada aos caminhos da narcomancia, nós a observamos dali em diante.

Ela apontou para um minúsculo pictoral de pássaro ao lado de alguns nomes.

— Esse é o primeiro caractere da sua palavra para *sonho*. Pode significar que Inunru desconfiava que essas pessoas tinham o dom.

Nijiri tocou uma descendência, uma de várias que haviam sido desenhadas em vermelho em vez de preto.

— Mas esta é a linhagem materna — disse ele. — A irmã de um Sentinela que tinha um dom forte... — Ele seguiu a linha. — Produziu três crianças, todas meninas... — O dedo dele parou em um espaço vazio abaixo daquela linha. — Ele perdeu o rastro aqui. Mas isso não é de surpreender; nós nunca observamos as mulheres.

— Porque as mulheres herdam o dom mais raramente? — perguntou Sunandi, cruzando os braços. — Ou porque a sua fé rejeita as mulheres?

Ele pareceu irritado.

— Nós *reverenciamos* as mulheres.

— Se vocês deixam passar despercebidas as mulheres que têm o dom, é a mesma coisa. Aquela garota que vocês acolheram como Compartilhador... Qual era o nome dela?

— Hanani.

— O dom de Hanani é forte?

Nijiri ponderou por um instante.

— Forte o suficiente — respondeu ele, enfim. — Mni-inh... — Ele inexplicavelmente se deteve para respirar. — Mni-inh nunca reclamou da habilidade dela, apenas da confiança.

— Ela poderia ter se tornado um Coletor em vez de Compartilhador?

O rosto dele se contorceu, embora tenha dominado sua reação depois disso.

— Ela não tem o temperamento. Mas Coletar e Compartilhar são dois lados da mesma moeda, no final das contas. — Ele suspirou. — Então, poderia.

Sunandi bateu com o dedo no pergaminho perto dos nomes das três sobrinhas do Sentinela.

— Então uma dessas mulheres pode ter tido um dom forte como o de um Coletor ou Compartilhador? As mulheres costumam enlouquecer aqui em Gujaareh?

Nijiri desviou o olhar, perturbado.

— Não com frequência, mas também não é algo sem precedentes. — Um tanto na defensiva, ele acrescentou: — Nós damos sangue onírico para elas para controlar a loucura, igual faríamos com qualquer homem.

— Mas os homens com o dom são encontrados cedo e levados para o Hetawa, antes que possam sofrer muito. Eles são valorizados, cuidados. Porém, isolados... — Um novo pensamento passou pela cabeça dela então e era desagradável. Ela fez uma careta enquanto o revirava em sua mente. — As restrições do seu Hetawa contra Servos mulheres podem ter sido intencionais. Os homens com o dom se tornam celibatários no Hetawa, mas as mulheres com o dom não vivem sob a mesma restrição, a maioria delas faz filhos e filhas. Não é diferente de deixar éguas úteis no rebanho enquanto os garanhões mais encrenqueiros que têm os mesmos traços são abatidos! Essas mulheres — ela apontou para as linhagens maternas em vermelho — *mantêm o dom do sonho em Gujaareh*. Caso contrário, o Hetawa pegaria todos e em pouco tempo não haveria mais Compartilhadores nem Coletores.

Nijiri não falou nada pelo intervalo de várias respirações. Sunandi notou que os olhos dele estavam na tabela de linhagens, fixos no pictoral do criador no canto inferior.

— Foi Inunru quem decretou que as mulheres não deveriam servir — comentou ele por fim. — Foi o que me ensinaram na Casa das Crianças. Ele disse que era porque as mulheres são deusas e a magia delas é como o reino dos sonhos: poderosa, mas imprevisível. Instável demais para usar na narcomancia. É por isso que tantos culparam Hanani quando... — Ele parou de falar, franzindo o cenho para si mesmo.

— Hanani é a prova de que mulheres com o dom do sonho não são diferentes dos homens — declarou Sunandi com firmeza. — Quantas outras como ela existem por aí, eu me pergunto. Talvez algumas tenham se casado com homens cujas próprias linhagens carregam o dom. Os filhos delas podem se tornar Coletores e as filhas, lunáticas.

Ele estremeceu ao ouvir isso, mas depois chacoalhou a cabeça; Sunandi queria bater nele por conta dessa resistência.

— Nem todo mundo que tem o dom enlouquece, Jeh Kalawe.

— Não, mas aqueles que enlouquecem *não precisavam enlouquecer*. Suponho que a sua fé considere esse um pequeno preço a se pagar. — Ela deu um suspiro amargo; ele não falou nada. — E, volta e meia, nasce uma criança com um dom tão forte a ponto de ser um perigo para todos por perto. — Ela bateu o dedo no pergaminho. — Eu apostaria a minha fortuna que o seu fundador estava procurando uma criança assim.

— *Procurando* uma? Por que ele...

— Pela mesma razão pela qual ele guardava anotações sobre o potencial dos Ceifadores! Imortalidade, magia, sonhos que podem matar exércitos... ou nações. *Poder.* O seu fundador era fascinado por isso.

E, em seu íntimo, Sunandi estava feliz pelo fato de que Inunru estava morto havia muito tempo. Ela não ia querer enfrentar um homem tão brilhante e tão profundamente cruel. Ainda bem que seus colegas Servos de Hananja o haviam matado por seus muitos crimes, mas ele havia visto quase trezentas inundações do rio antes de esse dia chegar, usando seu próprio conhecimento de magia para estender sua vida. Ele passara a maior parte desse tempo moldando o Hetawa e Gujaareh para atender aos seus projetos. Um longo tempo para semear o mal.

Se ao menos o fruto envenenado não amadurecesse na minha *época.*

Nijiri deu um suspiro profundo.

— Esse conhecimento deixou Ehiru magoado quando ele descobriu — disse o rapaz. — Ele tinha a nossa fé em tão alta conta. Isso me perturba menos porque eu sempre soube do mal que podemos fazer, mesmo assim... — Ele suspirou. — *Indethe ne etun'a Hananja.* Está claro que a Senhora não nos observa com atenção suficiente, minha Deusa.

Sunandi olhou para a porta, tentando estimar quanto tempo havia se passado. Ela não podia ficar afastada dos andares dos Protetores ou dos seus aposentos por muito tempo, não sem levantar suspeitas.

— Você consegue enviar essas informações para os seus confrades no Hetawa? Por meio dos sonhos ou do que for?

— Consigo. Nós temos acólitos espalhados pela cidade, longe do Hetawa, onde podem sonhar em segurança. Vou entrar em contato com um deles. — Ele se sentou na cama de novo, solene. — Você quer que os Professores vasculhem os registros de nascimento da cidade em busca das linhagens que produziram narcomancistas fortes, mas desta vez seguindo as mulheres.

— Só as mais fortes ou as que geraram Coletores ou Compartilhadores mais recentemente. Não há tempo para vasculhar todas. Pode ser que vocês não encontrem nada, mas a alternativa é revistar todas as casas da cidade para ver se conseguem encontrar a criança que têm pesadelos escondida em um armário.

— Muito bem, Jeh Kalawe. Vamos fazer o que você sugeriu.

Sunandi aquiesceu e logo começou a recolher os pergaminhos, observando-o furtivamente enquanto o fazia. Ele parecia deprimido, mas isso poderia ser apenas o confinamento e a incerteza. No entanto, ela não pôde deixar de perguntar:

— Há alguma coisa que eu possa fazer por você? Alguma coisa de que você precise?

Ele chacoalhou a cabeça.

— Você se arriscou o suficiente. — Mas o semblante dele não mudou, então ela não ficou surpresa quando ele voltou a falar. — Tem uma coisa que me preocupa.

— Que é?

— Inunru fez muitos decretos na época em que conduzia a nossa fé. Quanto mais o conheço, mais percebo que cada um desses decretos tinha algum propósito oculto. — Sunandi aquiesceu, feliz de não ser a única que pensara nisso. Ele esfregou as mãos como se estivesse com frio, embora o quarto não estivesse gelado. — Há uma linhagem paterna na cidade que o Hetawa nunca reivindica... não completamente. Por tradição e por decreto de Inunru, todos os Príncipes do Ocaso devem ter o dom do sonho em alguma medida. Só o Conselho dos Caminhos do Hetawa sabe do decreto... mas, como herdeiros de Inunru, nós trabalhamos para cumprir a vontade dele todos esses séculos. Na verdade, essa foi uma das várias razões pelas quais decidimos apoiar Wanahomen: o pai dele tentou esconder de nós, mas o garoto é um sonhador vigoroso. — Ele suspirou. — Alguns de nós até tomaram isso como um sinal da Deusa.

Sunandi franziu a testa.

— Por que Inunru daria uma ordem dessas?

— Não sei, Jeh Kalawe. Mas tenho suspeitas e elas me assustam.

Ela adivinhou com base na hesitação dele. Era óbvio, na verdade. Se Inunru não conseguia *encontrar* um Sonhador Desenfreado, pretendera *criar* um. Os Príncipes do Ocaso tomavam muitas esposas e geravam muitos filhos: isso por si só devia ter tornado a linhagem perfeita para os propósitos de Inunru. Uma criança dessas nas mãos erradas, mesmo não treinada, era uma arma viva formidável. Nas mãos de Inunru... Sunandi estremeceu só de pensar.

E agora o Hetawa estava ajudando Wanahomen, descendente de loucos e mágicos, herdeiro de outro monstro que fugira ao controle deles. Outro dos perigosos segredos de Inunru.

Sunandi pôs os pergaminhos debaixo do braço e suspirou.

— Guarde essa para a próxima guerra, seu tolo — disse ela. — Já não temos problemas suficientes?

Ele a encarou, depois riu. Era a primeira risada genuína que ela conseguia se lembrar de ter ouvido.

— Bom descanso, Sunandi. Vou rezar por você hoje à noite.

E, até onde Sunandi recordava, ele jamais a chamara pelo primeiro nome. Ela não ficara ofendida por aquela camada extra de formalidade entre eles apesar dos anos de amizade; ele era gujaareen. No entanto...

— Em paz, Nijiri — respondeu ela, e conteve o sorriso até sair do quarto.

37

LÍDER DE GUERRA

Metade da manhã já havia se passado quando Wanahomen finalmente deixou a tenda de Hanani. Ela ainda estava dormindo, emaranhada em um lençol fino no meio da pilha de almofadas espalhadas. Ele parou para beijar o pescoço dela e um seio simplesmente descoberto antes de sair; ela não se mexeu.

Lá fora, o acampamento estava apenas meio desperto, uma vez que a maior parte da tribo e seus convidados haviam continuado a celebração até a Lua da Vigília se pôr. Ele avistou alguns escravizados com olhos sonolentos fazendo a limpeza e alguns guerreiros com olhos mais sonolentos ainda tomando um chá forte ao redor das fogueiras; fora isso, o acampamento estava adormecido. Voltando à própria tenda, ele tomou um banho rápido de bacia e vestiu uma roupa limpa antes de procurar Unte.

— Ora, ora — disse Unte quando o escravizado o deixou entrar na tenda. Unte estava estendido sobre uma comprida almofada plana com os pés para cima, bebendo o conteúdo de uma xícara grande. Pelo cheiro amargo, Wanahomen soube que ela continha um chá para ressacas. — Você nunca faz as coisas do jeito fácil, Wana? Metade do acampamento está admirada com você e a outra metade acha que você pode ser a morte de todos nós.

Wanahomen acomodou-se em uma almofada de frente para ele com um sorriso triste.

— Ótimo. Não faz muito tempo que só um quarto estava admirado comigo. De qual lado você está, a propósito?

— Vou decidir quando vir o rosto da moça. Espero que ela tenha ficado satisfeita.

Era praticamente uma lei entre os banbarranos gabar-se de suas façanhas sexuais. Os homens teciam histórias sobre mulheres inatingíveis conquistadas e posições impossíveis alcançadas, ao passo que, segundo boatos que ele ouvira, as mulheres guardavam uma tabela em algum lugar para fazer apostas, uma tabela completa com classificações das habilidades de cada um dos homens da tribo. Mas, embora Wanahomen houvesse tido a sua cota de contação de histórias (algumas verdadeiras, a maioria não, que era como funcionavam essas coisas), ele não sentia grande vontade de conversar sobre o tempo que passara com Hanani. A questão toda era muito frágil e poderosa, quase sagrada, como a própria mulher do templo. Ele ainda não sabia como se sentir com relação àquilo.

— Eu diria que sim — falou ele para Unte, tentando soar indiferente. — Apesar de sempre ser difícil de dizer com as mulheres, claro. Acho que a tristeza dela também foi atenuada, pelo menos o suficiente para ela não enlouquecer nem se matar.

Unte conteve um bocejo e franziu a testa.

— Existia mesmo esse risco?

— Ontem à noite? Pelos deuses, existia sim. E ela vai precisar de uma observação cuidadosa por mais algum tempo. — Ele estendeu a mão para pegar o chá e se servir. — O meu povo não lida muito bem com a dor.

— Então ainda bem que você deu prazer a ela, apesar de agora eu estar preocupado que os sacerdotes amigos dela, aqueles sujeitos de rosto frio que matam de noite, fiquem irritados com a gente.

— Sim, eles vão ficar irritados *comigo*. — O chá cheirava mal, mas continha um estimulante forte; ele fez uma careta e forçou-se a engolir. — Mas vão colocar a culpa nela, não em mim.

— Eles podem alegar que você a seduziu.

— As pessoas do templo podem ser muitas coisas, mas não são mentirosas. Se perguntarem para ela, ela vai contar para eles que me

pediu os meus favores. — Ele suspirou e acabou de esvaziar a xícara.
— Não sei o que vão fazer com ela então.

— Bem. — Unte se sentou, fazendo uma careta e tocando a têmpora como se o movimento lhe causasse dor. — De um jeito ou de outro, vai acontecer depois da batalha.

Estendendo a mão para pegar a garrafa de chá outra vez, Wanahomen ficou paralisado e o encarou.

— A votação? Mas pensei que...

— Asnif dos Madobah era o único possível dissidente e ele ficou muito impressionado com você depois da morte do curador naquele dia. Ele falou ontem à noite que pretende apoiar você e os outros admitiram que planejavam fazer o mesmo. Até mesmo Tajedd, embora ele não tenha escolha. — Unte deu um sorriso tênue. — Então, em vez de fazer cerimônia, contamos aquilo como votação. Os outros vão informar seus líderes de caça... não, líderes de *guerra*, esta manhã. Eles concederam a você o título de comandante de guerra. — Unte sorriu. — O nosso primeiro em gerações.

Wanahomen fechou os olhos e murmurou uma breve oração de agradecimento a Hananja, então respirou fundo, sentindo em seu sangue as primeiras agitações da prontidão para a batalha.

— Então partimos amanhã — disse ele. — Por favor, peça à tribo para preparar rações para todos os guerreiros e animais de carga para carregar forragem. Vou organizar uma reunião com os líderes de guerra esta tarde para nos prepararmos. E mande um mensageiro: vamos levar três dias de viagem pesada para chegar ao ponto de encontro com os soldados gujaareen.

Unte ergueu as sobrancelhas, achando graça, embora aquiescesse para cada item da lista de pedidos de Wanahomen.

— As rações já estão preparadas, claro, já que nós meio que esperávamos por isso. E a forragem, e os cavalos; o resto pode ser feito rapidamente. Mas você vai tomar cuidado, Wana, não vai? Não quero ver dez anos desperdiçados.

Wanahomen sorriu e virou-se para ajoelhar-se diante de Unte.

— Eu falei que faria do senhor um rei entre reis, não falei? Gujaareh será minha outra vez e todos conhecerão a força dos banbarranos antes de terminarmos. Vou te deixar orgulhoso.

Unte riu, estendeu a mão e segurou o ombro de Wanahomen, depois se sentou e, para grande surpresa do rapaz, beijou sua testa.

— Você já me deixou — respondeu ele.

★ ★ ★

Já fazia tempo que o sol havia se posto quando Wanahomen voltou cansado, porém satisfeito, para a saliência do acampamento dos Yusir. Passara a tarde discutindo estratégias com os outros líderes de guerra, agora seus tenentes, enquanto os homens das tropas faziam os preparativos finais para a guerra. Mal conseguia pensar em outra coisa além de uma refeição e sua cama, mas claro que isso mudou quando Yanassa apareceu e tomou o braço dele.

— Yanassa — disse ele em um cumprimento cansado. — O ar fica mais fresco por causa da sua presença.

Ela deu um sorriso doce, embora ele não houvesse se deixado enganar nem um pouco. Ela queria alguma coisa.

— Que presente você trouxe para a Hanani?

Hanani. Ele pensara na mulher do templo, claro, mas com tantas outras preocupações em sua mente, essa escapara. Era o costume banbarrano compensar uma mulher pela sua virgindade. E, embora Hanani não fosse banbarrana e talvez não se importasse, estava claro que Yanassa pretendia garantir que ele fizesse o certo pela moça.

— Pelas sombras — murmurou ele.

Ela deu uma batidinha em seu ombro.

— Acho que aquela sua tornozeleira de âmbar vai servir muito bem.

Ele sobressaltou-se, franzindo a testa para ela. Ele dera a tornozeleira para Yanassa anos atrás, quando se tornaram amantes. Ela a devolvera quando eles brigaram, mas ele sempre tivera a esperança...

— Não sei — respondeu ele.

— Então você não se importa nem um pouco com ela? Ela foi só o alívio de uma noite para você?

— Não, eu apenas... — Ele parou, preocupado. Passara a gostar de Hanani mesmo sem ter a intenção, mas de que servia isso? Ela não o amava. Ela o usara, na verdade, embora ele houvesse permitido. Era justo depois do que ele fizera com ela... Mas, no final das contas, ela voltaria para o Hetawa e acabaria se esquecendo dele, e ele, dela. — Eu tinha pensado em dar a tornozeleira para uma das minhas esposas — terminou.

Yanassa parou de andar, fazendo cara feia para ele.

— É sempre a mesma coisa com você. Uma noite nos braços de uma mulher e você quer trancá-la em um palácio em algum lugar. E, se por algum motivo você não consegue ter isso, ela não significa nada para você. Por que você nunca pode apenas aceitar o que foi oferecido, Wana, sem exigir tantas coisas mais?

Ele parou também, pondo as mãos no quadril, sem se importar com o fato de que eles estavam no meio de uma passagem e metade da tribo provavelmente estava observando.

— Porque não sou um banbarrano atirando a minha semente em qualquer mulher disposta e me gabando da minha pontaria!

— Ela também não é banbarrana! — retrucou Yanassa. — Pelos deuses, nenhuma mulher banbarrana é burra o bastante para tolerar você depois de ver o que eu passei. Mas a Hanani é como você, zangada, machucada e solitária debaixo de toda aquela presunção e precisa que alguém se preocupe com ela mesmo que seja justo *você*, de todas as pessoas. Então, se você despedaçar o coração dela, vou desprezar você para sempre. — Dito isso, ela virou as costas e foi embora em um turbilhão de faixas e joias penduradas, deixando-o boquiaberto.

Charris saiu do meio de duas tendas e veio se postar ao lado dele.

— Meu pai nunca teve tantos problemas assim com as mulheres, teve? — perguntou Wanahomen entredentes.

— Não, milorde. Mas pode ser porque ele mantinha todas as mulheres dele trancadas em um palácio em algum lugar.

Wanahomen lançou-lhe um olhar penetrante, mas Charris manteve seu rosto educadamente neutro.

Ele suspirou e esfregou os olhos por cima do véu.

— Quer pegar a tornozeleira de âmbar para mim, por favor? — Quando Charris não saiu do lugar, Wanahomen olhou para baixo e viu que havia um pacotinho na palma da mão do velho.

Com um último olhar azedo, Wanahomen pegou o pacote e foi à tenda de Hanani.

Ela não estava lá. Algumas perguntas pelo acampamento revelaram que ela aparecera mais ou menos no momento do descanso do meio-dia, fora tomar banho, depois voltara e pedira a vários dos banbarranos para compartilhar humores oníricos com ela.

— Como ela parecia estar? — indagou ele a um dos anciãos de quem ela coletara sangue onírico.

— Bem o bastante — respondeu o idoso, então sorriu. — Não parecia insatisfeita, se é que você tem esperanças de outra noite ocupada. — Contendo uma resposta mal-educada, Wanahomen desejou boa tarde ao homem.

Por fim, conversou com alguém que a vira se dirigindo para as alturas. Encontrou-a no meio da subida, nas saliências onde lhe dera aquela primeira aula de narcomancia somente uma quadra de dias antes. Na verdade, estava sentada na mesma laje de pedra, abraçando os joelhos, contemplando o cânion à medida que as últimas cores do pôr do sol se dissipavam do horizonte que escurecia.

Wanahomen foi até ela e sentou-se ao seu lado; ela se assustou quando ele se sentou, voltando de uma distância de um milhão de quilômetros.

— Ah — disse ela. — Boa noite, Príncipe.

Ele reprimiu o impulso de tirar do rosto dela um cacho espesso de cabelo cor de areia. Apesar da noite anterior, parecia um tanto estranho tomar a liberdade de tocá-la. Ele manteve as mãos embaraçosamente no colo.

— Como você está?

— Bem, obrigada — respondeu ela. Seu tom não era nada além de cortesia. De repente, o rapaz se perguntou se ela estava insatisfeita com ele. Então se lembrou das palavras de Yanassa e percebeu que ela poderia não estar pensando nem um pouco na noite anterior.

— A votação foi a seu favor — falou ela, confirmando a suposição dele. — Todo mundo está comentando.

Ele aquiesceu.

— Vai acabar logo, de um jeito ou de outro. — Olhando para ela, ele acrescentou: — Então você vai poder voltar para o Hetawa. — Observando o rosto dela, Wanahomen vislumbrou um breve baixar de olhos.

— É.

Ele se preparou e então perguntou:

— Arrependimentos no fim das contas?

Ela apertou os lábios.

— Preocupações.

— Preocupações com...?

Ela chacoalhou a cabeça devagar, como se insegura de suas palavras.

— A paz que um dia eu senti como Serva de Hananja se foi. Estava sumindo antes, mas a morte de Mni-inh acabou com ela de vez. A morte me segue como uma sombra. Sou uma curadora, deveria trazer vida, não deveria? O que significa o fato de que não trago?

Wanahomen ficou perplexo por algum tempo. Será que ela passara o dia inteiro ali ruminando uma pergunta dessas? E como é que ele, que não era um sacerdote em nenhum sentido, deveria responder?

Ele suspirou e tirou o véu, contemplando o cânion também.

— Você não causou a morte de Mni-inh — disse ele. — E Azima provocou a dele quando te atacou.

— Se eu mesma tivesse curado a shadoun, Mni-inh não teria morrido.

Ele a encarou.

— Porque *você* teria morrido no lugar dele! Hanani... — Ele chacoalhou a cabeça, suspirou e estendeu o braço na direção dela. Ela ficou tensa e ele parou, deixando a mão no ar até ela relaxar. Depois ele a puxou para que ela se sentasse em seu colo. Ele teve a impressão de que ela só permitiu aquilo porque a pegara de surpresa.

— Príncipe, o que...

— *Wanahomen.*

— Como é?

— Eu estive na sua tenda e dentro do seu corpo. Você pode pelo menos me chamar pelo meu nome amaldiçoado pelas sombras.

Aquilo com certeza a tirou da melancolia. Uma vermelhidão forte o suficiente para se ver mesmo na penumbra espalhou-se pelo rosto dela. Seu sorriso tímido veio a seguir; ele o contou como uma vitória secundária.

— Pois muito bem, Wanahomen.

— Ótimo. — Ele a envolveu frouxamente com os braços. — Agora você está sendo tola. E da última vez que estava sendo tola, abraçá-la pareceu trazer o seu juízo de volta. É a única coisa que eu sei que posso tentar. — Ele ficou aliviado de ver o sorriso dela se alargar.

— Sim, P... Wanahomen. É estranhamente útil.

Tranquilizado, ele se mexeu para se acomodar na pedra dura, de modo que suas pernas não fossem ficar dormentes.

— A guerra começou — falou ele em tom mais sério. — Nenhum de nós pode se dar ao luxo de ser tolo agora. Apenas passar por isso vai trazer de volta a paz.

Ela aquiesceu, ficando séria também.

— Eu tomei providências para cavalgar na retaguarda do seu exército com os escravizados e os ferreiros e os outros que não vão lutar.

Não ocorrera a Wanahomen que ela iria junto quando ele fosse viajar. Mas, por outro lado, esse foi o motivo pelo qual o Hetawa lhe dera os Compartilhadores para começar, não foi? Preocupado, ele se atreveu a pousar uma das mãos na lombar da moça, pensando nos perigos.

— Continue usando essa roupa — disse ele. — Ninguém vai incomodar uma mulher banbarrana, não com centenas de guerreiros banbarranos por perto. Mas uma gujaareen solitária seria vista como vulnerável.

Ela franziu o cenho.

— Um Compartilhador deveria ser fácil de encontrar — pontuou ela. — As vestes vermelhas... todo gujaareen sabe o que elas significam. No meio da batalha, isso poderia me ajudar a chegar aos feridos...

— Eu não *quero* que você seja fácil de encontrar — retorquiu ele, fazendo cara feia; ela recuou, surpresa. — Não confio nos meus aliados da cidade, Hanani. Eles podem querer estragar a minha aliança com o Hetawa fazendo mal a você.

— Ninguém... — Mas parou sem terminar a frase. Ela vira o suficiente agora para saber que não devia.

Não gostando do fato de que ela ficara tensa, ele estendeu a mão para massagear seu pescoço e seus ombros.

— Durante a batalha, vou mandar levarem os feridos para onde quer que a gente faça acampamento. Você pode curá-los lá. Quando tivermos passado pelos muros da cidade, vou te levar de volta para o Hetawa. Até isso acontecer, você é a *minha* curadora e só serve aos meus homens. Entendido?

Hanani fitou-o por um longo tempo, e só depois é que ele ficou pensando no que poderia fazer se ela dissesse não.

— Vou esperar até você considerar seguro antes de ajudar qualquer um além dos banbarranos — concordou ela, enfim. — Mas só porque fazer o contrário poderia causar mais danos.

Wanahomen soltou o ar e aquiesceu. Eles ficaram assim por um bom tempo, até a curva superior vermelho-sangue da Lua dos Sonhos começar a encher o céu sobre o cânion.

— Você está machucada? — indagou ele quando se passara tempo suficiente para poderem discutir algo mais íntimo.

— Alguns pontos doloridos. Não o suficiente para ter o trabalho de curar. — Ela encolheu os ombros. — Você foi muito cuidadoso. Obrigada.

Ele ficou incomodado com o fato de ela parecer surpresa com o seu cuidado. Incomodava-o mais ainda que ela parecesse completamente impassível com relação ao que acontecera entre eles, poderia ter sido apenas mais uma aula de sonho, apesar de toda a ternura do comportamento dela. Por conta disso, ele disparou:

— Você *lamenta* alguma coisa, Hanani? Agora que a luz do dia clareou os seus pensamentos?

Ela suspirou, mas para alívio dele chacoalhou a cabeça.

— Você lamenta?

Ele sentiu uma ligeira tensão no corpo da moça e ficou surpreso com o quanto isso lhe agradava. Pelo menos gostava dele o suficiente para se preocupar com o que ele pensava dela.

— Só o fato de que você precisa voltar para o seu Hetawa.

Esse comentário pareceu trazer de volta parte da tristeza dela e o fez ficar sério também.

— O que vai acontecer com você? — perguntou ele. — No Hetawa? Ela suspirou.

— Vou contar ao Superior tudo o que fiz. Ele vai decidir qual será a minha penitência, apesar de que os anciãos do meu caminho vão opinar também... e os Coletores, considerando que tirei uma vida. A notícia vai se espalhar de um jeito ou de outro e a minha reputação vai ser mais prejudicada. Existem aqueles que sempre disseram que uma mulher não tem a disciplina para servir a Deusa de forma apropriada e agora eu provei que eles estavam certos em muitos sentidos.

Ele não gostou de saber que os Coletores estariam envolvidos na decisão do destino dela. Nem um pouco.

— Mais tolice — comentou ele com uma indiferença que não sentia de verdade. — Para começar, você não poderia ter se tornado Compartilhador sem disciplina.

— Mas eu não sou Compartilhador, ainda não. E agora pode ser que eu nunca me torne um. Mni-inh... Ele era o meu defensor no Hetawa. Ele... — Ela estremeceu e se calou; ele a sentiu tremer.

— O seu mentor e eu, nós não éramos amigos — começou Wanahomen, constrangido. Mas sentiu que ela estava prestando atenção. — Talvez ele visse o meu pai em mim. Eu com certeza via o Hetawa nele... e em você, no começo. Mas ele era firme e enérgico em suas convicções, até eu devo admitir que o admirava por isso. Não consigo imaginar um homem desses apoiando você se não acreditasse que você é digna de servir Hananja.

— De que adianta se ninguém mais acredita? — Não havia força na voz de Hanani, apenas resignação, e enfim Wanahomen percebeu que o que ela estava reprimindo *não* era arrependimento, mas um desespero tão intenso que era como pedras em sua alma. Ela ainda era uma mulher de luto, por mais incomum que fosse o método que escolhera para desligar sua mente do sofrimento. Era tão fácil agravar suas feridas.

— Então eles não merecem ter você no convívio deles — retrucou Wanahomen, zangado por ela. — Mas pare e pense: os Coletores escolheram você para realizar uma missão de grande importância, não é verdade? O seu mentor considerou você digna das suas vestes vermelhas, isso ficou claro para mim. Unte e os banbarranos respeitam você, até a minha mãe respeita... e *essa* não é uma coisa fácil de conquistar, acredite.

Hanani não falou nada, mas ele sentiu parte da tensão diminuir nas costas dela. Satisfeito, Wanahomen mudou de posição e pôs uma das mãos na barriga dela.

— E… os banbarranos não entendem isso, mas não me deito com qualquer mulher. Você pode se tornar a mãe do próximo rei de Gujaareh, afinal.

Wanahomen não pôde ver as nuances do rosto dela no escuro, mas teve a impressão de que ela desviou o rosto.

— Não vai haver uma criança — declarou ela —, não é a época certa.

Ele piscou, surpreso, mas ela era uma curadora, é claro que saberia. Pelo espaço de uma respiração, ele ficou desapontado, antes que o bom senso se reafirmasse.

— Mesmo assim — disse ele. Afagou a coxa da jovem por cima da saia, depois acariciou a bochecha dela. — Por mais adorável que você seja, por mais deliciosa que você estivesse ontem à noite, eu jamais teria atendido ao seu pedido se não tivesse visto sua força e sua inteligência e não as tivesse desejado para os meus herdeiros.

Ela deu um sorriso estranho, mas havia um divertimento genuíno nele.

— Não sei ao certo como responder a isso.

— Diga "obrigada" — falou ele com uma presunção fingida. — E eu também apreciaria um elogio pela minha habilidade, pelo gosto impecável e pelo bom senso.

Ele ficou contente de vê-la soltar uma risada suave, mas ainda mais satisfeito quando ela pôs os braços ao redor do seu pescoço.

— Obrigada por ser gentil comigo — sussurrou ela em seu ouvido. E então ela o beijou.

Surpreso, Wanahomen abraçou-a e correspondeu ao beijo, admirando-se mais uma vez com a forma como ela colocou todo o seu ser naquele momento. Talvez porque estar com ele fosse uma traição ao seu juramento: se estivesse em seu lugar, ia querer saborear cada momento também. Para fazer a traição valer a pena.

Então ele suspirou, delicadamente a fez recuar um pouco e tirou o pacote de Charris da roupa.

— Eu é que agradeço — disse ele, abrindo o tecido dobrado. Ela conteve a respiração quando ele pegou a tornozeleira; mesmo sob a tênue luz da Sonhadora ela podia ver o brilho dos pingentes. Ele o amarrou ao redor do tornozelo dela e teve de admitir que ficou melhor do que esperara em sua pele pálida.

— Mas por quê? — perguntou ela, finalmente parecendo emocionada com alguma coisa que ele fizera. Aquilo por fim satisfez o orgulho dele.

— Você me deu prazer — respondeu ele. Acariciou a panturrilha dela; era a única parte do seu corpo que ousava tocar para não se sentir tentado a prosseguir. Uma noite era tudo o que podia esperar dela e isso já estava feito. Ele se viu desejando que pudesse haver mais. — E me deu a honra de ser o seu primeiro amante. Mesmo sem contar o seu juramento ao Hetawa, essa é uma coisa poderosa e especial.

Ela chacoalhou a cabeça.

— Foi um presente mútuo, Príncipe. Wanahomen. Você também me deu prazer.

— Verdade. Mas, entre os banbarranos, nada é de graça... — Ela pôs os dedos sobre os lábios do rapaz, para sua grande surpresa.

— Você não é banbarrano — pontuou ela. Levantou-se e ficou ali parada, parecendo selvagem e bárbara, embora sua determinação calma fosse toda gujaareen. — As Irmãs dizem que o prazer honra Hananja porque traz paz. Hoje à noite pretendo orar para que essa guerra termine rápido. Se quiser... — Ela baixou a cabeça, sua timidez voltando apenas por um instante, mas então olhou para ele por entre os cílios de um jeito que fez todas as lamentações dele desaparecerem. — T-talvez a gente possa orar junto.

Ela se virou e desceu a trilha em um ritmo não exatamente pacífico, e estava a meio caminho do acampamento antes que a mente de Wanahomen compreendesse que ele acabara de ser seduzido.

Em seguida, tão rápido quanto podia sem colocar a vida em risco, desceu a encosta íngreme atrás dela.

38

SEGREDOS

Não fazia nem metade de um dia que Tiaanet e seu pai haviam volta-do para a propriedade no campo quando servos vieram informá-la de que havia visitantes se aproximando da casa.

— Uma oitava de soldados, senhora, e um homem com uma lan-ça — detalhou a menina de olhos arregalados. — Todos kisuati.

O pai de Tiaanet estava se preparando para viajar para o sopé das colinas, onde os exércitos dos nobres estavam se reunindo para a sua tentativa de retomar Gujaareh. Não havia tempo para esconder os alforjes ou os suprimentos empilhados no pátio da casa; ela teria de pensar em uma desculpa adequada para explicá-los.

— Convide-os para entrar quando chegarem — falou ela para a menina. — Trate-os como convidados, mas, se fizerem perguntas, apenas responda que não sabe de nada. — A menina aquiesceu e saiu correndo; outro servo estava por perto, parecendo igualmente ansioso. — Informe o meu pai — ordenou ela, e ele saiu depressa no mesmo momento.

Era impróprio para uma mulher dos shunha receber os convi-dados quando havia servos à disposição para cuidar dessa ativida-de doméstica. Posicionando-se de frente para a entrada da sala de recepção, Tiaanet se recompôs para esperar e perguntou-se o que faria se os kisuati houvessem descoberto os planos do pai. Nessa hipótese, eles o matariam, provavelmente em público e devagar, na justiça tipicamente brutal dos kisuati. A linhagem então seria dela para administrar e sua mãe e Tantufi ficariam sob seus cuidados. Mas isso só aconteceria se os kisuati não a julgassem culpada junto com o pai, o que fariam a menos que ela alegasse ignorância bem o suficiente para convencê-los. Se eles tivessem prendido algum outro conspirador, como os outros lordes e ladies que haviam discutido a conspiração na sua frente, eles certamente apontariam Tiaanet junto com o pai. Nesse caso, ela não alegaria ignorância, mas o controle do pai. E, se a pressionassem, ela lhes mostraria Tantufi e todos os segredos seriam revelados.

Se Tiaanet ainda fosse capaz de sentir, poderia ter sentido algo muito semelhante a expectativa.

Mas houve uma agitação na frente da casa quando os soldados entraram. Ela ouviu a voz da serva se levantar em protesto, seguida do som de carne batendo em carne (ela conhecia esse som muito bem) e um surpreso gemido de dor. Então os soldados apareceram na sala de recepção, flanqueando o líder, e de repente Tiaanet começou a desconfiar que, no final das contas, eles não haviam vindo atrás de seu pai.

O líder carregava de fato uma lança curta amarrada às costas, como a serva informara, além da tradicional espada curva no quadril. Mas a menina pertencia à casta servil e era ignorante: claro que a lança foi a única coisa que ela notou. Tiaanet notou coisas completamente diferentes, como o fato de que o homem era mais baixo do que a maioria dos kisuati, embora magro e bem musculoso, e havia mais que um traço oestense em suas feições arredondadas. Usava o cabelo solto, diferente da maioria das pessoas de Gujaareh ou Kisua, penteado como um capacete untado e bem arrumado, cortado reto à altura das orelhas. E, em lugar do tecido drapeado solto que a maior parte dos capitães kisuati usava ao redor dos ombros, esse homem vestia um espesso couro preto atado com um elaborado fecho de marfim. A origem daquele couro talvez também houvesse sido o dono dos dentes que adornavam o colar do homem.

Um caçador: um membro de uma das castas mais antigas e mais honradas de Kisua, embora sua glória e sua quantidade houvessem diminuído nos últimos séculos.

— Você é lady Insurret, da casta shunha e da linhagem de Insawe? — perguntou o homem, depois verificou ele mesmo. Ele tinha um forte sotaque suua; mesmo conhecendo a língua, Tiaanet demorou o espaço de uma respiração para se adaptar ao gujaareen entrecortado e de flexões estranhas do sujeito. — Não, você é jovem demais. Você seria lady Tiaanet, filha dela.

— Sou — respondeu Tiaanet com uma cuidadosa mesura que reconhecia a patente do homem e mais nada. — E o senhor é?

— Bibiki Seh Jofur — disse ele. — Um capitão de Kisua, ultimamente associado ao Protetorado em Gujaareh. Onde está Insurret?

— Ela está indisposta — explicou Tiaanet. Contara essa mentira tantas vezes que ela lhe vinha facilmente à boca, e parecia mais seguro do que perguntar o que acontecera com a serva que atendia à porta. — Venho cuidando dos assuntos dela há algum tempo agora, com a permissão dela e do meu pai. Posso transmitir uma mensagem para ela em seu nome?

— Você pode acompanhar os meus homens até os aposentos dela — replicou ele — e depois pode vir junto conosco.

Por um momento, Tiaanet estava segura de não ter ouvido direito.

— Minha mãe está...

— Ora, por favor. — Bibiki sorriu, todo cortesia. — Temos que ir para longe e eu gostaria de estar de volta à cidade ao anoitecer.

— O que é isso? — Sanfi entrou na sala com a camisa de vestir dentro de casa e ainda passando um pano na testa para secar a umidade do banho. Ele parecia assustado aos olhos experientes de Tiaanet, o que significava que ele fingia beligerância e raiva ao falar com Bibiki. — Quem é você? Os servos me disseram...

— Ah, lorde Sanfi — disse Bibiki. — Estou feliz de enfim conhecê-lo. Ouvi falar muito do senhor. — Com um rápido movimento de mão, ele fez um sinal para os dois soldados à sua direita. Eles imediatamente atravessaram a sala e passaram por Sanfi, adentrando a casa. Sanfi conteve a respiração e virou-se para protestar, mas eles o ignoraram.

— *O que é isso?* — quis saber Sanfi.

— Um serviço solicitado a todas as famílias nobres gujaareen pelos seus Protetores. — Bibiki assumiu uma postura relaxada, as mãos cruzadas atrás das costas, uma expressão simpática no rosto que não enganava ninguém. — Parece que alguns membros da nobreza gujaareen... não sabemos ao certo quais, infelizmente... começaram a tramar contra o nosso governo. Acho difícil de acreditar, em especial no caso de famílias como a sua, que se dedicaram tão honrosamente a manter os ideais da nossa terra natal. Mas, até conseguirmos identificar os bandidos, receio que as suas mulheres devam desfrutar da hospitalidade dos Protetores por um período indeterminado.

A um gesto invisível de Bibiki, um dos soldados restantes foi se posicionar perto de Tiaanet.

— Isso é ridículo. — Sanfi olhou para o soldado perto de Tiaanet, então para o corredor onde os outros dois haviam entrado, depois para Bibiki outra vez. Ele tremia de raiva, quase descontrolado. — Você vai levá-las como *reféns*? Nós servimos Kisua fielmente...

— Certo, certo — falou Bibiki, e agora sua voz tinha uma aspereza que deixou Tiaanet tensa, embora ele mantivesse o sorriso cortês. — Fielmente, sem dúvida. A propósito, nós não vamos ter nenhum problema com os soldados da sua propriedade, vamos? Nós não vimos nenhum quando passamos pelos seus campos. Como vocês se defendem contra os banbarranos e outros agressores?

Sanfi se calou, sua expressão rapidamente voltando-se para um cálculo mental. Os soldados contratados da propriedade haviam partido no dia anterior para se juntar ao exército que estava se reunindo no sopé das colinas. Bibiki já sabia disso, percebeu Tiaanet, caso contrário não teria vindo com apenas uma oitava de soldados. Sanfi também sabia.

— Capitão — chamou um dos soldados em suua de lá do fundo da casa. Só então Tiaanet se deu conta do verdadeiro perigo. Desde que haviam voltado da cidade na noite anterior, Tantufi fora abrigada temporariamente em uma despensa até que pudessem levá-la à casa no campo, algo que Tiaanet planejara pedir aos servos que fizessem após a meia-noite. Mas, se os soldados estavam vasculhando a casa...

— Não — sussurrou Tiaanet. Bibiki fitou-a, especulando, então contornou-os e adentrou a casa para ver o que seus homens haviam encontrado. Tiaanet ouviu murmúrios e logo, alguns instantes depois, os homens apareceram. Um dos soldados conduzia Insurret pelo braço. O outro soldado carregava Tantufi.

Tantufi não podia andar. Anos acorrentada ao chão haviam tido seus efeitos no corpo dela: suas pernas eram finas, com os músculos atrofiados a ponto de não funcionarem. Apesar do sono que ela tivera permissão para dormir em Gujaareh, o preço de anos sem descanso apropriado ainda podia ser visto no rosto flácido e prematuramente envelhecido, nos membros macilentos, no cabelo ralo e na pele opaca e, sobretudo, nos imensos olhos desvairados. O soldado a segurava nos braços, apoiando-a a um lado do quadril; a cabeça da menina pendeu para trás.

— Mamãe mamãe mamãe mamãe — sussurrou ela. A corrente que os soldados deviam ter quebrado para soltá-la (Sanfi mantinha a chave escondida de Tiaanet) pendia de um dos tornozelos.

Tiaanet avançou em direção a Tantufi de imediato, mas o soldado que se posicionara perto dela segurou seu braço e puxou-a de volta. Insurret, que viera arrastando docilmente os pés sob o controle do soldado, estremeceu ao ouvir a voz de Tantufi.

— O que *essa coisa* está fazendo aqui?

Sanfi deu um passo em direção a Bibiki.

— Você não pode... — Outro soldado apontou uma espada para Sanfi antes que ele pudesse se aproximar; Sanfi parou de pronto.

— Lorde Sanfi — disse Bibiki em um tom reprovador. Ele olhou para Sanfi com franca curiosidade. — Me falaram que o senhor tinha apenas a filha e a esposa.

— Por favor — pediu Sanfi. — Minha esposa está doente. E aquela criança... — Ele olhou para Tantufi e desviou o olhar. — O senhor pode ver que ela está doente também. Por favor, solte as duas, e a minha Tiaanet.

Em outra vida, sob outras circunstâncias, Tiaanet poderia ter dado um sorriso. Seu pai jamais teria implorado por Insurret nem por Tantufi por elas mesmas.

— O que há de errado com elas? — Bibiki segurou a cabeça de Tantufi e ergueu-a com uma delicadeza surpreendente, espiando os olhos agitados da menina. O aperto na barriga de Tiaanet diminuiu um pouco quando ele tomou um cuidado tão evidente para não machucar a garotinha.

— Uma enfermidade antiga — respondeu Sanfi. — Aflige algumas das mulheres da linhagem. Elas precisam de cuidado constante.

Bibiki lançou-lhe um olhar brando.

— Elas podem receber cuidado constante na cidade.

Tiaanet deu um passo à frente outra vez, embora não tão à frente a ponto de o soldado puxá-la de volta.

— Com todo o respeito, senhor, meu pai e eu e os nossos servos sabemos a melhor forma de cuidar delas. Na cidade...

— Não vou levá-las para o Hetawa para serem curadas, se é esse o seu medo. Naturalmente nós, caçadores, como os shunha, jamais poderíamos aprovar uma coisa dessas. — Bibiki acenou para o soldado, indicando que ele mesmo deveria segurar a cabeça de Tantufi, o que o homem fez. Depois Bibiki fez um gesto para os dois homens saírem com Tantufi e Insurret.

Em um piscar de olhos, Insurret ficou descontrolada, precipitando-se sobre Tantufi, as mãos em forma de garras.

— *Tire esse monstro da minha frente!* Afogue, queime, espanque, mate, leve embora, tire de dentro da minha cabeça, tire deste mundo!

O soldado que a segurava ficou tão surpreso que quase a soltou. Isso foi o suficiente para Insurret pôr as mãos nos poucos cachos de Tantufi. Ela deu um forte puxão na cabeça da menina, claramente tentando quebrar o pescoço dela. Seu rosto era um ricto de exultação; sua voz, um guincho.

— *Afogue, queime, espanque...*

— Não! — Tiaanet segurou o braço da mãe antes que ela pudesse dar outro puxão em Tantufi. — Mãe, não!

O soldado conteve Insurret outra vez e arrastou-a para trás, mas Insurret agarrou o cabelo de Tantufi como uma sanguessuga, rosnando violências incoerentes agora. De todos eles, apenas Tantufi estava quieta... e calma, mesmo quando Insurret conseguiu dar outro puxão em sua cabeça. Sanfi deu um passo à frente, fazendo cara feia; Bibiki levou a mão à pequena lança, mas Tiaanet estava farta.

Colocou o rosto diante do rosto enlouquecido de Insurret, forçando a mãe a olhar para ela.

— É por isso que ele te odeia — disparou ela.

Insurret recuou. Parou de resistir, os braços ficando frouxos.

— O-o quê?

— Olhe para si mesma. — Tiaanet encheu a voz de desdém. Não foi difícil. — Uma fera egoísta, cheia de ódio, cega à dor da sua própria família, tão rancorosa que até mataria uma criança. Por que algum homem iria te querer?

Os olhos de Insurret se encheram de lágrimas.

— Mas, mas... — O rosto dela se contorceu. Ela soltou o cabelo de Tantufi e cobriu o rosto com aquela mão. — Você não entende qual foi a sensação. Carregar você, os seus sonhos sempre sussurrando para mim, empurrando e puxando a minha alma... — Mas então seu humor voltou a mudar, rápido como um sonho, e ela olhou feio para Tiaanet por entre os dedos. — Ah, mas eu me esqueço. Você *sabe* qual é a sensação, não sabe? Vagabunda traidora.

Ela afastou a cabeça e teria cuspido em Tiaanet, mas a filha lhe deu um tapa tão forte que o rosto dela virou. Insurret piscou, parecendo surpresa. Tiaanet voltou-se para Bibiki.

— Como o senhor pode ver, meu pai tinha razão. — Ela tentou manter o tom inexpressivo e não conseguiu: estava zangada demais, zangada de verdade, com o que a mãe fizera com Tantufi. Sua voz reverberava com a força de sua fúria. — Só ele e eu podemos cuidar desses membros da família da maneira apropriada.

Mas Bibiki estava encarando-a. Ele olhou para Tantufi, depois para Tiaanet outra vez, e estreitou seus olhos de caçador.

— Entendo — comentou ele em um tom suave. — A criança é sua filha, não sua irmã.

Tiaanet não falou nada, embora em seu íntimo um grande nó de tensão houvesse se desfeito. Será que era alívio? Ela achou que talvez fosse. Fez de tudo para não sorrir para Bibiki. *Continue*, pensou, ansiou, suplicou. *Você entende tanto tão bem, caçador. Quer fazer o favor de entender o resto? Diga em voz alta.*

Sanfi ficou tenso ao lado dela, embora sorrisse.

— O senhor está certo — confirmou Sanfi. Ele pôs o toque exato de constrangimento na voz: o nobre respeitável forçado a admitir um segredo de família vergonhoso, porém secundário. Tiaanet se perguntou se ele vinha praticando aquelas palavras em sua mente nos últimos seis anos. — Nós a mandamos para ir morar com parentes em Kisua por um ano quando descobrimos sua condição. Algum rapaz do local, nem um pouco adequado; nós tínhamos que manter as perspectivas de casamento dela desimpedidas. Com certeza o senhor entende, se for um homem de família.

— Ainda não sou — respondeu Bibiki, dirigindo-lhe um olhar de frio desdém. — Mas, se eu fosse, duvido que seria tão depravado a ponto de engravidar a minha própria filha.

Tiaanet fechou os olhos por um momento, saboreando a sensação de viver sem segredos. Ela poderia amar esse tal de Bibiki, se ainda fosse capaz de amar alguém além de Tantufi.

Sanfi estremeceu ao ouvir aquilo, verdadeiramente desconcertado pela primeira vez desde que Tiaanet tinha lembrança.

— Eu... — começou ele. Abriu a boca mais uma ou duas vezes, mas no final calou-se. Talvez não houvesse praticado aquela resposta em particular.

Bibiki meneou a cabeça para si mesmo.

— Bem. Parece que o senhor tem muitas coisas para pensar, lorde Sanfi. — Ele se virou então, fazendo um sinal para que os soldados o seguissem. Aquele que estava perto de Tiaanet estendeu a mão para pegar em seu braço. Ela começou a andar antes que ele pudesse tocá-la.

— Tiaanet... — A voz de Sanfi estava angustiada. Tiaanet virou-se para trás para fitá-lo; ele deu um passo à frente. — Tiaanet, eu nunca quis... Não era... Você *entende*, não é?

Ela jamais entendera. Durante todos aqueles anos desde a primeira vez que ele subiu em sua cama e todas as crueldades desde então, ela nunca entendera o que o levara a fazer as coisas que fez. Depois de um tempo, ela deixara de se preocupar, pois que importância tinha o motivo pelo qual ele as fazia? No entanto, o hábito de obedecer ao pai, agradá-lo, estava arraigado demais para Tiaanet ignorar, mesmo agora.

— Entendo, pai — respondeu ela. O rosto dele se iluminou imediatamente de alívio e alegria.

— Não se preocupe — assegurou ele, a expressão ferrenha. — Vou eu mesmo até os Protetores, se preciso, para libertar vocês. Não se preocupe.

Ela não estava preocupada. Não se importava com o que aconteceria consigo, nem com ele ou com Insurret, na verdade. Não se importava com o que os kisuati, que nunca lhe haviam feito nenhum mal, pensariam do fato de ela ter dado à luz uma filha do seu próprio pai. Eles já haviam demonstrado mais gentileza e atenção com Tantufi do que a própria família dela. Nada do que lhe fizessem poderia ser pior do que o que ela já passara.

Mas Tiaanet inclinou a cabeça para o pai. Ele ainda poderia lhe ser útil, afinal. Depois aproximou-se de Tantufi.

Bibiki a observou reflexivo durante essa interação, como se houvesse adivinhado a linha de raciocínio dela. Talvez houvesse; ela jamais fizera muito esforço para esconder esse tipo de coisa. (Nunca precisara. Sanfi via o que queria ver.) Quando Bibiki inclinou a cabeça para ela em um gesto que poderia ter sido de respeito ou simples cortesia, ela respondeu inclinando a cabeça de volta. Ele também poderia lhe ser útil. Essa fora a lição mais importante que o pai lhe ensinara há muito tempo: qualquer um podia ser usado. Não dava para confiar em ninguém.

Os kisuati saíram, levando Tiaanet, a mãe e a filha embora.

39

A GUERRA COMEÇA

Hanani acordou ao som de uma mão batendo nas paredes de sua tenda.

— Acorde, ratinha — disse a voz de Yanassa através do couro de camelo. — Sei que aquele tolo não te deu tempo para dormir, mas você tem muito a fazer.

Piscando para espantar a sonolência, Hanani sentou-se e encontrou-se coberta por um tecido fino. O espaço entre as almofadas onde Wanahomen se deitara estava vazio e ele deixara as abas da tenda desamarradas ao sair.

— Entre — falou ela, distraída. Yanassa passou a cabeça pela aba, depois se esgueirou para dentro.

— Ele deve ter saído antes do amanhecer — explicou Yanassa em um tom gentil, interpretando a confusão de Hanani. Ela se aproximou e se ajoelhou ao lado do Compartilhador, estendendo a mão peremptoriamente para começar a desembaraçar o cabelo da jovem. — Muitos preparativos a serem feitos antes da partida do exército. Ah, ele deu de presente para você! — A perna de Hanani havia escapado do cobertor; Yanassa apontou para a tornozeleira de âmbar.

Hanani sentiu as bochechas pegarem fogo, embora tenha resistido ao impulso de esconder a tornozeleira: não fazia sentido agora que Yanassa já a havia visto.

— Deu.

Yanassa deu uma batidinha no ombro de Hanani.

— Ele deveria ter dado o presente para você logo de cara, claro, mas não leve a mal. Nunca ensinaram para ele o comportamento apropriado de um homem. Agora você entende como devem ser as coisas entre vocês? — Ela soltou o cabelo de Hanani e se levantou para pegar novos enfeites de cabelo da caixa de joias ali perto.

— Ser? — Perplexa, Hanani pegou as faixas para enrolar em seus seios e começou a procurar a ponta com o nó. Após a morte de Mni-inh, Yanassa viera lhe oferecer consolo... e um pedido de desculpas por suas palavras duras quanto à mulher shadoun. Em Gujaareh, Yanassa teria de pedir desculpas à Deusa também por sua vontade nada pacífica de ver outra pessoa assassinada de um modo horrível. Os Coletores talvez houvessem se envolvido, avaliando a alma dela em busca de sinais de corrupção; era quase certo que ela teria de pagar um dízimo extra e passar por um ritual de purificação no Hetawa ou em um templo satélite, no mínimo. Mas ali, no deserto, a questão foi resolvida apenas com o pedido de desculpas e Yanassa retomara a amizade delas como se o incidente nunca houvesse acontecido. Hanani ainda estava se esforçando para acompanhar tudo aquilo.

— Você não pode se deitar com outro homem durante um mês inteiro ou até quando o seu sangue descer de novo, o que acontecer primeiro — explicou Yanassa, penteando o cabelo de Hanani com os dedos. As torções o haviam deixado com os cachos emaranhados, mas Yanassa felizmente parecia saber lidar com eles. — Um homem merece pelo menos esse tempo de chance para provar seu valor antes de você descartá-lo. Bem, você obviamente já viu que não precisa fazer um convite em público outra vez. Você também pode visitar a tenda *dele* se estiver disposta e a dona da *an-sherrat* concordar. — De repente, ela suspirou. — Apesar de que, com essa guerra, conhecendo o Wana, ele pode rejeitar você. Ele nunca se permite um luxo quando os homens dele estão sem nenhum.

Abandonando o esforço de se vestir com dignidade, Hanani encolheu as pernas e abraçou os joelhos enquanto Yanassa cuidava do seu cabelo. Wanahomen passara horas com ela na noite anterior, massageando-a e afagando-a muito depois de passado o primeiro arrebatamento. *Quero que você sinta a minha falta quando voltar para o Hetawa*, ele lhe dissera enquanto fazia coisas que a deixaram sem fôlego e com vontade outra vez. *Se tiver que enfrentar uma punição por se deitar comigo, então eu deveria pelo menos te dar um prazer que valha o preço, não deveria?* Então ele lhe dera mais, e mais ainda, até ela enfim cair em um sono exausto e sem sonhos.

Serviria, decidira ela, como despedida.

— Não vai haver outra vez — declarou ela. Foi quase um sussurro. As mãos de Yanassa pararam de mexer em seu cabelo.

— Eu tinha planejado aconselhar você a não o amar — disse Yanassa, a voz cheia de compaixão. — Ele prende demais, isso é inadequado em um homem. Mas o amor nunca foi um risco para você?

Hanani apertou as mãos no colo. Ela não conseguia encontrar as palavras para expressar o turbilhão dentro de si. Wanahomen cometera uma quadra completa de erros com ela. No entanto, desde então ele fora atencioso com ela ao seu modo rústico, até gentil. A consideração a deixara confusa; a gentileza transformara a raiva dela em algo totalmente diferente. Incomodava-a perceber que o perderia também quando tudo aquilo terminasse, tão certo como já perdera Mni-inh e Dayuhotem.

Mas Wanahomen não seria como eles em um aspecto crucial. Ela poderia jamais voltar a vê-lo se ele sobrevivesse àquela guerra, mas pelo menos teria o consolo de saber que estava vivo.

Yanassa suspirou, tomando o silêncio dela como uma resposta por si só.

— Estou feliz que o meu povo não siga a sua deusa genuinamente — comentou ela por fim. — Ela exige demais de vocês.

— Ela nos concede um grande poder. É justo que exija um preço alto por ele.

Yanassa fez um som de afronta.

— Não existe justiça nisso. — Ela prendeu alguma coisa na cabeça de Hanani e deu a volta para ficar de frente para a moça. — Você não pode deixar o seu Hetawa? Nós acolheríamos você.

Hanani encarou Yanassa, surpresa demais para se sentir ofendida.

— O Hetawa me criou desde a minha sexta inundação. É o meu lar. Os Servos de Hananja são a única família que eu conheço.

— A família faz o que é melhor para você! Que boa família censura uma mulher por seguir a sua natureza? Você aprendeu o seu valor, encontrou algum orgulho em si mesma. Se vivesse entre nós, poderia criar filhos e filhas, construir um clã abastado com as suas habilidades como curadora, viver rodeada por aqueles que te honram como você merece. O seu Hetawa algum dia vai te dar isso?

— Filhos e filhas não, e qualquer riqueza que eu ganhe vai para o Hetawa, mas... — Ela franziu a testa, pensando nas palavras de Yanassa. Quando voltasse ao Hetawa, se lhe fosse permitido continuar servindo, receberia uma penitência por suas más ações. Caso se redimisse por completo, talvez algum dia lhe permitissem obter o status de Compartilhador. Então ela poderia construir uma reputação baseada em sua habilidade, conseguir acólitos e aprendizes para guiar, aprender o conhecimento mais profundo do seu ofício, talvez até chegar ao Conselho dos Caminhos...

Mas ela franziu o cenho, preocupada. Esse poderia ser o caminho natural para qualquer homem que servisse à Deusa, mas seria para ela? Que acólito serviria a ela depois de Dayu? Que aprendiz ia querer a única e difamada mulher do Hetawa como mentora? Será que seria capaz de algum dia conseguir respeito suficiente de seus irmãos de caminho a ponto de lhe permitirem representá-los em importantes questões do Hetawa? Nem Mni-inh fora capaz de fazer isso, e ele não fora prejudicado pela controvérsia.

Mas foi pensar em Mni-inh que silenciou suas dúvidas.

— Eles são a minha família — repetiu ela com mais firmeza. — Meu mentor passou metade da minha vida me treinando, acreditando em mim. Ele queria que eu usasse o colarinho de rubi e me tornasse, enfim, um Compartilhador pleno. Não posso apenas deixar isso de lado, Yanassa.

Yanassa suspirou, acomodando-se sobre os calcanhares.

— Isso eu entendo. Às vezes, honrar as nossas famílias significa olhar além das nossas próprias necessidades. — Ela juntou os enfeites de cabelo que haviam sobrado e se levantou para guardá-los. Hanani olhou no espelho e viu que os cachos haviam sido puxados para trás e presos com um anel de placas de bronze sobrepostas. Um bom penteado para viajar. Mas ela parou, intrigada, ao avistar um fino cordel vermelho entre os cachos. Ela o pegou e descobriu que ele estava pregado em seu cabelo, e que havia um segundo cordel ao lado daquele.

— Um para os seus ciclos menstruais — explicou Yanassa, notando sua confusão. — O outro é para o sangue da sua virgindade. O terceiro não virá a menos que você dê à luz uma criança e o quarto seria pelo fim dos seus ciclos. São seus cordéis de marcação.

— De marcação...?

— Uhum. Os homens têm um grande ritual extravagante no décimo segundo ano deles. Fazem alguma coisa com o pênis, dançam com os tios e irmãos, soltam grunhidos e peidos e dizem uns para os outros que são homens. Nós, mulheres, só precisamos olhar para os nossos próprios corpos. — Yanassa terminou de guardar os enfeites e se aproximou para pousar as mãos nos ombros de Hanani, sorrindo para ela no espelho. — Me perdoe se vocês têm os seus próprios costumes gujaareen para essas coisas. Não tive intenção de desrespeitar. Entre nós, os cordéis são um emblema da condição feminina. — Ela se virou para que Hanani pudesse ver os três cordéis entrelaçados em um cacho trançado do seu cabelo.

Hanani não fazia ideia se havia costumes gujaareen para essas coisas. Ela fitou os cordéis de Yanassa, depois os seus próprios, e sua vista se turvou.

— U-um dos sacerdotes do Hetawa — começou ela. Parou de falar, sentindo um aperto na garganta, e então respirou fundo. — Ele falou que eu nunca seria uma mulher de verdade.

Yanassa ficou boquiaberta.

— O que, em nome das sombras, *ele* saberia sobre a condição feminina? Você não deu ouvidos a essa estupidez, deu?

— Eu...

Yanassa chiou e virou Hanani para que ficassem de frente.

— Me escute. Trazer honra para o seu clã... ou para o Hetawa, seja qual for... *isso* faz de você uma mulher. Alegrar-se com a própria beleza, dominar o poder do seu corpo, tomar conta do mundo ou pelo menos da parte dele que está por perto... Os cordéis apenas marcam as etapas mais óbvias. — Ela deu um sorriso pesaroso a Hanani. — Eu sempre disse que deveria haver mais cordéis: um por suportar tolos, um para cada criança insolente... mas ai de nós, porque aí as nossas cabeças ficariam sobrecarregadas de cordéis vermelhos.

Hanani não pôde deixar de sorrir ao ouvir isso, embora em pouquíssimo tempo sentisse de novo um aperto na garganta. Ela engoliu em seco e deixou os cordéis voltarem a se misturar com o cabelo, e decidiu deixar sair outra coisa também.

— Yanassa, obrigada. Ainda existem muitas coisas que eu não entendo sobre você, mas você foi gentil comigo e isso é o mais importante. — Uma ideia lhe passou pela cabeça; ela fez um gesto, apontando para a tenda. — Todas essas coisas que eu tenho. Não posso levar de volta comigo. Posso dar para você?

Yanassa sobressaltou-se, arregalando os olhos.

— Você me daria toda essa riqueza? Mas eu nem sou do seu clã!

— De onde eu venho, família é uma questão de coração, não de laços de sangue. Você é minha amiga, a única amiga mulher que já tive. Isso tem muito valor para mim, vale mais do que a riqueza.

Yanassa chacoalhou a cabeça e inclinou-se para a frente para abraçá-la.

— Isso é muito acertado — disse ela no ouvido de Hanani. — Qualquer mulher pode enfrentar o mundo sozinha, mas por que deveríamos?

Hanani abraçou-a com força, tentando não desejar o que não era possível e notando que conseguia apenas em parte.

Finalmente, Yanassa a soltou, fungando e esfregando os olhos com uma manga de blusa perfumada.

— Bem. Mais um pouco disso e o exército vai deixar você para trás.

Hanani aquiesceu com a cabeça, incapaz de falar, e virou-se para terminar de arrumar as coisas. As sacolas estavam apenas parcialmente cheias quando ela terminou, embora houvesse colocado ali suas vestimentas do Hetawa, seus pequenos itens de higiene pessoal e ornamentos de cura, e os pacotes de ração que Yanassa trouxera do intendente da tribo para a viagem.

— E isso aqui? — perguntou Yanassa, erguendo a caixa que dera a Hanani para guardar as joias.

— É seu também.

— O quê? Você precisa delas... — Yanassa fez uma careta. — Ah, por Hananja, eles vão fazer você usar aquela roupa vermelha estúpida outra vez, não vão?

Hanani fez uma careta, consternada, mas lembrou a si mesma que esse era o perigo de fazer amizade com uma bárbara.

— Meu papel no Hetawa é o papel de um homem. Em Gujaareh, quando um homem segue o caminho de uma mulher ou uma mulher segue o de um homem, essa pessoa deve assumir uma aparência adequada.

Yanassa revirou os olhos.

— Eles pretendem te dar um pênis de barro também e grandes bolas de bronze? Lembre-se, Wanahomen vai ficar muito zangado se o seu for maior. E ele *vai* comparar, acredite em mim.

A ideia era tão absurda, a imagem que trazia à mente era tão ridícula — e a caracterização que Yanassa fizera de Wanahomen, tão exata — que Hanani não pôde deixar de rir.

— Não, claro que não!

— Muito bem, então. — Yanassa foi até uma das sacolas, abriu-a e jogou as joias de Hanani lá dentro. — Já vi os homens da sua terra: eles gostam tanto de enfeite quanto as mulheres. E aqui... os homens usam pintura nos olhos, não usam? Isso significa que você também pode usar. — Ela jogou cosméticos por cima das joias.

Hanani não sabia se ria ou se resmungava.

— Os homens *não* usam tintura nos lábios, Yanassa.

— Eles que comecem a usar, então!

Fechando o alforje, Yanassa foi até Hanani e pegou as mãos dela. Demorou um pouco para Hanani lutar contra o riso o suficiente para ver a seriedade no rosto da mulher banbarrana.

— Não se esqueça de si mesma quando voltar para aquele lugar — disse Yanassa, os olhos atentos. — Se você deve voltar para eles, volte nos seus próprios termos. Sirva à sua Deusa do *seu* jeito.

Hanani ficou séria e desviou o olhar.

— Está tudo bom e certo para os leigos — respondeu ela. — Mas sou um Servo de Hananja. Como eu posso quebrar a tradição, perturbar a ordem do Hetawa e ainda alegar que sigo o caminho da paz?

— Você nunca será um homem, Hanani, não importa o quanto aperte os seus seios. Você não *quer* ser um homem. E eles podem nunca aceitar você, não importa o quanto corretamente siga as regras deles e imite o comportamento deles. Então, por que você não deveria abraçar o que é? E servir de qualquer maldito jeito que quiser!

Hanani se calou, confusa com a ideia. Só então lhe ocorreu uma coisa: o que ela fizesse seria considerado um precedente se algum dia outra mulher procurasse se juntar ao Hetawa. Tudo o que fizesse, tudo o que alcançasse, estabeleceria o padrão.

E Yanassa estava certa sobre todo o resto. Ela tentara, repetidas vezes, fazer as coisas da maneira como seus colegas Compartilhadores as haviam feito. Ela se esforçara mais, treinara por mais tempo, humilhara-se e reprimira-se em um esforço para ser perfeita... e ainda assim Yehamwy tivera receio dela. Ainda assim alguns de seus companheiros a viam não como um Servo de Hananja, mas como uma mulher fingindo ser um.

Não havia paz em continuar fazendo algo que já se mostrara inviável. Às vezes a própria tradição perturbava a paz e apenas o novo podia suavizar o caminho.

Ouviu-se um dedilhar na aba da tenda e uma voz de homem chamar o nome de Yanassa.

— Estou aqui — gritou Yanassa, e um homem jovem, não muito mais velho que Hanani e com os mais belos olhos com cílios longos sob o véu, enfiou a cabeça para dentro. Ele falou alguma coisa em chakti e Yanassa aquiesceu. O rapaz inclinou a cabeça para Hanani também, depois se retirou.

— Ele é bonito, não é? — Yanassa sorriu para Hanani, que estivera observando. Ela corou.

— E-ele tem belos olhos.

— Ha! Tire os olhos desse aí, ratinha, ele é meu. O ceramista da tribo, então ele não *vai* para a guerra, graças aos deuses. Wana foi o último guerreiro com quem me envolvi e acabou me levando a ter essa ideia anos atrás. — Ela se afastou de Hanani e pegou um dos alforjes, indicando que Hanani deveria pegar o outro. — E os ceramistas podem usar muito bem as mãos no que se refere a outros tipos de artes...

Hanani arquejou, cobrindo a boca para sufocar uma risada.

— Yanassa!

— Bem, é verdade. — Com um sorriso presunçoso, Yanassa segurou a aba da tenda para Hanani. — Agora venha comigo e vou mostrar uma maravilha para você.

Hanani seguiu Yanassa pelo acampamento, acenando com a cabeça para os banbarranos com quem conversara ou a quem curara. Alguns ainda não respondiam ao seu cumprimento e várias mulheres jovens em particular a vinham ignorando desde sua primeira noite com Wanahomen. Mas houve mais pessoas que acenaram para ela do que pessoas que viraram as costas, e Hanani se surpreendeu ao perceber quantas ela passara a conhecer, mesmo que pouco. Estivera entre eles durante menos de um mês. Parecia muito mais.

Elas chegaram à saliência que dava uma ampla visão para o cânion, onde Hanani parou, admirada.

O cânion estava cheio de uma parede a outra e dos dois lados do rio de fileira após fileira de homens. O que ela estava vendo devia ser só uma porção do todo, pois eles estavam se locomovendo devagar enquanto saíam em fila do cânion para começar a viagem. Hanani quase conseguia sentir o cheiro da avidez deles para lutar, pairando no ar como a poeira levantada pelos cascos dos cavalos. Era uma sensação bastante perturbadora... e, contudo, Hanani não conseguia desaprová-la. Em vez disso, para sua grande surpresa, ela se sentia empolgada, esperançosa. Com certeza Gujaareh seria libertada com a ajuda daqueles guerreiros. Com certeza eles poderiam restaurar a paz no território por mais mil anos.

Yanassa lhe deu um susto terrível ao pôr a mão em alguma dobra invisível de sua roupa e pegar uma faca. Ela a ergueu sobre a cabeça e soltou um grito estridente e melodioso: "*Bi-yu-eh!*". Antes que Hanani pudesse entender o que ela estava fazendo, outros gritos se ergueram à sua volta e ela olhou ao redor e viu que a maioria das mulheres da tribo havia vindo se juntar a elas na saliência para ver o exército partir. Elas também ergueram armas e soltaram aquele grito sobrenatural.

Alguém tocou o braço de Hanani, e ela se virou e viu Hendet ao seu lado.

— Grite — falou Hendet em seu gujaareen baixo e aristocrático. — Pela vitória dos guerreiros. Pela paz e por poucas baixas, se isso a agrada mais, e por um fim rápido para essa bagunça toda. Pense nisso como uma prece... mas grite. — E, para choque de Hanani, Hendet também ergueu a voz em um grito mais profundo, embora não soasse menos bárbaro. Algo em suua.

Parecia um costume estranho, mas Hanani entendeu o significado dele. Ela não tinha nenhuma arma, uma vez que se recusara a levar uma mesmo depois do incidente com Azima. Essas coisas não tinham outro propósito que não causar dor, em sua opinião. Mas ela matara Azima apenas com a mão, não matara? A magia era tanto uma ferramenta útil quanto uma arma letal, nada diferente de uma arma, apesar de ser um presente da Deusa.

E então, hesitante, ela levantou a mão. Fechou os olhos, tomou fôlego, deixou de lado o decoro e se juntou à despedida das mulheres. Ela gritou o nome de Hananja e transformou a palavra em uma oração, pensando: *Permita que volte a haver paz em breve, para mim e para todas estas pessoas, e quando a Senhora tiver feito isso, não tire mais nada de mim.*

Quando ficou sem ar e os gritos das outras mulheres começaram a se dissipar, Yanassa segurou seu ombro. Curvando-se sobre as mãos para se despedir de Hendet, que respondeu à mesura com uma graça majestosa, Hanani e Yanassa correram para as escadas e desceram ao nível do chão. Tassa estava esperando ao lado do curral, segurando a rédea do cavalo selado de Hanani e parecendo ansioso. Ele e outros dois meninos logo ajudaram Hanani a amarrar os alforjes. Depois Hanani montou em Dakha, que bateu os pés, impaciente para ir embora com os companheiros. Os últimos guerreiros estavam começando a passar, seguidos pelos ferradores e pelos caçadores e por outros que haviam escolhido viajar com o exército para dar apoio.

Finalmente pronta, Hanani olhou para Yanassa e Tassa com um aperto na garganta.

— Yanassa...

Yanassa chacoalhou a cabeça.

— Sem despedida. Traz má sorte.

Hanani aquiesceu, mas não pôde resistir a pelo menos uma bênção, se não uma despedida.

— Ande na paz Dela no sonho e na vigília, Yanassa. Saiba que vou ver você de novo em um ou na outra.

Yanassa sorriu.

— Você vai me ver na vigília, garota boba. Quando Wana tiver a cidade de volta, pretendo ir lá para fazer negócios e ficar rica, e eu prometo, *vou* procurar você no seu Hetawa. É melhor você estar usando pelo menos brincos! Agora vá.

Engolindo em seco e endireitando a postura como convinha tanto a uma mulher de valor como um Servo de Hananja, Hanani virou-se e saiu cavalgando para se juntar ao exército.

40

ALIANÇA

Com o vento às costas e o cheiro das terras cultiváveis para guiá-los, o exército banbarrano chegou rápido em Sabesst, em meio aos sopés das colinas ocidentais de Gujaareh. Sabesst era o abismo ameaçador e coberto de pedras de um vale, com encostas íngremes e apenas a mais estreita passagem permitindo a entrada e a saída. O mito gujaareen dizia que Sabesst foi onde Merik, o deus que formou as montanhas, certa vez depositara suas ferramentas enquanto tirava uma soneca. Era um dos poucos lugares no sopé das colinas onde um exército poderia se formar em segredo.

Cavalgando à frente da coluna banbarrana, Wanahomen os conduziu pelo meio do acampamento dos seus aliados, tentando não escarnecer dos currais improvisados, das fileiras aleatórias de tendas, da minúscula forja que parecia mal preparada até para colocar uma ferradura. Os homens, pelo menos, foram a única coisa positiva que Wanahomen viu: havia talvez três vezes mais daqueles soldados do que dos seus banbarranos. Mas os primeiros que Wanahomen avistou eram um grupo deplorável. Nenhum dos homens dos nobres estava em formação ou fazendo exercícios de treinamento enquanto cavalgava. A maioria apenas veio olhar para os estrangeiros com uma curiosidade indisciplinada. Todos vestiam cores e emblemas variados, mostrando sua aliança com essa ou aquela família nobre; não houvera sequer uma tentativa de unificá-los com uma única faixa ou cor. Pior ainda, Wanahomen notou um número preocupante de soldados que eram velhos ou pouco mais que meninos. Alguns eram esqueléticos demais para erguer uma espada ou gordos demais para se sentarem em qualquer cavalo a não ser os maiores.

— É *isso* o que você pretende levar contra os kisuati? — perguntou Ezack em chakti, mas sabiamente manteve a voz baixa em todo caso, talvez para que os novos aliados deles não ouvissem o desdém em seu tom de voz. — Boa parte desses aí deveria ser mandada para o deserto para morrer e aliviar o fardo para os demais.

Wanahomen compartilhava do desdém do outro, mas não ousou se permitir pensar muito nisso. Aqueles soldados, por mais inadequados que fossem, eram tudo o que eles tinham.

— Muitos são contratados — comentou ele, e depois se explicou melhor quando Ezack pareceu confuso. O conceito de lutar por uma paga era desconhecido pelos banbarranos. — Não são verdadeiros guerreiros. São mais como escravizados: obedecem a qualquer um que possa alimentá-los.

Ezack fez um som de desgosto.

— Fazem os escravizados lutarem por eles? E *nós* é que somos chamados de bárbaros.

Olhando para mais longe, Wanahomen avistou alguns sinais de esperança. Nem todos os soldados haviam se aproximado quando os banbarranos chegaram. Um bom número permaneceu entre as tendas, observando. Esses homens estavam em melhor forma e havia algo mais do que uma curiosidade entediada em seus olhos. Eles observavam Wanahomen em particular, uma vez que ele era o único que vestia índigo à frente da coluna; os outros líderes de guerra estavam atrás com os seus próprios homens. Sabiam quem ele devia ser.

— Ali — disse Wanahomen para Ezack, tomando o cuidado de não olhar na direção dos homens de quem estava falando. — *Aqueles* são os guerreiros... homens da casta militar e outros que um dia fizeram parte do exército de Gujaareh. Eu esperava que fôssemos ver pelo menos alguns. Eles vão compensar o resto.

Calando-se, Ezack avaliou esses homens com mais atenção e endireitou-se um pouco, como que inibido.

Mais adiante havia um aglomerado de grandes tendas, cada uma em estilo gujaareen elaborado: feitas com tecido amarelo, com franjas de couro e fio dourado, três vezes maiores até mesmo do que a melhor tenda banbarrana. Com os olhos treinados por dez anos no deserto, Wanahomen não pôde deixar de sentir desdém por tamanho excesso. As tendas levavam horas para montar e desmontar e provavelmente tiveram de ser transportadas por vários animais de carga. O tecido leve e brilhante era bonito, mas deixaria entrar frio à noite e calor durante o dia.

No entanto, ele disciplinou a expressão quando o pano das tendas se agitou e seus aliados surgiram para saudá-lo. Havia mais pessoas do que ele esperara ver: quase vinte no total, de variadas idades e castas, embora a maioria elegantemente vestida e de porte digno.

— Então esses são líderes de guerra entre o seu povo? — perguntou outro dos seus homens.

— Eles são mais parecidos com líderes de tribo.

— O seu povo não sorri muito — comentou Ezack. — Não consigo distinguir o que estão pensando nesses rostos de pedra. Alguns desses aí parecem querer te matar.

Wanahomen sorriu.

— Alguns provavelmente querem.

— Ah, então eles têm bom senso.

Ignorando esse comentário, Wanahomen ergueu um punho para indicar parada para a coluna. Instantaneamente, seus auxiliares ergueram o punho também, e os líderes de guerra dos seus respectivos regimentos, e seus auxiliares, até que, em um espaço de algumas respirações, todos os mil homens haviam parado onde estavam. Satisfeito com essa demonstração de disciplina (cairia bem com os membros da casta militar), Wanahomen desceu do cavalo e deu um passo à frente.

Ele conhecia muitos daqueles rostos dos dias em que era o herdeiro escolhido de seu pai, embora se lembrasse apenas de um punhado de nomes. O resto, até onde ele podia dizer, eram nobres de menor importância ou empobrecidos, mercadores ricos, até mesmo um grupo de artífices e artesãos famosos. Ver tal mescla de pessoas o deixou tanto feliz como preocupado: cada um talvez houvesse trazido recursos extras para o exército, mas o que a sua presença significava de verdade? Quantos eram espiões de Kisua... ou, pior ainda, de outras terras, mantendo um olho nos assuntos do que um dia fora o reino mais poderoso do mundo? Ele também se preocupava que os infortúnios da ocupação houvessem se tornado mais extremos para o seu povo do que pensara. Só um grande sofrimento ou uma raiva justificada poderiam instigar tantos gujaareen a deixar de lado a Lei de Hananja.

Mas isso é uma bênção para mim. Venham, então: sigam-me e eu darei um bom uso para a dor de vocês.

— Saudações — cumprimentou Wanahomen. Ele levou a mão à cabeça para tirar o lenço e o véu e ficou satisfeito ao ver o reconhecimento instantâneo em vários pares de olhos. Sempre fora parecido com o pai, exceto pela altura e pela cor mais acentuada de sua herança shunha. Considerando que o pai fora filho de uma dançarina e, por conta disso, tivera a pele pálida dos baixa-castas, essa pequena vantagem sempre o deixou feliz.

— Meu Príncipe — falou um deles, um homem mais velho que se ajoelhou de pronto, fazendo uma manuflexão. A maioria dos outros seguiu o exemplo, embora não todos, notou Wanahomen. Ele sorriu para cada um dos que não se ajoelharam e viu desafio em alguns daqueles rostos, hostilidade descarada em outros.

— Meus amigos — disse ele, falando diretamente para esses últimos. — Não há necessidade de me chamar de *Príncipe*... não ainda. Não enquanto eu não me sentar diante da Auréola e receber a bênção da nossa Deusa. Até lá, sou apenas Wanahomen, um concidadão que compartilha do seu sonho de uma Gujaareh livre. — Aos que haviam se ajoelhado, ele fez um aceno de cabeça. — Por favor, levantem-se.

Houve uma agitação no grupo quando eles se levantaram, murmurando entre si, e por fim um homem que o Príncipe jamais conhecera deu um passo à frente.

— Eu sou Deti-arah, shunha, da linhagem de Mun-arah — apresentou-se o homem. — Seja bem-vindo, Pr... lorde Wanahomen. Por favor, venha se juntar a nós na tenda, temos muito a discutir.

Wanahomen aquiesceu e se virou para Ezack.

— Diga aos homens para montarem acampamento — falou ele em chakti. — Escolha algum lugar mais adequado, não gosto do formato deste vale. — Sobretudo porque estava cheio de pessoas em quem não confiava.

Ezack franziu a testa.

— Para além do vale, as nossas fogueiras e tendas poderiam ser vistas. Se você pretende manter este exército em segredo...

— Não importa mais. — Wanahomen olhou por todo o vale. Tantas milhares de pessoas, todas dispostas a lutar por ele. O rapaz não pôde deixar de sorrir e repetir as palavras em gujaareen para que todos entendessem. — A esta altura, os kisuati não têm nenhuma esperança de nos deter, mesmo que saibam exatamente onde estamos.

— Ah. — Ezack, que franzira o cenho, concentrado, enquanto decifrava o gujaareen, pareceu satisfeito ao ouvir aquilo. — Muito bem, então. — Ele se endireitou, fazendo o sinal para darem meia-volta. A coluna virou e começou a voltar pelo caminho por onde viera. Houvera uma colina de bom aspecto pouco antes de entrarem no Sabesst; Wanahomen desconfiava que era para lá que Ezack pretendia ir.

Mas, antes de saírem, quatro dos guerreiros da fileira da frente pararam seus cavalos e desceram, assumindo posições de guarda às costas de Wanahomen. Um deles era Yusir-Banbarra e outro era Charris, o que não surpreendeu Wanahomen; os outros dois eram banbarranos de outras tribos, o que o surpreendeu. Ele os fitou, surpreso, depois alçou o olhar e viu Ezack observando-o. Os olhos de Ezack se franziram em um sorriso antes que ele virasse o próprio cavalo e fosse embora.

— Seus aliados parecem bastante imponentes — comentou Deti-arah. Ele olhou aflito para os homens que flanqueavam Wanahomen. Charris ainda podia passar uma imagem impressionante quando queria, mas mesmo ele parecia pequeno quando comparado aos outros três, os quais Ezack parecia haver escolhido apenas pelo tamanho.

Wanahomen conteve o impulso de rir. Ele teria de elogiar Ezack depois.

— Eles podem ser.

Deti-arah concordou com a cabeça.

— Pois bem. — Ele ficou de lado e fez um gesto para Wanahomen ir na frente. Ele foi, e os guarda-costas banbarranos imediatamente o seguiram. Como ele desconfiara, isso deixou Deti-arah ainda mais nervoso.

— Milorde. — Deti-arah lançou um olhar significativo aos banbarranos.

Wanahomen fingiu um ar inocente.

— Certamente o senhor tem seus próprios guardas, não tem, lorde Deti-arah?

— Tenho, milorde, mas...

— Pois bem. — Dando um sorriso cordial, Wanahomen fez um gesto para os banbarranos o seguirem e entrou na tenda. Um instante depois, parecendo irritado, Deti-arah foi atrás, junto com vários dos outros nobres. A tenda logo ficou lotada com Charris e os três banbarranos presentes, mas Wanahomen andou até a mesa central com facilidade: as pessoas na tenda abriam caminho para ele.

Uma mulher jovem e alta estava àquela mesa dentro da tenda, olhando para o que parecia um mapa em um pergaminho. Wanahomen conseguiu evitar que suas sobrancelhas se erguessem ao vê-la, pois ela penteara o cabelo para trás em uma trança austera e usava uma vestimenta marcial: uma meia-armadura de couro frouxa para acomodar seus seios pequenos, o sobrepano masculino, botas, luvas de arqueiro, com uma adaga embainhada a um lado do quadril. Ela examinou Wanahomen com um olhar desconfiado e avaliador quando ele entrou; depois de um momento, ela fez um aceno vagamente respeitoso.

— Iezanem — disse Deti-arah, apontando para a mulher. — Da casta zhinha e da linhagem de Zanem.

— Castas zhinha *e* militar, milorde — corrigiu ela. — Em tese, a casta da minha mãe tem precedência, mas escolhi abraçar as duas na medida do possível. Meu pai me ensinou as habilidades que pôde. Você é Wanahomen.

Deti-arah parecia mais irritado ainda, embora fosse difícil dizer o que mais o ofendia: a reivindicação de Iezanem a duas castas, sua audácia em não esperar ser apresentada ou apenas sua presença. Ela era a mulher gujaareen mais pálida que Wanahomen já vira, com um cabelo cor de argila vermelha enferrujada e um pouquinho de sardas — e partes de pele queimada de sol — sobre a ponte do nariz. Ela também não era bonita, com quadril estreito, lábios tão finos que desapareciam quando falava e um nariz muito abertamente gujaareen para o resto nortenho do corpo dela. Então não era de admirar que ela fosse tão beligerante: mesmo entre os zhinha ela teria sido objeto de escárnio por sua aparência. Mas havia algo na combinação de força e defesa em seu comportamento que indiretamente lembrou Wanahomen de Hanani e o predispôs a sorrir para ela, o que a fez piscar com uma surpresa desconfiada.

— Eu sou Wanahomen. — Ele apontou com a cabeça para o mapa, que parecia ser das ruas de Gujaareh, e avançou em direção à mesa. — Já que analisou a situação, poderia me passar um resumo?

Ela o fitou de soslaio antes de dar uma batidinha no mapa.

— Nosso plano atual. Pensamos em nos aproximar da cidade pelo portão oeste ao pôr do sol, com a luz às nossas costas e depois com a escuridão a nosso favor para frustrar os arqueiros deles. Nossos agentes na cidade vão atacar os guardas do portão de lá de dentro, o que pelo menos vai distraí-los para nós podermos encontrar uma defesa fraca e colocar escadas para transpor o portão. Na melhor das hipóteses, claro, não haverá *nenhuma* resistência e o portão se abrirá para nós simplesmente entrarmos. — Ela deu um sorriso breve. — É nesse momento que começará a verdadeira batalha.

— Pelo palácio. — Ela acenou afirmativamente com a cabeça.

— As tropas kisuati vão recuar para o Yanya-iyan — falou outro homem. Ghefir, obsequiou a memória de Wanahomen, um primo distante da linhagem de sua mãe. Ele acenou para o homem em silencioso reconhecimento e Ghefir devolveu o aceno. — Uma oitava de dias atrás, quatro Protetores chegaram de Kisua para supervisionar a cidade. Os kisuati vão lutar até o último homem para protegê-los. Essa com certeza vai ser uma batalha difícil, mas é uma batalha que precisamos vencer. Kisua pagará um resgate alto para ter seus anciãos de volta ilesos, caso contrário seus próprios cidadãos vão ficar revoltados. Pegá-los como reféns vai ganhar esta guerra.

Wanahomen chacoalhou a cabeça, examinando o mapa.

— Não. O Yanya-iyan é um alvo ruim.

A expressão de Iezanem tornou-se instantaneamente derrisória.

— Ah, é? Nosso alvo deveria ser este, então? — Ela bateu com o dedo no distrito dos artesãos. — Ou deveria ser resgatar a casta servil primeiro?

— Servos, sim — disse Wanahomen. Ele ignorou o sarcasmo de Iezanem, sabendo agora o que era. Ela não era diferente dos homens mais jovens da tropa dele, todos apavorados e desesperados para provar seu valor. Alguns escondiam seu medo com beligerância; não havia mal nenhum nisso, contanto que aprendessem a não cruzar a linha de sua paciência.

— Nosso alvo deveria ser o Hetawa — afirmou ele. — O Yanya-iyan foi construído para se defender contra um ataque. Ele tem portões de metal que não são fáceis de escalar, portas que não dá para arrebentar rápido. Os arqueiros nos matariam quando descêssemos por qualquer avenida em direção ao palácio… as avenidas são estreitas com esse propósito… e, nas ruas menores, passariam carruagens para eliminar qualquer sobrevivente. Mesmo se o cercássemos, os depósitos do Yanya-iyan abrigam grãos e provisões para um vilarejo inteiro. Eles poderiam aguentar tempo suficiente para chegarem reforços de Kisua.

Ghefir franziu o cenho.

— Mas os Protetores…

— Precisam ser capturados, sim, concordo com isso. Mas existem outras maneiras de capturá-los. A grande fraqueza do Yanya-iyan está em seu tamanho e suas muitas entradas. Defender um portão contra um exército é fácil, mas defender cada porta de jardim, cada entrada de servos, cada centímetro de cada parede, contra infiltrados solitários? É muito mais difícil.

Ghefir arregalou os olhos.

— Assassinos? Você quer *matá-los*? — Ele soou horrorizado, e com razão. O próprio Wanahomen ainda era gujaareen o suficiente para se recusar a matar anciãos, embora pretendesse fazer isso e coisas piores se fosse este o caminho para a vitória.

403

— Não. — Wanahomen voltou a bater com o dedo no distrito do Hetawa, seu dedo se detendo sobre o próprio Hetawa. — Eu estava pensando em um tipo diferente de infiltrado.

Mas Deti-arah estava chacoalhando a cabeça.

— Você não ficou sabendo, então. Os kisuati levaram os Coletores como reféns há quase uma oitava de dias. Eles estão sendo mantidos no Yanya-iyan.

— Eles estão... — Wanahomen o encarou, depois começou a sorrir. Não pôde evitar. — Caramba, que oportunidade!

— Oportunidade?

— É! — Wanahomen inclinou-se sobre a mesa para esclarecer o que queria dizer; Iezanem recuou, como se sentisse repulsa pelo entusiasmo dele. — Uma distração, um lapso na guarda kisuati e os Coletores estarão livres. *Dentro* do Yanya-iyan. Nós deveríamos fazer todo o possível para facilitar que isso aconteça... e definitivamente vamos precisar da ajuda dos outros sacerdotes nesse caso. Eles podem conversar uns com os outros por meio dos sonhos. — Ele franziu a testa, pensativo. — Isso por si só seria valioso, se eles puderem nos ajudar a coordenar os nossos esforços. Mas o mais importante é que as pessoas vão se juntar em apoio ao Hetawa. Os kisuati podem lutar contra um exército, mas não contra uma cidade inteira.

A expressão de Iezanem passou de surpresa a consternação e depois a um reconhecimento relutante.

— O Hetawa tem um valor simbólico — comentou ela por fim. — Também daria uma boa base de operações, se os Servos permitirem. — Ela fitou Wanahomen, sua expressão tornando-se fria. — Eles permitiriam?

— Acredito que sim. — Ele olhou nos olhos dela, entendendo que eles sabiam de sua aliança com o Hetawa. Ótimo: eles que lidassem com aquilo também, se planejavam traí-lo. — Eles prometeram fazer o que fosse necessário para devolver rapidamente a paz a Gujaareh. Se isso significasse reduzir o Yanya-iyan a cinzas junto com todos os kisuati que estivessem lá dentro, então acredito que eles fariam.

Seguiu-se um momento de silêncio enquanto eles assimilavam aquilo.

— Sim — falou outro homem, que não fora apresentado e tinha a aparência de um mercador; ele olhava para Wanahomen, concordando com a cabeça, os olhos brilhando. — Sim.

— Pela Sonhadora nas alturas — disse Ghefir, enfim. — Começo a achar que isso pode mesmo funcionar. — As palavras romperam a tensão do momento; vários dos nobres reunidos riram nervosamente.

— Então existe mais uma questão importante a ser resolvida antes de abordarmos as infinitas questões menores. — Wanahomen fitou Deti-arah, Ghefir e Iezanem. Sanfi não estava presente; Wanahomen não se permitiu especular sobre o assunto. — Nenhum exército pode ser comandado por um conselho, por mais estimado que seja. E os banbarranos não vão seguir nenhum gujaareen que não seja eu.

Houve silêncio por mais um instante e depois Deti-arah deu-lhe um lento aceno.

— Nenhum de nós é guerreiro, a não ser Iezanem — declarou ele. — Sempre soubemos que ter você à frente traria poder. — Ele então olhou para Iezanem.

Iezanem parecia querer contestar aquilo, mas, quando Wanahomen dirigiu-lhe um olhar duro, ela suspirou.

— Nós vamos seguir o seu comando — assentiu ela. Ghefir acenou vigorosamente com a cabeça, concordando.

Um profundo senso de prontidão tomou conta de Wanahomen. Aquilo era o que ele esperara durante dez anos. Era o que a sua Deusa pretendia. Ele se surpreendeu de repente desejando que Hanani estivesse lá. Ela também conhecia o poder das bênçãos de Hananja. Teria sido bom compartilhar esse momento de paz com ela.

E então teria sido perigosa e tentadoramente fácil procurar a tenda dela mais tarde aquela noite na área dos seguidores. Não para fazer amor, não na véspera da batalha... mas ele também apreciava o simples conforto de conversar com uma mulher e talvez compartilhar seus sonhos com ela. No entanto, ele se despedira dela três noites antes no Merik-ren-aferu e conversar de novo com Hanani seria apenas embaraçoso para ambos. Ela sabia disso também, ele entendeu, pois não tentara vê-lo desde aquela noite.

— Então que seja — disse ele aos nobres reunidos. — Marchamos pela manhã. Se as Luas quiserem e os sonhos forem doces, Gujaareh logo será nossa outra vez.

Tendo dito isso, eles se reuniram ao redor da mesa e passaram as horas seguintes planejando.

41

PAZ ROMPIDA

No quarto dia do ano novo, o pôr do sol trouxe uma grande mudança a Gujaareh.

A batalha começou com um rumor de fim de tarde, que rapidamente se transformou em alarme. Uma trilha de poeira fora avistada contra o horizonte, diminuindo em vez de aumentar com a proximidade, e ela acabou se tornando por fim um exército passando dos poeirentos sopés das colinas para as áreas cultiváveis mais úmidas, depois acompanhando as veredas de irrigação rumo à cidade. Ele chegaria em uma questão de horas. Unidades kisuati que haviam se dispersado pela cidade para manter a paz responderam rapidamente quando os mensageiros trouxeram novas ordens do Yanya-iyan. Algumas foram até os muros para a defesa; outras se prepararam para defender os defensores, cientes de que a cidade representava um perigo maior do que o exército do lado de fora. Outras ainda foram ao Yanya-iyan, para lá organizarem as forças para a maior batalha de todas.

Quando os rumores se tornaram relatos confirmados, os cidadãos de Gujaareh saíram para as ruas, reunindo-se em mercados e parques e praças de dança. Muitos haviam levado armas ou ferramentas que poderiam servir como armas; a maioria não levara nada além de sua raiva.

Isso se mostrou formidável o bastante, uma vez que os soldados kisuati recuaram. Os soldados de má sorte ou lentos demais se viram cercados por turbas de cidadãos que apenas um mês antes teriam sido facilmente intimidados. Agora essas mesmas turbas espancavam homens até a morte ou os despedaçavam e carregavam os pedaços ensanguentados pelas ruas como troféu. O mesmo destino esperava quaisquer civis kisuati que não houvessem visto os sinais de alerta e fugido com antecedência. Lojas de mercadores foram saqueadas. As casas de vários negociantes foram queimadas com mulheres, crianças e pessoas escravizadas ainda lá dentro. Cidadãos gujaareen caíam também, principalmente por conta das espadas e facas e flechas dos soldados, mas havia muito, muito mais deles do que dos kisuati e, para cada gujaareen que morria, outros quatro vinham lutar no lugar dele ou dela.

E em meio às multidões raivosas andavam aqueles que estavam esperando exatamente por essa circunstância. Nos degraus do Hetawa, os Professores pregavam a turbas entusiastas e as exortavam a ser tão rápidas e decisivas quanto os Coletores em sua violência e a não prolongar o sofrimento dos inimigos mais que o necessário. No portão oeste, guerreiros da casta militar vestidos como cidadãos comuns atacaram os kisuati, encorajando multidões que gritavam a ultrapassar as posições defensivas. Dando um apoio silencioso, porém decisivo, as Irmãs de Hananja atiravam nos arqueiros kisuati a partir das entradas de lojas e cúpulas de timbalin. Seus confrades do Hetawa do caminho dos Sentinelas emboscavam e desarmavam reforços a partir das sombras das vielas, impedindo que os kisuati formassem uma defesa eficaz. Eles também salvavam das turbas os agora indefesos sobreviventes dessas emboscadas quando podiam, embora nem sempre fosse possível. O povo de Gujaareh estava zangado demais e não havia muita paz no coração deles.

Enquanto a escuridão chegava e as ruas ardiam, os últimos defensores do portão perderam para um grupo de meninos que mal haviam chegado à puberdade armados com tijolos e cacos de cerâmica quebrada. O portão foi imediatamente aberto e, em menos de uma hora depois, o primeiro de três mil salvadores começou a cavalgar pela cidade. A vanguarda era composta por bárbaros ferozes com vestes pálidas de deserto que brandiam espadas reluzentes e soltavam gritos crescentes de vitória enquanto se espalhavam pelas ruas. Esses gritos foram logo sufocados pelos aplausos dos próprios gujaareen à medida que o líder dos banbarranos avançava e se espalhava a notícia de que ali estava enfim o Avatar de Hananja. O Príncipe há muito perdido de Gujaareh: um belo jovem de aparência nobre carregando a espada do Sol da Manhã.

Ele parou o cavalo no centro de um mercado lotado, olhou para a multidão que o observava com a respiração contida e disse quatro palavras que percorreram todas as ruas e vizinhanças à velocidade do sonho:

— *Eu voltei para casa.*

* * *

Nesse mesmo instante, na parte leste da cidade, o professor Yehamwy estava em um dos passadiços sobre o muro do Hetawa com o Sentinela Anarim e dois outros membros do Conselho dos Caminhos, observando a fumaça e a luz de chamas do oeste se aproximar.

— Isso está saindo do controle — comentou Anarim.

— Como acontece com o caos — complementou Ni-imeh, das Irmãs. Ela e outras da sua irmandade, aquelas que não estavam lutando, haviam vindo para o Hetawa em busca de abrigo aos primeiros sinais de problema. — Você acredita que o Príncipe virá para cá primeiro?

— Essa foi a sugestão mandada para ele pelos sonhos — respondeu Yehamwy. — Não dá para assegurar nada, claro, sem o controle do sangue onírico. — Ele fitou o Compartilhador Anakhemat, que aquiesceu com um aceno cansado.

— Não podemos dizer até ele chegar à nossa entrada e, mesmo nesse momento, pode ser que nunca saibamos se a decisão foi resultado da nossa influência ou dos próprios desejos dele — pontuou o Compartilhador. — Os sonhos dele se tornaram mais nítidos ultimamente; tivemos que ser sutis. A narcomancia a distância sempre é difícil. E ninguém teve tempo de viajar para as fronteiras para reforçá-la, não em vários dias.

Ni-imeh aquiesceu.

— Devemos nos contentar com isso, então. Se ele não for visto buscando a nossa bênção para restaurar o seu governo, as desavenças entre o Hetawa e o Yanya-iyan podem jamais se resolver.

— Alguma notícia dos investigadores? — perguntou Yehamwy.

— Eles identificaram cinco linhagens maternas antes que essa coisa toda começasse — respondeu Anarim. Ele acenou para o horizonte reluzente. — Foram encontradas várias mulheres e meninas com consideráveis dons de sonho não treinados; só uma havia tido visões ou mostrado sinais de perda de controle. Mas mesmo o poder dela não era nada que pudesse explicar a praga. — Ele fez uma careta. — Infelizmente, com tanto caos na cidade, as investigações restantes vão atrasar.

— Ajudaria se nós colaborássemos com os seus esforços? — indagou Ni-imeh. — A Casa das Irmãs praticamente não sofreu danos com esses pesadelos. Nossas aprendizes e membros que têm a necessária habilidade narcomântica podem viajar disfarçadas em nome da segurança.

Yehamwy e Anarim se entreolharam, surpresos. Ni-imeh cerrou os lábios, ligeiramente irritada.

— Só porque *vocês* perceberam apenas agora o potencial das mulheres não significa que *nós* fomos tolas esse tempo todo.

A expressão de Anarim se suavizou, transformando-se no mais próximo de um sorriso que um Sentinela jamais se permitiria.

— Nós agradeceríamos qualquer ajuda, claro. Mas isso pode requerer viajar para fora da cidade. Várias das linhagens maternas são de famílias nobres ou camponesas, com residências nas terras cultiváveis ou em vilarejos rio acima.

— Não é dificuldade nenhuma... — Ni-imeh parou de falar, espantada, quando um barulho interrompeu a relativa quietude do pátio do Hetawa. Ao se virar, eles viram um menino novo demais para servir como acólito correndo pela lajota o mais rápido que suas perninhas conseguiam levá-lo. Mesmo do alto do muro podiam ouvir a criança chorar enquanto corria.

— O que em nome dos pesadelos? — Yehamwy deu um passo à frente e puxou o fôlego para chamar o menino. Foi impedido pelo Sentinela Anarim, que estendeu o braço e cobriu com a mão a boca do colega sem nenhuma cerimônia.

410

— A Casa das Crianças — falou Anarim. De onde estavam, eles podiam ver a Casa na outra extremidade do comprido pátio do Hetawa, em frente ao Salão de Bênçãos. Embora a maior parte das janelas da Casa devesse estar escura — as crianças iam dormir pouco depois da dança-oração e do banho — eles podiam ver lamparinas se movendo pelo prédio e, quando o vento mudou de direção, puderam ouvir os gritos de medo das crianças lá dentro. Um instante depois, outro vulto saiu correndo pelo portão da Casa. Esse era mais alto, um dos adultos da Casa.

— Atenção, kisuati! — gritou ele enquanto corria. O volume de sua voz foi um choque contra a quietude do Hetawa; eles o fitaram, até mesmo Anarim paralisado em uma espécie de descrença horrorizada. — Na Casa das Crianças, soldados kisuati...

Mais vultos correram atrás dele. Todos eles ouviram o zunido agudo de uma flecha quando foi atirada; um instante depois, o Professor ficou em silêncio e caiu no chão.

— Ah, pela Deusa — sussurrou Ni-imeh.

Yehamwy levou uma mão trêmula à boca.

— Bahal, aquele era o jovem Bahal, ele era aprendiz de Deshephemun...

— Entrem — disse Anarim. — Vão para o Salão de Bênçãos; falem para todos que virem para se reunirem lá. Pode ser que queiram apenas as crianças.

— Apenas as crianças? — Anakhemat pareceu horrorizado. — O que você está dizendo?

— Estão fazendo as crianças de reféns. Eu e meus irmãos vamos cuidar disso. Agora vão!

— Mas... — Yehamwy deu um passo, mas parou, indeciso. — Anarim, a maioria dos seus confrades está... — Ele olhou em direção à parte oeste da cidade, onde o Yanya-iyan se erguia sobre os tetos.

— Sobraram oito de nós — falou Anarim com um rápido sorriso apertado. — Uma oitava de Sentinelas de Hananja é um exército. — E ele entrou correndo nas sombras antes que eles pudessem protestar outra vez.

★ ★ ★

411

Havia algo em lorde Sanfi enquanto ele se prostrava na sala do trono do Yanya-iyan, mais tarde renomeado como Salão dos Protetores, que fazia Sunandi pensar em crocodilos.

— Um mal-entendido, ou talvez até uma calúnia sórdida — dizia o lorde. Ele estivera de joelhos quase desde o momento em que entrou. Era isso, entre observações lembradas da noite do jantar, que dava a ele um comportamento reptiliano aos olhos de Sunandi. A facilidade com que ele se humilhava, como se seu orgulho fosse só mais uma ferramenta em um vasto arsenal usado para manipular aqueles à sua volta. O modo como examinava os rostos do seu público, interpretando-os em busca de fraquezas. A rápida olhada em Sunandi, avaliando-a e rejeitando-a de repente. Ela não lhe era mais útil; ele buscava uma presa mais valiosa.

— É o que o senhor diz, lorde Sanfi — falou a Protetora Yao. Ela também parecia não gostar dele. — Mas ouvimos testemunhos de mercadores estrangeiros de quem o senhor comprou armas e outras mercadorias de guerra. Que desculpa pode dar para isso?

— Só a de que sou inocente, Estimada — respondeu ele. Falava em suua fluente, mas havia uma inaptidão na maneira como usava as formas suplicativas. Claramente não estava acostumado com elas. — Se isso puder convencer a senhora quanto à minha inocência, sei de outros entre os meus companheiros que podem ter transgredido…

Sunandi ouvira o suficiente, revoltada com a traição descarada do homem. Tiaanet, concluiu ela, faria bem de matar o pai e assumir a linhagem antes que ele os constrangesse ainda mais.

— Com todo o respeito, Estimada — disse ela, interrompendo Sanfi —, não temos tempo para isso. O último informe do portão oeste era de que poderia cair a qualquer momento. Vamos prender esse homem, com a mulher e as filhas, se isso for do agrado dele, e dedicar os nossos esforços à defesa.

Mama Yao concordou com a proposta, assim como Sasannante, mas Aksata esfregou os olhos, parecendo entediado e exausto. Todos eles estavam exaustos. Fora Aksata quem insistira que os Protetores tomassem a sala do trono, colocando suas próprias cadeiras onde o assento em formato de ferradura do Príncipe do Ocaso estivera um dia sozinho. Os servos do palácio vinham servindo comida fria e perdendo roupas — e "acidentalmente" fazendo barulhos altos tarde da noite — desde então.

— Não é preciso se preocupar, Oradora — declarou Aksata, dominando o seu humor o suficiente para sorrir para Sunandi. — O portão oeste não é uma grande perda. Na realidade, já mandamos ordens para o seu marido para recuar e trazer o restante das forças militares para cá.

— Entendo. — Sunandi franziu a testa, tentando sem êxito compreender qualquer estratégia que Aksata pudesse estar planejando. — Então, Estimado, esse príncipe gujaareen e os seus lutadores vão entrar na cidade. Eles vão ter condições de atacar o próprio Yanya-iyan a essa altura.

— Sim, eles vão — concordou Aksata, e trocou um breve sorriso com Moib, que deu uma ligeira risadinha. — Isso serve aos nossos propósitos no momento.

Sanfi ouvia com atenção ao pé da plataforma; Sunandi notou a testa dele levemente franzida, embora ele continuasse de joelhos. Ela quase achou graça de ver sua preocupação, considerando que ele acabara de se oferecer para entregar os próprios aliados, mas isso não lhe causava nem metade da preocupação que lhe causava a ideia de suportar um cerco.

Mas, antes que ela pudesse formular uma pergunta que não fosse irritar ainda mais o Protetor Aksata, havia vozes altas à porta da câmara. Um instante depois, a porta se abriu e um dos guardas do palácio entrou às pressas, parando ao lado de Sanfi e ajoelhando-se para dar a informação.

— Estimados e Sábios, me perdoem pela intrusão, mas o meu comandante me mandou informá-los de que estamos sendo atacados — disse ele. O suua dele tinha um toque de sotaque rústico de região florestal: um baixa-casta. — Eles já estão dentro do palácio. Todos os arqueiros da primeira fileira estão mortos… Acreditamos que eles entraram com as tropas que recuavam, usando os uniformes dos nossos homens…

— Espere — falou Mama Yao, franzindo o cenho. — Como é que eles podem estar dentro do palácio? O Príncipe e o seu exército de traidores ainda estavam no portão da cidade no último informe…

— Não é o pessoal do Príncipe! — interrompeu o soldado, claramente se esquecendo dos bons modos. — Não sei quem são. Eles vieram disfarçados entre os nossos, como eu disse... Encontramos trinta membros da guarda de proteção mortos sem nenhum ferimento que sangrasse, mas com muitos pescoços quebrados e gargantas esmagadas. Ninguém sequer os ouviu dar o alarme! E agora os homens com as roupas deles estão... — Parou de falar, chacoalhando a cabeça. — Alguns dizem que eles sobem pelas paredes como escaravelhos. — Ele olhou para o teto da sala do trono, como que para se certificar de que não havia ninguém ali.

Sunandi estremeceu, sentindo um calafrio na nuca ao compreender.

— Sentinelas — murmurou ela. — Sacerdotes do Hetawa.

Moib franziu a testa.

— Os responsáveis pela guarda? Me falaram que só os Coletores...

— Os Sentinelas *treinam* os Coletores, Estimado — explicou Sunandi. Era tremendamente indelicado interromper um ancião, mas ela tinha de encontrar uma maneira de transmitir para eles o quanto aquele acontecimento era desastroso. Era uma possibilidade que ela própria jamais previra; ela também pensara nos Sentinelas como defensores em vez de agressores. Mas isso fora loucura de sua parte, pois Nijiri a alertara. A cidade inteira era a tempestade que ele invocara e seus confrades eram os relâmpagos prontos para atacar.

Sunandi avançou para se postar ao lado de Sanfi.

— Eu já vi um Coletor desarmado quebrar o braço com o qual um soldado montado segurava uma espada com o que pareceu um golpe de raspão... e eles são os lutadores mais fracos. É aos Sentinelas que eles confiam a missão de caçar os Coletores quando eles ficam loucos e se transformam em Ceifadores. Eles não têm magia, mas têm armamentos e seu único propósito é lutar.

— Mas nós temos quase toda a força militar que trouxemos de Kisua — pontuou Sasannante. Ele se sentou, franzindo o cenho. — Espere, quantos desses sacerdotes guerreiros existem?

— Dezenas ou centenas. Ninguém a não ser o Hetawa sabe com certeza — respondeu Sunandi, chacoalhando a cabeça. — Estimados, os senhores deveriam vir: existem lugares mais seguros para se esconder do que este.

Mama Yao ficou indignada.

— *Esconder?*

— É — disse Sunandi. Ela queria gritar a palavra. — Podemos nos esconder ou ficar aqui e lutar contra um inimigo desconhecido, de força desconhecida, e esperar ter sorte suficiente para vencer. Qual a senhora prefere?

Mama Yao retorceu a boca meio desdentada, mas enfim olhou para os companheiros. Aksata tinha a expressão de quem gostaria de ter objetado, mas Sasannante e Moib se levantaram de imediato. Quando eles desceram da plataforma, foram cercados por soldados e Sunandi lhes deu ordens para levá-los ao jardim do Yanya-iyan, o ponto mais defensável do palácio.

E enquanto andavam, Sunandi prometeu a si mesma que, quando fosse anciã, *ouviria* os mais jovens à sua volta. A juventude não tornava uma pessoa estúpida, e a verdadeira sabedoria era nitidamente algo que até os anciãos tinham de se esforçar para alcançar.

Às costas do grupo, enquanto saíam, o lorde shunha Sanfi fugia, despercebido.

* * *

Das profundezas da contemplação, o Coletor Rabbaneh sentiu a presença de novos sonhadores atrás de sua porta. Quatro onde antes havia um… e outros quatro para Nijiri, e outros quatro para Inmu, e mesmo uma quadra para o Superior. E mais quatro além desses, rodando no corredor além da suíte de convidados. Tudo aquilo apenas para dominar três Coletores? Rabbaneh quase soltou uma gargalhada.

A porta se abriu. Rabbaneh abriu os olhos, prestando atenção enquanto três dos soldados silenciosamente se espalhavam pelo pequeno quarto, flanqueando-o. O quarto… Rabbaneh sentiu cheiro de couro e de metal recém-forjado e ouviu o chocalhar de algum tipo de dobradiça ou mecanismo de fechadura. Então era isso o que eles estavam tramando.

Ah, Ehiru, meu amigo, você deu um susto muito grande nessas pessoas dez anos atrás. Elas pensam que todos nós somos pouco melhores do que Ceifadores. Só por esse motivo vou ter que ensinar uma lição a elas…

— Coletor Rabbaneh? — Esse era o jovem soldado que o vigiara naquela última quadra de dias. Rabbaneh passara a ter afeição pelo jovem, que nasceu artesão como o próprio Rabbaneh, de uma ilustre família de cantores em Kisua. Ele fizera a gentileza de compartilhar alguns de seus cantos com Rabbaneh durante as refeições. Rabbaneh tomaria o cuidado de não o machucar tanto como os outros.

Ele se levantou e se virou para encarar o rapaz, que segurava uma engenhoca horripilante de ferro e couro projetada para prender as mãos de Rabbaneh com os punhos cerrados. Uma cangalha de ladino de algum estilo kisuati. Havia toda espécie de rebordos e trancas naquela coisa; Rabbaneh desdenhou da simples feiura do objeto.

— Suponho que seja para mim.

O jovem soldado confirmou com a cabeça, engolindo audivelmente em seco. Ele lançou um olhar aos companheiros, todos preparados de espada em punho, e por fim voltou a encarar Rabbaneh.

— Sinto muito, Coletor, mas são ordens dos Protetores. Com tudo o que está acontecendo...

Um dos outros homens, um soldado mais velho e talvez o superior do rapaz, rosnou alguma coisa para ele em suua. Rabbaneh, cujo suua era cerimonial na melhor das hipóteses, presumiu que o homem estivesse falando para o jovem andar logo com aquilo.

Esse primeiro, então.

O soldado não havia terminado de repreender o garoto quando Rabbaneh enfiou a mão nos olhos do homem. Em vez de pousar os dedos delicadamente sobre as pálpebras do sujeito, ele golpeou com força. Enquanto este gritava e punha as mãos sobre os olhos, Rabbaneh agachou-se bem para ficar abaixo do nível da espada do soldado à sua esquerda... não que as espadas fossem uma grande ameaça em um espaço tão limitado, especialmente quando os homens haviam se espalhado de uma forma tão conveniente para ele. Um pouco ofendido que houvessem vindo tão mal preparados ao encontro de um Coletor, Rabbaneh atingiu o joelho do soldado um tanto mais forte do que o estritamente necessário. O som da junta se quebrando foi perturbadoramente alto, como um galho de árvore se rompendo com o vento. O grito do soldado foi ainda mais alto e se juntou de modo bastante cacofônico ao do seu companheiro que tivera os olhos arrancados.

Eu deveria tê-los silenciado, pensou Rabbaneh com uma culpa tardia. *Sonta-i teria me repreendido tanto se estivesse aqui...*

O terceiro soldado estava vindo em sua direção agora, a espada já erguida e o rosto contorcido de raiva. Isso o tornou o alvo mais fácil, pois ele não era diferente das centenas de homens violentos que Rabbaneh Coletara ao longo dos seus vinte e dois anos de serviço. Três socos rápidos no rosto e o homem caiu no chão, atordoado e meio cego. Não havia nenhuma razão verdadeira para colocá-lo para dormir depois disso, mas Rabbaneh o fez de qualquer maneira para ser minucioso.

Quando esse soldado caiu — a coisa toda demorara o intervalo de três respirações profundas —, Rabbaneh se virou para encarar o soldado mais novo. O rapaz não se mexera durante o ataque a não ser para dar um passo para trás e começar a tremer como um junco.

— Sinto muito — disse Rabbaneh, tornando sua voz tranquilizadora. — Foi necessário... — Ele parou, surpreendido, quando uma lâmina curva saiu do meio do peito do jovem.

— Coletor — falou o rapaz de maneira abrupta, depois olhou para o próprio peito com igual surpresa antes de cair para a frente, morto. Quando ele caiu, Rabbaneh viu que mais dois soldados kisuati estavam passando pela porta, empurrando um ao outro e gritando para os colegas, em pânico.

Se eles haviam confundido o garoto de costas com Rabbaneh ou se o garoto apenas estava no caminho deles, Rabbaneh jamais saberia. Ele os atacou antes que houvessem acabado de entrar, cobrindo os rostos dos dois com as mãos e inserindo pura fúria em suas mentes despertas. Tal foi a força da fúria do Coletor que eles gritaram quando suas almas se desprenderam; Rabbaneh não se importava para onde aquelas almas iriam. Ele deixou os corpos caírem e precipitou-se pela porta para matar o resto, para matar todos eles, que se danasse a paz...

O golpe que percorreu seu corpo tirou-o do estado de fúria. Ele tentou se virar, desviando uma espada que descia em direção ao seu rosto quase sem pensar, mas achou seus movimentos atravancados de um modo estranho. Então veio outra daquelas curiosas sensações destoantes e ele estava livre para se mexer de novo.

O soldado que estava atrás dele — logo a um lado da entrada, Rabbaneh não o vira — deu um passo atrás, erguendo a espada para brandi-la de novo. Ela já estava manchada de vermelho.

Rabbaneh ergueu um punho para atacar o soldado, mas seu braço se moveu devagar, como que em um sonho. Isso era uma bobagem porque, em um sonho, ele tinha controle total e o movimento era uma simples questão de vontade focada...

Outro golpe destoante. Rabbaneh virou o rosto, ainda admirado com sua lentidão, e viu outro soldado completando uma estocada. A mão dele segurava o cabo de outra espada, cuja ponta estava enfiada entre as costelas de Rabbaneh, logo ao lado do esterno.

— Rabbaneh! — A voz de Nijiri, perturbadoramente alarmada. A cabeça do soldado que acabara de golpear Rabbaneh de repente girou em um ângulo desagradável. Ele voou para o lado, deslocando a espada no processo. Rabbaneh sentiu um impulso completamente inapropriado e desrespeitoso de rir ao ver a expressão de surpresa no rosto do cadáver, mas, no momento, estava mais preocupado com a sua súbita incapacidade de ficar de pé. Ele conseguiu cair de joelhos com algo semelhante a graça, mas depois não conseguiu evitar uma queda de lado, esparramando-se de um modo desajeitado e embaraçoso.

Então Nijiri apareceu, e Inmu também, os dois parecendo assustados e ansiosos. O Superior também, atrás deles, todos fitando-o, alarmados. Mas por quê? O problema dos soldados havia sido resolvido. Eles estavam livres.

— Os Protetores... — começou a dizer Rabbaneh, e em seguida se deu conta de que esquecera o final da frase. Os protetores o quê?

— Rabbaneh-irmão. — Inmu, ainda tão jovem mesmo após sete anos de Coleta, parecia estar prestes a chorar. — Nijiri, você não pode...

— Não sou Compartilhador — disse Nijiri, o rosto mais sombrio que de costume. — Cortes pequenos talvez eu pudesse curar. Isso não, não antes que a vida dele se esvaia.

Inmu sufocou um soluço. Rabbaneh abriu a boca para lembrar Inmu que tal histrionia era imprópria para um Coletor. E eles tinham problemas mais importantes com que se preocupar, como... como... o quê? Ele não conseguia se lembrar. Estava tão difícil de respirar.

— Então só há uma coisa a ser feita — retorquiu Inmu. Quando Nijiri desviou o olhar, a expressão de Inmu passou de dor a resignação e Rabbaneh ficou impressionado de testemunhar a transformação do seu tímido e desafortunado irmão de caminho mais novo em um Coletor de Hananja.

— Meu irmão — murmurou Inmu, estendendo a mão para afagar a bochecha de Rabbaneh. — Você serviu bem a Hananja. Tenho certeza de que Ela espera para te dar as boas-vindas. — Ele engoliu em seco. — Transmita o meu amor ao irmão Sonta-i, por favor.

Ele pousou a ponta dos dedos nas pálpebras de Rabbaneh, que não viu mais nada na vigília.

42

RETORNO

Viajando com os outros apoiadores na retaguarda do exército, Hanani entrou em Gujaareh pela primeira vez em um mês. Não parecia nem um pouco com a mesma Gujaareh que ela deixara para trás.

Ela não podia enxergar por causa da fumaça. Um arsenal kisuati próximo ao portão oeste fora consumido pelo fogo, a parte de madeira desmoronando para dentro, só as paredes rebocadas com barro e manchadas de preto ainda de pé. À distância, ela pôde ouvir gritos, berros, os ocasionais vivas de uma multidão. Dakha recuou de forma abrupta, sacudindo a cabeça ao contato com a fumaça e contornando para evitar alguma coisa no chão. Hanani parou o cavalo e conteve a respiração quando olhou para baixo e avistou os olhos já sem visão de um soldado kisuati. Era apenas um de várias centenas de corpos espalhados ao redor da praça do portão.

O banbarrano ao lado dela, um homem da idade de Unte, pôs uma mão calejada no braço de Hanani e disse algo tranquilizador em chakti. Ele era um dos artesãos que haviam vindo para ajudar os soldados, algum tipo de forjador de armas. Ele e vários outros dos homens banbarranos haviam se mantido protetoramente perto de Hanani ao longo da viagem, embora nenhum deles fosse guerreiro nem estivesse armado com outra coisa além da faca-padrão que todos eles pareciam carregar. Ela acenou para ele, grata pelo consolo, apesar de ter pouco efeito enquanto ela olhava em volta para aquele pesadelo escabroso que um dia fora chamado de Cidade dos Sonhos.

Mas, à medida que eles avançavam para além do portão e entravam nas avenidas que os levariam até a metade leste da cidade, Hanani viu com alívio que a destruição não era tão grande quanto temera. Não havia nenhum outro prédio em chamas, embora ela visse várias lojas que pareciam ter sido vandalizadas. A maioria das janelas das casas estava escura, porém Hanani vislumbrou pessoas nelas, espiando os cavaleiros através das cortinas. Os mercados não estavam tão pacíficos: havia mais corpos ali e, quando passaram debaixo de um arco ainda enfeitado com coloridas fitas de solstício, Hanani viu um soldado kisuati correndo em uma rua paralela. Ele foi seguindo um instante depois por dez ou quinze jovens gujaareen que gritavam.

O distrito à margem do rio estava em silêncio quando atravessaram uma das pontes, o fedor familiar de peixe quase perdido sob o cheiro de fumaça e cavalos. Quando entraram no distrito dos artesãos, a coluna da frente diminuiu o ritmo de repente e o grupo de Hanani parava de tempos em tempos enquanto o exército prosseguia devagar. Só então Hanani percebeu que o exército devia estar se reunindo na Praça do Hetawa, a única área aberta nessa parte da cidade grande o suficiente para abrigá-los como um grupo unido. Com efeito, quando eles entraram na praça, Hanani viu que os soldados estavam se unindo em grupos organizados, com escudeiros nas partes mais periféricas e arqueiros nos telhados das casas e prédios mais próximos. Um punhado de bigas de guerra, ágeis e reluzentes, subiam e desciam ruidosamente as ruas dos arredores, patrulhando.

Havia pessoas comuns ali também: homens e algumas mulheres de todas as idades e castas, espreitando nas beiradas do ajuntamento. Hanani vislumbrou mais gente para além da praça e em aglomerados nas esquinas e em portas abertas. Um bando de meninos, que mal haviam chegado à idade da escolha, foi correndo até um dos cavaleiros gujaareen e começou a implorar em voz alta para se juntar ao exército. Os adultos que Hanani podia ver estavam mais reticentes, alguns esticando o pescoço para ver Wanahomen, alguns apontando para os banbarranos. Outros cochichavam entre si tapando a boca com a mão, os olhos brilhantes com alguma espécie de entusiasmo e expectativa que Hanani teria achado assustadora pouco tempo antes. Agora, apesar de ainda perturbá-la, ela entendia o que via nos olhos das pessoas. Não era diferente da fúria justificada de Mni-inh sempre que ele sentia que haviam procedido mal com Hanani ou da determinação que fez Wanahomen atravessar a escravidão e a traição. Não havia paz em tal arrebatamento e ela sabia com precisão como poderia ser perigoso se fosse desenfreado, mas tampouco os sentimentos perturbadores em si eram corruptos. Era tudo uma questão de quando e como eram expressos.

Mas quando Hanani contemplou o arenito do Hetawa outra vez, achou seu coração cheio de alegria e inquietação. Aqui era o seu lar. Aqui estavam seus irmãos, sua única família. Será que eles a receberiam de volta, maculada como estava por juramentos descumpridos e costumes banbarranos? Será que poderiam curá-la de alguma maneira da dor da morte de Mni-inh e da vida que ela tirara? Ou será que dariam uma olhada no que ela se tornara, levantariam as mãos e pediriam aos Coletores que acabassem com o seu sofrimento?

Uma agitação entre as fileiras de soldados à sua frente a distraiu de seus pensamentos. Um instante depois, eles abriram caminho e um homem com roupas banbarranas castanho-claras entrou com o cavalo em seu campo de visão. Algo familiar na postura de seus ombros lhe revelou quem ele era mesmo antes que ele a avistasse e parasse.

— Compartilhador-Aprendiz — disse Charris. — O nosso Príncipe ordena que você venha para que ele possa acompanhá-la até em casa.

Surpresa, Hanani ficou paralisada por uma respiração ou duas. Nunca lhe ocorrera que Wanahomen pudesse fazer isso naquele momento. Não houvera nenhuma luta até aquele ponto; suas habilidades como curadora não haviam sido necessárias. Era isso, então? Ela não tinha mais utilidade e agora Wanahomen queria se livrar de uma responsabilidade indesejada?

Mas não, ela estava sendo tola. Wanahomen fora até ali, ao Hetawa em vez do Yanya-iyan; deveria haver alguma razão estratégica para a visita. E era só uma questão de prudência devolvê-la enquanto podia. Engolindo a ansiedade, Hanani aquiesceu e impeliu o cavalo a andar com o de Charris.

Em silêncio, Charris conduziu-a pela coluna de guerreiros até chegarem à frente, ao pé dos degraus do Hetawa. Ela avistou Wanahomen de imediato, pois ele descartara o lenço e o véu e descera do cavalo. Ele se virou do escrutínio com que observava a porta de bronze quando Hanani e Charris se aproximaram; o aceno de saudação dele foi informal, porém impessoal.

— Obrigado, Charris. Por favor, traga as sacolas dela.

Os olhos dele passaram para Hanani e se demoraram ali por mais um instante. Ela o viu flexionar um músculo do maxilar; havia uma imensidão de palavras nos olhos dele. Mas, em vez de dizê-las em voz alta, ele estendeu uma das mãos para ela e falou apenas:

— Compartilhador-Aprendiz.

Ela foi inexplicavelmente desajeitada ao desmontar do cavalo, levando duas tentativas para enfim descer da sela. Quando foi até ele, tropeçou, embora não houvesse obstáculos no chão. Wanahomen deu um passo à frente e segurou o braço dela, apoiando-a até que conseguisse se firmar. Quando ela alçou o olhar, ele a estava observando.

— Príncipe... — A garganta dela estava seca; mal conseguiu pronunciar aquela palavra. O que havia de errado com ela? Não o amava. Ele fora o que ela precisara, um amigo em um momento de perda, e nada mais. Por que se sentia pior agora do que se sentira ao deixar Yanassa?

Wanahomen suspirou ao ver a confusão no rosto dela e pôs um dedo nos lábios da jovem.

— Não diga nada — murmurou ele apenas para os ouvidos dela. — Ou eu posso ficar com você e vamos ter uma nova guerra nas mãos. — Ele falou com doçura e sorriu ao falar, mas, pelo mais breve espaço de uma respiração, Hanani sentiu a tensão no aperto da mão dele em seu braço. De repente ela entendeu: se pedisse, ele cumpriria o que dissera e ficaria com ela, independentemente do que pudesse significar para o reino recém-conquistado.

Era isso o que Yanassa tentara lhe dizer sobre Wanahomen, e não era nada além do que Hanani vira por conta própria. Não havia meio-termo com ele. Ele odiava e amava com a mesma ferocidade e podia ser perigoso em qualquer dos extremos. Não era loucura no sentido habitual, mas *era* uma versão menor da mesma insensatez que destruíra o pai dele.

Saber dessas coisas não tornou mais fácil sorrir de volta, como se ele houvesse realmente feito só uma piada. O lento e resignado esmaecer do próprio sorriso dele deixou um gostinho de culpa nos lábios dela.

— Me leve para casa, Wanahomen — disse ela. Depois de um longo instante, ele inclinou a cabeça, soltou-a e virou-se para subir os degraus com ela. Charris seguiu atrás, carregando os alforjes de Hanani no ombro.

A grande porta de bronze do Hetawa foi destrancada com um som que ecoou pela praça, abrindo-se para revelar escuridão no interior. Hanani manteve-se olhando para a frente, a cabeça erguida, embora seu coração estivesse acelerado e sua mente, vazia. Eles pararam no meio do caminho, Wanahomen detendo-se para desatar a pesada espada de bronze do quadril. Pôs a espada no degrau à sua frente, então desatou o cinto e a bainha de sua faca banbarrana e colocou-os ao lado dela. Erguendo as mãos para que todos pudessem ver que ele fora ao Hetawa com a reverência apropriada, ele deu um passo à frente.

Duas flechas saíram zunindo da escuridão da boca do Hetawa. Uma atingiu o peito de Wanahomen; a outra, a coxa direita.

O choque no rosto de Wanahomen foi total. Correspondia ao horror de Hanani quando ele deu um passo atrás, cambaleando, depois caiu de joelhos devagar. Mas foi o grito massivo dos guerreiros e dos cidadãos ao redor que preencheu o silêncio, e a fúria deles que instantaneamente consumiu a Praça do Hetawa.

* * *

Os soldados kisuati haviam tomado o Hetawa de Hananja com uma facilidade surpreendente. A única resistência veio de um punhado de Sentinelas que atacou enquanto as forças de Bibiki agrupavam as mais ou menos cem crianças da Casa no pátio, para de lá serem conduzidas ao Salão de Bênçãos. Os sacerdotes haviam sido rápidos, silenciosos e totalmente letais, atacando os soldados e massacrando-os às quadras apesar de os soldados estarem em uma vantagem numérica de dez para um. As crianças haviam aplaudido; por algum tempo, parecia que eles poderiam vencer. Bibiki os detivera com um simples gesto, ordenando que seus arqueiros mirassem nas crianças amontoadas nas lajotas do pátio. Os Sentinelas paralisaram. A ordem seguinte de Bibiki voltou as flechas para eles.

Tiaanet, carregando Tantufi, e Insurret estavam entre os kisuati àquela altura, junto com talvez outros trinta "convidados do Protetorado". Tiaanet reconheceu vários dos reféns, mas apenas dois eram de famílias envolvidas na conspiração: Orenajah, uma anciã zhinha, tia de Iezanem, e Uayad, o filho de oito anos de Deti-arah. Orenajah estava ereta e irritada, andando apenas quando os soldados a forçavam. Uayad estava se esforçando muito para ser corajoso, mas quando os Sentinelas caíram, Tiaanet o viu secar depressa os olhos com um punho.

Com os Sentinelas mortos, os homens de Bibiki conduziram os reféns pelo complexo de prédios, com pequenos destacamentos de soldados se separando para vasculhar cada prédio e capturar ou matar qualquer membro do templo que encontrassem. Quando chegaram ao Salão de Bênçãos, descobriram que a maior parte dos Servos havia se reunido ali, já cientes da invasão.

Não haviam restado lutadores entre os membros do templo a essa altura, só algumas centenas de Professores de vestimentas marrons e Compartilhadores de vestimentas vermelhas, junto com acólitos e aprendizes. Eles estavam calados e vigilantes, estranhamente calmos à maneira dos de sua espécie, flanqueando a porta em duas fileiras irregulares quando os soldados de Bibiki entraram. Uma fileira bloqueava os degraus que levavam à plataforma, de modo que o altar de Hananja não fosse profanado por homens com intenções nada pacíficas. A outra fileira bloqueava alas de vultos silenciosos deitados em enxergas, quatro alas dispostas de um lado do Salão. As vítimas da praga do pesadelo.

425

Sendo conduzida pelos soldados, Tiaanet parou para olhar para aqueles que dormiam, então tropeçou e quase caiu quando as pessoas que vinham atrás trombaram nela. Um velho Compartilhador, pálido na mesma medida em que Tiaanet era escura, deu um passo à frente, saindo da fileira mais próxima, para apoiá-la.

— Você está bem? — perguntou ele.

— Estou — respondeu Tiaanet. — Obrigada. — Quando ele não falou mais nada, ela o fitou e percebeu que ele estava olhando para Tantufi.

— Devo... — começou ele.

— Não — retorquiu Tiaanet, puxando Tantufi para mais perto de si, e rapidamente seguiu adiante.

Bibiki ordenou aos seus homens que protegessem o Salão, o que fizeram em um curto espaço de tempo, o grosso dos soldados de infantaria e arqueiros aglomerando-se em torno da entrada principal para se preparar contra um ataque. Alguns arqueiros entraram nos corredores do fundo do Salão e subiram para as sacadas. Ele então ordenou aos reféns que entrassem nas alcovas de doação, na lateral do Salão de Bênçãos. Os cômodos eram pequenos e em pouquíssimo tempo as crianças os encheram, deixando a Tiaanet e aos outros reféns adultos a alternativa de encontrarem lugares de descanso ao longo das paredes e ao pé das colunas decoradas com vinhas e flores. Após um longo e contemplativo olhar para os membros do templo e então para os que dormiam, Bibiki foi para o centro da sala.

— Ninguém fará mal a vocês se cooperarem. — Ele falou em voz alta, já que o Salão tendia a abafar o som. Tiaanet viu vários dos Servos fazerem careta diante do volume da voz dele. — A não ser que o povo desta cidade decida que vocês não são dignos de serem salvos, mas é algo para vocês se preocuparem, não para mim.

Alguns dos Servos relaxaram ao ouvir isso, mas a maioria permaneceu rigidamente em silêncio, mais afrontados do que temerosos. Depois de um instante, um ancião com vestimentas de Professor deu um passo à frente.

— Nós vamos cooperar — disse ele. Talvez para censurar Bibiki pela altura da voz, ele falou tão baixo que Tiaanet mal conseguiu ouvi-lo. — Se permitirem, podemos providenciar comida e bebida para os seus homens e cuidar de qualquer ferimento que possam ter. Sem magia. — Ele olhou em volta para os que estavam dormindo e soltou um leve suspiro. — Preste atenção: a nossa magia depende do sono e o sono é perigoso perto dessas pobres almas. Mas ainda temos a habilidade com as ervas, a cirurgia e um pouco de alquimia. A única coisa que pedimos é que não cometam mais nenhum ato de violência neste salão. Estamos diante da imagem de Hananja, e Hananja estima a paz.

Bibiki o encarou, claramente incrédulo.

— Vocês fomentam uma rebelião manifesta nas ruas, depois nos oferecem a sua hospitalidade? — Ele chacoalhou a cabeça e suspirou. — Pode ser que eu jamais entenda vocês. Meus homens não vão comer nem beber nada das suas mãos e nós não precisamos de nenhuma das suas curas. Mas, se algum dos reféns precisar, vocês podem cuidar deles.

O Professor inclinou a cabeça e começou a se virar.

— Quanto à violência — continuou Bibiki, antecipando-se a ele —, eu não prometo nada. Somos soldados e isto é uma guerra. Nós fazemos o que é preciso.

Houve cochichos de aprovação vindos das bordas da sala. Soldados de Bibiki, a maioria dos quais observava os membros do templo de maneira taciturna. O Professor observou Bibiki e os soldados por um longo instante, a repulsa fazendo-o contorcer o lábio. Então, sem dizer uma palavra, ele se afastou e começou a conversar com seus confrades.

Exausta, pois não descansara bem na última quadra de dias, Tiaanet acomodou-se na sombra de um dos pilares, passando Tantufi para o seu colo para aliviar o peso nos braços e nos ombros. Ela tirara sonecas quando ousara com Tantufi tão perto, entre ser obrigada a subir em cavalos ou empurrada para dentro de currais improvisados com os outros reféns. Ajudava que ela houvesse há muito cultivado a habilidade de perceber quando Tantufi estava entrando em um sono com sonhos e acordar antes que sua própria alma pudesse ser apanhada.

Mas, embora o efeito das drogas de costume devesse ter passado dias antes, Tantufi se mantivera acordada o tempo todo, empregando todos os pequenos hábitos que cultivara no decorrer dos anos: mexer com frequência alguma parte do corpo, revirar os olhos, morder a língua e as mãos e sussurrar para si mesma um interminável falatório monótono. Ela não ia conseguir continuar daquele jeito para sempre e, de fato, Tiaanet já notara os sinais de que a menina dormiria logo, quer quisesse, quer não. Seus movimentos frenéticos estavam ficando mais lentos. Sempre que seus olhos redondos como a lua fechavam ao piscar, ela demorava cada vez mais para voltar a abri-los. Com o auxílio brutal dos guardas do pai, Tantufi poderia viver por mais tempo, mas, em meio à pressão dos últimos dias, com a paz acalentadora do Hetawa ao redor delas agora, Tiaanet desconfiava que não demoraria até que Tantufi cedesse.

Insurret se acomodara contra a parede de frente para Tiaanet, observando-a com olhos brilhantes. A viagem deixara a mãe de Tiaanet mais lúcida do que estivera em anos, como se as adversidades da viagem houvessem forçado sua mente a sair de seu infinito circuito fechado de insensibilidade. Isso não fizera nada para amenizar seu ódio. Mas, para alívio de Tiaanet, ela não dissera uma palavra desde que os soldados as haviam levado de sua propriedade nas terras cultiváveis.

— A senhorita quer água? — Um jovem do Hetawa, provavelmente encarregado da tarefa pelos seus superiores, parou ao lado dela com um jarrão e uma caneca nas mãos.

— Obrigada — respondeu Tiaanet. O garoto lhe deu a caneca, que Tiaanet segurou para Tantufi, depois se serviu antes de devolvê-la. — E a minha mãe — falou Tiaanet, apontando para Insurret do outro lado do corredor.

O menino aquiesceu, distraído, e Tiaanet viu que ele também estava olhando para Tantufi. Dirigindo ao garoto um olhar frio, Tiaanet se mexeu de modo que o rosto de Tantufi ficasse escondido do seu olhar casual. O menino estremeceu diante da reprimenda silenciosa, fez um aceno de cabeça sobre a caneca, pedindo desculpas, e virou de costas para oferecer água para Insurret.

— Isto é inútil — murmurou Orenajah ao lado de Tiaanet. Como os demais reféns, ela espiara Tantufi com curiosidade no primeiro dia, mas, a essas alturas, a aparência da criança não a incomodava. — A cidade enlouqueceu. Ninguém vai se importar que estejam nos prendendo aqui.

Tiaanet sabia que seu pai se importaria, e muito. Ele certamente se importaria o bastante para oferecer um resgate; ele poderia até se importar o suficiente para trair seus camaradas e a resistência, embora Tiaanet desconfiasse que ele não chegaria ao ponto de se incriminar. E outros entre os conspiradores se importariam que o Hetawa houvesse sido invadido... tantos que poderiam até retirar seu apoio a Wanahomen, agora que era essencial que ele tivesse união entre os seus aliados.

— Os kisuati ainda são fortes — pontuou Tiaanet. — Ouvi Bibiki dizendo aos homens dele que o grosso das forças kisuati recuou para o Yanya-iyan. Se a aliança do Príncipe for por água abaixo, então os kisuati só precisam se esforçar um pouco para recuperar o controle. Se matarem o Príncipe e destruírem o Hetawa, o espírito do povo ficará quebrantado. Gujaarch será deles outra vez.

Orenajah franziu a testa, pensando no assunto.

— Não me importo muito se eu morrer — comentou ela enfim. — Eu teria demandado um Coletor em breve mesmo. Mas... — Ela olhou para as alcovas do outro lado do corredor, onde se podia ouvir crianças chorando.

Tiaanet não pôde deixar de voltar os olhos para as enxergas com as pessoas adormecidas. Compartilhadores e acólitos andavam entre as fileiras agora, cuidando delas como deviam ter feito pelos últimos trinta dias; ela viu alguém colocando uma fralda em uma mulher mais velha do que ela própria.

— Não importa — murmurou ela, desviando o olhar. Ela já vira vítimas do poder de Tantufi antes. Não havia nada a fazer por elas, era melhor considerá-las mortas. — Precisamos pensar em nós mesmas agora.

Logo atrás, ela ouviu a ligeira fungada de Orenajah em reprovação ao ouvir aquilo, mas a velha mulher não falou mais nada.

— Mamãe — sussurrou Tantufi. Tiaanet olhou para ela; os enormes olhos injetados de sangue a encaravam, momentaneamente lúcidos. — As pessoas.

Os adormecidos.

— Shh — disse Tiaanet. — Você está com fome?

Tantufi chacoalhou a cabeça vigorosamente.

— Não não não. — Ela se virou, olhando por cima do ombro de Tiaanet para as enxergas, o rosto enrijecido em uma angústia palpável. — Tantas, mamãe.

— Não importa — repetiu Tiaanet. — Nada importa para você além de mim e nada para mim além de você. Não foi sempre assim? Fique quieta agora.

Tantufi finalmente ficou em silêncio, reiniciando seus movimentos frenéticos, mas seus olhos se demoravam sobre os que dormiam e de vez em quando ela soltava um leve barulhinho aflautado de desespero. Do outro lado do corredor, Insurret deu uma ligeira fungada desdenhosa, mas fora isso continuou calada, e então Tiaanet a ignorou.

Um silêncio relativo recaiu sobre o Hetawa enquanto eles esperavam... pelo que, Tiaanet não sabia. Outro acólito passou, este carregando fatias de pão sírio; ao que parecia, Bibiki estava permitindo que alguns membros do templo fossem aos depósitos sob vigia. Tiaanet pegou um pedaço de pão mais para se manter acordada do que por fome de fato e insistiu que Tantufi comesse pelo mesmo motivo. A menina começara a ficar parada por breves períodos, outro sinal de sono iminente.

Mas, antes que Tiaanet conseguisse fazer Tantufi comer, ela se sobressaltou quando um dos soldados perto da porta principal do Hetawa deu um grito abrupto:

— Capitão!

Bibiki, conversando em um canto com alguns de seus soldados, imediatamente foi até a porta para ver qual era o problema. Não houve mais nada por algum tempo. Tiaanet comeu e alimentou Tantufi, mastigando um pouco de pão para ela, uma vez que os dentes da criança estavam moles. Mas por fim ficou claro que havia algo acontecendo lá fora. Os soldados estavam mais vigilantes, aglomerando-se na porta e nas janelas frontais com armas em punho. A tensão deles perturbava o ar de paz do Salão.

— Eu *não* acredito nisso — Tiaanet ouviu Bibiki murmurar de repente, e ele riu. — Ora, ora, talvez esta bagunça acabe mais cedo do que eu pensei. Vejamos se podemos levá-lo com vida.

Os homens se moviam rápido, embora Tiaanet não conseguisse ver o que estavam fazendo nem por quê. Então ela ouviu o intenso rangido do bronze da porta do Hetawa se abrindo.

Os Servos em toda parte do Salão ficaram tensos de pronto.

— Eles estão sacando as armas — falou um Compartilhador em um sussurro audível e exasperado. Ele cerrou os punhos. — Armas!

— Paz — aconselhou um Professor próximo a ele, mas não parecia mais feliz quanto ao que estava acontecendo.

Então a voz de Bibiki gritou "agora!" e Tiaanet ouviu o sibilo vibrante de flechas. Um grande bramido ecoou no Salão, mil vozes de homens zangados, e vozes de mulheres e anciãos e crianças também. Sobressaindo-se àquele alarido, ela ouviu Bibiki gritar:

— Atirem na primeira linha! Façam-nos recuar! Vocês quatro, vão e peguem-no. Depressa. O resto de vocês, deem cobertura!

Houve um grande fluxo de atividade na entrada do Hetawa antes que a porta se fechasse com um rangido um instante mais tarde. E então um grupo de homens de Bibiki veio correndo para o centro do salão, um deles puxando uma mulher com vestimenta bárbara que se debatia com violência nas mãos dele. Um soldado kisuati arrastava outro banbarrano, mas mesmo de onde estava Tiaanet podia ver que esse homem estava morto: uma única flecha atravessara-lhe a garganta. Começou a se acumular sangue ao redor dele assim que o deixaram cair no chão.

A terceira figura que arrastavam consigo também sangrava, mas xingou e se debateu quando o deixaram cair no chão. Wanahomen.

— Cuide do seu filhote de cobra, filha. — A voz de Insurret trouxe Tiaanet de volta para os seus próprios problemas. Insurret estava sorrindo. Ela apontou para os braços de Tiaanet. Com uma brusca pontada de alarme, Tiaanet percebeu que o corpo de Tantufi ficara mole, os olhos estavam fechados e a boca, aberta.

— Não... — Imediatamente, Tiaanet a chacoalhou o mais forte que se atreveu, mas não o suficiente para machucá-la. Os olhos de Tantufi, vidrados e vagos, abriram um pouco, mas voltaram a se fechar quase em seguida. — Tufi, acorde. Você não *deve* dormir, não agora.

Não em um cômodo cheio de pessoas adormecidas, as almas já enfraquecidas pelo longo cativeiro. Não no coração do Hetawa, cercada por narcomancistas que reconheceriam Tantufi de pronto pelo que ela era.

Mas era tarde demais. Tiaanet chacoalhou-a de novo, deu um tapinha nela, até ergueu uma das mãos e cravou os dentes sobre uma das cicatrizes recentes, mas Tantufi não se mexeu. Era sempre assim quando ela enfim dormia: se não fosse acordada no mesmo instante, seu corpo exigia recompensa pelos dias de abuso. Nada menos que uma surra a acordaria nesse ponto.

O que deixou Tiaanet impotente e aterrorizada enquanto a filha suspirava, aninhava-se mais perto do peito dela e silenciosamente começava a sonhar.

43

A BATALHA DA CARNE

Wanahomen não parava de se debater sob as mãos de Hanani.

— Filhos de uns chacais comedores de merda rastejantes surgidos das sombras! — Ele afastou as mãos dela quando ela tentou examinar a flecha em seu peito, lançando olhares furiosos para os soldados kisuati aglomerados ao redor deles e tentando se sentar. — Vocês não têm honra nenhuma? Por profanar o Hetawa, vocês deveriam sofrer a ira de todos os deuses...

O grupo abriu caminho e um homem kisuati, com um manto de pele de leopardo preta e um ar de comando, veio espiá-los.

— É muito provável que isso aconteça, Príncipe — comentou ele em um gujaareen com forte sotaque. — Mas, quando eu sofrer, vou me contentar com o fato de que, pelo menos durante algum tempo, fui considerado um herói pelo meu povo por capturar você. Você — e olhou de maneira brusca para Hanani. — Você é alguma espécie de curadora ou só a esposa dele?

O ferimento na perna de Wanahomen estava sangrando demais. A flecha no peito dele talvez houvesse penetrado fundo o bastante para perfurar o pulmão, mas a coxa era mais perigosa em curto prazo.

— Sou Compartilhador-Aprendiz deste Hetawa — respondeu ela para o kisuati, agarrando com força a roupa de Wanahomen e rasgando-a para poder ver o ferimento. — Emprestado ao Príncipe em sinal da nossa aliança.

Ela ouviu, em vez de ver, a surpresa do comandante kisuati.

— Entendo. Pois bem... já que esse é o seu propósito, mantenha-o vivo. Vou mandar alguém lá fora para dizer para as tropas dele que ele vai morrer se tentarem derrubar a porta.

— Me manter vivo para vocês poderem me executar. — Wanahomen deu uma risada amarga, depois se contraiu com a dor no peito.

— Certo, certo, como quiser — retrucou Hanani, impaciente com os dois homens. Ameaças desnecessárias e resistência sem sentido. Ela não tinha tempo para a presunção bárbara deles. Atrás dos soldados, ela podia ver alguns dos membros do templo se reunindo e, entre eles, um rosto familiar. — Nhen-ne-verra-irmão!

Nhen-ne-verra sobressaltou-se, depois deu um passo à frente.

— Pois não...? — Ele arregalou os olhos, só então a reconhecendo. — *Hanani?*

— Acho que esta flecha cortou a grande artéria da perna dele — disse ela. Então se sentou e desafivelou uma das cintas que Yanassa lhe dera, aquela que devia carregar as provas de afeição dos seus amantes. Tirou-a e colocou-a ao redor da coxa de Wanahomen, acima da flecha. — Eu posso fazer a cura, mas não me atrevo a puxar a flecha ainda. Pode ser a única coisa impedindo o jorro...

A moça parou de falar quando um dos soldados se moveu para o lado e ela viu Charris, ainda carregando os alforjes dela, virado para baixo em uma poça de sangue. Alguém retirara a flecha dele, mas ele não se mexia.

— *Charris!* — Wanahomen tentou levantar-se; um dos soldados apontou uma espada para a garganta dele e ele soltou uma série de injúrias banbarranas. — Hanani... — Ele se virou para ela, os olhos arregalados de medo. — Ajude-o. Por favor.

Havia demasiado sangue em volta de Charris. Hanani concentrou-se em apertar o torniquete em volta da coxa de Wanahomen para demorar mais um instante para lhe contar a verdade. Mas Nhen-ne-verra agachou-se ao lado dela.

— Um dos nossos acólitos está cuidando dele, Príncipe.

Um menino quase com idade suficiente para ser aprendiz se agachara ao lado de Charris. O exame dele levou apenas um momento; o olhar no rosto do garoto foi confirmação suficiente.

— Não — sussurrou Wanahomen, e então emitiu um som que era meio um gemido, meio um soluço. — Pelos deuses, não.

Hanani obrigou-se a se concentrar no ferimento. Haveria tempo para consolá-lo mais tarde.

— Acho que tivemos um pouco de sorte — comentou ela com Nhen-ne-verra. — A flecha no peito talvez não tenha perfurado o pulmão. Não consigo ouvir nenhum ar e a respiração dele não parece prejudicada.

Nhen-ne-verra passou a rasgar a roupa em torno da flecha no peito para olhar mais de perto.

— Ah, sim… ela se alojou entre as costelas, o ferimento atingiu só a carne. Um momento. — Ele tirou a flecha do peito de Wanahomen. O Príncipe gritou, depois olhou feio para Nhen-ne-verra em pura afronta. Hanani quase sorriu. Se raiva e orgulho por si só pudessem sustentar um homem, Wanahomen se recuperaria dentro de um dia.

— Se cuidar da perna dele, Irmão, e tirar a flecha quando parecer apropriado… — Ela estendeu a mão em direção aos olhos de Wanahomen. Mas Nhen-ne-verra segurou seu pulso bruscamente.

— Você não pode curá-lo — declarou ele. — Não com magia, não aqui.

Ele fez um gesto apontando o Salão, onde Hanani enfim notou as fileiras de vultos adormecidos.

— E um número maior de mortos — explicou Nhen-ne-verra quando ela conteve a respiração, horrorizada. — A cada poucos dias, algo os arrebata como uma inundação. Esses são apenas os novos que foram trazidos desde a última eliminação. Não podemos fazer nada para salvá-los, nem para salvar ninguém, já que o sono de cura é suficientemente parecido com o sono verdadeiro para… Bom. — Ele baixou os olhos.

Totalmente desorientada por essa reviravolta, Hanani olhou para Wanahomen, que esmorecera um pouco. Ele estava ofegando após a retirada da flecha. As gotas de suor na testa dele a tiraram do seu atordoamento.

— Nos meus alforjes, aqueles que o homem estava carregando — falou ela para o acólito que cuidara de Charris e que agora pairava ali por perto. — Meus ornamentos estão lá. Por favor, faça os preparativos para o ritual de cirurgia. — O jovem pareceu surpreso pelo espaço de uma respiração, mas então foi imediatamente até o corpo de Charris para vasculhar em busca das ferramentas dela.

— Hanani... — Nhen-ne-verra chacoalhou a cabeça. — Você tem sangue onírico para aliviar a dor dele? Com os Coletores presos, não sobrou quase nada entre nós. Se ele desmaiar, os pesadelos vão tomar conta dele.

— Se eu não fizer nada, ele vai sangrar até a morte — replicou ela, esforçando-se para se manter respeitosa. Claro que ela entendia o perigo. Será que ele a achava uma tola? Mas achava, ela percebia agora... assim como muitos dos Compartilhadores plenos, que muitas vezes haviam falado com ela como se ainda fosse uma acólita ou particularmente burra muito depois de ter provado ser igual aos outros aprendizes. Ela achara que havia se acostumado à desconsideração casual deles. O que mudara tanto no último mês que ela não tinha mais paciência para isso?

— E você não pode usar magia para limpar o corpo dele — continuou Nhen-ne-verra. Dando um sermão. — Quando o ferimento absorve veneno...

— Eu aceitaria qualquer sugestão alternativa, Irmão. — Ela olhou nos olhos dele, sabendo que ele não tinha nenhuma. Finalmente, Nhen-ne-verra desviou o olhar e chacoalhou a cabeça.

Hanani fitou o rosto de Wanahomen. Ele se acalmara depois da flecha e agora a observava. De repente, ela se lembrou da noite em que ele a abraçara enquanto chorava a perda de Mni-inh e foi dominada por um medo intenso e doloroso. Era uma coisa perder Wanahomen para o trono e para o dever dela; era outra coisa completamente diferente perdê-lo para a morte.

— Você é forte, Príncipe — disse ela, estendendo a mão para tocar os lábios dele. Havia sangue dele no dedo dela. O toque deixou uma mancha semelhante à tintura de lábios banbarrana. — Você sobreviveu a coisas demais para fraquejar aqui e agora.

Wanahomen ergueu as sobrancelhas, surpreso com o gesto dela. Só mais tarde ocorreu a Hanani que ela nunca lhe fizera nada carinhoso antes. Talvez o agradasse.

— Claro que eu não vou morrer — retorquiu ele, e ela ficou animada com o desdém no tom de voz dele. — Ande logo e me faça ficar bem.

Hanani aquiesceu, depois se levantou.

Suas vestimentas banbarranas — largas e imundas com a poeira da viagem e o suor do cavalo — eram totalmente inadequadas para a cirurgia. Ela tirou a última túnica e a jogou de lado, depois a combinação larga que colocara por baixo. Deixara de usar as faixas para os seios desde a primeira visita de Wanahomen porque eram um incômodo quando ela queria sexo. A tira de couro banbarrana para os seios, porém, irritava sua pele e, não tendo encontrado nenhum substituto adequado, ela finalmente optou por não usar nada debaixo da combinação. Nhen-ne-verra ficou vermelho como acontece aos homens pálidos, mas, depois de um único olhar chocado para os seios dela, virou o rosto e não falou nada, sabendo, assim como ela, que aquele não era o momento para se preocupar com o decoro.

O acólito voltou, trazendo os ornamentos de Hanani e um jarro de água, seguido de perto por outro jovem que carregava a grande bacia de cera vermelha aquecida que ficava em uma das câmaras de oração para o ritual de cirurgia. Se algum dos garotos ficara impressionado com os seios de Hanani, nenhum deles foi tolo o bastante para demonstrá-lo.

— Podemos auxiliar, Compartilhador-Aprendiz? — perguntou o primeiro menino.

Hanani piscou, surpresa. Ela jamais esperara que outro acólito a servisse depois de Dayu, muito menos dois. Ah, mas estava claro: cirurgias eram raras e eles poderiam nunca mais ter outra chance de testemunhar uma.

— Vocês podem auxiliar — respondeu ela. — Segurem a bacia. — Preparando-se, pois a cera ainda estava quente o bastante para queimar, ela enfiou as mãos no recipiente. A cera era de abelha (que diziam prevenir as pústulas, assim como o mel), misturada com fibra de hekeh e ervas conhecidas por ajudar na cura. Ela mergulhou as mãos quatro vezes, sussurrando uma invocação à Deusa depois de cada vez, e, após o quarto mergulho, ergueu as mãos. A cera as revestiu até a metade do antebraço com luvas finas e flexíveis.

Enquanto Nhen-ne-verra se aproximou para mergulhar as mãos dele, o outro acólito estendeu os ornamentos dela em uma almofada de couro e ela viu que ele as havia polido com uma pomada acerada de acácia e disposto na ordem apropriada. Quando Hanani fez um aceno de aprovação, o sorriso satisfeito do garoto a fez lembrar, por um momento chocante, de Dayuhotem. Mas ela deixou a lembrança de lado, pegou a comprida faca de opala branca fina como uma lasca e agachou-se ao lado de Wanahomen.

— Quer alguma coisa para morder, Príncipe?

Ele estava olhando para o teto, respirando fundo.

— De que vai servir? Apenas vá em frente.

Hanani aquiesceu, depois inclinou-se para a frente e fez um corte rápido, até a profundidade do osso, com a faca de opala de cada lado da flecha. A fina espessura da faca a fazia atravessar pele e músculo tão fácil como manteiga. Infelizmente, a manteiga não sentia dor, ao passo que Wanahomen conteve a respiração e ficou enrijecido de pura agonia. Ele conseguiu não emitir nenhum som quando Hanani colocou a faca de opala de volta na almofada e abriu o ferimento com os dedos, embora respirasse com muita força e cerrasse as mãos em punhos trêmulos.

Era difícil ver com aquele sangue jorrando, mas o estrago na grande artéria estava claro o bastante: a flecha triturou e furou a parte externa. Isso também era sorte, pois a ponta da flecha bloqueava a maior parte do buraco que criara, caso contrário ele já teria se esvaído em sangue.

— Jade — pediu ela, e o acólito rapidamente lhe ofereceu uma agulha fina e curva com fibras de tendão seco de cavalo. — Nhen-ne--verra-irmão. — Nhen-ne-verra segurou a flecha. Quando Hanani acenou, ele a puxou. O sangue jorrou de imediato, uma pequena fonte que teria sido muito pior não fosse o torniquete. Tão rápido quanto pôde, Hanani passou a agulha de um lado para o outro da artéria várias vezes e apertou o tendão. Isso fez o jorro parar, mas não os vazamentos menores...

— Hanani. — A urgência no tom de Nhen-ne-verra a alertou. Ela alçou o olhar e viu as pálpebras de Wanahomen bruxuleando, os olhos revirando.

— Príncipe — chamou ela, tornando sua voz penetrante. — *Wanahomen.* — Ele piscou várias vezes, conseguindo enfim se concentrar nela, embora ficasse claro que exigia um esforço. — Quer saber o que Yanassa me contou sobre você?

Isso o fez acordar, embora ele gemesse de leve.

— E-ela te contou...?

Mudando para a minúscula agulha de pedra da noite, Hanani trabalhava rápido para fechar os vazamentos, acenando para um dos acólitos para derramar um pouco de água salgada no ferimento para que ela pudesse ver. Wanahomen soltou um grito abafado, retesando-se outra vez e ofegando entredentes.

— Ah, muitos segredos — continuou ela para distraí-lo. — Ela falou que você chamou pela sua mãe uma vez no clímax e a sua mãe gritou de volta pela parede da tenda para você gritar algum outro nome e parar de deixá-la constrangida.

Nhen-ne-verra estava esperando, a mão no torniquete. Assim que apertou o fio da última sutura, Hanani fez um sinal. Nhen-ne-verra afrouxou o cinto. O ferimento se encheu de sangue quase de pronto, mas a maior parte era do corte que Hanani fizera para abrir a ferida, não da grande veia. Com sorte, isso significava que ele não teria gangrena no membro. Hanani soltou o ar, aliviada; Nhen-ne-verra fez um aceno de aprovação. Pegando o jade outra vez, Hanani rapidamente começou a costurar o músculo.

— E-ela... não te falou... nada desse tipo — contestou Wanahomen entredentes. Uma das mãos dele abria e fechava convulsivamente a cada pontada da agulha. — Você é... ah, pelos deuses, pelos deuses...! a mentirosa mais incompetente que eu já vi.

A pele foi mais fácil de suturar e a parte que causou mais dor. Hanani trabalhava o mais rápido que podia, mas Wanahomen estremecia a cada mergulho da agulha, virando a cabeça de um lado para o outro e arfando como um fole. Quando ela enfim terminou, o corpo dele estava banhado em suor e a poça de sangue debaixo da perna dele havia ensopado as saias de Hanani dos joelhos aos tornozelos.

— O ferimento precisa de bandagem — declarou Hanani por fim, recostando-se com um suspiro —, mas está feito. — Nhen-ne-verra também parecia aliviado, e só então Hanani se deu conta de que ele estava quase tão tenso quanto Wanahomen. Era instinto do Compartilhador atacar a dor, não a infligir.

No entanto, Wanahomen estava quieto e Hanani olhou para ele, receando que houvesse desmaiado. Ele estava desperto, embora olhasse para alguma outra coisa através das colunas, a testa franzida expressando confusão. Hanani seguiu o olhar dele e viu uma mulher jovem, alta e magra como os shunha ou os kisuati, sentada contra a parede oposta com uma criança de membros finos nos braços. Ela estava chacoalhando a criança, murmurando palavras ternas para acordá-la, mas a criança pendia com o corpo mole.

— Pegue bandagens — pediu Hanani, distraída, e um dos acólitos de imediato saiu correndo para obedecê-la, indo aos compartimentos entre as alcovas onde estavam guardados os apetrechos de cura. — Nhen-ne-verra-irmão, aquela mulher...

Nhen-ne-verra olhou.

— É, eu as vi quando entraram. A criança tem algum tipo de doença debilitante. Eu me ofereci para examiná-la, mas a mulher... Bem, elas são shunha.

— Tiaanet? — disse Wanahomen de repente. A fala dele estava arrastada; a força que o sustentara durante a cirurgia estava desvanecendo. — T-Tiaanet?

Para além das colunas, a mulher alçou os olhos. Hanani viu que ela era incrivelmente bela, embora uma profunda ansiedade desfigurasse suas feições agora. Ela fitou Wanahomen por um momento, mas depois desviou o olhar e voltou a chacoalhar a criança em seus braços.

— Eu posso enfaixar isto, se você quiser vê-la — ofereceu Nhen--ne-verra.

Hanani aquiesceu e levantou-se. Ela era uma visão e tanto com as saias empapadas de sangue do joelho para baixo; sua própria vestimenta vermelha, pensou com tristeza. Mas tirou a cera das mãos e as deu para o acólito que esperava, então foi até a mulher.

— Com licença — disse ela. A mulher levantou a cabeça, os olhos arregalados com um protecionismo tenso e irritadiço que fez Hanani parar onde estava. Pairando sobre elas, Hanani pôde ver o que Nhen-ne-verra quisera dizer: a criança estava claramente enferma, embora com nenhuma doença que Hanani pudesse reconhecer.

A menina era quase careca e, embora Hanani presumisse pelo tamanho que ela houvesse visto cinco ou seis inundações do rio, sua pele era fina como papel, com a textura tão tênue quanto a de uma velha. Seus ossos ressaíam de forma tão evidente que Hanani podia ver os pontos onde alguns deles haviam sido quebrados no passado, depois haviam sarado tortos, ou embolados. Era igualmente óbvio que a criança nunca fora bem alimentada.

Tudo isso era perturbador o bastante por si só. Mas, pior ainda, a criança estava dormindo.

Forçando-se a desviar os olhos da aparência da criança, Hanani se concentrou na… mãe? Irmã? Mãe, ela decidiu por instinto.

— Se quiser, podemos cuidar dela para você — propôs ela à mulher.

— Ela está bem — retrucou a mulher.

Hanani chacoalhou a cabeça devagar.

— Essa doença tem a ver com magia — explicou ela. — A sua filha não vai acordar por conta própria. Mas podemos pelo menos deixá-la mais confortável. — Ela fez um gesto, apontando para os outros que dormiam.

A menininha gemeu então, contorcendo o rosto durante o sono, de modo que pareceu mais velha. Todo o corpo dela ficou tenso, frágil como era, e ela virou a cabeça como Wanahomen fizera, reagindo a algum tormento interior. Um pesadelo. Hanani desviou o olhar. Fora assim que Mni-inh morrera.

Mas um som, sussurrando pelo Hetawa como um vento, tirou-a daquele estado de melancolia. Ela se virou, confusa, e percebeu: os adormecidos. Alguns deles estavam se agitando enquanto dormiam, gemendo como a garotinha acabara de fazer. O som era a voz massiva do sofrimento deles.

— Ah, Deusa, nos proteja. — Nhen-ne-verra se pôs de pé, cerrando os punhos revestidos de cera. — Por favor, outra vez não.

Os soldados kisuati ficaram igualmente nervosos, alguns deles erguendo as armas. Hanani viu o comandante deles vir para o centro do salão, franzindo a testa ao olhar para os dormentes, subitamente agitados.

— O quê? — começou Hanani, mas de repente entendeu. Nhen-ne-verra falara de algo que perpassava os adormecidos de tempos em tempos. Agora ela via que era um pesadelo: *o mesmo* pesadelo, atacando todos ao mesmo tempo.

Mas...

— Nãonãonãonão — choramingou a criança durante o sono. — Nãonão, papai.

Um instante depois:

— Não! — gritou uma mulher ali perto, suas palavras enroladas por causa do sono, mas inteligíveis. — Não, pai, por favor!

Um idoso soltou um gemido fraco e trêmulo.

— Meu pai, eu imploro... não, não...

— Não — lamuriou outro homem, um sujeito corpulento que tinha a aparência de um soldado ou guarda. — Não, pelos deuses, por favor... não! — A última parte foi arrancada de dentro dele, um grito assustado e aflito. Ele abriu os olhos quando arqueou para cima, sem ver nada. Um dos Compartilhadores que estivera cuidando dos dormentes foi correndo até ele, mas antes que pudesse chegar lá, o guerreiro arquejou e agarrou o próprio peito. Um tremor violento perpassou seu corpo e, um instante depois, ele se deixou cair, revirando os olhos. O Compartilhador agachou-se e o examinou, depois gemeu em um eco da própria angústia do adormecido.

A nuca de Hanani ficou arrepiada. Ela se virou lentamente de volta para a mulher e a estranha criança.

A mulher — Tiaanet, Wanahomen a chamara — estava observando Hanani, agachada e tensa como um animal selvagem. No interminável espaço de uma respiração que se passou, Hanani de repente entendeu o que estava acontecendo e o que a criança tinha a ver com aquilo. Naquele mesmo instante, a mulher viu que Hanani sabia.

A criança se retesou nos braços dela, sufocando um grito. Um intervalo de respiração depois, todos os dormentes gritaram, alguns gritando com toda a força. Como se isso houvesse sido um gatilho, a mulher saiu em disparada, levantando-se de um pulo e esbarrando em Hanani de propósito com a criança nos braços. Hanani caiu no chão e a mulher passou por ela correndo para a parte de trás do Salão de Bênçãos.

Os soldados kisuati, distraídos pelos dormentes que gritavam, não reagiram à mulher em fuga no início. Hanani levantou-se aos tropeções e deu um grito de alerta, mas ele se perdeu em meio a tantas vozes altas. Só quando os gritos começaram a diminuir, alguns cessando com uma sinistra brusquidão, foi que Hanani conseguiu se fazer ouvir.

— Meus irmãos, aquela criança! — Ela apontou para a mulher. — *Aquela criança é a fonte do sonho!*

Os soldados finalmente notaram, mas nenhum deles estava perto de Tiaanet. Os membros do templo reagiram mais rápido, alguns arquejando e começando a correr atrás da mulher de pronto. A mulher passou apressada pela porta de pesadas cortinas que conduzia ao interior do Hetawa.

O comandante kisuati soltou um xingamento claro e gritou alguma coisa por cima do barulho dos adormecidos. Quatro soldados imediatamente pularam e foram atrás da mulher. Houve um tumulto à porta quando os soldados gritaram com três Compartilhadores que também estavam correndo para seguir a mulher. Hanani queria ir também, mas o dever a impediu: até que Wanahomen estivesse saudável, ela não tinha por que deixá-lo. Então voltou para o lado de Wanahomen e ajoelhou-se, tomando sua mão.

— Tiaanet — murmurou ele. — Aquela era Tiaanet. Tenho certeza. — Ele franziu a testa, parecendo preocupado. — Ela me viu. Por que ela não...?

— Ela temia pela filha, eu acho, seja ela quem for — opinou Hanani. Um dos acólitos limpara o sangue derramado e estava enfaixando a perna de Wanahomen. O outro estava colocando uma almofada de couro e ervas sobre o ferimento do peito. Hanani fez um aceno de aprovação para os garotos, que responderam ao aceno dela com grande seriedade. — Apesar de que, se aquela criança for realmente a fonte do pesadelo que matou tanta gente, isso explica muita coisa. Você a conhece?

Wanahomen suspirou devagar. Hanani estava preocupada com o fato de que ele ainda estava suando e agora tremia de leve. Ela tocou o menino que estava aplicando o cataplasma e fez um sinal para ele ir buscar água e um cobertor.

— Shunha. O pai dela... um dos meus aliados. Eu esperava... — Ele franziu ainda mais a testa. — A *filha* dela, você disse?

— Acredito que sim. — Ela parou então, surpresa, quando alguém abriu caminho rapidamente pelo aglomerado ao redor de Wanahomen: o Professor Yehamwy.

— Aprendiz, o que você viu? Tem certeza sobre a criança?

Hanani piscou, tão desconcertada pelo surgimento do Conselheiro quanto pelas perguntas. Yehamwy parecia abatido e profundamente cansado, como se não houvesse dormido bem em dias... como talvez fosse o caso. Mas havia uma intensidade febril em sua expressão agora que a deixou nervosa.

— Não, não tenho certeza — respondeu ela. — Mas me pareceu que os adormecidos estavam reagindo aos sonhos da criança. — Hesitante, ela acrescentou: — O Príncipe disse que a mulher é Tiaanet, da casta shunha. A criança é filha dela.

Yehamwy conteve a respiração e se virou para outro Professor que Hanani não conhecia. O Professor deu um aceno sombrio e falou:

— A linhagem de Insurret. Era uma das linhagens maternas que pretendíamos investigar.

— Ela é uma cobra — disse uma voz entre as colunas, e todos eles se viraram para ver uma mulher de meia idade agachada contra a parede mais distante. A semelhança entre ela e Tiaanet foi identificada de imediato, assim como o brilho de loucura em seus olhos. — Sempre silvando, silvando na minha mente, pior quando eu dormia. Eu sabia que ela era veneno mesmo quando estava no meu ventre. Mal podia esperar para me afastar dela. Agora ela deu à luz a própria filha-serpente, e que a menina a mate. Que a menina a mate!

Yehamwy olhou para o outro Professor.

— Insurret?

— É o que parece.

Yehamwy respirou fundo e aproximou-se da mulher, agachando-se diante dela.

— Meus cumprimentos, lady Insurret — começou ele. — Me diga: o que quis dizer quando falou que a sua filha "silvava na sua mente"?

Insurret ficou mal-humorada de repente.

— Por que está perguntando sobre ela? Todo mundo pergunta sobre ela. Todo mundo quer a *ela*, não a mim.

Yehamwy pareceu inquieto, sem dúvida desejando poder chamar um Compartilhador para curar a loucura da mulher. Mas ele se inclinou para a frente, falando com urgência.

— Precisamos encontrá-la, senhora. Se o que acreditamos é verdade, ela e a S… Ela e a filha dela podem ter a chave para salvar muitas vidas.

— Então você também a quer. — A pura mordacidade na voz de Insurret fez um calafrio percorrer a espinha de Hanani. Se ela não houvesse visto loucura nos olhos da mulher antes disso, teria sabido que era louca pelo tom. — Fique com ela então, se quiser; eu não me importo. Ela veio chorando me procurar, veio sim, veio chorando contar que o pai dela… O pai dela… — Insurret começou a balançar para a frente e para trás, contorcendo o rosto. Depois de um instante, ela se calou, esfregando as mãos nos joelhos. De repente, chacoalhou a cabeça. — Vadia peçonhenta e mentirosa! Se ele fez aquilo, foi culpa dela. Culpa *dela*!

Yehamwy recuou, seu rosto refletindo os mesmos choque e repulsa que Hanani sentia. Então ele claramente se preparou e tentou de novo.

— Seja como for, senhora, precisamos entender a doença que aflige a filha dela. A senhora nos conta, por favor? A criança consegue libertar as pessoas que captura no sonho?

— Por que está perguntando sobre *ela*? — Insurret olhou feio para ele. — Aquela abominação deveria ter sido estrangulada quando nasceu. Mas *ele* sempre, sempre faz o que ela quer. "Me deixe ficar com a menina", ela diz, e *ele* faz a vontade dela sempre, uma garota tão bonita, tão mais bonita do que eu, a criança é o fardo dela então *por que eu deveria me preocupar com aquele demônio filho de uma vadia?*

E, antes que Yehamwy pudesse reagir, Insurret se levantou e o empurrou. Com um grito assustado, Yehamwy tentou se erguer e cambaleou para trás e, apesar de ver o que estava por vir, Hanani não conseguiu reagir rápido o bastante para evitar. Debatendo os braços, Yehamwy caiu em cima das pernas de Wanahomen.

Wanahomen gritou, retesando-se de agonia, e antes que o último fôlego deixasse seus pulmões, seus olhos reviraram, as pálpebras se fechando.

— *Não!* — Sem qualquer consideração pelo decoro, Hanani empurrou Yehamwy, mas já era tarde demais. Havia adormecidos por toda parte, os sobreviventes ainda gemendo e debatendo-se. Wanahomen cairia direto no pior dos horrores.

E Hanani perderia mais uma pessoa com quem se importava para aquele sonho amaldiçoado pela Deusa.

Não, não vou.

Sem pensar duas vezes, Hanani pôs os dedos nas pálpebras de Wanahomen e mergulhou no pesadelo.

44

A BATALHA DA ALMA

O mundo era feito de vermelho e ossos. Rolando enquanto caía, gritando, o homem que fora Wanahomen se viu reduzido a um zé--ninguém. A lembrança da vigília ainda estava dentro dele, embora distante e esmaecida, como acontece com a infância. Ele não era mais um príncipe. O mundo vermelho o reconstruíra. Aqui ele era uma coisa fraca, a mais baixa em uma hierarquia incomensurável, e sabia sem sombra de dúvida que não havia esperança para a sua sobrevivência, pois este não era o espelho imperfeito do reino intermediário, tampouco a sombra necessária da alma brilhante de Hananja. Este era outro lugar completamente diferente, o lugar de outra pessoa e, ali dentro, *esperança* era uma palavra sem sentido.

Ele não apenas pousou, mas atolou. O vermelho era espesso e coagulado em algumas partes, não era sólido o bastante para se firmar sobre ele, mas o suficiente para rastejar. Então o rapaz rastejou, sujo até o pescoço com uma imundície quente e aromática, os braços e as pernas se esforçando para abrir caminho entre ossos que não faziam sentido: massas emendadas e indefiníveis. E ele chorou, pois seu coração estava cheio de um desespero tamanho que jamais conhecera no reino da vigília. Estava sozinho. Sentia-se tão fraco. E logo — o sabor da iminência era como o de maçãs amargas em sua língua, ou talvez fosse a lama — ele encontraria o mestre desse reino.

Durante estações intermináveis, o homem lutou. Quando a luz e o calor arderam do alto em sua direção, achou que era a morte que enfim chegara e parte dele se regozijou. Mas o fogo que queimava através do vermelho tinha uma limpeza que ele soube instintivamente que não era daquele lugar. De onde viera? Ele não sabia, mas sentia apenas uma inveja débil... até que o fogo o envolveu e o libertou da lama.

— Este lugar assola a alma — disse uma voz familiar, feminina. Quem era ela? Ele não sabia, mas agarrou-se à sua presença brilhante e amorfa, pateticamente grato por não estar mais sozinho.

— Nunca vi uma idealização tão sórdida! Proteja-se, Príncipe.

Ele não entendia do que, ou de quem, ela estava falando em princípio. Seria ele o "Príncipe"? E o que era uma idealização?

Mas então uma grande agitação pulsante convulsionou o vermelho e os ossos abaixo deles se elevaram quando uma grande massa saiu rastejando de dentro da paisagem. Ela tinha um formato longo e sinuoso como uma cobra, se as cobras chegassem a ter a espessura de um rio. Por sua extensão surgiam membros correspondentes que andavam, como os de um escorpião ou de uma centopeia, embora cada um terminasse em mãos massivas do tamanho de edifícios. A maioria estava cerrada em punhos e, enquanto se erguiam e abaixavam com os movimentos da criatura, o homem avistou anéis em alguns dos dedos. Eles deixavam marcas cheias de sangue na carne esponjosa no chão à medida que as mãos andavam.

Mas foi a cabeça da criatura, que se levantou da lama sobre a longa e maciça haste que era o pescoço, que fez o homem começar a gritar... pois era *seu pai*.

O rosto era o mesmo, embora distorcido por uma espécie de avidez contente e sádica. Naquele rosto, o homem viu toda a loucura do pai manifesta. *Esse* era o monstro que quase destruíra a própria nação para alimentar sua ambição... e que devorara o futuro do filho com a mesma ganância brutal. Um monstro mais terrível do que o Ceifador jamais fora, pois ambos tragavam vidas, mas só um o fazia conscientemente. *Ternamente.*

Mas, quando o homem gritou, a mulher irradiou claridade com uma súbita fúria.

— *Você* — rosnou ela.

Desperto do terror, o homem calou-se com um tremor enquanto a mulher ao seu lado tomava forma... mas não era uma forma que correspondia às lembranças que tinha dela. Quando ele buscou essas lembranças, o que lhe veio à mente era mais suave de algum modo: dedos delicados, uma torrente de cabelos encaracolados da cor da areia molhada, uma voz gaguejante, seios maduros com mamilos marrons que tinham sabor de sal marinho e doçura, embora não conseguisse se lembrar de como sabia tudo isso. Mas a mulher que apareceu era diferente do que ele imaginara. Ela se vestira como um homem, com sobrepanos muito rigidamente retos para o seu quadril curvilíneo, um colarinho amplo demais para os seus ombros estreitos, sua torrente de cabelo represada por amarras e um coque. E algumas coisas sobre ela o incomodavam vivamente, pois pareciam erradas de alguma maneira. Os sobrepanos que ela vestia eram vermelhos, mas havia pontos mais escuros e úmidos espalhados neles. Uma vermelhidão espessa cobria suas delicadas mãos... sangue? O elemento amargo e mais espesso daquele lugar? Ele não sabia dizer, mas a vermelhidão se flexionou, transformando-se em luvas finas quando ela cerrou os punhos.

— *Tire esse rosto* — falou ela. A voz dela era um sussurro, mas tão cheio de ira que fez aquele mundo vermelho inteiro se agitar. Um vento, súbito e frio, saiu rodopiando do nada e fustigou a planície de ossos. O rosto da mulher se turvou com o vento, duplicando-se. Sob o seu rosto zangado, uma figura plangente e lastimosa. Quando gritou as palavras seguintes, havia um toque áspero de loucura na voz dela. — Como ousa fingir ser o irmão Mni-inh quando você o matou? *Tire esse rosto, sua abominação!*

Ela está esquecendo de si mesma, pensou o homem. Ele sabia que era verdade, mesmo não sabendo como.

E a mulher sumiu, correndo pela lama vermelha como se fosse terra batida, *em direção* ao monstro, que empinou — ele era cem vezes maior do que ela — e ergueu seus muitos punhos, bramindo um desafio com a voz estrondosa de um elefante macho.

Deixou o homem para trás, que olhava para ela dali da lama, distraído de seu próprio sofrimento. Mas, à medida que seu desespero anterior desvaneceu, ele começou a entender.

Não só o seu pai. A fera usava os rostos de *todos* os pais, qualquer pai, o vazio deixado pela ausência de um pai, para quem quer que ousasse fitá-la. Ela usava aqueles rostos e as lembranças que eles evocavam para desferir golpes silenciosos e deixar contusões imperecíveis. Mas, sob esse rosto de pesadelo...

... pesadelo, pesadelo, pelos deuses, espere, isto é um sonho...

... que rosto ela usava de verdade?

Os punhos da fera açoitaram a terra. A substância vermelha tremeu e sacudiu debaixo do homem, fazendo-o cair de costas na lama. Quando ele se levantou com dificuldade, ficou chocado ao ver que a fera afundara. Várias de suas dezenas de braços de um lado haviam se contraído debaixo dela, encolhendo enquanto o homem observava. E ali, andando entre os membros agitados do monstro, gritando como uma fera ela mesma, estava a mulher. Ela tocou outro braço e ele morreu, os músculos formando nós e estalando como uma corda arrebentada. Quando ela assentou os pés e gritou na cara da coisa

— TIRE ESSE ROSTO! TIRE! — algo saiu ondulando de sua boca e sua própria voz fez o pescoço da coisa se contorcer e ficar roxo com uma gangrena. A cabeça do monstro caiu ao chão, o rosto...

... meu pai, não, não, não ele...

... contorcendo-se de agonia. Ela estava matando a coisa a cada toque, fazendo sua carne adoecer e morrer apenas com a força da vontade.

E isso era *errado*. O homem sentia no âmago do seu ser que era. Ela não era a coisa suave que ele a considerara, aquilo fora um engano... mas tampouco era essa portadora da morte feroz e vingativa. Ele sabia tão bem quanto qualquer um o quanto o sofrimento da perda podia esfolar a alma, deixando feridas que inflamavam até que nada pudesse aliviar a dor a não ser a raiva e a violência. Mas aquilo *não era ela*. Ela era...

... o caroço dentro de uma fruta madura. Lasca de pedra e metal, sangue e lágrimas. Uma oração no clímax do sexo...

... Aier. Ela era Aier.

E ele, ele não era um covarde sem nome, não estivera perdido naquele reino durante estações, séculos, eternidades. Na vigília, ele era um guerreiro. Ergueu uma das mãos, cerrou-a, lembrou-se da sensação do cabo de uma espada dentro do punho. Ao fazer isso, a espada apareceu. Sim. A espada do pai, Mwet-zu-anyan. A espada do Príncipe do Trono do Ocaso.

Sua espada. Porque na vigília ele era Wanahomen, líder de caça dos Yusir-Banbarra. E no sonho...

(Hanani. O nome dela era Hanani, e ela era sua amante e sua curadora.)

... No sonho ele era Niim.

E Niim era um sonhador de portentos e presságios, sobrinho do maior Coletor de Gujaareh, descendente de reis brilhantemente loucos e loucamente brilhantes. Ele era o Avatar de Hananja. Seria Príncipe um dia e, quando esse período terminasse, estava destinado a se sentar ao lado direito da Própria Deusa dos Sonhos.

O Príncipe de Gujaareh se levantou, a espada na mão, e atravessou o mundo vermelho para trazer a Serva de Hananja de volta a si.

* * *

O jardim do Yanya-iyan era a fortaleza secreta do palácio. Era acessível apenas por uma única porta de vidro — uma porta de verdade em vez das inúteis entradas abertas nas quais os gujaareen pensavam como portas — que podia ser trancada. Ele continha um pequeno galpão cheio de implementos de jardinagem: enxadas com lâminas afiadas, forcados com dentes, machados, facas compridas. Suas paredes eram revestidas de grossas placas de obsidiana com o propósito de reter o calor do jardim à noite, mas também duras demais para qualquer aríete rompê-las com facilidade. As placas permitiam o crescimento de plantas exóticas de terras distantes, inclusive ervas venenosas que poderiam ser usadas contra um inimigo ou para uma fuga final, caso todas as outras defesas fracassassem.

Os Coletores e Sentinelas o haviam tomado em metade do espaço de uma respiração. Anzi havia posicionado seus homens para defender os Protetores, orientando seus arqueiros para atirar na porta em ondas quando os Sentinelas começaram a atacar. Eles não haviam esperado que a porta de vidro aguentasse um ataque, claro, e ela não aguentara; uma pedra foi atirada dos corredores além do jardim e os soldados de Anzi se prepararam quando o vidro se estilhaçou e caiu aos pedaços. Mas, em vez de um grito de guerra, Sunandi ouvira então um som familiar e assustador: o zunido agudo de uma pedra jungissa.

Quando Sunandi acordou, estava esparramada em uma cama de flores de liti e vinhas de lágrima-da-lua, e Nijiri pairava sobre ela.

— Me disseram — falou Nijiri baixinho — que uma força tarefa de soldados invadiu o Hetawa, fazendo os meus confrades, as nossas crianças e outros cidadãos gujaareen de reféns.

Isso a fez despertar por completo com um arquejo. Sentando-se, ela olhou ao redor e viu Anzi e todos os soldados kisuati ajoelhados e amarrados em um canto, cercados por sacerdotes-guerreiros de olhares ferozes. Sunandi, os Protetores e outros cortesãos haviam sido deixados em liberdade na cama de vinhas, mas os Coletores eram seus guardas... e, aparentemente, seus interrogadores.

Mas, se os Protetores haviam sido estúpidos o bastante para atacar o Hetawa, eles teriam sorte se o papel de *interrogadores* fosse o único que os Coletores desempenhassem naquela noite.

Nijiri aproximou-se dela e, apesar da longa parceria, Sunandi se viu estremecendo sob o olhar dele. Não havia nenhuma compaixão no rosto do rapaz, nenhuma amizade em seus olhos.

— Você não sabia disso, Oradora? — perguntou ele.

— Não, Coletor — respondeu Sunandi. Ele sabia muito bem que ela teria tentado impedir se soubesse. Já era ruim o bastante que o Hetawa estivesse envolvido. O novo Príncipe gujaareen (pois ele vencera, onde quer que estivesse) tinha um grande interesse em manter os Protetores vivos. O Hetawa não tinha essa motivação e agora estariam furiosos sob aquela fachada fria e pacífica.

Nijiri acenou afirmativamente para si mesmo. O outro Coletor — o mais jovem, ela achava que seu nome era Inmu — também parecia zangado, embora a raiva dele deixasse Sunandi menos nervosa. A raiva no rosto de Inmu era ardente e humana. A raiva que irradiava de Nijiri era algo diferente.

— Qual de vocês orquestrou essa ofensa contra a nossa Deusa? — indagou ele, passando os olhos pela fileira de pessoas. — Falem e apresentem-se para o julgamento.

Aksata fez uma careta ao ouvir isso.

— Vocês não têm o direito de nos julgar — contestou ele. — Nós não fizemos nada de errado e...

Nijiri fez um movimento rápido com a mão e, um instante depois, Aksata caiu inconsciente no chão, uma jungissa sussurrante em forma de libélula fixa em sua testa. Nijiri fez um sinal peremptório com a cabeça para Inmu, que se agachou e pôs os dedos nos olhos de Aksata.

— Ah, pelos deuses. — Sasannante, sua voz subindo de tom quando ele entendeu. — Vocês não podem matá-lo, não podem!

Mas, depois de um intervalo de várias respirações, Inmu se levantou e devolveu a jungissa de libélula para Nijiri. Como um gesto extra de desdém, Inmu deixou o cadáver de Aksata esparramado de uma forma indigna. Sasannante soltou um pequeno gemido de horror e calou-se.

— Parem com isso! — gritou Anzi do outro lado do jardim. Sunandi olhou feio para ele, querendo que ficasse quieto, mas ele a ignorou. — Como ousam? Os Protetores de Kisua são...

— A Cidade de Hananja obedece à lei de Hananja — interrompeu Nijiri. Na verdade, ele ergueu a voz; até Anzi se calou diante da fúria cortante no tom de voz dele. — Se não queriam ser julgados por essa Lei, não tinham nada que ter vindo para cá.

Mama Yao, com uma coragem que Sunandi poderia ter admirado em circunstâncias mais razoáveis, endireitou-se ao ouvir aquele comentário.

— Isto é uma guerra, Coletor — disse ela. — Não existe lei em uma guerra. O seu próprio povo cometeu atrocidades; você vai julgá-lo também?

— Vou. E aqueles que tiveram suas almas corrompidas por essa violência devem morrer. A paz deles pode ser usada para acalmar e curar o resto, e assim a Lei será cumprida. — Nijiri estreitou os olhos para Mama Yao. — A senhora ordenou os ataques contra o Hetawa?

— Não — respondeu ela, franzindo a testa e piscando. A afirmação de Nijiri de que ele pretendia matar cidadãos gujaareen deixara

Yao nervosa; essa era a primeira vez que Sunandi via a velha mulher embaraçada. — Mas apoio o direito dos meus colegas Protetores de fazerem o que acharem melhor pelo bem de Kisua.

Nijiri não acenou afirmativamente, mas Sunandi teve a impressão de ver uma atenuação da raiva no rosto dele. O rapaz se concentrou em Sasannante.

— E você?

— Eu não sabia nada sobre o ataque planejado — respondeu ele, a voz baixa e triste. Nijiri estreitou os olhos para ele.

— Mas desconfiava.

— Desconfiava, mas nunca pensei que iriam em frente com isso! Fazer crianças de reféns... Eu jamais teria aprovado uma coisa dessas. Mas Aksata não apresentou essa ideia para nós, Coletor, antes de decidir seguir em frente! Ele agiu sozinho, talvez porque sabia que diríamos não. Ou talvez para nos proteger das repercussões. — Sasannante chacoalhou a cabeça com amargura, fitando o corpo de Aksata.

Depois de um instante, Nijiri acenou afirmativamente e passou para Moib.

— Eu não tive nada a ver com isso — declarou Moib, e de novo Nijiri colocou a pedra jungissa na testa do homem, fazendo-o cair como uma pedra. Quando o rapaz se agachou ao lado do corpo de Moib para fazer a Coleta ele mesmo desta vez, Anzi voltou a gritar.

— Ele falou que não estava envolvido, que os deuses te amaldiçoem!

— Ele estava mentindo — retorquiu Nijiri em tom monocórdico. Ele fechou os olhos e, após o intervalo de dez respirações, Moib também estava morto.

Levantando-se, Nijiri se virou para Anzi.

— Você vai até o Hetawa para chamar os seus colegas de volta?

Anzi cerrou os dentes, tremendo de raiva.

— Eu não respondo a você!

Para surpresa — e intenso alívio — de Sunandi, Nijiri apenas aquiesceu. Ele se voltou para Mama Yao.

— Por favor, ordene ao general Anzi que faça o que eu pedi — disse ele. — Vocês perderam. É escolha sua permanecer e enfrentar o nosso Príncipe e os seus aliados bárbaros ou começar a viagem de volta para Kisua. Se escolher essa última opção, vamos acompanhar o seu povo até o portão e dar mantimentos para a viagem pelo deserto.

Mama Yao parecia profundamente abalada. Todos eles sabiam que Moib estava mentindo; ele e Aksata haviam sido farinha do mesmo saco naquela conspiração. O fato de o Coletor ter percebido a mentira era uma demonstração mais devastadora de sua magia do que qualquer feitiço para dormir.

Yao olhou para Sasannante, que acenou afirmativamente; com um suspiro pesado, Mama Yao acenou também.

— General — disse ela —, por favor transmita as nossas ordens para o capitão Bibiki no Hetawa. Os reféns devem ser libertados e ele e os homens dele devem voltar para cá, junto com os kisuati que permaneceram na cidade. Devemos partir imediatamente para casa.

* * *

Tiaanet tropeçou enquanto corria pelas lajotas do pátio do Hetawa, quase derrubando Tantufi e tombando ela mesma em meio aos corpos que havia ali. Ela se endireitou e viu um soldado kisuati aos seus pés, o pescoço quebrado e o rosto paralisado em uma expressão de surpresa. As forças de Bibiki ainda não haviam voltado para recolher os corpos da batalha com os Sentinelas e ela tropeçara no braço estendido deste. Como Bibiki, o homem usava um couro de animal como manto: uma pelagem curta de tom fulvo dourado estampada com pálidas rosetas brancas. Outro caçador. Ela não fazia ideia do animal de que viera o couro, mas havia uma adaga diabolicamente comprida com cabo de osso na palma da mão do homem. Sem pensar, Tiaanet apoiou Tantufi sobre um ombro e se agachou para pegar a arma para si.

A pausa despertou sua astúcia. Ela se dirigira à Casa das Crianças na vaga esperança de fugir para a cidade por lá, explorando os mesmos meios que os kisuati haviam usado para entrar no complexo do Hetawa. Agora havia gritos atrás dela e gritos de resposta à sua frente: soldados kisuati dando o alarme. Claro que eles teriam guardas na Casa das Crianças e em todas as outras entradas e saídas do Hetawa. Não havia nenhuma maneira de escapar. Ela precisava se esconder.

Então ela saiu do pátio, correndo para dentro de um dos muitos outros prédios do complexo do Hetawa. Um corredor, algumas escadas, uma entrada com cortina. Ela se viu em um cômodo minúsculo com uma enxerga desarrumada a um lado e algumas prateleiras e baús com objetos pessoais. Os aposentos particulares de algum membro do templo.

Colocando Tantufi na enxerga, ela foi se agachar ao lado da cortina, girando repetidas vezes a faca nas mãos.

Com a mãe de guarda, Tantufi continuou sonhando.

* * *

Ela não odiara Azima.

Sabia disso agora enquanto caminhava em direção à monstruosidade caída que era a Sonhadora Desvairada, suas mãos revestidas de vermelho estendidas nas laterais do corpo. Azima fora um estranho para ela; ela o matara por medo e raiva e pelo simples desejo de sobreviver. Mas ela não o *conhecera*. Ele não fizera nada para merecer sua ira além de ser um tolo levado pelo ódio.

A Sonhadora Desvairada ergueu um grande punho contra ela, rosnando com sua voz inumana, mas ela não tinha medo daquilo. Andara nos pesadelos de uma deusa, por que uma mera mortal a perturbaria? Então foi fácil levantar uma parede de sangue à sua volta, que conteve o punho em movimento e o segurou bem firme. Sim, era sempre esse o truque para fazer uma cura na terra das sombras, apesar de um dia ela ter tido dificuldade para entender. A alma de um requerente não queria a *cura* nessas circunstâncias; ela queria mais dor e hediondez. Queria que alguém reconhecesse a imundície da vida, sua maldade e sua bílis. Para entrar em uma alma presa em um pesadelo, era preciso *tornar-se* um pesadelo.

Era por isso que Sonta-i não conseguira matá-la: ele não tinha emoções, não tinha como entender. E Mni-inh, apesar de toda a sua habilidade e do seu temperamento irritadiço, não tinha muito do que essa sonhadora precisava: uma fúria desesperada, estéril, cozinhando por muito tempo e a fogo lento. Conhecimento do que significava ser traída (*dada embora desrespeitada explorada*) por aqueles que deveriam ter cuidado e protegido. Familiaridade com a sensação de ser fraca entre os fortes, de não receber nem o respeito básico que se deve a outro ser humano. Consciência de como era ser uma *coisa* inferior e indigna aos olhos dos outros.

(Sonta-i? Mni-inh? Azima? Por um momento, a lembrança de quem eles eram desapareceu, mas então voltou esgueirando-se, hesitante.)

Mas, mesmo que Mni-inh houvesse compreendido como passar pelas defesas da fera, não teria tido ódio suficiente em sua alma para derrotá-la.

— Você o tirou de mim — disse ela. Tocou o punho que fazia pressão contra ela e ele se desintegrou ao seu toque, a carne torrando e os ossos virando cinzas. A fera gritou e ela começou a percorrer seu corpo, matando-a enquanto andava. (A fera se encolhia ainda mais ao ouvir suas palavras? Difícil dizer. Mais difícil ainda se importar.) — Mni-inh. E você levou o meu... — Ela parou por um instante, tentando se lembrar do nome. Ele lhe veio à mente devagar por entre o vermelho e os ossos. — O meu Dayuhotem, ele também. Você destruiu tantas pessoas, corrompeu tantas almas. *Você não vai levar mais ninguém.*

— Hanani.

Ela ignorou a palavra. Não importava quem ela era naquele lugar. A única coisa que importava era o ódio. Ela deu um tapa em uma ampla parte da lateral da criatura e viu sua pele ficar cinzenta e pintalgada como uma infecção que estivesse se espalhando rápido. A criatura se contorceu, tentando escapar, mas ela manteve a mão ali, mostrando os dentes e pressionando até a carne morta se contrair entre seus dedos. Era difícil controlar tanta bílis onírica, que abundava dentro dela, agitando-se com as correntes de luto de sua alma. Aquela coisa precisava sofrer; ela precisaria ter cuidado para não a matar rápido demais.

— Você nunca deveria ter nascido! — gritou ela. A criatura se contraiu de novo, de forma inconfundível desta vez, tremendo e gemendo em uma súbita falta de energia. Ótimo.

— Não há paz nisso, Hanani. Essa crueldade não combina com você. — A voz de novo, atrás dela.

A mulher não se importava com o que combinava com ela.

— Vá embora.

— Você vai me matar se eu não for?

Ela chacoalhou a cabeça para se livrar da distração da voz. Matar? Sim. Seria boa a sensação de matar qualquer um que ficasse em seu caminho. Não. Havia só uma alma ali que merecera seu ódio.

— Essa coisa matou Mni-inh! — disparou ela, tentando se concentrar. — Ela tem que morrer.

— Não desse jeito. — Seguiu-se uma pausa. — Lembre-se de quem você é, Aier.

Um sobressalto.

Ela parou de derramar bílis onírica na fera cheia de mãos, piscando.

— Aier? Quem é...

Vestes vermelhas dançando cera vermelha cornalinas vermelhas ga-ga-gagueira uma estátua de pedra da noite olhos fechados o sorriso de Mni-inh a boca de Wanahomen seu cabelo solto incenso cera de abelhas o som de sinos o sabor de sipri jungissa Dayu um campo rumorejante de cereais a voz meio esquecida de seus pais. *Eu juro em nome de Hananja não causar nenhum mal.*

Hanani arquejou e olhou para a fera.

Que de repente se encolheu aos pés dela, não mais uma fera, mas uma figura diminuta e magricela chorando após o tormento. Quando a Sonhadora Desvairada alçou os olhos para ela, Hanani fitou o rosto da assassina de Mni-inh e viu:

Uma criança.

Apenas uma criança. Que poderia ter se tornado uma menininha inteligente e alegre se alguém não houvesse despedaçado sua alma e moído os fragmentos até virarem pó. Que gemia e se esquivava de Hanani, erguendo mãos que já haviam sido quebradas demasiadas vezes, como que para evitar um golpe.

O que ela fizera?

— Para machucar outra pessoa, é preciso ensinar a alma a desejar o próprio tormento — falou a voz... Wanahomen, ele era Wanahomen... atrás dela. Algum atributo das palavras dele lembrou Hanani de Mni-inh e ela estremeceu outra vez, olhando para a criança. Wanahomen continuou, o tom triste agora: — Acho que talvez essa já tenha tido tormento suficiente, Hanani.

— Ah, Deusa — sussurrou ela, deixando-se cair de joelhos. A menina agora estava tentando rastejar para longe... sem conseguir, seus fracos membros inúteis na lama fofa que sua própria alma invocara. E, de repente, Hanani soube que houvera outras vezes, outros algozes de quem a menina *não* escapara. Outras palavras cruéis e espancamentos e um desejo infinito, doloroso, desesperado de descansar, só descansar um pouquinho...

— Mamãe — sussurrou a menina. Uma súplica para que alguém a *salvasse de Hanani*. Hanani estendeu a mão para a criança, mas a criança soltou um gemido alto e aflautado de angústia e ela deixou a mão cair.

— Sinto muito — disse ela enfim, quando conseguiu refletir sobre o seu horror. — Sinto muito, eu não estava pensando, sinto muitíssimo, por favor, não tive a intenção de machucar você. — Isso era mentira. Ela tivera a intenção de destruir cada membro que destruiu. — Eu não quis machucar *você*. — Essa parte era verdade. A fera cheia de mãos, uma manifestação dos medos da criança, nascida de toda a violência que lhe fora infligida, Hanani odiara aquilo com razão. Mas ela se esquecera da regra mais importante do Compartilhamento: uma pessoa não era os seus sonhos. E nenhum narcomancista poderia enfrentar as conjurações oníricas da alma sem um coração calmo, caso contrário se perderia no sonho e esqueceria de si mesmo. Essas haviam sido as primeiras lições que Mni-inh lhe ensinara.

Wanahomen se aproximou.

— Hanani?

— Não sei o que fazer — sussurrou ela. — Não restou nem um pouco de paz dentro de mim. Não sei como ser... ser o que ela precisa. — Ela não conseguiu se forçar a dizer *um Compartilhador*. Ela não era um Compartilhador, não mais. — Não consigo pensar em um jeito de ajudá-la.

Wanahomen suspirou e agachou-se ao lado dela, envolvendo-a com o braço e puxando-a para perto.

— Tudo bem. Você consegue encontrar uma maneira.

Com o canto dos olhos, Hanani viu a criança parar de rastejar e se virar para fitá-los com grandes olhos redondos.

— Eu, eu nunca senti tanta raiva, Wanahomen... — Ela ainda tremia de raiva. Havia gostado daquilo: perseguir a fera, infligir dor, pensar consigo mesma *não preciso de armas* porque suas mãos eram letais o bastante. Elas continuavam revestidas de cera vermelha... Não. Será que era cera? Ela sentiu náusea; começou a arranhar de maneira frenética os braços e os pulsos para tirar aquela coisa, usando as unhas e não se importando com os rastros de sangue que os arranhões deixavam para trás. Wanahomen fez cara feia e segurou as mãos dela para impedi-la.

— Sem tocar — falou a criança. Surpresa, Hanani viu que a Sonhadora Desvairada se levantara. Aqui no sonho a menina não era aleijada, não se desejasse o contrário. Agora ela estava de pé, embora vacilante, observando-os. Observando *Wanahomen*, seu rostinho se enchendo de um ódio letal. — Sem tocar sem dormir *você não toca você não machuca.*

Wanahomen abriu a boca para dizer:

— Não a estou machucando, sua boba...

Mas, no instante seguinte, sua boca desaparecera.

Ele respirou, arregalando os olhos, erguendo a mão para tocar o local onde ela estivera. Mas então suas mãos desapareceram, encolhendo até restarem apenas os cotocos do punho. Não havia sangue: os cotocos eram uma pele lisa e fechada, como se nunca houvessem existido mãos, para começar. Em seguida, os antebraços se fenderam e sumiram, até o cotovelo. Wanahomen emitiu um ruído rápido, aterrorizado...

— Não! — Hanani levantou-se de um salto, entrando na frente dele. A Sonhadora Desvairada tremeu, olhando feio para ela, e Hanani sentiu sua consciência se turvar, seu senso de si mesma estremecer e se afastar outra vez. Ela não era Hanani, era a mãe, cheia de raiva...

Não! Eu sou Aier! Hanani cerrou os punhos e lutou para permanecer ela mesma. Esse era o poder da Sonhadora aqui neste mundo que criara nos reinos intermediários. Em Ina-Karekh, os sonhos refletiam o eu, como a Deusa Hananja ordenara. Mas, na idealização da Sonhadora Desvairada, o eu refletia *ela mesma*... o que a Sonhadora via em suas vítimas ou queria que elas se tornassem. Será que a criança ao menos percebia que estava matando pessoas, completos estranhos que não haviam feito nada para merecer sua ira? Hanani não sabia, mas quando Wanahomen caiu ao chão às suas costas, soltando um uivo animalesco enquanto suas pernas se retorciam e desapareciam, todo o seu medo desapareceu também.

— Chiu — disse Hanani, dando um passo à frente. A vontade da Sonhadora a pressionou de novo e, desta vez, ela deixou que a modificasse, pelo menos na superfície. Por dentro, ainda era Aier. Por fora, sua aparência mudou, tornando-se mais alta, mais escura, esbelta, mais bonita do que jamais poderia ser na vigília. — Pronto — falou ela, baixando e suavizando a voz. O cantarolar de uma mãe. — Não tenha medo.

E a raiva da Sonhadora Desvairada desvaneceu. Ela recuou um passo, depois deu um passo à frente, e uma expressão de ansiedade desesperada tomou conta do seu rosto esquelético.

— Mamãemamãe?

Hanani estendeu os braços para a criança e a envolveu, aninhando-a bem perto de si. A criança estremeceu e depois enterrou o rosto no seio de Hanani.

— Mamãe — voltou a dizer... e sorriu.

— Sim — confirmou Hanani. Ela afagou os ombros macilentos, seus dedos deixando delicados fios vermelhos. Tanta dor nessa menina, mais do que qualquer magia poderia aliviar. A alma da Sonhadora Desvairada absorvia sangue onírico como o deserto drenava água... e então Hanani não tinha mais nada, a não ser o seu próprio sangue onírico, o que lhe custaria a vida. Não a incomodava pagar esse preço, mas não resolveria o problema. A necessidade da Sonhadora era demasiada. Hanani poderia derramar toda a sua vida na criança e jamais fazer a diferença.

Sua alma estava quebrantada além do que a habilidade da magia podia consertar, Yanassa lhe dissera uma vez, falando sobre dor e perda... e misericórdia. Seus irmãos Compartilhadores haviam matado aquela mulher, a tia-avó de Yanassa. E o que Yanassa não falara, o que talvez nem sequer soubesse, era que aqueles Compartilhadores provavelmente haviam obliterado a alma dela em vez de deixá-la viajar para Ina-Karekh. Uma alma tão corrompida jamais poderia encontrar paz, nem mesmo com a magia inata de uma mulher, nem mesmo com a ajuda de um Coletor. Ela apenas vagaria para a dor e a escuridão dentro da mente da Deusa, os semelhantes se atraindo, para sofrer pesadelos por toda a eternidade. Era mais generoso aniquilar a alma do que deixá-la daquele jeito.

Yanassa provavelmente teria entendido, se soubesse. *Nós ficamos felizes por isso.*

Então, quando os fios vermelhos se esgotaram, Hanani fechou os olhos e derramou fios pretos.

Mas não para causar dor desta vez.

— Quietude — sussurrou ela no ouvido da criança. — Silêncio.

Com uma voz confusa, tão exausta que os olhos de Hanani arderam com as lágrimas que brotaram, a Sonhadora Desvairada perguntou:

— Dormir?

— Dormir — respondeu ela. — É. Você pode dormir agora. O quanto quiser.

E a Sonhadora Desvairada recostou-se nela com um suspiro profundo e contente. Foi fácil para Hanani entrelaçar bílis onírica naquele suspiro, transformando-o em um suspiro mais longo, tirando o ar da criança até parar. Foi fácil também desembaraçar a alma em si.

O desagradável mundo de sangue e ossos desvaneceu. Eles flutuaram, Hanani e Wanahomen, na escuridão mais limpa dos reinos intermediários. Da alma da Sonhadora Desvairada não restara nada. Ela deixara de existir.

— Príncipe — falou Hanani baixinho para a escuridão. — Volte para a vigília agora. Diga aos meus irmãos, se eles ainda não souberem, que a praga do pesadelo acabou.

Após um momento de pausa, provavelmente contando todas as suas partes para se certificar de que ainda estavam lá, Wanahomen soltou o ar.

— Graças à Deusa por isso. — Uma pausa. Naquele espaço sem corpo, ela sentiu a súbita desconfiança dele. — Mas com certeza você mesma pode contar a eles.

Ela suspirou.

— Não, Príncipe. Eu não posso.

Silêncio e choque... e, de repente, medo. Ele não queria que ela morresse. Ele *a* queria, mas isso não era de surpreender. Como Yanassa a advertira, Wanahomen prendia demais.

Você compartilhou a sua força comigo, Niim, quando precisei depois da morte de Mni-inh. Mas isto você não pode compartilhar.

— Minha alma também é corrupta — disse Hanani. Na escuridão suave, a voz dela ecoava, vazia. — Duas vezes agora matei com mãos que deveriam curar e até gostei do sofrimento de outra pessoa. Repetidas vezes, quebrei os meus juramentos. Mas ainda amo Hananja; sei qual é o meu dever.

A raiva dele fez a escuridão ondear, tentando se tornar outro lugar, mas a vontade dele estava muito dispersa e agitada para moldar qualquer coisa específica. Ele não tinha o controle de um Coletor, só o poder.

— Não, não, você não vai fazer isso, Hanani, eu proíbo...

— Você não tem o direito de me proibir — interrompeu ela, sem se importar mais com a grosseria. Estava cansada, tão cansada. Todos a quem amava estavam mortos e seus sonhos se foram. Talvez não se desse ao trabalho de viajar para Ina-Karekh. Talvez simplesmente ficasse ali e deixasse sua alma extinguir-se como a da Sonhadora Desvairada. — Não há mais nada para mim em Gujaareh.

— Então volte para Merik-ren-aferu — retrucou ele. — Fique com os banbarranos. Eu digo a eles que você morreu.

— Não seja tolo, Príncipe. Vai se corromper por mim? E destruir tudo pelo que trabalhou? — Ele caiu em uma consternação silenciosa e ela chacoalhou a cabeça. — Um Servo de Hananja não teme a morte. E eu...

Então parou. Tudo dentro dela doía. Maldito fosse ele por tornar aquilo mais difícil para ela. Será que ele não pensava em ninguém além de si mesmo? Ela sentiria falta dele. Não queria, mas sentiria... e essa era apenas mais uma dor, mais um fardo, sobre tantos outros que já a faziam se vergar.

— Eu *quero* morrer — afirmou Hanani por fim. — Por favor.

Isso deveria ter resolvido a questão. Se ele fosse um homem sério, um homem civilizado, teria. Nenhum gujaareen desrespeitaria o desejo de outra pessoa por paz.

Mas Wanahomen era metade bárbaro e metade louco... e um príncipe acostumado a conseguir o que queria, e um guerreiro acostumado a *impor* o que queria e, além de tudo isso, um Coletor. Então ele se aproximou dela e quando ela resistiu, surpresa, falou o nome de alma dela. Não para lhe fazer mal, embora pudesse ter feito... assim como ela poderia ter feito mal a ele, sabendo por sua vez o nome dele. Ele simplesmente a abraçou tão próximo que ela podia distinguir as esperanças dele, a vontade dele, de forma tão clara quanto as dela.

— Não vou deixar você fazer isso — sussurrou ele.

— Eu te disse, você não tem...

— Eu sou o Avatar Dela, que os pesadelos te amaldiçoem, isso me dá algum direito! E, se seguir adiante, vai fazer comigo o que a perda de Mni-inh fez com você.

— Isso é egoísmo!

— Sim! É! Mas não quer dizer que eu esteja errado!

Emaranhada a Wanahomen, ela sentiu o fio do medo dele. Por hábito, seguiu-o e encontrou sua raiz na alma dele, logo atrás do coração, onde retirá-lo deixaria uma ferida aberta e talvez fatal. *Perdê-la* causaria essa ferida nele.

Hanani ficou tão surpresa com aquilo que prestou atenção nele em vez de rejeitá-lo de todo. Sentiu-o perceber isso e soube quando ele optou por uma nova tática, aproveitando a vantagem.

— Deixe os Coletores decidirem — propôs Wanahomen sem demora.

— O quê?

Mãos que ela não conseguia ver a seguravam perto e com firmeza.

— Como você pode se atrever a se julgar corrupta? Você é só um Compartilhador, Hanani, e um aprendiz, aliás. Volte para a vigília e apresente-se a eles. Conte a verdade. — Um lampejo de medo dele, rapidamente suprimido. — Eles verão, assim como eu vejo, que as suas escolhas não tiveram nenhuma intenção corrupta.

Fazia um sentido surpreendente. Parte dela queria ouvir, ou talvez ela apenas estivesse tão cansada que era mais fácil deixá-lo vencer por enquanto.

— Pois bem — concordou ela, enfim. Mas, antes que ele pudesse rejubilar-se, acrescentou: — Mas eu *vou* me apresentar aos Coletores, Príncipe. E vou me submeter ao julgamento deles, seja qual for.

O medo dele desvaneceu só um pouco porque ele sabia tão bem quanto Hanani que ela cometera grandes crimes. Os Coletores não eram conhecidos por sua clemência e a Lei de Hananja tinha pouco espaço para nuances.

— Que seja — disse ele, enfim. Ela ficou surpresa por sentir uma resignação solene nele. — Você é um Compartilhador de Hananja; sei o que isso significa desde que te conheci. Vou me submeter ao que quer que você escolha.

Então ele os levou de volta ao reino da vigília, para enfrentar todas suas as ameaças e promessas.

45

A BATALHA DO SANGUE

Tiaanet andou sozinha pela cidade com a faca do caçador na mão. As ruas, povoadas apenas pela fumaça remanescente e pelas sombras saltitantes, ecoavam levemente o barulho dos seus pés calçados com sandálias. Várias vezes ela ouviu outros passos ou vozes nas ruas adjacentes, mas nenhum deles chegou perto. A cidade ainda estava zangada, mas não com ela, então a deixaram em paz.

Ela deixara o corpo de Tantufi para trás, naquele quartinho, para os membros do templo o encontrarem. Eles veriam a carne negligenciada e cheia de cicatrizes da criança e demonstrariam bondade, talvez até contratando pranteadores para chorar as lágrimas que ninguém mais derramaria. Talvez fossem usar a magia deles para ver de algum modo como haviam sido as suas últimas horas; Tiaanet ouvira falar que eles podiam fazer isso. Então talvez pudessem ver que Tantufi gritara pela mãe uma vez das profundezas do sono. Talvez vissem que Tiaanet erguera Tantufi nos braços depois de encontrar o rosto dela coberto de lágrimas; veriam que Tantufi se aconchegara mais perto, enterrando o rosto no seio da mãe e soltando um suspiro de profundo contentamento. E talvez experimentassem aquele terrível e magnífico momento em que alguma força inexplicável perpassou

Tantufi e, através de Tantufi, chegou a Tiaanet. Aquela força tocara velhas e profundas cicatrizes dentro de Tiaanet e as suavizara um pouco, talvez diminuindo uma ou duas das mais antigas e espessas. Mas, quando aquele momento passou, havia uma nova ferida viva para substituí-las, pois Tantufi estava morta nos braços de Tiaanet.

Ela virou uma esquina, entrando no distrito alta-casta.

Os soldados kisuati haviam deixado o Hetawa quando ela foi embora. Teria sido fácil para Tiaanet ficar onde estava e esperar que os Servos de Hananja a encontrassem; ela não tinha mais motivos para temê-los com Tantufi morta. Mas, em vez disso, quando a Lua dos Sonhos começou a segunda metade de seu percurso noturno pelo céu, Tiaanet saiu do Hetawa passando pela Casa das Crianças vazia. Seu caminho serpenteou desde então, principalmente para evitar áreas de fogo e barulho, mas ela soubera desde o início aonde pretendia ir.

A casa da cidade estava escura quando ela chegou. Ela se preparara para usar a chave escondida na área para convidados — a maioria dos gujaareen não trancava suas portas, mas Sanfi sempre exigira isso —, mas a porta principal se abriu quando ela tentou. Ela a fechou e ficou ouvindo na entrada por um instante. Vinham sons furtivos dos corredores da parte de trás da casa e, ao fundo de um, ela pôde ver uma luz tênue. Uma única lamparina, provavelmente, a chama mantida baixa por alguém que esperava evitar a atenção dos vizinhos.

Tiaanet caminhou em direção à luz.

Seu medo voltara. Esse fora o desafortunado efeito colateral do poder que matara Tantufi... ou talvez fosse obra de Tufi, de algum modo. A noção confusa que a criança tinha de um presente. E talvez algum dia Tiaanet agradecesse a volta das emoções que perdera tanto tempo antes, mas não agora. Não com o coração martelando em seus ouvidos e memórias desagradáveis desfilando atrás de seus olhos.

Mas não seria aquilo adequado? Ela parou à entrada do estúdio, observando em silêncio enquanto o pai revirava papéis de folha de junco e resmungava para si mesmo. Ao longo de todos os anos de tormentos do pai, Tiaanet se recolhera à ausência de emoções, mas Tantufi não tinha esse refúgio. Se Tiaanet houvesse mantido sua autodepreciação, poderia ter vencido a inércia que a mantinha obediente à vontade do pai. Uma boa mãe não teria encontrado de alguma maneira a chave que Sanfi usava para manter sua filha acorrentada? Uma boa mãe não teria contratado seus próprios assassinos?

Uma boa mãe não teria matado Tantufi ela mesma, se não havia nenhuma outra forma de escapar de tanto sofrimento?

Tiaanet certificou-se de que a faca estivesse fora de vista atrás da moldura da porta.

— Pai — disse ela.

Sanfi levou um grande susto, deixando cair com estardalhaço um pergaminho e quase derrubando a lamparina. Quando ele a viu, porém, o medo em seu rosto foi substituído pela alegria.

— Tiaanet! Os olhos da Deusa recaíram sobre mim! O que... Como... Você fugiu dos soldados? Eu fui ao Yanya-iyan, implorei aos Protetores, mas eles não queriam me escutar...

Tiaanet olhou em volta quando entrou no cômodo. Três dos vasos de flores haviam sido movidos para o lado ou derrubados, expondo compartimentos que ela não sabia que estavam lá. Um dos compartimentos estava aberto; dentro dele, ela pôde ver um pequeno baú vazio. Uma bolsa aberta — ela pôde ver que havia dinheiro, joias e pergaminhos com um selo e um nó de propriedade nela — estava no chão ao lado de Sanfi, bem como uma chave familiar em um barbante comprido.

— Tantufi está morta — falou ela, passando os olhos da chave para o rosto dele.

Um lampejo de júbilo perpassou seu rosto antes que ele pigarreasse e fingisse desconforto.

— É, bem, a saúde da sua irmã era...

— Filha, pai. Não tem mais ninguém aqui, não precisamos mentir um para o outro. — Dobrando o corpo da maneira exata, ela contornou um banco de madeira, aproximando-se dele. — Minha filha, e sua.

Ele fez cara feia, como sempre fazia quando o lembravam de suas perversões.

— E a sua mãe?

— Ainda no Hetawa. Eles vão curá-la, imagino, até onde é possível. — Ela viu-o franzir ainda mais o cenho ao ouvir aquilo, viu-o calcular a chance de uma Insurret racional contar aos sacerdotes os muitos, muitos crimes de seu marido.

— Precisamos sair da cidade — afirmou ele por fim, virando-se para pegar os pergaminhos caídos. — Tenho conhecidos nos vilarejos rio acima e em Kisua que podem nos ajudar. Pode haver uma forma de salvar os nossos planos se...

Tiaanet enfiou a faca do caçador kisuati nas costas dele. Ela usou as duas mãos e movimentou o braço de cima para baixo, embora a faca fosse afiada, porque precisava ter certeza de que atravessaria as costelas dele.

Ele girou para encará-la, parecendo mais perplexo do que qualquer outra coisa.

— Tiaanet? — Ele levou a mão às costas e tateou em busca da faca, depois trouxe a mão de volta para a frente, arregalando os olhos ao ver o próprio sangue. — O que... Você...

Ela não acertara o coração. Sem demora, antes que ele pudesse se recuperar, ela o empurrou para trás com as duas mãos. Ele cambaleou para trás, tropeçou na bolsa aberta e caiu de maneira desajeitada entre os baús e pergaminhos. Enquanto se esforçava para se levantar, ela pegou um dos vasos de flor de metal. Era pesado demais para ser erguido, mas ela podia carregá-lo até ele, o que ela fez.

— Tiaanet! — A confusão dele dera lugar ao medo. Ele se arrastou para longe dela em pânico, esquecendo-se de todos os seus esforços para ser discreto. — *Tiaanet!*

Ela deixou cair o vaso. Ele ergueu um braço diante do rosto no último instante, o que fez o vaso pousar sobre a sua garganta e o seu peito em vez de acertar sua cabeça. Ele soltou um gemido forte, inarticulado e borbulhante, provavelmente quando a faca penetrou mais fundo no pulmão ou em outro órgão, mas ainda estava tentando se libertar, embora debilmente agora. Tiaanet observou por um momento, ponderando, e então foi sentar-se sobre o vaso.

A lamparina se apagou durante o tempo que levou para o seu pai morrer. A luz da Sonhadora entrando pela janela alta era um substituto suficiente, mas Tiaanet descobriu que não gostava de observar. Observou mesmo assim porque, de outro modo, nunca saberia ao certo que ele estava morto. Mas, por mais que se obrigasse a se lembrar das coisas que ele fizera, por mais que seu coração ecoasse com o ódio que ela jamais ousara sentir antes, sua visão se turvou enquanto ela o via gargarejar e tentar respirar. Suas mãos tremiam quando ela enfim tocou a garganta dele para ver se o coração havia parado. Ficou sentada sobre o vaso por mais um tempo só para garantir, mas enfim teve de se levantar quando sentiu náusea.

Morto. Ele estava morto. Morto. Morto.

Depois da náusea, ela chorou por algum tempo.

Quando se recuperou, pegou a bolsa e encheu o restante do espaço com roupas para viagem e comida. Pegou a chave da corrente de Tantufi também, amarrando-a ao redor do pescoço e escondendo-a no brocado do vestido. Esse não foi um gesto pensado. Ela não esperava lembrar-se da filha pela ferramenta usada para escravizá-la. Simplesmente pareceu certo e, para Tiaanet, que sobrevivera o tempo que sobrevivera confiando na razão e não na emoção, sendo mais esperta que o pai, quando não o derrotando, deixar o *sentimento* guiar suas ações era novidade e, de certo modo, um alívio.

À entrada ela parou, abruptamente atrapalhada, pois não pensara além da morte do pai. Mas, quando a última porção da Lua dos Sonhos desapareceu entre os telhados da cidade, ela alçou o olhar e notou a estrela mais alta da constelação chamada Enlutada. Ela só aparecia durante a primeira estação de um novo ano; a Lua da Vigília já estava se esgueirando para fora do esconderijo para encobri-la. Por enquanto, todavia, a estrela brilhava mais do que qualquer outra, baixa no horizonte oeste.

Virando-se para segui-la, Tiaanet começou a andar.

46

PRÍNCIPE DO OCASO

O mundo havia mudado outra vez quando Wanahomen abriu os olhos.

— Saudações, Príncipe. — Uma voz familiar, embora não totalmente bem-vinda. Wanahomen olhou em frente e viu o Coletor Nijiri agachado ao seu lado.

— Wana! — Wanahomen piscou. Ezack estava ao seu outro lado, levantando-se com esforço agora que vira Wanahomen acordado.

Soerguendo-se, Wanahomen se viu dolorosamente enrijecido e tão exausto como se não houvesse dormido nem um pouco. Ele esfregou os olhos e só então se lembrou de que devia estar ferido. Mas não havia dor em seu peito nem em sua coxa e, quando examinou a si mesmo, descobriu que os ferimentos haviam fechado, deixando apenas buracos ensanguentados em suas roupas banbarranas.

— Hanani — falou Nijiri. — Ela curou você enquanto te salvava da Sonhadora Desvairada. Como se sente?

— Cansado — respondeu Wanahomen. Ele poderia ter dormido por uma semana. — Faminto.

— Nós damos comida pra você — disse Ezack em um gujaareen deplorável, exibindo um sorriso malicioso. — Ou você dá comida pra gente, agora que é um rei abastado.

Wanahomen olhou ao redor. Luz do sol e arco-íris banhavam o Salão de Bênçãos, entrando pelo prisma das janelas e pela porta de bronze escancarada. Ele estava deitado em um dos vários bancos de cura que haviam sido colocados na plataforma, aos pés da Deusa-estátua. Atrás do Coletor e de Ezack, ele podia ver muitos outros, seus próprios homens se misturando com os aliados gujaareen e os Servos e as Irmãs. Iezanem estava tendo uma conversa profunda com um Professor; Deti-arah se agachara para falar com o filho. Não havia soldados kisuati presentes. As enxergas onde estiveram os adormecidos haviam sumido também.

— Você dormiu a noite inteira até de dia — explicou Ezack, ficando sério. — A gente achou que os *fuh atat* kisuati, coloca veneno, mas sacerdote falou que não. Falou que você ocupado com magia.

— Eu estava — confirmou Wanahomen, franzindo a testa. As lembranças estavam confusas, espessas. Se algum dia ele tivesse sido treinado para se lembrar dos sonhos, talvez pudesse ter obtido clareza deles, mas a única coisa de que se recordava era vermelhidão e repugnância. E... uma criança assustada? Alguma coisa sobre os Coletores?

O Príncipe fitou o Coletor Nijiri, só então notando que o homem parecia tão exausto quanto ele. E havia um tipo estranho de peso nos gestos do Coletor que intrigou Wanahomen por um momento... até ele lembrar quantas pessoas haviam morrido, inclusive Charris. Então ele entendeu o estado de ânimo do Coletor.

— Talvez você nunca se lembre — explicou Nijiri. — Mesmo para aqueles de nós criados no Hetawa, nem tudo o que acontece nos sonhos pode ser explicado à luz do dia. Basta saber que a praga do pesadelo acabou e Gujaareh está livre, pelo menos nos sonhos.

As lembranças eram como a neblina da manhã na mente de Wanahomen, desaparecendo quando ele despertou por completo. Ele chacoalhou a cabeça para esvaziar a mente e cautelosamente se pôs de pé. Por um instante, ele ficou tonto, mas a sensação passou logo.

— Os adormecidos se aquietaram enquanto você e Hanani enfrentavam a Sonhadora Desvairada — continuou Nijiri, levantando-se com ele. — Eles não acordaram, mas pararam de morrer. Foi assim que soubemos que alguma coisa tinha mudado. Alguns instantes depois, eles começaram a acordar. Foi assim que soubemos que vocês tinham vencido.

Alguns instantes. Ele sentia como se houvessem se passado anos.

— E os kisuati? — perguntou ele para se distrair, alongando-se para aliviar a rigidez.

— Foram embora da cidade ao amanhecer. Esses foram os termos da rendição que exigimos.

Isso fez Wanahomen acordar.

— *Rendição?*

Um dos membros do templo ali por perto, um ancião que estivera conversando com um dos sacerdotes-guerreiros vestidos de preto, virou-se e sorriu para Wanahomen.

— Foi incondicional — falou ele. — Me disseram que eles abandonaram o Yanya-iyan com uma pressa nada pacífica, na verdade, o que eu desconfio que pode ter sido motivado pela multidão de cidadãos raivosos que tinha começado a se formar no portão do palácio.

Wanahomen olhou para Ezack em busca de confirmação. Ezack, que conseguira entender a conversa, deu de ombros.

— Nenhuma flecha foi disparada dos nossos arcos — comentou ele em chakti. — Alguns morreram, a maioria quando você sofreu aquela emboscada, mas muito menos do que esperávamos no total. Os feridos também já foram curados. Se você tivesse falado que ia ser fácil assim, a gente teria vindo tomar a sua cidade de volta para você muito tempo atrás.

Não houve nada de fácil nisso, pensou Wanahomen, mas é claro que Ezack não era gujaareen. Ele não entenderia.

Então Wanahomen voltou-se para o Coletor.

— Essa não era a guerra que eu tinha em mente — disse ele. — Carruagens e lanças eram algo que eu estava preparado para enfrentar, mas demônios oníricos e magia? — Ele chacoalhou a cabeça.

— A Deusa nos dá os fardos que cada um de nós é mais indicado para carregar — falou o Coletor. — Nem sempre são os fardos que esperamos.

— Você deve ter muitos fardos perfeitamente comuns agora, Príncipe — declarou o ancião, que contornou o banco para pôr a mão no ombro de Wanahomen de maneira amistosa, embora o rapaz nunca o houvesse visto antes. — Talvez isso ajude…

Ele fez um sinal para duas crianças do Hetawa virem para a frente, cada uma carregando um objeto embrulhado em um pano. Um dos objetos era um bastão comprido, pelo formato do embrulho. O outro... Wanahomen conteve a respiração, intuindo o que era antes de ver. O menino parou diante dele e, com a ajuda do colega, desembrulhou o objeto, revelando as placas de âmbar vermelho e dourado da Auréola do Sol Poente.

— Nós a trouxemos para os nossos cofres para salvaguardá-la quando os kisuati tomaram a cidade — explicou o ancião, falando em um tom suave enquanto Wanahomen se apoderava da Auréola com reverência. Ele a ergueu contra a luz, admirando-se de como parecia muito mais brilhante do que se lembrava. — Se quiser, podemos emprestar um desses jovenzinhos para carregá-la para você quando for para o Yanya-iyan.

Cavalgar pelas ruas da cidade com a Auréola atrás dele... Wanahomen engoliu com esforço o nó na garganta e fez um aceno mudo para o garoto, que sorriu e imediatamente começou a trabalhar com o acompanhante para desembrulhar o bastão.

— Há muito trabalho a fazer, colocar Gujaareh nos eixos — disse Wanahomen quando conseguiu falar outra vez. — Eu gostaria de ter a ajuda do Hetawa para isso. E a dos shunha e dos zhinha, e dos meus aliados banbarranos.

Ele se virou para ficar de frente para as pessoas reunidas na plataforma e teve um acesso momentâneo de nervoso ao ver que os olhos de todos estavam voltados para ele, na expectativa. Mas seus nervos se acalmaram muito, muito rápido.

— Você terá a ajuda do Hetawa, claro — assegurou o ancião, que Wanahomen enfim percebeu que devia ser o atual Superior.

— E a dos shunha — acrescentou Deti-arah, erguendo o filho nos braços para que o menino pudesse ver. — Não posso falar pelos zhinha, mas...

— Eu posso — disse Iezanem, parecendo ofendida que Deti-arah sequer considerasse a possibilidade. — Nós já oferecemos o nosso apoio à Linhagem do Ocaso, embora alguns detalhes desse apoio precisem ser discutidos.

Ela dirigiu um olhar significativo a Wanahomen e ele inclinou a cabeça para mostrar que entendia. Ele teria de compartilhar mais poder com os nobres do que seu pai fizera, e talvez com os mercadores e os militares também. Ele não necessariamente se importava com isso... mas, se ela achava que ele toleraria ser uma mera figura decorativa, Wanahomen esperava que estivesse preparada para lutar outra guerra.

Talvez fosse melhor eu me casar com ela, isso poderia fazê-la calar a boca.

— Quer dizer que eu sou líder de caça agora? — perguntou Ezack em chakti. Ele se alongou, despreocupado.

Wanahomen o fitou, dividido entre o divertimento e o espanto com a audácia dele.

— Isso depende de Unte.

— Droga. Ele não gosta de mim.

— Mando uma recomendação para ele em seu favor — falou Wanahomen — se você mantiver a tropa dos Yusir aqui para servir como minha guarda do palácio por uma oitava de dias ou duas. Preciso de guerreiros em quem eu possa confiar, caso apareçam assassinos.

Ezack se animou de imediato.

— Nunca matei um assassino! Vão ter muitos?

— Com sorte, todos eles vão ficar com medo de tantos guerreiros bárbaros destemidos.

Ezack suspirou.

— Acho que podemos ficar esse tempo. Unte não vai se importar, já que as mulheres logo vão vir para a cidade para começar a pechinchar com os nossos novos parceiros de negócios. Pode ser que elas queiram alguns de nós por perto no caso de alguma estupidez... apesar de que, sinceramente, o seu povo parece tão feliz de nos ver que não consigo imaginar muito disso acontecendo. — Ele fez uma pausa, observando outro zhinha passar com uma serva de seios descobertos um passo atrás. Todos os homens de caça estavam olhando para ela. Wanahomen anotou mentalmente para instruí-los sem demora sobre os costumes gujaareen. — Falando em felicidade, vai ter festa?

— Depois — respondeu Wanahomen. Ele se virou para o Superior, mas não pôde deixar de cruzar o olhar com o Coletor enquanto falavam. — Primeiro choramos a perda dos mortos e cuidamos dos vivos. Todas as coisas no seu devido tempo. É esse o caminho da paz, não é?

O Coletor aquiesceu silenciosamente.

— Assim é — concordou o Superior.

— Então vamos começar — instou Wanahomen.

E, embora ninguém aplaudisse, houve uma mudança palpável no clima do Salão. Wanahomen viu júbilo em muitos rostos enquanto se viravam para retomar suas tarefas ou saíam para começar o longo e árduo processo de consertar uma nação danificada. Ezack fez uma saudação animada para Wanahomen e depois desceu da plataforma, provavelmente para conversar com os demais líderes de caça. O Coletor desapareceu entre a multidão, como fazia a sua espécie. Mas, quando o Superior se virou para partir, Wanahomen pôs uma das mãos no braço do homem para impedi-lo.

— Todas as coisas no seu devido tempo, Superior — disse ele, falando baixo e aproximando-se. — E o Compartilhador-Aprendiz Hanani, onde está?

O Superior ficou sério de repente.

— Ela está bem — respondeu. — Ela acordou algumas horas antes de você e nos contou o que aconteceu no reino dos sonhos. Se quiser, eu posso transmitir a sua mensagem de despedida...

— Eu mesmo transmito, obrigado.

O Superior hesitou, parecendo nitidamente desconfortável.

— Hanani conversou conosco abertamente sobre a morte de Mni- -inh — comentou ele devagar — e sobre... e sobre os outros eventos que aconteceram enquanto ela estava no deserto. Percebo que você pode ter desenvolvido uma, hum, afeição... Que os seus sentimentos... — Ele respirou fundo, depois enfim chacoalhou a cabeça. — Nós somos a família dela, Príncipe. É melhor você não voltar a vê-la.

Só o treinamento de sua mãe evitou que Wanahomen retrucasse uma resposta imediata ao ouvir aquilo. Ele teria de reaprender a ter tato, percebeu com pesar: a língua afiada que lhe servira tão bem entre os banbarranos não lhe serviria mais em Gujaareh.

— Se essa for a decisão dela, claro que vou concordar — replicou ele, mantendo o tom respeitoso apesar da intratabilidade das palavras. — Então vou apenas vê-la agora, para ouvir de sua boca.

O Superior pareceu azedo, mas enfim suspirou.

— Venha comigo — disse ele, e Wanahomen o seguiu para o Hetawa interior.

* * *

Várias centenas de corpos haviam sido dispostos nas lajotas do pátio. Vítimas do pesadelo, kisuati e gujaareen que haviam morrido na revolta, Sentinelas caídos na batalha pelo Hetawa... e Charris. O Superior parou a uma distância diplomática enquanto Wanahomen foi ver o velho amigo, cumprimentando com a cabeça a Irmã de Hananja que envolvia o corpo para cremação. Mas o Charris que ele tinha conhecido se fora daquela carne havia muito tempo e, depois de um instante, Wanahomen seguiu em frente.

Hanani estava ajoelhada em meio aos corpos. Estava claro que fazia algum tempo que estava acordada, reservando um tempo para tomar banho e colocar a vestimenta do Hetawa que estava usando quando eles se encontraram pela primeira vez, embora com mudanças, notou Wanahomen. Ela deixara o cabelo ao estilo banbarrano, solto e enfeitado, os grossos cachos cor de areia afastados do rosto por uma faixa de couro com miçangas. Ao kohl sobre os seus olhos, que quase todos os gujaareen usavam como proteção para que o sol não os cegasse, ela acrescentara uma suave tintura de lábio marrom que combinava com a sua tez, e ainda usava a tornozeleira de âmbar sobre as sandálias simples e funcionais.

Mas o colarinho que cobria o seu pescoço e os seus ombros agora tinha várias dezenas de pequenos rubis polidos em vez das cornalinas que ela usara antes.

Engolindo em seco para evitar um súbito desconforto, Wanahomen parou atrás dela e pigarreou. Por um momento, achou que ela não o houvesse escutado, mas então ela disse:

— Os Coletores não me julgaram corrupta.

E então enfim ele se lembrou. A barganha que ele fizera em seu desespero para convencê-la a voltar para Hona-Karekh e para a vida. Jamais lhe ocorrera que ela poderia procurar o julgamento antes mesmo que ele acordasse. Maldita mulher teimosa... Mas ele estava feliz, mais feliz do que podia dizer, de que eles a houvessem deixado viver.

— Ótimo — retorquiu ele. — Porque você não era.

— É o que dizem. — Ela suspirou, afagando o rosto do corpo à sua frente. — Mas matei quatro pessoas agora.

As palavras deixaram Wanahomen totalmente confuso até ele olhar para o corpinho macilento do qual ela cuidava naquele instante e reconhecer seu rosto agora apaziguado.

— Misericórdia não é assassinato — disse ele. — Você foi uma bênção para aquela criança, Hanani. Olhe para ela: seu sofrimento acabou agora. Com certeza essa era a vontade da Deusa.

— E o que isso significa? — Hanani ergueu a cabeça para fitá-lo. Ela não estava chorando, mas a expressão perdida nos olhos dela era dolorosamente familiar, acompanhada agora por uma exaustão ainda mais profunda do que aquela no coração dele. Wanahomen fez cara feia; o Superior dissera que eles iam cuidar dela. Por que a estavam deixando ali, então, entre os mortos e invejando-os?

— A morte de Dayu foi um acidente, mas não consigo me perdoar por isso — declarou ela. — A de Mni-inh, a mesma coisa. Azima… aquilo foi pura corrupção, independentemente do que os Coletores digam, assim como o que eu fiz com a criança no sonho. Mas o que significa eu ter cometido esses pecados e ter sido nomeada Compartilhador pleno mesmo assim? O que significa eu ter rezado pedindo orientação e *essa* ter sido a minha resposta? — Ela fez um gesto, apontando para o corpo da Sonhadora Desvairada.

Wanahomen suspirou. Aqui estava a prova de que ele não era nenhum Coletor, independentemente de seu dom onírico tão poderoso: nenhuma palavra de consolo lhe veio à mente. E ali, no meio do Hetawa, ele não podia tomá-la nos braços e cingi-la como poderia ter feito em outro lugar. Não com o colarinho do Hetawa em volta do pescoço dela como uma coleira de sangue.

— Eu não me sinto mais como um Compartilhador, Príncipe. — Ela se virou de volta para olhar para o corpo. — Não sei o que sou agora.

Ele não conseguia suportar a angústia dela. Estava também furioso com os seus superiores ou irmãos de caminho, ou quem quer que tivesse arranjado aquele teatro, porque entendia agora que aquilo fora feito para ele. Para adverti-lo de que não tinha a habilidade para aliviar a dor dela. Eles a estavam machucando para afastá-lo.

Então ele se agachou ao lado dela e pegou sua mão.

— Vá embora deste lugar.

Ela piscou, surpresa.

— O quê?

— A menina está morta e isso tinha que ser feito. É o que a paz exige às vezes. Aceite ou não, como quiser, mas não fique aqui remoendo. Venha.

Ele puxou a mão dela até ela se levantar, então a levou consigo enquanto se dirigia para o Salão de Bênçãos. Mas o Superior moveu-se habilmente para interceptá-los, franzindo o cenho ao ver as mãos dadas.

— Meu Príncipe, o Compartilhador Hanani tem tarefas...

— Sim — falou Wanahomen —, cuidando dos *vivos*, não dos mortos. Vou levá-la para onde realmente precisam dela.

O Superior ficou tão surpreso ao ouvir isso que de fato se calou por um momento.

— Para onde? — perguntou Hanani.

— Cada homem, mulher e criança desta cidade acabou de passar por uma batalha.

— Então deixe que venham para cá — disse o Superior em tom severo. — Os acólitos e as Irmãs estão lá fora agora, recolhendo aqueles que não podem se deslocar, e os Sentinelas estão lidando com aqueles que se recusam a voltar para os caminhos da paz. Vamos curar aqueles que pudermos e, para isso, precisamos de Hanani aqui...

— Mas *ela* não precisa *do senhor*. — Wanahomen ouviu a raiva em sua própria voz e percebeu que estava se saindo muito mal em ser diplomático, porém não se importava mais. — O que vai fazer? Enchê-la de sangue onírico e trancá-la em uma cela até ela parar de chorar? Não é disso que ela precisa!

— Você acredita que sabe melhor do que ela precisa — retorquiu o Superior com igual veemência, embora mantivesse a voz baixa. — Nós...

— Chega — disse Hanani em um tom mais suave do que qualquer um dos dois, mas a repulsa desolada em sua voz atravessou a raiva deles como uma reprimenda. — Isso não tem sentido. Superior, vou pedir uma folga de alguns dias. Sei que todos os Compartilhadores são necessários, mas... — Ela chacoalhou a cabeça. — Neste exato momento, não sirvo para nada.

O Superior pareceu perplexo.

— Bom, isso é... inapropriado, mas... eu, eu acho que é um pedido razoável e, no entanto...

— Obrigada — falou Hanani, interrompendo-o com uma grosseria chocante. Soltando a mão de Wanahomen, afastou-se deles e seguiu rumo ao Salão de Bênçãos. Igualmente perplexo, Wanahomen se viu trocando um olhar confuso com o Superior.

Mas, à entrada do Salão, Hanani parou e olhou para eles.

— Príncipe?

Incapaz de resistir a um malicioso sorriso de triunfo, Wanahomen fez um aceno apenas educado ao Superior e apressou-se em segui-la.

* * *

Ele cavalgou até o Yanya-iyan com a Auréola sendo levada em um cavalo atrás dele e Hanani sentada à sua frente em sua montaria. Se Charris e Hendet estivessem presentes, sem dúvida teriam reprovado esse último. Ele não só deixara extremamente claro para toda a cidade que Hanani era sua amante (só os deuses sabiam como o Hetawa reagiria quando soubessem), mas também, ao mostrar favorecimento a ela, prejudicara a si mesmo. Todas as famílias nobres e abastadas da cidade estariam almejando alianças políticas agora que ele voltara. Sua escolha quanto à primeira esposa em particular poderia fortalecer o seu governo ainda frágil. Ele não tinha mais ilusões a respeito de Tiaanet. Mas que outra mulher de alto nível e com boas relações se tornaria de bom grado a primeira esposa de um homem que tinha tão abertamente uma favorita?

Enquanto eles percorriam as avenidas da cidade com o exército dele e os aliados a tiracolo — Wanahomen acenando para as multidões que se formavam para aplaudir e chorar ao vê-lo passar —, Hanani parecia pela primeira vez não se importar com o decoro. Ela se recostou contra ele enquanto cavalgavam, a cabeça no ombro dele, os olhos abertos, mas perdidos em algum tumulto interno. Ele não poderia dizer se ela encontrava algum conforto real na sua proximidade.

No Yanya-iyan, os rostos dos servos e dos funcionários ostentavam boas-vindas e uma familiaridade surpreendente dos dias de sua juventude. Parecia que os kisuati não haviam sido tolos o bastante para interferir com uma função tão competente e eficiente. Portanto, Wanahomen sentiu-se seguro em entregar Hanani aos cuidados deles, ordenando que a tratassem como tratariam uma de suas esposas. Perturbou-o, contudo, o fato de ela não olhar para trás enquanto ia com eles.

Ele passou as horas seguintes fazendo reuniões para proteger a cidade e colocar em movimento as nascentes estruturas de seu governo. Era um trabalho necessário, porém penoso, e a Lua dos Sonhos já mostrara seu rosto de quatro faixas inteiro quando ele finalmente se retirou para os aposentos nos quais pensaria como sendo de seu pai por muitos meses ainda. Ali os servos o banharam e o perfumaram, soltaram suas tranças esfarrapadas e fizeram tranças de corda, tiraram suas roupas banbarranas e puseram nele um colar de metal dourado e uma plissaia de um tecido tão macio que ele mal o sentia sobre a pele.

Foi nesse estado — sentindo-se nu e estranho a si mesmo, cansado e incompreensivelmente solitário — que ele foi até Hanani.

Ela estava aninhada entre as almofadas da grande cama redonda dele. Os servos haviam cuidado bem dela, substituindo sua faixa banbarrana por um diadema de ouro e pedra olho de tigre e colocando nela um vestido plissado de linho que aderia às suas curvas e que era transparente demais para uma mulher de cor tão pálida. Ver uma mulher totalmente vestida jamais o excitara com tamanha intensidade.

Mas ele conteve seus desejos quando se deitou, pois sabia, com o instinto de um guerreiro, que agir de forma muito desastrada agora significaria perdê-la. E, de repente, *ficar* com ela era extrema e desesperadamente importante para ele.

Então ele se deitou ao lado dela e aguardou. Como esperara, Hanani se virou para encará-lo. Só então ele notou que ela ainda usava o colarinho de rubi de Compartilhador.

— Parabéns — disse ele, apontando para a coisa com o queixo. Foi um gesto mais rígido e deselegante do que ele deveria ter feito, mas achou tolice fingir algo que não sentia.

Ela aquiesceu, devagar.

— O irmão Mni-inh estaria orgulhoso. — Ela estendeu a mão para tocar o cabelo dele, recém-trançado. — Assim como seu pai estaria de você.

Ele não pôde resistir: pegou a mão dela e beijou a palma aberta, depois afagou o braço dela para mitigar parte do seu anseio. Para seu grande prazer, parte da melancolia sumiu dos olhos dela. Mas voltou logo.

— Não sei o que fazer — falou ela. — O Hetawa… hoje estive no Salão dos Compartilhadores, no Salão de Bênçãos, e me senti uma intrusa. Passei a maior parte da minha vida lá, mas não é mais meu lar.

— A sensação pode passar com o tempo — obrigou-se a dizer ele.

— Não. Não acho que vá passar. — Ela engoliu em seco, claramente se esforçando para falar. — Eu ainda amo a Deusa. Acho que poderia amar curar de novo, com o tempo. Mas, voltar para aquela vida… não tenho mais forças, Príncipe. Não depois de tudo o que já perdi. Não… não sabendo que outras coisas eu poderia ter.

E Wanahomen rejubilou-se em seu interior quando ela olhou em seus olhos, só pelo espaço de uma respiração, antes de desviar o olhar.

Mas, ah, com calma, com calma. Ele queria tanto dela e as coisas entre eles ainda eram frágeis.

— Fique aqui e decida — sugeriu ele. — Uma quadra de dias, uma oitava, uma estação, um ano. Fique o quanto precisar. Passe todos os dias orando no jardim, se for do seu agrado. — *E todas as noites comigo.* — Você não terá problemas aqui.

Ela franziu a testa.

— Não vou abusar da sua hospitalidade…

Ele tocou os lábios dela para fazê-la calar, como ela fizera com ele uma vez.

— Como você me lembrou, não somos banbarranos — disse ele. — E Gujaareh está livre dos kisuati. Agora podemos voltar a nos comportar como pessoas civilizadas e ser gentis uns com os outros *sem* compensação ou motivo.

Ela sorriu de volta, timidamente, embora mais uma vez o sorriso tenha desvanecido. Perturbava-o que a felicidade dela fosse tão frágil. Ela cheirou a mão dele e chegou mais perto, procurando maior conforto. Ele a puxou para os seus braços, saboreando a cálida fragrância dela, e teria se contentado em ficar assim a noite inteira. Mas ela ergueu o rosto e procurou sua boca, e a língua dela tinha o doce gosto do desejo.

Com calma, ele lembrou a si mesmo, apesar de seu corpo esquecer o cansaço de imediato. Mas, antes que pudesse começar a lenta sedução que tinha em mente, ela se afastou de forma abrupta.

— Eu não te amo, Príncipe — falou ela, parecendo preocupada. — Você entende isso? Eu quero, mas tem uma parte de mim que recua. Perdi todas as pessoas que eu amava ultimamente. É mais fácil... mais seguro... não te amar.

Perplexo, Wanahomen soergueu-se, apoiando-se em um cotovelo, e refletiu sobre o assunto. Ela se juntara com ele em meio ao luto, para consolar seu coração. Será que ela o teria desejado se não fosse por isso? Impossível dizer. O reino da vigília não era como os sonhos: não dava para mudá-lo com a vontade a seu bel-prazer. Ele só podia aceitar ou rejeitar o que lhe era dado.

E ele não queria rejeitá-la. Essa parte, pelo menos, estava clara.

— Não vou fingir que gosto disso — respondeu ele. Mas, enquanto falava, pousou uma das mãos na barriga dela. — Sou vaidoso o suficiente para querer que todas as mulheres com quem me deito me amem. Mas sou um príncipe: o amor não é uma necessidade. — Ele hesitou. — Mas suponho que te devo sinceridade também: eu *tinha* pensado em me casar com você. Mas fiquei sabendo por Yanassa que é má ideia pedir uma mulher em casamento rápido demais e sem resolver certos assuntos primeiro. — Ele fingiu uma ponderação arrogante. — Posso esperar uma quadra de dias, talvez.

Ele ficou feliz de ver o sorriso dela voltar.

— Você me perguntou uma vez se não significava nada para mim. Quero que você saiba... que isso não é verdade. Você é meu amigo, Wanahomen. Uma das poucas pessoas que já chamei assim. — Ela suspirou. — É parte do que sinto, eu acho. Eu, eu não sei ter amigos, Príncipe. Não sei ser amante, menos ainda esposa. Não sei o que quero.

Ele se inclinou para baixo e beijou a testa larga da moça.

— Então fique até saber.

Ela não respondeu nada em princípio, e isso o deixou preocupado.

— Você quer filhos também. — O rosto de Hanani estava solene. — Se me quer como esposa.

— Claro. Você vai ser uma ótima mãe... — Mas ele parou de falar ao ver a expressão no rosto dela.

— Nunca vamos poder fazer filhos juntos, Príncipe — declarou ela. — O dom do sonho é uma coisa arriscada: é impossível prever a vontade da Deusa. Mas eu te disse antes que você poderia ser Coletor... e nunca houve uma criança gerada por um Coletor e um Compartilhador. Uma criança dessas nunca *deveria* existir. Na melhor das hipóteses, poderíamos apenas fortalecer o dom do sonho que corre na sua linhagem... e isso por si só seria uma coisa perigosa. Na pior das hipóteses... poderíamos gerar entre nós outra Sonhadora Desvairada.

Esse comentário chocou Wanahomen, fazendo-o calar-se por um minuto inteiro. Ele se sentou, preocupado em tantos sentidos que não conseguia expressar seus sentimentos em palavras.

Com um suspiro pesado, Hanani sentou-se, apoiando-se nas costas dele. A respiração dela fazia cócegas em sua nuca.

— Sinto muito. Mas nunca vou mentir, Príncipe. Talvez seja algo que as boas amantes façam, mas... eu sou quem sou.

Ele estava feliz com aquilo? Ela poderia facilmente ter ficado calada, se deitado com ele durante anos e fingido simplesmente ser estéril. Ela era curadora: podia evitar qualquer coisa que não quisesse. Era melhor, não era, saber o porquê?

No entanto, ela não o amava. Não queria a semente dele para seus filhos. Não precisava da riqueza dele, pois podia voltar ao Hetawa; não precisava da força dele, pois tinha muita. O que então ele poderia lhe oferecer? Ele não estava acostumado a se sentir tão perdido.

— Se quiser que eu vá embora... — começou ela.

— Não.

— Príncipe...

Ele se virou e se deitou com ela outra vez, afastando os cachos do seu rosto de camponesa, perguntando-se o que havia de errado consigo. Fora a rejeição de Yanassa que o fizera querer tanto essa mulher? A falsidade de Tiaanet? O fato iminente de que era improvável que ele amasse ou mesmo gostasse das outras esposas, com as quais se casaria por dever? Ele desejava ter uma mulher que correspondesse o seu amor. Não era um sonho tão impossível: seu pai tivera isso com sua mãe. Mas, ao que parecia, o coração de Wanahomen havia escolhido *essa* mulher.

— Não tenho certeza de nada mais entre nós, Hanani, a não ser de que eu *não* quero que você vá embora — disse ele então.

O desassossego desvaneceu do rosto da jovem e ela relaxou.

— Obrigada.

Ela se aproximou e pôs uma das mãos sobre a dele. Parecia gostar mais das mãos dele do que de qualquer outra parte do seu corpo. Ele a deixou abrir sua mão esquerda, separando os dedos, acariciando sua palma com o polegar. Quando ela levou a mão dele aos lábios dela para um beijo, porém, o colarinho dela se mexeu, as pedras tinindo umas contra as outras, e ele percebeu que havia mais uma coisa sobre a qual tinha certeza.

Ele respirou fundo.

— Bem, se vamos fazer um filho ou não fica ao seu critério de curadora — falou ele, estendendo a mão para passar os dedos nas pedras do colarinho. Eram rubis bonitos, de alta qualidade, rivalizando facilmente com as joias que ele vira na coleção do palácio. O Hetawa enfim lhe dera o devido valor. — Vou pedir aos servos que tragam os preservativos e unguentos necessários, se não quiser desperdiçar magia, ou existem outras formas de dar prazer um ao outro. Mas é você que eu quero, Hanani, não o Hetawa. Me escolha ou não me escolha, vou conviver com qualquer decisão. Pelo menos escolha *alguma coisa* a respeito deles.

Ela tocou o colarinho por um momento, pensando, por mais tempo que a respiração contida do rapaz. Não era uma coisa justa a que pedira a ela e ele sabia. O Hetawa era mais que um poder de Gujaareh para ela, era sua família. Mas seus olhos estavam claros quando ela o fitou. Qualquer que fosse sua decisão, ela já a tomara.

Quando ela se sentou para tirar o colarinho, ele suprimiu o triunfo. Sabia que não devia demonstrá-lo. Contudo, foi difícil não sorrir quando ela dobrou bem o colarinho, colocou-o a um lado e voltou a se deitar com ele.

— Eu dei a Ela o bastante — disse ela, erguendo o queixo. Havia um tom resoluto e contundente em sua voz. — Dei o bastante a *todo mundo*. Está na hora de ter alguma coisa para mim.

Então Wanahomen tentou lhe dar o que ela queria. Ele se moveu devagar quando a tocou, dando-lhe tempo para pensar, pronto para cessar se ela mudasse de ideia. Mas ela apenas suspirou enquanto ele a acariciava e saboreava sua pele macia e, quando ele se posicionou no meio de suas pernas para prepará-la, ela soltou um gemido de deleite que ele ouviria em seus melhores sonhos desde então.

Então ele se uniu a ela, cuidadosa e reverentemente... pois as mulheres não eram deusas? Ele esbanjava esforço em lhe dar prazer ao mesmo tempo que se satisfazia, ciente de que aquela poderia ser sua única chance de ganhá-la. Ela parecia satisfeita quando o fogo havia esfriado, então ele a envolveu em seus braços — sem apertar, tendo em mente a reprimenda de Yanassa — e enfim se permitiu descansar.

Mas, de manhã, quando acordou, Hanani havia ido embora.

47

UM SERVO DA PAZ

Quando o Hetawà de Ina-Karekh se formou ao redor de Hanani, ela não ficou surpresa de encontrar Nijiri à sua espera.

— Saudações, Coletor.

Ele se levantou e se virou para ficar de frente para ela na plataforma onde estivera orando e examinou o rosto dela por um momento.

— Então você tomou a sua decisão.

Ela aquiesceu e veio se postar diante dele. No sonho, ela usava a vestimenta de um Compartilhador; agora estendia a mão para retirar o colarinho de rubis. Estendeu-o e, após um longo e silencioso instante, ele o pegou.

— Posso devolvê-lo na vigília também... — começou ela.

— Não. O sonho tem mais importância. — O colarinho desapareceu da mão dele. — Me desculpe, Hanani. Nunca pretendi que esse teste te fizesse sofrer tanto.

As linhas no rosto de Nijiri eram mais profundas e seus olhos, mais velhos do que da última vez que ela compartilhara um sonho com ele. Haviam lhe contado sobre a morte do Coletor Rabbaneh. Na vigília, ela teria guardado seus pensamentos para si mesma, mas no sonho isso não fazia sentido.

— Você sofreu na mesma medida, Coletor.

Ele não se deu ao trabalho de negar.

— Você vai encontrar paz com ele?

— Paz? Com Wanahomen? — Em um momento mais descontraído, ela poderia ter dado risada. — Não. Não sei. Talvez. Há um vazio em mim, Coletor, que nada jamais vai preencher. Não sei o que fazer quanto a isso. Sangue onírico... — Ela chacoalhou a cabeça. Não conseguia achar as palavras para explicar, mas sentiu uma certeza instintiva de que o sangue onírico não lhe serviria de nada.

Nijiri suspirou, concordando.

— Tempo e amigos vão preencher esse vazio, Hanani. Mas... — Ele desviou o olhar. — A perda não vai sumir nunca, não de todo. Pelo menos não sumiu para mim.

Havia consolo em suas palavras, para grande surpresa dela. Ajudou, de certa forma, saber que ela não deixaria de sentir falta das pessoas que amava. Parecia... não bom, mas certo que a perda de sua fé deixasse uma cicatriz duradoura.

Hanani se virou para ficar de frente para a porta de bronze no outro extremo do Salão. Ele se afastou da estátua; eles começaram a percorrer juntos o corredor entre as colunas.

— Inmu e eu começamos a encontrar almas à deriva nos reinos entre a vigília e o sonho — revelou ele. — Muitas não se lembram de si mesmas por completo; compartilhar a dor da Sonhadora Desvairada foi demais para elas. Mas estão intactas o suficiente para serem mandadas para Ina-Karekh e deixadas lá em paz.

Ela conteve a respiração, parando onde estava.

— Mni-inh? Dayuhotem?

— Ainda não. Mas é só uma questão de tempo.

A moça fechou os olhos, sentindo lágrimas pinicarem as pálpebras... e sentindo também o grande vazio dentro dela se atenuar, só um pouco. Era como se alguém houvesse acendido uma lamparina dentro dela. Apenas uma pequena quentura, inútil na verdadeira escuridão, mas mesmo aquilo era melhor do que nada.

— Eu gostaria de poder vê-los de novo.

Ele não falou nada. Era costume tranquilizar uma pessoa de luto dizendo-lhe que ela voltaria a ver seus entes queridos um dia. Mas

Ina-Karekh era infinito. Hanani poderia procurar por várias existências e nunca encontrar a única alma que procurava, muito menos duas. O silêncio de Nijiri era sinceridade e ela estava grata por isso.

Mas a esperança também era sincera. Enquanto estivesse viva, ela podia sonhar... e, porque era mulher, poderia continuar procurando após a morte também. Então ela decidiu: *iria* vê-los outra vez um dia.

— Obrigada, Coletor — disse ela.

Ele inclinou a cabeça.

— Você pretende continuar curando?

— Eu gostaria. Gosto de ajudar as pessoas. Mas o Superior estava certo: ninguém precisa das minhas habilidades aqui em Gujaareh. O Hetawa provê tudo de que as pessoas precisam.

— O mundo é mais do que Gujaareh — comentou ele de maneira enigmática, e então parou.

Eles haviam chegado à porta de bronze, que aqui em Ina-Karekh se abria não para os degraus e a praça, mas para uma vastidão amorfa de luminosidade. O caminho de volta para o reino da vigília.

— Mni-inh te treinou bem — disse ele —, então vamos confiar no seu julgamento sobre essa e todas as outras questões. Só tome o cuidado de não ensinar mais magia ao seu Príncipe, se decidir ficar com ele. Você foi sábia de ensinar equilíbrio para ele, mas ele não tem disciplina para experimentar as artes narcomânticas superiores. Depois de todo o esforço que investimos nele, seria uma pena perdê-lo tão rápido.

Hanani baixou os olhos, concordando.

— Sim, Coletor.

Nijiri acenou a cabeça afirmativamente, depois pegou as mãos dela.

— Você sempre será do Hetawa, Hanani. Quer você sirva da nossa maneira, quer da sua, ainda seremos seus irmãos. Não se esqueça da gente, por favor.

Hanani sorriu e então, em um impulso, deu um passo à frente e envolveu-o com os braços. Ele pareceu muito surpreso, pois não se abraçavam Coletores. Mas, por fim, ele chacoalhou a cabeça, relaxou, e envolveu-a com os braços também.

— Obviamente — disse ele, o rosto encostado no cabelo dela —, devemos consultar as Irmãs sobre como lidar com as mulheres da forma correta antes de tentarmos outra vez.

— Obviamente — concordou Hanani, e fechou os olhos. — Adeus, Coletor.

Abrindo os olhos em Hona-Karekh, ela ficou acordada nos braços de Wanahomen por várias horas.

★ ★ ★

Um dos guerreiros banbarranos concordou em conduzir Hanani até o Merik-ren-aferu. Ela esperara que Unte fosse relutar, mas, para sua surpresa, ele concordou com quase todos os seus pedidos. Mais tarde, ela comentou isso com Hendet, que também escolhera permanecer com os banbarranos por ora.

— Eles são bárbaros — falou Hendet, dando de ombros. — Nós praticamente esquecemos o que significa fazer escolhas difíceis; eles não.

— E... a senhora? — Hanani fez essa pergunta com certo desconforto, afinal, ela abandonara o filho de Hendet e não sabia como a outra mulher se sentia a esse respeito.

— Eu fiz mais escolhas difíceis do que você jamais vai saber — respondeu Hendet, e foi embora.

A seu pedido, construíram um acampamento solitário para Hanani na extremidade do cânion, em uma saliência estável que era baixa o suficiente para não a assustar. Com os ricos mercados de Gujaareh finalmente abertos para eles e, além disso, com Wanahomen pagando aos guerreiros de caça por suas tarefas de guarda, a tribo decidira abrir mão de sua costumeira viagem de primavera às terras do oeste. Isso significava que Hanani podia contar com proteção e assistência por pelo menos mais um ano.

Pelo preço de seu colarinho de rubi, ela conseguiu uma boa tenda e suprimentos em abundância, com produtos frescos e mensagens trazidos uma vez por semana por um cavaleiro de caça. Yanassa e as mulheres da tribo também vinham com frequência, às vezes trazendo outros visitantes: uma criança com a coluna torcida, uma mulher cujo cabelo estava caindo, um homem com um machucado genital constrangedor. Hanani os mandava embora curados e chegavam mais. Os banbarranos de outras tribos começaram a viajar para visitá-la e, pelo acordo de Hanani com Unte, eles eram bem-vindos no Merik-ren-

-aferu não importando como estavam as coisas politicamente entre as tribos. Sua pequena saliência era um território soberano dentro do território dos Yusir, mais ainda do que a *an-sherrat* de qualquer mulher, e ninguém que se aproximava com bandeira branca com o propósito de vê-la poderia ser ferido... nem aqueles de tribos em disputa com os Yusir. Ela não convencera Unte a permitir que os shadoun viessem também, mas continuaria insistindo.

Em troca da ajuda e da proteção da tribo, Hanani não cobrava os Yusir pelos seus serviços. Então, mesmo os membros mais pobres da tribo vinham e Hanani os curava. Dentro de pouco tempo, tinha visitas todos os dias. Até Unte veio uma vez... para ver como o prêmio exótico de sua tribo estava, disse ele, mas ela consertou os joelhos doloridos dele antes que fosse embora.

Yanassa acabou convencendo-a a ter um contato mais próximo com os Yusir, apesar de Hanani ficar preocupada que isso prejudicasse seus esforços de se estabelecer como uma aliada neutra em vez de um membro da tribo. Mas ela não pôde evitar, pois as noites no deserto eram frias e longas e Nijiri estava certo: a presença de outros ajudava a manter a dor da perda afastada. Então ela frequentava as celebrações e os rituais da tribo e até pegou uma menininha, uma que ela curara de febre algum tempo antes, como uma espécie de aprendiz. A criança era uma sonhadora fraca e nunca conseguiria usar mais do que feitiços básicos do sono para ajudar suas habilidades herbáceas e cirúrgicas. Mesmo assim, era bom ter alguém para ensinar de novo.

Com o incentivo de Yanassa, Hanani até experimentou um jovem que se oferecera várias vezes para levar suprimentos para ela. Ele era mais novo do que ela, era tímido e tinha uma gagueira pior do que as que ela já tivera, e deixava ingenuamente claro que gostava dela. Ela gostava dele também, sobretudo considerando o quanto ele ficou alegre com o seu convite para passar a noite lá. Isso se mostrou um erro, porém. Suas habilidades sexuais eram suficientemente prazerosas — ele tinha muito entusiasmo —, mas ela não sentiu grande desejo de voltar a vê-lo depois, o que tornou a decepção dele ainda mais dolorosa para os dois quando ele se deu conta. Ela quase o aceitou outra vez por pena até lhe ocorrer que isso era desrespeitoso. Ele merecia uma amante que o quisesse de verdade.

E essa linha de raciocínio, quando Hanani a aplicou a si mesma, levou-a a finalmente mandar um pergaminho para Gujaareh por meio do mensageiro seguinte. Poucas quadras de dias mais tarde, quase um ano depois que ela o deixara, Wanahomen chegou ao Merik-ren-aferu.

★ ★ ★

Ele não gritou. Não exigiu explicações. Mais tarde, Hanani descobriria que Yanassa, Hendet, Ezack e Unte estavam por trás disso. Eles haviam se recusado a levar Wanahomen até o acampamento dela até ele prometer ficar calmo. Ele não estava bravo o suficiente para declarar guerra contra as seis tribos, mas foi por pouco.

Em vez disso, sentou-se ao lado de Hanani na saliência, os dois deixando as pernas dependuradas sobre uma queda de uns nove metros. Ele estava resplandecente com um enfeite de contas lápis-lazúli na cabeça, luvas feitas de trançado e um manto de brocado que chegava até o chão. Ela usava apenas uma simples vestimenta bege; isso a fez sentir-se uma pavoa sem graça, dada a plumagem brilhante dele.

Ainda assim, ele continuava olhando para ela. Ela não sabia o que isso significava.

— Me desculpe — disse ela por fim.

Ele suspirou.

— Te pressionei demais e muito depressa. Eu é que devo um pedido de desculpas.

Essas palavras surpreenderam Hanani, pois ela não esperara que ele pedisse desculpas por nada, menos ainda por aquilo. Ao vê-la boquiaberta, em estado de choque, Wanahomen fez cara feia, e Hanani se virou com rapidez para esconder seu sorriso. Ela sentira uma falta tremenda das caras feias dele.

— Eu desconfiei que você poderia estar aqui — comentou ele quando ela se recuperou. — Aonde mais você poderia ter ido com tanta facilidade? Mas não vim porque estava zangado.

— Compreensível — falou Hanani.

— E porque eu esperava que você fosse mudar de ideia algum dia e voltar para mim.

Ela olhou para as sandálias, que pendiam sobre o vale, e chacoalhou-as um pouco.

— Como eu fiz, pelo menos em parte.

— O que então você quer de mim? — Wanahomen se virou para fitá-la, a expressão cautelosa e soberba, mas ele ainda não perdera de todo sua personalidade banbarrana. Sua tensão estava nítida no modo como seus olhos nunca desviavam do rosto dela e na força com que suas mãos seguravam a saliência, os nós dos dedos empalidecendo.

— Eu, eu gostaria de voltar a ser sua amante — respondeu ela, sentindo as bochechas pegarem fogo. — E sua amiga, e talvez mais. Se me quiser.

A desconfiança que passou pelo rosto dele foi dolorosa de ver.

— Depende — disse ele em um tom neutro demais. — Você me ama?

Ela confirmou com a cabeça e o viu relaxar.

— Você fazia parte do espaço vazio dentro de mim — explicou ela. — Eu não percebi no começo porque o vazio era muito grande. Mas o Coletor Nijiri estava certo: o tempo e os amigos trouxeram alívio e agora eu vejo que sou mais feliz com você do que sem.

Ele flexionou um músculo do maxilar.

— Se é esse o caso, então peço que se case comigo. — Quando Hanani olhou surpresa, ele cerrou ainda mais o maxilar. Ela havia se esquecido da teimosia dele. — Sinto necessidade de ter laços com você, Hanani, por algum motivo incompreensível.

Ela quase sorriu, mas o momento era sério demais para isso.

— Estou disposta a me casar, apesar de não saber nada sobre como é o casamento. Eu não deveria conhecer as suas outras esposas primeiro? Para ter certeza de que haverá paz entre nós, pelo menos.

— Não tenho outras esposas.

Hanani franziu a testa. Passara-se um ano desde a libertação de Gujaareh e qualquer príncipe tinha inimigos.

— Não é… bom, irresponsabilidade o Príncipe do Ocaso não ter esposas? Nem herdeiros?

— Eu já tenho um filho da minha carne e uma esposa que me ama e me quer, mas os dois são meio selvagens. Eles fogem para o deserto sempre que eu tento corresponder o amor deles. Se eu fosse um homem menos confiante, poderia ficar preocupado.

Hanani baixou a cabeça para ocultar o sorriso. Wanahomen enfim se revelara um pouco. Ele tocou a mão dela, que estava sobre a coxa, depois deslizou os dedos pela perna abaixo, puxando as saias para cima. Ela corou quando percebeu o que ele estava procurando: a tornozeleira de âmbar, que ela ainda usava. Ao vê-la, ele pareceu satisfeito e depois deu um suspiro profundo.

— Não fuja de mim de novo, Hanani — pediu ele, sua voz quase um sussurro.

Ela pôs a mão dela sobre a dele.

— Não vou fugir.

— E você vai ser a minha primeira esposa?

— Eu... — Isso a sobressaltou; as implicações de ele não ter outras esposas haviam passado batido. — *Primeira* esposa? Mas eu não sou alta-casta. Não tenho conexões importantes, minha riqueza entre os banbarranos é uma ninharia pelos cálculos gujaareen.

— Eu não me importo.

— Mas...

— Mulher, eu *não me importo*. Mas, se agradar você, as pessoas comuns vão ficar felizes por eu ter tomado uma primeira esposa baixa-casta. Vai deixar claro que eu não esqueci quem me ajudou a voltar ao poder. E o nosso casamento pode simbolizar a reconciliação entre o Hetawa e o Ocaso ou algo do tipo. — Ele fez um gesto impaciente. — Bom, qual é a sua resposta?

Ela não conseguiu se forçar a falar. Havia um aperto em sua garganta, mas não era causado por tristeza, então ela fez que sim com a cabeça. Ele soltou um suspiro longo e pesado, a última tensão visivelmente deixando seu corpo.

— Vou organizar uma cerimônia, então. Algo rápido, senão você muda de ideia, e com bastante vinho, já que sei que os banbarranos vão transformar a festa em uma loucura. Talvez duas cerimônias: uma na cidade, para os membros do templo poderem comparecer, e uma aqui... — Ele parou de falar, pensando. — Depois você prefere morar no Yanya-iyan ou em Kite-iyan?

Surpreendeu Hanani o quanto aquela decisão foi fácil. Ou talvez só fosse fácil por comparação.

— Coloque as suas outras esposas nos palácios. Vou ficar aqui e ser curadora dos banbarranos.

— Ficar e ser... — Ele a encarou, incrédulo. — A primeira esposa de um Príncipe não deveria macular as mãos com trabalho.

— Uma primeira esposa que nasceu na casta camponesa, e foi criada pelo Hetawa, e é aliada dos banbarranos, naturalmente se sentiria realizada com o trabalho que serve à Deusa e aos demais. Isso não deixaria as pessoas comuns felizes também?

— Mas e se eu quiser *ver* você, em nome dos pesadelos?

Ela encolheu os ombros.

— Então venha para cá. Não é uma viagem mais longa do que para o Kite-iyan, é? Mas aqui você pode ter que se privar de servos: esta saliência não é grande o suficiente para outra tenda...

Ele resmungou alto o suficiente para a sua voz ecoar na parede do cânion.

— Pelos demônios e pelas sombras, você é realmente a mulher mais estranha que eu já conheci! Não faz sentido nenhum eu te querer.

— Fico feliz que você me queira — falou ela bem baixinho. Ele olhou para ela e a raiva desvaneceu de seu rosto. Então voltou a pegar a mão dela e ela não retirou.

Eles contemplaram as sombras se alongarem nas paredes vermelhas do Merik-ren-aferu em silêncio. Uma transição adequadamente pacífica para o começo de uma nova vida. Então Hanani se levantou, oferecendo a mão para ajudar Wanahomen a fazer o mesmo. Ele fez uma carranca de leve irritação em princípio, depois finalmente aceitou e deixou que ela o ajudasse.

Quando a luz se apagou do céu, ela o levou para a sua tenda, onde ele a puxou para perto e houve mais silêncio. Isso era agradável a Hananja, pois mesmo o menor ato de paz é uma bênção sobre o mundo.

GLOSSÁRIO

Acólitos: garotos que têm entre doze e dezesseis inundações e foram escolhidos para seguir o Serviço de Hananja, mas que ainda não fizeram o juramento para dedicar-se a um dos quatro caminhos.

Alta-casta: as famílias reais gujaareen, shunha e zhinha; em Kisua, inclui soonha e caçadores.

Anzi Seh Ainunu: um general de Kisua, designado para supervisionar a ocupação de Gujaareh.

Aprendizes: jovens que passaram para a idade do amadurecimento e começaram o treinamento superior na vocação adulta.

Atador: cintas usadas para manter o sobrepano no lugar.

Auréola do Sol Poente: símbolo da autoridade e da divindade da linhagem do Ocaso. Emblema que consiste em gravuras alternadas em vermelho e dourado no formato de raios ao redor de um semicírculo de ouro, localizado sobre um bastão entalhado em nhefti branco.

Baixa-casta: membro de qualquer das castas na base da pirâmide social gujaareen. Inclui agricultores e empregados.

Banbarra: uma tribo do deserto, antigos inimigos de Gujaareh. Consiste em seis tribos autônomas que dominam o comércio nos Mil Vazios. Em disputa com os shadoun.

Bílis onírica: um dos quatro humores oníricos que formam a base da magia gujaareen. Extraída de pesadelos, útil para desencorajar o crescimento nocivo e destruir tecidos desnecessários do corpo.

Casta: as classes sociais/vocacionais de Gujaareh e de Kisua, atribuídas no nascimento. Um indivíduo só pode transcender sua casta se entrar no serviço público (como o Hetawa ou o serviço militar).

Ceifador: narcomancista cuja alma foi devorada pela ânsia por sangue onírico. Dotado de grande poder e grande corrupção. Abominação.

Cidade de Hananja: outro nome para a capital de Gujaareh.

Cidade dos Sonhos: nome coloquial para a capital de Gujaareh. Também conhecida como "Cidade de Hananja", o nome oficial é apenas "Gujaareh".

Cirurgia: um ritual de cura perigoso, mas periodicamente necessário, que apenas os Compartilhadores plenos e os aprendizes mais avançados do caminho podem invocar.

Colarinho: item de decoração usado em Gujaareh e ocasionalmente em Kisua. Consiste em uma faixa ao redor do pescoço e ornamentos pendentes que formam drapeados em torno do peito e dos ombros.

Coletores: um dos quatro caminhos no Serviço de Hananja, responsáveis por fazer cumprir a Lei.

Compartilhadores: um dos quatro caminhos no Serviço de Hananja, responsáveis pela saúde da cidade. Usam narcomancia e, às vezes, cirurgia e fitoterapia.

Conselho dos Caminhos: junto ao Superior, forma o conselho administrativo do Hetawa. Inclui membros seniores dos Sentinelas, Professores e Compartilhadores, bem como uma intermediária (sem direito a voto) das Irmãs. Por cortesia, os

Coletores trabalham sob a autoridade desse conselho, embora oficialmente sejam autônomos.

Cordéis de marcação: para as mulheres banbarranas, uma série de cordéis decorativos para marcar as etapas da vida: menarca, perda da virgindade, parto e menopausa.

Cura: qualquer arte de cura não mágica, inclusive a fitoterapia e a cirurgia. Em Gujaareh, essas artes são praticadas principalmente pelos Compartilhadores de Hananja.

Deusa, A: em Gujaareh, outro termo para Hananja. Em Kisua, pode referir-se a qualquer divindade feminina.

Dízimo: a oferenda devida por um cidadão gujaareen a Hananja.

Doação: a oferenda mensal de sonhos exigida de todos os cidadãos de Gujaareh. Os doadores são denominados "portadores do dízimo".

Escravizado: em Kisua, inimigos cativos, devedores, indigentes, forasteiros indesejados e criminosos condenados à servidão por um período de anos. A escravidão é ilegal em Gujaareh.

Gujaareh: uma cidade-estado cuja capital (também chamada Gujaareh, ou Cidade dos Sonhos, ou Cidade de Hananja) se situa na foz do Sangue da Deusa, ao longo do Mar da Glória.

Hanani: um Compartilhador-Aprendiz do Hetawa.

Hananja: uma das filhas divinas da Lua dos Sonhos e do Sol. A deusa dos sonhos, também associada à morte e à vida além-túmulo.

Hekeh: planta fibrosa nativa do Vale do Rio do Sangue, cultivada em Gujaareh e em outras nações ribeirinhas. Útil para a produção de tecidos, cordas e muitos outros materiais.

Hetawa: o templo central e o centro físico da vida espiritual em Gujaareh. O Hetawa supervisiona a educação, as leis e a saúde pública.

Hieráticos: forma estenográfica ou cursiva da língua gujaareen escrita.

Hona-Karekh: o reino da vigília.

Humores físicos: sangue, bílis, icor (plasma) e semente.

Humores oníricos: as energias mágicas extraídas dos sonhos, usadas pelos Compartilhadores para curar.

Icor onírico: um dos quatro humores oníricos que formam a base da magia gujaareen. Extraído de sonhos comuns e sem sentido, útil para reparar danos ao corpo.

Idade da escolha: em Gujaareh e Kisua, 3×4, ou doze inundações de vida. A idade em que os jovens cidadãos são considerados maduros o bastante para seguir uma vocação escolhida, cortejar um pretendente ou tomar muitas outras decisões significativas.

Idade da velhice: em Gujaareh, $4 \times 4 \times 4$, ou 64 inundações de vida. A idade em que cidadãos são considerados maduros o bastante para ocupar posições de liderança ou respeito. Em Kisua, os cidadãos são considerados velhos aos 52 anos.

Idade do amadurecimento: em Gujaareh e Kisua, 4×4, ou dezesseis inundações de vida. A idade em que são concedidos aos jovens cidadãos os direitos legais e todos os outros direitos da maioridade e podem receber a confirmação de sua vocação de escolha.

Ina-Karekh: a terra dos sonhos. Os vivos podem visitar essa terra por breves períodos durante o sono. Os mortos vivem nesse lugar pela eternidade.

Indethe: palavra da língua suua para atenção/honra/amor.

Interminável, O: o grande oceano a oeste do Mar da Glória.

Inundação: evento anual em que o rio Sangue da Deusa transborda e enche o vale do rio de Sangue, renovando a fertilidade do solo. Também é o marco com o qual os habitantes do vale contam eventos perenes, tais como a idade.

Inunru: grande figura respeitada da história da fé hananjana.

Irmãs de Hananja: ordem (independente do Hetawa) que consiste predominantemente de mulheres que servem Hananja coletando sementes oníricas na cidade.

Jungissa: pedra rara que ressoa em resposta a estímulos. Narcomancistas habilidosos as usam para induzir e controlar o sono. Todas as jungissas são fragmentos das sementes do Sol, caídos na terra, vindos do céu.

Kisua: cidade-estado na região do meio oriente continental, pátria de Gujaareh.

Kite-iyan: o palácio alternativo do Príncipe, lar de suas esposas e filhos.

Lágrima-da-lua: flor encontrada ao longo do Sangue da Deusa, que só floresce sob a luz da Lua dos Sonhos. Sagrada para a fé hananjana.

Lei de Hananja: o conjunto de leis que regem Gujaareh. Sua doutrina é a paz.

Lestenenses: termo coletivo para povos de terras longínquas ao leste do Mar da Glória.

Linhagem do Ocaso: a família real de Gujaareh, considerada descendente do Sol.

Lua da Vigília: irmã mais nova da Lua dos Sonhos. Visível somente antes do nascer do sol e depois do pôr do sol (até a Lua dos Sonhos aparecer).

Lua dos Sonhos: a mãe de todos os deuses e deusas, exceto do Sol e da Lua da Vigília, e senhora do céu. Também chamada de "a Sonhadora".

Magia: o poder de cura e dos sonhos, usado por Coletores, Compartilhadores e Irmãs de Hananja.

Manuflexão: gesto de respeito oferecido apenas àqueles que têm o favorecimento dos deuses. O suplicante se apoia em um joelho, cruzando os antebraços (com as palmas para fora) diante do rosto. Uma versão menor (braços em paralelo diante do peito, com as palmas para baixo, com uma mesura incluída, dependendo da profundidade do respeito mostrado) é oferecida como cumprimento rotineiro ou gesto de desculpas em Gujaareh.

Média-casta: membro de qualquer casta do meio da pirâmide social gujaareen. Inclui comerciantes e artesãos.

Merik: um dos filhos divinos da Lua dos Sonhos e do Sol. Tritura montanhas e preenche vales.

Merik-ren-aferu: um vale a oeste e norte da capital de Gujaareh, na extremidade do Mil Vazios. Lar da tribo Yusir--Banbarra.

Militares: como os Servos de Hananja, um serviço público em Gujaareh, e uma casta na qual se pode nascer ou na qual se pode ser incluído.

Mil Vazios: o deserto que se estende do extremo sul dos Territórios Gujaareen ao extremo norte do Protetorado kisuati.

Mnedza: uma das filhas divinas da Lua dos Sonhos e do Sol. Traz prazer para as mulheres.

Mni-inh: um Compartilhador do Hetawa.

Narcomancia: as habilidades gujaareen de lançar feitiços de sono, controlar os sonhos e usar os humores oníricos. Coloquialmente chamada de "mágica dos sonhos".

Nhefti: árvore resistente, de tronco espesso, que cresce próximo às montanhas do Vale do Rio de Sangue. Sua madeira é branco-âmbar e naturalmente perolada quando polida. Usada apenas para a fabricação de objetos sagrados.

Nijiri: um Coletor de Hananja. A lótus azul.

Noite Hamyan: a noite mais curta do ano, quando os sonhos se tornam tão escassos que a Deusa Hananja passa fome. Considerada uma celebração do solstício de verão em Gujaareh.

Nome de alma: nomes dados às crianças gujaareen para protegê-las em Ina-Karekh.

Nortenhos: termo coletivo para os membros de várias tribos ao norte do Mar da Glória. Termo educado para "bárbaros".

Numeráticos: representações gráficas/simbólicas usadas na matemática, das quais se diz que têm sua própria mágica.

Pictorais: a forma escrita glífica/simbólica da língua gujaareen, baseada no kisuati escrito. Usada em pedidos formais, poemas, anotações históricas e escritos religiosos.

Plissaia: vestimenta usada principalmente por homens em Gujaareh que consiste em uma vestidura de hekeh que vai até o joelho ou de um tecido de linho plissado.

Portador do dízimo: pessoa designada pelo Hetawa para receber a bênção suprema de Hananja em troca do dízimo dos humores oníricos.

Príncipe/Senhor do Ocaso/Avatar de Hananja: o governante de Gujaareh no reino da vigília. Após a morte, é elevado ao trono de Ina-Karekh, onde governa ao lado de Hananja até a chegada de um novo Rei (que ele viva na paz Dela para sempre).

Professores: um dos quatro caminhos no Serviço de Hananja, responsáveis pela educação e pela busca do conhecimento.

Protetores: o conselho de anciãos que governa Kisua.

Quatro: o número de faixas da face da Lua dos Sonhos. Número sagrado, assim como seus múltiplos.

Quatro de quatro: $4 \times 4 \times 4 \times 4$, ou 256. Um número sagrado.

Rabbaneh: um Coletor de Hananja; a papoula vermelha.

Rapinante: aves de rapina noturnas que caçam no Mil Vazios. É de mau agouro ver rapinantes durante o dia ou longe do deserto fora da estação chuvosa.

Rei: em Gujaareh, o Príncipe falecido mais recentemente (que ele viva na paz Dela para sempre).

Sabedoria de Hananja: compilação de provérbios, profecias e outras tradições que os fiéis hananjanos devem aprender.

Sábios Fundadores: os fundadores de Gujaareh, sendo o mais importante entre eles Inunru.

Sanfi: um homem dos shunha, pai de Tiaanet.

Sangue da Deusa: rio cuja nascente se localiza nas montanhas de Kisua. Sua foz desagua no Mar da Glória, na parte norte de Gujaareh.

Sangue onírico: um dos quatro humores oníricos que formam a base da magia gujaareen. Extraído do último sonho que ocorre no momento da morte, útil para trazer paz.

Semente onírica: um dos quatro humores oníricos que formam a base da magia gujaareen. Extraída de sonhos eróticos, útil para estimular o crescimento que normalmente ocorre apenas no útero (por ex.: novos membros).

Sentinelas: um dos quatro caminhos no Serviço a Hananja. Protegem o Hetawa e todos os trabalhos da Deusa.

Servo: em Gujaareh, membro da casta mais baixa. Servos não têm permissão para acumular riqueza e podem escolher os próprios senhores.

Servos de Hananja: sacerdotes que juraram servir à Deusa.

Shadoun: uma tribo do deserto, inimigos de Gujaareh no passado, agora aliados dos kisuati.

Shunha: um dos dois ramos da nobreza gujaareen, que afirma descender de relacionamentos entre mortais e filhos da Lua dos Sonhos. Os shunha mantêm os costumes e as tradições da terra natal (Kisua).

Sobrepano: vestimenta usada principalmente por homens em Gujaareh que consiste de dois pedaços de tecido compridos (até o joelho ou até o tornozelo) atados ao redor da cintura por tiras de couro ou correntes de metal.

Soonha: a nobreza kisuati, que afirma descender de relacionamentos entre mortais e filhos da Lua dos Sonhos.

Sonta-i: um Coletor de Hananja; a beladona anil.

Sunandi Jeh Kalawe: uma dama dos soonha kisuati, indicada como Voz do Protetorado em Gujaareh.

Superior: chefe administrativo do Hetawa, cujas decisões são tomadas em conjunto com o Conselho dos Caminhos e os Coletores.

Terra das sombras: o lugar em Ina-Karekh criado pelos pesadelos de todos os sonhadores. Aqueles que morrem em sofrimento são arrastados para lá a fim de habitar por toda a eternidade.

Terras do Sul: nome coletivo para várias tribos que vivem além da nascente do rio Sangue da Deusa, muitas das quais são estados-vassalos de Kisua.

Territórios, Os: nome coletivo para as cidades e tribos que juraram lealdade a Gujaareh.

Tiaanet: uma dama dos shunha, da linhagem de Insurret.

Timbalin: narcótico popular em Gujaareh. Permite sonhar de maneira descontrolada.

Umblikeh: o cordão que liga a alma à carne e permite viajar para fora do corpo a outros reinos. Quando rompido, a morte sobrevém instantaneamente.

Una-une: um Coletor de Hananja recém-falecido. Mentor de Ehiru.

Vestidura: vestimenta usada por homens e mulheres em Kisua. A veste de uma mulher normalmente vai até o tornozelo; a do homem pode ir até o joelho ou ser mais curta e adornada com um drapeado até o ombro.

Visão falsa: sonho que parece ser uma visão do futuro ou do passado, mas é distorcida demais para ser interpretada, ou simplesmente inexata.

Visão verdadeira: visão onírica do futuro ou do passado.

Voz de Kisua: um embaixador de Kisua, que fala pelos Protetores. O título apropriado para uma Voz é "Orador".

Wanahomen: filho de Eninket, herdeiro da Linhagem do Ocaso.

Yanya-iyan: o palácio principal do Príncipe na capital, sede do governo de Gujaareh.

Zhinha: um dos dois ramos da nobreza em Gujaareh, que afirma descender de relacionamentos entre mortais e filhos da Lua dos Sonhos. Os zhinha acreditam que a força de Gujaareh está em sua capacidade de se adaptar e mudar.

AGRADECIMENTOS

Assim como com *Lua de sangue*, a minha gratidão aqui é mais para os recursos do que para as pessoas, mas, nesse caso, pessoas forneceram os recursos, então elas merecem um agradecimento especial.

Em 2004, ganhei a bolsa Gulliver's Travel Research Grant, oferecida pela Specultive Literature Foundation (SLF). A bolsa era pequena, apenas seiscentos dólares na época, mas me permitiu viajar para o Canyon de Chelly, em Chinle, no Arizona, dentro da nação Navajo. Eu tinha feito algumas pesquisas que sugeriam que a civilização dos Anasazi, os antigos indígenas pueblo que foram os primeiros habitantes do cânion (os Navajo são seus ocupantes agora, mas prestam homenagens aos inquilinos anteriores), poderia ter entrado em colapso por conta de uma súbita e trágica turbulência religiosa: ou uma religião estrangeira vinda do sul ou alguma nova revelação desenvolvida internamente, acontecendo ao mesmo tempo que uma seca terrivelmente longa. Na época, eu tinha tido uma vaga ideia sobre escrever uma fantasia ambientada em uma cultura lutando contra uma turbulência dessas. Aquelas ideias meio que se dissolveram e se distribuíram entre vários romances e contos na minha cabeça, mas a parte que ficou neste livro foi o próprio cânion, ao qual tentei prestar um tributo na forma do Merik-ren-aferu. O vilarejo no penhasco dos Yusir-Banbarra foi baseado nos vilarejos Anasazi que eu vi, rotineiramente posicionados a trezentos metros ou mais do fundo do cânion. Então obrigada, SLF, por me dar a chance de ver isso.

(Para mais informações sobre os Anasazi, os Navajo e as outras nações americanas que faziam coisas legais no passado, recomendo vivamente *1491: New Revelations of the Americas Before Columbus*, de Charles C. Mann. É surpreendente. E também *Those Who Came Before*, de Robert Lister e Florence Lister; lindas fotos das ruínas em si.)

Por favor, lembrem-se de que a SLF é uma organização sem fins lucrativos e as doações feitas para ela são dedutíveis nos impostos. Se quiserem ajudar outros escritores a ver coisas legais, vocês deveriam fazer doações no site www.speculativeliterature.org!

Obrigada também ao pessoal do Totsonii Ranch em Chinle, de quem *quase* ganhei um fantástico passeio a cavalo, mas, infelizmente, o cânion estava inundado com o degelo da primavera, então era perigoso demais. Mas eles me falaram muito sobre o cânion, sem qualquer custo. E um agradecimento maior ao Tim do Canyon de Chelly Jeep Tours, que me levou a um passeio em alta velocidade verdadeiramente angustiante pelo cânion (sim, inundado) e me informou, quando fiquei francamente preocupada com, bem, uma morte violenta e molhada, que pelo menos eu morreria fazendo algo interessante.

©Laura Henifin

SOBRE A AUTORA

N. K. Jemisin é uma autora nova-iorquina, cujas histórias foram nomeadas diversas vezes aos maiores prêmios de ficção científica e fantasia do mundo, incluindo o Nebula, Locus e World Fantasy Award. Em 2016, se tornou a primeira pessoa negra a receber o Hugo na categoria principal por seu livro *A quinta estação*, e nos dois anos seguintes quebrou recordes ao ganhar novamente na categoria principal com as continuações da série A TERRA PARTIDA: *O portão do obelisco* e *O céu de pedra*.

Jemisin é considerada uma das mais importantes vozes da ficção especulativa atual por construir universos ricos e complexos, que vão da fantasia à ficção científica. Suas obras falam sobre justiça social, preconceito, violência e sobre a multiplicidade do comportamento humano.